THEA HARRISON
Berührung der Dunkelheit

Über die Autorin:

Thea Harrison ist ein Pseudonym der Autorin Teddy Harrison. Bereits im Alter von neunzehn Jahren begann sie zu schreiben und veröffentlicht seither mit großem Erfolg Liebesromane. Weitere Informationen unter: www.theaharrison.com

Über das Buch:

Das Herz des Wolfes

Als zwei ihrer Wyr-Freunde in kürzester Zeit getötet werden, nimmt die Lehrerin Alice Clark die Nachforschungen selbst in die Hand. Da geschieht ein weiterer Mord! Am Tatort trifft die junge Wyr auf Detective Gideon Riehl, einem Wolfgestaltwandler, in dem sie auf den ersten Blick ihren Seelengefährten erkennt. Und er muss alles daran setzen, Alice zu beschützen, denn die Lehrerin soll das nächste Opfer sein …

Die Stimme der Jägerin

Als Claudia Hunter in der Wüste Nevadas einen halbtoten Hund am Straßenrand findet, wird ihr schnell klar, dass hier etwas nicht stimmt. Luis ist kein Hund, sondern ein Wyr. Zu verletzt, um seine Gestalt zu verändern, ist er jedoch leichte Beute für seine Verfolger. Claudia ist die Einzige, die ihm helfen kann, aber ist sie auch bereit, sich selbst in solch große Gefahr zu begeben?

Die Augen der Medusa

Als Gerichtsmedizinerin kennt sich die Medusa Seremela Telemar mit den Gefahren, die da draußen lauern, bestens aus. Daher ist ihre Sorge groß, als ihre Nichte plötzlich fortläuft – nach Devil's Gate, einer wilden und gesetzlosen Stadt. Seremela setzt alles daran, das rebellische Mädchen zu finden, bevor es zu spät ist. Hilfe erhält sie dabei von dem Vampyr Duncan Turner, der schon lange ein Auge auf die schöne Medusa geworfen hat …

Die Verlockung der Assassine

Die Dunkle Fae Xanthe musste ihr Leben lang ihre Gefühle verstecken, denn als Assassine der Königin steht ihre Pflicht über allem anderen. Doch als sie auf Aubrey Riordan trifft, weckt dieser eine noch nie gekannte Leidenschaft in ihr. Aber Aubrey muss um sein Leben fürchten: Seine frühere Gefährtin hat versucht die Königin zu töten – in seinem Namen. Dieser Verrat sitzt tief, und ein Anschlag stürzt ihn in große Gefahr. Xanthe setzt nun alles aufs Spiel, Aubrey zu retten … auch ihr eigenes Leben!

Die Romane von Thea Harrison bei LYX:

Weitere Romane der Autorin sind bei LYX in Vorbereitung.

THEA HARRISON

BERÜHRUNG DER DUNKELHEIT

Ins Deutsche übertragen von
Cornelia Röser

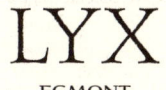

LYX

EGMONT

Deutschsprachige Erstausgabe April 2014 bei LYX
verlegt durch EGMONT Verlagsgesellschaften mbH,
Gertrudenstraße 30–36, 50667 Köln.
Das Herz des Wolfes erschien 2011 unter dem Titel »True Colors«
bei Samhain Publishing, Cincinnati, USA.
© 2011 by Teddy Harrison
Die Stimme der Jägerin erschien 2012 unter dem Titel »Natural Evil«
bei Samhain Publishing, Cincinnati, USA.
© 2012 by Teddy Harrison
Die Augen der Medusa erschien 2012 unter dem Titel »Devil's Gate«
bei Samhain Publishing, Cincinnati, USA.
© 2012 by Teddy Harrison
Die Verlockung der Assassine erschien 2012 unter dem Titel
»Hunter's Season« bei Samhain Publishing, Cincinnati, USA.
© 2012 by Teddy Harrison
Dieses Werk wurde vermittelt durch die Literarische Agentur
Thomas Schlück GmbH, 30827 Garbsen
Copyright © der deutschsprachigen Ausgabe 2013
bei EGMONT Verlagsgesellschaften mbH
Alle Rechte vorbehalten

1. Auflage
Redaktion: Catherine Beck
© Umschlaggestaltung und Artwork:
© Birgit Gitschier, Augsburg unter Verwendung mehrerer Motive
von Shutterstock (Pablo Hidalgo, cepesh)
Satz: Greiner & Reichel, Köln
Printed in Germany (671575)
ISBN 978-3-8025-9405-2

www.egmont-lyx.de

Die EGMONT Verlagsgesellschaften gehören als Teil der EGMONT-Gruppe zur
EGMONT Foundation – einer gemeinnützigen Stiftung, deren Ziel es ist, die sozialen,
kulturellen und gesundheitlichen Lebensumstände von Kindern und Jugendlichen zu
verbessern. Weitere ausführliche Informationen zur EGMONT Foundation unter:
www.egmont.com

Das Herz des Wolfes

Für Heather und Amy und meine Familie,
die mir dies ermöglicht haben.

1

Tod

Keine Bewegung. Einfach vollkommen still.

Mit der Schnelligkeit eines Tarnkappenbombers stürzte das riesenhafte Monster in die Wohnung. Ein Molotow-Cocktail aus Pheromonen und magischer Energie explodierte in der blutgeschwängerten Luft, die klassischen Anzeichen für einen starken männlichen Wyr in rasender Wut.

Alice klammerte sich an ihrem Platz fest, ihr Herz hämmerte so wild, dass sie glaubte, es müsse ihr aus der Brust springen. War der Mörder zurückgekommen?

Das Monster wurde langsamer. Alice hörte, wie es flüsternd wüste Flüche ausstieß, als es zu Haleys noch warmer Leiche kam. Da sie jeden Tag mit der New Yorker U-Bahn zur Arbeit fuhr, glaubte Alice eigentlich schon alles gehört zu haben, aber hier lernte sie tatsächlich noch etwas dazu. Fluchte er, weil er die Ermordete zum ersten Mal sah? Oder weil er erkannt hatte, dass er irgendeinen Fehler gemacht hatte?

Auch Alice war gerade erst in Haleys Wohnung eingetroffen. Die Tür hatte offen gestanden, sie war hereingestürmt und hatte auf dem Bett die Leiche ihrer Freundin entdeckt. Haleys Oberkörper war aufgeschlitzt worden, ihre Organe lagen auf der geblümten Bettdecke verstreut wie die vergessenen Spielsachen eines Kindes.

Bei dem Anblick war sie erstarrt, und vor Schreck hatte ihr sonst so kühler, einfühlsamer Verstand ausgesetzt. Dann hatte sie jemanden auf der Treppe gehört und es gerade noch rechtzeitig in ihr Versteck geschafft, bevor das Monster aufgetaucht war. Wenn das der Mörder war, der zurückkam, um einen übersehenen Hinweis zu beseitigen, würden später weder Alice noch die Polizei herausfinden können, worum es sich gehandelt hatte.

Vollkommen lautlos schlich er durch Haleys Wohnung. Nicht einmal das leise Tappen von Schritten war zu hören. Seine Gegenwart war für Alice schier unerträglich, so als striche ihr jemand mit einer Rasierklinge über die nackte Haut und drohte ihr dabei lächelnd, sie zu schneiden. Seine bloße Anwesenheit war eine Verletzung von Haleys Privatsphäre. Nur einen halben Meter von Alice entfernt blieb er stehen, so nah, dass sie aus dem Augenwinkel die Tasche seiner abgewetzten Lederjacke sehen konnte und das kaum wahrnehmbare Geräusch seines gleichmäßigen Atems hörte.

Sie wollte schreien und auf ihn einschlagen. Wollte weglaufen und die 9–1–1 rufen. Der dunkle Flur war eine Million Kilometer lang, die geöffnete Wohnungstür zu weit entfernt, um sie unbemerkt im Sprint zu erreichen. Sie wagte nicht, sich zu rühren, wagte nicht einmal, die Augen zu bewegen, weil ein Lichtreflex ihr Versteck verraten könnte. Sie wagte kaum zu atmen. Alles, was sie tun konnte, war, sich die Aromen in der Luft einzuprägen, damit sie diesen Mann zumindest an seinem Geruch wiedererkennen würde. Unter der Brutalität roch er warm und sauber, und in jeder anderen Situation hätte sie diesen Geruch sexy gefunden. Sie kämpfte gegen einen plötzlichen Würgereiz an.

Moment. Wenn sie ihn riechen konnte, welche Spuren hatte dann sie selbst hinterlassen? Würde auch er sie wiedererkennen? *Oh ihr Götter.*

Riehl rang mit seinem Zorn, bekam ihn unter Kontrolle und konnte seinen Körper aus der teilweisen Gestaltwandlung befreien. Er wurde das Gefühl nicht los, dass ihn jemand beobachtete. Eine Hand legte er an das Holster seiner SIG P226, während er in der anderen eine deftige Tracht Prügel bereithielt.

Eine Leiche mit dem gleichen *Modus Operandi*: Ausweiden der Bauchhöhle. Der Mörder nahm die Organe nie mit, sondern ordnete sie in einem bestimmten Muster an, wie Sterne in einem finsteren Sternbild. Ein durchschnittlicher Menschenkörper enthielt fünf Liter Blut. Jetzt durchtränkte das Blut dieser Frau ihre einstmals hübsche Bettdecke und tropfte in einen schweren, dickflüssigen See auf den mit Teppich ausgelegten Schlafzimmerboden. Es hätte Riehl nicht überrascht, wenn es bereits durch den Boden in die darunterliegende Wohnung gesickert wäre. Irgendjemand würde sich mächtig abrackern müssen, um das wieder sauber zu machen.

Gottverdammt, die Leiche der Frau war noch warm. Ihre Schlüssel und die halb geöffnete Handtasche lagen auf dem Boden, ihr misshandelter Körper war auf die Reste ihrer Kleidung gebettet. Anscheinend hatte der Mörder sie überrascht, als sie von der Arbeit nach Hause gekommen war. Es gab keine Anzeichen für ein gewaltsames Eindringen, also musste sie geglaubt haben, ihm vertrauen zu können. Hatte sich der Mörder als Hausmeister oder Mitarbeiter der Stadtwerke ausgegeben, oder war er ein Bekannter?

Wenn Riehl sonst niemanden fand, dem er die deftige Tracht Prügel verabreichen konnte, würde er sie einfach für sich selbst aufsparen. Wenn er seine Schlüsse ein klein wenig schneller gezogen hätte, wenn er ein klein wenig früher von der Polizei in Jacksonville gehört und sofort die Datenbanken durchsucht hätte, anstatt mit seinem neuen Chef, dem Greifen und Wyr-

Wächter Bayne, Theorien zu bequatschen, wäre diese hübsche Frau vielleicht noch am Leben.

Gottverdammt, das hier war zum Teil seine Schuld.

Er musste die Zentrale anrufen, aber …

Riehl drehte sich langsam um sich selbst und registrierte mit seinen scharfen Augen jede Einzelheit der Umgebung. Die Wohnung des Opfers war ein winziges Ein-Zimmer-Apartment, so groß wie eine Briefmarke, im obersten Stock eines viergeschossigen Hauses ohne Fahrstuhl. Es war mit platzsparenden Ikea-Möbeln eingerichtet und so stark geheizt, dass Riehl es als stickig empfand. An einer Wand war ein Flachbildschirm angebracht. Die Bewohner solcher kleiner Apartments in New York mussten allesamt gejubelt haben, als diese Erfindung auf den Markt kam. Es gab Pflanzen und Bücher und unnützen Krempel wie einen Haufen Mädchenkram auf einer Schlafzimmerkommode. Er öffnete die Schränke einen Spalt und fand lauter normales Zeug – Kleidung, Schuhe, Mäntel, ein paar Regenschirme und kleine Schachteln. Auf einem Tisch in der Essnische, gerade groß genug für eine Barbiepuppe, lag eine zusammengefaltete Zeitung von Donnerstag neben einer offenen Schachtel mit Festtagsdekorationen. Obenauf lag eine elegante, mit Federn und Pailletten besetzte Halbmaske.

Christen hatten Weihnachten, Juden hatten Chanukka, und der Universalfeiertag der Afrikaner war Kwanzaa. Für die Alten Völker war die Wintersonnenwende die Zeit, in der sie zu Ehren der sieben Primärmächte die *Maske der Götter* feierten. Offenbar hatte das Opfer gerade angefangen, seine Wohnung für das Festival der Maske in der kommenden Woche zu schmücken. Vielleicht hatte die Frau vorgehabt, auf einen der zahlreichen Bälle zu gehen, die in der ganzen Stadt veranstaltet wurden. Es war eine hübsche Maske, eine Maske, wie man sie seinen Kindern vererbte. Sie dürfte jemanden den einen oder anderen Gehaltsscheck gekostet haben. Vielleicht hatte das Opfer sie mit glücklichen Erinnerungen und Vorfreude betrachtet.

Insgesamt war das Apartment recht typisch für die Stadt und bot ein perfektes, reizendes Zuhause für eine zierliche, allein lebende Fünfundsechzig-Kilo-Frau wie das Opfer. Riehl selbst war einsfünfundneunzig groß und brachte über hundertdreißig Kilo auf die Waage. Nachdem er sechsundneunzig Jahre lang als Captain in der Armee des Wyr-Lords Dragos Cuelebre umhergezogen war, hatte er erst kürzlich beschlossen, sich zu domestizieren und sesshaft zu werden. Er war es gewohnt, ein raues Leben zu führen und viel Zeit im Freien zu verbringen, oft bei schlechtem Wetter. Dieser kleine, überheizte Raum löste bei ihm klaustrophobe Zustände aus.

Für ihn gab es keinen Zweifel daran, dass der Mord selbst der Grund für den Überfall gewesen war. Der Schmuck des Opfers lag noch auf der Kommode verstreut, und in der Handtasche konnte Riehl ein Portemonnaie erkennen. Allem Anschein nach hatte der Mörder nichts mitgehen lassen, es sei denn, er hätte sich ein kleines Stück von den Organen abgeschnitten, um es als Souvenir aufzubewahren. Das würde sich bei der Autopsie herausstellen.

Er wurde das Gefühl einfach nicht los, dass noch jemand im Zimmer war. Er suchte nach einem verräterischen Hinweis, nach irgendetwas. Ein Auge, das hinter einer Schranktür hervorlinste, oder eine Webcam, versteckt in einem niedlichen rosa Hasen. Sogar die schneebedeckte Umgebung vor dem Fenster suchte er ab, um zu sehen, ob jemand den Schauplatz von einem anderen Gebäude aus beobachtete.

Während er suchte, atmete er bewusst tief ein und aus. Alles war von dem schweren Kupfergeruch des Blutes durchdrungen, der sogar fast den Eigengeruch des Opfers überlagerte. Es gab noch andere Gerüche, die er als normal einstufte und ausblendete, wie den schwachen Duft nach gebratenem Fisch und die muffigen Blüten in einer Potpourri-Schale. Der Wolf in Riehl, seine Wyr-Gestalt, hätte von dem Potpourri einen Niesanfall bekommen und nach dem Fisch gesucht, um ihn zu verschlingen.

Zwei weitere interessante Punkte fielen ihm auf. Ganz hinten in seinem Rachen nahm er schwach den Geruch nach Gummi und eine stechende chemische Note wahr, die in der Nähe des Opfers in der Luft hing. Er hätte seinen Gehaltsscheck der nächsten Woche darauf verwettet, dass der Mörder Gummihandschuhe getragen hatte und die chemischen Rückstände von *K. O. Duftneutral Geruchskiller* stammten, einem praktischen Hilfsmittel, das Hirschjäger und kriminelle Wyr auf der ganzen Welt verwendeten.

Mit den Handschuhen hatte er gerechnet, aber das *K. O.* ließ darauf schließen, dass der Mörder entweder selbst ein Wyr war oder sich zumindest mit den Ermittlungsmöglichkeiten dieser Spezies auskannte. Der Mörder ging methodisch vor, er wusste, wie er seinen Geruch verdecken konnte, und er plante voraus. Das alles passte zu der wohldurchdachten Sorgfalt, mit der die Organe des Opfers angeordnet worden waren. Eine genaue Übereinstimmung mit dem Massaker von Jacksonville vor sieben Jahren.

Der zweite interessante Punkt war ein weiterer Geruch in der Wohnung. Es war ein leichter, femininer Duft, der geheimnisvoll und verlockend mit seinen Sinnen spielte. Eindringlich und köstlich deutete er auf eine ungeahnte, geheimnisvolle Realität hin, in die Riehl am liebsten Hals über Kopf eintauchen wollte. Allerdings war die Witterung von Stresspheromonen durchsetzt, die ihn nervös machten und seine Hand näher an seine Waffe rücken ließen. Der Duft hatte nicht sehr tief in die Umgebung eindringen können und verflog bereits.

Die Leiche war noch warm, und eine Frau war vor ihm in dieser Wohnung gewesen. Was sagte man dazu?

Nach dem hartnäckigen Prickeln in Riehls Nacken zu urteilen, war es sogar gut möglich, dass die Frau noch in der Nähe war; aber selbst wenn es so war, fand er keinen Anhaltspunkt dafür, wo sie sich versteckte.

Er traf eine jähe Entscheidung und verließ die Wohnung.

Der Schnee, der in der letzten Woche gefallen war, hatte sich auf den Straßen und Bürgersteigen in dunklen Matsch verwandelt, doch der kalte, feuchte Dezemberwind versprach Nachschub. Gerade segelten die ersten leichten Flocken vom Himmel herab. Sie wirkten harmlos und märchenhaft schön, sollten jedoch der Vorbote eines großen Wintersturms sein, der die Stadt in den frühen Morgenstunden unter sich begraben haben würde. Schon jetzt arbeiteten sich die Schneepflüge durch die Straßen. Der Wind roch nach Abgasen, frittiertem Essen, Salz und Streusand.

Als Riehl auf die Straße trat, erkundete er die Lage mit einem schnellen Blick. Keine Spur von einem Täter, der sich noch hier herumtrieb, aber das hatte er auch nicht erwartet. Der Kerl mochte ein durchgedrehter Psychokiller sein, aber er war nicht dumm. So viel Glück hatte Riehl an diesem Abend nicht.

Die Wohnung der toten Frau lag in einem Schmelztiegel im nördlichen Teil von Brooklyn, wo sich verschiedene Alte Völker mit allen möglichen menschlichen Ethnien vermischten. Im verschwommenen Grau des frühen Abends leuchteten die Festtagsdekorationen in den Schaufenstern. An der nächsten Straßenecke gab es ein Feinkost- und Lebensmittelgeschäft. Die Wyr-Familie, die es führte, gehörte einer Weidetierart an, die gerne Grüppchen bildete. Gegenüber dem Lebensmittelgeschäft lag ein Schnapsladen, der von einem älteren amerikanischen Ehepaar betrieben wurde. Ein Zeitungskiosk an der Straße verströmte an Tür und Verkaufstheke den kräftigen, erdigen Geruch eines Zwergs. Der Kiosk hatte für heute bereits geschlossen, ebenso die chemische Reinigung einen halben Block weiter. Doch der dunkle Eingang der Reinigung bot viel zu wenig Platz als Schlupfwinkel für seinen breitschultrigen Körper. Es gab kein geeignetes Versteck, von dem aus er das Apartmenthaus ungestört hätte beobachten können.

Mehreren Autos ausweichend rannte Riehl über die Straße zu dem Feinkostgeschäft. Er stürmte durch die Tür und blieb vor der Kasse stehen, die sich am Fenster zur Straße befand. Der Kassierer, ein schlaksiger Mann mittleren Alters, lächelte ihn nervös an, doch sein Lächeln verschwand, als Riehl seine Marke zog und sie dem Mann zeigte.

»Beachten Sie mich nicht«, sagte Riehl. Mit großen Augen nickte der Mann.

Riehl trat dicht an das Spiegelglasfenster und drückte sich flach gegen die Wand. In diesem Winkel war er vom Eingang des Apartmenthauses aus nicht zu sehen. Er beugte den Kopf so weit vor, dass er die Eingangstür sehen konnte. Dann wartete er. Selbst unter besseren Bedingungen machte Riehls Gegenwart die Leute nervös, und wenn sich eine Frau in der Wohnung versteckt gehalten hatte, musste sie jetzt ziemlich aufgeschreckt sein.

Er überlegte. War es möglich, dass sie den Mord beobachtet hatte? Oder sogar daran beteiligt war? In den Akten der Polizei von Jacksonville wurde nichts von einem möglichen Partner erwähnt. Hatten sie etwas übersehen, oder könnte das eine neuere Entwicklung sein? Würde ein derart auf Rituale versessener Mörder seine Methode so drastisch ändern?

Nein, er wollte die ganze Sache viel zu kompliziert machen. Wäre die Frau aktiv an der Tat beteiligt gewesen, hätte sie

Handschuhe getragen und ihren typischen Eigengeruch überdeckt, und wahrscheinlich wäre sie zusammen mit dem Mörder verschwunden. Wenn sie den Mord beobachtet hätte, wäre ihr vor Riehls Ankunft reichlich Zeit geblieben, den Tatort zu verlassen. Und was müsste das für eine Person sein, die fähig war, stumm und reglos mit anzusehen, wie jemand mit solcher Präzision ermordet wurde? Riehls ohnehin düstere Stimmung wurde noch finsterer.

Während er die Straße beobachtete, griff er nach seinem Handy und drückte die Schnellwahltaste.

Bayne meldete sich. »Ja.«

»Er hat sie erwischt«, sagte Riehl. »Es ist unser Mann, und die Leiche ist noch warm. Kann noch nicht länger als eine oder anderthalb Stunden tot sein.« Er hörte den Wächter fluchen.

»Was meinst du, ist es der Jacksonville-Mörder oder ein Trittbrettfahrer?«, fragte Bayne.

»Wenn ich raten soll, würde ich sagen, es ist der Jacksonville-Mörder. Du musst dir selbst ein Bild von der akribischen Metzgerarbeit machen, die er hier geleistet hat. Ein solcher Typ könnte durchaus die Selbstbeherrschung aufbringen, sieben Jahre zu warten, wenn dieses Warten eine besondere Bedeutung für ihn hat.« Er gab Bayne die Adresse und sagte dann: »Hör zu, ich muss los. Ich verfolge eine potenzielle Zeugin.«

»Ich komme selbst zum Tatort. Ruf mich an, wenn du kannst«, sagte Bayne. Ohne sich zu verabschieden, legte der Wächter auf.

Riehl wollte sein Handy gerade wieder einstecken, als sich die Tür des Apartmenthauses öffnete und eine Frau heraustrat.

Er erstarrte. Alles an ihm erstarrte. Körper, Geist und Seele. Die Welt kippte aus ihrer Achse und nordete sich neu ein.

Obwohl der Oberkörper der Frau von einem halb langen Wollmantel verhüllt wurde, war deutlich zu erkennen, dass sie eine schlanke, elegante Figur hatte. Auf ihrem Kopf wuchs eine Fülle dunkelbrauner Korkenzieherlocken mit goldenen Spitzen. Sie trug gerade geschnittene Jeans, Stiefel und eine Drahtgestell-Brille, und ihr Teint hatte die satte, warme Farbe von heißer Schokolade mit Sahne. Ihre Haltung zeigte die gespannte Zerbrechlichkeit von jemandem, der unter schwerem Schock stand. Auf dem Gehweg angekommen, hielt sie inne und sah sich auf der Straße um, während sie mit ihrer schmalen, feingliedrigen Hand abwehrend den hochgestellten Mantelkragen zusammenhielt.

Sie war es. Die Frau aus der Wohnung. Das wusste er, auch ohne ihre Witterung aufzunehmen. Noch immer lagen Entsetzen und Trauer in ihren Augen.

Ein anderes Wissen nistete sich tief in ihm ein, eine ungewohnte, tiefe Gewissheit, dass eine undefinierte, unwiderrufliche Veränderung mit ihm vorgegangen war, die er nicht verstand und die zu erkunden ihm keine Zeit blieb. Die Frau wandte sich ab und ging auf die nächste U-Bahn-Station zu. Riehl stürmte aus der Tür des Feinkostgeschäfts und überquerte die Straße, seine ganze Aufmerksamkeit laserscharf auf ihre Gestalt geheftet, die sich von ihm entfernte.

Automatisch schlugen Alice' Füße den Weg ein, den sie normalerweise nach einem Besuch bei Haley nach Hause nahm – zur U-Bahn-Station Bedford Avenue. Erst war Peter ermordet worden, dann hatten sie gestern erfahren, dass David vermisst wurde, und jetzt war Haley tot.

David war ebenfalls tot. Das wusste sie, auch wenn die Polizei noch kein Wort darüber veröffentlicht hatte. In drei Tagen hatte sie drei Freunde verloren.

Auf der Straße war nichts Gefährliches zu entdecken, doch der warme, sinnliche Geruch des Monsters hing noch immer in der kalten, feuchten Luft. Alice konnte nicht aufhören zu zittern. Das Bild von Haleys armem, misshandeltem Körper hatte sich in ihre Gedanken eingebrannt. Was sollte sie jetzt tun? Ach ja, 9–1–1 anrufen.

Während sie in der Tasche nach ihrem Handy kramte, sah sie sich hastig um und warf einen Blick über die Schulter.

Ein Mann in schwarzen Jeans und einer abgewetzten Lederjacke überquerte die Straße. Er war riesig, groß wie ein Baum und gebaut wie ein Linebacker, und er bewegte sich wie ein Killer. Sein weißblondes Haar war militärisch kurz geschnitten, und die scharfen, unbarmherzigen Gesichtszüge waren wettergegerbt und schroff. In seinen durchdringenden, hellen Augen, die entweder blau oder grau sein mussten, fing sich das Licht, als er sie direkt ansah.

Als die Erkenntnis sie wie ein Hammer traf, verlor Alice den Boden unter den Füßen. Zu viele albtraumhafte Offenbarungen stellten sich gleichzeitig ein und rissen sie beinahe von den Beinen.

Er war das Monster. Er war zwar nicht mehr in seiner teilweisen Verwandlung gefangen, aber sie erkannte ihn trotzdem. Sie *erkannte* ihn.

Er hatte sie gefunden – wie sie befürchtet hatte. Er hatte ihre Witterung aufgenommen, und jetzt hatte er auch ihr Gesicht gesehen.

Und sie hatte seines gesehen. Vielleicht war er der Mann, der ihre Freunde umgebracht hatte. In jedem Fall war er das Furchteinflößendste, was sie je gesehen hatte.

Und er war ihr Gefährte.

Gütige Götter!

Sengend heißes Entsetzen überzog ihre Haut mit unsichtbaren Flammen. Sie hatte davon gehört, dass sich zwei Wyr auf den ersten Blick als Gefährten erkennen, hatte es aber für einen Mythos gehalten. Wyr-Paarungen gingen tiefer als Liebe, waren gefährlicher als Leidenschaft und hielten ein Leben lang. Das durfte einfach nicht wahr sein. Und das war es auch nicht, wenn sie in diesem Punkt ein Wörtchen mitzureden hatte.

Sie fuhr herum. Angst löschte ihr Denken aus und verlieh ihren Beinen Flügel.

Riehl stürzte los und rannte der Frau hinterher.

Sapperlot, konnte das Mädel laufen. Riehl war schnell, aber er war groß. Sie hingegen sauste blitzschnell zwischen Autos und Menschen hindurch, wie er es noch nie gesehen hatte. Mit ihrem leichten, schlanken Körper konnte sie scharfe Kurven nehmen und sich durch enge Lücken zwängen, und das in einem Tempo, bei dem er keine Chance hatte mitzuhalten.

Dann geschah etwas Unglaubliches: Mitten im Lauf verschmolz sie von einer Sekunde auf die andere einfach so mit ihrer Umgebung. Nicht dass sie unsichtbar geworden wäre, nicht ganz. Dafür hatte ihre Kleidung zu viel Substanz. Aber irgendwie war es schwieriger, ihr mit den Augen zu folgen.

Wow. Das war verdammt faszinierend.

Zum Glück hatte er mehr als nur seine Augen, um sie zu verfolgen. In seiner Wyr-Gestalt hätte er sie einholen können. Wenn sie irgendwo anders gewesen wären als ausgerechnet hier, mitten in der Stadt, hätte er es getan. Als Wolf war er schneller und konnte buchstäblich tagelang laufen. Aber wenn er zum Wolf wurde, konnte er nicht sprechen, solange er ihr nicht nahe genug war, um telepathisch mit ihr zu kommunizieren – und schon jetzt konnte er ihre Panik im Wind spüren. Außerdem, auch wenn New York City der Hauptsitz des Wyr-Reichs war, lebten hier auch Millionen anderer Leute. Er wollte nicht wissen, wie die auf den Anblick eines Hundert-Ki-lo-Wolfs reagieren würden, der mitten in der Stadt durch die Straße preschte.

Er holte tief Luft und brüllte: »Polizei! Bleiben Sie stehen!«

Natürlich blieb sie nicht stehen. Er wäre auch nicht stehen geblieben, nur weil irgendein fremder Idiot ihm etwas hinter-herbrüllte. Verdammt, lief sie zur U-Bahn?

Und wie. Mit einem Satz, der so selbstmörderisch war, dass Riehl der Atem stockte, stürzte sie sich direkt vor die Räder eines herannahenden Lkws und rannte über die Straße. Riehl nahm an, dass der Fahrer sie überhaupt nicht gesehen hatte, denn er bremste nicht einmal ab.

Riehl blieb nichts anderes übrig, als stehen zu bleiben, was ihn einige entscheidende Sekunden kostete und ihr einen noch größeren Vorsprung verschaffte. Als der Lkw vorbeigefahren war, sauste er los, so schnell er konnte. Er raste über den Geh-weg wie eine Wärmesuchrakete, Fußgänger stoben wie auf-geschreckte Hühner aus dem Weg. Er hörte das Geräusch seines Atems, hörte das scharfe Pfeifen des Windes in seinen Ohren. Am Eingang zur U-Bahn hielt er sich nicht mit den Treppen auf, sondern setzte zum Sprung an und nahm alle Stu-fen mit einem einzigen Satz. Aber es reichte nicht.

Einige Meter vor ihm flitzte die Frau über den Bahnsteig und sprang in einen Zug, als sich die Türen gerade schlossen. Es war wie in einem gottverdammten Fernsehfilm. Unglaub-lich. Riehl spie einen Fluch aus, als er vor den geschlossenen Türen zum Stehen kam.

Durch die Barriere hindurch starrten sie einander an. Sie keuchte, ihre Pupillen waren geweitet, ihr Gesicht kalkweiß bis auf zwei hektische rote Flecken auf den Wangen. Als sie seinen Gesichtsausdruck sah, wich sie von der Tür zurück, bis sie ge-gen die Passagiere hinter ihr stieß.

Der Zug ruckte an. Riehl hob die Brauen, zog seine Marke und zeigte sie ihr. Mit großen Augen starrte die Frau sie an. Als der Zug anfuhr, trat sie wieder vor, legte die Hand an die Scheibe und hob den Blick, um ihn anzusehen.

Er zeigte mit dem Finger auf sie und formte mit den Lippen die Worte: »Gehen Sie zum nächsten Polizeirevier!«

Als Letztes sah er noch, wie sie ihn anstarrte, während der Zug davonratterte. Er fragte sich, ob es wirkungsvoller gewesen war, ihr seine Marke zu zeigen, als sie auf der Straße anzubrüllen.

Er sollte das nächste Polizeirevier aufsuchen, um es herauszufinden.

2

Gesetz

An der nächsten Haltestelle stieg Alice aus der U-Bahn und rannte die Treppen hinauf zur Straße. Sie war völlig durch den Wind und erschrak vor jeder Kleinigkeit, während sie trotz des ungläubigen Aufschreis, der noch immer in ihrem Kopf nachhallte, nachzudenken versuchte.

Hatte er bei ihrem Anblick die gleiche Offenbarung gehabt? Gefährte. Mörder.

Polizei?

Sei jetzt klug, sei vorsichtig. Konnte die Marke gefälscht sein? So verunsichert sie auch war, das klang doch sehr weit hergeholt – es sei denn, er hätte sich Zutritt zu Haleys Wohnung verschafft, indem er sich als Polizist ausgegeben hatte. Haleys Tür war geöffnet worden, nicht aufgebrochen. Schon viele Verbrechen waren von Leuten verübt worden, die sich als Polizisten ausgegeben hatten, darunter eines der berühmtesten des zwanzigsten Jahrhunderts: das Valentinstag-Massaker in den 1920er-Jahren.

Aber er hatte sie aufgefordert, zum nächsten Polizeirevier zu gehen. Das klang authentisch – es sei denn, er wollte sie direkt davor abfangen. Aber warum sollte er das tun? Jetzt hörte sie sich paranoid und irrational an – aber die Grenzen der Normalität hatte sie schon vor zwei Tagen hinter sich gelassen, als sie von Peters Ermordung erfuhr.

Nicht ohne Grund war ihre Gruppe klein und eng vernetzt. Während sich die Schockwellen von Peters Tod noch ausbreiteten, hatte Alex Schaffer, der Leiter ihrer Gruppe, gestern eine E-Mail an alle Mitglieder geschrieben. Er habe David nicht erreichen können und wollte wissen, ob jemand etwas von ihm gehört hatte.

Niemand hatte etwas gehört. Alice und Haley hatten diesen Abend zusammen verbringen wollen, um gemeinsam um Peter zu trauern und sich über Davids Verschwinden Gedanken zu machen. Alice hatte Haley überreden wollen, ihre Tasche zu packen und wenigstens übers Wochenende zu ihr nach Hause zu kommen, und vor nicht ganz fünfzehn Minuten hatte sie entdeckt, dass da ein klaffendes, dunkelrotes Loch in Haleys Bauch war.

Wenn dieser Mann der Mörder war, der in Haleys Wohnung zurückgekehrt war, um Spuren zu beseitigen, und wenn er glaubte, dass sie ihn identifizieren und ihn mit dem Verbrechen in Verbindung bringen konnte, würde er alles in seiner Macht Stehende tun, um sie zu beseitigen. Er würde sogar die Nähe zur Polizeistation riskieren.

Für einen kurzen Moment war das Glück auf ihrer Seite, denn ein Taxi mit beleuchtetem Schild fuhr die Straße entlang. Sie winkte es heran. Sobald es hielt, sprang sie hinein und verriegelte die Türen. »Fahren Sie los«, sagte sie zum Fahrer.

»Okay«, murmelte er. Er war ein intelligent und akademisch aussehender Wyr, etwa Mitte vierzig mit einem trockenen, staubigen Geruch und bis aufs Fleisch abgekauten Fingernägeln. Er sah sie über die Schulter an. »Wo soll es denn hingehen?«

»Sage ich Ihnen gleich«, antwortete sie. »Fahren Sie einfach los.«

»Na fabelhaft«, sagte der Fahrer mit einem Achselzucken. »Ist ja Ihre Kohle.«

Alice holte ihr Handy aus der Tasche und rief endlich die 9–1–1 an. Erstaunlicherweise nahm schon nach dem zweiten Klingeln eine Telefonistin ab. »Ich möchte einen Mord melden«, sagte Alice.

Das Taxi wurde langsamer, und der Fahrer warf ihr im Rückspiegel einen raschen, scharfen Blick zu. Alice funkelte ihn wütend an, und er zog den Kopf ein. Das Taxi beschleunigte wieder.

Der Schneefall war dichter geworden. Hinter den Scheibenwischern sah Alice die Straße vorüberziehen, während sie der Telefonistin Haleys Adresse und alle ihr bekannten Einzelheiten durchgab. »Als ich das Haus verließ, ist mir ein Mann gefolgt«, sagte sie. »Er war in der Wohnung. Ich habe es in eine U-Bahn geschafft, kurz bevor sich die Türen schlossen, dadurch bin ich ihm entkommen. Aber er hatte noch Zeit, mir durchs Fenster eine Polizeimarke zu zeigen. Er sagte, er sei Polizist, und ich solle zum nächsten Polizeirevier gehen. Ich muss seine Identität überprüfen, wenn das geht.«

»Das kann ich nicht am Telefon, Ma'am. Da müssen Sie zur nächsten Polizeiwache gehen.«

»Hören Sie, ich bin Lehrerin«, sagte Alice. Ihre Stimme löste sich auf, ebenso wie ihre Fassung. »Ich bin kein harter Soldat und kein Cop, der jeden Tag mit Leichen und Tatorten konfrontiert wird – ich unterrichte Erstklässler, okay? Normalerweise besteht der schlimmste Teil meines Tages darin, nach der Bastelstunde Klebstoff und Glitzer von meinen Jeans zu kriegen und mich auf Elternsprechstunden vorzubereiten. Jetzt sind innerhalb von drei Tagen drei meiner Freunde ermordet worden. Heute war es eine meiner besten Freundinnen, sie wurde zerstückelt. Ich bin erschüttert und habe wirklich große Angst. Was ist, wenn dieser Mann vor dem Revier auf mich wartet und in Wahrheit gar kein Polizist ist?«

»Also gut«, sagte die Telefonistin, deren Stimme nun freundlicher klang. »Wir machen Folgendes. Sie sagten, Sie sind in einem Taxi, richtig?«

»Ja«, sagte sie.

»Sagen Sie dem Fahrer, er soll rechts ranfahren, und geben Sie mir ihren Standort durch. Ich schicke Ihnen eine Einheit vorbei. Bleiben Sie mit dem Fahrer im Wagen und warten Sie auf die Streife. Dann bekommen Sie eine Polizeieskorte zum Revier, in Ordnung?«

Für einen kurzen Moment hörte für Alice die Welt auf, sich zu drehen. Sie flüsterte. »Ja, in Ordnung.«

Keine zehn Minuten später hielt hinter dem Taxi ein Streifenwagen mit Blaulicht, aber ohne Sirene. Eine Polizistin stieg aus und kam auf das Taxi zu. Alice bezahlte den Fahrer und stieg aus.

Die Polizistin fragte: »Alice Clark?«

»Ja«, sagte Alice.

»Ich bin Sergeant Rizzo. Mein Partner ist Officer Garcia. Wir eskortieren Sie zum 94. Revier.«

»Vielen Dank.« Alice war nach ihrem überhasteten Sprint durch die Straßen inzwischen wieder abgekühlt, aber ihre Kleidung war noch immer klamm vom Schweiß, und die Temperaturen fielen rapide. Der Wintersturm fing jetzt eindeutig an. Sie begann zu zittern und wickelte sich fest in ihren Mantel.

»Gern geschehen.« Die Polizistin begleitete sie zum Streifenwagen.

»Tut mir leid, wenn ich Ihnen Umstände bereite«, sagte Alice. »Ich weiß nicht einmal, ob das wirklich nötig war.«

»Überhaupt kein Problem«, sagte Rizzo. Der Sergeant öffnete die hintere Wagentür und forderte sie mit einer Geste auf, einzusteigen. »Soweit ich das verstanden habe, hatten Sie es womöglich mit einem intelligenten, gewalttätigen Mörder zu tun. Da können Sie gar nicht zu vorsichtig sein.«

Als Alice zögerlich auf dem Rücksitz Platz nahm, drehte sich Garcia zu ihr um und lächelte sie durch das Sicherheitsgitter an. »Wir haben eine Nachricht für Sie, die Sie beruhigen dürfte. Gerade hat sich das WDG, das Wyr-Dezernat für Gewaltverbrechen, bei uns gemeldet. Detective Gideon Riehl ist auf dem 94. Revier eingetroffen und wartet dort auf Sie. Wir sollen Ihnen ausrichten, er sei groß und blond und es tue ihm leid, dass er Sie erschreckt habe.«

Alice sackte in sich zusammen, als Garcias Worte zu ihr durchdrangen. »Bei allen Göttern, vielen Dank.«

Während Garcia sie durch den immer dichter werdenden Schneesturm fuhr, reagierte Alice' Körper auf die Ereignisse. Sie wickelte sich in ihren Mantel und zitterte so heftig, dass sie glaubte, sie müsste jeden Moment in ihre Einzelteile zerfallen. Mit stummer Eindringlichkeit flackerten die Bilder der letzten Stunde vor ihrem geistigen Auge auf.

Haleys Gesicht war ausdruckslos gewesen, so als wäre sie überwältigt vor Überraschung gestorben. Oder vielleicht war ihre Miene auch nur deshalb ausdruckslos, weil sie tot war, und sie hatte in den letzten Augenblicken ihres Lebens unvorstellbare Angst und Schmerzen erlitten. Hatte sie dem Mörder ins Gesicht gesehen und erkannt, dass sie sterben würde?

Hatte sie dem Mörder ins Gesicht gesehen und erkannt, wer er war?

Alice wischte sich mit einem Ende ihres Schals über die Wangen. Haley arbeitete an derselben Grundschule wie Alice – besser gesagt, sie *hatte* dort gearbeitet. Jemand musste Alex anrufen, denn er war nicht nur der Leiter ihrer Gruppe, sondern auch Direktor der *Broadway Elementary School*. Jemand musste Haleys Eltern Bescheid sagen. Sie nahm an, dass die

Polizei eine festgelegte Vorgehensweise für solche Fälle hatte, aber Haley war ein Einzelkind ... gewesen. Die Nachricht über ihren Verlust musste ein vernichtender Schlag für ihre Eltern sein. Vielleicht konnte Alice der Polizei ihre Hilfe anbieten.

Und Peter. Über seinen Tod waren noch keine Einzelheiten veröffentlicht worden, nur dass er überfallen und ermordet worden war. David hatte man noch nicht gefunden. Aber schon seit zwei Tagen, seit sie und Haley im Lehrerzimmer flüsternd über Peter gesprochen hatten, wusste Alice Bescheid.

Der Albtraum war zurückgekehrt.

Obwohl der Freitagabend noch jung war, hatte sich der Verkehr bereits zu einem Tröpfeln ausgedünnt, da man nur noch wenige Meter weit sehen konnte. In der Unwetterwarnung wurde eindringlich von allen nicht unbedingt notwendigen Fahrten abgeraten, und selbst die entschlossensten Feiertagseinkäufer hatten von ihren Plänen abgelassen.

Die Welt war so verlassen und heimtückisch geworden, dass selbst die anheimelnden elektrischen Lichter in der Dunkelheit verblassten. Der Wind heulte, als wären unsichtbare Wölfe auf der Jagd, und trieb den Schnee mit solcher Wucht vor sich her, dass kleine Nadeln aus Eis jedes Stück entblößter Haut attackierten.

Es gab zwei Sorten von Stürmen, dachte Alice. Der eine war der freundliche, den man sich gern mit einer Tasse Tee vom Fenster aus ansah. Er tobte theatralisch über den Himmel, war aber eigentlich nicht bösartig.

Dieser Sturm war von der anderen, der mörderischen Sorte. Manche Schrecken wohnen in der Nacht, flüsterte der scharfe Wind, Schrecken, wie nur Kinder und Dämonen sie kennen. Aber manche Schrecken wohnen auch in den Gedanken, und mit diesem Grauen ist jeder allein. Der Winterwind sang von

Dingen, an die sich die Vernunft nicht mehr erinnerte, die aber die Angst niemals vergaß, denn in uns wohnen die Geister und Tragödien, aus denen die Schatten unseres Lebens bestehen. Wir können sie nicht ertragen, flüsterte der Wind, denn wenn uns das Licht und die Wärme genommen werden, bleiben wir nackt und zitternd in der Dunkelheit zurück. Und dann hören wir dicht neben uns das heisere Kichern, das uns sagt, dass wir Beute sind.

Nicht einmal die Lichter des 94. Reviers konnten Alice Trost spenden, als der quadratische Back- und Sandsteinbau plötzlich als riesenhafte, gedrungene Masse in der grauschwarzen Nacht auftauchte. Eine gesichtslose, dunkle Macht hatte ihre Freunde vernichtet und verfolgte ihre Gemeinschaft. Trauer und Angst drohten Alice zu erdrücken.

Und dann war da noch der andere Grund, aus dem sie zitterte, dieses unmögliche Gefühl, jemanden zu erkennen, dem sie noch nie zuvor begegnet war. Die Überzeugung drang ihr bis ins Mark und bestürmte ihre misstrauische, widerwillige Seele.

Sie wollte keinen Gefährten. Sie ging nicht mal gern aus. Es waren immer die gleichen Fragen, die alle stellten, immer wieder und wieder. Was machst du beruflich? Was sind deine Hobbys? Was isst du gern? Triffst du dich noch mit jemand anderem?

Beantwortete irgendjemand diese Fragen beim ersten Date ehrlich?

Alice' Vorlieben entsprachen ihrer scheuen Wyr-Natur. Sie war eine ruhige Person, die Einzelgänger-Beschäftigungen nachging. Dazu gehörten Lesen, das Nähen von Quilts, lange Spaziergänge und Radfahren im Park, Camping und Hörbücher. Ihre Vorstellung von Rebellion bestand darin, stark von einem Kochrezept abzuweichen. Zwar liebte sie jedes der fünfzehn eigenwilligen, ausgelassenen Kinder in ihrer Klasse, doch oft verbrachte sie ihre Abende zu Hause damit, sich von den intensiven Kontakten des Tages zu erholen. Für ihre sozialen Bedürfnisse reichten die Zusammenkünfte ihrer Gruppe, die Mittagessen mit anderen Lehrern, regelmäßige Telefonate und Briefwechsel mit ihren Eltern und … gute Götter, *Haley*.

Dieser gewaltige, bedrohliche Fremde – wie hatte Garcia ihn genannt? Detective Gideon Riehl. Er konnte nicht der sein, für den sie ihn hielt. Sie musste unter einer körperlichen Funktionsstörung leiden, einer Art ungewöhnlicher Reaktion auf den ganzen Stress der letzten Tage.

Wenn Wyr kriminell wurden, waren sie tödlich. Jeder, der beim WDG, der Eliteeinheit der New Yorker Polizei, arbeitete, führte erklärtermaßen ein gewalttätiges, gefährliches Leben. Um kriminelle Wyr zur Strecke zu bringen, mussten die Mitglieder des WDG bessere, effizientere Killer sein als die, auf die sie Jagd machten. Alice konnte sich niemanden vorstellen, der weniger mit ihr gemeinsam hätte. Kein Wunder, dass er sie so in Angst und Schrecken versetzt hatte.

Hatte auch er etwas gespürt, als er sie zum ersten Mal sah? War er derselben irrwitzigen Überzeugung, dass sie seine Gefährtin war? Wenn nicht, hatte sie ein Problem. Wenn doch, hatte sie eine ganze Reihe von Problemen.

Sie erblickte die unverwechselbaren, riesenhaften Umrisse von Detective Riehl, der vor den Türen der Wache auf und ab ging. Er trug nichts auf dem Kopf, und der Reißverschluss seiner abgewetzten Lederjacke stand offen. Anscheinend konnte ihm der heftige Schneesturm, der um ihn herum heulte, nichts anhaben. Garcia fuhr den Streifenwagen auf den Bordstein. Riehl drehte sich um und eilte bereits mit großen Schritten auf sie zu, als der Wagen sanft zum Stehen kam.

Ein mächtiger Wahnsinn ergriff von Alice Besitz, als sie ihn näher kommen sah. Sein gewaltiger Körper bewegte sich mit einer athletischen, selbstsicheren Anmut, während seine unglaublich langen Beine die Entfernung zwischen ihnen in null Komma nichts zurücklegten. Mit der gleichen nervenaufreibenden Intensität wie zuvor war der Blick seiner hellen Augen unverwandt auf sie gerichtet; diesmal aber verfiel sie nicht in Panik, denn sie wusste, er war ihr einziger Schutz vor diesem mörderischen Sturm.

Ihr Blick klebte an ihm, schmerzhaft rau strich der Atem durch ihre Kehle, während sie nach dem Türgriff suchte. Erst mit Verspätung fiel ihr ein, dass es auf dem Rücksitz von Polizeifahrzeugen keine gab, doch da hatte Riehl schon behutsam die Tür für sie geöffnet. Sein eisiger Blick war ruhig, als er ihr seine kraftvollen Hände entgegenstreckte.

Vielleicht sollte sie weglaufen. Der Teil von ihr, der noch immer erschüttert war, wollte es zumindest. Der größere Teil aber, der wahnsinnige, griff nach seinen Händen. Heiß und schwielig fühlten sie sich unter ihren Fingern an. Er stützte sie, als sie ihre zitternden Muskeln irgendwie in Bewegung setzte und ausstieg. Ihre Zähne klapperten hörbar, und ihr Stolz war nirgends aufzufinden. Scharf und forschend sah Riehl ihr ins Gesicht, und dann zog er sie einfach in seine Arme. Eingehüllt in seine Wärme und seinen Duft fand sie unbeschreibliche Erleichterung und Trost.

»Jetzt wird alles gut«, brummte er leise in ihr Ohr. »Sie sind in Sicherheit. Ich bin bei Ihnen.«

Alice ließ alle Gedanken ans Weglaufen fahren, verlor jedes Gefühl von Stolz und Anstand und lehnte sich an seine breite, muskulöse Brust. Er war ein starkes, sicheres Zuhause.

Jetzt, da sie sich so dicht gegenüberstanden, stellte Riehl fest, was für ein winziges Etwas Alice Clark war. Fast hätte er sie hochheben und in die Tasche stecken können. Er strich über ihren schmalen Rücken, während sie sich an ihn kuschelte. Aus irgendeinem Grund hatte sein Herz beschlossen, das Tempo eines Presslufthammers einzuschlagen. Obwohl ihr Zittern den Wolf in ihm zum Knurren brachte, hielt Riehl die Bestie strikt unter Kontrolle. Jetzt war nicht der richtige Zeitpunkt, den Cujo raushängen zu lassen und zu riskieren, sie noch mehr zu verschrecken. Als aber zwei Uniformierte aus dem Polizeiwagen stiegen und ihnen ein Stück zu nahe kamen, legte er den Kopf schief und bleckte als stumme Warnung die Zähne.

Der männliche Uniformträger hob beschwichtigend die Hände. Die Frau sah ihn unter zusammengezogenen Brauen an und fragte ruhig: »Miss Clark, können wir noch etwas für Sie tun?«

Als Alice die Arme von seiner Taille löste, zeigte Riehl noch mehr Zähne. Sie wollte sich ganz umdrehen, aber das ließ er nicht zu. Also wandte sie nur den Kopf. Ihre wilden, wundervollen Korkenzieherlocken mit den goldenen Spitzen kitzelten ihn am Kinn, und am liebsten hätte er das Gesicht an ihr gerieben, als sie sagte: »Nein. Vielen Dank für alles.«

»Gern geschehen«, sagte die Frau. Sie warf Riehl noch einen finsteren Blick zu, ehe sie und ihr Partner sich abwandten und sich wieder ihrem Dienst widmeten.

Alice legte den Kopf in den Nacken und sah zu ihm auf. Forschend betrachtete er ihren angespannten Gesichtsausdruck. Hinter den dünnen Brillengläsern lagen große, nussbraune Augen, in denen blaue und grüne Sprenkel leuchteten. Ihre schimmernde kakaobraune Haut ließ ihm das Wasser im Mund zusammenlaufen und weckte in ihm den Drang, sie von Kopf bis Fuß abzulecken. Tränenstreifen liefen über ihre zierlichen, fast asketischen Züge, und er sah die Spuren ihrer Angst. Hier draußen in der Eiseskälte war ihr Zittern schlimmer geworden.

Ihre wunderschönen Augen waren starr von zu viel Gefühlen und grauenhaften Erinnerungen. Wieder traf er eine seiner jähen Entscheidungen und sagte: »Ich bringe Sie nach Hause.«

Auf ihrem angespannten, verschlossenen Gesicht entfaltete sich die Überraschung wie eine Blütenknospe. »Wollen Sie mich nicht vernehmen?«

»Doch, aber Sie haben einen höllischen Schock erlitten. Alles Nötige können wir bequemer bei Ihnen zu Hause besprechen«, sagte er.

Er legte ihr einen Arm um die Schultern und führte sie zu seinem Wagen, einem neuen Jeep-Cherokee-Modell in Zivil. Ohne jeden Widerspruch lief sie wie ein Roboter neben ihm her. Er öffnete die Türen mit dem Schlüsselanhänger und hielt ihr die Beifahrertür auf. Sobald sie saß, ging er zügig zur Fahrerseite.

Mit einem kurzen Seitenblick vergewisserte er sich, dass sie sich angeschnallt hatte, bevor er den Jeep startete und aus der Parklücke zurücksetzte. Bei jeder Lenkbewegung spürte er, wie tückisch glatt die Fahrbahn geworden war. Der Motor war noch warm, und so drehte er die Heizung für Alice voll auf. Für sich allein hätte er sich die Mühe nicht gemacht. Meistens produzierte er für seine eigenen Bedürfnisse genug Körperwärme.

Seit Riehl seinen neuen Job angenommen hatte, fiel ihm immer wieder auf, wie sehr er sich an das primitive Leben gewöhnt hatte. Mit zwanzig war er als Rekrut zur Armee gegangen und war dort länger geblieben, als die meisten Menschenleben währten. Der Wolf in ihm konnte sich mit seinem Ausscheiden aus der Armee noch immer nicht so richtig anfreunden. Jedes Mal, wenn er sich in beengten Wohnungen wie der des Opfers – wie dem Zuhause von Haley Cannes – aufhielt, überkam ihn das Gefühl, er würde alles umstoßen, wenn er sich zu schnell bewegte.

In den letzten Monaten hatte er seinen Entschluss, die Armee zu verlassen und in die Stadt zu ziehen, sogar ernsthaft in Zweifel gezogen. Er wusste nicht, ob er sich auf Dauer anpassen konnte. Der Wolf war mit dem umherziehenden Leben zufrieden gewesen und hatte in der Armee das Rudelgefühl gefunden, das er brauchte. Es war der Mann in ihm gewesen, der rastlos geworden war und beschlossen hatte, dass es Zeit für eine Veränderung war. Doch die Rastlosigkeit war nicht abgeklungen, nachdem er umgezogen war und den Job gewechselt hatte.

Eigentlich war sie bis genau zu diesem Moment nicht abgeklungen.

Er warf seiner Beifahrerin einen weiteren nachdenklichen Seitenblick zu. In diesem Sturm da draußen ging eine ganz schöne Ladung runter. Weiße Schneeflocken hingen in Alice' Haaren und schmolzen in der Wärme des Wagens. Die Feuchtigkeit funkelte wie ein Netz aus winzigen Juwelen. Ihr Profil wirkte traurig, sogar hart, ihr fein geschnittener Mund bildete eine gerade Linie ohne jedes Lächeln. Sie trauerte, und er war ein Eselsarsch, weil er nicht aufhören konnte, sie anzustarren und daran zu denken, wie er sie ins Bett kriegen könnte.

Wieder spürte er, dass sich die Achse der Welt verschoben hatte, die tiefe Überzeugung, dass sich der Nordpol bewegt hatte und nichts mehr so sein würde wie vorher.

Er spürte es. Er hatte nur keine Ahnung, was es bedeutete.

Die Strecke bis zu ihrer Wohnung war eigentlich recht kurz, aber wegen des Wetters dauerte die Fahrt um einiges länger. Ein paarmal sah Alice zu Riehl hinüber, wenn er den Wagen ohne zu fragen in die richtige Richtung lenkte. Sie verschränkte die Hände in ihrem Schoß fest ineinander, sagte aber nichts. Viel Zeit hatte er nicht gehabt, nachdem ihn die Meldung erreicht hatte, aber er hatte noch eine Schnellsuche nach ihrem Namen durchgeführt. Alice Clark, Alter fünfunddreißig. Zur

Hölle, er war länger in der Armee gewesen, als sie am Leben war, sogar mehr als doppelt so lange. Den Akten der Kraftfahrzeugbehörde zufolge besaß sie einen Prius. Er fragte sich, ob sie eine Wochenendfahrerin war, wie so viele der Stadtbewohner, die ein Auto besaßen.

Ihre Adresse entpuppte sich als Wohnung mit Garten in einem Sandsteinhaus in der Nähe des Prospect Parks. Riehl parkte den Wagen und folgte ihr die flachen, eisglatten Stufen hinunter zur Eingangstür. Das verschnörkelte schmiedeeiserne Schutzgitter vor dem Fenster war von einer Eisschicht überzogen. Als sie die Wohnung betraten, schlug ihm Wärme entgegen. Während Alice noch die Eingangstür schloss und verriegelte, zog er schon seine Jacke aus.

Mit ihren hübschen nussbraunen Augen sah sie zu ihm auf, um dann nervös den Blick abzuwenden, während sie die Knöpfe ihres Wollmantels öffnete. Allmächtiger Jesus, ihr beim Ausziehen zuzusehen, auch wenn es nur so wenig war, traf ihn wie ein Maultiertritt. Er sog die Luft ein und wandte sich ab, um die Wand anzustarren.

»Wenn es Ihnen nichts ausmacht«, sagte sie, »würde ich mir gern etwas Trockenes anziehen.« Sie klang atemlos, ihre Stimme war kaum mehr als ein Flüstern, und das war so sexy, als hätte sie mit den Fingerspitzen ganz sacht über die bloße Haut an seiner Wirbelsäule gestrichen.

Er zitterte. Unter herkulischer Anstrengung brachte er schließlich ein paar Worte hervor. »Tun Sie das.«

Beim Hinausgehen schaltete sie sämtliche Lampen ein. Ohne Alice wirkte das Zimmer viel zu leer. Während er wartete, strich Riehl durchs Wohnzimmer, blieb im Türrahmen stehen und warf einen Blick in die Küche mit angrenzendem Essbereich. Die Wohnung war natürlich zu warm, aber das hatte er vorher gewusst. Alice' Wohnung war größer als Haley Cannes'

Apartment. Es sah aus, als hätte sie sogar zwei Schlafzimmer, und es gab eine Hintertür. Die großzügig geschnittene Küche war mit einigen leuchtenden Sonnenblumen dekoriert, die strategisch platziert waren, um das Salbeigrün der Schränke zu kontrastieren. In einer Nische, die sich hinter einer Faltschiebetür aus Holz verstecken ließ, waren eine Waschmaschine und ein Trockner übereinander aufgestellt. Im Essbereich stand ein schlichter Eichentisch mit vier Stühlen.

Er trat an die Hintertür, um einen Blick aus dem Fenster zu werfen, und stellte zu seiner Zufriedenheit fest, dass auch dieses mit einem Sicherheitsgitter versehen war. Durch das weiße Tosen des Sturms hindurch erkannte er einen kleinen, von einem Sichtschutzzaun umgebenen Garten, der jetzt im Dunkeln und unter einer dicken Schneedecke lag. Dieses winzige Grundstück musste im Frühling, Sommer und Herbst eine erfrischende Oase sein.

Offenbar hatte Alice also, auch wenn sie es nicht zur Schau stellte, mehr Geld als ihre Freundin. Sie konnte sich eine größere Wohnung mit Garten leisten und sogar in der Stadt ein Auto unterhalten.

Riehl ging ins Wohnzimmer zurück. Hier gab es schlichte, bequeme Möbel in Erdtönen, eine Couch, einen Schaukelstuhl und eins von diesen langen Sesseldingern – wie hießen die noch? Eine Chaiselongue. Zahlreiche Bücherregale waren mit gebundenen Büchern und Taschenbüchern gefüllt, überall standen Topfpflanzen, und über den Rückenlehnen der Couch und der Sessel lagen wirklich wunderschöne handgearbeitete Quilts. In einer Ecke des Zimmers befand sich ein Ständer mit einem weiteren, unfertigen Quilt in einem runden Rahmen. An den Wänden hingen einige Original-Kunstwerke, üppige Dschungellandschaften in sattem Grün mit gelegentlich eingestreuten exotischen Blüten. Riehl war beim besten Willen kein

Kunstkenner, aber alle Bilder waren in einem ähnlichen Stil gemalt und schienen vom gleichen Künstler zu stammen. An einer Wand befand sich ein gasbetriebener Kamin hinter Glas.

Alice hatte den vorhandenen Raum gut genutzt und eine Oase darin erschaffen. Er wirkte behaglich, vermittelte aber zugleich ein Gefühl von Weite, Licht und freier Natur. Riehl zündete den Gaskamin an und trat zurück. Strategisch platzierte Flächenstrahler trugen dazu bei, eine ruhigere Abendstimmung zu schaffen. Dank der flackernden Flammen konnte er sich beinahe vorstellen, draußen im Grünen an einem Lagerfeuer zu sitzen. Mann und Wolf waren äußerst angetan.

Zarte Funken ihrer magischen Energie waren in ihrer Wohnung verstreut, kaum mehr als ein weiches Glimmen. Hier roch es nach ihr, nach diesem zarten, bewegenden, geheimnisvoll verlockenden Duft. Tief ein- und ausatmend spürte er, wie die Spannung zwischen seinen Schulterblättern nachließ. Ihre Wohnung war angenehm und einladend, aber nicht überladen oder protzig. Hier fühlte er sich nicht eingeengt. Er fühlte sich wohl.

Während er sie im Schlafzimmer umhergehen hörte, stellte er sich vor, wie sie ihre restliche Kleidung auszog. Sofort wurde sein Schwanz hart und drängte sich gegen den Reißverschluss seiner Hose.

Er war so ein Mistkerl. Konnte er sich noch schändlicher benehmen?

Sie durchlebte gerade einen der schlimmsten Tage, die man überhaupt haben konnte, und er war noch nicht vorüber, denn so sehr Riehl ihr auch Ruhe und Erholung gönnen wollte, er musste sie noch vernehmen. Also sollte er darüber nachdenken, wie er ihr helfen konnte, nicht darüber, wie sie schmecken würde und was für ein Gefühl es sein würde, wenn sich ihr eleganter Körper unter ihm wand, während er in sie hineinstieß.

Apropos helfen. Er ging in die Küche, wo ein Teekessel auf

dem Gasherd stand. Er füllte Wasser in den Kessel und schaltete die Flamme auf höchste Stufe. Dann öffnete und schloss er die Küchenschränke, bis er ihren Teevorrat gefunden hatte. Und das war der Punkt, an dem er nicht weiterwusste. Sie hatte so viele eigenartige Teesorten, dass er keine Ahnung hatte, was er aussuchen sollte. Sie standen in ihrem Schrank, also musste sie sie alle mögen, richtig? Er nahm aufs Geratewohl eine Schachtel heraus und bereitete eine Tasse vor, und als der Kessel einen durchdringenden Pfiff ausstieß, goss er das kochende Wasser hinein.

Er spürte es augenblicklich, als sie in den Türrahmen trat und ihn ansah, ließ sich aber bewusst etwas Zeit, ehe er sich zu ihr umdrehte. Sie trug eine weiche graue Flanellhose, darüber einen weiten blauen Zopfmusterpullover, unter dessen Ausschnitt ein altes weißes T-Shirt hervorlugte, und Hausschuhe. Er war froh zu sehen, dass sie es sich bequem gemacht hatte, und wusste, es war die richtige Entscheidung gewesen, sie nach Hause zu bringen. Sie wirkte ruhiger, aber noch immer so traurig, dass es ihm in seinem alten, kampfgestählten Herz wehtat.

Seine Stimme klang schroff, als er sagte: »Sie haben so gefroren, da habe ich den Kamin angemacht und dachte, Sie möchten vielleicht etwas Heißes trinken.«

Sie sah die Tasse an und dann den Kessel auf dem Herd, und ihre Miene wurde weicher. Der Ausdruck zarter Dankbarkeit auf ihrem Gesicht war so liebenswert, dass er an der Barriere aus Zynismus vorbeischlüpfte, die Riehl errichtet hatte, um die Welt nicht an sich heranzulassen.

»Danke«, sagte sie.

Er nickte ihr knapp zu. Dabei hatte er Mühe, mit beiden Beinen auf dem Boden zu bleiben, der mit einem Mal unter ihm zu schwanken begonnen hatte.

Die Achse der Welt hatte sich verschoben.

Und sie war sein Nordpol.

3

Herd

Alice starrte den kraftvoll gebauten Mann in ihrer Küche an und kämpfte gegen den Drang, ihre Finger zu kneten. Sein Gesicht war von harten Linien gezeichnet und geprägt von einer kantigen Reife, die von einem Augenblick auf den anderen gefährlich werden konnte. In seinen Zügen gab es keine Sanftheit. Sie zeigten, dass er viel herumgekommen war und unvorstellbare Dinge gesehen hatte, dass er diesen Dingen mit kluger, souveräner Gefasstheit gegenübergetreten war und nicht wusste, was es bedeutete, aufzugeben.

Seine Gegenwart verlieh der Luft eine exotische Note und ließ Alice' vertraute Umgebung fremd wirken. Sie hatte ihre Drei-Zimmer-Wohnung für geräumig gehalten, doch er schien mit seiner starken männlichen Energie den gesamten Raum auszufüllen. Diese Energie umspülte ihre müden Sinne mit Vitalität und gab ihr ein Stück ihrer Zielstrebigkeit zurück.

Unter seiner Lederjacke trug er nur ein ausgewaschenes schwarzes T-Shirt. Der Baumwollstoff spannte sich straff über den Wölbungen seines Bizeps und des Deltamuskels in seinem Oberarm und dehnte sich über seinen schweren, breiten Brustmuskeln. In einem Schulterholster trug er eine Pistole, an der ihr Blick hängen blieb. Für ein paar lange Augenblicke konnte sie die Augen nicht von der Waffe lösen.

Als sie aus dem Schlafzimmer gekommen war, hatte sie mit

Befremden festgestellt, dass er ganz offensichtlich wusste, wie man sich auch ohne Einladung wie zu Hause fühlt. Er hatte Feuer im Kamin gemacht und kochte Tee.

Dann hatte er den Kopf gehoben und sie angesehen, und sein eisblauer Blick war ihr durch und durch gegangen. Sie hätte es nicht für möglich gehalten, aber sein beängstigend unbarmherziges Gesicht nahm tatsächlich sanftere Züge an, und sie hatte das Gefühl, dass alles in ihr zu Pudding wurde. Als er sagte, der Tee und das Feuer wären für sie, war es so ziemlich das Letzte, was sie von ihm zu hören erwartet hatte. Sie musste die Lippen zusammenpressen, damit sie nicht zitterten.

»Geht es Ihnen besser?«, fragte er. »Wenigstens etwas?«

Der Klang seiner tiefen, rauen Stimme strich über ihre Haut. Die winzigen Haare an ihren Armen stellten sich auf. Stumm nickte sie.

»Wo möchten Sie sitzen?«, fuhr er fort. »Im Wohnzimmer am Feuer oder an Ihrem Esstisch?«

Noch immer schweigend deutete sie auf den Esstisch. Er stellte die Tasse dort ab und bot ihr einen Stuhl an. Zögerlich setzte sie sich. »Möchten Sie keinen?«, fragte sie.

In dem Seitenblick, mit dem er sie nun ansah, lag ein umwerfender spitzbübischer Charme, der sie wie ein Schlag zwischen die Augen traf. »Ich bin kein Teetrinker.«

Zutiefst bestürzt darüber, wie heftig sie auf ihn reagierte, senkte sie schnell den Blick und starrte blinzelnd in ihren Tee. Sie schlang die kalten Finger um die angenehm warme Tasse und räusperte sich. »Im Kühlschrank habe ich Bier und Softdrinks, wenn Sie etwas trinken möchten.«

»Im Moment brauche ich nichts, danke.« Er setzte sich auf den Stuhl ihr gegenüber und stützte die Ellbogen auf den Tisch. Leise sagte er: »Ihnen ist bewusst, dass ich Ihnen jetzt ein paar unangenehme Fragen stellen muss, oder?«

Sie nickte. »Fragen Sie mich alles, was nötig ist, Detective.«

»Hey.« Er senkte den Kopf ein Stück, um ihren Blick aufzufangen, und sie ließ es geschehen. Er schenkte ihr ein kurzes, einschmeichelndes Lächeln. »Nennen Sie mich doch bitte Gideon.«

Ein winziger Funken Wärme drang bis in ihr zugeschnürtes Herz vor. Sie schaffte es, sein Lächeln kurz zu erwidern. »Und ich bin Alice.«

»Ich will kein Geheimnis daraus machen, Alice – ich bin sehr froh, dass wir uns begegnet sind, aber ich bedaure, dass es unter so furchtbaren Umständen geschehen musste. Der Verlust deiner Freundin tut mir leid.« Gideon sah sie unverwandt mit seinen blassblauen Augen an. Noch vor gar nicht langer Zeit hatten sie so eiskalt gewirkt, doch jetzt zeigte sich tiefes Mitgefühl darin. Hinter diesem Ausdruck verbarg sich ein düsteres Wissen. *Er weiß, wie es ist, jemanden zu verlieren, der einem nahesteht,* dachte Alice.

»Freunde«, flüsterte sie.

»Freunde«, korrigierte er sich. »Ich wünschte, du hättest Haley nicht so sehen müssen. Ich hätte dir das gern erspart, wenn ich gekonnt hätte.«

Irgendwie sagte er genau das Richtige. Mit seinen schlichten Worten gestand er ein, dass zwischen ihnen etwas war, aber indem er ihr sein Beileid aussprach, betonte er zugleich, worauf sie sich im Augenblick konzentrieren mussten. Das vermittelte ihr mehr Sicherheit als alles andere, was er hätte tun oder sagen können. »Danke«, sagte sie und richtete sich in ihrem Stuhl auf.

»Ich möchte, dass du mir alles erzählst, was du in den letzten Tagen erlebt hast«, sagte Gideon. »Nimm dir Zeit, und mach dir keine Gedanken darüber, ob du es für relevant hältst oder nicht. Das werde ich entscheiden.«

»Alles?« Sie sah ihn verwirrt an. »Du stellst mir keine Fragen?«

»Du meinst, wie im Fernsehen, wo die Cops in einem gezielten Dialog innerhalb von drei oder vier Minuten erfahren, was sie wissen müssen?« Wärme legte sich auf Alice' Wangen, verlegen hob sie eine Schulter. Er lächelte schwach. »Fragen werde ich später stellen. Im Moment möchte ich dich nicht in eine bestimmte Richtung lenken oder dich beeinflussen, weder durch die Auswahl meiner Fragen noch durch meine Ansichten. Es besteht immer die Möglichkeit, dass du mehr weißt, als du glaubst, und dass du Dinge weißt, von denen mir noch gar nicht bewusst ist, dass ich danach fragen könnte.«

»Okay.« Sie trank einen Schluck von ihrem Tee, um einen Augenblick Zeit zu gewinnen und ihre Gedanken zu sammeln. Noch vor einer knappen halben Stunde war sie ein verängstigtes Wrack gewesen, das kaum zusammenhängend denken konnte. Jetzt trauerte sie natürlich, aber sie fühlte sich ruhiger, aufgefangen und nicht mehr so allein und verwundbar in der Dunkelheit.

Sie fühlte sich sicher.

Sie dachte einige Tage zurück, an ein völlig anderes Leben, in dem sie unbekümmert zur Arbeit gegangen war und nicht geahnt hatte, welche Schrecknisse die Woche für sie bereithalten sollte. »Ich bin Lehrerin«, sagte sie. »Ich arbeite an einer Privatgrundschule, der *Broadway Elementary*. Haley hat an der gleichen Schule unterrichtet. Mit dem Direktor, Alex Schaffer, sind wir befreundet. Er kam in der Mittagspause zu uns, um uns zu sagen, dass ein gemeinsamer Freund von uns, Peter Baines, tot ist.«

Zunächst kamen die Worte langsam und stockend, dann begannen sie zu fließen, wurden schneller und nachdrücklicher. Gideon hörte schweigend zu und sah sie mit ruhigem, festem

44

Blick an. Seine Gegenwart war wie eine Rettungsleine, an der sie sich festhalten konnte, als sie zu den schlimmen Stellen kam.

Sie weinte. Sie wollte es nicht, konnte aber nichts dagegen tun. Als sie zu der Stelle kam, wo sie Haleys misshandelte Leiche zum ersten Mal gesehen hatte, setzte sie die Brille ab und bedeckte die Augen mit der Hand. Tränen strömten über ihr Gesicht.

Gideons Stuhl schabte über den Boden. Er kam um den Tisch herum, ging neben ihr in die Knie und zog sie in die Arme. Es war das gleiche Gefühl wie beim ersten Mal, als würde sie nicht nur umarmt, sondern eingehüllt.

Keiner von ihnen erwähnte die Tatsache, dass ein solches Verhalten seitens eines Polizeibeamten, der eine potenzielle Zeugin verhörte, von vielen als unangemessen betrachtet werden würde. Diese Grenze hatte er bereits vor dem Revier überschritten.

Alice machte sich selbst ein Geschenk – sie erlaubte sich, das zu tun, was sie brauchte. Sie schlang die Arme um Gideon, barg das Gesicht an seinem starken Hals und schluchzte sich die Seele aus dem Leib.

Er strich ihr über den Rücken und hielt sie geduldig im Arm. Erst als sie sich beruhigt hatte und Anstalten machte, sich aufzurichten, ließ er sie los. Mit leiser Stimme fragte er: »Besser?«

Sie nickte und berührte dankbar seinen Handrücken. Dann griff sie nach ihrer Brille und stand auf, um sich an der Küchenspüle das Gesicht zu waschen. Das kühle Wasser tat ihrer überhitzten Haut und den geschwollenen Augen gut. Mit einem Handtuch tupfte sie sich das Gesicht trocken, ehe sie die Brille wieder aufsetzte. Als sie wieder klar sehen konnte, fiel ihr auf, dass die Uhr an ihrem Herd 21:05 Uhr anzeigte.

Sie sah Gideon an, der ebenfalls aufgestanden war. Jedes Mal, wenn ihr Blick auf ihn fiel, erschrak sie über seine schiere Größe. Heute Abend hatten sie beide noch keine Gelegenheit gehabt, etwas zu essen. Er hatte noch nicht einmal damit angefangen, ihr Fragen zu stellen, also würde er nicht allzu bald wieder gehen. Sie glaubte nicht, dass sie etwas hinunterbekommen würde, aber große, männliche Wyr, insbesondere wenn sie eine so ausgeprägte Physis besaßen, mussten essen.

»Hast du Hunger?«, fragte sie.

Er erstarrte. Sie sah ihm an, dass er unschlüssig war, was er antworten sollte, und so unglaublich das an einem so furchtbaren Abend wie diesem auch schien, zeigte sich ein echtes Lächeln auf ihren Lippen.

»Natürlich hast du Hunger«, sagte sie. »Ich mach dir etwas zu essen.«

»Das brauchst du nicht«, sagte Gideon.

»Ich weiß. Aber ich möchte es«, erwiderte sie. »Ich koche gern, wenn ich unter Stress stehe.« Seine Augenbrauen hoben sich, und sie kicherte leise. »Das klingt wahrscheinlich seltsam, aber Kochen beruhigt mich. Ich finde es tröstlich.«

»Sicher?«, fragte er vorsichtig. »Ich könnte schon etwas vertragen.«

Wenn man bedachte, wie rücksichtsvoll er sie behandelte, hieß das zweifelsfrei, dass er ausgehungert war. Sie sollte also auf jeden Fall etwas Herzhaftes kochen. Zum Glück hatte sie im Supermarkt ihre Vorräte aufgestockt, nachdem sie in der Vorhersage von dem Wintersturm gehört hatte.

Sie nahm ein Corona aus dem Kühlschrank und reichte es Gideon. Als er es entgegennahm, leuchtete in seinem Blick vorsichtige Dankbarkeit auf. Gütiger Himmel, er sah aus, als hätte ihm noch nie jemand angeboten, für ihn zu kochen. Sie drehte sich wieder um und begutachtete den Inhalt ihres Kühlschranks, um zu entscheiden, was sie zubereiten sollte. »Du bist eine Art Hund, richtig?«, murmelte sie. Er würde jede Menge Eiweiß wollen.

»Ein Wolf.«

Sie hielt inne, während die Worte zu ihr durchdrangen. Kein Hund, sondern ein Wolf. Das bedeutete, dass er nicht gerade zahm oder domestiziert war. Ja, das passte. Wenn sein Fell das gleiche Weißblond hatte wie seine Haare, musste er als Wolf atemberaubend aussehen.

»Und du bist ein Regenbogenchamäleon, richtig?«, fragte er.

Der Griff der Kühlschranktür glitt aus ihren kraftlosen Fingern. Während die Tür weit aufschwang, drehte sich Alice um und wich vor ihm zurück, bis sie an die Arbeitsplatte stieß.

Gideons Miene veränderte sich. Mit ruhiger Stimme sagte er: »Es ist okay, Alice. Erinnere dich, du bist in Sicherheit.«

Wieder verhielt er sich einfach perfekt. Er kam nicht auf sie zu, sondern lehnte sich entspannt am Esstisch zurück, einen Fuß über den anderen gelegt. Er beobachtete sie mit der gleichen beständigen Ruhe, die er schon den ganzen Abend ausstrahlte.

Mit einem unsicheren Lachen entspannte sie sich. »Tut mir leid«, sagte sie. »Das schien so aus dem Nichts zu kommen. Und … wir sprechen nicht gern über uns und posaunen nicht gerade herum, welche Art Wyr wir sind, weißt du? Ein Teil davon liegt in unseren Instinkten, und ein anderer Teil … Na ja …« Sie machte eine allumfassende Geste.

Mit nachdenklichem Blick nickte er und rieb sich den Hinterkopf. »Die Geschichte hat es nicht gut mit den Chamäleon-Wyr gemeint.«

Wie die meisten Alten Völker stammten auch die Wyr nicht ausschließlich von der Erde. Einige der ausgefalleneren Arten kamen ursprünglich aus den Anderländern, den Orten voller

Magie, die sich gebildet hatten, als Zeit und Raum bei der Entstehung der Erde Falten geworfen hatten. Zu diesen Wyr gehörten auch die Regenbogenchamäleons. Sie waren seltene, scheue Kreaturen und stammten aus einem fernen Anderland, das mit dem Amazonas-Regenwald verbunden war.

Regenbogenchamäleons gab es nur als Wyr-Wesen. Sie waren anders als die normalen Chamäleons, die meist nur zwischen wenigen Farben wechseln konnten. Regenbogenchamäleons konnten jede beliebige Farbe annehmen, und zwar willkürlich, um sich an ihre Umgebung anzupassen.

Die erste dokumentierte Begegnung zwischen einem Europäer und einem Regenbogenchamäleon-Wyr hatte sich im Jahr 1542 ereignet. Damals reiste der spanische Eroberer Francisco de Orellana, einer der ersten Entdecker im Landesinneren des Amazonasbeckens, auf der Suche nach der legendären Stadt El Dorado den Amazonas entlang. Kaum hatte er die einzigartige Fähigkeit der Regenbogenchamäleons entdeckt, ihre Färbung radikal und komplex zu verändern, beging Orellana eine der größten Gräueltaten in der Geschichte Spaniens und der Alten Völker. Er machte systematisch Jagd auf die Chamäleon-Wyr und ließ sie sezieren, um den Ursprung dieser Fähigkeit zu ergründen. Die genaue Zahl der von ihm getöteten Wyr war nicht bekannt, Schätzungen von Historikern beliefen sich jedoch auf drei- bis fünftausend, was für eine so seltene Spezies katastrophale Ausmaße waren.

Bei seinen Experimenten entdeckte Orellana, dass die Chamäleon-Wyr über eine Drüse verfügten, die der Hirnanhangsdrüse beim Menschen ähnelte. Daraus ließ sich eine Flüssigkeit extrahieren, die, wenn man Textilien damit behandelte, faszinierende Effekte hervorrufen konnte. Orellana sollte El Dorado nie finden, doch er brachte Phiolen mit dem Chamäleon-Extrakt nach Spanien, wo er sie für königliche Summen verkaufte, ihre Herkunft jedoch geheim hielt. Das spanische Königshaus und gewisse Adlige trugen bald darauf eine aufwendige Hoftracht zur Schau, deren fabelhafte Stoffe fließend ihre Farbe ändern und sich ihrer Umgebung anpassen konnten.

Nach Orellanas Tod fand man in seinen Aufzeichnungen das Geheimnis des Chamäleon-Extrakts, woraufhin König Carlos I. und seine Mutter, die psychisch labile Königin Joanna, das Tragen von chamäleongefärbter Kleidung bei Todesstrafe verboten. Die spanische Monarchie inszenierte eine große Show und gab sich moralisch entrüstet, aber die politische Realität war: Ganz egal, wie ihre Reaktion wirklich ausgefallen wäre, sie mussten eine öffentliche Geste der Missbilligung zeigen, denn sonst hätten sie riskiert, von den aufgebrachten Herrschern der Alten Völker vernichtet zu werden.

In den darauffolgenden Jahrhunderten jedoch hatte es immer wieder leise Gerüchte über die Existenz derartiger Kleidung gegeben, insbesondere in Verbindung mit berühmten ungeklärten Diebstählen. Ob diese historischen Gerüchte nun zutrafen oder nicht, Chamäleon-Wyr waren und blieben selten. Alice wusste von nur etwa fünfzig Artgenossen, die derzeit auf dem Festland der Vereinigten Staaten lebten.

Angesichts dieser verschwindend geringen Zahl von Chamäleon-Wyr waren die Verbrechen, die vor sieben Jahren verübt worden waren, umso schrecklicher. Damals waren in einer kleinen Kolonie von Chamäleon-Wyr in Jacksonville, Florida, in der Woche vor dem Festival der Maske sieben Chamäleons ermordet aufgefunden worden. Trotz einer groß angelegten Fahndung durch mehrere Behörden und einer umfangreichen Berichterstattung im Fernsehen konnte der Täter nie gefasst werden.

Der Wind peitschte Eisstücke gegen das Haus, was für Alice

klang, als würde ein Albtraum mit Knochenfingern an ihr Fenster klopfen und Einlass begehren.

Alice erschauerte bei dieser düsteren Vorstellung und verdrängte sie aus ihren Gedanken. Sie war von Licht und Wärme umgeben, würde bald etwas Gutes zu essen und zu trinken bekommen und hatte in einer Zeit, die allein entsetzlich schwer zu ertragen gewesen wäre, das unerwartete Geschenk von Trost und Gesellschaft erhalten. Sie warf Gideon einen entschuldigenden Blick zu und widmete sich dann wieder dem offenen Kühlschrank, um wahllos Lebensmittel herauszuholen. Noch einmal sagte sie: »Wir sprechen nicht gern mit Außenstehenden über unsere Wyr-Art. Haben diese Fälle etwas mit unserer Geschichte zu tun?«

»Du meinst mit dem Massaker des spanischen Eroberers? Wir haben keine Hinweise auf eine Verbindung mit den aktuellen Verbrechen.« Plötzlich richtete sich Gideon auf. »So hast du dich vor mir versteckt, oder? In Haleys Wohnung. Du hast deine Wyr-Gestalt angenommen.«

Enttäuscht warf sie ihm einen Blick über die Schulter zu. »Du wusstest, dass ich da war? Du hast mich nicht nur an meinem Geruch erkannt, als ich auf die Straße kam?«

»Mein Instinkt hat mir gesagt, dass du dort warst«, berichtigte er sie. »Ich wusste es nicht sicher. Ich bin in den Feinkostladen auf der anderen Straßenseite gegangen, um das Haus von dort aus zu beobachten. Wo hast du dich versteckt?«

»Erinnerst du dich an den geflochtenen Ficus?«

Er sah sie verständnislos an. »An den was?«

»Die Topfpflanze stand in der Ecke zwischen Flur und Wohnzimmer auf dem Boden.« Unsicher fuhr sie sich durch die Haare in ihrem Nacken. »Ich habe mich in den Blättern versteckt.«

Auf seinen harten Zügen breitete sich ein Grinsen aus. »Verdammt, du warst ganz in meiner Nähe. Gut gemacht. Ich weiß noch, dass ich diesen Baum gestreift habe, als ich ins Wohnzimmer kam. Wie groß bist du in deiner Wyr-Form?«

Es war geradezu lächerlich, wie sehr sie sich über sein Lob freute. »Etwa so lang wie dein Unterarm. Etwas kürzer, wenn ich den Schwanz einziehe und um meinen Körper schlinge.«

»Hast du deshalb so viele Topfpflanzen im Wohnzimmer?« Er sah sie mit solchem Wohlgefallen an, dass ihr abermals die Hitze in die Wangen stieg.

Mit einem Nicken gestand sie: »Manchmal hänge ich beim Fernsehen gern in einem Baum.«

Er fing an zu lachen. »Klar, warum nicht?« Sie erschrak und fühlte sich noch unsicherer, bis er sagte: »Manchmal liegt der Wolf in mir gern in einer Ecke und kaut auf einem Knochen herum. Es gibt da diese leckeren mit Rindfleischgeschmack, die man bei *Wyr Foods* kriegt.«

Sie lächelte. *Wyr Foods* war ein Spezialitätenableger der Biosupermarktkette *Whole Foods*, bei dem sie selbst ebenfalls einkaufte. Sie sah sich an, was sie aus dem Kühlschrank geholt hatte. Eine Schachtel Eier, eine Packung Speck, Gemüse, Käse. Alles klar, offenbar würde sie Omelett machen. Moment, sie hatte auch noch ein, zwei Packungen Kartoffelpuffer im Gefrierschrank. Ihrer Schätzung nach konnte er ein ganzes Dutzend Eier, jede Menge Speck und beide Packungen Kartoffelpuffer essen und trotzdem noch Platz für Toast haben.

Sie nahm eine Omelettpfanne, eine Pfanne für den Speck und eine Sauteuse für die Kartoffelpuffer aus dem Schrank. Dann wusch sie das Gemüse für das Omelett und fing an, es zu schneiden – Zwiebeln, grüne Paprika, Champignons und Tomaten.

Gideon sah ihr bei der Arbeit zu. Schon jetzt sah sie ruhiger und friedlicher aus, während sie sich in der vertrauten Umgebung ihrer Küche bewegte. Wobei ihm auffiel, dass auch er sich ruhiger und friedlicher fühlte, während er ihr zusah. Auf sehr subtile Weise war sie eine wunderschöne Frau. Ihre Schönheit zeigte sich in den anmutigen Bewegungen ihrer schmalen Hände und in den zierlichen Knochen ihrer Handgelenke, in der leisen Würde, die auf ihrem intelligenten Gesicht lag, und in ihren wilden, dunklen Haaren, die so gar nicht dazu zu passen schienen.

Er liebte ihre Haare und verspürte ein wahnsinniges Verlangen, ähnlich den Laufattacken, die den Wolf in ihm befielen: Jede dieser Korkenzieherlocken wollte er glatt ziehen, um zu sehen, wie sie sich wieder zusammenkringelte. Er wollte sein Gesicht darin vergraben und Alice so lange kitzeln, bis ihre Trauer und Würde von ihr abfielen und sie vor lauter Lachen keine Luft mehr bekam.

Wieder war sein Schwanz hart geworden. *Haariger runder Eselsarsch.* Er holte tief Luft und drehte einen der Stühle herum, damit er sich rittlings daraufsetzen konnte. Das hatte den Vorteil, dass es die Ausbeulung seiner Jeans verdeckte. Er verschränkte die Arme auf der Rückenlehne des Stuhls und ließ die Flasche Corona in einer Hand baumeln. Dann trank er einen Zug und versetzte sich einen mentalen Tritt, um sein Denken wieder in Gang zu bringen.

Er sagte: »Bist du so weit, dass wir weitermachen können?«

Ohne von ihrem Gemüse aufzusehen, nickte Alice.

»Weißt du, was vor sieben Jahren in Florida passiert ist?«

Ihr Mund wurde hart. »Jeder Regenbogenchamäleon-Wyr weiß, was in Florida geschehen ist. Das waren unsere Freunde und Verwandten.«

Gideon schloss kurz die Augen und trat sich in Gedanken noch einmal. »Natürlich«, sagte er sanft.

Sie beförderte das geschnittene Gemüse vom Schneidebrett in eine vorgeheizte Bratpfanne. Es brutzelte, der Duft von gebratenem Essen durchzog die Küche. »Glaubst du, dass es derselbe Mörder ist?«, fragte sie.

»Der Mörder ist sehr methodisch vorgegangen. Er hat seinen Geruch mit einer Chemikalie getarnt, die von Jägern benutzt wird. Und auch wenn der Tatortbericht für Haley noch nicht vorliegt, würde ich darauf wetten, dass er keine Fingerabdrücke hinterlassen hat. Das hat auch der Jacksonville-Mörder nicht getan. Alle Opfer starben durch einen Stich ins Herz, sehr sorgfältig ausgeführt. Anschließend wurde ihre Bauchhöhle ausgeweidet. Die Organe wurden immer im selben Muster neben der Leiche abgelegt.«

Ihre Hand, in der sie den Pfannenwender hielt, fiel an ihrer Seite herab, während es in ihrem Gesicht arbeitete. Mit schnellen Schritten war Gideon bei ihr, um sie von hinten festzuhalten und zu stützen. Sie flüsterte: »H-Haley war tot, bevor er ihr das angetan hat?«

»Ja«, sagte er mit fester Stimme. »Der Mörder hat etwas anderes im Sinn als Folter. Das verspreche ich dir, Alice, sie hat nicht gelitten.«

Sie atmete tief durch und versuchte, ihre Beherrschung wiederzuerlangen. »Danke. Es geht schon wieder.«

Er ließ sie los und trat zurück. Nicht zu weit, nur ein paar Schritte. Die Hände zu Fäusten geballt blieb er außerhalb ihres Sichtfelds stehen und sah zu, wie sie mit ruckartigen Bewegungen weiterkochte. Dass er nicht mehr tun konnte, um ihr zu helfen, machte ihn fast wahnsinnig. »Brauchst du eine Pause?«, fragte er in der Hoffnung, dass sie Ja sagen würde.

»Nein.« Sie warf ihm einen Blick über die Schulter zu. »Bitte, mach weiter.«

»Du hast gesagt, euer Direktor, Alex Schaffer, habe dir und Haley die Nachricht von Peter Baines' Tod überbracht. Und er hat auch die Information verbreitet, dass David Brunswick verschwunden war, richtig?« Er wartete ihr Nicken ab und fuhr dann fort: »Warum Schaffer?«

»Nach Jacksonville hat Alex eine Selbsthilfegruppe für Chamäleon-Wyr gegründet. Erst diente sie nur der Trauerbewältigung, aber mit der Zeit ging es mehr um Geselligkeit. Jetzt treffen wir uns jeden ersten Sonntag im Monat zu einem gemeinsamen Essen, zu dem jeder etwas mitbringt, und ein paar von uns treffen sich am dritten Sonntag im Monat zum Brunch. Manchmal verabreden sich Mitglieder der Gruppe, um zusammen zu wandern, in ein Restaurant oder ins Kino zu gehen.«

»*True Colors*«, sagte Gideon.

Überrascht sah sie ihn an. »Du kennst die Gruppe? Wir halten ihre Existenz ziemlich geheim. Es gibt eine Website, auf der sich alle Mitglieder einloggen können, um Nachrichten zu posten, E-Mails zu schreiben und andere zu einem Ausflug einzuladen, aber sie ist privat. Sie wird nicht einmal bei der Google-Suche angezeigt.«

»Das FBI pflegt eine Akte über die sozialen Aktivitäten von Chamäleon-Wyr«, erklärte Gideon ihr. »Dazu zählen auch die Informationen auf dieser Website. Ich habe sie mir heute im Laufe des Tages angesehen, hatte aber keine Zeit, mir alles durchzulesen. Ich wusste nicht, dass Schaffer die Gruppe gegründet hat.«

»Ja, und soweit ich weiß, sind alle Chamäleon-Wyr in New York Mitglieder.«

»Dreiundzwanzig«, murmelte Gideon.

»Wie bitte?« Alice reichte ihm Teller, Besteck und Servietten.

Er deckte den Tisch. »Auf der Website gibt es eine Liste mit allen Namen. Die Gruppe hat dreiundzwanzig Mitglieder.« Nun, genau genommen waren es jetzt nur noch zwanzig, aber in diesem Punkt wollte er nicht kleinlich sein, damit hätte er ihr nur wehgetan. »Was hat dich heute Abend zu Haley geführt?«

»Wir hatten vor, den Abend zusammen zu verbringen. Ich wollte sie überreden, für einige Zeit mit zu mir zu kommen.« Als er zurückkam, reichte sie ihm Salz- und Pfefferstreuer, eine Flasche Ketchup und eine frisch geöffnete Flasche Corona.

»Wusste irgendjemand, dass ihr euch heute Abend treffen wolltet?« Er brachte das Bier und die Gewürze an den Tisch.

»Nein.« Sie sah ihn stirnrunzelnd an. »Ist das wichtig?«

»Vielleicht, vielleicht auch nicht. Behalten wir es fürs Erste für uns, okay?« Konnte es nützlich sein, diese Information zurückzuhalten? Er schob den Gedanken beiseite, um ihn sich später noch einmal vorzunehmen.

»In Ordnung.« Tief in Gedanken versunken ließ sie den Speck aus der Pfanne gleiten. »Wie kam es, dass du zu Haleys Wohnung gekommen bist?«

Er lächelte. »Das erzähle ich lieber später. Du brauchst vielleicht keine Pause, aber ich schon. Wenigstens, bis wir etwas gegessen haben.«

Sie seufzte. »Okay.«

Er hatte gelogen, aber sie schien es nicht zu bemerken. Er selbst hätte beim Essen ohne mit der Wimper zu zucken über den Fall und die Autopsie-Ergebnisse sprechen können, aber er wollte, dass sie sich etwas entspannte, damit auch sie den einen oder anderen Happen herunterbekam. Ein neuerlicher Schock wäre da nicht gerade hilfreich.

Die Polizei hatte David Brunswicks Leiche nämlich bereits in der unterirdischen Garage seines Stadthauses gefunden, und der Mörder war tatsächlich äußerst methodisch vorgegangen.

Zwar waren alle Opfer des Jacksonville-Mörders gleichzeitig gefunden worden, aber zu den Details, die von den Behörden zurückgehalten worden waren, gehörte unter anderem, dass die Gruppe eine Zeit lang in ihrer Enklave gefangen gehalten worden war. Zuerst hatte alles nach einem Massenmord ausgesehen, aber bald waren Merkmale von Serienmorden sichtbar geworden. Jeden Tag hatte der Mörder eines seiner Opfer rituell seziert, bis alle sieben tot waren. Die Autopsie-Ergebnisse bestätigten die Abfolge der Morde. Im Bericht waren die Opfer nach dem Datum ihres Todes aufgelistet worden, und die Namen waren alphabetisch geordnet gewesen.

An diesem Nachmittag hatte sich Gideon die Mitgliederliste auf der Website von *True Colors* angesehen. Peter Baines, David Brunswick. Die dritte auf der Liste war Haley Cannes. Er hatte in der Schule angerufen, aber Haley war schon auf dem Nachhauseweg gewesen.

Es würde ihn wohl noch in seinen Träumen verfolgen, wie er in fieberhafter Eile zu ihrer Adresse in Brooklyn gehetzt war, nur um doch zu spät zu kommen. Hätte er die Einzelteile doch nur ein paar Stunden früher zusammengesetzt, dann würde Alice' Freundin noch leben. Vielleicht würde Haley jetzt sogar mit ihnen zu Abend essen.

Er half Alice dabei, das Essen aufzutragen. Zusammen mit dem sautierten Gemüse hatte sie ein Dutzend Eier gebraten. Aus dem beabsichtigten Omelett war Rührei geworden, auf das sie Sour Cream und Käse gehäuft hatte. Die Kartoffelpuffer hatten ein köstliches Braun angenommen, und der Speck war so knusprig und duftete so gut, dass ein lautes Rumpeln in Gideons Magen ertönte.

Er grinste sie verlegen an, und Alice lachte. Dann sagte sie plötzlich: »Oh, ich habe vergessen, Toast zu machen.«

Er legte einen Arm um ihre Schultern und führte sie zum Tisch zurück. »Bitte, setz dich und entspann dich. Es ist perfekt, wie es ist.«

Über das dünne Drahtgestell der Brille hinweg, die auf ihrer schmalen Nase saß, sah sie ihn stirnrunzelnd an. »Sicher?«

Er rang den beinahe unwiderstehlichen Drang nieder, sie zu küssen. Es war nicht der richtige Zeitpunkt.

Jedenfalls noch nicht.

»Ganz sicher.«

Er rückte den Stuhl für Alice zurecht, und sie lächelte ihn an, als sie sich setzte. »Nur zu«, sagte sie. »Greif ruhig kräftig zu. Wie du siehst, habe ich Portionen gekocht, die auf deine Größe ausgelegt sind.«

Das hatte sie allerdings. Tief einatmend betrachtete er das duftende Mahl. Bei allen Göttern, er brauchte es nicht einmal zu probieren, um zu wissen, dass sie eine fantastische Köchin war. Er sagte: »So viel Himmlisches habe ich schon lange nicht mehr auf einem Fleck gesehen. Nimm dir bitte auch etwas, bevor ich anfange.«

Ihre herrliche kakaofarbene Haut färbte sich rosig vor Freude. »Ich habe keinen großen Hunger, aber … na gut.«

Sie nahm sich ein bisschen Rührei, eine Scheibe Speck und ein Stück Kartoffelpuffer. Für seinen kritischen Blick war es nicht annähernd genug, aber an einem Abend, der so schwer für sie war, würde es wohl reichen müssen.

Wenn ihr aufging, welcher Name als Viertes auf der Liste der Website stand, würde ihr wahrscheinlich selbst das letzte bisschen Appetit vergehen.

Nicht, dass ihr etwas zustoßen würde. Nicht unter Gideons Aufsicht. Er würde eher sterben, als das zuzulassen.

4

Die Tiefen

Nordpol.

Was zur Hölle hatte das zu bedeuten?

Gideon wünschte, er hätte ein wenig Zeit, darüber nach-zudenken. Fürs Erste aber schaufelte er sich die Hälfte aus beiden Pfannen auf den Teller, gab einen großzügigen Schuss Ketchup auf die Kartoffelpuffer und machte sich mit Begeis-terung ans Werk.

Vom ersten Bissen an war alles unbeschreiblich köstlich. Sal-ziges Fleisch, köstlicher geschmolzener Käse und Sour Cream auf Eiern und Gemüse, dazu knusprige, sättigende Kartoffeln – und das alles an einem kalten Winterabend in einer warmen Küche mit einer schönen, freundlichen Frau. Plötzlich war Gi-deon glücklicher, als er es je für möglich gehalten hätte, glück-licher sogar, als es ihm angenehm war. Die Empfindung durch-fuhr ihn mit so leidenschaftlicher Wucht, dass seine Hände zitterten, als er nach Messer und Gabel greifen wollte. Fest umklammerte er das Besteck, um das Beben zu unterdrücken.

Gideon hatte zu Cuelebres tödlichsten Kriegshunden ge-hört, er war der Alpha-Captain gewesen, der die Wölfe, Dog-gen und Promenadenmischungen anführte. Seine Brigade war die begabteste und explosivste, seine Soldaten gingen bis an die äußersten Grenzen. Sie waren die Ersten in jedem Konflikt, sie bellten nicht, sondern stürzten sich mit gieriger, mörderischer Stille in die Schlacht. Sie waren die Aufklärer der Vorhut, die Ranger, die an Orte geschickt wurden, die für die normalen Soldaten zu gefährlich waren, die Wachposten, die in dunklen Ecken patrouillierten und sich hinter die feindlichen Linien schlichen, um den Feind von hinten zu überwältigen.

Gideon war in den Rängen aufgestiegen, als er noch die unbekümmerte Sportlichkeit der Jugend und einen starken Körper besessen hatte, der über schier unerschöpfliche Reserven verfügte. Inzwischen hatte sich diese unbegrenzte jugendliche Energie zu disziplinierter Reife gewandelt, und sein blondes Haar verblasste wie das Fell eines alternden Golden Retrievers. Er trainierte hart, um seinen muskulösen Körperbau, seine Ausdauer und Schnelligkeit beizubehalten. Jede Schlacht, die er schlug und gewann, zeigte ihm, dass seine Jugend zwar vorbei war, er aber immer noch eine Top-Kondition hatte. Es war noch lange nicht an der Zeit, dass das Alphatier seinen Platz an der Spitze des Rudels räumte.

Er gehörte nicht zu den außergewöhnlichen unsterblichen Wyr, die mit dem Anbeginn der Welt entstanden waren. Wolf-Wyr hatten eine Lebenserwartung von etwa zweihundert Jahren. Wenn ihn nicht vorher etwas zur Strecke brachte, hatte er noch gut achtzig, fünfundachtzig Jahre vor sich. Mit Disziplin und ständigem Training konnte er noch fünfzig Jahre an der Front aktiv sein, bevor das Alter ihn zwingen würde, sich nach Alternativen umzusehen.

Als er jetzt an diesem freundlichen Zufluchtsort in Alice' Küche mit den Sonnenblumen und den salbeigrünen Schränken saß und sie ihn mit ihren sensiblen, strahlend nussbraunen Augen nachdenklich betrachtete, während vor ihm auf dem Tisch das liebevollste, großzügigste und köstlichste Mahl stand, das jemals jemand für ihn gekocht hatte – da konnte er sich endlich eingestehen, warum er wirklich aufgehört hatte. Er war müde geworden.

Sacht berührte sie seinen Handrücken mit den Fingerspitzen. »Ist alles okay mit dir?«

Riehl senkte den Kopf. »Ja«, sagte er schroff. »Danke für das Abendessen.«

»Gern geschehen.« Ihre Zungenspitze berührte ihre Unterlippe. Sie sah aus, als wollte sie noch etwas sagen, doch stattdessen senkte auch sie den Kopf.

Während sie weiteraßen, herrschte ein überraschend angenehmes Schweigen. Als Alice ihren Teller leer gegessen hatte, griff Gideon nach dem Servierlöffel und bot ihr noch eine Portion Rührei an. Sie zog die Brauen hoch, nickte jedoch lächelnd. Mit tiefer Befriedigung sah er ihr beim Essen zu.

Aus seinem Handy ertönte Baynes Klingelton, »Stayin' Alive« von den Bee Gees. Während er den Kopf noch tiefer hielt, um sich den Rest der Kartoffelpuffer in den Mund zu schaufeln, kramte er schon in seiner Tasche nach dem Telefon. »Tschuldigung«, murmelte er. »Das ist mein Chef. Da muss ich rangehen.«

Die Schatten kehrten auf ihr Gesicht zurück. Er hasste es, das zu sehen. »Selbstverständlich«, sagte sie.

Gideon ging ins Wohnzimmer, wo er den Anruf entgegennahm. »Ja.«

»Wie ich höre, hast du deine Zeugin gefunden.«

»Ja. Ich rede noch mit ihr«, sagte Gideon. Er fing an, im Zimmer auf und ab zu gehen. »Wir sind in ihrer Wohnung. Was gibt's?«

»Wir sind gerade in Haleys Apartment fertig«, sagte der Greif, und dann, an jemand anderen gewandt: »Packt alles zusammen. Ich will, dass jemand alle Dateien auf der Festplatte durchkämmt und jeden Kontakt in ihrer E-Mail-Liste überprüft.« Dann wurde seine Stimme wieder lauter. »Hast du von Alice Clark etwas erfahren?«

Zur Hölle, ja, eine ganze Menge Neuigkeiten, aber die meisten davon gingen den Wächter nichts an. Gideon setzte zur nächsten Runde an. Alice räumte währenddessen die Küche auf. Sie hatte die Teller in die Spüle gestellt, und obwohl sie eine Spülmaschine hatte, ließ sie das Becken mit Wasser und Schaum volllaufen. Anscheinend hatte auch sie das Bedürfnis, irgendetwas zu tun.

»Wir reden noch«, sagte Gideon.

»Ruf an oder schreib eine SMS, wenn du etwas Neues erfährst. Inzwischen bestimmen wir die Aufenthaltsorte aller Chamäleon-Wyr, die in New York City leben. Da in den Schulen jetzt gerade Winterferien sind, fahren einige in den Urlaub. Eine vierköpfige Familie ist nach Arizona aufgebrochen, eine alleinerziehende Mutter ist mit ihrem Freund und ihrem Kind auf dem Weg nach L.A., und ein Paar reist nach Miami. Wir überprüfen die Flughäfen, um sicherzugehen, dass ihre Flüge gestartet sind, bevor der Betrieb wegen des Sturms eingestellt wurde. Aber angenommen, das ist der Fall, wären immer noch elf Chamäleons in der Stadt.«

»Richtig.« Wieder sah er zu Alice. Sie hatte das Geschirr gespült und wischte jetzt den Tisch ab. Ihre Winterferien hatten gerade angefangen? Einerseits fand er es gut, dass sie jetzt Zeit für sich hatte. Die würde sie brauchen. Andererseits gefiel ihm die Vorstellung nicht, dass sie einsam sein könnte. Er knurrte: »Elf sind mehr als genug, wenn er wiederholen will, was er vor sieben Jahren angerichtet hat.«

»Er bräuchte nur noch vier weitere«, sagte Bayne. »Etwas an dieser Sache gibt mir zu denken. Der Jacksonville-Kerl, wenn er es ist, hat sich beim letzten Mal eine Situation zunutze gemacht, die ihm sehr gelegen kam. Alle Opfer lebten sehr eng zusammen und neigten dazu, sich zurückzuziehen. Daher wusste auch niemand, dass etwas nicht in Ordnung war, als die Gruppe für eine Woche verschwand. Man fand sie erst, als Bekannte sie beim Ball der Maske vermissten, für den sie sich angemeldet hatten. Bei diesen Morden trifft das nicht zu.«

Gideon rieb sich den Nacken. »Er plant die Dinge gründlich voraus«, sagte er. »Er hat einen Plan und glaubt, dass er funktionieren wird.«

»Ja«, knurrte Bayne. »Das macht mir verdammt große Sorgen.«

Auch Gideon bereitete das Sorgen. Er fragte: »Wie steht es mit Personenschutz?« Die Polizei von New York verfügte sicher nicht über die nötigen Mittel, um Polizeischutz für alle elf Personen bereitzustellen, aber das Wyr-Dezernat für Gewaltverbrechen wurde mit separaten Mitteln aus den Reichskassen unterstützt. Als Wächter an der Spitze des WDG konnte Bayne einen solchen Einsatz von Personal und Finanzmitteln autorisieren, wenn er ihn für angemessen hielt.

»Ich werde ein Einsatzkommando zusammenstellen, sobald ich wieder im Büro bin«, sagte Bayne. »Der Personenschutz steht ganz oben auf der Agenda. Bis zum Morgen sollte alles bereit sein. Du leitest das Kommando.«

Ein plötzlich aufwallender Widerwille ließ Gideon innehalten. Wieder warf er einen Blick zu Alice und sagte dann zu Bayne: »Geht nicht. Da musst du jemand anderen finden.«

Bayne sagte: »Ich nehme an, du hast einen triftigen Grund, diesen wichtigen Einsatz abzulehnen, und bist auch bereit, deinem neuen Chef diesen Grund mitzuteilen.«

»Das habe ich tatsächlich«, sagte Gideon. »Aber es ist schwierig, jetzt ins Detail zu gehen. Ich melde mich wieder bei dir.«

»Ist das eine Art Geheimcode für ›Sie kann alles mithören‹?«

»Ja, irgendwas in der Richtung. In der Zwischenzeit befrage ich Alice weiter.«

»Ist ihr klar, dass sie die Nächste auf der Liste ist?«

»Weiß ich nicht«, sagte Gideon. »Vielleicht. Aber es ist okay, ich bleibe nämlich über Nacht hier.«

Alice hob den Kopf und sah ihn mit großen, überraschten Augen an.

»Ich wollte dich bitten, so lange bei ihr zu bleiben, bis ich einen Wachposten vorbeigeschickt habe«, grunzte Bayne. »Wenigstens das kann ich heute Abend von meiner Liste streichen.«

»Du kannst noch einen Schritt weitergehen«, sagte Gideon. »Ich bleibe bei diesem Einsatz der Hauptansprechpartner.«

Am anderen Ende der Leitung entstand eine lange Pause. »Willst du mir damit irgendetwas sagen?«, fragte Bayne. »Ich mag keine Andeutungen. Meistens komme ich nämlich nicht von allein dahinter.«

Gideon schenkte Alice ein beschwichtigendes Lächeln. Zu Bayne sagte er: »Wir sprechen uns.«

»Das will ich dir geraten haben, Sohn. Du hast mir eine Menge zu erklären«, sagte Bayne und legte auf.

Das Blut rauschte in Alice' Ohren, als Gideon sein Handy wieder in die Tasche steckte. Sie senkte den Blick und stellte fest, dass sie das Trockentuch in den Händen gewrungen hatte. Sie bemühte sich, gleichmäßig zu atmen, und hängte das Handtuch an den Haken neben dem Herd. Stoff raschelte, als Gideon in die Küchentür trat. Es musste doch irgendetwas Vernünftiges geben, das sie sagen konnte. Wenn ihr bloß einfallen würde, was das war. Ihr völlig verwirrtes Gehirn hüpfte im Schnellfeuertempo von einer möglichen Äußerung zur nächsten und verwarf sie sofort wieder.

Das ist ganz schön anmaßend von Ihnen, Detective. Habe ich Ihnen erlaubt, über Nacht zu bleiben?

Natürlich bleibst du über Nacht. Es ist viel zu gefährlich da draußen, da sollte niemand versuchen, Auto zu fahren.

Mann, was für ein Sturm.

Wir haben uns noch nicht mal geküsst. (NEEEEIIIN, sag das nicht.)

Sie krächzte: »Möchtest du einen Kaffee?«

»Alice«, sagte Gideon.

Ihr Kopf fuhr hoch.

Als er die völlige Verwirrung auf ihrem Gesicht sah, überkam Gideon eine so mächtige Woge von Zärtlichkeit, dass er nicht einmal mehr ein Lächeln zustande brachte, und ausnahmsweise beugte sich seine unpassende Begierde seinem Willen. Er wollte sie noch einmal in den Arm nehmen, sie einfach nur festhalten und ihr sagen, dass alles gut werden würde.

Mit sanfter Stimme sagte er: »Tut mir leid, dass ich keine Gelegenheit hatte, das vorher mit dir zu besprechen, aber mein Chef und ich wollen, dass ich heute Nacht auf deiner Couch penne.«

Mit bebenden Fingern strich sie das Handtuch glatt. »Ihr haltet das für das Beste?«

»Das tun wir, ja«, sagte Gideon. »Es gibt zu viele Hinweise darauf, dass sich der Mörder zwanghaft an eine bestimmte Reihenfolge hält.«

»Was meinst du damit?« Sie hielt die Hände still. »Glaubst du, er hat eine Zwangsstörung?«

»Vielleicht. Er ist unbestreitbar intelligent und in der Lage, eine komplexe Organisation zu bewältigen, also könnte er seine wahre Natur womöglich hinter dem Anschein von Normalität verbergen. Diese Gabe der Tarnung, die manche Psychopathen besitzen, meinte der Psychiater Hervey Cleckley, als er 1941 den Ausdruck ›Maske der Vernunft‹ prägte.« Gideon holte tief Luft und zwang sich fortzufahren. »Viele Einzelheiten der Jacksonville-Morde sind nie veröffentlicht worden, weil der Täter noch nicht gefasst ist. Damals hat er die Gruppe gefangen gehalten und jeden Tag ein Mitglied getötet. Sie wurden in alphabetischer Reihenfolge umgebracht.«

Er konnte genau sehen, wann die Erkenntnis einsetzte. Mit einem rauen, bebenden Atemzug holte sie Luft und hob den Blick. Dann konnte er sich nicht mehr zurückhalten. Er ging zu ihr, um ihre schmalen Schultern beruhigend fest zu umfassen.

»Wozu es diesmal *nicht* kommen wird«, sagte er nachdrücklich in ihr Gesicht, das sehr bleich geworden war. »Außerdem ist es recht offensichtlich, dass die Zahl sieben eine große Bedeutung für ihn hat.«

»Das hat sie für alle Angehörigen der Alten Völker«, murmelte Alice. »Sieben Reiche in den Vereinigten Staaten, sieben Primärmächte oder Götter.«

»Die früheren Morde geschahen an den Tagen vor dem Festival der Maske«, fuhr Gideon fort. »Deshalb glauben wir, dass die sieben Götter für ihn von besonderer Bedeutung sind. Er hat sieben Personen in sieben Tagen ermordet. Jetzt, sieben Jahre später, hat das Morden erneut begonnen. Er entnimmt seinen Opfern sieben Organe – Leber, Gallenblase, Bauchspeicheldrüse, beide Nieren, Milz und das Herz, das er unter den Rippen herauszieht. Und er legt die Organe in einem klaren Muster aus, dessen Bedeutung wir allerdings noch nicht ermitteln konnten.«

Groß und warm lagen seine Hände auf ihren Schultern. Sie umfasste seine Unterarme, und als sie die warme Haut über seinen starken Muskeln spürte, gewann sie wieder etwas Standfestigkeit. Ihre Gedanken sprangen zurück zu der schrecklichen Stille in Haleys Wohnung, aber als sie an das klaffende rote Loch in Haleys Oberkörper dachte, erstarrte alles in ihr, und sie konnte sich zu keiner weiteren Erinnerung zwingen.

Zwischen den Zähnen hervorgepresst sagte sie: »Ich sehe es nicht. Ich kann mich nicht erinnern. Ist es immer das gleiche Muster?«

Er zögerte. Forschend betrachtete er ihr Gesicht mit seinen umwerfenden hellen Augen, ehe er mit schwerer Stimme sagte: »Ja. Das Herz liegt in der Mitte, und die anderen Organe sind rundherum ausgelegt.«

Stirnrunzelnd blickte sie ihn an, die Lippen so fest zusammengepresst, dass alles Blut aus ihnen gewichen war. »Wie sind sie angeordnet?«

Sie sah ihm an, dass er gegen den Impuls ankämpfte, ihr die Einzelheiten ersparen zu wollen. Schließlich sagte er: »Er legt die Leber auf zwölf Uhr, die Milz auf sechs und die Gallenblase und die Bauchspeicheldrüse auf drei beziehungsweise neun Uhr.«

»Die vier Richtungen«, sagte sie.

»Wie bitte?«, fragte er bestürzt. Obwohl sie den Blick immer noch auf ihn gerichtet hatte, glaubte er nicht, dass sie ihn wirklich sah.

»Sieben Götter. Sieben. Vier. Zwei.« Sie fragte: »Wohin legt er die beiden Nieren?«

Sein Gesicht nahm einen aufmerksamen Ausdruck an. »Zu beiden Seiten der Leber, am oberen Rand des Kreises.«

»Ich kenne dieses Muster«, sagte Alice. »Das benutze ich ständig.«

Er starrte sie an und packte ihre Schultern fester. Dann ließ er sie los und trat einen Schritt zurück. »Zeig es mir.«

Vor sich hinmurmelnd eilte sie aus der Küche, und Gideon folgte ihr. Sie ging durch den kleinen Flur und schaltete das Licht im vorderen Schlafzimmer ein, in dem sie einen Arbeitsplatz eingerichtet hatte. An einer Wand stand ein Computertisch mit einem Stuhl, an einer anderen eine Couch, die sich zu einem Futon-Bett ausklappen ließ. Ebenso wie Haley hatte Alice Schachteln mit Deko-Artikeln für das Fest der Maske hervorgeholt. Sie standen mitten im Zimmer auf dem Fußboden. Alice kniete sich vor eine der Schachteln und kramte darin herum.

»Es ist ein albernes Hobby von mir«, sagte sie über die Schulter zu ihm. »Eigentlich weiß ich nicht viel darüber. Es ist nur eine Spielerei, nicht wie bei manchen anderen. Zur Wintersonnenwende veranstalten wir jedes Jahr einen Ball der Maske, um Spenden für die Schule zu sammeln. Ich betätige mich dabei als Kartenleserin – natürlich benutze ich das Primär-Tarot, keinen der europäischen Kartensätze. Die kamen erst später, etwa im fünfzehnten Jahrhundert, glaube ich. Das Primär-Tarot ist viel, viel älter. Ich kenne nur ein halbes Dutzend der am häufigsten benutzten Legesysteme.«

Während er ihrer Erklärung lauschte, rieb er sich den Nacken. »Du sprichst von Wahrsagerei?«

Als sie wieder aus der Pappschachtel auftauchte, hielt sie ein kleineres, handbemaltes Kästchen aus Holz in der Hand. Ihre Wangen waren gerötet. »Eigentlich wurde es früher für Prophezeiungen benutzt und galt als ernsthafte religiöse Angelegenheit. Wenn man es andächtig ausführte, sollte es den Göttern ermöglichen, zu uns zu sprechen«, erklärte sie. »Erst im neunzehnten Jahrhundert wurde es immer mehr zur Wahrsagerei, wie man sie auf Jahrmärkten findet. Ich besitze nicht die magische Energie, die für wahre Prophezeiungen nötig ist, und ich praktiziere es auch nicht als Religion. Ich liefere nur eine Show ab – wie auf dem Jahrmarkt. Für eine Viertelstunde Kartenlesen bekomme ich fünfundzwanzig Mäuse. In der Schule ist es sehr beliebt. Normalerweise habe ich am Ende des Tages mehrere Hundert Dollar eingenommen.«

»Okay«, sagte er und ging vor ihr in die Hocke. »Warum zeigst du mir nicht, wovon du sprichst?«

Mit überkreuzten Beinen saß sie auf dem Teppich, öffnete das Kästchen und holte einen alten Satz Karten heraus. Gideon setzte sich ihr gegenüber auf den Boden und griff nach dem Kästchen, das sie beiseitegelegt hatte. Es bestand aus Zedernholz, und in seinen Händen spürte er das angenehme Klimpern einer schwachen magischen Energie, einer alten Magie, die das alte Holz durchdrungen hatte. Er betrachtete das Bild auf der Oberseite des Kästchens. Es war in Weiß, Königsblau und Gold gehalten, mit schwarzen Umrissen und einem kleinen Farbtupfer in Blutrot. Früher mussten die Farben geleuchtet haben, doch mit der Zeit waren sie verblasst. Das Bild stellte ein stilisiertes Gesicht dar, eine Hälfte war männlich, die andere weiblich.

»Das ist Taliesin, oder?«, fragte er. Er war nicht besonders religiös, aber so viel wusste er trotzdem noch. Für die Alten Völker waren die sieben Primärmächte die Pfeiler, auf denen das Universum ruhte. Für jede Macht gab es eine Maske, die ihre Persönlichkeit repräsentierte. Taliesin, männlich und weiblich zugleich, war der Erste unter den Göttern der Alten Völker, die höchste Macht, vor der sich alle anderen verneigten.

»Ja«, sagte Alice. »Ist das nicht herrlich? Das ganze Kartenspiel ist handbemalt. Ich habe es vor zirka zwölf Jahren in einem Antiquitätengeschäft gefunden.« Sie berührte den Rand des Kästchens, das er in der Hand hielt. »Ich habe mich Hals über Kopf verliebt und am Ende viel zu viel dafür bezahlt. In diesem Jahr habe ich sehr oft Käsemakkaroni gegessen.«

Vorsichtig legte er das Kästchen auf den Boden und richtete seine Aufmerksamkeit auf Alice.

»Das Primär-Tarot besteht aus neunundvierzig Karten«, sagte sie. »Die großen Arkana in diesem Tarot sind die sieben Götter in ihren Hauptaspekten – das, was die meisten von ihnen kennen.« Sie legte die erste Karte auf den Boden und benannte sie. »Taliesin, die Gottheit des Tanzes, ist die Erste unter den Primärmächten, weil alles sich in einem Tanz bewegt, die Planeten und sämtliche Sterne, die anderen Götter und auch wir selbst. Tanz ist Veränderung, und das Universum ist ständig in Bewegung. Dann haben wir Azrael, den Gott des Todes; Inanna, die Göttin der Liebe; Nadir, die Göttin der Tiefen oder des Orakels – der Legende zufolge war es Nadir, von der die Alten Völker das Tarot bekamen.«

»Wann soll das gewesen sein?«, fragte er.

»Etwa im dritten Jahrhundert, zumindest stammt das älteste bekannte Primär-Tarot aus dieser Zeit. Dann gibt es Will, den Gott der Gaben, Camael, die Göttin des Herdes, und Hyperion, den Gott des Gesetzes.«

Eingehend betrachtete er jede Karte, die sie auslegte. Die berühmten grünen Augen des Todes, die sieben königlichen Löwen vor Inannas Streitwagen, das dunkle Gefühl von Weite, das in den Sternen in Nadirs Blick eingefangen war. Die Karten waren packend, aber nicht direkt schön. Dafür weckten sie zu großes Unbehagen.

Er murmelte: »Diese Karten wurden von jemandem mit wahrer magischer Energie benutzt.«

»Ich glaube, das war die Person, die sie hergestellt hat«, sagte Alice. »Die übrigen Karten sind die kleinen Arkana. Die Götter haben ihre Hauptaspekte und zusätzlich eine Reihe von Nebenaspekten. Azrael zum Beispiel: Sein Hauptaspekt ist der Tod, aber im Tarot hat er sechs weitere untergeordnete Aspekte, er ist auch der Gott der Regeneration und der grünen Gewächse, und man kennt ihn als Jäger. Außerdem ist er das Tor oder der Übergang. Siehst du?«

»Ja.« Gegen seinen Willen wurde Gideon von der Faszination erfasst.

»Bei Inanna ist es einfach, ihre Nebenaspekte sind die Manifestationen der Liebe – romantisch, platonisch und so weiter – und auch das Gegenteil der Liebe, nämlich Gleichgültigkeit. Taliesins Hauptaspekt ist der Tanz, die Veränderung, aber da ist auch der Stillstand, die Pausen zwischen den Takten. Zu Wills Nebenaspekten gehören der Rumtreiber oder der heilige Fremde, das Opfer, aber auch die Gier.« Während sie sprach, legte sie die kleinen Arkana in Reihen unter den großen Arkana aus, sechs unter jeder Karte, bis alle neunundvierzig Karten auf dem Boden lagen. »Camael ist sowohl der heilige Narr als auch die alte Weisheit, und Hyperion ist zwar das Gesetz, kann aber auch der Betrüger sein.«

»Und wo kommen die vier und die zwei ins Spiel?«, fragte er.

»Bei den Legesystemen.« Sie nahm die Karten auf und mischte sie flüchtig. »Für das Primär-Tarot werden drei klassische Legesysteme verwendet, aber eigentlich ist es nur das eine, ursprüngliche System, dem in den anderen beiden Varianten zusätzliche Details hinzugefügt wurden. Alle anderen Legesysteme sind einige Zeit nach den ersten drei entstanden oder erfunden worden. Normalerweise sollten die Karten von der Person gemischt und ausgelegt werden, für die sie gelegt werden. Die erste Karte heißt Prim, sie steht für die treibende Kraft oder den wichtigsten Einfluss im Leben der Person zum Zeitpunkt des Kartenlegens. Manchmal wird sie auch die Schlusssteinkarte dieses Legesystems genannt. Die Deutung aller anderen Karten hängt immer von dieser einen Karte ab.«

Sie zog eine Karte und legte sie auf den Boden. Beide starrten in die smaragdgrün gemalten Augen Azraels.

Der Todesgott.

»Also, das hat jetzt einen stärkeren Bezug zum heutigen Tag, als mir lieb ist«, murmelte sie. »Das System besteht aus drei Reihen, der Prim, der Sekunde und der Terz, und es ist relevant, ob die Karte richtig herum oder auf dem Kopf liegt. Der obere Bereich ist das, worauf du hinarbeitest, entweder ein Ziel oder ein ungeahntes Ereignis. Der untere Bereich zeigt, woher du kommst. Auf der rechten Seite sind negative Einflüsse, auf der linken positive. Die beiden obersten Karten schließlich beziehen sich auf die Zukunft.« Nachdem sie die letzte Karte abgelegt hatte, sah sie Gideon an. »Ist das das Muster, von dem du gesprochen hast?«

Er starrte auf die Karten. »Zur Hölle, ja«, sagte er. »Das ist es. Er hat sich an einer Prophezeiung versucht. Deshalb tut er es an den Tagen vor dem Ball der Maske. Der Schweinehund versucht, mit den Göttern zu sprechen.«

5

Der Tanz

Gideon jagte ihr einen Schrecken ein, als er sich vorbeugte und ihr einen flüchtigen Kuss auf die Stirn gab. »Du bist wunderbar«, sagte er. Sein Gesicht war direkt vor ihrem. Er lächelte, und sie lächelte zurück. »Weißt du, wie viele tolle Promovierte und Profiler den Jacksonville-Fall studiert haben und nie darauf gekommen sind? Ich muss Bayne anrufen.«

Er verließ das Zimmer. Innerlich von seinem Lob erwärmt, sah sich Alice nun zum ersten Mal die ausgelegten Karten an. Ihr Lächeln verschwand, sie erstarrte.

Alle sieben Todeskarten waren gelegt, es war ein reines Arkanum.

Noch nie zuvor hatte sie ein reines Arkanum gelegt, ebenso wenig wie einen Royal Flush beim Poker. Heute schien der Tag der ersten Male zu sein. Normalerweise hätte sie über die Karten meditiert und ihre Gedanken frei umherstreifen lassen, damit die magische Energie der Karten ihr ihre Botschaft zuflüstern konnte. Zwar war es richtig, was sie Gideon gesagt hatte – sie besaß wirklich nicht viel magische Energie. Aber manchmal hatten die Karten ihren eigenen Kopf.

Doch heute Abend fühlte sie sich nicht in der Lage, mit den Auswirkungen einer derartigen Betrachtung umzugehen. Ihr Geist war zu zerschlagen und abgestumpft und somit unfähig, die ruhige, leise Stimme der Karten zu hören. Wenn sie ihr etwas zu sagen hatten, würde das warten müssen. Alice sammelte die Karten wieder ein, verstaute sie in dem mit Seide ausgekleideten Kästchen und kam so langsam und unbeholfen auf die Füße wie jemand, der emotional und körperlich erschöpft ist.

Gideon war in die Küche gegangen. Sie hörte ihn auf und ab gehen und reden. Erst ein paar Stunden war es her, dass er ihr solche Angst eingejagt hatte. Wie war seine gewaltige, energiegeladene Gegenwart nur so schnell so tröstlich für sie geworden? Wenn er nicht ohnehin vorgehabt hätte, bei ihr zu übernachten, hätte sie ihn gebeten zu bleiben.

Sie ging ins Wohnzimmer und legte sich auf die Couch. Dort rollte sie sich auf der Seite zusammen und sah den Gasflammen zu, während sie dem Klang seiner tiefen, rauen Stimme lauschte.

Tod und Tod und Tod. Tod in der Vergangenheit, Peter und David. Tod in der Gegenwart, Haley. Tod als übergeordnete Kraft in ihrem Leben und Tod in der Zukunft. Sie hatte den Mörder an ihrer Seite und den Jäger als ihre Herausforderung. Sie schloss die Augen. Zu gern hätte sie die Gedanken abgeschaltet.

Als sie spürte, dass etwas Großes über ihr aufragte, öffnete sie die Augen. Gideon beugte sich über sie. Auf seinen harten Zügen lag ein so weicher, freundlicher Ausdruck, dass ihr die Tränen in die Augen traten. Er strich ihr eine Locke aus der Stirn. »Was kann ich für dich tun?«

»Nichts, danke. Ich bin nur müde.« Sie setzte sich auf.

»Und traurig. Ich würde dich gern in naher Zukunft wieder fröhlich sehen.« Er legte seine langen, schwieligen Finger an ihre Wange. »Es ist fast ein Uhr, und wir haben alles besprochen. Glaubst du, dass du schlafen kannst?«

Sie nickte. »Ich hole ein paar Sachen für dich, Bettzeug und …«

»Mach dir um mich keine Sorgen«, sagte er. Sein harter, sexy Mund verzog sich zu einem Lächeln. »Ich habe einen Kulturbeutel im Jeep, den werde ich holen gehen. Und dann, wenn es dir nichts ausmacht, würde ich gern den Wolf in mir rauslassen. Er würde zu gern an deinem Feuer dösen, wenn er darf.«

Alice hatte keine Ahnung, wohin ihre Hemmungen verschwunden waren. Sie hatten sich einfach aufgelöst wie Frühnebel. Sie legte ihre Hand auf seine und sah ihn voller Gefühl an. »Ich würde den Wolf in dir liebend gern kennenlernen. Auch wenn es mir sehr leidtut, dass es auf diese Weise passiert ist, bin ich froh, dass wir uns begegnet sind.«

»Schön, das zu hören, meine Süße«, sagte er. Er beugte sich ein winziges Stück weiter vor und legte seine Lippen auf ihre. Es war ein warmer, zarter, unschuldiger Kuss und absolut perfekt dafür, wer sie im Moment war und wo sie stand.

Sie machte sich noch ein Geschenk: Sie beugte sich vor und erwiderte seinen Kuss, berührte leicht und zögerlich seine hagere Wange und ließ sich einfach fallen.

Er wich zurück und knurrte sanft: »Okay, Alice, eine faire Warnung: Das hier ist meine netteste Seite. Normalerweise bin ich ein ziemliches Aas.«

Sie erschrak über sich selbst, als sie laut auflachte.

Mit einem schiefen Grinsen sah er sie an. »Mach dich bettfein«, sagte er. »Ich hole meine Sachen. Bin gleich wieder da.«

Sie sah ihn zur Tür gehen. Als er aufschloss und nur im T-Shirt hinausgehen wollte, fragte sie. »Willst du nicht deine Jacke anziehen? Draußen muss es inzwischen unter null Grad sein.«

Der Blick, den er ihr zuwarf, war eisig hell und doch brennend heiß. »Im Moment kann ich einen kalten Windstoß ganz gut vertragen.«

Der Atem flatterte in ihrer Kehle.

Mich, dachte sie. *Er meint mich damit.*

Er öffnete die Tür. Als er hinausging, fuhr der heulende Wind scharf wie ein Schwert durch die Wohnung. Alice stand von der Couch auf und zog sich in die einigermaßen warme Privatsphäre ihres Badezimmers zurück.

Nachdem sie ihr hohläugiges Gesicht im Spiegel betrachtet hatte, putzte sie sich die Zähne und stieg schnell für fünf Minuten unter die Dusche, um sich den Schmutz der Stadt abzuwaschen. Ihr zitronengelbes, oberschenkellanges Nachthemd und der dunkelblaue Bademantel hingen an einem Haken an der Tür. Sie zog beides an und verließ das Bad.

Im Wohnzimmer, fünf Meter von ihr entfernt, lag ein weißblonder Wolf, den Kopf auf die Pfoten gebettet, und beobachtete die Badezimmertür.

Ihr stockte der Atem.

Er war riesig, gut und gern doppelt so groß wie ein normaler Wolf, mit schweren Muskeln an Brust und Rumpf und langen, kräftig aussehenden Beinen. Seine Augen waren genauso eisig hellblau wie in seiner Menschengestalt. Während Alice den Wolf anstarrte, wedelte dieser leicht mit dem Schwanz. Trotz seines wilden Erscheinungsbildes und seiner einschüchternden Größe schaffte er es irgendwie, zurückhaltend zu wirken.

In ihrem Kopf sagte Gideon: *Ich hielt es für eine gute Idee, dass du den Wolf auf diese Weise kennenlernst, bevor du schlafen gehst. Ich wollte dich nicht erschrecken, wenn du heute Nacht aufwachst. Wenn es nicht okay für dich ist, muss ich nicht in dieser Gestalt bleiben.*

Okay? Er war das Schönste, was sie je gesehen hatte – und das Gefährlichste. Sie fiel auf die Knie und streckte die Hand aus. »Du bist traumhaft schön«, sagte sie zu dem Wolf. »Du könntest nicht perfekter sein.«

Die Augen des Wolfs hellten sich auf. Er stand auf – gütige Nacht, er wurde immer und immer größer – und tappte langsam auf sie zu. Sie erkannte, dass er ihr Zeit geben wollte, ihre Meinung zu ändern.

Sie änderte sie nicht. Sobald er in ihrer Reichweite war, fuhr sie mit der Hand behutsam durch sein dichtes Fell. Es fühlte sich weich und üppig und elastisch unter ihrer Handfläche an. Mit seitlichen Schritten kam er näher, beschnupperte ihre Hand und leckte ihr mit so offener Zuneigung die Finger, dass sie vor Überraschung und Freude wieder lachen musste.

Sie machte sich noch ein Geschenk, warf alle Vorsicht über Bord und umarmte ihn. Behutsam verlagerte er das Gewicht, um sich an sie zu schmiegen – nur ein klein wenig, nicht zu viel –, und legte den Kopf auf ihre Schulter. Sie rieb das Gesicht an seinem Fell. Er strahlte Wärme ab wie ein Heizkörper. Seine große, warme Gegenwart füllte Stellen in ihr aus, von denen sie nicht gewusst hatte, dass sie leer gewesen waren.

»Danke, dass du hierbleibst«, flüsterte sie.

Ich möchte nirgendwo anders sein, sagte er leise, dann rieb er seine Nase an ihr. *Geh jetzt schlafen. Du bist in Sicherheit.*

Etwas, das sich tief in ihrem Inneren verkrampft hatte, löste sich. Sie drückte sich an seinen kraftvollen, stämmigen Leib und nickte. Dann stand sie auf, strich dem Wolf ein letztes Mal zärtlich über den Kopf und ging in ihr dunkles Schlafzimmer, um ins Bett zu kriechen.

Vor Erschöpfung drehte sich alles um sie, als ihr Kopf das Kissen berührte. Sie hörte die leisen Geräusche, mit denen sich Gideon in der Wohnung bewegte, und wusste, dass er Fenster und Türen überprüfte.

Sie glaubte, der Wolf wäre in ihr Zimmer getappt und hätte mit seiner kalten Schnauze den Zeigefinger ihrer vom Bett herabhängenden Hand berührt, aber vielleicht hatte sie da auch schon geträumt. In ihrem Traum legte der Wolf den Kopf auf ihre Bettkante und sah sie so hingebungsvoll an, wie sie es bis zu diesem Tag nicht für möglich gehalten hätte. Dann knipste jemand alle Lichter in ihrem Kopf aus, und sie schlief.

Aufzuwachen war nicht angenehm. Es kam schnell und heftig. Mit feuchtkalter Haut schreckte Alice aus einem Albtraum auf, während dicht vor ihrem Fenster der bösartig peitschende Wind tobte.

Sie hatte die Decken von sich getreten und sich zu einer kleinen Kugel zusammengerollt. Mühsam lockerte sie ihre Muskeln. Dann drehte sie sich herum, um auf den Boden neben dem Bett zu sehen. Kein Wolf. Natürlich war er nicht hier. Er lag bestimmt am Feuer, wie er es gesagt hatte.

Die verschwommenen Ziffern auf ihrer Nachttischuhr zeigten 03:23 Uhr an. Das Zimmer war kalt und leer und schien kaum echten Schutz vor dem Sturm zu bieten. Es war ein Albtraum voller dunkler, feuchter Messer gewesen, und sie vermisste Gideon. Sie vermisste ihn einfach.

Sie ließ sich keine Zeit, gegen den Impuls anzukämpfen, sondern setzte sich die Brille auf die Nase, schnappte sich ihre Bettdecke und stieg aus dem Bett, um ins Wohnzimmer zu gehen.

Dort fand sie alles, was ihr Herz begehrte. Die Wärme und das Licht des Feuers fielen flackernd über das Fell des riesigen Wolfs, der ausgestreckt auf der Seite lag. Seine Kleidung stapelte sich ordentlich gefaltet neben ihm, obenauf die Pistole in ihrem Holster. Seine halb geschlossenen Augen bewegten sich, doch er hielt still, als sie sich hinter ihn legte. Sie nahm ihre Brille ab, wickelte sich in die Decke und schmiegte sich zitternd an den breiten, warmen Rücken des Wolfs.

Leise brummte Gideons mentale Stimme: *Schlecht geträumt?*

»Ja«, flüsterte sie und rieb das Gesicht an seinem Fell.

Die kräftigen Muskeln in seinem Nacken spannten sich. *Ist es okay, wenn ich mich verwandle?*

Sie nickte. »Ich weiß nicht, wann ich zuletzt einen Albtraum hatte«, sagte sie. »Normalerweise bin ich nicht so hilfsbedürftig …«

Schhhh, meine Süße.

Der Wolf drehte sich auf den Bauch. Als er sich verwandelte, überlief ihn ein Schimmer. Alles, was sie noch hatte sagen wollen, verflüchtigte sich aus ihrem Kopf, als Gideons großer, nackter Menschenkörper neben ihr lag. Goldenes Licht tanzte über die breiten Muskeln seines langen Rückens und fiel in die elegant geschwungene Mulde seines Kreuzes, auf seinen Po und die kräftigen Oberschenkel. Sein ganzer Körper war schlank und muskulös. In sanften Wellen zog sich seine glatte, gebräunte Haut über die Erhebungen seiner Muskeln und die fließenden Bewegungen seiner Glieder, während er sich auf die Ellbogen stützte und sie ansah.

Der Ausdruck auf seinem harten, hageren Gesicht war ernst und besorgt. Sie spürte einen Kloß im Hals, als er sich zu ihr umdrehte und sie an sich zog. »Ich bin froh, dass du nicht hilfsbedürftig bist«, murmelte er. Seine Stimme rumpelte an ihrer Wange. »Aber ich will für dich da sein. Ohne Entschuldigungen, ohne Ausflüchte. Lass mich einfach für dich da sein.«

»Das ist so unheimlich«, hauchte sie. »Gestern beim Mittagessen wusste ich noch nicht einmal, dass es dich gibt.«

Sanft stützte er ihren Kopf mit seiner Hand und beugte sich über sie. Seine hellen Augen funkelten wie Aquamarin. »Gestern gibt es nicht mehr. Wer wir heute füreinander sind, und wer wir morgen sein werden, das ist alles, was zählt.«

Mit den Fingerspitzen las sie die Falten und Male in seinem schroffen Gesicht und strich seinen langen, kräftigen Hals hinab. Etwas Schweres, Hartes richtete sich an ihrem Schenkel auf, es war ein unbekanntes, neues Gefühl, und zugleich so vertraut und notwendig.

Sie blickte ihn mit blanker Bestürzung an. »Ich begreife nicht, wie das alles passiert ist«, sagte sie mit bebenden Lippen. »Ich meine, wir haben uns noch nicht einmal geküsst. Also, eigentlich schon, aber nicht richtig.«

Ein leises Zittern lief über seine große Hand, mit der er ihren Kopf hielt, und sein Gesicht wurde von rohem, sinnlichem Verlangen überflutet. Er schloss die Augen und knurrte: »Die letzten Tage waren die Hölle für dich. Ich versuche so gottverdammt vorsichtig zu sein und dir zu geben, was du brauchst …«

Staunend berührte sie seinen Mund. Sie dachte: *Ich habe geträumt, ein Wolf wäre an mein Bett gekommen, um über meinen Schlaf zu wachen.* In seinen stillen Augen lag eine monumentale Geschichte, sie erzählte von der Überquerung von Bergen, von einer umkämpften Welt und unzähligen Jahren im Dienst und in Einsamkeit. Und es lag ein Versprechen in den Augen dieses Wolfs, das Versprechen einer alten Kriegerseele, die wusste, was es bedeutete, tief zu schürfen und immer zu dem zu stehen, was man einmal für sich beansprucht hatte, ganz gleich, was auch geschah.

Sie hörte sich fragen: »Bist du vorhin in meinem Schlafzimmer gewesen?«

Ich hatte einen Traum von Leidenschaft, von Hingabe und Treue und von einem Versprechen, das alles bedeutete …

Das Zittern seiner Hände wurde stärker. Er flüsterte in ihre Hand: »Nur um sicherzugehen, dass es dir gut ging. Alles, was du willst, alles, was du brauchst. Sag es mir, ich gebe es dir.«

Alles.

Und für einen strahlenden Augenblick wurde ihre Welt wieder einfach und rein und gut.

»Ich brauche dich«, sagte sie.

Sie spürte, wie aller Atem aus seinem Körper wich. Als er die Augen aufschlug, loderten Flammen in seinem Blick. Wie hatte sie diese Augen nur jemals für eiskalt halten können? In ihnen brannte ein reines, gleichmäßiges Feuer.

Als er seinen Mund auf ihren legte, ließ sie die Hände von seinem Gesicht sinken; bei der warmen Berührung seiner Lippen fielen ihr flatternd die Lider zu. Sie wurde von unten gewiegt und von oben liebkost, und die ganze Zeit über schwebte er mit seinem ganzen Gewicht über ihr und konnte sich jederzeit auf sie herabsenken. Ihre Hände ruhten auf der kräftigen, breiten Wölbung seines Schlüsselbeins und strichen dann über seine muskulöse Brust, wobei sich ihr Mund vor Überraschung ein kleines Stück öffnete, weil er sich so unglaublich gut anfühlte … und er nahm das als Einladung und glitt hinein. Mit sinnlicher Behutsamkeit, die von unendlicher Fürsorge und tiefen Emotionen zeugte, schob er seine Zunge zwischen ihre Lippen.

Aus diesem Kuss lernte sie etwas, das sie sich zu Herzen nahm. Dieser Mann empfand Dinge, die er niemals in Worten ausdrückte. Er sagte sie stattdessen mit seinem Körper, mit seinen Augen, seinem Mund und seinen Händen, und als sie seinen Kuss erwiderte, gab sie ihm das stumme Versprechen, seine Sprache zu lernen, damit sie alles verstand, was er ihr zu sagen hatte.

Dann veränderte sich seine Sprache, wurde härter und fordernder. Er sprach von Verlangen, als er mit seiner Zunge härter in ihren Mund stieß und seinen starken Oberschenkel zwischen ihre Beine schob. Sein gewaltiger Körper wurde zu einem stummen, drängenden Schrei. Er wiegte die Hüften an ihren und massierte sein heißes, großes Glied an ihrem Becken. Bebend strich sein Atem über ihre Wange, als er ihre Brust umfasste und durch den dünnen Stoff ihres Nachthemds nach ihrer steifen, schmerzenden Brustwarze griff.

Alice fing Feuer. Schimmernd wie flüssiges Quecksilber rauschte es durch ihre Adern. Sie drängte sich in seine Berührung und stöhnte leise, als sie ihm über den Kopf strich und ihre Hände durch seine kurzen hellen Haare glitten.

»Sag, dass ich aufhören soll, meine Süße«, flüsterte er an ihrer Wange. »Du brauchst nur ein Wort zu sagen, wenn es dir zu schnell geht.«

Sein Körper allerdings sagte etwas anderes, als er sich fester an ihr rieb.

Er sagte: *Bitte, bitte.*

Sie strich über die breite Wölbung seines Rückens und flüsterte ihm ins Ohr: »Du bist mein Gefährte. Ich könnte dich niemals abweisen.«

Sein Kopf fuhr zurück. Verwundert starrte er sie an.

Für einen schrecklichen Augenblick verdunkelte Angst ihren Blick, und ihr Herz machte einen schmerzhaften Satz. *So sehr kann ich mich nicht geirrt haben,* dachte sie. *Ich würde es nicht überleben, wenn ich so verblendet gewesen wäre.*

Die Freude, die sich auf sein Gesicht legte, strahlte so hell, dass es Alice beinahe blendete. »Das bedeutet es also«, sagte er. »Nordpol.«

Sie begann heftig zu zittern. »Was?«

Er stützte sich auf den Ellbogen und streichelte zärtlich ihr Gesicht. »Als ich dich zum ersten Mal sah, veränderte sich die Welt. Fast hätte es mich aus den Schuhen gehauen. Mir kam es vor, als hätte sich der Nordpol verschoben, die magnetische Anziehungskraft der einen Himmelsrichtung, die man zur Navigation verwendet, aber es entspricht eher der treibenden Kraft in

deinen Tarot-Karten. Ich kam nicht dahinter, was es bedeutete. Ich wusste nur, dass du es warst – du bist mein Nordpol geworden, meine treibende Kraft. Einfach so, von einer Sekunde
auf die andere.«

Sie schloss die Augen und schluckte schwer, als ihre Welt
wieder ins Lot kam. »Ja, das Gleiche ist mir auch passiert.«

Er beugte sich vor, um die Nase an ihrem Hals zu reiben.
»Das erinnert mich an ein Zitat eines französischen Philoso-
phen: ›Das Herz hat Gründe, die der Verstand nicht kennt.‹
Kennst du das?«

Sie schlang die Arme um seinen Hals und ließ ihr verängstigtes Herz zur Ruhe kommen und sich an ihm laben. »Ja.«

*Ich hatte einen Traum von unvergleichlicher Seltenheit und
Herrlichkeit.*

*Dann wachte ich auf und stellte fest, dass er wahr geworden
war.*

6

Opfer

Gideon blickte die Frau in seinen Armen unverwandt an. Sie war so wundervoll, dass es ihm den Atem raubte. Er hatte ihre Schönheit für subtil und klug gehalten, doch in diesem Augenblick glühte sie so vor Farbe und Lust, dass er sie nur voller leidenschaftlicher Bewunderung anstarren konnte.

Im Feuerschein schimmerte ihre sahnekakaobraune Haut golden, und in ihren lebhaften Augen leuchtete es blau und grün. Diese herrlichen Korkenzieherlocken mit den goldenen Spitzen fielen überreichlich auf seine Hände, und ihr hellgelbes Nachthemd strich wie Seide über seine überhitzte Haut. Ihre Brüste waren voll und üppig, und unter dem Stoff zeichneten sich die dunklen Vorhöfe ihrer aufgerichteten Brustwarzen ab.

Er stellte sich vor, sie älter werden zu sehen, sah ein paar Strähnchen Raureif auf diesen Locken, sah, wie sich um ihre Augen und an den Winkeln ihres zarten, sensiblen Mundes Lachfältchen bildeten. Diese Bilder in seiner Vorstellung übten eine tiefgreifende Anziehungskraft auf ihn aus. Für ihn konnte sie nur noch liebreizender werden, je besser er sie kennenlernte und je mehr die Vertrautheit zwischen ihnen mit den Jahren wuchs.

Er beugte den Kopf, um die goldene Haut an ihrem schlanken, gebogenen Hals mit seinen Lippen zu verwöhnen. Er spürte das lustvolle Seufzen, das sie durchfuhr, spürte die aufreizende Bewegung, mit der sich ihr Körper an seinen schmiegte, und, o heilige Götter, er selbst, dieser riesige, schwerfällige Grobian, war dafür verantwortlich. Das Staunen darüber schnürte ihm die Kehle zu.

Er wusste zu viel über das Töten und kaum etwas über das Leben in Frieden. Zur Hölle, er wusste ja kaum, wie man sich längere Zeit in einem geschlossenen Raum aufhielt. Sie war zu gut für ihn, zu kultiviert. Sie deckte ihren Tisch mit Stoffservietten und las Gedichtbände, sie unterrichtete kleine Kinder. Die Quilts, die sie nähte, waren Kunstwerke, an denen sich die Seele laben konnte.

Er setzte Kugeln in Ladestreifen, um seine Pistolen zu laden, er las Akten über ungelöste Verbrechen und Abhandlungen über den Krieg. Er brachte Rekruten bei, zu warten, Befehle zu befolgen und zu töten, und er spielte Schach, weil es ein geistiger Wettstreit war, der seinen Verstand schärfte.

Er lehnte die Stirn an ihre Brust und vergrub die Hände im Stoff ihres Nachthemds.

Er sehnte sich nach dem Gefühl, nach Hause zu kommen, wusste aber nicht, wie das ging. Er hatte ja nicht einmal gewusst, wo sein Zuhause war, bis er zum ersten Mal in ihr Gesicht geblickt hatte. Und er sehnte sich danach, willkommen zu sein, wusste aber nicht, ob er es auch verdiente.

Mit einem Ausdruck überraschten Entsetzens auf ihrem Gesicht war sie aus ihrem Schlafzimmer und vor ihrem Albtraum geflohen. Er kannte den Albtraum, der sie geplagt hatte, er war ein guter Bekannter von ihm. Die Einzelheiten mochten variieren, ebenso wie die Gesichter der Opfer, die Geschichte aber blieb die gleiche. Es war die Erzählung von einem Feuer, das so dunkel war, dass es die Seele schwärzte und verbrannte.

Für manche Leute war *er* dieser Albtraum.

Sie strich ihm übers Haar. »Gideon?«

Jesus, und jetzt war er für diese Unsicherheit in ihrer Stimme verantwortlich, obwohl sie in genau diesem Augenblick eigentlich voll und ganz von dem Wissen erfüllt sein sollte, wie wunderbar und begehrenswert er sie fand. Er suchte nach Worten, wollte ihr erklären, dass nichts an ihr jemals falsch sein könnte. Es ging nur darum, was an ihm falsch war.

Er flüsterte: »Ich möchte ein guter Mann sein.«

Ihre Hände verharrten in der Bewegung. Dann schob sie sie unter sein Kinn, um seinen Kopf anzuheben. Besorgnis lag in ihren schönen Augen, als sie prüfend sein Gesicht betrachtete. »Wie kommst du auf den Gedanken, du wärst kein guter Mann?«, fragte sie mit sanfter Stimme.

»Ich habe fast hundert Jahre in der Armee verbracht«, sagte er mit erstickter Stimme. »Ich habe Dinge gesehen und getan, die du dir nicht vorstellen kannst. Und du sollst sie dir nicht einmal vorstellen können. Du verdienst jemand viel Besseren als mich, jemand Kultivierteren, der dein Leben mit dir zu leben weiß.«

»Woher willst du wissen, dass du nicht dieser Mann bist?«, fragte sie. Sie hob den Kopf, um ihn zu küssen, zärtlich strichen ihre sanft geschwungenen Lippen über seine. »Das Herz hat seine Gründe, weißt du noch?«

Ein Zittern überlief ihn. »Das kannst du nicht verstehen.«

»Du hast recht, das kann ich nicht«, sagte sie.

Alice streichelte sein Gesicht und strich mit einer Hand über seinen breiten Rücken, um ihn zu beruhigen. Es war der gleiche Schmerz, der ihn vorhin am Esstisch gepackt hatte. Es tat weh, ihn leiden zu sehen, besonders da sie nicht sicher war, ob ihm das Ausmaß seines Schmerzes überhaupt bewusst war. »Ich kann es unmöglich verstehen.«

»Es war meine freie Wahl«, sagte er. »In der Armee hatte ich Erfolg. Ich war gut darin.«

Das war er gewiss. Sie sah es ihm an. Stark, verantwortungsvoll, beständig, verlässlich wie die Erde selbst. Er musste stets der Erste in der Schlacht gewesen sein und der Letzte, der sich zurückzog. Und diese Notwendigkeit musste für ihn so selbstverständlich gewesen sein, dass er darin nie ein Opfer gesehen hatte. Wahrer Edelmut erkannte sich niemals selbst.

Gestern mochte sie ihn als ihren Gefährten erkannt haben, aber jetzt, in diesem Augenblick, verliebte sie sich in ihn.

Sie sagte: »Ich bin eine gläubige Person, Gideon. Auch wenn mein Glaube gestern erschüttert wurde, jetzt steht er wieder auf festem Boden. Ich glaube nicht, dass wir Gefährten geworden wären, wenn wir nicht auch die Richtigen füreinander wären. Das Schicksal oder die Götter oder wer auch immer die Wyr so erschaffen hat, wie sie nun einmal sind, wäre nicht so grausam gewesen.«

»Ich habe diesen Glauben nicht. Nicht nach all den Gräueltaten und der Hässlichkeit, die ich gesehen habe. Schlechtigkeit und Ungerechtigkeiten existieren; Albträume sind Wirklichkeit. Und all das lassen die Götter zu.« Er sah ihr in die Augen. »Aber eines weiß ich – du bist das reinste, unverdorbenste Geschenk, das ich je bekommen habe, und ich werde alles tun, um dich zu beschützen und deiner würdig zu sein.« Er schloss die Augen und drehte das Gesicht in ihre Handfläche.

Sie biss sich auf die Unterlippe. Fast konnte sie die Barriere sehen, die ihn umgab. Er wollte mit ihr zusammen sein, brauchte ihre Nähe, aber irgendwie war er trotzdem verschlossen, und sie erkannte, dass sie noch nicht zu ihm durchgedrungen war. Nicht ganz. Noch nicht.

Vielleicht brauchte es einfach seine Zeit, bis er wirklich

begriff, dass das, was mit ihnen geschah, real war. Aber vielleicht …

»Du darfst nicht vergessen, dass ich bei unserer ersten Begegnung einen sehr schlechten Tag hatte«, sagte sie. »Denn die meiste Zeit bin ich ehrlich gesagt auch ein ziemliches Aas.«

Überrascht sah er zu ihr auf, zwei Aquamarine, erstarrt im Feuerschein. Sie stupste ihn mit dem Finger auf die Nase und schob ihm ihre Hüften entgegen.

Langsam hoben sich seine Mundwinkel. Er legte sich auf sie, und sie öffnete die Beine und beugte die Knie, um ihn mit ihrem ganzen Körper zu umfangen. Es war ein so herrliches Gefühl, wie er ihren Schenkel packte und sie zu Boden drückte, dass sie mit einem Mal ganz feucht und bereit für ihn wurde. Sein schweres, hartes Glied lag zwischen ihren Beinen. Er drängte sich gegen diesen Punkt, an dem sie so empfindlich war, dass sie das Pulsieren seiner Erektion spüren konnte, und sie wusste, in diesem Moment war die unsichtbare Barriere verschwunden, und er war ganz hier bei ihr, mit Leib und Seele.

»Möchtest du diese Äußerung vielleicht näher erläutern?«

Sie hatten noch so viel voneinander zu lernen. Wahrscheinlich würde die Barriere zurückkehren. Es konnte lange dauern, bis sie ganz verschwunden war. Aber fürs Erste öffnete sie den Mund und fuhr mit der Zunge über seine Lippen. »Nö«, sagte sie und schenkte ihm ein kleines Grinsen. »Ich glaube, das wirst du schon bald genug selbst herausfinden.«

Die Krähenfüße in seinen Augenwinkeln vertieften sich. Er senkte den Kopf und ließ seine Lippen sanft über ihren Hals gleiten, während er flüsterte: »Ich kann es kaum erwarten.«

Sein warmer, feuchter Atem auf ihrer empfindlichen Haut war eine ganz besondere Zärtlichkeit. Es hatte den gleichen Effekt, als würde man ein Streichholz an Zunder halten. Hitze überflutete Alice, sie fühlte sich wie von einer Feuerwand überrollt. Ihr Verlangen nach ihm war so rasend, dass sie erzitterte. Bei allen Göttern, es war stärker als alles, was sie bisher empfunden hatte. Dieses Gefühl war so enorm, dass es sie ganz zu verschlingen drohte.

Sie hatte Liebhaber gehabt. Nur ein paar, aber genug, dass sie zu wissen glaubte, was auf sie zukam. Sie versuchte ihre Kräfte zu sammeln und sich an irgendeinen vernünftigen Gedanken oder eine sinnvolle Erwartung zu klammern. Das erste Mal mit einem neuen Liebhaber war nie wirklich umwerfend. Sie hatte ihre Partner immer ermahnen müssen, es langsamer anzugehen. Man brauchte Zeit, um die Vorlieben und Abneigungen des anderen kennenzulernen, bevor der Sex wirklich richtig gut wurde, und es würde ihr überhaupt nichts ausmachen, wenn er … wenn er in Sinnesdingen nicht so begabt war, weil er in jeder anderen Hinsicht so wundervoll und einfach perfekt war …

Er packte ihr Nachthemd am Halsausschnitt und riss es ihr vom Leib. Dann fiel er über sie her wie ein ausgehungerter Mann über ein Festmahl. Überall an seinem gewaltigen Körper traten seine straff gespannten, schweren Muskeln hervor, und der Ausdruck auf seinem Gesicht war so verzweifelt und wild, dass ihr die Tränen in die Augen stiegen. Er stürzte sich auf ihre Brüste, leckte und saugte an ihren Brustwarzen, bis die unerträglich empfindlichen Knospen feucht und prall hervorstanden. Dann wechselte er die Seiten, ließ seine große Hand an der Innenseite ihres Oberschenkels hinaufgleiten und streichelte mit zitternden Fingern ihre intimsten Stellen. Sie spürte, wie sie immer feuchter wurde, bis seine Hand von ihrer Lust benetzt war.

Sie berührte ihn überall, so weit sie mit Mund und Händen reichte, bog sich ihm entgegen, um sich an seinem muskulösen Oberkörper zu reiben. Er atmete schwer, aus seiner Kehle drang ein leises Wimmern; es war kaum zu hören, und trotzdem so ergreifend, dass sich Alice nun ganz fallen ließ. Als sie zwischen ihre Körper griff und seine schwere, harte Erektion umfasste, stöhnte er auf und erstarrte.

Sie blickte in seine hell lodernden Augen, während sie sein steifes Glied streichelte und es mit den Fingern erkundete. Sein Gesicht war tief gerötet, und er hatte den Kiefer fest zusammengepresst. Auch ihre Hände zitterten. Sein Schwanz fühlte sich riesig an, Adern traten darauf hervor, und die breite Eichel an der Spitze war von samtweicher Haut überzogen. Beide sahen nach unten in den Zwischenraum zwischen ihren Körpern. Sie hatte ihre schlanken Beine weit für ihn gespreizt, ihr zartes Fleisch war prall, feucht und einladend.

Die Leere zwischen ihnen wurde zu einem schmerzhaften Stachel des Begehrens. Sie zog ihn sanft zu sich, während sie mit einer Hand an seinem Glied entlangstrich. »Komm in mich«, flüsterte sie. »Wir können es ein andermal langsam tun.«

Er schüttelte den Kopf. Sein Atem kam in kurzen, harten Stößen, und mit einer langsamen Bewegung seiner Hüften schob er seinen Schwanz tiefer in ihre Hand. »Nicht zu schnell … Nicht … o Gott.«

Die qualvolle Lust, die sein Gesicht überlief, als sie ihn massierte, war das Herrlichste, was sie je gesehen hatte. Der Stachel des Begehrens wuchs, wurde heißer und schärfer. Sie fühlte sich so leer, dass es wehtat. Sie rang nach Atem und Worten. »Gideon, bitte.«

Er sah ihr kurz in die Augen. »Tut es weh, meine Süße?«

Seine Verzweiflung war nicht verschwunden. Aber er hielt sie in Schach, und als Alice die Zärtlichkeit und die Hitze in seinen Augen sah, konnte sie die Tränen nicht mehr zurückhalten. Sie nickte ruckartig.

Er senkte den Kopf, rieb sich an ihrer Brust und flüsterte: »Dagegen kann ich etwas tun.«

Er zog sein Glied aus ihrer Hand. »Nein«, sagte sie und wand sich, um ihn wieder zu fassen zu bekommen.

Er wich ihrem Griff aus und rutschte nach unten, zwischen ihre Beine. Sie stützte sich auf den Ellbogen und fasste ihn am Arm, um ihn wieder zu sich heraufzuziehen. Mit spitzen Zähnen zwickte er sie kurz in den Handballen. »Lass das.«

»Hörst du nicht?«, keuchte sie. »Komm wieder her.«

Er knurrte. »Zwing mich nicht, dich festzuhalten.«

Moment, hatte sie gerade richtig gehört?

Beide erstarrten. Er sah unaussprechlich hinreißend aus, verschmitzt und halb verwildert, wie er mit seinen breiten Schultern zwischen ihren Schenkeln lag. Staunende Leidenschaft pulsierte durch ihren Körper, und wieder loderte sengende Hitze in ihr auf.

Sie sagte: »Das tust du nicht.«

Er kniff die Augen zusammen, blickte auf ihren Körper herab und leckte sich die Lippen. »Und wenn doch?«

Es hätte ein lustiges Spiel sein können, aber ihre Klitoris pochte so heftig und voll Sehnsucht, dass sie automatisch die Knie anzog und jede Beherrschung verlor. »Ich weiß es nicht«, wimmerte sie.

Seine Hände waren zu schnell für das bloße Auge, als er sie an den Knien packte und ihre Beine weit auseinanderschob. Der Schreck über die plötzliche Bewegung und das Gefühl äußerster Verwundbarkeit ließen ein zitterndes Stöhnen aus ihrer Kehle dringen.

Dann fuhr sein Kopf herab. Er legte seinen Mund auf sie und löste damit eine Kernschmelze aus. Er leckte und saugte an der kleinen, steifen Perle, die sich zwischen ihren intimen Hautfalten verbarg. Sein Mund bewegte sich so sicher und souverän, so drängend und doch so sanft, dass sie abermals die Knie anziehen wollte, doch er hielt sie mit seinen großen Händen fest, hielt sie weit für sich geöffnet, um sich wild über sie herzumachen.

Ihre Lust grenzte an Wahnsinn. Es war mehr, als sie aushalten konnte. Blindlings streckte sie die Hände aus und suchte nach etwas, nach irgendetwas, an dem sie sich festhalten konnte, als er ihre Lust zu einem schrillen Crescendo trieb. Sie spürte, wie der Höhepunkt auf sie zuraste und dann mit solcher Wucht auf ihren Körper traf, dass sich ihr Oberkörper vom Boden hochwölbte und ein Geräusch aus ihr hervorbrach, ein hoher, dünner, unkontrollierter Schrei voller Ungläubigkeit.

Heiß und beständig ruhte sein Mund auf ihr, seine hellen Augen nahmen ihren Anblick tief in sich auf, während er mit seiner Zunge auch noch die letzte Zuckung der Lust aus ihr herausmassierte, und das Bild, wie er sie mit so geduldiger, sinnlicher Entschlossenheit verwöhnte, katapultierte sie Hals über Kopf zum nächsten Höhepunkt.

Sie stürzte mitten hinein, heißer und heftiger als zuvor. Wieder wollte sie schreien, die Sehnen an ihrem Hals traten hervor, aber er hatte sie in solche Höhen getragen, dass die Luft zu dünn war. Sie konnte nicht atmen und brachte keinen Laut heraus.

Und die ganze Zeit über flüsterte er in ihrem Kopf. *Wunderschön, meine Süße. Du bist so wunderschön. Gott, du bist das Schönste, was ich je gesehen habe. Ich will es noch einmal sehen.*

Ich kann nicht. D-das ist zu viel. Gideon. BITTE …

Dann fehlten ihr sogar für Telepathie die Worte. In stummem Flehen streckte sie beide Hände nach ihm aus. Und seine Beherrschung war dahin.

Er stürzte sich auf sie und führte mit einer Hand die Spitze seines harten Glieds an die Öffnung in ihrem intimsten Fleisch, während er sie mit harten, drängenden Lippen küsste. Sein Mund war feucht von ihrer Lust, sie schmeckte ihn, schmeckte sich selbst. Ein animalischer Laut drang aus ihrer Kehle.

Schon kam sie zum nächsten Höhepunkt. Ihre inneren Muskeln zogen sich rhythmisch zusammen, als er bis zum Ansatz in sie hineinglitt, und es war so verdammt perfekt, und sie war so verdammt perfekt, dass es ihn von einer Sekunde auf die andere ins Land des Wahnsinns trug.

In einem hilflosen, zitternden Schwall ergoss er sich in sie und wurde begierig aufgenommen. Doch es war noch nicht genug, nicht einmal annähernd – es heizte sein Verlangen nur noch mehr an. Ein tiefes Knurren drang aus seiner Brust. Er packte ihre Handgelenke, drückte sie zu Boden und stieß mit harten, fordernden Stößen in sie hinein, während sie ihn innig küsste und jede Bewegung seiner Hüften mit ihren erwiderte. Er kam wieder und wieder, und jedes Mal kam sie mit ihm, bis sie schließlich schlaff und matt unter ihm lag und er nichts mehr zu geben hatte.

Noch immer hielt er locker ihre Handgelenke umfasst. Vielleicht war er eingeschlafen. Er wusste es nicht. Irgendwann kam er so weit zu Bewusstsein, dass er murmeln konnte: »Zu schwer?«

Sein Penis war erschlafft, aber er war noch immer in ihr, und dieses unglaubliche Gefühl wollte sie nicht verlieren. Er hatte seinen Kopf auf ihre Haare gebettet, sodass sie ihren Kopf nicht bewegen konnte. Nicht einmal die Augen konnte sie öffnen. Unter herkulischer Anstrengung schaffte sie es, ihm zu antworten: »M-mh.«

Sein Oberkörper bewegte sich in einem tiefen Seufzer. Sie spürte seinen kräftigen und langsamen Puls an ihrem Brustbein. Wieder dösten sie eine Zeit lang vor sich hin. Dann sagte er mit schläfrig rauer Stimme: »Sobald das Wetter aufklart, ziehe ich hier ein.«

Er fragte nicht, er stellte es fest. Wahrscheinlich sollte sie damit ein Problem haben. Ach nein, dafür war sie zu müde. Aber sie merkte, dass er ganz stillhielt und auf ihre Antwort wartete.

Sie glaubte, dass sie sich die Haut am Teppich aufgescheuert hatte, und ihre Nase juckte. Sie löste ihr Handgelenk aus seinem Griff, um sich zu kratzen, und gähnte. »Das solltest du wohl. Aber wir werden noch mal darüber sprechen müssen, wie gesprächig du nach dem Sex wirst.«

Sie lagen so nah beieinander, dass sie die Anspannung seiner Bauchmuskeln spüren konnte, als er laut auflachte. Der heisere, tiefe Klang war so hinreißend wie alles andere an ihm. Er hob den Kopf gerade so weit von ihren Haaren, dass sie sich zu ihm drehen und ihr Gesicht an ihn schmiegen konnte, und drückte ihr einen schnellen Kuss auf die Lippen. Sie liebte es, wie zärtlich er mit ihr umging. Sie liebte alles an ihm. Gewiss würden sie sich streiten und die weniger liebenswerten Seiten des anderen kennenlernen, und die Vorstellung, dass er bei ihr einzog, war, wenn sie ehrlich sein sollte, ziemlich beängstigend. Aber es gab schlicht und einfach keine Alternative. Die gab es seit dem Augenblick nicht mehr, in dem sie beide sich eingestanden hatten, welche Veränderung ihre Paarung bewirkt hatte. Also konnte sie jetzt auch einfach weitermachen, die Veränderungen akzeptieren und den Trip genießen. Es würde wundervoll sein, morgens in ihrem Bett neben ihm aufzuwachen und ihn abends beim Einschlafen noch in sich zu spüren.

Etwas summte.

Was war das? In ihrem Wohnzimmer gab es nichts, das summen konnte. Als es erneut summte, hievte sich Gideon von ihr hoch. Seine Lider waren noch immer schwer, doch sein Blick war scharf und wachsam geworden. Er drehte sich um und griff nach seinem Handy.

Er nahm ab. »Ja.«

Alice sah, wie sein Gesicht kalt und starr wurde, während er der tiefen, brummigen Stimme am anderen Ende lauschte. Vor Angst zog sich alles in ihr zusammen, die schläfrige, staunende Freude war mit einem Schlag verschwunden.

»Was kann ich tun?«, fragte Gideon. »Ich könnte Alice in die Zentrale bringen. Dort wäre sie in Sicherheit, und ich könnte bei der Suche helfen.«

Sie lauschte konzentriert auf die Stimme am anderen Ende. Ein Mann sagte: »Dazu besteht kein Grund, Sohn. Ich habe jede Menge Leute draußen auf der Jagd. Wollte dich nur auf dem Laufenden halten. Wenn er sie hat, braucht er jetzt nur noch einen einzigen.«

»Was ist mit dem Personenschutz für die anderen?«, fragte Gideon.

Die Stimme erwiderte: »Gleich nach unserem letzten Gespräch habe ich die erste Schicht losgeschickt. Sie sollten sich unauffällig verhalten, damit sie die Leute nicht noch mehr verschrecken. Wir arbeiten so schnell wir können.«

Ihr wurde übel. Oh nein. *Nein.*

Ohne seine Körperwärme war ihr kalt geworden, und ohne ihre Brille fühlte sie sich verwundbar. Sie setzte das Gestell auf und griff nach der zerwühlten Decke, um sie über sich zu ziehen, während Gideon das Handy weglegte. Mit ernstem Blick wandte er sich zu ihr.

»Was ist passiert?«

»Bayne hat die Bestätigung von den Fluglinien bekommen«, erklärte Gideon. Er zog Alice mitsamt der Decke in seine Arme und wiegte sie an seiner Brust. »Die drei Chamäleons, die den Flug nach L. A. gebucht hatten, haben es nicht zum Check-in geschafft. Ihre Plätze wurden in letzter Minute an drei Personen vergeben, die auf einen Standby-Flug warteten. Ich weiß, du kanntest sie, Süße. Es sind …«

»Stewart Rogers. Seine Mutter Leigh. Ihr Verlobter Jim Welch«, flüsterte sie. Sie dachte an den zierlichen Jungen, an sein kleines, ernsthaftes Gesicht, an seine ernsten Augen hinter den flaschenbodendicken Brillengläsern und an sein schüchternes, seltenes Lächeln. Er kam nach seiner Mutter, einer sanften, freundlichen Frau. Etwas rauschte in ihren Ohren. »Stewie geht in meine Klasse, Gideon. Nicht Stewie. Bitte, sag, dass das nicht wahr ist.«

Er hielt sie an sich gedrückt, sein Körper strahlte Hitze ab wie ein Hochofen, aber es reichte nicht aus, um die tödliche Kälte zu vertreiben.

»Alles auf der Welt würde ich darum geben, meine Süße«, sagte Gideon, »wenn ich dir das nur sagen könnte.«

Irgendwo da draußen glaubte sie den bösartigen Wind lachen zu hören.

7

Liebe

Sie stand auf, sie musste etwas tun, irgendetwas, um die Gedanken zu verdrängen. Auch Gideon erhob sich und stellte sich neben sie. Er rieb ihr den Rücken und fragte: »Fällt dir irgendetwas ein, das Stewart oder seine Mutter in den letzten paar Tagen gesagt hat, etwas, das anders oder irgendwie fehl am Platz war?«

Er klang so ruhig, dass sie ihn am liebsten angeschrien hätte. Stewart und Leigh waren vielleicht auf furchtbarste Weise ermordet worden, während sie und Gideon sich geliebt hatten. Die Hände vor den Mund geschlagen, rang sie bebend darum, sich ansatzweise unter Kontrolle zu bringen.

»Vergiss nicht, Alice, wir wissen nicht, was ihnen zugestoßen ist«, sagte er. Rogers und Welch standen im Alphabet ziemlich weit hinten. Wenn der Mörder sie entführt hatte, hielt er sie vielleicht fest, bis er sein siebtes Opfer gefunden hatte. »Bisher wissen wir nur, dass sie vermisst werden. Sie müssen noch nicht tot sein.«

Sie hob den Blick und sah, dass Gideon sie eingehend beobachtete. In seinen Augen lag Schmerz. Obwohl er keinen der Vermissten kannte, litt auch er, litt ihretwegen. Bei diesem Anblick fand sie ihr Gleichgewicht wieder. »Gib mir einen Moment Zeit«, sagte sie. »Ich muss mich erst beruhigen, damit ich mich konzentrieren kann.«

Er nickte. »Ich koche uns Kaffee.«

Ein anderes Mal, später, würde sie sich genüsslich an dieses Bild erinnern, wie er sich auf dem Weg in die Küche nackt und völlig unbefangen durch ihre Wohnung bewegte. Jetzt aber hob sie nur die Bettdecke und ihr zerrissenes Nachthemd auf, trug die Sachen ins Schlafzimmer und ließ sie aufs Bett fallen. Draußen war es noch stockdunkel, aber die Uhr auf ihrem Nachttisch zeigte 7:08 Uhr. Ihr wurde bewusst, dass sie die dunklen Ereignisse für sich im Strom der Zeit markierte und diese Zahlen nie mehr vergessen würde – Albtraum: 3:23 Uhr, Freunde vermisst: 7:08 Uhr.

Schnell stieg sie für zwei Minuten unter die Dusche, um sich die Spuren ihrer Vereinigung abzuwaschen, fuhr sich mit der Zahnbürste über die Zähne und zog sich anschließend die weiche, bequeme Kleidung an, die sie am Vorabend getragen hatte. Als sie damit fertig war, konnte sie wieder klar denken.

Sie ging in die Küche. Gideon hatte seine Jeans angezogen, doch seine Füße und sein Oberkörper waren noch nackt. Der Kaffee war durchgelaufen, und er hatte ihnen schon zwei Tassen eingeschenkt. Mit einem flüchtigen Kuss, bei dem die kurzen Bartstoppeln in seinem unrasierten Gesicht über ihr Kinn kratzten, reichte er ihr eine davon. »Ich koche ihn stark«, warnte er sie.

»Das ist gut, stark kann ich jetzt gebrauchen.« Sie hob die Tasse an die Lippen und nippte daran. Das starke, bittere Gebräu traf sie wie ein Schlag ins Gesicht. Das war gut. Sie räusperte sich. »Ich werde einfach erzählen, so wie gestern Abend, ja?«

»Ja«, sagte er. Er lehnte sich an die Arbeitsplatte, trank seinen Kaffee und betrachtete sie.

»Stewie hat sich so darauf gefreut, seine Oma und seinen Opa zu sehen. Sie können sich die Reise nicht so oft leisten, daher war dieser Besuch eine große Sache. Schon am Mittwoch hatte er seinen Rucksack gepackt. Seine Mutter hatte ihm erlaubt, alle Spielsachen und Bücher, die er mitnehmen wollte, im Handgepäck zu verstauen, damit er sich auf dem Flug beschäftigen konnte. Leigh und Jim hatten sich gerade erst verlobt. In Kalifornien wollten sie Leighs Eltern die Nachricht überbringen.«

»Sie sind knapp bei Kasse?«, fragte Gideon.

Alice nickte.

»Wie kann Leigh es sich leisten, Stewart auf eine Privatschule zu schicken? Oder ist das der Grund dafür, dass sie so knapp bei Kasse sind?«

»Leigh hat mal erwähnt, dass ihre Eltern sie beim Schulgeld unterstützen«, sagte Alice. Sie nahm noch einen Schluck von dem bitteren Getränk, ehe sie fortfuhr. Jetzt, da sie einmal angefangen hatte, konnte sie nicht mehr aufhören zu reden. »Und ich bin sicher, dass sie sich für ein Härtefall-Stipendium qualifizieren, was die Beiträge verringern würde. In unserer Gruppe helfen wir uns gegenseitig, wo wir können – immer abhängig von der Situation und davon, was der andere annehmen möchte. Kostenloses Babysitten oder Ähnliches. Manchmal tauschen wir auch untereinander. Leigh war begeistert, dass jemand sie mit dem Auto zum Flughafen mitnehmen wollte und sie den Shuttle-Bus nicht zu zahlen brauchte …«

Ihre Stimme verebbte. Gideon setzte seine Kaffeetasse auf der Anrichte ab. »Weißt du, wer sie mitnehmen wollte?«, fragte er ruhig.

Sie schüttelte den Kopf. »Alex hat sich angeboten«, sagte sie. »Und ich ebenfalls. Aber ob sich sonst noch jemand gemeldet hat oder wessen Angebot sie angenommen haben, das weiß ich nicht.«

»Okay«, sagte er. »Wir müssen mit Schaffer und allen anderen sprechen, um festzustellen, wer sie zuletzt gesehen hat.«

Er wandte sich ab und sprach über die Schulter weiter. »Ich springe ganz schnell unter die Dusche. Würde es dir etwas ausmachen, für eine Weile mit mir aufs Revier zu kommen, meine Süße?«

»Überhaupt nicht.« Sie sah ihm nach, als er das Zimmer verließ. Bei ihrem Gespräch war seine magische Energie schlagartig scharf und hitzig aufgewallt, während sein Gesicht und sein Verhalten soldatenhaft ruhig geblieben waren. Sie musste etwas gesagt haben, das sein Interesse geweckt hatte, womöglich sogar sehr stark, doch er hatte es nicht für angebracht gehalten, ihr zu verraten, was es war.

Dadurch fühlte sie sich nicht verletzt. Sie war bereit zu warten und herauszufinden, warum er so verschlossen geworden war.

Sie hätte nur gern gewusst, was es gewesen war.

Gideon hob seine Sachen auf – Pistole, Kleider, Kulturbeutel und Handy. Er eilte ins Bad, schloss die Tür und drehte die Dusche auf. Sobald das Wasser lief, drückte er die Schnellwahltaste für Bayne.

Er nahm beim ersten Klingeln ab. »Was gibt's?«

»Wo ist Schaffer?«, fragte Gideon.

»Alex Schaffer? Seinen Bewachern zufolge ist der letzte Stand, dass er sich gesund und munter in seiner Wohnung aufhält. Bis auf die drei Vermissten und die, von denen wir wissen, dass sie es nach Arizona geschafft haben, sind alle Chamäleons zu Hause. Warum?«

»Ich weiß es nicht«, knurrte er. »Er kommt nur immer wieder zur Sprache, das hat mein Interesse geweckt.« Schnell berichtete er Bayne von dem Gespräch mit Alice. »Wir müssen alle Chamäleons noch einmal befragen. Alice sagte, Schaffer habe Welch und Rogers angeboten, sie zum Flughafen zu fahren.

Sie selbst hat sich auch angeboten, aber dass sie nicht gefahren ist, wissen wir.«

Bayne fluchte. »Wir haben alle Chauffeurdienste angerufen, um herauszufinden, ob die Rogers irgendwo eine Fahrt gebucht hatten.«

Mit einer Hand hielt Gideon sich das Handy ans Ohr, während er mit der anderen seine Jeans öffnete und auszog. Eine Sechzig-Sekunden-Dusche, keine Rasur. In weniger als fünf Minuten konnte er mit Alice aus dem Haus sein. Er sagte zu Bayne: »Wir haben uns auf die Chamäleons als Opfer konzentriert. Aber einer von ihnen könnte auch der Täter sein.«

Alice schob die Wohnzimmermöbel wieder an ihren Platz. Eben rückte sie den Tisch vor der Couch zurecht, als jemand an der Tür klopfte. Es war ein leises, zaghaftes Klopfen, das sie beinahe aus der Haut fahren ließ.

Ihr Herz schlug noch immer heftig, als sie zur Tür ging, um das Außenlicht einzuschalten und durch das Schlüsselloch zu spähen.

Draußen stand Alex in einem schwarzen Wollmantel und dickem Schal, die Hände unter die Ärmel gesteckt und die Schultern nach vorn gebeugt, um sich gegen den peitschenden Wind und gegen Schnee und Eis zu schützen. Er war ein ruhiger, unaufdringlich aussehender Mann Anfang sechzig mit grauem Haar und höher werdender Stirn. Normalerweise wirkte er äußerst gepflegt, doch jetzt sah er ausgezehrt und so unglücklich aus, dass Alice unwillkürlich die Tür entriegelte und öffnete.

»Alex, was um alles in der Welt machst du hier?«, fragte sie.

Mit traurigem Blick sah er sie an. »Ich habe dich nicht geweckt, oder? Die ganze Nacht habe ich mir Sorgen um dich gemacht, und schließlich bin ich hergekommen, um zu sehen, ob es dir gut geht.«

»Um Himmels willen, komm rein.« Sie trat zurück und hielt die Tür weit auf.

Alex zog den Kopf ein und kam auf sie zu. Der Wind blies die Stufen hinunter und fegte durch die Tür. Er trug den Geruch von Schnee und der Außenwelt mit sich herein – und eine schwache chemische Note … aber überhaupt keinen Geruch von Alex.

Ihre Gedanken standen still, taumelnd wich sie zurück. Unsinnigerweise versuchte sie die Tür wieder zu schließen.

Alex stürzte sich auf sie und nahm die Hände unter den Armen hervor. Er trug Handschuhe. Ein Lichtschimmer fing sich auf dem langen, dünnen Messer, das er mit einer Hand umklammerte, während er mit der anderen die Tür weit aufstieß.

»Oh gütige Götter«, sagte sie.

In Alex' Blick brannte ein fanatisches Feuer. »Genau, Alice. *Oh ihr Götter.* Und Abraham sprach zum Herrn: ›Siehe, hier bin ich.‹ Es ist das heiligste Opfer, dem Herrn jene zu geben, die man liebt. Und der Herr sprach: ›Ich habe bei mir selbst geschworen, dass ich deinen Samen segnen und mehren will wie die Sterne am Himmel …‹«

Ziellos versuchte sie irgendetwas zu fassen zu kriegen, während sie schrie: »*Du krankes, mordendes Schwein!*«

Nebenan hörte sie das Splittern von Holz.

Alex hatte mit dem Messer zum tödlichen Hieb ausgeholt. »Zeigt mir euren Willen, Götter, wenn ich euch noch eine der Meinen opfere …«

Sie schleuderte den Gegenstand nach ihm, den sie gerade blindlings gepackt hatte. Es war eine kleine Topfpflanze. In einem Schmutzregen prallte der Topf gegen Alex' Brust. Er zuckte zusammen und griff nach Alice' Kehle. Das Messer sauste auf sie zu …

Ein lautloser Behemoth stürzte sich mit solcher Wucht auf Alex, dass dieser zu Boden ging. Im gleichen Moment wurde Alice von einer flachen Hand auf ihrer Brust zurückgeworfen. Sie verlor das Gleichgewicht, fiel hin und kroch mit eingezogenem Kopf von der Tür weg.

Alles wurde still. Sie wagte einen Blick hinter sich.

Alex lag auf dem Rücken. Seine Kehle war herausgerissen, die Hand, in der er das Messer gehalten hatte, bis zur Unkenntlichkeit zermalmt.

Über seiner Leiche hockte das Monster aus Haleys Wohnung. Die Formen und Linien in seinem Gesicht waren völlig verzerrt. Es gab nur einen Unterschied: Diesmal war er ziemlich nackt und tropfnass.

Das Monster bleckte die Zähne, in seinem eisigen Blick brannte ungläubige Wut. »Du hast ihm die Tür aufgemacht?«

Alice hob hilflos die Hände und wimmerte: »Er ist mein Chef.«

Ihr Wimmern wurde zu einem Schluchzen, und plötzlich verwandelte sich das Monster wieder in Gideon. Er hechtete auf sie zu, packte sie und zog sie an seine Brust, wo sie ihr Gesicht an seiner heißen, feuchten Haut barg. Er atmete schwer, ein leichtes Zittern überlief seine Muskeln.

Grimmig sagte er: »Tja, das ist er jetzt wohl nicht mehr.«

Es kam die Zeit des alljährlichen Festivals der Maske, zu dem alle Geschöpfe, die Alten Völker ebenso wie die Götter, dem Tanz huldigten, der das Universum antrieb und aufrechterhielt. Planeten kreisten um ihre Sonnen, Galaxien drehten sich im Raum. Selbst die winzigen Atome beteiligten sich an dieser Bewegung.

Zu jeder Wintersonnenwende wurde im Cuelebre-Tower eines der aufwändigsten Spektakel der Welt veranstaltet, mitsamt rotem Teppich und einem Haufen Paparazzi. Prominente und Würdenträger der Menschen sowie aller Alten Völker nahmen an diesem Ball teil. Die zweitausend Besucher trugen ausgefallene, juwelenbesetzte Designer-Kostüme und dazu Masken, auf denen Onyxe und Diamanten funkelten. Cuelebres Festsaal war mit gewaltigen Eisskulpturen und breiten Stoffbahnen in Gold und Elfenbein geschmückt, und der Champagner floss in Strömen.

Ein traditioneller Ball der Maske begann offiziell mit einer Prozession der Götter und endete damit, dass um Mitternacht alle ihre Masken ablegten. Die meisten Partys dauerten allerdings bis zum frühen Morgen an. Bei den meisten Veranstaltungen gab es Freiwillige, die sich verkleideten und die Rolle der Götter spielten. Auf den Spendengalas der Schule waren das normalerweise die Kuratoren. Hier würde die Prozession der Götter gewiss eine äußerst kunstvolle Angelegenheit sein, die von professionellen Schauspielern dargeboten wurde.

Mit großen Augen starrte Alice alles und jeden an. Hier und da konnte sie am anderen Ende des Saals einen Blick auf Dragos Cuelebre, den Lord der Wyr, und seine schöne neue Gefährtin erhaschen. In ihren Bewegungen lag die eindrucksvolle Synchronizität von Wyr-Gefährten, beide schienen stets genau zu spüren, wo der andere gerade war. Diese Fähigkeit würden auch Alice und Gideon mit der Zeit entwickeln.

Zuerst hatte es Alice widerstrebt, den Ball der Maske im Cuelebre-Tower zu besuchen. Ebenso wie der Rest ihrer Gemeinschaft trauerte sie um ihre Freunde, die in der vergangenen Woche gestorben waren, und noch immer stand sie unter dem Schock der Erkenntnis, dass Alex Schaffer für den Mord an zehn Chamäleons verantwortlich war. Angesichts der jüngsten Ereignisse hatte die *Broadway Elementary School* ihre jährliche Spendengala abgesagt, zumal die Kuratoren damit beschäftigt waren, sich umzuorganisieren und eine neue Leitung zu finden.

Aber Gideon hatte zwei Karten für den Ball der Maske im Tower bekommen, obwohl es eigentlich unmöglich war, noch welche zu ergattern. Er hatte Alice beschwatzt, bis sie nachgegeben hatte, und jetzt war sie froh, mitgekommen zu sein – allein schon, um dieses Spektakel mit eigenen Augen zu sehen. Sie hatten vereinbart, bis zur Demaskierung um Mitternacht zu bleiben. Es war ihr erstes offizielles Date.

Nachdem sie einen Blick auf die extravagante Pracht im Saal geworfen hatte, fühlte sich Alice etwas unbehaglich, weil sie selbst nur ein einfaches schwarzes Etuikleid, dazu hochhackige, zehenfreie schwarze Lacklederpumps und eine schlichte Halbmaske aus schwarzem Satin trug. Eigens für diesen Anlass hatte sie sich Kontaktlinsen gekauft. Sie zupfte an ihrem schmalen Kleid und hoffte inständig, dass es nicht zu schlicht aussah. Als hätte er ihre Gedanken gelesen, beugte Gideon den Kopf zu ihr herab und flüsterte ihr ins Ohr: »Du bist die eleganteste und atemberaubendste Frau im ganzen Saal.«

Sie drehte sich zu ihm um und lächelte ihn überrascht an. In seinen eisblauen Augen lag ein verstohlenes Lächeln, als er ihrem Blick begegnete. Mit dem edlen schwarzen Smoking und seiner Halbmaske, die zu ihrer passte, sah er so gefährlich sexy aus, dass sie kaum glauben konnte, dass er zu ihr gehörte. »Ich hoffe nur, meinem attraktiven Begleiter gerecht zu werden.«

Ihr Begleiter. Ihr Gefährte. Vor Staunen darüber stockte ihr der Atem.

Er zog an einer ihrer Korkenzieherlocken und ließ sie wieder los, um zu sehen, wie sie wieder zurücksprang. Das schien ihm nie langweilig zu werden, und sie brachte es nicht übers Herz, ihm zu sagen, wie unangenehm ihr das war. Er flüsterte: »Ich bin unglaublich stolz, dein Gefährte zu sein.«

Die Menge verschwand, und es gab nur noch sie beide. Mit den Fingerspitzen berührte sie seinen Mundwinkel und flüsterte zurück: »Gleichfalls.«

Dann waren sie plötzlich nicht mehr allein, ein muskulöser, braun gebrannter Riese von einem Mann hatte sich zu ihnen gesellt. Es war Bayne, Gideons Chef. Während sie und Gideon sich umdrehten, um den Neuankömmling zu begrüßen, holte Alice tief Luft, um sich auf die Wirkung seiner Gegenwart gefasst zu machen. Wie alle unsterblichen Wyr strahlte Bayne eine gewaltige Energie aus. Er trug keine Maske, hatte seine Krawatte bereits abgelegt und das Smoking-Hemd am Hals aufgeknöpft.

Er sagte zu Gideon: »Was zum Teufel ist nur los mit dir, Sohn? Na los, besorg deiner Gefährtin ein Glas Champagner und ein paar von diesen abgefahrenen Häppchen, bevor sie weg sind.«

Gideon sah ihr in die Augen. Er lächelte. »Bin gleich wieder da.«

»Danke«, sagte sie.

»Ist mir ein Vergnügen, meine Süße.«

Als er sich an Bayne wandte, sagte der: »Du solltest dich beeilen, die Prozession geht gleich los. Ich bleibe solange bei ihr.«

Beide sahen Gideon nach, als er sich einen Weg durch die Menge bahnte, um zu den Erfrischungen zu gelangen. Dann wandte sich Bayne an Alice. »Schön, Sie zu sehen, Alice. Ich bin froh, dass Sie beide beschlossen haben, die Karten zu nutzen. Wie geht es Ihnen?«

Bayne hatte Gideon die Karten gegeben? »Das war ein wundervolles Geschenk«, sagte sie. »Mir geht es viel besser, danke.«

Zu behaupten, sie sei bei ihrer ersten Begegnung mit dem Greifen nicht gerade in bester Verfassung gewesen, wäre eine ziemliche Untertreibung. Beim Anblick des am Boden liegenden Alex und des Messers hatte sie sich noch zusammenreißen können. Nachdem Gideon sie eine Weile so fest an sich gedrückt hatte, dass sie blaue Flecken davontragen sollte, hatte er Alex' Gesicht und Schultern mit seinem Badehandtuch zugedeckt, sich angezogen und ein paar Telefonate geführt. Alice hatte sich auf eine Ecke ihrer Couch gesetzt, und als Bayne kurz darauf eintraf, beide befragte und den Abtransport des Leichnams überwachte, war sie ruhig und gefasst geblieben. Dann war ihr Blick auf die tiefrote Blutlache gefallen, die vor ihrer Wohnungstür in den Teppich gesickert war, und sie war völlig zusammengebrochen.

Mit angespanntem Gesicht hatte Gideon sie auf die Arme gehoben und aus dem Zimmer getragen. Sie wusste nicht, wer sich darum gekümmert hatte, aber trotz des Schneesturms und obwohl es der Sonntag vor einem großen Feiertag war, hatte sie innerhalb einer Stunde einen neuen Teppich gehabt.

Jetzt färbten sich ihre Wangen dunkel, als sie daran zurückdachte. Zu dem Wächter, der neben ihr aufragte, sagte sie: »Es tut mir leid, wie unsere erste Begegnung verlaufen ist.«

»Mir auch«, sagte Bayne. Er sah zu ihr herab, und in seinen schroffen Zügen lag Bedauern. »Ich wünschte, wir hätten diesen Wichser schnappen können, bevor er Sie erwischt hat.«

Sie warf ihm einen Seitenblick zu. »Das habe ich nicht gemeint.«

Der Greif stand lässig da, die Hände in die Hüften gestützt. Unter seiner offen stehenden Jacke waren die beiden Pistolenholster zu sehen. Seit Gideon in der vergangenen Woche bei ihr eingezogen war, kamen oft Freunde von ihm aus dem WDG und der Armee zu Besuch, in deren beiläufigem Verhalten die Hoffnung auf eine warme Mahlzeit zu lesen war. Dadurch gewöhnte sich Alice allmählich an den Anblick großer, muskulöser Leute, die bewaffnet umherliefen. Gideon und sie hatten

einen größeren Kühlschrank und ein größeres Tafelservice gekauft.

»Ich weiß, was Sie gemeint haben«, sagte Bayne. »Sie haben
Ihre Freundin ermordet aufgefunden, Ihren Gefährten entdeckt und einen Mörder gefasst, und das alles in nicht einmal
achtzehn Stunden. Zu allem Überfluss war der Mörder jemand,
den Sie kannten und dem Sie seit vielen Jahren vertrauten. Finden Sie nicht, Sie hatten das Recht auf einen kleinen Anfall?«

Sie kicherte. »Na ja, wenn Sie es so ausdrücken.« Dann wurde sie ernst. »Ich versuche mir immer noch einen Reim darauf
zu machen, was Alex zum Schluss gesagt hat, aber ich schaffe es
nicht. Ich glaube, er hat ausgerechnet die Bibel zitiert.«

»Verschwenden Sie Ihre Energie nicht damit, sich einen
Reim darauf machen zu wollen«, sagte Bayne. »Wenn Sie meine Ausdrucksweise entschuldigen, der Typ war ein beschisse-
ner Irrer. Sie würden nicht glauben, was wir im Keller seines
Stadthauses gefunden haben. Schon bevor er vor sieben Jahren
zum ersten Mal nach Jacksonville gefahren ist, hatte er Pläne
für diese True-Colors-Selbsthilfegruppe gemacht. Er besaß Bücher und Notizen über alle großen Religionen und hatte Ge-
bete an Wände und Decke geschrieben. Alle möglichen Zahlen
hatte er so lange addiert und subtrahiert, bis herauskam, dass
der Papst der verfluchte Antichrist ist. Er war völlig in einer
messianischen Wahnvorstellung aufgegangen und wollte die
Erde neu mit Chamäleon-Wyr bevölkern, wenn er den Göttern das geopfert hatte, was er am meisten liebte – sein Volk. Er
wollte so lange weitermorden, bis er eine Art göttliches Zeichen
erhielt. Ich sag Ihnen – total bekloppt.«

In diesem Keller hatten sie nicht nur Bücher und Notizen
gefunden, sondern auch Stewart, seine Mutter Leigh und Jim
Welch. Sie waren gefesselt und geknebelt gewesen, aber am
Leben. Alex' Wachposten hatten nur darauf geachtet, einen

Mörder von seinem Haus fernzuhalten, nicht darauf, dass er selbst nicht herauskam. Und so war er ihnen durch die Hintertür entwischt, als er es auf Alice abgesehen hatte. Wäre er nicht so von Ritualen besessen gewesen, hätten Stewie und seine Familie nicht überlebt. So aber hatte er ihnen gesagt, dass er sie in den nächsten Tagen umbringen würde, nachdem er Alice geopfert haben würde. Leigh hatte Alice einige Tage später am Telefon erzählt, wie erstaunt Alex über ihre Verzweiflung gewesen sei. Er habe einfach nicht verstanden, warum sie sich der Ehre, die er ihnen zuteilwerden ließ, nicht bewusst waren.

»Ich kann das alles kaum glauben«, flüsterte Alice. Zitternd rieb sie sich die nackten Arme. Alex war schon immer etwas verklemmt gewesen, ein bisschen zu zugeknöpft, aber niemand wäre je auf die Idee gekommen, er könnte nicht normal sein.

»Verdammt«, sagte der Greif, der sie missmutig betrachtete. »Gideon erschießt mich. Ihr solltet euch heute Abend amüsieren, und jetzt bin ich daran schuld, dass du aussiehst, als hättest du ein Gespenst gesehen.«

»Schon in Ordnung«, sagte sie. »Darüber zu reden ist viel besser, als es ignorieren zu wollen. Es dauert einfach seine Zeit, das zu verarbeiten.«

Über die Köpfe der Menge hinweg entdeckte sie Gideons hellblonde Haare. Er bahnte sich einen Weg zurück zu ihnen. Die Freude, die Alice empfand, als sie ihn näherkommen sah, war beinahe mehr, als ihr Körper fassen konnte.

Auch Bayne hatte sich umgedreht und Gideon erblickt. Mit leiser Stimme sagte der Greif zu Alice: »Wir alle halten sehr viel von ihm. Er ist einer der besten Männer, die ich kenne.«

Den Blick fest auf ihren Gefährten gerichtet sagte Alice: »Er ist auch einer der besten Männer, die ich kenne.«

Endlich war Gideon wieder bei ihnen. Er reichte ihr einen Teller, auf dem sich Delikatessen und Petit Fours stapelten. In der anderen Hand hielt er zwei Gläser Champagner. »Tschuldigung«, sagte er zu Bayne, als Alice ihm eines der Gläser abnahm. »Ich dachte, ich würde keine drei Gläser jonglieren können, ohne etwas fallen zu lassen.«

»Schon okay«, sagte Bayne. »Champagner ist nicht so mein Ding.«

Gideon gab Alice einen flüchtigen Kuss. »Worüber habt ihr zwei geredet, während ich weg war?«

Der Greif und sie wechselten einen Blick. »Paarungen«, sagte sie. »Und wie schnell es einen treffen kann.«

»Das muss in der Luft liegen«, sagte Gideon und zwinkerte ihr zu. »Im Moment schwirren verdammt viele Wyr-Paarungshormone durch die Gegend.«

»Tja, ihr beide seht ziemlich glücklich aus, gut gemacht«, sagte Bayne und gab Gideon einen so herzhaften Klaps auf die Schulter, dass der Teller mit Essen in Gefahr geriet. »Für mich bedeutet das wohl, dass ich anfangen sollte, eine Gasmaske zu tragen.«

In diesem Augenblick teilte sich die Menge, und die Prozession der Götter begann. Angeführt wurde sie von Taliesin, dieses Jahr von einem schlanken Mann dargestellt. Auf Taliesin folgten in kurzen Abständen die anderen Götter, die alle prunkvoll kostümiert waren. Die Menge im Saal verneigte sich tief vor ihnen, als sie vorüberzogen.

Alice konnte einen Schauer nicht unterdrücken, als Azrael, der Gott des Todes, auf sie zukam. Alte Legenden besagten, dass an jedem Ball der Maske ein Gott teilnahm. Wenn es einen Zeitpunkt gab, an dem mit dem Tod zu rechnen war, dachte sie, dann war es dieser Ball.

Die elegante, glitzernde Gestalt zog vorüber. Alice hielt die Luft an und schimpfte sich eine alberne Gans. Die Letzte in der Prozession war Inanna, die Göttin der Liebe. Die groß gewachsene, bemerkenswerte Frau bewegte sich mit königlicher Anmut, sie trug eine Katzenmaske, und eine wilde Mähne blonder Haare fiel ihr bis zur Taille. Ihr Gewand war mit sieben Löwen bestickt, die sieben Streitwagen zogen. Als Inanna auf ihrer Höhe war, drehte sich die Göttin zu ihnen um und schaute sie direkt an, als hätte sie Baynes Worte gehört. Alice glaubte in den Augen hinter der Maske etwas Unermessliches und Belustigtes zu sehen, mit dem sie den Greifen anblickten. Kräftig schüttelte sie den Kopf, und die Vision ging vorüber.

Dann spielte das Orchester die ersten Töne an, alle Teilnehmer nahmen ihre Plätze ein, und der Tanz begann.

Die Stimme der Jägerin

Für meine Lektorin Heather, für Amy und für meine fabelhafte Cover-Künstlerin Angela Waters. Ich danke euch für euer meisterhaftes Können, euer Talent und eure harte Arbeit.

Und ganz besonders danke ich euch, meinen Lesern.

1

Die Tiefen

Claudia hatte nicht erkannt, dass es sich bei dem beträchtlichen Hügel auf dem Seitenstreifen des Highways um ein Lebewesen handelte. Nicht auf Anhieb.

Mit fast hundertachtzig Stundenkilometern fuhr sie auf der I-80W durch ein einsames Stück Nevada. Die Weiten der Wüste waren mit Flecken in Lindgrün, silbrigem Sandbraun, Gold und Beige übersät und von dunklen, schneebedeckten Bergen umringt. Der Himmel spiegelte das Land in riesigen Schwaden silbern umrandeter Wolken. Die windgepeitschte Stille war gewaltig, brutale Hitze strahlte von der durchdringend gelblich-weißen Nachmittagssonne herab und stieg brodelnd vom Straßenbelag auf. Angeblich trafen sich in den Wüstenregionen der Erde die Dschinn zum Tanz.

Später hätte sie nicht mehr erklären können, warum sie angehalten hatte, um sich die Sache anzusehen. Sie war einfach einem Impuls gefolgt, auf die Bremse gestiegen und hatte gewendet. Auf dem Highway waren keine anderen Fahrzeuge zu sehen, sie war das einzige Lebewesen weit und breit. Jedenfalls dachte sie das.

Claudias 1984er BMW kam neben der Erhebung zum Stehen. Bei näherem Hinsehen wurde ihr schwer ums Herz. Es war ein Hund, ein ungewöhnlich großer. Auch wenn sie sich mit Rassen nicht auskannte, war sie sicher, dass es sich um eine

Haushund-Art handeln musste. Ein Wolf oder Kojote war es gewiss nicht. Der leblose Körper war muskulös, er hatte eine breite, kräftige Brust, einen langen, schweren und dennoch eleganten Knochenbau und einen stattlichen, wohlproportionierten Kopf. Der Hund hatte entsetzliche Verletzungen erlitten. Sein Hals war dick angeschwollen, sein dunkelbraunes und schwarzes Fell mit großen Schürfwunden übersät.

Claudia fragte sich, was er hier mitten in der Wüste machte. Hatte ihn jemand angefahren, oder war er ungesichert auf der Ladefläche eines Transporters mitgefahren und herausgefallen? Womöglich beides. Sie hoffte, dass er schnell gestorben war.

Eine seiner riesigen Vorderpfoten zuckte.

Noch bevor ihr Gehirn kapierte, was ihr Körper tat, rammte sie den Schalthebel des BMW in die Parkposition und griff nach ihrer Wasserflasche. Als sie aus dem Wagen stürzte, fiel die Abschirmung, die sie so mühsam aufgebaut hatte, von ihr ab. Sie durchschritt eine unsichtbare Barriere, um ganz in ihre Umgebung einzutauchen und mit ihr in Kontakt zu treten.

Neben dem Hund fiel sie auf die Knie. Von wegen »ungewöhnlich groß« – er war riesig. Sie wusste zwar nur wenig über Hunde, aber doch so viel, dass nur wenige Rassen eine solche Größe erreichten. Er war größer als ein Deutscher Schäferhund und zu schwer für eine Dänische Dogge, also musste es sich um eine andere Doggenart handeln. Verdammt, er war nicht nur am Leben, es sah sogar aus, als wäre er bei Bewusstsein. Sein keuchender Atem ging schnell und flach, die Zunge hing ihm aus dem offenen Maul. Die Augen hatte er geschlossen, und die Muskeln im Bereich der Augenhöhlen waren vor Schmerzen angespannt.

»Gütiger Himmel.« Der Wind, der über die kilometerweite Einsamkeit hinwegfegte, riss ihr die Worte von den Lippen und trug sie davon.

Vorsichtig schob sie dem Hund eine Hand unter den Kopf, hob ihn an und versuchte ihm ein wenig Wasser ins Maul zu träufeln. Er hatte gefährliche Beißerchen – kräftige weiße Zähne, so lang wie ihre Finger. Es war schwierig zu sagen, ob er das Wasser überhaupt bemerkte. Sie glaubte es nicht.

Claudia war ein wenig größer als die Durchschnittsfrau und wog zwischen siebzig und zweiundsiebzig Kilo. Der Hund war sicherlich um die Hälfte schwerer als sie, vielleicht hundert oder hundertzehn Kilo. Eine normale Menschenfrau hätte keine Chance gehabt, ein solches Gewicht auf den Rücksitz ihres Wagens zu hieven. Aber Claudia war keine normale Menschenfrau.

Sie besaß magische Energie, die sich in Form einer telekinetischen Gabe manifestierte, aber es war nur ein kleiner Funke, weshalb sie das, worauf sie diese Gabe anwenden wollte, stets berühren musste. Wenn jemand dicht genug bei ihr stand, brachte sie ein bisschen Telepathie zustande, und vielleicht reichte dieser Funke aus, um ein Anderland zu betreten – einen jener Orte voller Magie, die sich bei der Entstehung der Erde gebildet hatten, als Raum und Zeit Falten geworfen hatten. Vielleicht – vielleicht aber auch nicht. Sie wusste es nicht und hatte es nie ausprobiert.

In Sachen Telekinese war ihre magische Energie oder Begabung nicht besonders ausgeprägt, aber sie ermöglichte ihr ein paar ganz interessante Dinge. Zum einen konnte sie ihre körperliche Kraft steigern, sodass sie den Hund vielleicht auf den Rücksitz heben konnte. Allerdings waren seine Verletzungen so schwer, dass sie ihn bei dem Versuch wahrscheinlich umbringen würde.

Sie dachte an ihre .40er Glock. Die Pistole lag im Kofferraum, zusammen mit ihrem Koffer und der Campingausrüstung. Sie kannte die Wirkung einer gut gezielten Kugel, im

Guten wie im Schlechten. *Ein Schuss, ein Toter,* wie der Scharf-schütze in ihrer Einheit zu sagen gepflegt hatte. In diesem Fall wäre es ein Akt der Gnade gewesen, den Hund von seinem Elend zu erlösen. Der Tod konnte nur besser sein als dieses langsame, einsame Dahinsiechen in der Wüste.

Ja, vielleicht wäre es das Gnädigste gewesen, ihn zu erschie-ßen, und doch wehrte sich alles in ihr gegen diesen Gedanken. Sie schob den Unterkiefer vor. Wenn das Tier nicht starb, wür-de sie dafür sorgen, dass es … mit einem scharfen Blick stellte sie fest, dass der Hund männlich und unkastriert war. Es war ein *Er.* Sie würde dafür sorgen, dass *er* Hilfe bekam.

Nachdem sie diese Entscheidung getroffen hatte, handel-te sie schnell. Sie durchwühlte ihre Segeltuchtaschen mit den Campingutensilien im Kofferraum, bis sie die Bodenplane fand. Diese faltete sie so zusammen, dass der Hund darauf liegen konnte und noch genug Platz blieb, um die Ecken an-zufassen. Dann legte sie die Plane neben dem Hund auf den Boden.

Die nächsten zehn Minuten kamen ihr vor wie ein zweijäh-riger Kampfeinsatz. Die Qualen des Hundes waren wie ein Schwerefeld, das sie an sein Leid kettete. In winzigen, stechen-den Körnchen peitschte ihr der Wind sengend heißen weißen Sand ins Gesicht und auf die nackten Arme. An den Wundrän-dern hatte der Sand eine Kruste gebildet, doch als Claudia den Hund bewegte, öffneten sich die Wunden wieder. Leuchtend rotes Blut trat hervor und troff über die hellen Elfenbein- und Goldtöne des verkrusteten Sandes. Normalerweise sahen diese beiden Farben wunderschön nebeneinander aus.

Mit wahllosen aufmunternden Worten redete sie auf den Hund ein und trainierte ihr umfangreiches Vokabular an Schimpfwörtern, während sie ihre Bein- und Rückenmusku-latur sowie ihre Telekinese bis an die Schmerzgrenze belastete. Endlich schaffte sie es, ihn auf die Plane und dann auf den Rücksitz zu schieben.

Im schlimmsten Moment öffnete der Hund die Augen und sah sie an. Die Intelligenz und der grelle Schmerz in seinem Blick bohrten sich wie Speere in Claudias Herz. Als sie endlich wieder auf den Fahrersitz sank, musste sie sich die Hände abwischen und die Augen reiben, bevor sie wieder klar genug sehen konnte, um den Motor anzulassen.

Der Hund war nicht gestorben.

Keine zwei Minuten später tauchte hinter ihr mit Blaulicht ein Streifenwagen der County Patrol auf.

Claudia hielt am Straßenrand an, ließ das Fenster herunter und schob sich ihre Ray-Ban in die Haare, während sie einen grauhaarigen Mann in einer kurzärmligen braunen Uniform auf ihren Wagen zukommen sah. Gute Laune und Freundlichkeit hatten ihre Spuren in seinem scharf geschnittenen, lächelnden Gesicht hinterlassen. Mit einer Hand stützte er sich auf ihrer Tür ab.

»Sie haben da einen ziemlich gut gepflegten Motor unter der Haube«, sagte er. »Ich habe Sie mit zweihundert Sachen erwischt.«

Sie reichte ihm ihren New Yorker Führerschein und die Fahrzeugpapiere. Das Foto auf dem Führerschein zeigte eine hagere, sportliche vierzigjährige Frau mit glatten, aschblonden, schulterlangen Haaren, grünen Augen, eleganten Gesichtszügen und einer leicht schiefen Nase, die sie sich damals in Kandahar gebrochen hatte. Der Blick des Mannes wanderte von dem Führerschein zu ihrem Gesicht.

Sie sagte: »Wie Sie sehen, bin ich nicht aus dieser Gegend, und ich habe einen schwer verletzten Hund auf dem Rücksitz. Können Sie mir sagen, wie ich zur nächsten Tierklinik oder zum nächsten Tierarzt komme? Oder noch besser, können Sie vorausfahren und den Strafzettel anschließend ausstellen?«

Mit flinken dunklen Augen sah der Mann auf den Rücksitz. Claudia konnte eine Veränderung in seinem Gesichtsausdruck beobachten. »Gehört das Tier Ihnen?«

Sie schüttelte den Kopf. »Hab ihn vor ein paar Kilometern am Straßenrand gefunden.«

Er blickte auf ihr schmutz- und blutverschmiertes T-Shirt und die Cargo-Hose. »Haben Sie ihn allein in den Wagen gekriegt?«

»Ja.«

»Wie haben Sie das geschafft?«

Die Haut um ihre Lippen spannte sich. »Adrenalin, schätze ich.«

Mit ernstem Blick sah er ihr in die Augen. »Vielleicht wäre es am humansten, wenn ich ihn erschieße.«

Er hatte die Hand schon auf die Waffe gelegt. Etwas in Claudia wurde kalt und starr. Ihre Hände krampften sich um das Lenkrad. Rückblickend war es eine dumme Idee gewesen, ihre Waffe im Kofferraum zu verstauen.

»Vielleicht.« Sie achtete darauf, dass ihre Stimme sanft und gleichmäßig klang. »Der Gedanke war mir auch schon gekommen. Aber das wäre nicht fair. Er hat viel durchgemacht, um es bis hierher zu schaffen. Und obwohl er wach war, als ich ihn in den Wagen gehievt habe, hat er mich nicht gebissen. Ich will ihm eine faire Chance geben. Sagen Sie nicht, dass es im Umkreis von hundertfünfzig Kilometern keinen Tierarzt gibt.«

Unsichtbar wie eine Hitzewelle, die vom Asphalt aufstieg, hing die Entscheidung zwischen ihnen in der Luft. Claudia ließ die linke Hand auf ihren Oberschenkel sinken und ballte sie zur Faust, als sie registrierte, dass seine Hand noch immer an seiner Pistole lag.

Der Polizist steckte ihren Führerschein und die Fahrzeugpapiere in die Brusttasche seines Hemdes und richtete sich auf.
»Es gibt einen Tierarzt in der Nähe. Folgen Sie mir.«

Und so bekamen Claudia und der Hund eine Polizeieskorte
nach Nirvana, einem Städtchen in Nevada mit 1611 Einwoh-
nern.

Der Ort lag in den Ausläufern eines kleinen Gebirgszugs, die
Straßen waren in einem schlichten Nord-Süd- und Ost-West-
Gitter angelegt. In geringem Abstand folgte Claudia dem Strei-
fenwagen des Sheriffs, der zügig durch die Straßen der ruhigen
Wohnviertel fuhr, bis er vor einem Einfamilienhaus anhielt.
Das eingeschossige Gebäude hatte eine windgeschützte Veran-
da an der Westseite, und in der Auffahrt parkte ein staubiger
Dogde-Ram-Pickup.

Claudia schätzte den Sheriff auf Mitte bis Ende fünfzig, aber
er war ein durchtrainierter Mann und konnte sich flink bewegen, wenn es die Situation erforderte. Während sie noch hinter
ihm einparkte, war er schon aus dem Streifenwagen gestiegen
und kam auf ihren BMW zu.

Wieder schob sie sich die Sonnenbrille auf den Kopf und
öffnete die Tür, um ebenfalls auszusteigen. Beide betrachteten
den furchtbaren Anblick auf dem Rücksitz.

Der Sheriff holte tief Luft. Seinem Namensschild zufolge
hieß er Rodriguez. »Wir sollten den Tierarzt wirklich bitten,
ihn einzuschläfern. Eine kurze Injektion, und er hätte keine
Schmerzen mehr.«

Sie setzte eine unverbindliche Miene auf und nickte. »Er hat
es bis hierher geschafft«, sagte sie. »Deshalb bin ich dagegen.
Können Sie ein Ende der Plane festhalten, während ich ihn
herausziehe?«

Er seufzte und nickte. Gemeinsam benutzten sie die Plane als Trage und trugen den Hund zum Haus. Unterwegs hob

Claudia den Blick. Während sie die Autos abgestellt hatten, war ein Mann vors Haus getreten und hielt ihnen jetzt die Fliegengittertür auf. Beim Näherkommen sah sie sein verwittertes Gesicht unter einem nicht weniger verwitterten Cowboyhut. Er war mindestens zehn Jahre älter als der Sheriff. Unter seinem Cowboyhut lugten weiße Haarbüschel hervor.

Der Mann sagte zu Rodriguez: »Küchentisch.«

Der Sheriff atmete hörbar aus und nickte. Sie gingen ins Haus und durchquerten ein Wohnzimmer mit großen, abgenutzten Möbeln und Bücherstapeln. Durch einen kurzen Flur gelangten sie in die Küche mit einer Reihe alter Kühlschränke, weiß gestrichenen Schränken, zerkratzten Resopal-Arbeitsflächen und einem abgenutzten Linoleumboden. Als Claudia bemerkte, dass der Boden unter ihren Füßen abschüssig war, sah sie nach unten und entdeckte in der Nähe der Hintertür einen metallenen Abfluss. Die Küche roch durchdringend nach Desinfektionsmitteln. Wahrscheinlich war es hier vollkommen sauber, wie der Geruch vermuten ließ, trotzdem wäre ihr ganz und gar nicht wohl dabei gewesen, hier eine Einladung zum Essen anzunehmen.

Der Küchentisch war aus Metall, zu seinen beiden Seiten standen Picknickbänke und jeweils ein Stuhl am Kopf- und Fußende. Nachdem Claudia und der Sheriff den Hund auf dem Tisch abgelegt hatten, schob sich der Mann mit dem Cowboyhut an ihnen vorbei. Sein ramponiertes Gesicht nahm konzentrierte Züge an. Während er ein paar Latexhandschuhe aus einer Schublade nahm, sagte er: »Bring die Bänke und Stühle in den Flur, John.«

»Wird gemacht.«

Claudia wich in eine Ecke zurück, als der Mann die Möbel aus dem Weg schleifte.

Ohne den Sheriff aus den Augen zu lassen, sagte sie zu dem

Cowboyhut: »Er ist mein Hund. Ich werde die Tierarztrechnung bezahlen, und ich möchte, dass Sie alles in Ihrer Macht Stehende tun, um ihn zu retten.«

Rodriguez hielt inne. Sein Zögern dauerte nur einen Herzschlag und wäre Claudia entgangen, hätte sie ihn nicht beobachtet.

Sie wandte sich wieder dem Cowboyhut zu, der die buschigen weißen Brauen hochgezogen hatte.

Während Rodriguez die letzte Bank beiseiteräumte, sagte er: »Das ist Dr. Dan Jackson. Er ist der einzige Tierarzt im Umkreis von hundert Kilometern.«

»Immer wieder standen die Leute mit ihren verletzten Tieren vor meiner Tür, bis ich es vor sieben Jahren aufgegeben habe, mich zur Ruhe setzen zu wollen.«

»Dan, das ist Claudia Hunter. Sie sagt, sie hätte den Hund an der I-80 gefunden.«

Jetzt war es an ihr, die Brauen hochzuziehen. Rodriguez brauchte ihren Führerschein nicht einmal aus der Tasche zu ziehen, um dem anderen Mann ihren Namen zu nennen. Das sprach dafür, dass er gut aufpasste. Der Tierarzt schloss den Schrank auf und nahm einige Ampullen mit einer klaren Flüssigkeit sowie eine Spritze heraus.

Claudia setzte sich in Bewegung. Als sich der Tierarzt umdrehte, stand sie zwischen ihm und dem Tisch. Mit klarem Blick sah sie ihm in die scharfen, prüfenden Augen. »Es spielt keine Rolle, dass mir der Hund noch nicht lange gehört.« Sie blickte auf die Ampullen in den knorrigen Händen des Mannes und wiederholte: »Ich möchte, dass Sie alles in Ihrer Macht Stehende tun, um ihm zu helfen.«

Jackson zeigte ihr, was er in der Hand hielt, und drehte die Ampullen so, dass sie die roten Etiketten lesen konnte. Er sagte: »Ihr neuer Hund muss betäubt werden, damit ich ihn behandeln kann. Ich werde ihn mit einer Kombination aus Valium und Ketamin sedieren, damit ich einen Beatmungstubus einführen und ihm das Narkosegas Isofluran verabreichen kann. Dann werde ich versuchen, ihm das Leben zu retten. Ist das für Sie akzeptabel?«

»Ja«, sagte sie.

»Dann gehen Sie mir verdammt noch mal aus dem Weg«, sagte er.

Sie trat zurück und beobachtete genau, wie er die Injektionen setzte. Vielleicht war es nur Einbildung, aber der Hund schien sich beinahe augenblicklich zu entspannen und leichter zu atmen. Der Tierarzt warf ihr einen finsteren Blick zu. »Und verschwinden Sie verdammt noch mal aus meiner Küche.«

»Ich möchte helfen.«

Mit schnellen Bewegungen führte Jackson einen Tubus in die Kehle des Hundes ein. »Sind Sie Tierarzthelferin?«

»Nein«, sagte sie.

»Rettungssanitäterin? Krankenschwester? Verflucht, irgendwas, das hier nützlich sein könnte?«

»Meine Einheit wurde in Afghanistan mehrmals beschossen«, sagte sie. »Einmal hatten wir es mit den Folgen einer Sprengfalle am Straßenrand zu tun. Ich habe mehr Wunden triagiert, als mir lieb ist, und manche davon waren hässlich. Ich habe noch nie ein Tier verbunden und keine medizinische Ausbildung, aber wenn Sie ein zusätzliches Paar ruhiger Hände gebrauchen können und jemanden, der beim Anblick von Blut nicht in Ohnmacht fällt, kann ich damit dienen.«

Jackson schnaubte, ohne von seiner Arbeit aufzusehen, doch einen Augenblick später sagte er: »Schnappen Sie sich ein Paar Handschuhe. Oberste Schublade links von Ihnen.«

Sie öffnete die Schublade, nahm ein Paar Latexhandschuhe heraus und zog sie an.

Rodriguez hatte die Arme vor der Brust verschränkt, während er ihr Gespräch mit anhörte. Aus seiner anfänglich freundlichen Miene war ein düsteres Stirnrunzeln geworden. »Ist das nicht gegen das Gesetz, Dan? Du könntest deine Approbation verlieren.«

»Sei nicht albern«, sagte der Tierarzt. »Ich lasse sie ja nichts Chirurgisches mit dem Tier machen, und du bist nicht von der Tierärztekammer. Es ist nur ein zusätzliches Paar ruhiger Hände, wie sie gesagt hat. Apropos, halten Sie das mal kurz.« Er hielt ihr ein Instrument hin.

Interessiert betrachtete sie es. Es schien eine Art Skalpell zu sein – schön scharf an einem Ende. Das würde eine gute Nahkampfwaffe abgeben.

»Ich habe ein paar Fragen an Sie«, sagte Rodriguez zu ihr.

»Dann fragen Sie«, erwiderte Claudia. Ihr Gewicht auf den Fußballen balancierend und den Blick auf den Tierarzt gerichtet, hielt sie das Instrument in einer Hand und wendete es einmal zwischen den Fingern. Und noch einmal.

Sie ließ das Instrument in der Hand kreisen, woraufhin Jackson ihr einen Seitenblick zuwarf und gereizt sagte: »Lassen Sie das.«

Sie hörte auf, blieb ruhig stehen und sah ihm dabei zu, wie er das Tier untersuchte. Als er den geschwollenen Hals des Hundes betastete, nahm sein Gesicht einen angespannten Ausdruck an. Er streckte die Hand aus, und sie reichte ihm das Instrument. »Er hat noch einen Strick um den Hals«, sagte er. »Ich brauche Ihre Finger hier. Halten Sie das Fleisch zurück, damit ich das Seil durchschneiden kann.«

»Scheiße.« Sie beugte sich vor und zog das geschwollene, aufgescheuerte Fleisch so gut sie konnte auseinander.

»Können Sie mich zu der Stelle bringen, an der Sie den Hund gefunden haben?«, fragte Rodriguez.

»Nein«, sagte sie.

»Das kam ziemlich vorschnell«, gab der Sheriff zurück. »Haben Sie überhaupt über die Antwort nachgedacht?«

»Ich komme aus New York«, sagte sie angespannt und durchbohrte den Sheriff mit einem scharfen Blick. »Ich kenne mich hier nicht aus. Die Wüste sieht für mich überall gleich aus, und ich habe nicht darauf geachtet, wo ich war, als ich mich entschied, anzuhalten, um mir den Haufen am Straßenrand näher anzusehen.«

»Erst haben Sie gesagt, Sie hätten den Hund gefunden«, sagte Rodriguez. »Dann sagen Sie, er gehört Ihnen. Tierquälerei ist gegen das Gesetz.«

»Um Himmels willen, John!«, schnauzte Jackson.

»Irgendwas an ihrer Geschichte passt nicht zusammen«, sagte Rodriguez mit harter Stimme. »Verdammt, sie kann einen Hund von dieser Größe und diesem Gewicht unmöglich ganz allein in ihren Wagen bekommen haben.«

Sie schob den Unterkiefer vor. Sollte sie dem Sheriff von ihrer Telekinese erzählen? Nachdem sie die jüngsten Ereignisse noch einmal überdacht hatte, blieb sie bei ihrer ursprünglichen Intuition und schwieg.

Der Tierarzt sagte: »Dieser Hund wurde hinter einem Auto hergeschleift, bis das Seil gerissen ist. Geh und sieh dir ihre verdammte Stoßstange an. Wenn du etwas findest, nimm sie fest. Wenn nicht, verzieh dich. Wir haben hier eine Menge zu tun, und es wird eine Weile dauern.« Er zuckte schicksalsergeben mit der Schulter. »Es sei denn natürlich, der Hund stirbt.«

»Das habe ich mir in der letzten Dreiviertelstunde oft gesagt.« Dieser Hund hatte einen so starken Überlebenswillen, wie er Claudia nur selten untergekommen war. Ihr Gefühl sagte ihr, dass er nicht auf Jacksons Tisch sterben würde. An Rodriguez gewandt fügte sie hinzu: »Wenn Sie mir einen Strafzettel ausstellen wollen, legen Sie ihn zusammen mit meinem Führerschein und den Wagenpapieren auf den Tresen. Ich werde ihn bezahlen, bevor ich die Stadt verlasse.«

Einen Augenblick lang schwieg der Sheriff. Dann knurrte er: »Also gut.«

Rodriguez stapfte aus der Vordertür. Zehn Minuten später war er wieder da, knallte die Papiere auf die Ecke des Tresens und sagte zu Jackson: »Ruf mich an.«

Ohne seine Arbeit zu unterbrechen, nickte der Tierarzt, und der Sheriff ging ohne ein weiteres Wort.

Als Jackson endlich das Seil vom Hals des Hundes entfernt hatte, war Claudias Magen zu einem einzigen harten Knoten zusammengeschrumpft. Anschließend wuschen sie den Hund, um ihn von Sand und Schmutz zu befreien. Er hatte am ganzen Körper offene Wunden. Jacksons betagtes Gesicht war angespannt, seine hellen Augen loderten, und Claudia hatte den Verdacht, dass sie selbst nicht anders aussah. Er machte Röntgenaufnahmen, diagnostizierte Rippenbrüche und verband sie. Außerdem musste er dem Hund zwei Kugeln aus dem Fleisch schneiden. Lange arbeiteten beide schweigend, nur Jacksons scharfe Kommandos durchbrachen die Stille. Claudia tat alles, was er sagte, und sie tat es schnell.

Jacksons Medizin war gewöhnlich, was hieß, er benutzte bei seinen Verfahren keinerlei Zauber. Weder an dem Mann selbst noch irgendwo in seinem Haus konnte Claudia einen Funken magischer Energie spüren, allerdings war ihr Magiesinn so gut wie nicht vorhanden. Ihr kamen die meisten Lebewesen, Gegenstände und Orte gewöhnlich vor. Sie hatte nie herauszufinden versucht, ob ihr eigener Magiefunke für den Übergang in ein Anderland ausreichte – unter anderem deshalb, weil sie die Landmagie der Übergangspassagen nicht spürte.

Schließlich war Jackson mit der Behandlung des Hundes fertig. Während er den Beatmungstubus entfernte, sich aufrichtete und die Handschuhe abstreifte, streckte Claudia ihren schmerzenden Rücken und die Schultern. Auch sie zog ihre Handschuhe aus und warf sie in den Eimer für Sondermüll neben der Hintertür.

Jackson nahm zwei Flaschen Heineken aus dem verbeulten Kühlschrank. Er öffnete die beiden grünen Flaschen und reichte eine davon Claudia, die sie entgegennahm und einen Schluck trank. Dann kramte er ein Feuerzeug und eine Schachtel Camels aus seiner Hemdtasche und bot ihr eine Zigarette an. Als sie den Kopf schüttelte, klopfte er eine Zigarette aus der Schachtel, schob sie sich zwischen die Lippen und drückte mit dem Fuß die rückwärtige Fliegengittertür auf, um ins Freie zu treten. Er hielt ihr die Tür auf, doch sie warf einen Blick auf den bewusstlosen Hund mit seinen Verbänden.

»Der wird in den nächsten Stunden nicht aufwachen«, sagte Jackson. Seine blassblauen Augen musterten sie scharf.

Sie atmete tief durch und folgte ihm hinaus. Während Jackson rauchte, trank sie ihr Heineken und sah sich ein wenig um. Sie konnte die Rückseiten der bescheidenen Reihenhäuser an der sandigen, zweispurigen Straße sehen. Im Norden bildeten die ansteigenden Gebirgsausläufer den Horizont. Auf dem braunen Erdboden wuchsen Wüsten-Beifuß, Kakteen und Yuccas, und einige Häuser hatten kleine, sorgfältig angelegte Gärten, die erstaunlich grün waren.

Nicht so Jacksons Haus. Hier war alles so braun wie der Rest der Wüste. Den meisten Platz in seinem Garten nahm ein kleiner, verbeulter Wohnwagen ein, der auf Betonblöcken statt auf Reifen stand. Nackte Betonstufen führten zur Tür des Wohnwagens hinauf. Die Jalousien waren geöffnet, und er sah unbewohnt aus. Der Parkplatz daneben war leer.

Ein großer Teil des Abendhimmels hatte sich verdunkelt. Claudia deutete mit dem Kopf in diese Richtung. »Seltsam.«

Jackson folgte ihrem Blick. »Da zieht ein Sandsturm auf. Wahrscheinlich ist er in einer Stunde hier. Sieht aus, als würde das Fernsehen wieder ausfallen.«

Sie hob die Brauen. »Kommt das oft vor?«

»Oft genug. Handyempfang ist hier ohnehin unregelmäßig, und in solchen Stürmen ist er ganz weg. Manchmal fällt auch das Festnetz aus. Wenn das der Fall ist, dauert es mindestens einen Tag, bis es wieder funktioniert.«

»Mist.«

»Der Sturm kann in ein paar Stunden über uns hinweggezogen sein, aber er kann auch die ganze Nacht dauern. Einmal habe ich einen erlebt, der mehrere Tage angehalten hat, aber das ist ungewöhnlich. Die Leute sehen sich DVDs an, hängen in den Bars rum, und irgendwo gibt es immer eine Pokerrunde.« Er zuckte die Schultern. »Man gewöhnt sich dran.«

Der Sturm schien nicht mehr allzu weit entfernt zu sein. Claudia nahm an, dass er schon bald bei ihnen sein würde, doch im Moment spürte sie noch die Hitze des frühen Abends auf ihrer Haut. Offiziell hatte der Frühling noch nicht angefangen, aber es waren nur noch wenige Tage bis zur Frühjahrs-Tagundnachtgleichen. Sie mochte die Sommer- und Wintersonnenwende und auch die Tagundnachtgleiche im Frühjahr und Herbst. Sie verliehen dem Jahr einen Rhythmus und ein Gefühl der Balance.

Die Hitze des Tages würde schnell schwinden, besonders da sich die Sonne nun allmählich nach Westen neigte. Claudia nahm an, dass die Frühlingsnächte hier ziemlich kalt werden konnten, aber noch fühlte sie sich mit ihren nackten Armen wohl.

Jackson rauchte seine Zigarette zu Ende, drückte sie aus und warf den braunen Stummel in eine Kaffeekanne neben der Hintertür. »Ich würde ja sagen, Sie reden nicht viel für ne Frau«, sagte er. »Aber Sie reden überhaupt nicht viel. Punkt. So viel wie diese sechs Worte haben Sie in den ganzen letzten Stunden nicht gesagt.«

Sie nahm einen Zug von ihrem Bier. »Mir ist vor ein paar Jahren der Gesprächsstoff ausgegangen.«

Jackson grunzte, klopfte eine neue Zigarette aus der Schachtel und zündete sie an. Mit sichtlichem Genuss nahm er einen tiefen Zug. Die Glut an der Spitze leuchtete rot auf. »Warum?«

Sie hob eine Schulter. Zu viel Blut, zu viel Tod. Ihre Einheit war einmal zu oft unter Beschuss geraten, und beim letzten Mal war kaum einer von ihnen mit dem Leben davongekommen. Manchmal, dachte sie, waren Erlebnisse so grauenhaft, dass man tief in sich ging, alles Schreien hinter sich ließ und sich in der Stille vergrub.

Sie trank ihr Heineken aus.

Jackson rauchte. Sie mochte den Geruch von Zigarettenrauch. Er war tröstlich und erinnerte sie an Menschen, die ihr wichtiger gewesen waren als ihr eigenes Leben. An Menschen, die sie im Diesseits niemals wiedersehen würde.

Jackson fragte: »Und wie lautet nun die wahre Geschichte? Kennen Sie den Hund?«

»Nein«, sagte sie. »Ich habe ihn gefunden, wie ich gesagt habe.«

»Eigentlich hätte er auf diesem Tisch längst gestorben sein müssen«, sagte er.

»Sehe ich auch so.« Sie reckte den Hals erst in die eine, dann in die andere Richtung.

»Dachte ich mir«, sagte Jackson. »Wissen Sie, es könnte einfach bedeuten, dass er ein verdammt sturer Hund ist. Ich habe schon Lebenswillen bei Tieren gesehen, das würden Sie mir nicht glauben.«

»Ist möglich.« Sie wartete. Sie glaubte zu wissen, was als Nächstes kommen würde.

Jackson enttäuschte sie nicht. »Oder es könnte etwas anderes bedeuten.« Mit dem Rand der Flasche schob er sich den Hut in den Nacken. »Was der Grund dafür war, dass Sie mich bei der Arbeit die ganze Zeit so genau im Auge behalten haben, nicht wahr? Deshalb wollten Sie ihm helfen. Und deshalb haben Sie darauf geachtet, welche Betäubungsmittel ich ihm gebe. Er könnte einfach nur ein sturer Hund sein, der nicht sterben will. Oder er könnte ein Wyr sein. Und in diesem Fall wäre das, was ihm zugestoßen ist, nicht nur Tierquälerei, sondern versuchter Mord.«

»Sehe ich auch so«, sagte Claudia noch einmal.

2

Herd

»Aber Wyr sind berühmt für ihre Selbstheilungskräfte«, fuhr sie
fort. »Müssten nicht ein paar Verletzungen schon verheilt sein?«

»Vielleicht sind sie das ja, und er ist deshalb nicht gestorben.
Ihr Magiesinn ist nicht stark genug, um zu erkennen, ob er Wyr
ist oder nicht«, sagte Jackson. Er formulierte es nicht als Frage.

Trotzdem antwortete sie ihm. »Nein.«

»Meiner auch nicht. Und Johns ebenfalls nicht, sonst hätte
er etwas gesagt.«

»Hätte er?«

»Was zum Geier wollen Sie damit sagen?« Er warf ihr einen
scharfen, kritischen Blick zu.

Vorhin war das riesige weite Land, durch das sie gefahren
war, so leer gewesen, dass nicht einmal ein Vogel am Himmel
zu sehen gewesen war. Rodriguez musste sehr schnell gefahren sein, um sie überhaupt gesehen, geschweige denn mit dem
Radar erfasst zu haben. Warum sie selbst so schnell unterwegs
gewesen war, wusste sie – bei ihm wusste sie es nicht. Sie fragte sich, was so dringend gewesen war, dass er deswegen mit so
hoher Geschwindigkeit gefahren war. Und was für ein Auftrag
es auch gewesen sein mochte, er hatte ihn abgebrochen, um
sie anzuhalten.

Es mochte Zufall gewesen sein, dass Rodriguez sie angehalten hatte, so kurz nachdem sie den Hund gefunden hatte. Der

Sheriff hatte seine Waffe nicht gezogen, sondern nur die Hand darauf gelegt, und der Hund war so schwer verwundet gewesen, dass jeder an seiner Stelle vorgeschlagen hätte, ihn von seinem Leid zu erlösen. Sie hatte selbst daran gedacht.

Rodriguez hatte es zweimal angesprochen.

Zufälle und leise Zweifel. Es waren nur Kleinigkeiten, die bestimmt nichts zu bedeuten hatten. Freundlich sagte Claudia: »Nichts. Ich kenne den Sheriff nicht, und ich kenne Sie nicht. Das ist alles.«

Der Tierarzt seufzte schwer, es klang resigniert. »Nun, offenbar hat irgendetwas Sie darauf gebracht, dass dieser Hund ein Wyr-Wesen sein könnte.«

»Rodriguez hat einen wichtigen Punkt angesprochen«, sagte sie. »Es war nicht leicht, ein so großes Tier auf den Rücksitz meines Wagens zu bekommen.«

»Richtig, aber Sie haben es irgendwie geschafft. Und?«

Sie blinzelte zum stürmischen Frühabendhimmel hinauf. Was war das für eine Farbe? Es war weder richtig orange noch richtig rot. Vielleicht sah so Schwefel aus.

»Als ich ihn gefunden habe, war er wach«, sagte sie. »Er hatte ohnehin schon schlimme Schmerzen, und ich habe ihm noch mehr zugefügt, als ich ihn in den Wagen gehoben habe.« Sie dachte an den Blick, mit dem der Hund sie angesehen hatte, dachte an den scharfen Verstand, den sie hinter seinen Qualen gespürt hatte, und suchte nach weiteren Worten. Sie waren schwierig zu finden, wenn der Körper lange nicht mehr gesprochen hatte. Jackson starrte sie an. Endlich sagte sie: »Er hat mich nicht gebissen.«

Wieder seufzte Jackson. Er öffnete die Fliegengittertür und ließ Claudia vorangehen. Sie ging um den Tisch herum, und er folgte ihr. Beide betrachteten den bewusstlosen Hund.

Jackson sagte: »Wahrscheinlich ist es ein gewöhnlicher Hund.

Ihm steht eine lange, schwere Genesung bevor, und das sind nur die körperlichen Verletzungen. Nach den Misshandlungen, die er erlitten hat, kann es Monate dauern, bis er wieder jemandem vertraut. Er wird in ein paar Stunden zu sich kommen. Gegen die Schmerzen kann ich ihm Medikamente geben, aber ich werde ihn trotzdem in einen Verschlag sperren müssen.«

Sie schürzte die Lippen. Es war ihr zuwider, den Hund einzusperren, besonders, wenn er womöglich ein Wyr-Wesen war. Wenn er wirklich ein Wyr war und die Täter davon gewusst hatten, warum hatten sie versucht, ihn umzubringen? Und was würden sie tun, wenn sie erfuhren, dass er nicht tot war? Jackson war klug, aber er war ein älterer Herr, und der Hund konnte sich im Moment nicht selbst verteidigen.

»Ich sollte ihn lieber mitnehmen«, sagte sie.

Jackson sah sie mit zusammengekniffenen Augen an. »Und was wollen Sie mit ihm machen? Wohin wollen Sie mit ihm? Seine Verletzungen sind so schwer, dass er nicht transportfähig ist, und außerdem zieht ein Sturm auf. Sie sagten, sie seien aus New York. Wohin wollten Sie denn eigentlich? Sie waren auf der I-80 unterwegs, und der Highway wird heute Nacht nicht gut befahrbar sein.«

»Ich mache Urlaub«, sagte sie. Sie hatte die Army verlassen, vier Jahre bevor sie Anspruch auf die Pension für zwanzig Dienstjahre gehabt hätte, aber mit dem, was ihre Eltern ihr hinterlassen hatten, kam sie über die Runden. Schon seit einigen Jahren machte sie jetzt Urlaub, weil sie sich nicht über längere Zeit konzentrieren konnte. Sie konnte sich in keinem neuen Job eingewöhnen, konnte nicht schlafen, und wenn sie doch schlief, konnte sie sich nicht gegen die Albträume wehren. »Ich war auf dem Weg in den Süden zum Frühjahrscamping, habe aber keinen festen Plan. Ich hätte Zeit, mich um ihn zu kümmern.«

Jacksons Profil war so verwittert wie die Gebirgsketten in dieser Gegend, die Konturen waren vom Alter stumpf geworden. Nach einem Augenblick sagte er: »Der Wohnwagen im Garten steht leer.«

»Tatsächlich?«

»Er ist für meine Tochter gedacht, wenn sie aus Fresno zu Besuch kommt. Sie fühlt sich mit der Einrichtung meiner Küche nicht unbedingt wohl.«

Claudia schaffte es, nicht zu grinsen.

Jackson fuhr fort: »Wenn Sie möchten, können Sie hierbleiben und sich um den Hund kümmern.«

»Das ist großzügig von ihnen.« Sie konnte nicht widerstehen, dem Hund leicht über den weichen, breiten Kopf zu streicheln, eine der wenigen Stellen, die nicht mit Verbänden bedeckt war. »Am besten wäre es wohl, wenn ich mir ein Motelzimmer nehme.«

Er schnaubte. »Wie kommen Sie darauf? Ich biete Ihnen den Wohnwagen kostenlos an. Das ist viel billiger als ein Motel. Er hat fließend kaltes Wasser, eine Propangasheizung und ist an die Stromversorgung meines Hauses angeschlossen. Die Küche ist klein, aber brauchbar. Außerdem ist es dort viel ruhiger als in einem Motel, bis auf den Wind, und den werden Sie heute Nacht überall in Nirvana hören. Sie wissen nicht, ob es vielleicht Komplikationen mit dem Hund gibt. Eigentlich müsste er ins Krankenhaus, aber hier in der Gegend gibt es keins. In den ersten ein, zwei Nächten wüsste ich ihn gern in meiner Nähe, damit ich nach ihm sehen kann.«

Claudia rieb sich den Nacken. »Also gut«, sagte sie. »Das leuchtet mir ein. Vielen Dank.«

»Okay.« Er machte eine Pause. »Glauben Sie, wir kriegen ihn in den Wohnwagen, so lange er noch bewusstlos ist?«

»Wenn ich ihn ganz allein in mein Auto gehievt habe, bin

ich sicher, dass wir ihn gemeinsam auch in den Wohnwagen kriegen.«

Er betrachtete sie aufmerksam. Sein Verstand war keineswegs verwittert oder vom Alter stumpf geworden. »Ich habe keine Minute lang geglaubt, dass Sie diesen Hund gequält haben. Dafür sind Sie zu wütend über das, was ihm passiert ist. Aber John hat recht, irgendetwas stimmt an dieser Geschichte nicht. Der Hund war in so schlechter Verfassung, dass er selbst nicht mithelfen konnte, in den Wagen zu gelangen.«

Claudia hatte ihre Unschuld schon vor zu vielen Jahren verloren, um ein wirklich unschuldiges Lächeln zustande zu bringen. Aber nichtssagend schaffte sie sehr gut. »Ich bin stärker, als ich aussehe.«

Eine Stunde später hatte sich das Gesicht der Wirklichkeit verändert. Claudia rollte ihren Schlafsack aus, um den Hund daraufzulegen, dann trugen sie und Jackson ihn in den Wohnwagen. Heimlich setzte sie ein wenig Telekinese ein, sodass es nur noch anstrengend war, den massigen Körper zu bewegen, und keine übermäßige Strapaze.

Jackson schaltete die Heizung im Wohnwagen ein und zeigte Claudia die Bedienung. Sie fuhr ihren Wagen auf den Parkplatz neben dem Wohnwagen und trug ein paar ihrer Sachen hinein – ihre Coleman-Kühlbox mit Essen und Getränken, die Tasche mit ihrem Laptop und dem Satellitenhandy, die verschlossene Metallkiste, in der sie ihre Pistole aufbewahrte, den Koffer mit ihrer Kleidung, ein paar Taschenbücher und das seltsame Geschenk, das sie vor einiger Zeit bekommen hatte, ein antikes Tarot-Spiel der Alten Völker.

Während es im Wohnwagen wärmer wurde, ging draußen die Sonne unter, und es kühlte schnell ab. Der Wohnraum im Inneren war winzig, die Möbel gut und gern dreißig Jahre alt.

Die Küche war etwa so groß wie eine Briefmarke. Darin konnte man Geschirr spülen, auf dem winzigen Herd kochen, die Mikrowelle benutzen und etwas aus dem Kühlschrank nehmen, ohne sich auch nur einen einzigen Schritt bewegen zu müssen. Jemand hatte für eine Grundausstattung an Koch- und Essgeschirr gesorgt, und wenigstens der Kühlschrank hatte eine anständige Größe.

Im Wohnbereich hatte Jackson den Esstisch zusammengeklappt und an der Wand befestigt, sodass sie die L-förmige Sitzbank als Couch benutzen konnte. Ein alter Dreizehn-Zoll-Fernseher war auf einem schmalen Regalbrett befestigt, zusammen mit einem VHS-Videorekorder und einem Digitalkonverter, und auf dem schmalen Fenstersims über der Küchenspüle stand ein tragbares Radio. Das Bad war kaum größer als eine Flugzeugtoilette, nur dass es zusätzlich über eine Duschkabine verfügte. Auf einer Erhöhung, wo der Wohnwagen an einen Pickup gekoppelt werden konnte, lag eine Double-Size-Matratze.

Claudia gefiel es hier. Es war gemütlich, und die Lampenschirme tauchten alles in weiches, samtiges Gold. Den größten Teil des Fußbodens nahm die lang ausgestreckte Gestalt des Hundes ein. Claudia stieg vorsichtig über ihn, um eine Schüssel Wasser in seiner Reichweite in eine Ecke zu stellen. Den Inhalt ihrer Kühlbox verstaute sie im Kühlschrank – hauptsächlich Zutaten für Sandwiches, Joghurt und Obst sowie Flaschen mit Wasser und ungesüßtem Tee.

Anschließend duschte sie, zog sich dunkle Jeans, ein T-Shirt und ein schlichtes schwarzes Sweatshirt an und schlüpfte in ein Paar Turnschuhe. In einem Schrank fand sie einen alten Satz Bettlaken und Decken, die sie über die Matratze warf, dann schloss sie ihr Satellitenhandy und den Laptop an und legte das bemalte Holzkästchen mit den Tarot-Karten samt ihren Büchern neben die Medikamente und das Verbandsmaterial für den Hund auf die winzige Arbeitsplatte in der Küche.

Anschließend legte sie die Metallkiste mit ihrer Glock auf die Eckbank beziehungsweise Couch und setzte sich daneben. Es war eine alte Gewohnheit, ihre Waffe gereinigt und ungeladen zu lagern, aber um sicherzugehen, dass sie voll funktionsfähig war, lud sie die Waffe durch, nahm sie auseinander, setzte sie wieder zusammen und ließ ein volles Magazin einrasten. Sie hantierte mit schnellen, automatisierten Bewegungen. Die Pistole war ihr vertrauter Begleiter, ebenso tröstlich wie Jacksons Zigarettenrauch. Während sie arbeitete, löste sich die Spannung in ihrem Hals und den Schultern.

Als junge Frau hatte sie 1994 während ihres Collegeabschlusses mit großem Interesse verfolgt, wie das Pentagon kurz davor gewesen war, Frauen von aktiven Kampfeinsätzen auszuschließen. Man hatte das mit körperlichen und psychologischen Bedenken begründet, aber der öffentliche Aufschrei gegen eine solche Entscheidung war dermaßen laut gewesen, dass sich das Pentagon gezwungen sah, diesen Standpunkt aufzugeben.

In keinem Reich der Alten Völker waren Frauen jemals von irgendeinem Bereich der Militär- oder Regierungsstrukturen ausgeschlossen worden, daher fand man es verwerflich, dass die menschliche Gesellschaft der Vereinigten Staaten auch nur daran dachte, Frauen den Kriegsdienst in der Army zu verwehren. Die öffentliche Debatte hatte Claudias Interesse, der Army beizutreten, erst recht angestachelt, und ihre Fähigkeiten hatten ihr eine Laufbahn bei den Special Forces ermöglicht. Vor zwei Jahren hatte sie sich als Majorin zur Ruhe gesetzt.

Ihr erging es wie so vielen anderen Soldaten auch. Sie wurde verfolgt von den Geistern derer, die mit ihr gedient hatten und gefallen waren, von den Geistern der Unschuldigen, die unter dem Krieg litten. Sie wurde verfolgt von den Entscheidungen, die sie getroffen und von denen, die sie nicht getroffen hatte und mit denen sie jetzt für den Rest ihrer Tage leben musste.

Und tief in ihr schlummerte etwas, das nur erwachte, wenn sie eine Waffe in Händen hielt.

Eine Pistole wurde durchgeladen. Das Geräusch riss den Hund aus dem Schlaf. Adrenalin spülte Giftmüll in seine Blutbahn. Er schwamm auf einer Woge aus Schmerz und animalischen Instinkten. Er wollte seine Zähne in Fleisch schlagen. Wollte Knochen brechen und jemanden schreien hören. Seine Schmerzen waren so stark, dass er sich fast übergeben musste. Er atmete flach, weil die Bandagen an seinen gebrochenen Rippen nichts anderes zuließen.

Ruhe, Wärme, goldenes Licht. Darauf konnte er sich keinen Reim machen. Als er sich mühsam zu orientieren versuchte, bewegte sich ein Fuß neben seinem Kopf. Der Fuß steckte in einem Turnschuh und hing an einem langen, schlanken, jeansbedeckten Bein. Lautlos fletschte er die Zähne. Er erinnerte sich an Füße in Stahlkappenstiefeln. Wenn er gekonnt hätte, hätte er sich auf dieses Bein gestürzt, um es zu zerfleischen.

Dann stieg ihm ihr Geruch in die Nase. Der Geruch der Frau.

Bei ihrer Ankunft war er in einem trockenen, heißen Meer aus Schmerz ertrunken, aufgescheuert vom endlosen Sand und versengt von der Sonne. Sie hatte seinen Kopf in ihren langgliedrigen, starken Händen gewiegt und seinen Mund und die ausgedörrte Kehle mit kühlem Wasser benetzt.

Als es für ihn keinen Grund mehr gab weiterzuleben, hatte sie ihm zugeflüstert: »Stirb nicht.«

Also war er nicht gestorben.

Jetzt waren sie zusammen an diesem ruhigen, warmen, goldenen Ort. Wo immer das sein mochte. Es klopfte an der Tür. Der Hund versuchte auf die Füße zu springen, um sie zu beschützen, doch sein misshandelter Körper wollte ihm nicht gehorchen. Die Augen einen Spalt geöffnet beobachtete er, wie sie aufstand. Sie war eine hochgewachsene Frau und bewegte sich mit einer selbstsicheren, tödlichen Anmut. Durstig sog seine Seele diesen Anblick in sich auf. Kurz bevor sie die Tür öffnete, steckte sie sich hinter dem Rücken eine Pistole in den Bund ihrer Jeans und verbarg sie unter ihrem Sweatshirt.

Sie war es gewesen, die die Waffe durchgeladen hatte. Wenn er gekonnt hätte, hätte er gelächelt.

Kalte Luft durchschnitt die Wärme. Eine verwitterte Stimme sagte: »Kommen Sie zurecht?«

»Ja, danke«, antwortete die Frau. »Gemütlich hier.«

Die Stimme war männlich. Der Hund knurrte, ein heiseres, gebrochenes Geräusch. In seinen malträtierten Halsmuskeln explodierte frischer Schmerz. Die Frau drehte sich um und sah ihn eindringlich an. »Schhh.«

Der ruhige Befehlston in ihrer Stimme verblüffte ihn so sehr, dass er verstummte. Dennoch hielt er die Lefzen zurückgezogen und zeigte dem Neuankömmling die Zähne.

»Er ist wach«, sagte der Mann. »Das ist ein bisschen früh.«

»Ja?«, fragte die Frau.

Der Mann sagte: »Das muss nicht zwingend etwas heißen. Es ist nur ein bisschen früh.«

»Verstehe.«

»Ich will mir etwas aus dem Diner holen. Es ist nichts Ausgefallenes, aber sie machen gutes Essen. Soll ich Ihnen ein Abendessen mitbringen?«

»Das wäre fantastisch, danke.« Die Frau kramte in ihrer Jeanstasche, zog etwas heraus und gab es dem Mann. »Ich nehme das, was Sie auch nehmen. Und könnten Sie noch ein Gericht mit viel gut durchgegartem Rindfleisch und am besten auch etwas Soße bestellen? Ich gehe morgen einkaufen, aber fürs Erste hätte ich gern etwas hier, nur für alle Fälle.«

»Kein Problem.«

Als der Mann die Tür schloss, riss der kalte Luftstrom ab.

Jetzt, da der Mann fort war, wurde die Welt vor den Augen des Hundes unscharf. Er begann wegzudämmern.

Die Frau ließ sich vor seinem Gesicht auf Hände und Knie sinken. »Ich bin Claudia Hunter. Kannst du sprechen? Ich wüsste gern, wer du bist und wer dir das angetan hat.«

Er ignorierte sie.

Telepathisch sagte sie: *Hast du die Sprache verloren? Komm schon, sag was. Gib mir ein Zeichen, dass du mich verstehst.*

Er schloss die Augen.

»Hast du gar nichts zu sagen? Vorhin warst du so ein braver Junge und hast mich nicht gebissen. Oh ja, was für ein feiner, braver Kerl du doch bist, ja.« Sie hielt inne und säuselte dann: »Ich glaube, ich nenne dich Goldstück.«

Er schlug die Augen auf und sah sie voll beleidigter Verblüffung an.

Die Augen der Frau weiteten sich. Herrliche Augen. Sie flüsterte: »Heilige Scheiße, du bist ein Wyr.«

Was sollte sie jetzt mit einem schwer verletzten Wyr in Tiergestalt anstellen, der nicht sprechen wollte?

Sie hatte keine Ahnung. Das würde sie sich nach und nach überlegen. Sie fuhr ihren Laptop hoch. Ein Laptop mit Satellitenkommunikation war kostspielig, insbesondere zusätzlich zu dem Satellitenhandy, aber Claudia war zu dem Entschluss gekommen, dass der bessere Empfang im Notfall seinen Preis wert war. Diese Entscheidung zahlte sich aus, wenn sie unterwegs war.

Leider hatte das Wetter starken Einfluss auf die Satellitenverbindung. Sie versuchte, ins Internet zu kommen, doch es funktionierte nicht. Dann testete sie ohne große Hoffnung ihr Satellitenhandy. Das Gleiche. Es musste einen Grund haben, dass der Wyr nicht redete. Vielleicht war dieser Grund ein Trauma, vielleicht auch etwas anderes. Sie beschloss, ihn fürs Erste nicht zu bedrängen und ihm die Chance zu geben, seine Geschichte zu erzählen, wenn er dafür bereit war.

Draußen wurde der Wind lauter. Nach einer halben Stunde kehrte Jackson zurück. Einige Augenblicke, bevor es an der Tür klopfte, begann der Hund wieder in seinem heiseren, brüchigen Ton zu knurren. Claudia hatte ihre Pistole gezogen, steckte sie jedoch wieder ein, ehe sie Jackson hereinließ. Mit ihm wehte eine sandige Windbö in den Wagen, sodass sie die Tür schnell wieder schloss. Der Tierarzt trug eine große braune Papiertüte und einen Six-Pack Heineken. Der Duft von warmem Essen erfüllte den Wohnwagen.

»Fernsehen ist schon ausgefallen«, sagte Jackson. »Telefon auch. Unter diesen Umständen haben wir womöglich schneller wieder Handyempfang als alles andere. Ich habe einen Stapel Filme im Haus, falls Sie sich einen davon ansehen möchten.«

»Danke«, sagte sie. »Und danke, dass Sie etwas zum Abendessen geholt haben.«

»Gern geschehen. Was macht unser Kerlchen?«

»Ist ruhig. Essen Sie mit uns?«

»Klar, warum nicht«, sagte Jackson.

Sie lösten den Esstisch aus seiner Befestigung an der Wand und klappten ihn herunter. Mit einer Geste forderte Claudia Jackson auf, sich auf die L-förmige Couch zu setzen. Sie selbst setzte sich an die kurze Seite, damit sie schnell aufstehen konnte, wenn es nötig war. Die Gerichte waren typische deftige Diner-Kost, zweimal gebratenes Hühnchen mit Kartoffelbrei und Mais und ein Schmorbratentopf mit Kartoffeln und Gemüse. Dazu gab es eine Extratüte mit Brötchen. Claudia öffnete zwei Flaschen Bier, eine stellte sie vor Jackson auf den Tisch, die andere an ihren eigenen Platz.

»Kann er jetzt wieder ein Schmerzmittel bekommen?«, fragte sie.

Jackson sah auf seine Armbanduhr. »Wenn Sie ihn dazu bringen können, sie einzunehmen, ja. Stecken Sie es in ein Stück Brot und tunken sie das in ein bisschen Soße. Wenn er es nicht frisst, kann ich ihm eine Spritze geben.«

Sie schob eine kleine Tablette in ein Stückchen Brot und tränkte es mit der schweren, dunklen Soße. Dann hielt sie es dem Hund unter die Nase. »Komm schon, Goldstück«, murmelte sie. »Friss das Medi-Happi, sonst kriegst du eine fiese, böse Spritze.«

Mit seinen zusammengekniffenen, bitterschokoladedunklen Augen sah der Hund sie so angewidert an, dass sie grinsen musste.

»So reden Sie mit ihm, ja?« Jackson biss in sein Hühnerbein und sagte mit vollem Mund: »Ich kann nicht glauben, dass er Sie noch nicht gebissen hat.«

»Ich weiß«, sagte sie. »Ich kann es selbst nicht glauben. Ist er nicht toll? Ich denke, ich kaufe ihm ein Strass-Halsband. Pink müsste ihm gut stehen.«

Der Wyr stieß ein leises Schnauben aus, machte jedoch keine Anstalten, den Bissen aus ihrer Hand anzunehmen.

Warum wollte er das Medikament nicht nehmen? Sie versuchte sich vorzustellen, was sie in seiner Lage tun würde. Telepathisch sagte sie zu ihm: *Du kannst die Medizin ruhig nehmen. Ich war bei den Special Forces, bin jetzt im Ruhestand. Ich bin bewaffnet und werde nicht zulassen, dass dir etwas passiert. Du*

*bist in Sicherheit. Du brauchst keine Schmerzen zu haben, und
du brauchst heute Nacht nicht auf der Hut zu sein.*

Er sah ihr in die Augen und nahm behutsam den Bissen aus
ihrer Hand entgegen. Mit seinen verletzten Halsmuskeln fiel
ihm das Schlucken schwer, aber er schaffte es.

Unerklärlicherweise traf sie dieser Vertrauensbeweis so tief,
dass ihre Augen feucht wurden. Sie strich ihm übers Ohr und
sagte mit heiserer Stimme: »Danke.«

Als sie auf ihren Platz am Tisch gerutscht war, lag sein Kopf
neben ihren Füßen. Mit einem fast lautlosen Grunzen rückte
er näher, bis er die Schnauze auf ihre Schuhspitze legen konnte.
Sie spürte das leichte Gewicht auf ihrem Fuß und machte sich
so steif, dass ihre Muskeln unter Protest schmerzten.

Sie hasste es, wenn ihr die Tränen kamen. Lieber hätte sie
sich eine Kugel eingefangen als zu weinen. Sie wusste, wovon
sie sprach, schließlich war sie schon mal angeschossen worden.
Und seinetwegen hatte sie gleich zweimal an einem Tag feuchte Augen bekommen.

Blöder Hund.

3

Gesetz

Er wusste, dass er sehr bald ein paar Entscheidungen treffen musste, aber an einem Scheißtag wie diesem sollte eine einzige genügen. Und das war die Entscheidung loszulassen, der Frau zu vertrauen und die Schmerzmittel einzunehmen. Viel anderes hätte er auch gar nicht tun können, so lange seine Wunden nicht besser verheilt waren. Außerdem hatte ihm die Frau das Leben gerettet. Er hielt sie nicht für eine dämliche Hochstaplerin, die behaupten würde, bei den Special Forces gewesen zu sein, wenn es nicht zutraf. Sie besaß eine Waffe, und sie konnte damit umgehen.

Nicht viele Frauen kamen zu den Green Berets. Allerdings auch nicht viele Männer. Ihm gefiel, was das über sie aussagte. Es sagte, dass sie stark war. Außergewöhnlich.

Auch ihren Geruch mochte er. Sie trug kein Parfum, und ihre Kleidung war mit duftneutraler Seife gewaschen. Er atmete so tief ein, wie er konnte. Ein Hauch von Waffenöl lag in ihrem sauberen, gesunden Geruch.

Eigentlich war das ziemlich sexy. Auch wenn »sexy« im Augenblick ein reichlich hypothetisches Gebiet war. Trotzdem, so schwer seine Verletzungen auch sein mochten, er war nur verwundet, nicht tot.

Die Medikamente wirkten. Sie löschten die Schmerzen nicht aus, sondern schoben sie in die Ferne und stopften seinen Kopf mit Watte aus, sodass sie ihm einigermaßen egal waren. Er ging die Liste seiner Verletzungen durch. Sein ganzer Körper schien nur aus Quetschungen zu bestehen, aber Weichgewebe heilte schneller als Knochen, und die wunde, aufgescheuerte Haut würde sich bis zum Morgen wieder geschlossen haben. Die tiefer gehenden Verletzungen an seiner Kehle und die beiden Schusswunden würden etwas länger brauchen.

Was die gebrochenen Rippen anging, war er sich nicht sicher. Ohne Zugang zu hochwertigen magischen Heilmitteln ging er davon aus, dass sie in drei oder vier Tagen wieder zusammengewachsen sein würden. Da er sich aber von so vielen Verletzungen gleichzeitig erholen musste, würden die Brüche vielleicht länger brauchen. Eher eine Woche oder zehn Tage.

Normalerweise war eine Woche keine lange Zeit. Normalerweise konnte einem diese Zeitspanne herrlich kurz vorkommen, wenn man dagegenhielt, wie lange die zerbrechlicheren Arten wie Menschen oder Feen zum Heilen brauchten.

Aber ihm blieb keine Woche, um sich zu erholen. Er hatte etwa so viel Zeit, bis sich herumgesprochen hatte, dass er nicht tot war. Und das dürfte nicht lange dauern.

Er versuchte seine Optionen zu durchdenken. Dabei kamen ihm die Erschöpfung und die Watte in seinem Kopf in die Quere, und außerdem hatten die Frau und der Mann angefangen, sich während des Essens zu unterhalten. Er mochte auch die Stimme der Frau. Sie war stark und klar und selbstbewusst. Sie passte zu ihr, wirkte auf eine Art rein, die nichts mit Welpen und Blumen und dem ganzen Scheiß zu tun hatte, den man mit der Unschuld der Jugend in Verbindung brachte. Ihre Reinheit war klarer, strahlender, fand er. In heißem Feuer geschmiedet und durch Erfahrung veredelt.

»Der Strafzettel, Ihr Führerschein und die Fahrzeugpapiere liegen noch auf meinem Küchentresen«, sagte der Mann.

»Danke. Ich hole sie nachher ab.«

Mühsam versuchte er sich an die Namen der beiden zu erinnern. Ah, richtig, der Tierarzt hieß Jackson. Die Frau hatte gesagt, ihr Name sei Claudia.

Claudia. Der Name gefiel ihm. Er passte zu ihr. Man konnte ihn nicht abkürzen, ohne etwas völlig Lächerliches und Fremdartiges daraus zu machen, trotzdem war er feminin, ohne zu mädchenhaft zu sein. Er war stark, wie der Rest von ihr.

»Ist gut«, sagte Jackson.

Was war gut? Er kam nicht richtig mit. Diese verdammte Watte in seinem Kopf. Er hätte die Medikamente nicht nehmen sollen, sie brachten seine Gedanken durcheinander.

Jackson fuhr fort: »Ich hab über Sie und John nachgedacht, während ich das Abendessen geholt habe. Darüber, was Sie gesagt haben und was Sie nicht gesagt haben.«

»Ich weiß nicht, wovon Sie sprechen«, sagte Claudia. »Ich habe nichts zu oder über Rodriguez gesagt. Ich habe nur gesagt, dass ich ihn nicht kenne, ebenso wenig, wie ich Sie kenne.«

»Es war mehr Ihre Haltung«, sagte Jackson. »Nehmen Sie uns beide. Wir sind vollkommen Fremde. Trotzdem haben wir einem Hund das Leben gerettet, wir essen zusammen zu Abend und trinken Bier, und Sie bleiben über Nacht in meinem Wohnwagen.«

Sie fing an zu lachen.

»Na gut, das klang jetzt zweideutiger, als ich es meinte.« Jackson klang peinlich berührt. »Was ich damit sagen will: Mit John hätten Sie das nicht gemacht. Da war etwas an der Art, wie Sie auf ihn reagiert haben.«

Unter gewaltiger Anstrengung hob der Hund den Kopf und packte mit den Zähnen den Saum ihrer Jeans.

Claudia rührte sich nicht. »Ich war genervt. Ich wusste, dass er mir einen Strafzettel schreiben würde, obwohl ich nur versucht habe, diesem Hund das Leben zu retten.«

»Okay, das ist sicher wahr. Aber ich glaube, es war mehr als das, nämlich nicht nur Ihr Verhalten, sondern auch Johns.«

»Wie meinen Sie das?«

Jackson schwieg einen Augenblick, dann sagte er: »Wissen Sie, Nirvana ist wie jede andere Kleinstadt auch. Es gibt eine Menge privater Seifenopern, und die Hälfte der Kirchgänger geht wegen Klatsch und Tratsch hin. Sie kennen das doch. Einer tut dem anderen unrecht. Oder er hat etwas oder jemanden, das oder den jemand anderes haben will. Aber im Grunde ist hier alles sehr einfach. Diese Stadt gehört jemandem. Es gibt einen großen Arbeitgeber, die *Nirvana Silver Mining Company*, und einen Besitzer dieser Firma, Charles Bradshaw. Den eigentlichen Minenbetrieb leitet sein Sohn Scott Bradshaw.«

»Das ist eine ganze Menge mehr, als ich noch vor ein paar Stunden gewusst habe«, sagte Claudia. Sie beugte sich zur Seite und schob eine Hand unter den Tisch. Als sie dem Hund über den Kopf streichelte, bewegten sich ihre Finger so sanft, dass er seufzend ihre Jeans losließ. Durch die Medikamente kam ihm ihre Berührung so weit entfernt vor wie die Schmerzen. Er wünschte, es wäre nicht so. Bei allen Göttern, war er müde. Er legte die Schnauze wieder auf ihren Schuh.

»Wie Sie sehen, sind die Machtstrukturen in dieser Gegend nicht sonderlich komplex.«

»Worauf wollen Sie hinaus, Jackson?«

»Ich weiß es nicht.« Er machte eine Pause. »Doch, ich weiß es. Sehen Sie, John muss sich vor den existierenden Machthabern verantworten. Und Scott Bradshaw ist dumm und gemein. Natürlich ist John nicht als Einziger davon betroffen, dieses spezielle Kreuz hat jeder hier in Nirvana zu tragen. Scotts Vater ist clever und gemein, was um einiges schlimmer ist, aber immerhin lebt Bradshaw senior in Las Vegas und bleibt auch meistens dort. Scott hingegen – ich kann mir gut vorstellen, dass er einen Hund quält. Er kann verteufelt ungemütlich werden.«

»Oh.« Claudia klang nachdenklich.

»Oder vielleicht hat auch einer seiner Spezies das Tier misshandelt«, sagte Jackson. »Scott hat vier oder fünf Kumpel, die kein Stück besser sind als er. Vielleicht war es einer von denen. Dann hat John jetzt ein Problem. Vielleicht muss er für andere Leute den Dreck wegräumen, oder er ist derjenige, der es mit Bradshaw senior zu tun bekommt.«

»Niemand zwingt Rodriguez, Sheriff zu sein«, sagte Claudia. »Es ist seine freie Entscheidung.«

»Das weiß ich.« Jackson seufzte. »Himmel, ich weiß eigentlich nicht einmal, wovon ich da rede. Das ist nur die Richtung, in die meine Gedanken gewandert sind, während ich im Diner war.«

»Mit dem Gesetz ist das so eine Sache«, sagte Claudia. »Wenn es fair und unparteiisch und auf deiner Seite ist, kann es das Rückgrat einer Gesellschaft sein. Aber während meiner Zeit in der Army habe ich in vielen Gemeinden Korruption auf lokaler Ebene erlebt. Jemand nimmt das Gesetz selbst in die Hand und nutzt es zu seinem eigenen Vorteil; das geht nie gut aus.«

Kurz nach diesem Gespräch stand Jackson auf und ging. Eine Sandböe wehte durch die Tür herein, ehe er sie zuschlug. Claudia räumte die Essensbehälter weg.

Der Wind war stärker geworden und klang jetzt wie ein endloses, trauerndes Heulen. Im Wohnwagen war es warm, aber der Boden kam ihr kühl vor, weshalb sie eine der alten Baumwolldecken, die sie gefunden hatte, über dem Hund ausbreitete. Sie sah nach der Schachtel mit dem Schmorgericht. Vorhin war es zu heiß gewesen, doch inzwischen hatte es sich auf eine angenehme Temperatur abgekühlt.

Der Hund hatte gedöst, schlug aber die Augen auf, als sie sich mit der Schachtel und einigen Brötchen neben ihm auf den Boden setzte. Ihre Vermutung war richtig gewesen: Der Boden war kalt. Sie zog sich ein Stück der Decke über die Beine. Dann riss sie ein Stück Brötchen ab, tunkte es in die Sauce und hielt es ihm vor die Schnauze. Er betrachtete den Happen, rührte sich aber nicht.

»Zurzeit muss dir das Schlucken ziemlich wehtun«, sagte sie. »Aber probier ein paar Bissen. Bitte. Wenn du essen kannst, kommst du schneller wieder zu Kräften.«

Mit offensichtlichem Widerwillen nahm er das Essen entgegen. Sie wandte den Blick von seinen mühevollen Schluckversuchen ab und bereitete den nächsten Bissen vor. Diesmal gab sie ein Stückchen Fleisch hinzu.

»Ich nehme an, wir haben hier ein einfaches binäres Problem«, sagte sie. »Entweder – oder, ja oder nein. Nur ist es diesmal eine Frage von kann-nicht oder will-nicht.«

Sie hielt ihm den Bissen hin. Er nahm ihn an, während er sie skeptisch mit von Schmerzmitteln glasigem Blick beobachtete.

»Ich weiß nicht, ob du deine Gestalt nicht wechseln kannst, oder ob du es nicht willst«, sagte sie. »Ich würde tippen, du kannst es nicht, weil du zu schwer verletzt bist. Du hast versucht, dich wie ein ganz normaler Hund zu benehmen, das habe ich gemerkt. Aber so zu tun, als ob, wird dir nicht helfen. Wenn sich bis jetzt noch nicht herumgesprochen hat, dass du noch lebst, wird es bald so weit sein. Rodriguez weiß, dass du die Fahrt zum Tierarzt überlebt hast, und deine Reaktion von vorhin verrät mir, dass das nicht unbedingt etwas Gutes ist.«

Sie bot ihm ein Stückchen Kartoffel an, das er nur ansah, woraufhin Claudia es wieder auf den Teller fallen ließ und ihm ein Stück Fleisch hinhielt. Vorsichtig nahm er es aus ihren Fingern und mühte sich mit dem Schlucken ab.

»Das mit Rodriguez überrascht mich nicht«, fuhr sie fort. »Ich hatte den Eindruck, dass er irgendeiner Anordnung folgte. Alle moralischen Entscheidungen traf er aus der Situation heraus. Sollte er seine Waffe ziehen und dich erschießen? Welche Rolle spielte es, dass ich Zeugin war? Konnte und wollte er wirklich so weit gehen, mich ebenfalls umzubringen? Ich halte es nicht für einen Zufall, dass er mich angehalten hat, so kurz nachdem ich dich gefunden habe. Ich glaube, er hat nach dir gesucht. Vielleicht war er derjenige, der versucht hat, dich umzubringen. Aber irgendwie glaube ich das nicht.« Sie konnte sich nicht so recht vorstellen, dass Rodriguez den Hund lebendig am Straßenrand zurückgelassen hätte. Der Sheriff wirkte wie jemand, der die Wirkung einer wohlplatzierten Kugel kannte.

Sie wog einen anderen Gedanken ab. »Vielleicht sollte dich jemand umbringen und hat es verbockt. Jemand, der dumm und gemein ist, könnte dazu fähig sein. Dann wurde Rodriguez losgeschickt, um den Auftrag ordnungsgemäß zu Ende zu bringen, nur dass ich dich vorher gefunden habe. Das klingt plausibel. Aber was treibst du eigentlich in Nevada, und warum sollte dich jemand umbringen wollen? Das werden mir logische Überlegungen nicht verraten, das kannst nur du, und du willst nicht reden. Es ist keine Frage des Könnens, sondern des Wollens, denn wenn du reden wolltest, könntest du es mir telepathisch mitteilen.«

Als sie ihm das nächste Stück Fleisch reichte, schloss er die Augen. Der Hund sah vollkommen erschöpft aus, die Haut um seine Augen war eingefallen. Claudia zog sich der Magen zusammen. Sie klappte die Schachtel mit dem Essen zu und wischte sich die Hände an einer Serviette ab. »Okay«, sagte sie. »Für heute Abend hast du einen Freifahrtschein. Ich werde dich nicht drängen.«

Er war ein Geschöpf, das zwei Wesen in sich vereinte, ein Angehöriger der Alten Völker. Wahrscheinlich war es herablassend und sogar beleidigend, ihn wie einen normalen Hund zu verhätscheln. Sie kämpfte mit sich und gab dann doch dem Impuls nach, noch einmal sein schön geformtes Ohr zu kraulen. Er reagierte mit einem tiefen Seufzen und schien sich ein wenig zu entspannen, als fände er ihre Berührung angenehm.

Sie ging davon aus, dass er ihr jederzeit sagen könnte, sie solle aufhören. Das wäre eine Möglichkeit, ihn zum Reden zu zwingen: ihn so lange zu kraulen, bis er den Mund aufmachte. Während sie sein weiches Ohr streichelte, wanderte ihr Blick über den Boden, über ihre Beine, die sie an den Knöcheln gekreuzt hatte, und über den langen Körper des Hundes.

»Goldstück, du bist ein ziemliches Riesenvieh«, sagte sie mit dem Anflug eines Kicherns. »Tut mir leid, dass dir nicht danach zumute ist, mir wenigstens deinen Namen zu verraten.«

Sie war es müde, den Klang ihrer eigenen Stimme zu hören. Nachdem sie unterwegs auf dem Highway tagelang nicht gesprochen hatte, war es anstrengend, so viel zu reden. Sie verstummte und lauschte dem Wind.

Und in diesem Moment drang die fremde Stimme in ihren Kopf.

Mit der Telepathie war es so eine Sache. Obwohl es eine rein mentale Angelegenheit war, wies das Gehirn verschiedenen Stimmen Eigenschaften zu, ganz so, als wären sie physischer Natur.

Die Stimme, die Claudia hörte, war tief und männlich und hatte einen leichten Akzent.

Ich heiße Luis.

Für einen Moment hörte sie auf, ihn zu streicheln, während sie die Worte empfing. Obwohl sie bereits gewusst hatte, dass er ein Wyr war, schien der Klang seines Namens eine nicht greifbare, aber wichtige Veränderung zu bewirken.

»Danke, Luis«, sagte sie leise. »Dir wird nichts passieren. Ich passe auf dich auf. Versprochen.«

Diese Worte lösten ein tief nachhallendes Echo in Luis aus. Was die Frau gesagt hatte, war etwas, das er selbst zu jemandem gesagt haben könnte. Aber etwas war falsch daran, dass diese Worte zu ihm gesagt wurden, irgendwie verkehrt. Wegen der Watte in seinem Kopf kam er nicht dahinter, warum das so war, und über dem Versuch schlief er ein.

Claudia fühlte sich rastlos, unaufhörlich kreisten die jüngsten Ereignisse in ihrem Kopf. Um ihre Hände zu beschäftigen, holte sie die Holzschachtel mit den Tarot-Karten an den Tisch und dazu das Taschenbuch über das Tarot der Alten Völker, das sie sich gekauft hatte. Flüchtig blätterte sie das Buch durch, aber über die Großen und Kleinen Arkana hatte sie bereits etwas gelesen, und am Rest war sie im Moment nicht interessiert.

Stattdessen öffnete sie das antike bemalte Kästchen und nahm die handgemalten Karten heraus. Dabei dachte sie an die seltsame Geschichte, wie sie an diese Karten gekommen war.

Vor einigen Monaten, im Januar, als sie in New York überwintert hatte, war sie auf der Straße von einer schlanken Frau angehalten worden. Die Stadt erholte sich noch von einem schweren Schneesturm, der Ende Dezember gewütet hatte. Die Straßen waren voller schmutziger Schneehaufen, und in den Schaufenstern sah man noch übrig gebliebene Weihnachts- und Maskenfest-Dekorationen.

Die Frau und sie waren aneinander vorbeigegangen, nichts weiter als zwei warm eingepackte Passanten unter Tausenden in dieser kalten, eingeschneiten Stadt, als sich die Frau plötzlich umgedreht und Claudia am Arm festgehalten hatte.

Sie glaubte nicht, dass der anderen Frau bewusst gewesen war, in welche Gefahr sie sich damit brachte. Claudia wirbelte herum, schaffte es aber, ihren Gewaltinstinkt zu unterdrücken. Sie sah dunkle Korkenzieherlocken mit goldenen Spitzen und ein schmales, intelligentes Gesicht mit warmem, braunem Teint. Als die Frau Claudias schnelle Reaktion sah, weiteten sich die nussbraunen Augen hinter dem Metallrahmen ihrer Brille.

»Tut mir leid«, sagte die Frau. »Sie werden mich wahrscheinlich für verrückt halten, aber …« Claudia verspannte sich, als die Frau in ihre dunkle Lederhandtasche griff, aber sie holte nur die Tarot-Schachtel heraus und drückte sie Claudia in die Hand. »Die hier wollen zu Ihnen. Ich weiß nicht, warum. Ich besitze sie seit Jahren.«

»Wovon reden Sie?«, fragte Claudia. Sie wendete das Kästchen in ihren Händen, öffnete es und entdeckte den Kartenstapel darin.

»Die Karten«, sagte die Frau. Sie sah Claudia mit einem verlegen wirkenden Lächeln an. »Sie haben ihren eigenen Kopf.«

»Wollen Sie damit sagen, dass das magische Karten sind?«, fragte Claudia. Wenn das stimmte, konnte sie es nicht spüren. Hin- und hergerissen zwischen Faszination und Vorsicht, hätte sie die Karten beinahe wieder in die Tasche der fremden Frau zurückgesteckt und wäre weitergegangen.

»Nicht direkt«, sagte die Frau. »Sie enthalten einen Funken magischer Energie, aber sie sind nicht verzaubert und auch nicht gefährlich.«

Claudia hob die Augenbrauen. »Woher wussten Sie, dass sie zu mir wollten?«

»Sie haben in Ihre Richtung gezogen. Anders kann ich es nicht beschreiben.«

»Und was genau glauben Sie, was ich damit anfangen soll?«

»Ich weiß es nicht. Das, was Sie sonst auch tun würden.« Während die Frau weitersprach, fing sie an, rückwärts weiterzugehen. »Tut mir leid, dass ich sie Ihnen einfach so in die Hand drücke und verschwinde, aber ich komme zu spät zu einer Verabredung mit meinem Verlobten. Falls Sie Geld brauchen, dürften die Karten einiges einbringen, wenn Sie sie im Magic District verkaufen. Vor über zehn Jahren habe ich mehrere tausend Dollar dafür bezahlt … Oh, ich muss wirklich los. Viel Glück!«

Verstört und fasziniert war Claudia in den Magic District gegangen, um die Schachtel und ihren Inhalt schätzen zu lassen. Zwei verschiedene Magiekundige bestätigten ihr, was die Frau gesagt hatte: dass das antike Blatt einen Funken magischer Energie besaß, aber nicht gefährlich war. Außerdem war es ziemlich wertvoll und würde auf einer Auktion zwischen acht- und zehntausend Dollar einbringen. Ein Dritter erklärte ihr, das Spiel sei gefährlich, und bot an, es ihr für fünfzig Mäuse abzunehmen. Ja, klar.

Claudia beschloss, die Karten zu behalten. Trotz ihres Werts war ihre Vorbesitzerin bereit gewesen, sie einer völlig Fremden zu überlassen – aus Respekt vor der magischen Energie, mit der sie getränkt waren. Also wollte Claudia sie eine Zeit lang behalten, um zu sehen, was geschehen würde. Verkaufen konnte sie die Karten später immer noch.

Seitdem hatte sie sich angewöhnt, mit dem Tarot zu spielen, wenn sie nichts zu tun hatte. Indem sie die Karten wieder und wieder mischte, hatte sie etwas zu tun, während sie nachdachte. Ein- oder zweimal hatte sie versucht, eines der Muster aus dem Taschenbuch zu legen, aber sie besaß weder das Wissen noch die nötige Begabung, um diese Karten zu lesen.

Einige Grundlagen hatte sie aus dem Buch gelernt. Die Karten auf der linken Seite waren positiv, die auf der rechten negativ. Einige Karten zeigten die Zukunft, andere die Gegenwart oder Vergangenheit. Aber die Bedeutungen der einzelnen Karten und ihre Beziehungen untereinander überstiegen ihr Wissen, und wenn sie ehrlich war, hatte sie auch kein Interesse daran.

Aber dann war ihr etwas Merkwürdiges aufgefallen: Jedes Mal, wenn sie die Karten zu einem einfachen Muster auslegte, deckte sie die sieben Großen Arkana auf, jene Karten, auf denen die sieben Götter der Alten Völker dargestellt waren: Taliesin, die Gottheit des Tanzes, Azrael, der Gott des Todes, Inanna, die Göttin der Liebe, Nadir, die Göttin der Tiefen oder des Orakels, Will, der Gott der Gaben, Camael, die Göttin des Herdes, und Hyperion, der Gott des Gesetzes. Es waren die sieben Primärmächte, die den Alten Völkern als die tragenden Säulen des Universums galten.

Sie waren ebenfalls aufgetaucht, als Claudia den Stapel gemischt und die ersten sieben Karten aufgedeckt hatte. Also mischte sie neu. Und noch einmal. Und wieder tauchten sie auf.

Nicht einmal und auch nicht meistens.

Jedes. Verdammte. Mal.

Im Buch stand nichts über einen solchen Fall. Claudia hatte im Internet gesucht und schließlich einen Beitrag in einem obskuren Forum gefunden. Jemand hatte behauptet, beim Legen der Karten alle sieben Großen Arkana aufgedeckt zu haben, und um Rat gefragt. Die Diskussion war lang, hitzig und komplex gewesen, dazu voller Spekulationen. Aber im Wesentlichen gab es nur einen Konsens: Diese Karten kündigten einen Zeitraum von lebensverändernder Bedeutung an.

Wie ungemein hilfreich.

In den letzten Monaten hatte Claudia die zwanghafte Angewohnheit entwickelt, die Karten zu mischen und die ersten sieben aufzudecken. Das Einzige, was sich veränderte, war die Reihenfolge, in der die sieben Götter erschienen.

Mischen. Aufdecken.

Mischen. Aufdecken.

Wahrscheinlich könnte sie ein krummes Geschäft damit aufziehen und irgendeinem armen Waschlappen in irgendeiner Bar das Geld aus der Tasche ziehen. Vielleicht sollte sie den Rat eines erfahrenen Tarot-Kartenlegers suchen. Der würde ihr für fünfzig Dollar wahrscheinlich erklären, dass es von »lebensverändernder Bedeutung« war, wenn man alle sieben Großen Arkana aufdeckte.

Mischen. Aufdecken.

Lebensverändernd. Wie etwa einem Wyr das Leben zu retten. Einem Wyr, den man gefoltert und halb tot liegen gelassen hatte. Was man ihm angetan hatte, war wirklich dumm und gemein gewesen.

Mischen. Aufdecken.

Und es war kein einzelner dummer, gemeiner Mistkerl gewesen, der das getan hatte. Claudia hatte zwar nicht viel gesprochen, während Jackson Luis versorgt hatte, aber ihr waren die unterschiedlichen Kaliber der Kugeln aufgefallen, die der Arzt herausgeschnitten hatte. Beide stammten von Gewehren. Claudia hatte sie in der Hand behalten, später abgespült und in ihrer Tasche verschwinden lassen, während Jackson und sie aufgeräumt hatten.

Es waren also mindestens zwei Mistkerle beteiligt gewesen. Und wie sie schon vorher gesagt hatte, war Luis ein ziemliches Riesenvieh. Ein so großer Wyr hätte es locker mit Bradshaw junior und seinen dummen, gemeinen Freunden aufnehmen können, wenn sie ihn nicht vorher niedergeschossen hätten.

Mischen. Aufdecken.

Das hatten sie also getan. Erst hatten sie auf ihn geschossen und ihn kampfunfähig gemacht. Anschließend hätten sie ihn mit einem weiteren, gut gezielten Schuss in den Hinterkopf erledigen können, aber das hatten sie nicht getan.

Alles, was danach kam, hatten sie nur aus Spaß gemacht.

Und Rodriguez wusste, dass Luis hier war.

Ihre Gedanken kehrten zu Rodriguez zurück. Auch wenn es brutal klang, war die schlichte Wahrheit doch, dass er keinen Grund gehabt hätte, die Spuren zu beseitigen, wenn es nur um einen misshandelten Hund gegangen wäre. Normale Hunde konnten nämlich nicht reden.

Nein, Rodriguez war in die Sache hineingezogen worden, weil die Täter gewusst hatten, dass Luis ein Wyr war. Luis konnte reden, wenn er überlebte.

Und aus irgendeinem Grund war es ihnen wichtig, dass er das nicht tat.

4

Der Tanz

Noch während ihr dieser letzte Gedanke durch den Kopf ging, stand sie auf und verließ den Wohnwagen, wobei sie ihre Glock hinten in den Hosenbund schob. Mund und Nase zum Schutz gegen den Sandsturm bedeckt, durchquerte sie den kleinen Garten.

Es war dunkel geworden, und Jackson hatte die Außenbeleuchtung eingeschaltet. Im wirbelnden Sandsturm wirkten die Lichter trüb und schmutzig. Außerdem sah es aus, als hätte er sämtliche Lampen im Haus eingeschaltet. Als Claudia an die Hintertür hämmerte, öffnete er fast sofort.

Den Cowboyhut hatte er noch immer nicht abgesetzt. Er bat sie mit einer Geste herein und schloss die Tür, sobald sie über die Schwelle war. »Was ist los?«

Sie drehte sich zu ihm um und sagte ohne Vorrede: »Sie müssen Ihre Tochter in Fresno besuchen.«

»Muss ich das?« Er sah sie mit seinen hellen, intelligenten Augen an. »Gerade habe ich alles für ein Poker-Spiel vorbereitet. Sechs Leute wollen kommen, die ersten müssten jeden Augenblick hier sein. Ich gehe davon aus, dass wir die ganze Nacht lang spielen – falls Sie irgendetwas brauchen sollten.«

Sie sah sich in der Küche um und atmete hörbar aus. Er hatte eine frische Kanne Kaffee gekocht, Snacks und Karten bereitgestellt und die Stühle wieder an den Tisch gerückt. Offenbar hatte auch Jackson noch ein bisschen nachgedacht. »Mir wäre es lieber, wenn Sie stattdessen nach Fresno fahren würden.«

»Wie ich vorhin schon sagte, wird der Highway heute Nacht nicht gut befahrbar sein. Vielleicht kann ich morgen nach Fresno aufbrechen, wenn wir etwas klarer sehen«, sagte Jackson. »Und wenn wir wissen, dass der Hund über den Berg ist.«

»Vielleicht.«

»Wir halten den Geräuschpegel niedrig, lassen aber alle Lichter an«, sagte Jackson. Er holte ihren Führerschein, die Fahrzeugpapiere und den Strafzettel vom Küchentresen und reichte ihr alles.

Claudia faltete die Dokumente zusammen und steckte sie in ihre Gesäßtasche. Die Hände in die Hüften gestützt, blieb sie noch einen Moment stehen und blickte durch das rückwärtige Fenster zum Wohnwagen hinaus.

Sieben Personen. Sieben Zeugen, deren Autos in einer Reihe vor dem Haus parkten und das ganze Haus hell erleuchtet. Konnte das jemanden abhalten, der herkam, um Luis für immer zum Schweigen zu bringen?

Immer wieder kehrten ihre Gedanken zu Rodriguez zurück, verflucht. Hätten Dumm-und-Gemein selbst kapiert, wie tief sie in der Scheiße saßen, dann hätten sie nicht Rodriguez angerufen, damit er hinter ihnen aufräumte. Sie hätten einfach gewendet, Luis gesucht und zu Ende gebracht, was sie angefangen hatten. Sie mussten geglaubt haben, dass er bereits tot war oder die Wüste ihm bald den Rest geben würde. Sie waren leichtsinnig gewesen.

Nein, Rodriguez war von jemand anderem hinzugezogen worden. Jemand hatte ihn losgeschickt, um einen Beweis für Luis' Tod zu erbringen. Und das nächsthöhere Tier in dieser Nahrungskette war Bradshaw senior.

Also ging es hier um etwas Größeres als nur um ein Verbrechen aus Hass oder etwas Persönliches.

War es groß genug, um einen gutmütigen Tierarzt und sechs weitere Unschuldige zu gefährden? Es war möglich. Es war sehr gut möglich.

Sie hatte die Daumen in die Hosentaschen gehakt und trommelte mit den Fingern auf ihre Hüftknochen. »Warum spielen Sie Ihre Partie Poker nicht im Wohnwagen? Oder wir könnten den Hund ins Haus bringen.«

Überraschung flackerte über Jacksons vom Alter gezeichnete Züge. Er stellte sich hinter Claudia und blickte über ihre Schulter ebenfalls zum Wohnwagen hinaus. »Warum sollten wir das tun?«

»Weil ich ausgehe«, erklärte sie ihm.

Er runzelte die Stirn. »Wohin?«

»Haben Sie nicht gesagt, die Leute würden während solcher Stürme in den Bars herumhängen?«

»Ja. Aber vielleicht ist es keine besonders gute Idee, wenn Sie sich heute Nacht zu ihnen gesellen.« Er klang besorgt.

»Ich wüsste nicht, warum.« Sie lächelte ihn nichtssagend an. »Ich will doch nur ein Bier trinken.«

Als sie aufbrach, ließ der Sandsturm bereits langsam nach. Sie nahm ihre Glock mit, aber auf dem Parkplatz der ersten Bar ließ sie die Waffe nach einiger Überlegung doch im Handschuhfach zurück.

Drinnen trank sie ein alkoholfreies Bier, unterhielt sich mit den Einheimischen und erfuhr so einiges.

Die Einwohnerzahl auf dem Ortseingangsschild von Nirvana war irreführend, denn sie schloss die Einwohner aus dem ganzen Landkreis Nirvana mit ein. Im Ort selbst lebten etwa fünfhundert Personen, die allesamt entweder direkt für das Minenunternehmen arbeiteten oder über ihre Geschäfte im Ort irgendwie indirekt damit zusammenhingen.

Erbaut auf einer unterirdischen Quelle und in der Nähe der Mine, war Nirvana eine der vielen kleinen Ortschaften, die einst eine Haltestelle der transkontinentalen Eisenbahn gewesen waren. Jetzt war es eine Haltestelle für Greyhound-Busse. Der Ort war stolz auf seinen eigenen Safeway-Supermarkt, und es gab zwei Bars, je eine an jedem Ende der Hauptstraße. Außerdem gab es zwei Motels, drei Tankstellen und ein Familien-Diner mit Casino direkt an der Abfahrt von der Interstate.

Eine der Tankstellen war eine Kombination aus Lkw-Raststätte, Fastfood-Laden und Casino und hatte rund um die Uhr geöffnet. Wäre Claudia nicht in so düsterer Stimmung gewesen, hätte sie vielleicht darüber gelächelt. Man konnte essen, tanken und spielen, alles gleichzeitig. Nur für den Fall, dass man es mit allen drei Dingen eilig hatte.

Eine andere Tankstelle verkaufte Spirituosen und betrieb einen kleinen Videoverleih. Die dritte hatte noch keine Erfolg versprechende Nische entdeckt, um sich von der Konkurrenz abzuheben. Claudia erinnerte sich, die Tankstelle vorhin gesehen zu haben. Sie hatte schäbig und heruntergekommen gewirkt.

Das Wichtigste, was sie in Erfahrung brachte, war das Aussehen von Bradshaw junior und seinen Jungs. Sobald sie diese Beschreibungen hatte, bezahlte sie ihr Getränk und fuhr die Hauptstraße entlang zur anderen Seite des Ortes.

In der zweiten Bar landete sie den Volltreffer.

Sie war kaum durch die Tür, da hatte sie sie schon entdeckt. Vier stramme Kerle, alle um die dreißig, standen zusammen am Billard-Tisch. Sie passten perfekt auf die Beschreibung, die Claudia bekommen hatte. Einige hatten Billard-Queues in der Hand, aber sie spielten nicht. Sie tranken und unterhielten sich mit gedämpften Stimmen. Ihre Gesichter wirkten angespannt und gereizt.

So ein Mist, schien wohl nicht ihr Tag zu sein.

Außerdem schienen sie womöglich zu beratschlagen, was sie dagegen unternehmen könnten.

Junior war dunkelhaarig und gut aussehend. Den Einheimischen zufolge war er das genaue Ebenbild von Bradshaw senior. Er war um die eins siebenundachtzig groß und hatte den muskulösen Körper eines College-Footballspielers, der infolge jahrelanger Nachlässigkeit etwas füllig um die Mitte wurde.

Gleich nach dem Eintreten blieb Claudia stehen und starrte das Quartett so lange an, bis einer der Männer den Blick hob und sie sah. Wie es der Zufall wollte, war es Junior. Das gefiel ihr. Er erwiderte ihren festen Blick.

Köder am Haken, Leine ausgeworfen.

Dann ging sie zur Theke. Diesmal bestellte sie ein richtiges Bier. Die Bar sah ihrem Gegenstück recht ähnlich, sie war zwanglos eingerichtet und auf abgewetzte Art gemütlich. Schwarz-Weiß-Fotos von den Silberminen hingen an den Wänden, und aus den Lautsprechern sang Randy Travis laut »She's my woman«. Etwas Undefinierbares trennte die Einheimischen von den Durchreisenden, die nur über Nacht blieben. Claudia wusste nicht genau, was es war. Vielleicht die Art, wie die Leute miteinander redeten.

Sie stützte sich mit verschränkten Armen auf die Theke und trank genüsslich ihr Bier.

Die Männer ließen sie ganze zehn Minuten warten.

»Wie ich höre, haben Sie meinen Hund gefunden«, sagte jemand hinter ihr. »Er ist mir neulich abgehauen, seitdem suche ich ihn. Wollte ihn gerade abholen kommen.«

Der Sprecher war Junior, wie sie mit einem Blick über die Schulter erkannte. Er lächelte und sah entspannt und selbstsicher aus, ein Mann, der sich seiner Welt und seines Platzes darin sicher war. Er trug Jeans und ein gefüttertes Flanellhemd wie die übrigen Männer aus dem Ort, aber sein Haarschnitt hätte auch in einen Country Club gepasst.

Einer seiner Freunde trat hinter ihn, während die beiden anderen sich links und rechts neben Claudia an die Theke stellten. Sie sah sich nach dem Barkeeper um, der ganz plötzlich auf der anderen Seite des Raums zu tun hatte. Das war ihr nur recht. Ihr war es lieber, wenn der Barkeeper aus dem Weg war.

Sie drehte sich zu Junior um und sagte: »Da haben Sie falsch gehört. Er ist jetzt mein Hund.«

Junior trat näher an sie heran, die Bewegungen des großen Mannes hatten ihre athletische Geschmeidigkeit noch nicht verloren. Sein Lächeln wurde breiter, und in seinen Augen funkelte der Charme eines Soziopathen. »Das glaube ich nicht«, sagte er. »Sagen Sie mir, was der Tierarzt gekostet hat, und ich gebe Ihnen das Doppelte. In bar. Und dann können Sie wieder in Ihr Auto steigen und weiterfahren und diese ganze Sache vergessen.«

Sie nahm einen Zug von ihrem Bier, dann stellte sie die Flasche ab, als die beiden Männer links und rechts von ihr näher rückten; ihre ausdruckslosen Gesichter wirkten seltsam bedrohlich. Alle waren sie größer als Claudia und gebaut wie Footballspieler.

Sie sah Junior in die Augen. »Fahr zur Hölle«, sagte sie.

Die Überraschung wischte Junior den Charme aus dem Gesicht. Er machte einen Satz auf sie zu, sodass er sie mit seinem Körper gegen die Bar drückte, packte links und rechts von ihr den Rand der Theke und brachte sein Gesicht direkt vor ihres.

»Du musst eine unglaublich dumme Schlampe sein«, sagte er.

Köder geschluckt.

»Wusste ich doch, dass du es warst«, sagte sie. Ihre Stimme war sanft und ruhig, während sie ihm ohne zu blinzeln direkt in die Augen sah. »Du hast auf ihn geschossen, und dann hast du auf ihn eingeprügelt. Danach hast du ihm einen Strick um den Hals gebunden und ihn weiß der Himmel wie weit mitgeschleift. Und du warst es nicht allein, in seinem Körper steckten nämlich zwei Gewehrkugeln von unterschiedlichem Kaliber – und ich habe beide aufgehoben. Also können deine Freunde mit dir zur Hölle fahren.«

»Hast du gehört, wie ich der dummen Schlampe Geld angeboten habe?«, fragte Junior den Mann links von ihr.

»Aber ja, das habe ich, Scott«, sagte sein Freund. »Laut und deutlich hab ich das gehört.«

»Du hättest so einfach davonkommen können«, erklärte ihr Junior.

Leine lockern. Lass den Fisch schwimmen.

»Tja, das glaube ich nicht«, sagte sie. »Hier drin kannst du mir nichts tun. Zu viel Öffentlichkeit. Es sei denn, du willst auch das hier gründlich verbocken. Ehrlich, ich glaube, du weißt gar nicht, was das Wort *dumm* bedeutet und auf wen es zutrifft.«

Mit Interesse beobachtete sie, wie die Wut seine Attraktivität verschlang und ihn hässlich aussehen ließ. Das bist du also, dachte sie bei sich. Jetzt zeigst du dein wahres Ich.

»Nach draußen«, sagte Junior zu den anderen. Er trat zurück, und mit einem Mal kamen die Männer von beiden Seiten näher und packten Claudia an Oberarmen und Handgelenken, während sie das Geschehen mit ihren Körpern vom Rest der Bar abschirmten.

»Wenn du schreist, brech ich dir den Arm«, flüsterte einer von ihnen.

Sie schrie nicht.

Junior und sein dritter Freund folgten ihnen dicht auf den Fersen. Als sie die Tür erreicht hatten, rannten sie beinahe und hatten Claudia ganz vom Boden gehoben. Sie versuchte sich loszureißen und die Arme freizubekommen, doch der Druck auf ihren Schultergelenken war extrem schmerzhaft.

»Bringt sie nach hinten«, sagte Junior.

Claudia hob den Blick, als die Männer sie eilig hinter die Bar schoben. Obwohl sich der Sturm gelegt hatte, war der Nachthimmel immer noch düster und bedeckt. Hinter dem Gebäude parkten einige Autos neben Wüstensträuchern und einer Reihe von Yuccas.

Für ihren Geschmack war es ein bisschen zu nah am öffentlichen Leben, aber immerhin waren sie ungestört. Es gab keine Häuser in der direkten Nähe, und bei der lauten Musik in der Bar würde man drinnen keine Schreie hören. Schlecht wäre es nur, wenn jemand auf dem Parkplatz vor der Bar ankommen und etwas hören würde, aber es gab jede Menge Möglichkeiten, Geräusche zu dämpfen.

»Ich will wissen, warum du es getan hast.«

»Es interessiert mich einen Scheiß, was du wissen willst«, sagte Junior verächtlich.

»Es steckt eine Geschichte dahinter«, sagte sie. »Und es war nichts Persönliches. Sonst wäre Rodriguez nicht ins Spiel gekommen – es sei denn, ihr hättet etwas wirklich unglaublich Dämliches angestellt, euch zum Beispiel mit heruntergelassenen Hosen erwischen lassen. Nicht dass es euch nicht zuzutrauen wäre, nach allem, was ich gehört habe.«

»Es wird mir Spaß machen, dir wehzutun«, sagte er. »Und ich werde dir sehr wehtun.«

»Nein, Rodriguez hätte nur mitgemacht, wenn sein Job auf dem Spiel gestanden hätte«, fuhr sie fort. »Und das heißt, dass es deinem Vater irgendwie wichtig gewesen sein muss. Und das, was deinem Vater wichtig ist, ist die Silbermine. Na, wie mache ich mich bisher? Heiß oder kalt?«

»Du bist ein beschissenes Stück totes Fleisch, das bist du.« Zu den anderen sagte er: »Gleich hier.«

Sie spannte die Bauchmuskeln an, um einen Schlag abzufangen. Die Männer schleuderten sie mit dem Bauch voran auf den Kofferraum eines Wagens und hielten sie vornübergebeugt fest. Durch ihre Jeans und das Sweatshirt spürte sie das beißend kalte Metall. Junior trat von hinten an sie heran und legte die Hände um ihre Taille.

Zeit, den Fisch an Land zu ziehen.

Sie fing an zu lachen. »Mann, bist du unfähig. Nicht mal das kannst du allein.«

Er packte sie an den Haaren und zerrte brutal daran. »Geht zurück«, fuhr er die beiden Männer an, die Claudias Arme festhielten. Sie ließen sie los, während Junior sie mit seinem Körpergewicht auf den Kofferraum drückte und ihr ins Ohr zischte: »Du hättest den Mund halten sollen. Du hättest weiterfahren sollen. Du hättest das Geld nehmen sollen, als ich es dir angeboten habe. Da ist so vieles, was du hättest tun sollen, dass ich annehmen muss, du willst es gar nicht anders. Du wirst noch um Gnade winseln, bevor wir mit dir fertig sind.«

Während er sprach, schob er die Hände zur Vorderseite ihrer Jeans und suchte mit harten Fingern nach dem Verschluss.

Sie hatte nicht genug Platz, um zu einem richtigen Schlag auszuholen. Eine normale Frau hätte sich nie aus seinem Griff befreien können.

Allerdings war sie keine normale Frau.

Telekinese konnte eine recht heikle Kraft sein. Manche konnten damit Dinge aus der Entfernung beeinflussen. Andere, normalerweise Personen mit einem geringeren Grad an magischer Energie als Claudia selbst, mussten alles berühren, was sie bewegen wollten.

Da Claudias telekinetische Begabung nur schwach ausgeprägt war, hatte sie mühsam herausfinden müssen, was sie damit tun konnte und was nicht. Nicht jeder hätte sich diese Arbeit gemacht, aber die Army hatte großes Interesse an ihren Talenten gehabt und viel in ihre Ausbildung investiert. Auch sie selbst hatte dieses Interesse gehabt und bei jeder Gelegenheit, die man ihr bot, hart daran gearbeitet. Als Folge davon waren ihre Fähigkeiten wohldurchdacht und ebenso wohltrainiert.

Sie konnte mordsmäßig zuschlagen. Und zutreten. Aus dem Stand konnte sie einen Roundhouse-Punch landen, der einen Zwei-Tonnen-Troll in die Knie zwang.

Wenn sie gegen Angehörige der Alten Völker kämpfte, die schneller waren als sie und deren Körper mehr aushielten, musste sie vorsichtig sein. Dann musste sie strategisch denken. Was dazu geführt hatte, dass sie auch darin gut war. Kämpfen war ein einzigartiger Tanz, in dem jeder ihrer Gegner für einen tödlich kurzen Zeitraum zu ihrem Partner wurde.

Sie hatte vielleicht zwanzig Zentimeter Platz zur Verfügung. Das war mehr als genug. Sie rammte den Ellbogen nach hinten und traf Junior in den Bauch.

Junior hustete alle Luft aus seiner Lunge und sackte zusammengekrümmt zu Boden. Claudia wirbelte herum.

Zum Sprechen fehlte dem Mann die Luft. Mit hervortretenden Augen sah er sie staunend an. *Was zum Geier ist hier los?*, fragte sein Blick.

Also beantwortete sie seine Frage. Sie zeigte ihm, was zum Geier hier los war. Sie trat ihm gegen die Brust und setzte sein eigenes Körpergewicht gegen ihn ein. Der Tritt riss ihn vom Boden und ließ ihn ein paar Meter weiter gegen die Rückwand des Gebäudes krachen. Dann stürmten seine drei Freunde auf

Claudia ein, und sie zeigte auch ihnen, was zum Geier hier los war.

Als sie mit den Möchtegern-Vergewaltigern fertig war und ging, lagen alle vier am Boden. Zwei waren bewusstlos, einer weinte.

Junior war nämlich nicht der Einzige, der ungemütlich werden konnte.

Claudia konnte ebenfalls verteufelt ungemütlich werden.

5

Opfer

»Wach auf, Goldstück«, sagte ein Mann.

Sofort war Luis wach. Wieder wäre er fast zum Angriff losgesprungen, aber er konnte sich gerade noch beherrschen, bevor er dem Mann das Gesicht zerfleischt hätte. Es war der ältere Herr. Der Tierarzt. Jackson. Es würde Claudia nicht gefallen, wenn Luis ihn verletzte.

Jackson war ein kluger Mann. Er war eilig zurückgewichen, als Luis aufwachte. »Ist gut jetzt«, sagte er schroff. Trotz seines offensichtlichen Alters und seiner Erfahrung wirkte der Mann bei seinem Versuch, Luis zu beruhigen, nicht annähernd so selbstsicher wie Claudia vorhin. »Ich habe hier was für dich.«

Luis war im Wohnwagen, aber Claudia war nicht da. Ein fremder Mann – ebenfalls ein Mensch, aber viel jünger als Jackson – stand ein gutes Stück von ihnen entfernt. Stechend durchzog der Geruch seiner Nervosität die Luft.

Luis bleckte die Zähne. Er fühlte sich benebelt, verwirrt und wütend darüber, dass die Männer den Wohnwagen betreten hatten und Claudia hinausgeschlüpft war, ohne ihn zu wecken. Das wäre nie passiert, wenn er nicht verletzt wäre und so starke Medikamente genommen hätte. Sie hatte versprochen, ihn zu beschützen. Wohin war sie verschwunden?

Dann zeigte Jackson ihm drei Fläschchen mit einer Flüssigkeit. Luis starrte sie an. Jackson wollte ihn daran schnuppern lassen, doch das brauchte er nicht. Vor seinem geistigen Auge leuchteten die Fläschchen vor magischer Energie.

»Keine Sorge, mein Junge«, sagte Jackson. »Ich werde nicht in Babysprache mit dir reden und dich bitten, dein Medi-Happi zu fressen. Ich habe den Eindruck, du würdest mich um einiges eher beißen als sie. Lust auf 'nen Drink?«

»Das ist alles, was wir in der Notfallklinik hatten, Dan«, sagte der fremde Mann. »Du hast mir nicht gesagt, wozu du es brauchst. Du wirst doch nicht ernsthaft einem Hund Heiltränke im Wert von mehreren Tausend Dollar geben, oder?«

»Doch, Stewart, ich glaube, das werde ich«, sagte Jackson. Mit einem fast lautlosen Grunzen ließ er sich vor Luis auf ein Knie sinken. »Zumindest einen für den Anfang. Dann werden wir ja sehen, wie es läuft.«

»Die Klinik wird mindestens vierundzwanzig Stunden brauchen, um die Tränke zu ersetzen«, sagte Stewart. »Wer wird das bezahlen?«

»Was diesen Teil angeht, bin ich mir nicht ganz sicher«, sagte Jackson. »Ich habe das untrügliche Gefühl, dass das Geld irgendwoher kommen wird. Zum Beispiel würde ich darauf wetten, dass seine neue Besitzerin einspringt. Und wenn alle Stricke reißen, werde ich es selbst bezahlen, aber ich glaube nicht, dass das nötig sein wird.«

»Er ist ein Hund.«

»Das ist es eben. Ich glaube nicht, dass er nur irgendein Hund ist, Stew.«

Aufmerksam beobachtete Luis, wie Jackson das erste Fläschchen öffnete und den Inhalt auf einen flachen Teller goss. Er stemmte sich ein Stück hoch, damit er trinken konnte, wobei er den brutal explodierenden Schmerz ignorierte. Jackson hatte den Teller kaum auf den Boden gestellt, da hatte Luis schon die

Schnauze hineingesteckt. Flach atmend schleckte er die kleine Menge kostbarer Flüssigkeit auf und zwang seine geschwollenen Schluckmuskeln zur Arbeit. Wie Sonnenlicht, das plötzlich hinter Wolken hervortritt, explodierte die magische Energie in seinem Körper und breitete sich aus, bis sich seine wunde, aufgeschürfte Haut anfühlte, als hätte sie Feuer gefangen.

»Noch einen?«, fragte Jackson.

Luis nickte.

»Ja, scheiß die Wand an«, sagte Stewart. Der Mensch klang erschüttert.

»Ein aufrichtiger, wenn auch unappetitlicher Kommentar«, sagte Jackson. Er atmete hörbar aus und goss den zweiten Trank auf den Teller. Dann den dritten.

Luis schlang alles hinunter.

»Was dagegen, wenn ich dir ein paar von den Verbänden abnehme?«

Luis knurrte. Er trank immer noch.

»Oh-kay«, sagte Jackson und wich zurück. »Schätze, du kriegst die Verbände schon selbst ab.«

Luis trank den Rest des letzten Heiltranks aus und legte sich wieder hin. Als sich der Heilungszauber in seinem misshandelten Körper ausbreitete, keuchte er auf. Gebrochene Rippen und gerissene Muskelfasern wuchsen zusammen, Haut schloss sich. Heiltränke waren unglaublich wirksam, allerdings nicht schmerzfrei. Es fühlte sich an, als stünde sein ganzer Körper in Flammen.

Zum Glück waren die Menschen klug genug, genügend Abstand zu halten, so lange der Prozess andauerte, denn für einen kurzen Moment war Luis wie blind und hatte sich nicht mehr unter Kontrolle. Wäre einer der Männer dumm genug gewesen, ihn anzufassen, hätte Luis ihn womöglich wirklich zerfleischt.

Nach einem konturlosen Zeitraum ließ das Feuer in seinem Körper nach. Vorsichtig streckte er sich und registrierte die Veränderungen. Die Schmerzen in seinem Brustkorb und dem Rest seines Körpers waren jetzt gedämpft. Vollständig geheilt war er nicht, dafür waren die Verletzungen zu schwer gewesen, außerdem war die magische Energie, die in Heiltränken gespeichert war, nicht so wirkungsvoll wie der frisch ausgesprochene Zauber eines Heilers.

Aber die von seinen Verletzungen und den Medikamenten verursachte Orientierungslosigkeit war verschwunden, und endlich arbeitete sein Verstand wieder. Er konnte tief Luft holen, ohne den stechenden Schmerz in der Brust zu spüren, seine Schürfwunden waren nicht mehr offen, und auch die Schussverletzungen hatten sich so weit geschlossen, dass sie nicht mehr bluteten.

Das alles konnte den Unterschied zwischen Leben und Tod bedeuten, denn jetzt war er nicht mehr hilflos.

Er steckte die Schnauze unter die Decke, um mit den Zähnen an seinen Verbänden zu zerren. Dann wälzte er sich auf alle vier Pfoten und wechselte seine Gestalt. Während der Verwandlung stand er auf und zog instinktiv den Kopf ein, für den Fall, dass die Decke des Wohnwagens nicht hoch genug für ihn war.

Jackson und Stewart wichen einige Schritte zurück und starrten ihn an. Oh ja, diese Reaktion kannte er schon, meistens von Männern. Wenn er aufrecht stand, kam er auf einen Meter achtundneunzig, und sein Körper bestand nur aus Muskeln.

Frauen kamen normalerweise ein paar Schritte näher.

Stewart flüsterte: »Meine Fresse.«

»Wo ist sie hin?«, wollte Luis von Jackson wissen. Vorsichtig ließ er die Schultern kreisen und streckte seine steifen Halsmuskeln.

»Sie wollte in die Bars«, sagte Jackson. »Ist jetzt seit etwa einer Stunde weg.«

Luis stieß einen Fluch aus, während er im Geiste noch einmal seinen Zustand überprüfte. Er musste seine Sachen holen, aber vorher musste er zu Claudia, um sicherzugehen, dass es ihr gut ging.

Was zum Teufel hatte sie sich dabei gedacht auszugehen? Sie hatte mit eigenen Augen gesehen, wozu Scott Bradshaw und seine Freunde fähig waren, und dank Rodriguez dürfte inzwischen allgemein bekannt sein, welche Rolle sie bei den heutigen Ereignissen gespielt hatte.

Die nächste Bar war fast anderthalb Kilometer entfernt. Konnte er so weit laufen? Ja, er könnte es, aber es würde unangenehm werden, weil seine Rippen noch nicht ganz verheilt waren. In einem, vielleicht zwei Tagen würde das keine Rolle mehr spielen, und er würde den ganzen Tag lang rennen können, aber so weit war er noch nicht.

»Ich brauche Kleidung«, sagte er. »Und ich muss mir Ihren Wagen leihen.«

Jackson schüttelte den Kopf. »Tut mir leid, dich enttäuschen zu müssen, mein Junge, aber ich habe nichts zum Anziehen, was dir passen könnte.«

»Vielleicht kann er sich in eine Jogginghose zwängen«, sagte Stewart. »Oder in eine weite Boxer-Shorts, wenn du so was trägst. Du weißt schon, um wenigstens das Wesentliche zu bedecken …« Der Mensch hielt den Blick abgewandt, während er vage auf die Gegend unter Luis' Taille deutete.

Zu einem anderen Zeitpunkt hätte Luis darüber gegrinst, welches Unbehagen seine Nacktheit bei dem Menschen auslöste, aber nicht jetzt. Seine Muskeln zuckten unter dem Einfluss des Adrenalins, und jedes Wort, das sie sprachen, war für ihn verlorene Zeit. Er hätte wieder seine Hundegestalt anneh-

men und den unbequemen Weg zu den Bars auf sich nehmen
können, wollte aber niemandem einen Vorwand liefern, einen
gefährlichen Streuner zu erschießen, der wild durch die Stadt
lief. Es war besser, seine Menschengestalt zu behalten und mit
dem Auto zu fahren.

Außerhalb des Wohnwagens rief ein Mann: »Dan, Stewart –
was treibt ihr da drin so lange? Spielen wir heute noch weiter?«

»Ich werde anprobieren, was du da hast«, sagte Luis zu Jackson.

»Okay«, antwortete Jackson.

Als sich die beiden Menschen gerade zum Gehen wandten,
flackerten hinter den Fenstern des Wohnwagens zwei Lichter
auf. Ein Wagen bog um die Hausecke und kam zum Stehen.
Die Scheinwerfer erloschen. Behutsam schob Luis den Vorhang beiseite und sah hinaus, und das Rinnsal von Adrenalin in
seinem Blut schwoll zu einer Flut an.

Der Wagen war ein 1984er BMW, und aus der Fahrertür
stieg Claudia. Sie trug noch immer Jeans und ein schwarzes
Sweatshirt, und das Licht aus den Fenstern des Hauses fiel auf
ihren schlanken, anmutigen Körper und das harte, gefasste Gesicht. Für einen kurzen Moment blitzte Metall auf, als sie die
Glock hinten in ihren Hosenbund schob. Luis entspannte sich,
die drängende Unruhe ließ nach. Er ließ den Vorhang wieder
zurückfallen.

»Bin gleich wieder da«, sagte Jackson. Stewart war schon
draußen; die kalte Nachtluft wirbelte ins Innere des Wohnwagens.

Luis nickte, sah den anderen Mann an und sagte: »Danke.
Für alles.«

Jackson erwiderte das Nicken, dann schloss er im Hinausgehen die Tür hinter sich.

Wieder schob Luis den Vorhang zur Seite. Er beobachtete,

wie Jackson Claudia abfing und die beiden dicht beieinander standen und miteinander sprachen. Claudias Blick wanderte zum Wohnwagen.

Luis wandte sich vom Fenster ab und sah sich die Einrichtung an. Nach kurzem Zögern ging er zu der dunklen Schlafnische, nahm eines der Laken und faltete es einige Male zusammen, ehe er es sich um die Hüfte schlang. Um wenigstens das Wesentliche zu bedecken, wie der Mann gesagt hatte.

Er war gerade dabei, das Laken zusammenzuknoten, als die Tür zum Wohnwagen wieder geöffnet wurde. Beim Eintreten sagte Claudia: »Jackson hat mir von dem Heiltrank erzählt und auch, dass du …« Ihre Stimme brach abrupt ab.

Mit erhobener Braue drehte er sich zu ihr um, und ein eitler Teil von ihm sah mit tiefer Befriedigung, dass sie genauso von den Socken zu sein schien wie Jackson und Stewart vorhin. Ihre lebhaften grünen Augen wirkten bestürzt.

Dann hob sich ihr wunderschöner Mund an einer Seite. Sie sagte: »Meine Güte, Goldstück, du bist aber wirklich ein Riesenvieh.«

»Ja«, sagte er.

Mit gemächlichen Bewegungen trat er auf sie zu. Die Entfernung war nicht groß, vielleicht vier Schritte. Ihre Miene wurde misstrauisch und ihr Blick wachsam, aber wie er erfreut feststellte, wich sie nicht zurück – anders als Jackson und Stewart. Bereit, beim ersten Anzeichen von Widerwillen den Rückzug anzutreten, beugte er den Kopf und neigte ihn zur Seite. Er registrierte, dass sie den Atem anhielt, wohingegen er selbst tief einatmete und ihren warmen Duft in sich aufnahm, der eine Spur Waffenöl und jetzt auch einen Hauch Bier in sich trug.

So gottverdammt sexy. Und jetzt war das nicht mehr hypothetisch.

Behutsam drückte er die Lippen ganz kurz auf die Rundung ihres hohen, festen Wangenknochens und zog sich dann zurück, um ihr in die Augen zu sehen. Leise sagte er: »Danke, dass du mir das Leben gerettet hast.«

Die misstrauische Starre wich aus ihrem hochgewachsenen Körper, und sie schenkte ihm ein schwaches, aber echtes Lächeln. An den Mund- und Augenwinkeln hatte ihre glatte, gebräunte Haut winzige Lachfältchen.

»Gern geschehen, Luis.«

Zum ersten Mal an diesem Abend wirklich aufgewühlt, versuchte Claudia zu verbergen, welche Wirkung Luis in seiner menschlichen Gestalt auf sie hatte.

Er war so groß, dass er aufpassen musste, nicht mit dem Kopf an die Decke des Wohnwagens zu stoßen. Sein Körper schien nur aus großen, schweren Muskeln über starken, robusten Knochen zu bestehen, und er hatte eine breite, kräftige Brust, die sich zu einem langen Waschbrettbauch verjüngte. Seine glatte, seidig aussehende Haut war das Geschenkpapier an diesem weltgrößten Weihnachtsgeschenk, und das Laken, das er sich um die Hüfte gebunden hatte, war die Schleife. Die dunklen Augen in seinem kühn geschnittenen Gesicht hatten die Farbe von Bitterschokolade, und seine Lippen waren so voll und sinnlich, dass es mädchenhaft hätte aussehen müssen – was es aber nicht tat. Sein dichtes, schwarz glänzendes Haar war ganz leicht gewellt. Es war eine Spur zu lang für diesen Schnitt, sodass es ihm in die Augen fiel, als wäre sein Friseurbesuch ein paar Wochen überfällig.

Mit der selbstverständlichen athletischen Sicherheit eines Kriegers kam er auf sie zu, und als sein Mund ihre Wange streifte, fühlte er sich so warm auf ihrer kühlen Haut an.

Sie war den Umgang mit großen, harten Männern gewohnt

und hatte Erfahrung darin, sie bei Kampfeinsätzen zu befehligen. In gewisser Hinsicht war ihr Luis' körperliche Gegenwart so verdammt vertraut, dass sie ihr ein tröstliches Gefühl vermittelte. Und das allein war schon verstörend, denn ihr Bauch bestand darauf, dass sie diesen Mann kannte und seine Gegenwart ein Loch ausfüllte, das sie seit dem Verlust ihrer Einheit und ihrem Abschied von der Army in sich trug.

Als wäre das nicht genug, um sie aus dem Gleichgewicht zu bringen, lag in seiner Gegenwart eine intensive Vitalität, durchströmt von einer dunklen, wilden Erotik. Sie war heißblütig, übermächtig und erfüllt von einem Wissen, das er in seiner DNS trug und das sich in jeder seiner gemächlichen, geschmeidigen Bewegungen und in den dunklen, intelligenten Augen manifestierte.

Das hier war ein Mann, der jede Menge Sex hatte und sehr, sehr großen Gefallen daran fand. Und warum auch nicht? Seit dem Tag, an dem er in die Pubertät gekommen war, mussten sich Unmengen Frauen (und wahrscheinlich auch so mancher Mann) bei seinem Anblick mit Angeboten geradezu überschlagen haben.

Und auch Claudia war nicht immun gegen seine ganz besonders potente Art von Alchemie.

Seit über drei Jahren hatte sie kein sexuelles Interesse oder Verlangen mehr gespürt. Sie hatte sich tatsächlich mit dem Gedanken abgefunden, dass dieser Teil ihres Lebens womöglich vorbei war, was es umso schockierender machte, dass ihre Sexualität jetzt in ihr Leben zurückkehrte – mit der Wucht eines brennenden Streichholzes, das in einen See aus Kerosin geworfen wird. Hitze durchflutete ihren Körper, und sein kleines Lächeln verriet ihr, dass er es wusste. Er musste an ihrem Geruch ablesen können, dass sie sich zu ihm hingezogen fühlte.

Und der letzte Tiefschlag: Er war so gottverdammt jung.

Gottverdammt. *Jung.*

Gütiger Jesus, selbst wenn sie berücksichtigte, dass er kein Mensch war, sondern ein Wyr, war sie doch ziemlich sicher, dass er etwa Mitte zwanzig sein musste.

Was hieß, dass sie gut und gern fünfzehn Jahre älter war als er.

Fünfzehn Jahre. Damit war sie rein biologisch alt genug, um seine Mutter sein zu können.

Sie wandte sich ab, wusste nicht, was sie mit ihren Händen anfangen sollte. Als sie auf ihre Finger hinabsah, stellte sie fest, dass sie zitterten. Sie ballte die Hände zu Fäusten, um das Zittern gewaltsam zu unterdrücken.

»Jackson sagte, du wärst in den Bars gewesen«, sagte er. Seine Stimme mit dem leisen Anflug eines Akzents war wie alles andere an ihm: tief und dunkel und sündhaft wie flüssige Schokolade.

Was war nur aus ihrer Abschirmung geworden, an der sie in den letzten Jahren so hart gearbeitet hatte? Sie war von der Wüstensonne und den Qualen eines Tieres abgetragen worden, und jetzt fühlte sich Claudia nackt und gefährlich verwundbar. Für einen Augenblick musste sie die Zähne zusammenbeißen, ehe sie antworten konnte.

»Ich habe dir – uns – etwas Zeit verschafft.«

»Wie?« Er war so leichtfüßig und leise, dass sie seine Bewegungen nicht einmal bemerkte, bis sie hörte, wie die Kühlschranktür geöffnet wurde. »Was dagegen, wenn ich mir was von dem Tee nehme?«

»Bedien dich.« Als sie sich geringfügig besser unter Kontrolle hatte, drehte sie sich zu ihm um. An den frisch verheilten Stellen war sein gewaltiger Rücken noch mit blassen Narben überzogen, und die Schatten des Muskelspiels liefen über seine Haut, als Luis den Deckel von der Teeflasche schraubte und den Kopf zum Trinken in den Nacken legte. Bestimmt war seine Haut warm. Claudia fragte sich, ob sie so seidig war, wie sie aussah, und musste die Augen vor diesem Anblick verschließen. Dann fiel ihr wieder ein, dass er ihr eine Frage gestellt hatte, und sie sagte: »Ich habe die Aufmerksamkeit von Bradshaw junior und Konsorten auf mich gelenkt.«

Im nächsten Augenblick spürte sie, wie sich seine Hände um ihre Schultern schlossen. Gott, er war so schnell. Seine Hände waren groß und stark. Hätte jemand anderes sie auf diese Art gepackt, hätte sie ihn zu Boden geworfen, doch in diesem Fall tat sie es nicht. Stattdessen öffnete sie die Augen.

Er sah angespannt aus, in seinem dunklen Blick lag Besorgnis. »Was haben sie getan?«

»Sie haben einen Plan geschmiedet, dich holen zu kommen«, sagte sie. »Ich hatte schon befürchtet, dass sie so etwas vorhaben könnten. Der Sandsturm war in die Stadt gezogen, die Telefonleitung war unterbrochen, und du warst so schwer verletzt, dass du nicht transportfähig warst. Ich hatte keine Ahnung, dass Jackson so innovativ sein würde, einen Heiltrank aufzutreiben. Also habe ich dafür gesorgt, dass ich mit ihnen allein war, und ihnen ein paar Knochen gebrochen.«

»Ein paar Knochen gebrochen?«, fragte er mit ausdrucksloser Miene.

Sie lächelte. »Vor Tagesanbruch müsste sie jemand finden. Wenn sie nicht schon auf dem Weg in die nächste Notaufnahme sind, werden sie es bald sein. Luis, die Kerle sind außer Gefecht. Das wird die Aufmerksamkeit von Bradshaw senior erregen, was die Lage auf lange Sicht verschlimmern dürfte, aber ohne Handyempfang und Festnetz wird ihm jemand die Nachricht persönlich überbringen müssen. Ich gehe auch davon aus, dass Rodriguez früher oder später hier auftauchen wird, aber das hielt ich für einen angemessenen Preis dafür, dass du, Jackson und seine Poker-Kumpel heute Nacht in Sicherheit seid. Ich würde mich nicht allzu sehr entspannen, falls Rodriguez übereifrig wird, aber eigentlich sollte bis zum Morgengrauen alles ruhig bleiben.«

»Du bist sicher«, sagte er. Sein Griff würde blaue Flecken auf ihren Schultern hinterlassen. Sie glaubte nicht, dass ihm das bewusst war. »Du bist sicher, dass sie außer Gefecht gesetzt sind.«

Sie fand wieder Halt. Plötzlich ganz ruhig begegnete sie seinem Blick und sagte sanft: »Ich bin ziemlich sicher. Ich wusste, was ich tat, und kann dir versprechen, dass ich sie ordentlich erwischt habe.«

Sein Gesicht nahm einen rohen Ausdruck an, und die Erinnerung an den Albtraum kehrte in seine wunderschönen dunklen Augen zurück. Er flüsterte: »Verdammt, ich wünschte, ich hätte das gesehen.«

Wieder konnte sie seinen Schmerz spüren. Ein Kloß bildete sich in ihrer Kehle, und sie musste schlucken. Wenn sie nur ein bisschen Zeit für sich allein hätte, könnte sie vielleicht einen Weg finden, sich gegen solchen Mist abzuschirmen.

Noch immer hielt er ihre Schultern fest umklammert. Sie legte ihre Hände auf seine, strich über seinen breiten, starken, von Sehnen durchzogenen Handrücken. »Ich wünschte auch, du hättest es gesehen«, sagte sie. »Aber jetzt musst du mir erklären, was hier los ist. Es hat etwas mit der Mine zu tun, oder?«

Das riss seinen Blick in die Gegenwart zurück.

»Ja«, sagte er.

Es klopfte kurz an der Tür, und gleich darauf trat Jackson ein. Er hatte ein Bündel Kleidung dabei. »Ich weiß ja nicht, Goldstück«, sagte er. »Vielleicht ist hier etwas dabei, womit du über die Nacht kommst. Brauchst du die Schlüssel zu meinem Wagen noch?«

Ein plötzliches Funkeln hellte Claudias grüne Augen auf, und Luis unterdrückte ein Grinsen. Er wandte den Blick nicht ab und ließ sie auch nicht los, als er sagte: »Ich heiße Luis Alvarez. Da Claudia jetzt wohlbehalten wieder da ist, dürfte das Transportproblem nicht mehr so dringend sein.«

»Aha«, sagte Jackson. »Na, das sind dann wohl gute Nachrichten, oder?«

»Ja, das sind sie«, sagte Luis. »Für den Moment.«

Dann musste er sich dem Unausweichlichen fügen, als sich Claudia vorsichtig aus seinem Griff löste und an Jackson wandte: »Ich möchte, dass Sie trotzdem so schnell wie möglich nach Fresno aufbrechen. Würden Sie das bitte tun?«

Jackson nickte nachdenklich. »Die nächtliche Pokerrunde brauchen wir wohl nicht mehr, was?«

»Nein«, sagte Luis. Er nahm das Kleiderbündel von dem älteren Mann entgegen und sah es durch. Dann fügte er hinzu: »Richten Sie Stewart bitte aus, dass ich seiner Klinik die Heiltränke erstatten werde.«

»Mach ich«, sagte Jackson, dann zögerte er. »Werden Sie mir irgendwann verraten, was hier los ist?«

»Es gibt Ärger mit der Mine«, sagte Luis, sah dann Claudia an und verstummte.

Jackson schob die Zunge in die Innenseite seiner Wange und blickte von einem zum anderen. Schließlich seufzte er. »Also gut, ich fahre. Aber nur, wenn Sie versprechen, mir irgendwann die ganze Geschichte zu erzählen.«

»Versprochen.« Luis streckte ihm die Hand entgegen und sagte ernst: »Ich schulde Ihnen mehr, als ich je wiedergutmachen kann.«

Jackson schüttelte ihm die Hand. »Das heißt, ich kann Ihnen Ihre eigene Tierarztrechnung unter die Nase reiben?«

Er grinste. »Das hoffe ich doch.«

Dann sahen Jackson und Claudia einander an. Jacksons Stimme wurde schroff. »Du wirst nicht einfach verschwinden, sobald ich dir den Rücken zukehre, oder?«

Lächelnd schüttelte sie den Kopf. »Auch ich bin dir etwas schuldig. Mindestens ein paar Heineken. Wenn nicht sogar ein Abendessen.«

»In Ordnung.« Jackson seufzte schwer und sah sich im Wohnwagen um. »Ihr braucht nicht abzuschließen, wenn ihr geht. Ich hoffe immer noch, dass irgendwer diesen alten Fernseher klaut.«

6

Tod

Claudia folgte Jackson zur Tür. Luis wandte sich ab, damit die beiden einen Augenblick unter sich waren. Er schüttelte eine verwaschene blaue Jogginghose aus, hielt sie sich vor den Bauch und begutachtete die Länge. Sie hörte auf halber Höhe seiner Waden auf.

Die Tür wurde geöffnet und geschlossen. Dann stieß Claudia leise die Luft aus, und ohne hinsehen zu müssen, wusste er, dass sie lachte. »Darin wirst du aussehen wie der Unglaubliche Hulk.«

»Ich weiß«, sagte er.

»Gib mal her«, sagte sie. »Ich schneide den Gummibund ab.«

Er reichte ihr die Hose und inspizierte dann die T-Shirts aus dem Kleiderbündel. Sie waren alle zu schmal für seine breiten Schultern. Er gab es auf, warf die Kleider beiseite und suchte im Kühlschrank nach dem Rindfleischgericht. Plötzlich fühlte er sich ausgehungert. Er verschwendete keine Zeit damit, das Essen in der Mikrowelle aufzuwärmen. Sobald er eine Gabel gefunden hatte, fing er an, sich das Essen in den Mund zu schaufeln.

Claudia blieb stumm. Auch ohne sie direkt anzusehen, bekam er alles mit, was sie tat. Jeden Atemzug. Sie hob die Decken vom Boden auf, faltete sie zusammen und legte sie in die dunkle Schlafnische. Dann rollte sie ihren Schlafsack zusammen. Sie ging mit äußerster Effizienz vor und drängte ihn nicht zu einer Erklärung, mit keinem einzigen Wort und keiner ihrer Bewegungen. Sie wartete darauf, dass er von sich aus anfing zu sprechen, und jede ihrer sparsamen, fließenden Bewegungen war pure Poesie.

Oh Scheiße, bei ihrem Anblick versteifte sich sein ganzer Körper. Er wollte sie mehr, als er je zuvor irgendjemanden oder irgendetwas gewollt hatte. Um ehrlich zu sein, war er bis zu diesem Tag ein ziemlich promiskuitiver Windhund gewesen. Die Flammen der Leidenschaft tanzten direkt unter seiner Haut.

Viel zu schnell war das Essen vertilgt. Mit dem letzten Brötchen tunkte er die kalte Sauce auf und starrte in die leere Schachtel. Dann hörte er Claudias Stimme. Sie klang belustigt. »Im Kühlschrank ist noch mehr zu essen. Iss, so viel du willst. Iss alles auf.«

Er sah sie dankbar an und stürzte sich dann auf den Kühlschrank, um die Wurst, einen halben Laib Brot und ein paar Becher Joghurt zu verschlingen. Er aß schnell, mehr um seinem strapazierten Körper Treibstoff zu liefern, als zum Genuss. Als er gerade den letzten Joghurtbecher leerte, hörte er ein seltsames Geräusch.

Flapp. Flapp. Flapp.

Ihm fiel ein, dass er es schon mal gehört hatte.

Flapp. Flapp. Flapp. Flapp.

Er sah zu Claudia, die auf der kurzen Seite der L-förmigen Couch am Tisch saß. Sie hatte den Gummibund der Jogginghose abgeschnitten und die Hose auf den Tisch gelegt. Jetzt mischte sie ein Kartenspiel. Sie deckte die obersten sieben Karten auf, sammelte sie wieder ein, mischte die Karten und deckte abermals die ersten sieben Karten auf. Ein mattes Glühen magischer Energie ging von den Karten aus.

Fasziniert trat er zu ihr, und sein Körper reagierte so heftig auf ihre Nähe, dass sein Schwanz hart wurde und das Laken zeltförmig ausbeulte. Schnell griff er nach der Jogginghose und hielt sie lässig vor sich, um seine Leistengegend zu verdecken.

Claudia sah auf. Tief befriedigt stellte er fest, dass sie den Blick schnell abwandte, nachdem er auf seine breite Brust gefallen war. Ihre natürliche Selbstbeherrschung war so ausgeprägt, dass jede noch so kleine Reaktion für ihn so laut war wie ein Aufschrei. Und ihr sauberer Duft, in dem noch immer dieser Hauch von Waffenöl lag, trug jetzt die dunkle Note sexueller Anziehung.

Er liebte es. Liebte sie. Die gemeißelte, sinnliche Reife ihrer Züge war ganz anders als die mädchenhaft rundlichen Gesichter der jungen Frauen, die er bisher gekannt hatte. Sie war allen anderen, mit denen er sich bisher eingelassen hatte, so weit überlegen, sie war vielschichtig und differenziert, geschmeidig wie eine Gewehrkugel und genauso gefährlich. Er hatte keine Ahnung gehabt, dass jemand all das verkörpern konnte, was er bewunderte, und zugleich ein solches Verlangen in ihm entfachen konnte.

Ohne eingebildet zu sein, wusste er, dass die Natur ihn großzügig beschenkt hatte. Er sah mehr als nur annehmbar aus, besaß körperliche und geistige Stärke. Bis jetzt war er auf halber Kraft durch sein Leben gegondelt, hatte bei Dates Interesse vorgetäuscht und Sex im Überfluss gehabt. Und alles war ihm viel zu leicht zugeflogen.

Alles war zu einfach gewesen – und dann hatte er Claudia getroffen. Jetzt erwachte etwas in ihm, das sein ganzes Leben lang zusammengekauert tief in seinem Inneren geschlummert hatte. Dieses Etwas entfaltete sich und sagte: *Endlich hast du eine Herausforderung vor dir, für die es sich zu kämpfen lohnt.*

Und Teufel auch, sein Körper gehorchte ihm nicht mehr. Er

konnte seine Flagge einfach nicht dazu bringen, flacher als auf Halbmast zu wehen.

Er spürte den Drang zu knurren, sich vorzubeugen und sie wild zu küssen. Er wollte alle Gedanken an den Rest der Welt in den Wind schlagen. Er fragte sich, wie Claudia wohl reagieren würde, wenn er das täte, ob sie seinen Kuss erwidern oder ihn wegstoßen würde … Oh Mann, diesen Schwachsinn, der da durch seinen Kopf galoppierte, musste er ganz dringend einfangen und hart an die Kandare nehmen.

Denn die Gedanken an den Rest der Welt waren wichtig. So wichtig, dass er dafür Blut vergossen und fast sein Leben gelassen hätte.

Claudia hatte sich wieder ihrer Tätigkeit zugewandt. Er beobachtete, wie sie die ersten sieben Karten des Tarot-Spiels aufdeckte, und erkannte die Götter auf den einzelnen Karten. Nadir, Camael, Hyperion, Taliesin, Will, Azrael und Inanna. Die Tiefen, der Herd. Das Gesetz, der Tanz, das Opfer, Tod und Liebe.

Dann hob Claudia die Karten auf, mischte den Stapel – sie mischte ihn richtig, wie Luis sehen konnte – und drehte wieder die ersten sieben Karten um. Wieder erschienen alle Götter.

Ach du Scheiße.

»Was machst du da?«, fragte er. Allen Fluchtreflexen zum Trotz wuchs seine Faszination.

Sie sagte: »Ich beschäftige meine Hände, bis du bereit bist, mit mir zu reden.« War ihre Stimme eine Spur heiser?

Ihm wäre noch eine andere Beschäftigung für ihre Hände eingefallen. Fast wäre ihm das herausgerutscht. Jemand sollte ihm eins über den Schädel ziehen.

Er deutete auf die Karten, die auf dem Tisch ausgelegt waren. »Wie machst du das?«

Sie schüttelte den Kopf. »Ich weiß es nicht. Das machen die

Karten schon die ganze Zeit, seit ich sie in New York von jemandem bekommen habe.«

Er hielt seine Handfläche einige Zentimeter über ihre, während sie die Karten mischte. Eine warme, uralte magische Energie schmiegte sich an seine Haut. »Sie sind alt«, sagte er. »Wie lange hast du sie schon?«

»Seit Januar. So eine seltsame Frau hat mich auf der Straße angehalten. Sie hat gesagt, die Karten wollten zu mir, und mir die Schachtel in die Hand gedrückt.«

»Magische Gegenstände haben oft ihren eigenen Willen, und sie beeinflussen die Welt auf eine Weise, die wir nicht begreifen«, sagte er.

Claudia runzelte die Stirn. Offenbar gefiel ihr diese Vorstellung gar nicht.

»Was ist aus der Frau geworden, die sie dir gegeben hat?«

Sie zuckte die Schultern. »Ich weiß es nicht. Ich habe sie danach nicht mehr wiedergesehen, und seitdem verhalten sich die Karten so. In einem Online-Forum habe ich eine Diskussion darüber gefunden. Der allgemeinen Meinung zufolge sollte es heißen, dass die anstehenden Ereignisse von ›lebensverändernder Bedeutung‹ sind. Es kommt mir vor, als würden mich die Karten anschreien, aber ich verstehe nicht, was sie sagen.«

Lebensverändernde Bedeutung. Oh ja, das glaubte Luis auch. Aber wenn immer wieder alle sieben Karten des Großen Arkanums auftauchten, war er sich ziemlich sicher, dass sich diese Veränderung auf weitaus mehr als nur eine Person beziehen musste.

Irgendwie war sie genau zum richtigen Zeitpunkt in Nirvana gelandet, um ihm das Leben zu retten. Dieses Kartenspiel, dieser alte Gegenstand mit großer magischer Energie, übte womöglich einen Einfluss auf die Welt aus, der nichts damit zu tun hatte, ob Claudia verstand, was ihr die Karten zu sagen versuchten. Luis hatte Legenden über heilige Objekte gehört, die von den Göttern in die Welt gesetzt worden waren, um ihren Willen geschehen zu lassen. Machinae wurden sie genannt. Die Maschinen.

Aber das waren Legenden. In seinen Augen war das hier einfach nur ein Kartenspiel.

»Wenn wir Zeit haben, werde ich dir richtig die Karten legen«, sagte er.

Ihr Kopf fuhr hoch. »Du weißt, wie man das Tarot liest?«

»Ich bin nicht so gut wie meine Großmutter. Sie ist eine *Bruja*«, sagte er. Auf ihren verständnislosen Blick hin fügte er hinzu: »Eine Hexe. Sie lebt in New Mexico. Alles, was ich weiß, habe ich von ihr gelernt. Bei ihr bin ich aufgewachsen.« Da gerade von den großzügigen Geschenken der Natur die Rede gewesen war – er war nicht einmal in Armut aufgewachsen. Eine kompetente Bruja verdiente gutes Geld, und seine Großmutter lebte in einem schicken Farmhaus mit drei Schlafzimmern in einem Vorort von Albuquerque. Sie hatte seine College-Gebühren bezahlt und unterstützte sogar seine Besessenheit vom Snowboardfahren.

Claudia legte die Karten weg, fuhr sich mit den Händen durch die geschmeidigen, hellen Haare und massierte sich mit einer müde wirkenden Bewegung den Hinterkopf. »Also, wie kommt's, dass du hier in Nirvana niedergeschossen und zusammengeschlagen wurdest, Goldstück?«

Als er sie ansah, spürte er einen neuerlichen Schub der Erregung, und sein ungezogener Penis wurde noch härter. Er wollte ihre Hände wegschieben und die Massage übernehmen, wollte ihr die Müdigkeit wegmassieren, bis sie ihn mit dem gleichen Verlangen ansah, das er empfand. Er suchte nach irgendeinem verfluchten Vorwand, um sie noch einmal zu berühren. Scheiße. Schnell machte er auf dem Absatz kehrt und durchschritt den winzigen Flur in Richtung Bettnische, bis er außerhalb ihrer Sichtweite war.

»Ich bin Friedenswächter beim Tribunal der Alten Völker«, sagte er. Er riss sich das Laken von der Hüfte, knüllte es zusammen und warf es aufs Bett.

»Du bist bei der Polizei vom Tribunal der Alten Völker? Das sind Eliteposten.«

Himmelherrgottnochmal, allein beim Klang ihrer Stimme zuckte sein Schwanz heftig. »Ich habe dort keinen hohen Rang. Das hier sollte eigentlich nur ein unbedeutender Auftrag sein.«

»Der mit der Mine zu tun hat.«

Er legte die Hand an seine Erektion, dachte daran, dass sie nur ein paar Schritte entfernt saß, und vielleicht war seine Hand ein wenig verrutscht und er hatte sich ein- oder dreimal gestreichelt.

Na klar. Sich einen runterzuholen, während er mit ihr sprach und sie nichts davon mitbekam, das war so dermaßen daneben. Und außerdem hatte es nichts mit den größeren Problemen zu tun, die sie in die Hand nehmen mussten. Sozusagen. Er drehte sich um und ließ sich nach vorn fallen, bis seine Stirn mit einem hörbaren *Rums* gegen die Wand stieß.

»Alles okay mit dir?«, fragte Claudia.

»Ja, klar«, sagte er heiser. »Ich muss mir diesen Geruch nach Desinfektionsmittel abduschen. Dauert nur eine Sekunde.«

Er huschte in das Liliputaner-Bad, drehte das kalte Wasser auf und stieg unter die Dusche. Der Schock der kalten Brause war wie ein Schlag in die Magengrube und genau das, was er brauchte. Nach neunzig Sekunden und flüchtigem Kontakt mit der Seife kam er wieder heraus, trocknete sich ab und stieg in die Jogginghose. Sie lag überall sehr eng an, spannte über den Oberschenkeln und seinem Hintern und saß extrem fest am Becken, aber immerhin bot sie ein Mindestmaß an Verhüllung.

Als er diesmal in den Wohnbereich zurückkam, fiel Claudias Blick auf einen tieferen Punkt als seine Brust. Für einen winzigen Augenblick sah sie wieder bestürzt aus, und er hätte schwören können, dass ein Hauch von Farbe über ihre Wangen gehuscht war.

Lass es *sein*, sagte er streng zu seinem Schwanz.

Und dieses Mal, o Wunder, hörte der auf ihn.

Claudia senkte den Kopf und rieb sich den Nacken. Dann sah sie ihn von unten herauf mit ruhigem, gelassenem Blick an. Verdammt, diese Frau hatte ihre Gefühle im Griff. Würde er alles an ihr auf so verrückte Art scharf finden?

»Luis, wir müssen über den unsichtbaren Elefanten in diesem Wohnwagen reden, für den ist hier nämlich kein Platz«, sagte sie.

Das klang, als könnte es der Auftakt zu einer Abfuhr sein. Ganz sicher war er nicht, denn er hatte noch nie auf der Empfängerseite einer Abfuhr gestanden. Er beschloss, auch diesmal nichts in Empfang zu nehmen, sondern zum Angriff überzugehen.

»Ich weiß«, sagte er. »Ich fühle mich wahnsinnig zu dir hingezogen, aber wir haben keine Zeit dafür, und im Augenblick ist es unangebracht.«

Er hatte sie überrascht. Ihre glatten Augenbrauen hoben sich. »Das ist es allerdings.«

»Da wir im Moment über wichtigere Dinge nachdenken müssen, sollten wir dieses Gesprächsthema auf später verschieben.« Er konnte nicht widerstehen, sie noch einmal zu berühren, und legte eine Hand auf ihre Schulter.

Sie wandte den Kopf, sah erst auf seine Hand, dann hinauf zu ihm. Als sich ihr Blick hob, schoss sein Kopf herab, und er küsste diese kluge, starke Frau. Sein ganzes Verlangen nach ihr legte er in diesen Kuss. Schnell erkundete sein Mund die Textur und Form ihrer Lippen. Er konnte spüren, wie ihr der Schreck über seine Berührung durch den Körper fuhr. Ihre Lippen bewegten sich unter seinen, entweder um ihn zu beschimpfen oder um seinen Kuss zu erwidern, und es war so verdammt heiß, sich auf diesem schmalen Grat zu bewegen. Schwer atmend zog er sich ein winziges Stück zurück und sagte heiser: »Reden wir also später darüber.«

Dunkle Röte färbte ihre ebenmäßige Haut. »Luis«, sagte sie mit tiefer Stimme. Eine Warnung, die er nur zu gern ignoriert hätte. Wäre es nicht herrlich, wenn sich herausstellte, dass sie eine Nummer zu groß für ihn war? Dass er sich für sie mehr anstrengen und mehr leisten musste als je zuvor?

»Kommen wir also wieder zu der Sache, die wir in die Hand nehmen müssen.«

Da war sie wieder, die Hand. Ehrlich, jemand sollte ihm kräftig eins über den Schädel ziehen.

Aber obwohl ihn all seine Instinkte vorwärtsdrängten, zwang er sich dazu, sich aufzurichten und zurückzutreten.

Er glaubte nämlich nicht, dass sie bis zum Morgen Zeit hatten.

Wenn jemand Claudia beim Frühstück gefragt hätte, wie ihr Tag verlaufen würde, hätte sich ihre Antwort sehr deutlich von dem unterschieden, was bisher wirklich passiert war. Nachdenklich betrachtete sie Luis, während sein sengender Kuss noch auf ihren Lippen brannte. Er hatte sich zurückgezogen, bevor sie den Schreck überwunden hatte, und was sie erschreckte, war nicht nur, dass er sie geküsst hatte. Ihre eigene heftige Reaktion brachte sie innerlich völlig aus der Fassung.

Was tun? Sie konnte ihre Sachen in den Wagen packen und

wegfahren. Sie brauchte keine Antworten. Ihre Einheit hatte so gut wie nie umfassende Erklärungen erhalten, wenn sie zu einem Einsatz geschickt worden waren. Sie hatten stets nur die Informationen bekommen, die sie gerade brauchten.

Draußen wurden Autotüren zugeschlagen, und im Haus gingen die Lichter aus. Ein letzter Motor wurde angelassen, ein Wagen fuhr die Auffahrt hinunter, Jackson war unterwegs.

Sie hätte jetzt aufbrechen können. Nach seinem Besuch in Fresno brauchte sie sich um Jackson keine Sorgen zu machen, und Luis ging es deutlich besser. Er war sogar wieder auf den Beinen.

Auf spärlich bekleideten Beinen. Der Stoff der alten Jogginghose spannte über jedem Muskel, der sich unterhalb seines Bauchs abzeichnete, und seine kräftigen Bizepse wölbten sich, als er die Arme vor der breiten, nackten Brust verschränkte. Er war so weit zurückgewichen, bis er sich an den Küchentresen lehnen konnte, und beobachtete sie nun aufmerksam.

»Sag mir, warum ich nicht jetzt gleich weiterfahren soll«, forderte sie.

Sofort antwortete er: »Weil ich dich brauche.«

Verdammt, das wusste sie. Er hatte keine Waffe, und ihre würde sie ihm nicht geben. Zum Teufel, er war nicht mal vernünftig angezogen, und draußen waren es um die null Grad. Aber es war nicht das, was er gesagt hatte, sondern die Art, wie er es gesagt und sie dabei wie ein hungriger Wolf beobachtet hatte.

»Also gut«, sagte sie knapp. »Aber wenn du mir nicht innerhalb der nächsten fünf Minuten sagst, was in dieser Mine vorgeht, erschieße ich dich höchstpersönlich.«

Ein weißes Grinsen blitzte in seinem attraktiven Gesicht auf. Es verschwand beinahe augenblicklich.

»Die *Nirvana Silver Mining Company* ist seit fast hundertsechzig Jahren in Betrieb«, sagte er. »Die ganze Zeit über gehörte sie der Familie Bradshaw. Ich werde dich nicht damit langweilen, wie kompliziert und zeitraubend es sein kann, eine Abbaugenehmigung zu bekommen. Relevant ist nur, dass ein Gebiet vermessen werden muss, bevor eine Mine in Betrieb genommen werden kann. Es ist wichtig, die Grenzen des rechtmäßigen Besitzes festzulegen, ganz besonders, wenn es um Edelsteine und Edelmetalle geht. Diese Grenzen können in keinem Fall Anderländer einschließen, weshalb Übergangspassagen kartografiert und alle Eingänge deutlich abgegrenzt werden müssen.«

Sie runzelte die Stirn. »Okay. Das klingt alles logisch. Im Bundesgesetz ist festgeschrieben, dass Anderländer nie Eigentum von Bewohnern dieser Seite sein können. Der entsprechende Grund und Boden gehört demjenigen – wer es auch sei –, der auf der anderen Seite lebt.«

»Richtig«, sagte Luis. »Und wenn das Anderland unbewohnt ist, gehört es niemandem.«

»So weit kann ich dir folgen«, sagte sie.

»In den Büros des Tribunals sind sämtliche bekannten Übergangspassagen in den USA verzeichnet. Außerdem liegen dort die Original-Vermessungskarten für aktive und inaktive Minen vor. Auf keiner dieser ursprünglichen Vermessungskarten der *Nirvana Silver Mining Company* befand sich eine Übergangspassage«, sagte er. »Aber jetzt gibt es eine.«

Claudia lehnte sich auf der Couch zurück. »Wie ist das passiert? Wurde der ursprüngliche Vermesser bestochen?«

»Ich weiß es nicht«, sagte er.

»Und du solltest diese Sache untersuchen? Das ist kein unbedeutender Auftrag.«

Er schüttelte den Kopf. »Nein, dass ich die Übergangspassage gespürt habe, kam überraschend. Eigentlich sollte ich eine oberflächliche Überprüfung des Minenbetriebs durchführen, weil niemand erwartet hatte, dass ich dort irgendetwas finden würde. Die Mineninspektion ist Teil einer größeren Ermittlung. Auf dem US-amerikanischen Schwarzmarkt war vermehrt magiesensitives Silber aufgetaucht, und auch aus Übersee gab es Berichte über einen Zustrom. Das Tribunal war an den internationalen Bemühungen zum Aufspüren der Quelle beteiligt.«

Silber hatte die Tendenz, Zaubersprüche aufzunehmen, und konnte als Speicher für magische Energie verwendet werden. Silber aus Anderländern war besonders magiesensitiv und sehr teuer, magiesensitives Silber war wertvoller als Gold. »Und aufgrund der ursprünglichen Vermessungsberichte hast du nicht damit gerechnet, etwas zu finden«, sagte sie.

»Ganz genau«, bestätigte er. Ein ironischer Zug lag auf seinem Gesicht, als er sich durch die Haare fuhr. »Ich wollte das Büro besichtigen, einen kurzen Blick in die Finanzdaten der letzten paar Jahre werfen, ein paar Steaks auf Spesen essen und ein paar Filme auf HBO gucken.«

Als sie sah, wie ihm das dichte, dunkel gelockte Haar wieder in die Augen fiel, spürte sie abermals einen Schub der Erregung. Unbehaglich rutschte sie auf ihrem Platz hin und her. »Was ist passiert?«

»Scott Bradshaw«, sagte er und verzog den sinnlichen Mund. »Die Firma liegt natürlich auf einem eingezäunten Gelände. Das Büro des Geschäftsführers befindet sich direkt am Eingang, weit genug entfernt vom Minenbetrieb, sodass ich von dort aus die Magie der Übergangspassage nicht spüren konnte. Aber Bradshaw hat sich quergestellt. Erst wollte er mir den Zutritt zum Gelände verweigern, dann den Einblick in die Bücher. Er führte sich so nervös auf, dass ich nach der offiziellen Inspektion beschloss, für ein oder zwei Nächte mein Lager in der Nähe aufzuschlagen, um das Gelände im Auge zu behalten.«

Luis war nicht nur Sex am Stiel, er war auch noch klug, und das war der Grund, warum Claudia ihn so verdammt sexy fand. Nicht, dass sie auf jüngere Männer gestanden hätte oder überhaupt an Sex interessiert gewesen wäre. Sie rieb sich das Gesicht. Nein, das hatte sie von diesem Tag gewiss nicht erwartet. »Was hast du beobachtet?«

Erneut überprüfte Luis den Inhalt des Kühlschranks und nahm die letzten beiden Flaschen Tee heraus. Eine davon reichte er ihr. »Ich habe nachts Lastwagen mit Lebensmitteln auf das Gelände fahren sehen«, sagte er. »Frito-Lay, Dolly Madison, ConAgra. Chips, Süßigkeiten, Fertiggerichte.«

Sie dachte darüber nach. »Ist die Mine rund um die Uhr in Betrieb?«

Er öffnete die Flasche und trank. »Nein.«

Sie trommelte mit den Fingern auf die Tischplatte. »Dann betreiben sie auch keine Cafeteria, für die sie das ganze Essen bräuchten. Könnten sie die Lastwagen zum Schmuggeln benutzen?«

»Der Gedanke war mir auch gekommen«, sagte Luis. »Und dann kam mir ein anderer.« Sein Gesichtsausdruck wurde grimmig. »Was wäre, wenn sie das ganze Essen wirklich bräuchten? Wen würden sie damit füttern, und wo sind diese Leute? Gestern habe ich gezählt, wie viele Minenarbeiter am Morgen zur Arbeit kamen, und genauso viele sind am Abend wieder gegangen.«

Mit verengten Augen sah sie ihn an. »Du glaubst, es sind Leute auf der anderen Seite?«

Er begegnete ihrem Blick. »Ich glaube nicht, dass es eine angenehme Antwort auf die Frage nach den Lastwagen gibt.«

»Herrje«, murmelte sie. Ihre Gedanken rasten. Lebensmittellaster konnten eine Tarnung für fast alles sein, für Waffen und Drogen, für magiesensitives Silber und für Personen. Was ging auf der anderen Seite dieser Passage vor sich? Gab es unregistrierte Arbeiter? Zwangsarbeiter? *Sklaven?*

»Weißt du, am College habe ich mich sehr für Philosophie interessiert«, sagte er halblaut. »Aber einmal habe ich im Unterricht einen Ausdruck gelesen, den ich nie verstanden habe. In dem Text ging es um Naturkatastrophen, du weißt schon, Überschwemmungen, Erdbeben, solche Sachen, die dort ›das Böse in der Welt‹ genannt wurden. Aber nur weil solche Dinge uns vernichten können, sind sie deshalb doch nicht böse.«

»Du meinst, weil es nur Ereignisse sind?«, fragte sie.

»Ganz genau«, sagte Luis. »Sie geschehen einfach. Ich glaube, das Böse in der Welt ist unsere Veranlagung zur Bosheit und Gemeinheit. Wenn wir die Entscheidung treffen, etwas zu tun, das großes Leid anrichtet – wie die Scott Bradshaws dieser Welt.« Er sah sie mit einem schwachen, verzerrten Lächeln an. »Bis zu dem Punkt, an dem ich angeschossen wurde, bleibt nicht mehr viel zu erzählen. Ich kletterte über den Zaun und kam nahe genug an die eigentliche Mine heran, um die Übergangspassage zu spüren. Ich sah mich um, konnte sie aber nicht entdecken. Als ich mich gerade wieder verwandelt hatte und auf dem Rückweg zum Zaun war, haben sie mich erwischt. Irgendwie muss ich es verbockt haben. Vielleicht hat einer von ihnen gesehen, wie ich die Gestalt gewechselt habe, oder sie haben gespürt, dass ich ein Wyr bin. Oder ein Hund dieser Rasse hätte sich nicht auf dem Gelände aufhalten dürfen, etwas in der Richtung.«

Die Erinnerung an diesen Albtraum war wieder in seine Züge getreten. Claudia ballte die Hände zu Fäusten, um dem Drang zu widerstehen, zu ihm zu gehen und ihn zu trösten. Und auf einmal widerstand sie nicht mehr, stand auf und ging zu ihm hinüber. Sie legte eine Hand auf seinen warmen, nackten Arm, und er legte seine Hand auf ihre und drückte sie sanft.

»Du musst mich so nah wie möglich zu meinem Lagerplatz

fahren.« Er sah ihr in die Augen. Sein Blick war klar und fest. »Dort habe ich Vorräte, Kleidung und Waffen. Den Rest der Strecke kann ich laufen. Ein Stück abseits der Straße steht auch mein Jeep. Und dann möchte ich, dass du die Gegend verlässt. Tust du das, bitte?«

In aller Ruhe sagte sie: »Scheiße, nein.«

Er war sauer. Stinksauer. Sie sah es an der Haltung seiner Schultern und am Winkel seines Kiefers. Tja, damit würde er wohl klarkommen müssen.

Ohne große Hoffnung probierte sie ihr Satellitentelefon und war nicht überrascht, als sie keinen Empfang bekam.

Ein oder zwei Sterne waren zu sehen, obwohl der Himmel größtenteils noch bedeckt und die Landschaft in matte Schatten getaucht war. In den frühen Morgenstunden war die Restwärme vom Tag längst verschwunden, die Luft war schneidend kalt. Als sie in den Wagen stiegen, drehte Claudia die Heizung voll auf. Kurz darauf drehte Luis sie wieder herunter und fing an, mit ihr zu streiten.

Sie blieb stumm, bog ab, wenn er es sagte, und hielt Ausschau nach unerwünschter Gesellschaft. Schließlich sagte sie in halbwegs mildem Ton: »Ich zieh dir eins über den Schädel, wenn du nicht aufhörst.«

Als sie zu ihm hinübersah, funkelten seine Augen. Seine düsteren Züge waren verhärtet, und dieser Ausdruck war sogar noch erotischer als sein Flirt-Gesicht.

Er strich ihr eine Haarsträhne hinters Ohr. »Ich werde nicht aufhören.«

Sie weigerte sich, irgendwelche Zwischentöne darin zu hören. »Du musst aufhören, so emotional zu reagieren, und stattdessen daran denken, was das Bestmögliche wäre.

»Das Bestmögliche«, spie er aus.

Sie griff nach seiner Hand und schob sie aus ihren Haaren. »Das Bestmögliche wäre es, wenn du losfährst und mein Satellitentelefon mitnimmst. Du probierst es so lange, bis du Empfang hast. Du bist derjenige mit dem offiziellen Status, den Kontakten und der Amtsbefugnis. Du könntest viel schneller Hilfe herschaffen als ich.«

Irgendwie hatte sie vergessen, seine Hand loszulassen. Seine langen, warmen Finger hatten sich um ihre geschlossen, und sie fuhr einhändig weiter. »Und du?« Er klang noch immer kurz angebunden, ihm gefiel nicht, was sie sagte. Aber wenigstens hörte er zu.

»Gehen wir vom schlimmsten Fall aus«, sagte sie. »Auch wenn wir hoffen, dass er nicht zutrifft, müssen wir so handeln, als ob es so wäre. Was, wenn wirklich Personen auf der anderen Seite der Passage im Anderland sind? Das Unternehmen wird ein Lager mit gewerblichen Gesteinssprengstoffen haben. Was würdest du tun, wenn du deine Spuren verwischen wolltest, weil du fürchtest, erwischt zu werden?«

Er fasste ihre Hand fester, bis sie das Gefühl in den Fingern zu verlieren drohte. Sie hörte ihn atmen. »Was ist dein Vorschlag?«, fragte er schließlich.

Sie drückte seine Hand, weil sie heraushören konnte, wie schwer ihm diese Frage gefallen war. »Wir müssen uns gegenseitig vertrauen«, sagte sie ruhig. »Bevor du losfährst, hilfst du mir über den Zaun und lässt mich das tun, worin ich wirklich gut bin. Ich werde das Gelände auskundschaften, und wenn alles in Ordnung ist, suche ich mir einen geeigneten Platz, um abzuwarten und zu beobachten. Und wenn jemand etwas versucht, das er nicht sollte, halte ich ihn davon ab.«

Einen intelligenten Mann erkennt man daran, dachte sie, dass er seine Handlungen von der Vernunft bestimmen lässt, ob er es will oder nicht.

Sie stellten Claudias Wagen hinter ein paar Yuccas ab, wo er von der Straße aus nicht zu sehen war. Dann nahm Luis seine Wyr-Gestalt an. Zur Sicherheit nahm Claudia ihr Satellitentelefon mit. Zwar besaß Luis ebenfalls eines, aber das hatte zwei kalte Wüstennächte an seinem Lagerplatz hinter sich. Der Mond spendete zwar etwas Licht, aber weil der Boden tückisch uneben war, joggten sie die zweieinhalb Kilometer zu seinem Lagerplatz in vorsichtigem Tempo.

Er hatte sein Lager unauffällig zwischen einigen großen Felsbrocken aufgeschlagen, und sowohl das Lager als auch der Jeep waren unversehrt. Anfangs hatte Claudia gefroren, war steif und müde gewesen. Während des Laufens aber hatten sich ihre Muskeln gelockert, und der warme Blutstrom hatte ihr Denken geschärft.

Nachdem er sich einmal auf eine Vorgehensweise eingelassen hatte, vergeudete Luis keine Zeit. Claudia lief auf und ab, um sich warmzuhalten, während er in sein Zelt schlüpfte. Wenige Minuten später kam er in Jeans, T-Shirt, Wanderstiefeln und einer abgewetzten schwarzen Lederjacke wieder heraus. Dabei stopfte er etwas in einen Rucksack. »Hier sind eine Decke, eine Essensration und ein paar Flaschen Wasser«, sagte er. »Sollte helfen, dich warm und wachsam zu halten. Außerdem möchte ich, dass du das Gewehr mitnimmst, das in meinem Jeep liegt.«

»Du warst ja gut vorbereitet.« Dafür waren die Friedenswächter vom Tribunal bekannt. Sie bekamen es mit allem möglichen verrückten Scheiß zu tun. Claudia nahm den Rucksack entgegen und reichte Luis das Handy, das er in seine Jackentasche steckte.

»Zur Standardausrüstung für einen Außendiensteinsatz gehören ein Gewehr, eine Pistole und eine einfache Campingausrüstung inklusive Nahrungsmittel für drei Tage, besonders, wenn es eventuell in unwegsames Gelände geht.« Er sah sich um. »Wir werden keine Zeit damit verschwenden, das Lager abzubrechen. Fahren wir.«

Den Rest der Strecke fuhr Luis in seinem Jeep. Während der zunehmend holprigen Fahrt sprach keiner von ihnen. Das Minengelände war von einem dreieinhalb Meter hohen Sicherheitszaun umgeben, aber mit der Hilfe eines übergroßen Wyr war es kein Problem, hinüberzuklettern. Luis parkte den Jeep dicht vor dem Zaun, stellte sich auf die Motorhaube, warf eine Decke über den gewundenen Stacheldraht am oberen Rand und hob Claudia so mühelos hoch, als wöge sie nur zwanzig Kilo und keine siebzig. Auf der anderen Seite ließ sie sich fallen und fing die Landung mit gebeugten Knien ab. Als sie sich aufrichtete, warf er ihr das Gewehr und den Rucksack über den Zaun zu.

Sie schnallte sich den Rucksack auf und schulterte das Gewehr. Es war eine M16, eine Waffe, mit der sie gut vertraut war. Dann standen sie einander gegenüber, jeder auf seiner Seite des Zauns, und sahen sich an. Luis deutete mit dem Kopf zu ihrer Linken. »Das Tor und das Büro liegen knapp anderthalb Kilometer hinter uns. Wenn du dem Zaun folgst, kannst du sie nicht verfehlen. Da steht ein Wachhäuschen, das mit Sicherheitsleuten besetzt ist, aber es sollte dir nicht schwerfallen, denen aus dem Weg zu gehen. Der Eingang zur Mine liegt einen halben Kilometer weiter. Da gibt es ein paar Gebäude und einen Parkplatz.« Mit grimmiger Miene sah er sie an und hakte die Finger einer Hand in den Zaun. »Wenn dir irgendetwas zustößt, werde ich mir das nie verzeihen.«

»Mach kein Drama draus«, sagte sie und berührte sanft seine Finger. »Je schneller du gehst, desto schneller bist du wieder zurück. Und wenn wir Glück haben, passiert hier in der Zwischenzeit überhaupt nichts.«

Er holte tief Luft und ließ sie wieder entweichen. In diesem Atemzug schien das Gewicht vieler unausgesprochener Worte zu liegen. Luis' Hand löste sich vom Zaun. Er nickte ihr zu und ging.

Die wilde, stille Wüste erinnerte sie an Afghanistan. Sie spürte die Geister ihrer früheren Kriegskameraden, während sie zum Eingang und dem Büro der Minengesellschaft zurücklief. Der Verlust schmerzte und würde immer schmerzen. Auch wenn sie niemals erfahren würde, was genau ihnen zugestoßen war, empfand sie es auf diesem Marsch zum ersten Mal als tröstlich, ihre Geister bei sich zu haben, und das war mehr, als sie sich je erhofft hatte.

Das Gelände lag ruhig da, die Büros waren dunkel. Luis hatte recht gehabt, es fiel ihr nicht schwer, den Wachleuten auszuweichen. Mit ein bisschen Glück würde niemand je erfahren, dass sie auf dem Grundstück gewesen war.

Einen halben Kilometer weiter im Inneren des Geländes fand sie den Eingang zur Mine, er war in einen hohen Felshang geschlagen und umgeben von Gebäuden, einem Parkplatz und großen Maschinen, die tief im Schatten standen. Die Erkundung ging schnell und leicht vonstatten. Die Übergangspassage konnte sie nicht spüren, aber das überraschte sie nicht.

Der Reihe nach besichtigte sie alle Gebäude, und da es überall ruhig war, beschloss sie, sich einen erhöhten Posten zu suchen, wo sie abwarten und alles beobachten konnte. Nachdem sie eine Viertelstunde vorsichtig geklettert war, fand sie einen Felsvorsprung, der breit genug war, dass sie darauf liegen konnte. Sie belohnte sich, indem sie ihre Essensration aß und eine Flasche Wasser leerte.

Kurze Zeit später hellte sich der Himmel im Osten auf, bleischwer und blutunterlaufen. Es würde ein schmutziger Sonnenaufgang werden, noch getrübt von den Nachwirkungen des Sturms.

Das Erste, was sie sah, war die Staubwolke. Sie richtete sich auf. Zwei SUVs kamen in ihr Blickfeld und rasten auf sie zu.

Tja, das konnten gute oder schlechte Nachrichten sein. Sie nahm die Decke von ihren Schultern, faltete sie zusammen und legte sie beiseite. Dann legte sie sich auf den Bauch, platzierte die M16 neben sich, bettete das Kinn auf die Hände und beobachtete die Ankömmlinge.

Es waren keine guten Nachrichten.

Mit kreischenden Bremsen kamen die SUVs zum Stehen, und sechs Männer stiegen aus. Vier Männer, die sie nicht erkannte, dazu Rodriguez und Bradshaw senior.

Bradshaw war verdammt schnell hier gewesen. Zu schnell. Wo war der Fehler in ihren Überlegungen? Sie runzelte die Stirn, ihre Gedanken rasten in die Vergangenheit. Dann traf sie die Erkenntnis wie ein Blitz. Sie hatte die Zeit für seine Reaktion und Anreise ab ihrer Auseinandersetzung mit Junior und seinen Freunden kalkuliert. Dabei hätte sie früher ansetzen müssen, nämlich zu dem Zeitpunkt, als Rodriguez erfahren hatte, dass Luis noch am Leben war. Wahrscheinlich hatte er versucht, Bradshaw zu erreichen, sobald er Jacksons Haus verlassen hatte. Vielleicht waren die Handy- und Festnetzverbindungen zu diesem Zeitpunkt schon unterbrochen gewesen, vielleicht hatte Rodriguez die Informationen persönlich überbringen müssen. Und selbst wenn er einen Anruf hatte absetzen können, waren wegen des Sturms alle regionalen Flüge ausgefallen, und Bradshaw hatte mit dem Wagen aus Las Vegas kommen müssen.

Sie wussten womöglich nicht, dass Luis kein schwer verletzter, bewusstloser Hund mehr war. Wahrscheinlich hatten sie schon bei Jackson haltgemacht und gesehen, dass niemand mehr dort war. Vielleicht waren sie auch bei Junior zu Hause gewesen. Vielleicht wusste Bradshaw noch nicht einmal, was seinem Sohn zugestoßen war. Wie dem auch sei, jetzt war er hier, um das Problem mit der Mine selbst in die Hand zu nehmen.

Allmählich kristallisierte sich ein Bild heraus.

Sie hatte nicht alle Antworten, aber hatte sie genügend? Die Ereignisse des Tages gingen ihr durch den Kopf. Sie dachte an Jackson, an Luis, an ihre Bar-Gespräche mit den Einheimischen, dachte daran, was die einzelnen Personen ihr erzählt hatten, und daran, was sie selbst vermutete. Sie dachte an Junior und seine Freunde.

Sie griff nach dem Gewehr und richtete den Lauf nach unten.

Ein Schuss. Eine Kugel im richtigen Moment, genau in den Kopf dieser Schlange. Damit würde sie sich selbst in die Schusslinie bringen.

Vor dem Tod hatte sie keine Angst. Der Tod war ein Dieb, der stets in einer Maske daherkam. Unfall, Krankheit, Totgeburten, Alter, natürliche Ursachen, Krieg, Mord. Er existierte in der zitternden Stille zwischen zwei Glockenschlägen. Er nahm alles mit sich und hinterließ sein Zeichen, ein dunkles Wissen in den Tiefen eines lächelnden Blicks; ein Zögern zwischen Denken und Handeln in Zeiten der Gefahr; eine Schwere, die Löcher in glückliche Erinnerungen fraß.

Der Tod und sie tanzten nun schon sehr lange miteinander. Manchmal waren sie Partner. Manchmal waren sie Gegner. Manchmal mochte sie ihn überlisten, aber verflucht, eines Tages würde dieser alte Dieb auf jeden Fall gewinnen.

Sie drückte den Abzug.

7

Liebe

Der Schuss traf Bradshaw senior, der zurücktaumelte und zu Boden sackte.

Blieben noch die Profis.

Rodriguez stürzte auf Bradshaws reglose Gestalt zu und zerrte sie hinter den SUV in Deckung, während die übrigen vier Männer ihre Waffen zogen, einander etwas zuriefen und ebenfalls in Deckung sprangen. Zwei wollten hinters Steuer klettern.

Oh nein, das werdet ihr nicht, dachte Claudia. *Keiner haut ab, bevor ich es sage.* Sie zerschoss die Hinterreifen beider Wagen, vier Schüsse in schneller Folge.

Inzwischen hatten die Männer Claudia entdeckt und erwiderten das Feuer. Sie zog den Kopf ein und drückte sich flach auf den Boden, als abprallende Kugeln Felssplitter auf sie niederprasseln ließen. In ihren Armen und ihrem Rücken blühte feuriger Schmerz auf. Sie ignorierte es.

Das Magazin der M16 hatte dreißig Patronen, ihre Glock fünfzehn. Die andere Seite hatte mehr Schützen, mehr Waffen und mehr Munition. Also würde sie wählerisch sein müssen.

Sie wartete ab und beobachtete, während sich der schmutzige Himmel weiter aufhellte. Die Männer versuchten, sie mit einem schweren Kugelhagel aufzuscheuchen. Tja, das konnten sie vergessen. Weitere Abpraller, weitere kleine Wunden. Sie blieb flach auf ihrem Felsvorsprung liegen und hörte zu, wie die Männer ihre Munition verbrauchten. Sie selbst beobachtete, zählte ihre Patronen und setzte sie sparsam ein, gerade genug, um die Männer in Schach zu halten.

Währenddessen dachte sie an frühere Gelegenheiten zurück, bei denen sie mit dem Tod getanzt hatte, an das Stakkato von schwerer Artillerie, durchsetzt von qualvollen Schreien.

Hier ging es sauberer zu.

Nach der ersten Angriffswelle kamen die Ziele zur Ruhe und überlegten, wie sie aus diesem unsichtbaren Käfig entkommen konnten, in dem Claudia sie festhielt. Es gab keinen Ausweg, nicht, solange ihr nicht die Munition ausging, und wann das sein würde, konnten sie nicht wissen. Trotzdem würde jemand einen Fluchtversuch riskieren müssen. Als es so weit war, war sie bereit. Einer der Männer rannte auf das nächste Gebäude zu, während die anderen am Boden lagen und ihm Feuerschutz gaben.

Nach fünfzehn Schritten brachte Claudia ihn zu Fall. Er brauchte einige Zeit, um hinter den SUV zurückzukriechen. Keiner seiner Kumpels kam ihm zu Hilfe. Während sie zusah, wie er sich abmühte, überlegte Claudia, ob sie ihn erledigen sollte. Sie wog den Einsatz einer weiteren Kugel dagegen ab, die Zahl ihrer Gegner zu verringern. Aber eine Kugel mehr war die Währung, mit der sie sich Zeit erkaufen konnte.

Und das war ihr Auftrag. Zeit. Sie zahlte in kleinen Einheiten, wenn sie dazu gezwungen war, und zwischen den Schusswechseln ruhte sie sich aus und lauschte auf die windgepeitschte Stille.

Als sie noch drei Patronen übrig hatte, kam ein Orkan auf. Aus dem Orkan materialisierten sich ein Dschinn mit Sternenaugen, Luis und weitere Friedenswächter des Tribunals, und damit war der Tanz für Claudia vorbei.

Das Nachspiel war ein Heidenchaos.

In den nächsten Tagen versuchten Korrespondenten von Rundfunk- und Fernsehsendern sowie einigen auswärtigen Zeitungen, beide Motels in Beschlag zu nehmen. Einige Reporter waren übel verstimmt, als Friedenswächter und das FBI samt Geologen und Fachleuten für Übergangspassagen Zimmer für sich beanspruchten. Unter lautem Kreischen und Flügelschlagen richteten sich alle in einer neuen, unbequemeren Formation ein – wie Vögel auf der Leitung.

Noch immer kamen weitere Nachrichten-Teams und einige Touristen in Wohnmobilen dazu. Sämtliche Geschäfte vor Ort machten einen Riesenumsatz, ganz besonders die Kombination aus Lkw-Raststätte, Fastfood-Laden und Casino. Alle anderen, die Minenarbeiter und deren Familien, waren erschüttert, traurig und verängstigt. Die meisten hatten nicht geahnt, was vor sich ging, und niemand wusste, ob er in Zukunft noch Arbeit haben würde. Der Betrieb der *Nirvana Silver Mining Company* war bis auf Weiteres eingestellt worden.

Achtundsechzig nicht registrierte menschliche Arbeiter, allesamt Ausländer, waren aus der seltsamen Anderlandnische geborgen worden, außerdem hatte man sieben verscharrte Leichen gefunden. Die Überlebenden waren unterernährt, verängstigt und desorientiert. Man hatte ihnen Arbeit und ein neues Leben versprochen, hatte sie nachts in die Mine gefahren und durch die Passagen ins Anderland gebracht, wo man sie zwang, für Nahrung Silber abzubauen.

Ihnen blieb keine Wahl – in dem Anderland gab es weder Tiere, die sie hätten jagen können, noch genug Vegetation, um sie zu ernähren. Das Land war buchstäblich eine Falte der Welt, die aus kaum mehr als magiesensitivem Silber, Luft und Fels bestand. Verborgen in einer Silberader, war die Übergangspassage inaktiv und unentdeckt geblieben, bis die Firma

Nirvana sie mit einigen kleinen, kontrollierten Sprengungen geöffnet hatte. Das Unternehmen hatte den Bereich abgeriegelt und den regulären Arbeitern gesagt, es sei dort gefährlich. Die Zwangsarbeiter waren in der Passage gefangen gewesen, da keiner von ihnen über die magische Energie verfügte, die ihnen den Rückweg ermöglicht hätte.

So viel Theater um ein Stück Land, das dem Bundesgesetz zufolge niemandem gehören sollte.

Die Gier hatte die eigentlich wohlhabende Familie Bradshaw in den Ruin getrieben. Nachdem sie die Anderlandmine entdeckt hatten und ihnen klar geworden war, worauf sie da gestoßen waren, konnten sie einfach nicht anders, als das Silber abzubauen. Hätten sie dafür die ortsansässigen Arbeiter eingesetzt, hätten sie ihre Aktivitäten unmöglich geheim halten können, aus diesem Grund hatten sie Arbeiter importiert. Danach habe eines zum anderen geführt, wie Scott Bradshaw aussagte, als man ihn im Krankenhaus festnahm und verhörte.

Bradshaw senior überlebte. Auch er wurde im Krankenhaus verhaftet.

Bei dem Gedanken an die sieben Gräber wünschte sich Claudia im Nachhinein, sie hätte einen tödlichen Schuss abgegeben, als sie den Abzug gedrückt hatte. Stattdessen hatte sie auf Bradshaws Schulter gezielt, um ihn außer Gefecht zu setzen.

Als Luis und die übrigen Friedenswächter eintrafen, hatte sie sich zurückgelehnt und genüsslich zugesehen, wie sie die Männer überwältigten. Es war wie in einem guten Film. Fehlte nur das Popcorn.

Guter Gott, konnte Luis sich bewegen. Er bestand nur aus Kraft und Anmut und sinnlich erfahrener Intelligenz. Mit einem seltsam schmerzlichen Stolz beobachtete sie ihn. Sie erkannte Talent, wenn sie es vor sich hatte, und er war definitiv ein aufgehender Stern. Er war das ganze Paket. Es würde nicht mehr lange dauern, bis er eine ranghohe Position bei den Friedenswächtern einnehmen würde.

Noch während er Rodriguez einfing und ihn zu Boden drückte, hob Luis den Kopf und suchte nach ihr. Sie hob eine Hand und wackelte mit den Fingern. Sobald er sie erblickt hatte, ließ er Rodriguez in Handschellen bäuchlings auf dem Boden liegen und rannte auf sie zu. Mit athletischer Mühelosigkeit kletterte er zu ihrem Felsvorsprung hinauf.

Er bekam fast einen Anfall, als er sah, dass sie Verletzungen von den Felssplittern davongetragen hatte, die während der Schusswechsel durch die Luft geschleudert worden waren. Da sie seit den frühen Morgenstunden des Vortags nicht mehr geschlafen hatte, war sie zu müde, um seine Bemühungen abzuwehren, also ließ sie ihn tun, was er wollte. Er verband drei tiefe Schnittwunden und einige kleinere und ließ dann seine Hände behutsam über ihren Körper wandern, um nach weiteren Wunden zu suchen. In seinen dunklen Augen lag tiefe Besorgnis.

Na gut, wem machte sie hier etwas vor? Vielleicht gefiel es ihr auch ein kleines bisschen. Sie brauchte nicht einmal den Felshang selbst hinunterzuklettern, weil Luis seinen Dschinn-Kumpel dazu bewegte, sie zu transportieren. Insgesamt war es ein kuscheliger Abschluss.

Luis bestand darauf, dass sie medizinische Versorgung brauchte, und ein Rettungssanitäter empfahl, die Wunden zu nähen. Dann trieb Luis irgendwo einen Heiltrank auf – sie sollte nie herausfinden, woher – und gab keine Ruhe, bis sie ihn trank. Kurz darauf trafen weitere Gesetzeshüter ein, und es wurden die unausweichlichen Fragen gestellt. Eine ganze verdammte Menge davon.

Sie bat um Kaffee, bekam welchen und genoss das heiße Koffein, während sie geduldig alle Fragen beantwortete. Die meiste Zeit über war Luis nicht dabei, weil er selbst Aufgaben zu erledigen und Fragen zu beantworten hatte. Aber zufällig war er anwesend, als sie die ganze Geschichte der Auseinandersetzung in und hinter der Bar erzählte, und sein Anfall von vorhin war nichts im Vergleich zu dem rasenden Zorn, der daraufhin in seinem Körper explodierte.

Er saß neben ihr und verströmte diesen Zorn in todbringenden Wogen, bis Claudia es schließlich nicht mehr aushielt. Sie packte ihn fest am Arm, bis sie seine Aufmerksamkeit hatte, und da sah sie Juniors Tod in Luis' Augen lodern.

Sie sah ihn einfach nur an, diesen riesenhaften, völlig verkrampften, umwerfenden Mann, und schenkte ihm ein kleines Lächeln. Und ließ ihn nicht los, bis er sich beruhigt hatte. Es dauerte eine Weile, aber das war okay. Für ihn hatte sie alle Zeit der Welt, wie sie festgestellt hatte. Wenn er das doch nur wüsste.

Dann, plötzlich, löste sich die Anspannung aus seinem Körper. Er atmete aus, legte seine Hand auf ihre und ließ sie wieder los, und irgendwie kam alles zusammen und entfachte in ihr eine unmögliche, absolute und völlig unangemessene Liebe zu ihm.

Die Erkenntnis war wunderbar und schrecklich zugleich. Claudia wich zurück; sie fühlte sich so schwer verwundet wie nie zuvor in ihrem Leben. Er musste spüren, dass irgendetwas ganz und gar nicht in Ordnung war, aber das war kein akzeptables Gesprächsthema, also tat sie das Einzige, was sie konnte: Sie zog sich tief in sich selbst und in die Stille zurück.

Claudia. Trieb. Luis. In. Den. Wahnsinn.

Das Chaos an der Mine hatte sie mit der Fassung eines absoluten Profis gehandhabt, das Trommelfeuer an Fragen mit Würde und Duldsamkeit beantwortet und auf die Nachrichten aus der Mine mit Mitgefühl reagiert. Er glaubte, er könnte ihr einfach den Rest seines Lebens dabei zusehen und viel über kluges, anständiges Verhalten angesichts von Not und Elend lernen.

Je länger er sie ansah, desto weniger konnte er den Blick abwenden.

Andere Frauen nahm er gar nicht mehr wahr. Einmal, als er den Jeep aufgetankt hatte und bezahlen wollte, merkte er erst zu spät an den enttäuscht herabhängenden Schultern der hübschen Kassiererin, dass die Frau versucht hatte, mit ihm zu flirten.

Aber irgendetwas war passiert. Irgendetwas hatte Claudia dazu gebracht, nicht mehr mit ihm zu sprechen.

Oh, sie *sprach* mit ihm. Sie war nicht unhöflich, und sie setzte ihn nicht völligem Schweigen aus. Aber etwas Grundlegendes hatte sich verändert. Zwischen ihnen war eine Wand entstanden, und er konnte sogar ganz genau festmachen, wann das geschehen war.

Sie hatte ihn direkt angesehen. Ihre Augen hatten sich geweitet, als hätte sie der Schlag getroffen. Dann hatte sich ihre Miene geglättet, und von da an hatte sie ihn mit derselben beschissenen kompetenten Professionalität behandelt, mit der sie alle anderen behandelte.

Vorher hatte es eine Verbindung zwischen ihnen gegeben. Es war eine offene, liebevolle und lebendige Verbindung gewesen, und sie hatte ihm etwas bedeutet. Er glaubte nicht, dass sie einfach so verschwunden war. Aus irgendeinem Grund hatte Claudia sie begraben. Eine Zeit lang wartete er ab, weil er davon ausging, dass die Veränderung vergehen und die Verbindung wieder an die Oberfläche kommen würde, aber das war nicht passiert. Und dann war er sauer auf sie geworden, weil sie ihm diese Verbindung weggenommen hatte.

Nach der Schließung der Mine zogen die Tage ins Land.

Luis führte ein langes Gespräch mit seiner Großmutter. Er versprach, sie bald zu besuchen, hatte aber im Augenblick noch Arbeit zu erledigen. Nach einem Einsatz gab es immer Aufräumarbeiten, und dieser war ganz besonders schmutzig gewesen. Jackson kehrte aus Fresno zurück, Claudia wohnte weiterhin im Wohnwagen hinter seinem Haus, und Luis bezog eines von Jacksons freien Zimmern. Luis redete sich ein, dass er Jacksons Einladung angenommen hatte, weil er sich kein Motelzimmer mit dem anderen Friedenswächter teilen wollte, aber in Wahrheit wusste er es besser.

Der andere Friedenswächter, ein Dschinn namens Raul, hatte westlich der Stadt einen Neun-Loch-Golfplatz aufgetan. Der Dschinn liebte jede Art von Sport, und Luis ebenfalls. Eines Abends zogen die beiden nach der Arbeit los, um ein paar Bälle über den Kurs zu schlagen und Dampf abzulassen. Die Löcher waren simpel angelegt und der Platz nicht gut gewartet, weshalb sie schnell die Lust verloren und stattdessen etwas trinken gingen.

Claudia hielt sich an die Anweisung, »sich nicht vom Fleck zu rühren«. Sie verbrachte viel Zeit damit, in Ruhe zu lesen und den Reportern aus dem Weg zu gehen. Meistens aß sie gemeinsam mit Jackson und Luis zu Abend, wobei ihre Tischgespräche von den neusten Entdeckungen aus der Mine bestimmt wurden. Da keiner von ihnen ein begeisterter Koch war, holten sie abwechselnd etwas zum Mitnehmen aus dem Diner.

Am dritten Tag hatte Luis es satt.

Es gab kein Drama, keine Explosion. Er war es einfach müde, darauf zu warten, dass sich etwas änderte, also ging er in die Offensive. Es war ein gutes Gefühl, endlich seinem Instinkt zu folgen, anstatt sich zurückzuhalten. Außerdem musste er sich ehrlich eingestehen, dass es ein gutes Gefühl war, vor einer Herausforderung zu stehen.

Er fing mit kleinen Schritten an, indem er sich Claudia in den nächsten Tagen subtil näherte. Wenn sie miteinander sprachen, kam er ihr ein Stück zu nah, drang in ihre intime Zone ein. Als sie ihm beim Abendessen das Salz reichte, griff er ein wenig zu weit und schloss seine Hand um ihre. Er ließ seine Finger über ihre Hand gleiten, bis er den Streuer zu fassen bekam. An ihrer nichtssagenden Miene änderte sich nichts, doch ihre Pupillen weiteten sich, und plötzlich lag eine dunkle, pulsierende Note der Erregung in ihrem Duft.

Und da war sie wieder, die Verbindung.

Er war klug genug, seinen Triumph nicht zu zeigen.

Claudia ging gern früh am Morgen laufen. Am siebten Morgen kam sie in Laufkleidung aus dem Wohnwagen, das helle Haar hatte sie zurückgebunden.

Er wartete in seiner Wyr-Gestalt auf sie. Als sie ihn im Hof sitzen sah, blieb sie ruckartig stehen, und diesmal sah sie bestürzt aus. Er wedelte nicht mit dem Schwanz, sondern wartete einfach ab, bis sie sich entschieden hatte.

Langsam kam sie die Stufen hinunter. »Ach, Goldstück«, sagte sie. Aus irgendeinem Grund klang sie traurig. Zum ersten Mal seit Tagen fasste sie ihn freiwillig an, indem sie ihm sanft eine Hand auf den Kopf legte. Alles in ihm konzentrierte sich auf das warme, leichte Gewicht ihrer Handfläche, die auf ihm ruhte. Es war mehr als nur schön, es war etwas Tieferes, Grundlegenderes – es war Trost und Wiedererkennen. Sie kraulte sein Ohr, bevor sie die Hand wieder wegnahm.

Im Stehen reichten ihr seine Schultern bis zur Taille. Er flog förmlich neben ihr über den Boden, seine kraftvollen Bewegungen völlig mühelos, und eine Zeit lang befanden sich beide in perfektem, fließendem Lauf. Die Farben des Morgens waren so rein und frisch, geradezu vollkommen, und die Luft war beißend kalt. Er hätte bis in alle Ewigkeit so mit ihr laufen können, aber natürlich musste es ein Ende haben, als die Verpflichtungen des Tages riefen.

Als er später, gegen fünf, in Jacksons Haus zurückkehrte, fand er eine Notiz vor. Jackson war zu einem tierärztlichen Notfall gerufen worden, sie sollten ohne ihn zu Abend essen.

Luis dachte darüber nach. Claudia war an der Reihe, Essen zu holen. Er ging durch die Hintertür nach draußen, klopfte an den Wohnwagen, und im nächsten Augenblick öffnete sie ihm. Die sinkende Sonne schien ihr voll ins Gesicht, fiel auf ihre glatten, schulterlangen Haare und ließ ihre grünen Augen strahlen wie Smaragde. Sie trug Jeans und T-Shirt, und es war verflucht sexy anzusehen, wie sich das T-Shirt an ihren straffen, schlanken Oberkörper schmiegte. Sein Blick wanderte nach unten.

Sie war barfuß.

Plötzlich war er steinhart vor schmerzhaftem Verlangen.

Er sah wieder zu ihr auf und lächelte. »Holst du für mich und Jackson Hackbraten zum Abendessen?«

»Klar«, sagte sie. Sie blickte an ihm vorbei zu der leeren Stelle, an der Jackson sonst seinen Transporter parkte. »Hab gar nicht gemerkt, dass es schon so spät ist. Wo ist Dan?«

»Er kommt bald wieder«, sagte Luis.

Sie nickte. »Gib mir eine halbe Stunde.«

»Aber sicher.«

Er ging wieder ins Haus, um kurz zu duschen und sich ebenfalls Jeans und ein T-Shirt anzuziehen. Dann ging er in den Wohnwagen, um auf Claudia zu warten. Gleich hinter der Tür blieb er abrupt stehen.

Im Laufe der Woche hatten ihre Habseligkeiten nach und nach den Wohnwagen erobert, bis die Anzeichen ihrer Anwesenheit überall waren. Nicht, dass es unaufgeräumt gewesen wäre, sie war sehr ordentlich. Aber da waren Bücher und Videos, die sie sich aus Jacksons Sammlung ausgeliehen hatte, ihr Koffer, der Laptop, Handy und Ladegerät, die Tarot-Karten.

Bis jetzt. Jetzt war alles zusammengepackt, und sie hatte sauber gemacht. Der Laptop war verstaut, und in einer offenen Segeltuchtasche stapelten sich ihre Bücher und das Handy, die Tarot-Karten lagen ordentlich obendrauf.

Oh Mann, sie rammte diese Wand mit aller Macht wieder an ihren Platz.

Empfindungen tobten in ihm, ein gigantischer, stummer Aufschrei, der sich wie Säure in seine Knochen fraß. *Oh nein, das wirst du nicht tun,* sagte er in die Stille hinein.

Nein, das wirst du nicht.

Claudia betrat den Wohnwagen, drei Styropor-Behälter und eine Tüte mit den unvermeidlichen Brötchen in der Hand, und diesmal war sie es, die direkt hinter der Tür abrupt stehen blieb.

Am Ende des Sofas lümmelte sich ungestüme Wut, die ziemlich große Ähnlichkeit mit Luis hatte. Er spielte mit den Tarot-Karten, seine großen braunen Hände geschickt und flink.

Sie betrachtete seine angespannte Miene und den lodernden Blick. Oh nein, sie würde sich garantiert nicht in seine Nähe begeben. Sie ging in den winzigen Küchenbereich. »Wo ist Dan?«

»Tierärztlicher Notfall.«

Sie richtete das Essen auf Tellern an und hörte ihm beim Mischen der Karten zu. *Schnapp, schnapp, schnapp.* Sie sah auf den Tisch. Er ließ die Karten mit einem schnappenden Geräusch auf die Platte schnalzen, während er sie zu einem einfachen Bild auslegte, aber offenbar achtete er nicht darauf, was er tat.

Sie sagte: »Du hast schon vorhin gewusst, dass Dan bei einem Notfall ist, oder?«

Sein sinnlicher Mund spannte sich. »Jupp.«

Das Abendessen verlor seinen Reiz. Sie drehte sich um und lehnte sich ans Spülbecken. »Ich breche morgen früh auf.«

»Das habe ich mir gedacht, als ich hereinkam und sah, dass du gepackt hast.« Er knallte die restlichen Karten auf die Tischplatte und kam auf sie zu. Er war noch immer nicht dazu gekommen, sich die Haare schneiden zu lassen, und die Spitzen fielen ihm in die Augen. Die wütende Hitze in seinem Blick blendete alles andere aus.

»Komm mir nicht zu nah«, sagte sie, als er auf sie zukam. Er hörte nicht auf sie, berührte sie aber auch nicht. Es war ein verdammt schmaler Grat, ihr zu nahe zu kommen, ohne es zu übertreiben, und genau auf diesem Grat balancierte er. Er stemmte die Hände links und rechts von ihr gegen die Oberschränke, und seine starken Bizepse wölbten sich, als er das Gewicht auf die Arme stützte und sie ansah.

Ihre Handlungen konnte sie kontrollieren, nicht aber ihre körperliche Reaktion auf ihn. Er kitzelte sie aus ihr heraus, bis sie wie Fieber von ihrer Haut aufstieg.

Sanft sagte er: »Es gibt da ein Thema, das wir vor einiger Zeit auf später verschoben haben.«

»Es gibt nichts zu besprechen«, sagte sie und zwang sich, gleichmäßig zu atmen. »Ich bin eine vierzigjährige Menschenfrau, und du bist was? Ein fünfundzwanzigjähriger Wyr?«

»Siebenundzwanzig.«

Ihre Augenbrauen zuckten spöttisch über diesen Unterschied. »Siebenundzwanzig«, sagte sie. »Du hast dein ganzes Leben noch vor dir, und das wird verflucht viel länger sein als das eines Menschen. Ich hingegen habe den Zenit meines Lebens erreicht, und mein jetziger Zustand wird nicht von langer

Dauer sein. Deine Karriere beginnt gerade, ich habe meine beendet. Wir sind vollkommen unvereinbar.«

»Und warum passen wir dann so gut zusammen?«, fragte er flüsternd.

»Das tun wir nicht.« Sie funkelte ihn an. Plötzlich war sie so wütend auf ihn, wie sie es noch nie auf jemanden gewesen war. Sie würde niemals Kinder haben. Ihr blieben vielleicht noch zwanzig Jahre, vielleicht vierzig, und in all dieser Zeit würde sie altern. Ehe er die ersten ähnlichen Anzeichen des Alters bei sich selbst feststellte, würde sie schon tot sein. »Und ich stehe nicht auf jüngere Männer.«

»Versuch doch, deinen Körper davon zu überzeugen«, sagte er, beugte sich vor und küsste sie.

Und küsste sie. Er war so gottverdammt geschickt, und das war sein Glück, denn wäre er unsicher gewesen und hätte gezögert, hätte sie die Chance gehabt, ihre Fassung zurückzugewinnen. Aber so hämmerte das Blut so laut in ihrem Körper, dass sie nicht mehr denken konnte, sondern nur seine köstlichen, sinnlichen, optimistischen Lippen auf ihrem Mund spürte, und diese Lippen bewegten sich mit einem flehenden Verlangen, das er noch nicht in Worte gefasst hatte.

Er küsste sie, als wäre er am Verhungern. Küsste sie, als wäre sie die erste Frau, die er je geküsst hatte, und hey, auch wenn sie wusste, dass das nicht wahr sein konnte, war es ein sehr, sehr schönes Märchen, und gütiger Himmel, es war unwiderstehlich verführerisch. Bevor sie es verhindern konnte, bewegten sich auch ihre Lippen und sie erwiderte den Kuss.

Wütend. Sie war wütend auf ihn. Auf irgendetwas. Sich in diesen unglaublichen Mann zu verlieben, tat weh wie ein Herzanfall. Sie grub die Finger in sein dichtes, zu langes Haar und zerrte daran. Er löste die Hände von den Schränken und zog Claudia fest an sich, und das flehende Verlangen, das seine hinreißenden sinnlichen Lippen so gewandt kommunizierten, wurde zu alles verschlingendem Begehren. Als seine Zunge über ihre strich, drang ein Laut zwischen Stöhnen und Wimmern aus seiner Kehle, und er begann am ganzen Leib zu zittern.

Er sprach ihren Namen an ihren Lippen und zog sich dann gerade so weit zurück, dass sie sehen konnte, wie die Leidenschaft seine Haut verdunkelte und einen zerbrechlichen Ausdruck in seinen Augen hinterließ.

Plötzlich war ihre eigene Verletztheit verschwunden, und sie erkannte das Ausmaß ihrer Dummheit. Das *einmal* und für alle Zeit und die *große Liebe* – das alles fand nur in ihrem Kopf statt. Er brauchte nicht alles über ihre Gefühle zu erfahren, aber wenn sie sich dem – ihm – verweigerte, würde sie sich heute Abend einer seltenen, wundervollen Gelegenheit berauben.

»Es ist okay, Luis«, flüsterte sie. Sie schlang die Arme um seinen Hals und zog ihn fest an sich. »Es ist in Ordnung.«

Er ging in Flammen auf. Ließ seine riesigen Hände flach die sanfte Rundung ihres Rückens hinabgleiten und packte ihre Hüften. Zu ihrer Überraschung löste er sich aus ihrer Umarmung. Dann fuhr ihr die Erkenntnis in den Leib, als er vor ihr niederkniete, den Saum ihres T-Shirts anhob und den Verschluss ihrer Jeans öffnete.

»Jesus«, sagte sie, als er ihren flachen, straffen Bauch küsste.

»Das will ich schon seit Tagen tun. Seit Tagen und Tagen und Tagen.« Sein Atem strich über die winzigen Haare auf ihrer empfindlichen Haut, wie benommen lehnte sie sich an den Küchentresen. Er streifte ihr Schuhe und Strümpfe ab und riss ihr anschließend schwer atmend die Jeans bis zu den Knöcheln herunter. Dann ihre Unterwäsche, bis ihr seidig helles Schamhaar freilag. Sie hatte eine Narbe auf der Hüfte, wo sie einmal mit feindlichem Feuer in Berührung gekommen war. Mit bebenden Fingern zeichnete er das Mal auf ihrer Haut nach und flüsterte: »Leg dein Bein über meine Schulter.«

Zischend stieß sie einen Fluch aus, denn jetzt hatte er es geschafft, dass auch sie am ganzen Leib zitterte. Auf sein Zureden hin verlagerte sie ihr Gewicht auf ein wackliges Bein, hob das andere an und legte es über seine breite Schulter. Sie sah, wie er ihre intimste Körperstelle anstarrte, die vor Erregung höchst sensibel war, ehe er zu ihrem angespannten, ungläubigen Gesicht aufblickte.

Dann seufzte er tief auf, so als wäre er in diesem Moment nach Hause gekommen. Er beugte sich vor und nahm begierig und zugleich sanft ihre Klitoris in den Mund, und diesmal konnte sie sich nicht der Vorstellung hingeben, dass er das zum ersten Mal tat. Er wusste nämlich verdammt gut, was er da tat, und er war phänomenal darin.

»Du bringst mich noch um«, stöhnte sie. Tief aus seiner Kehle drang ein beruhigendes Brummen, während er an ihr leckte, knabberte und saugte. Wilde Stöße der Lust durchfuhren sie. Hätte sie sich nicht am Rand der Küchenspüle und in seinen Haaren festgehalten, sie wäre wahrscheinlich umgefallen.

Vorsichtig ertasteten seine Finger den feuchten Eingang ihrer Vagina, während er sie weiter mit dem Mund verwöhnte. Nach Atem ringend schob sie ihm die Hüften entgegen. Das würde sie nicht überleben, er brachte sie um, brachte sie wirklich um. Die Empfindungen waren zu intensiv, zu heftig. Zu lange hatte sie keinen Partner mehr gehabt, zu sehr war sie daran gewöhnt, sich selbst Erleichterung zu verschaffen. Er würde sie nie zum Orgasmus bringen.

Aber dann tat er es doch. Sengend rauschte der Höhepunkt über ihre Nervenenden und entriss ihr einen Lustschrei wie im Fieberwahn.

Langsam zog er sich zurück und legte die Stirn an ihr Scham-
bein, sein Atem ging stoßweise, als wäre er in vollem Lauf. Sie
löste die Hand aus seinen Haaren und strich ihm über die Wange, während er ihre Hüften packte und mit seinen rauen Händen über ihre Haut fuhr.

Sie hob das Bein an, das sie über seinen Rücken gelegt hatte, setzte ihren nackten Fuß auf sein Schlüsselbein und stieß
ihn von sich, sodass er rücklings auf dem Boden landete. Dann
setzte sie sich auf ihn. Er öffnete den Mund, seinen unglaublich
erotischen und sündhaft geschickten Mund, der noch feucht
von ihrer Lust war, aber bevor er etwas sagen konnte, senkte
sie den Kopf und küsste ihn wild.

Er murmelte etwas tief in der Kehle, hob die Hüfte an und
packte sie im selben Moment im Nacken, und jetzt küssten sie
sich nicht mehr, sondern verschlangen sich gegenseitig, grob
und getrieben von einer wachsenden Begierde, die sich ausbreitete wie ein Waldbrand. Zeit verbrannte. Beide tasteten
nach dem Verschluss seiner Jeans, wollten sich gegenseitig helfen und kamen sich dabei mit den Fingern in die Quere. Als der
Knopf endlich offen war, riss er den Reißverschluss auf, und sie
schloss die Hand um seine Erektion.

Heiliger Bimbam, auch das war ein ziemliches Riesenvieh.
Er würde sie wirklich umbringen. Sie richtete sich ein wenig
auf, damit sie an den Rillen seines langen, muskulösen Ober-
körpers hinabblicken konnte. Sein Penis war so schön wie der
Rest von ihm, mit seiner samtweichen, breiten Eichel und dem
breiten, harten Schaft.

»Oh, Goldstück.« Mit einem kurzen Grinsen sah sie zu ihm
auf, und plötzlich verzog sich sein Gesicht zu einem Lachen.
Doch als sie ihn streichelte, bis ganz hinunter zu den straff gespannten Hoden, verschwand das Lachen, und er bebte am
ganzen Körper.

Als sie ihn zwischen ihre Beine führte, hielt er sie mit zitternden Händen auf. »Kondom?«

Sie schüttelte den Kopf und flüsterte: »Nicht nötig.« Bis Mitte dreißig hatte sie eine Spirale getragen, doch als sie sicher gewesen war, dass sie nicht dafür gemacht war, ein Kind großzuziehen, hatte sie das Thema mit einer Operation endgültig abgehakt.

Sein Widerstand schwand, und sie setzte sich auf ihn. Kurz dachte sie daran, ihn zu warnen, es jetzt langsam anzugehen, denn diese Muskeln waren die einzigen in ihrem Körper, die sie seit Längerem nicht trainiert hatte. Aber er drang mit solcher Sanftheit in sie ein, und zugleich lag ein so heftiges Verlangen in seinen Zügen, dass sie ein bisschen verrückt wurde und ihr Becken mit einer einzigen, herrlich schmerzvollen Bewegung tief auf ihn herabsenkte.

Dann war er ganz in ihr, und sie starrten einander an. Durch ein Fenster fiel das Abendlicht herein und tauchte beide in einen Regen aus Gold. Luis zupfte an ihrem T-Shirt, und sie richtete sich ganz auf, um es sich über den Kopf zu streifen und auch den BH auszuziehen. Seine Augen waren vor Staunen geweitet. Ihre Brüste waren nicht groß, und sie hielt sie nicht für besonders interessant, aber er berührte sie mit solcher Ehrfurcht, dass ihre Augen feucht wurden.

Ich liebe dich, sagte sie stumm. Du unglaublich wundervoller Mann.

In ihrem eigenen Kopf konnte sie nämlich sagen, was sie wollte. Sie konnte alles gestehen, während er sich unter ihr behutsam in Bewegung setzte. Er streichelte ihre Brüste, streichelte ihr Gesicht, und dann fanden ihre Körper auf genau die richtige Weise zueinander, und sie kam noch einmal. Ihre Lust musste auch ihn angespornt haben, denn er packte sie fest an den Hüften, stieß einmal, zweimal kraftvoll zu, und dann stöhnte er auf, als er zusammen mit ihr kam.

Sie fiel vornüber, lag ausgestreckt auf ihm und rang darum, ihren Atem unter Kontrolle zu bekommen. Er schloss sie in die Arme, und es konnte nichts Vollkommeneres auf der Welt geben als diesen Augenblick, in dem er noch immer in ihr war und sie so fest umschlungen hielt. Er flüsterte ihren Namen.

Er hatte nicht mal sein T-Shirt oder seine Jeans ausgezogen. Oh Mann, sie war wirklich gut darin, ihre Selbstachtung in die Tonne zu treten. Sie drückte ihm einen Kuss auf seien heißen, feuchten Hals und dachte: *Ich bin so eine gottverdammte Idiotin.*

Luis wälzte sie auf den Rücken und liebte sie noch einmal. Und dann noch einmal.

Das Lustige daran war, dass sie offenbar noch nie zuvor mit einem Wyr geschlafen hatte, denn sie staunte mit großen Augen über seine Standhaftigkeit und wusste nicht, was seine multiplen Orgasmen zu bedeuten hatten.

Beim letzten Mal hatten sie es geschafft aufzustehen. Die Sonne war untergegangen, doch das Licht des Tages war noch nicht ganz geschwunden, und endlich hatte er auch die restliche Kleidung abgelegt. Er fegte die Karten aus dem Weg, beugte sie über den Tisch und nahm sie von hinten.

Er wusste, dass sie am Ende und völlig erschöpft war. Er hatte ihr jeden möglichen Orgasmus abgerungen, und so war dieses letzte Mal reine, begierige Selbstsucht, ein orgiastisches Schwelgen in ihrem großartigen, athletischen Körper. Sie lachte nur, als er so begierig in sie stieß. Sie griff hinter sich, packte ihn im Nacken und hielt ihn fest, während er in ihre Schulter biss und sich knurrend in einem letzten, köstlichen Zucken zusammenkrümmte.

Danach stand er, immer noch nackt, am Küchentresen und aß sein lauwarmes Abendessen, während sie am Tisch saß und mit langsamen, müden Bewegungen die verstreuten Karten einsammelte. Sie hatte sich eine Decke vom Bett geholt und um ihren Oberkörper gewickelt. Ihr Haar war zerzaust, und sie hatte Bissspuren am Hals.

Er starrte auf die Spuren, die er hinterlassen hatte. Er hatte sich mächtig ins Zeug gelegt, und sie hatte ihn angespornt. Auch sie hatte Spuren auf ihm hinterlassen, und er hatte ihre Wildheit geliebt. Zum ersten Mal ärgerte er sich über seine schnelle Selbstheilung, denn er wollte jeden Kratzer, den sie ihm verpasst hatte, auf seiner Haut tragen.

Götter, er konnte es nicht erwarten, bis sie wieder miteinander schliefen. Wenn Wyr sich banden, taten sie es fürs Leben, und die Paarungszeit war einige Monate lang wie ein Rausch.

Sie legte die Karten wahllos aufeinander und schob sie beiseite.

»Ich weiß nicht, ob ich alle habe«, sagte sie. Ihre Stimme klang vor Müdigkeit undeutlich. »Ich glaube nicht, dass ich im Moment zählen kann.«

»Wir können später nachsehen«, sagte er und räumte die beiden übrigen Gerichte in den Kühlschrank.

Sie stützte den Kopf in die Hände. »Luis, ich werde trotzdem morgen früh fahren.«

Während er darüber nachdachte, was er antworten sollte, ging er auf den Tisch zu. »Ich weiß. Gehen wir schlafen.«

Zufällig fiel sein Blick auf die Tarot-Karten. Obenauf lag Inanna, die Göttin der Liebe. Die handgemalte Karte war wirklich ziemlich eindrucksvoll. Inanna war eine Frau ganz in Gold, deren Streitwagen von sieben Löwen gezogen wurde.

Er tippte mit dem Finger auf die Karte. Oh ja, es hatte einen Grund, dass die Göttin so kämpferisch wirkte und von Löwen umgeben war. Manchmal war die Liebe ein Tanz, und manchmal, für manche Leute, mochte sie aus Herzchen und Blümchen bestehen.

Manchmal war sie ein Kampf um alles oder nichts.

Er nahm an, dass die nächste Zeit richtig verzwickt werden konnte. Dafür brauchte er nicht einmal die Botschaft der Tarot-Karten, die er vorhin gelegt hatte. Er wusste bereits, dass er an einem Scheideweg stand.

Noch blieb ihm Zeit. Er konnte sich von Claudia zurückziehen, er musste sich nicht unwiderruflich mit ihr paaren.

Aber wenn auf dieser großen, verdorbenen Welt irgendjemand die Art von Hingabe verdiente, die er zu geben hatte, dann war sie es. Vielleicht würde er mit Manipulation und Tricks arbeiten müssen, aber er würde verdammt noch mal sein Bestes geben, um sie davon zu überzeugen. Und na ja, sei's drum, wenn man sich einmal für den Weg eines Kriegers entschieden hatte, musste man sich wohl damit abfinden, dass man ein kurzes Leben riskierte.

Sie würden sich gegenseitig verbrennen, viel zu schnell verbrennen. Aber ihr Feuer würde hell erstrahlen.

Du wirst mich doch nicht hängen lassen, oder?, fragte er die Göttin. Das war wohl eine Art Gebet, nahm er an. Inanna lächelte von der Karte zu ihm auf und schwieg.

Dann folgte er Claudia in die Bettnische und schmiegte sich an sie. Sie barg das Gesicht an seiner Schulter und schlief augenblicklich ein, während er sie den Rest der Nacht im Arm hielt.

Am nächsten Morgen würde es spannend werden.

Früh am nächsten Morgen brach Luis auf.

»Leb wohl«, sagte Claudia und küsste ihn.

Mit unbewegter Miene erwiderte er ihren Kuss, sehr fest, und sagte nichts.

Sie ließ nicht zu, dass es sie verletzte. Nachdem Luis gegangen war, aß sie einen Teil des Hackbratens vom Vorabend zum Frühstück und warf den Rest in den Müll. Dann machte sie ein letztes Mal Ordnung im Wohnwagen. Sie zählte die Tarot-Karten, um sicherzugehen, dass sie alle wiedergefunden hatte. Einem Impuls folgend mischte sie das Blatt und deckte die ersten sieben Karten auf. Kein einziges der Großen Arkana war darunter.

Irgendwie überraschte sie das nicht. Sie legte die Karten in ihre Schachtel, warf diese wieder oben auf ihre Taschenbücher und stellte die Tasche auf den Rücksitz ihres Wagens. Viel später sollte sie sich sehr genau an diesen Moment erinnern, wenn sie in jeder Ritze und Nische des Wagens nach dem Kartenspiel suchen, es aber nirgends finden würde.

Als sie den Wagen fertig beladen hatte, ging sie zu Jackson und umarmte ihn zum Abschied. Er erwiderte die Umarmung so fest, dass er ihr die Rippen quetschte. »Wage es nicht, für immer zu verschwinden«, sagte er.

»Ich rufe nächste Woche an«, sagte sie. »Und im Spätsommer komme ich dich besuchen.«

Er schnalzte mit der Zunge und knurrte: »Na gut.«

Nachdem sie das Haus hinter sich gelassen hatte, wurde ihr Herz immer leerer, bis sie sich innerlich hohl und leicht wie Luft fühlte.

Sie fuhr die Straße hinunter, als plötzlich ein staubiger Jeep hinter ihr auftauchte, und nach einem Blick in den Rückspiegel war sie plötzlich wieder randvoll, und wilde Gefühle tobten in ihr.

Verdammt, was hatte Luis vor?

Er folgte ihr in aller Ruhe durch die Stadt. Als sie an einer Zapfsäule vor der Kombination aus Tankstelle, Fastfood-Laden und Casino anhielt, fuhr der Jeep auf den angrenzenden Parkplatz.

Sie schob den Unterkiefer vor, beschloss, ihm keine Beachtung zu schenken, und machte sich daran, ihren Tank aufzufüllen.

Ein vollbesetzter Greyhound-Bus fuhr auf den Parkplatz. Sie biss die Zähne zusammen und beobachtete resigniert, wie die Fahrgäste ausstiegen und den Tank-Shop betraten. Darunter waren einige kleine Familien, ein paar Rentner, Helle-Fae-Teenager und eine junge Medusa mit Goth-Make-up, die ihre kurzen, dünnen Kopfschlangen für die Reise in ein Tuch gewickelt hatte.

So viel zum Thema kurze Warteschlangen und schnelle Weiterfahrt. Claudia hatte nicht vor, ohne wenigstens ein paar Flaschen Wasser in die Wüste zu fahren, selbst wenn sie auf einem großen Highway bleiben würde. Nachdem sie getankt hatte, nahm sie ihre Nerven zusammen und ging in den Tank-Shop.

Endlich kam sie mit einem halben Dutzend Wasserflaschen mehr und einigen Nerven weniger wieder heraus.

Draußen lehnte Luis gemütlich an einer Wand in der Sonne, ein Seesack lag zu seinen Füßen. Er trug zerkratzte Stiefel, verwaschene Jeans, ein graues T-Shirt und seine schwarze Lederjacke. Außerdem hatte er eine finstere Miene aufgesetzt. Claudia betrachtete die Stelle, wo die Haut seines starken, eleganten Halses unter seinem T-Shirt verschwand, und sie wollte ihn wieder beißen, wollte sich an diesem perfekten Körper festkrallen, während sie sich mit ihm vereinigte. Die Götter waren einfach nicht fair gewesen, als sie diesen Mann so verdammt schön gemacht hatten.

Sie riss den Blick los und blinzelte in die Morgensonne. »Was machst du hier, Goldstück?«

Luis sagte: »Ich hatte noch nicht genug Sex mit dir.«

Es dauerte einen Sekundenbruchteil, bis das zu ihr durchdrang. Kampfbereit wirbelte sie auf dem Absatz herum.

Er sah sie mit einem gemächlichen Lächeln an, das bemerkenswert süß und zugleich unanständig war. Seine Großmutter musste ihn gewarnt haben, dass ihn dieses Lächeln in den Knast bringen konnte – oder bei einer Hochzeit auf die falsche Seite einer Schrotflinte.

Sie verzog das Gesicht. Dann hob sich ihr Mundwinkel unwillkürlich ein winziges Stück. »Ich habe den Großteil meines Erwachsenenlebens in der Army verbracht. Glaubst du ehrlich, du kannst mich mit so 'nem Scheiß schocken?«

Sein Lächeln wurde breiter. Er trat auf sie zu und ließ die Fingerspitze sacht über ihre Wange gleiten. »Ich habe wegen guter Führung und im Dienst erlittener Verletzungen einige Zeit freibekommen. Gerade war ich auf dem Weg zu Jacksons Haus, um es dir zu sagen, aber da warst du schon losgefahren. Ich habe jemanden angerufen, der den Jeep abholen kommt. Mindestens einen Monat lang werde ich nicht wieder arbeiten müssen, vielleicht auch sechs Wochen, wenn ich am Telefon jämmerlich genug klinge. Schätze, das heißt, ich könnte ein bisschen mit dir rumhängen.«

Zweifel machten sich breit. Sie fühlte sich ungewohnt hin- und hergerissen zwischen dem, was sie so verzweifelt wollte, und dem, was ihr Verstand für das Richtige hielt. »Das ist eine furchtbar schlechte Idee.«

Entnervt sah er sie an. »Habe ich dich nach deiner Meinung gefragt?«

Sie biss sich auf die Innenseite ihrer Wange. Sie brachte es nicht über sich, ihn wegzuschicken, und es war nicht richtig, ihm zu sagen, er könne mit ihr kommen. Sie drehte sich um und marschierte zu ihrem Wagen. So sehr hatte er sie durcheinandergebracht, dass sie vergessen hatte, die Türen abzuschließen, dabei passierte ihr das sonst nie. Während sie die Wasserflaschen auf den Rücksitz warf und in den Wagen stieg, legte er seinen Seesack auf die Rückbank und schob seinen großen Körper auf den Beifahrersitz.

Claudia schlug die Hände aufs Lenkrad. »Luis.«

Er lehnte sich zurück, ein Bild vollkommener Zufriedenheit. »Halt den Mund und fahr.«

Alle Fahrgäste saßen wieder im Greyhound-Bus, als dieser fünfzehn Minuten später auf den Highway fuhr.

Im Bus öffnete die Medusa ihr neues Päckchen Kaugummi und steckte sich ein Stück Bubble Yum in den Mund.

Ihr war die Fahrerin des alten Wagens an der Zapfsäule aufgefallen, die den Tank-Shop betreten hatte, als sie selbst gerade herauskam. Auf dem Rückweg zum Bus war sie an den Zapfsäulen vorbeigeschlendert, und für einen kurzen Moment war niemand in der Nähe gewesen, bis auf einen heißen Typen neben einem schmutzigen Jeep, der damit beschäftigt war, in sein Handy zu sprechen.

Eine der hinteren Türen des alten Wagens war unverschlossen. Wenn sich eine Gelegenheit bot oder sie eine Eingebung hatte, verschwendete sie keine Zeit mit Fragen. Geschickt und flink wie eine Katze hatte sie mitgehen lassen, was zuoberst auf der Segeltuchtasche lag, und es ohne hinzusehn in ihren Rucksack gesteckt.

Jetzt griff die Medusa in ihren Rucksack, um nachzusehen, was sie erbeutet hatte.

Sie brachte eine alte, bemalte Holzschachtel zum Vorschein. So weit, so zum Gähnen.

Der achtjährige Bengel, der seit hundertfünfzig Kilometern darum bettelte, ihre Kopfschlangen streicheln zu dürfen, reckte den Kopf um den Gangplatz herum. »Was machst du da?«

»Nichts, was dich was anginge, Kleiner.« Wenn er sie nicht in Ruhe ließ, würde sie ihn ihre Schlangen vielleicht tatsächlich

streicheln lassen und eine von ihnen dazu bringen, ihn zu beißen. Sie machte eine Kaugummiblase, öffnete die Schachtel,
nahm die Karten heraus und sah sie sich an.

Hey, vielleicht waren die ja doch nicht so zum Gähnen.

Vielleicht waren sie sogar ganz cool.

Die Augen der Medusa

1

Opfer

Seremela Telemar lehnte in der Balkontür ihres Hochhaus-
apartments und blickte aufs Meer hinaus. Tropische Feuchtigkeit strich über ihre Haut. Gleich nachdem sie nach Hause
gekommen war, hatte sie die Tür zum Balkon geöffnet und
ihre Arbeitskleidung gegen eine kurze Jeans und ein Tank-Top
getauscht.

Das Wetter in Miami war wie Bluesmusik. Es erinnerte sie
an die Stimme der Sängerin Nina Simone – dunkel und heißblütig mit einer Spur Bitterkeit und überraschenden Brüchen.
Gewaltige und mürrische Wolkenberge brodelten über dem
aufgewühlten Wasser und verdeckten die Sonne, während
schwerer Regen herabfiel. Fehlte nur noch ein schwermütiger
Mann im Bogart-Anzug, der in einem verlassenen Hotel am
Klavier saß und die Finger über die elfenbeinfarbenen Tasten
gleiten ließ.

Eine ihrer Kopfschlangen strich über Seremelas Schulter
und hob den Kopf, um sie neugierig mit ihren Juwelenaugen
anzusehen. Mit der schmalen Zunge kostete das Tier die sturm-
schwere Luft. Seremela stupste es sanft an den Kiefer, woraufhin es näher heranglitt und seine winzige Wange an ihre
schmiegte. In anderer Stimmung hätte sie darüber gelächelt,
nicht aber an diesem Morgen.

Würde sie es wirklich schon wieder tun?

Ja.

Ja, das würde sie.

Sie seufzte, dann schaltete sie ihr Handy ein, drückte die Schnellwahltaste und hielt sich das Gerät ans Ohr. Am anderen Ende meldete sich eine nervöse Stimme. »Serrie?«

»Ja«, sagte sie zu ihrer Schwester Camilla. »Ich werde sie abholen.«

»Oh, den Göttern sei Dank«, sagte Camilla inbrünstig.

»Es sind wohl nicht die Götter, bei denen du dich bedanken solltest«, gab Seremela zurück.

»Natürlich nicht!«, rief Camilla. »Danke, Serrie! Du weißt, wie viel mir das bedeutet. Ich habe überhaupt keinen Einfluss mehr auf Vetta – nie hört sie auf mich, wenn ich etwas sage, und ich weiß genau, was passiert, wenn ich selbst versuche, sie nach Hause zu holen. Dann ist am Ende wieder alles meine Schuld, und wir streiten stundenlang – und Vetta wird es so öffentlich wie möglich abziehen, nur um mich zu demütigen, weil sie weiß, wie sehr ich öffentliche Streitereien hasse …«

»Camilla.« Seremelas Ton war so scharf, dass er ihrer Schwester das Wort abschnitt. Als die andere Frau verstummt war, sagte Seremela: »Du musst mir jetzt gut zuhören.«

»Natürlich. Alles, was du willst«, sagte Camilla eilig.

»Das ist das letzte Mal, dass ich alles stehen und liegen lassen kann, um deine Probleme zu lösen und deine Fehler auszubügeln.«

Camillas Ton wurde vorsichtiger. »Wie meinst du das, das letzte Mal?«

»Ich kann nicht immer mein eigenes Leben in die Warteschleife stellen, wenn bei dir irgendetwas schiefläuft oder du einen Streit mit Vetta hast, den ihr nicht selbst beilegen könnt. Gerade habe ich einen neuen, sehr anspruchsvollen Job angenommen. Meine Arbeitgeber sind wunderbare Leute, und sie sind wirklich nett zu mir, aber manche Sachen kann ich einfach nicht von ihnen erwarten. Und dazu gehört auch unbefristeter Urlaub von jetzt auf gleich.«

Camillas Stimme wurde kalt. »Sie ist deine Nichte. Ich dachte, es wäre dir wichtig, was aus ihr wird.«

Seremela unterdrückte ihre Wut. Jetzt kam die Schuldgefühl-Nummer, aber das war immer so, wenn Seremela nicht tat, was Camilla wollte, oder nicht sagte, was sie hören wollte. Bei allen alten Völkern waren Kinder eine Seltenheit, und seit Camilla es geschafft hatte, Vetta zur Welt zu bringen, hatte sie einen etwas verzerrten Blick darauf, was ihr die Welt dafür schuldig war, dass sie dieses kostbare Wunder vollbracht hatte.

»Natürlich liebe ich euch beide«, sagte Seremela. »Und mir ist wichtig, was aus euch wird. Deshalb habe ich ja zugestimmt. Aber sie ist deine Tochter, und ich muss dir darin recht geben, dass sie dir entglitten ist. Du musst einen Weg finden, die Dinge selbst mit ihr zu klären. Du brauchst eine Therapie, Camilla. Nicht nur für dich, sondern auch für Vetta.«

»Ich muss jetzt los«, sagte Camilla.

Seremela verdrehte die Augen. »Na klar.« Ihre Worte kamen zu spät, an ihrem Ohr erklang bereits das Freizeichen. Camilla hatte einfach aufgelegt.

Sie widerstand dem Drang, ihr iPhone wegzuschleudern, und rief stattdessen noch einmal ihre beruflichen E-Mails ab. Immer noch keine Antwort von ihren neuen Arbeitgebern Carling und Rune.

Allerdings hatte sie den beiden auch vorhin erst geschrieben, als sie ins Büro gegangen war, um ihren Schreibtisch für die Beurlaubung vorzubereiten. Bedaure zutiefst, familiärer Notfall, Auszeit von der Arbeit, melde mich bald, blablabla. Im Laufe der Jahre hatte sie schon so viele dieser Schreiben verfasst, dass sie sie im Schlaf aufsetzen konnte.

Wie oft hatte sie sich schon auf dem Altar von Camillas Bedürftigkeit geopfert? Sie atmete hörbar aus. Zu oft, um es zu zählen.

Wenn sie von Camilla erwartete, Verantwortung für sich und ihr Leben zu übernehmen, musste Seremela das Gleiche tun. In all den Jahren hatte sie Camillas Verhalten unterstützt. Jetzt war es an der Zeit, dass sie ihre Energie darauf konzentrierte, sich selbst ein neues Leben aufzubauen.

Schließlich war genau das der Sinn ihres Umzugs nach Miami gewesen: einen neuen Job anzunehmen und sich medizinischen Forschungen zu widmen, die sie wirklich interessierten. Sich ein neues Leben aufzubauen, neue Chancen zu nutzen, ihren Horizont zu erweitern. Es war noch nicht zu spät, um aus ihrem behüteten akademischen Schneckenhaus auszubrechen.

Die kleine giftige Stimme ihres Widersachers flüsterte: Bisher hast du doch nur im Seminarraum und im Labor Selbstvertrauen entwickelt. Wenn du nicht gerade einen Vortrag über eine obduzierte Leiche hältst, verwandelst du dich in eine unbeholfene Idiotin. Schon seit Jahren – Jahrzehnten sogar – hat dich niemand mehr um ein Date gebeten, und du findest so gut wie nie neue Freunde. Du wirst niemals eigene Kinder haben und bist in deinen Gewohnheiten festgefahren. Du beginnst dein neues Leben mit deinem alten Ich. All deine alten Probleme und Schwächen sind mit dir umgezogen, wie willst du also wirklich etwas verändern?

Müde rieb sie sich die Stirn. Medusen glaubten, dass jede Medusa mit einem Tropfen Gift in ihrer Seele geboren wurde. Aus diesem Gift entstand ihr innerer Widersacher, die dunkle Stimme, die ihr Zweifel und Ängste einflüsterte. Die Stärke einer Medusa bemaß sich daran, wie gut sie sich gegen diesen Widersacher zur Wehr setzen konnte. Seremela bemühte sich, die negative Stimme zu überwinden, aber ihr Widersacher hatte eine Menge Munition gegen sie in der Hand.

Sie zwang sich, ihre Konzentration auf die Aufgabe zu lenken, die vor ihr lag. Es hatte keinen Sinn, sie vor sich herzuschieben, indem sie so tat, als würde sie auf Antwort von ihren Chefs warten. Wenn es um familiäre Notfälle ging, waren viele Arbeitgeber äußerst verständnisvoll – jedenfalls beim ersten Mal. Und Carling und Rune waren viel besser als die meisten anderen Arbeitgeber. Sie hatten keine Mühen gescheut, Seremela zu zeigen, wie wichtig sie ihnen war.

Seufzend warf sie ihr Handy auf den Couchtisch und fing an, ihr Handgepäck zu packen. Wenn sie Vetta fand, würde sie dem Mädchen den Hals umdrehen, ehrlich. Dann hätte sie Ruhe vor allen Folgen künftiger Auseinandersetzungen und Streitigkeiten. Es würde Camilla nicht von ihrer Hilfsbedürftigkeit kurieren und Seremela auch kein Leben außerhalb der Arbeit verschaffen, aber das war in Ordnung – es würde ihr die nötige Luft verschaffen, sich um den Rest zu kümmern. Jede Menge herrlicher frischer Luft.

Es klopfte an ihrer Apartmenttür. Vor Überraschung schlossen sich ihre Nickhäute, und sie verharrte – BHs in der einen Hand, Slips in der anderen. Sie ließ die duftige bunte Unterwäsche in ihren Koffer fallen, eilte zur Tür und blickte durch den Spion.

Vor der Tür stand ein dunkelhaariger Mann, der aussah, als wäre er gerade einer Ausgabe des GQ-Magazins entsprungen. Er stand in lockerer Haltung da, beide Hände in den Taschen seines handgenähten Leinen-Sommeranzugs, die Jacke aufgeknöpft. Die teure Linienführung seiner maßgeschneiderten Kleidung betonte seinen schlanken, wohlgeformten Körper. Seidig fiel ihm das dunkle Haar in einem stufigen Messerschnitt in die Stirn, als wäre er gerade mit den Fingern hindurchgefahren. Seine Augen waren so dunkel wie seine Haare und funkelten vor Intelligenz. Im Kontrast dazu hatte seine Haut die helle Elfenbeinfärbung eines Mannes, der nie das Sonnenlicht sah. Denn wenn er es täte, würde er sich in einer lodernden Flamme in nichts auflösen.

Duncan Turner, international berühmter Anwalt und jüngster Zögling eines der mächtigsten Vampyre der Welt, stand vor ihrer Tür? Mitten am Vormittag?

Nachdem ihre Nickhäute einmal losgelegt hatten, hörten sie nicht wieder auf. Sie öffneten sich. Schnappten wieder zu. Wieder auf. Wieder zu. Es war die Medusen-Variante eines nervösen Schluckaufs.

Sie warf den Kopf zurück und rieb sich hastig die Augen, damit das aufhörte. Als sie wieder etwas sehen konnte, stellte sie fest, dass einige ihrer Schlangen versuchten, durch den Spion zu spähen, und sich dabei gegenseitig aus dem Weg schoben.

Hektisch raffte sie die Schlangen zusammen, doch sie glitten ihr immer wieder aus den Händen und versuchten, zum Spion zu gelangen. Dates konnte sie sich abschminken. *Und deshalb spiele ich auch nicht Poker*, dachte sie. *Ich habe einfach zu viele verräterische Anzeichen, und sie sind alle so verdammt eigensinnig.*

Wieder klopfte Duncan an die Tür. Das Geräusch ließ sie zusammenfahren. »Seremela?«, rief er. »Bist du zu Hause?«

Sogar durch die Tür ließ sein volltönender Bariton ihr einen Schauer über die Haut rieseln. Von ihrer Aufregung angesteckt ringelten sich die Schlangen wild durcheinander.

Hört auf damit, Himmeldonnerwetter, schalt sie telepathisch. Laut sagte sie: »Ja, ich … ich bin zu Hause! Einen Moment. Ich bin gleich da.«

Jetzt versuchten alle Schlangen durch die Tür zu spähen. Sie wussten, dass Duncan da draußen war. Und sie mochten Duncan. Sehr sogar.

»Beruhigt euch jetzt, verdammt!«, zischte sie.

Wie üblich ignorierten die Schlangen sie. Einige ältere Medusen waren berühmt für ihre Kontrolle über ihre Kopfschlangen, und alles, was sie taten oder sagten, war eine anmutige Symphonie koordinierter Bewegungen.

Auf Seremela traf das nicht zu. Oh nein. Ihre Schlangen hörten nie auf ein Wort, das sie sagte, und die Hoffnung, die Tiere jemals wirklich zu kontrollieren, hatte sie längst aufgegeben. Sie waren wie ein Rudel schlecht erzogener Pudel.

»Seremela?«, fragte Duncan.

Er klang … vielschichtig. Aber andererseits klang er immer vielschichtig, die Töne und Nuancen seiner Stimme überlagerten einander wie bei einem guten alten Wein. Er war ein Meister der Zwischentöne und einer der intelligentesten juristischen Köpfe der Welt und … und sie bewunderte ihn so sehr, dass sie sich völlig verkrampfte.

Und dabei war es nicht gerade hilfreich, dass er eine faszinierend schöne Stimme hatte – wie der Schauspieler Alan Rickman oder Liam Neeson. Inzwischen trat Duncan nur noch selten vor Gericht auf, aber wenn er es tat, reisten Anwälte, Richter und andere Juristen aus Reichen in der ganzen Welt an, nur um ihn reden zu hören.

Im Augenblick klang er halb belustigt, halb besorgt.

»Es ist alles in Ordnung«, rief sie hinaus, eine Hand flach an die Tür gelegt. Was eine ziemlich dumme Äußerung war, besonders in Anbetracht ihres familiären Notfalls. Am liebsten wäre sie wieder ins Bett gekrochen und hätte sich die Decke über den Kopf gezogen. Über alle Köpfe. »Du hast mich nur überrascht. Warte kurz.«

»Lass dir Zeit«, sagte er.

Seine Stimme. Bei allen Göttern, wahrscheinlich könnte er sie zum Orgasmus bringen, indem er einfach nur redete.

Dieser Gedanke half ihr nicht gerade, eine gefasste Haltung anzunehmen oder die aufgeregten kleinen Kopfmonster zu beruhigen. Sie warf die Hände in die Luft, sauste durch ihr Apartment und wieder zurück ins Schlafzimmer, wo sie sich einen Schal schnappte und ihn vom Hinterkopf aus mit schnellen, geübten Bewegungen um ihre Schlangen wickelte.

Die normale Lebenserwartung einer Medusa betrug vierhundertfünfzig bis fünfhundert Jahre, und je älter sie wurden, desto länger und giftiger wurden ihre Schlangen. Bei Babys und kleinen Kindern waren die Tiere so groß wie ihre Finger, und ihr Biss war so lästig wie ein Moskitostich, während die Schlangen von alten Medusen oft zwanzig, dreißig Zentimeter über den Boden schleiften. Ein einziger Biss einer Schlange von einer Älteren konnte einen ausgewachsenen Menschen schwer krank machen, und mehrere Bisse bedeuteten für Angehörige vieler Völker fast immer den sicheren Tod.

Seremela war in den späten mittleren Jahren, fast dreihundertachtzig Jahre alt, und ihre Schlangen reichten ihr bis über die Hüften. Bisher hatte sie sich noch nie so stark bedroht oder verängstigt gefühlt, dass sie ihre Schlangen veranlasst hätte, jemanden zu beißen.

Sie zog die wuselnde Masse über ihre Schulter nach vorne und arbeitete sich schnell bis nach unten durch.

Die Schlangen wollten sich nicht in den Schal wickeln lassen – es war, als wollte man Kinder zum Mittagsschlaf hinlegen – und wurden dabei immer aufgewühlter, bis Seremela sie endlich alle wohlig eingepackt hatte und wieder über ihre Schulter schob. Sobald die Schlangen an einem warmen, dunklen Ort verstaut waren, kamen sie zur Ruhe, und als Seremela aus dem Schlafzimmer trat, spürte sie, dass sie eingeschlafen waren.

Sie atmete tief durch und beeilte sich, die Tür zu öffnen. Duncan, der sich während der Wartezeit im Korridor umgesehen hatte, drehte sich schnell zu Seremela um. Mit dunklen, klugen Augen sah er sie eine Weile an, und die offene Besorgnis in seinem Blick ließ ihr die Wärme in die Wangen steigen.

Sie öffnete die Tür ein Stück weiter, weniger aus Gastfreundlichkeit, als um einen Grund zu haben, vor seiner durchdringenden, allzu aufmerksamen Betrachtung zurückzuweichen. Aber immerhin brachte sie es fertig, »Komm doch bitte rein« zu sagen.

»Danke.« Die Hände noch immer in den Taschen, schlenderte Duncan in ihr Apartment.

Bei seinem Anblick bekam sie einen trockenen Mund. In mancherlei Hinsicht sah er so normal aus. Mit etwa einem Meter achtundsiebzig war er nur wenige Zentimeter größer als Seremela, und sie war nicht gerade riesig. Er hatte einen eleganten, kompakten Körperbau, und in seinen Bewegungen lag etwas Einzigartiges, nicht Greifbares, eine messerscharfe, leise Intelligenz, die seinen ganzen Körper durchströmte.

Alle Vampyre besaßen diese fließende, unmenschliche Anmut, aber nicht alle hatten eine solche Wirkung auf Seremela. Sie zog den Kopf ein und schloss die Tür. Als sie sich zu ihm umdrehte, sah sie, dass er sie wieder eingehend musterte. Das machte sie noch unsicherer, und ihr wurde nur allzu deutlich bewusst, wie viel nackte Haut ihre Shorts und der dünne Stoff ihres knappen roten Tank-Tops enthüllten. Ihre Zehennägel waren in einem leuchtenden, gewagten Limettengrün lackiert. Sie blickte an ihren nackten Beinen hinab und dann wieder zu Duncan.

Hätte sie doch nur ihre Arbeitskleidung an und einen Tisch mit einem aufgeschnittenen Leichnam zwischen ihnen. Dann hätte sie gewusst, was sie sagen und wie sie sich verhalten sollte.

Aber irgendwo musste sie schließlich anfangen. »Ich hatte keinen Besuch erwartet«, sagte sie.

»Ich hoffe, es macht dir nichts aus, dass ich unangekündigt vorbeigekommen bin«, sagte er.

Wie ein unsichtbares Streicheln glitt seine Stimme über ihre Haut. Ein Schauer überlief sie, als ihr die Bilder aus ihrem regnerischen Tagtraum von vorhin wieder in den Sinn kamen: Duncan, im Bogart-Anzug, lässt seine langen, geschickten Finger über die Tasten eines Klaviers gleiten, er hält den dunklen Schopf gesenkt und hat einen melancholischen Ausdruck im Gesicht. Dann betritt sie das Zimmer. Voll stürmischer Freude sieht er zu ihr auf – und sein Blick sagt ihr, dass es außer ihnen beiden niemanden auf der Welt gibt …

Mit einem heftigen Aufprall kehrte die Realität zurück. Gnah. Wo waren sie stehen geblieben? Oh, er hatte etwas gesagt. Das hieß wohl, dass sie jetzt an der Reihe war, richtig? Oh Mann, wo waren die Leichen, wenn man sie am dringendsten brauchte? Sie suchte nach einer passenden Antwort. »Nein, natürlich nicht.«

Sein Blick war an ihrem Kopf hängen geblieben, mit einem kleinen, ernsten Lächeln sah er sie an. »Schade, dass die kleinen Schlingel heute versteckt sind.«

Angenehm berührt fasste sie sich mit unsicheren Fingern an den Hinterkopf. Die meisten fürchteten sich vor den Schlangen einer Medusa oder fühlten sich von ihnen abgestoßen, weshalb viele Medusen im Laufe der Geschichte verfolgt und umgebracht worden waren. Das berühmteste Beispiel für den Mord an einer Medusa stammte aus dem alten Griechenland: Damals hatte Perseus eine Frau geköpft, die angeblich so hässlich gewesen war, dass ihr Anblick Menschen in Stein verwandeln konnte.

Aber Duncan war nicht wie die meisten. Er schien ihre Schlangen zu mögen und hatte mit nachsichtiger Erheiterung reagiert, als sie auf Carlings und Runes Maskenball zur Wintersonnenwende mit ihm geflirtet hatten.

Ihre Schlangen hatten überhaupt kein Problem mit gesellschaftlichen Anlässen – nicht, dass sie sich dabei jemals angemessen verhalten würden.

Einmal hatte sich Seremela bei einer Betriebsfeier plötzlich benommen gefühlt und war richtig albern geworden, während sie sich mit ihrer damaligen Chefin unterhielt. Dann hatte sie sich umgedreht und einige ihrer Schlangen dabei ertappt, wie sie auf einem Tisch hinter ihr Alkohol vom Boden einiger Gläser aufleckten. Glücklicherweise war ihre Chefin darüber belustigt gewesen und hatte ihr geholfen, ein Taxi für den Heimweg zu bestellen.

»Sie brauchten eine Auszeit«, gab sie zu. »Was für eine Überraschung, dich hier zu sehen, Duncan. Noch dazu mitten am Tag.«

Für einen kurzen Moment wurde sein Lächeln breiter, bevor es verschwand. »Den Schnitt deines Apartmenthauses und des Kellers kenne ich noch vom Abend des Maskenballs, als ich dich nach Hause gebracht habe. Es ist kein Problem, in der Tiefgarage zu parken und mit dem Aufzug nach oben zu fahren. Die Fenster am Ende des Gangs kann man leicht meiden. Dieses Haus ist sehr vampyrfreundlich.«

»Verstehe«, sagte sie.

Duncan fuhr einen silbernen Aston Martin V12 Zagato, dessen getönte Fensterscheiben vollständigen UV-Schutz boten. Der Preis des Wagens musste eine halbe Million Dollar deutlich überschritten haben, aber wenn man Gründungspartner in einer der angesehensten Kanzleien der USA war, die sich auf reichsübergreifendes Recht der Alten Völker spezialisiert hatte, konnte man sich die eine oder andere extravagante Sonderzulage leisten.

Seremela sah zu den offenen Glastüren, die auf eine große Terrasse führten. Sie waren weit genug entfernt, und außerdem war es draußen noch immer dunkel und regnete stark. Obwohl ihr Apartment nach Osten wies, bestand keine Gefahr, dass Sonnenlicht durch die Fenster fallen könnte, solange das Unwetter noch nicht weitergezogen war.

Das alles hatte Duncan ohne Zweifel bereits durchdacht, bevor er ihr Apartment betreten hatte. Jeder Kontakt mit Sonnenlicht wäre für ihn furchtbar qualvoll und würde binnen Sekunden zum Tode führen. Er musste sich in jedem Augenblick seines Lebens über den Stand der Sonne bewusst sein.

Sie drehte sich zu ihm um und begegnete seinem Blick. »Was kann ich für dich tun?«

»Ich bin einfach uneingeladen hereingeplatzt, Seremela«, sagte er offen. »Ich hoffe, du verzeihst mir das. Zufällig war ich gerade in einem Meeting mit Carling, als sie deine E-Mail bekam. Ich weiß, dass es einen Notfall in deiner Familie gibt, und wollte mich vergewissern, dass es dir gut geht.«

Ihr Mund klappte auf, ihre Augen wurden groß. Seit sie ihre Stelle als Gerichtsmedizinerin in Illinois aufgegeben hatte und nach Miami gezogen war, um sich auf ein privates medizinisches Forschungsprojekt für Carling und Rune zu konzentrieren, hatte sie das Vergnügen, Duncan zu kennen.

Er war Carlings jüngster Zögling, außerdem unterstützte er sie und Rune als Anwalt beim Aufbau der neuen Agentur, in der Seremela zu den ersten Mitarbeitern gehörte.

Duncan war in keiner Hinsicht Seremelas Vorgesetzter, aber er arbeitete eng mit den beiden zusammen und bekam gewiss jede administrative Entscheidung mit, die Carling und Rune trafen. Sicher sprachen sie bedenkenlos mit ihm über vertrauliche Informationen.

Da sie eine kleine Gruppe waren und die meisten von ihnen

neu in der Gegend, arbeiteten sie nicht nur zusammen, sondern verbrachten auch privat Zeit miteinander. Seremela und Duncan hatten sich bei diversen gemeinsamen Aktivitäten gut unterhalten, und Seremela hoffte, dass sich zwischen ihnen eine Freundschaft entwickelte. Dass er aber persönlich vorbeikam, um sich nach ihrem Wohlergehen zu erkundigen, übertraf all ihre Erwartungen.

Er legte den Kopf schief. »Alles okay mit dir?«, fragte er sanft. »Es gab doch keinen Todesfall in deiner Familie, oder?«

»Nein!«, platzte sie heraus. »Nein, gab es nicht. Duncan, ich … das war sehr aufmerksam von dir, danke.«

»Gut«, sagte er. Die Spannung in seinen Schultern ließ nach, und er sah sie mit seinem schiefen, so verdammt charmanten Lächeln an. »Niemand ist gestorben, und du bist nicht verärgert, weil ich hergekommen bin. Beides kann ich als Sieg verbuchen. Darf ich fragen, was passiert ist? Wir sind ja alle hierher nach Miami verpflanzt worden, da kann man sich leicht abgeschnitten und einsam fühlen. Carling und ich haben uns Sorgen gemacht, dass du vielleicht Hilfe brauchst, dich aber nicht traust, jemanden zu fragen.«

Sie stöhnte auf und hob die Hände. »Ich habe nur erfahren, dass meine Nichte vor ein paar Monaten von zu Hause weggelaufen ist. Meine Schwester hatte es mir die ganze Zeit verschwiegen. Sie hat einen Detektiv mit der Suche nach Vetta – das ist meine Nichte – beauftragt. Und jetzt, da er sie gefunden hat, müssen wir sie nach Hause holen.«

Während ihrer Worte war Duncans Blick aufmerksam geworden. »Deiner Nichte geht es also gut?«

»Ja, soweit ich weiß, schon«, sagte Seremela. »Allerdings hat das Mädchen ein Talent, in Schwierigkeiten zu geraten, und wenn sie keine findet, schafft sie selbst welche. Ich fürchte, ich habe nicht viel Zeit, mich mit dir zu unterhalten. Ich bin auf dem Sprung und packe gerade, um zum Flughafen zu fahren und den nächsten Flieger zu nehmen, den ich kriegen kann.«

»Deine Schwester muss dir sehr dankbar sein, dass du sie begleitest, wenn sie Vetta abholt.«

Seremela schüttelte den Kopf. »Oh, meine Schwester wird Vetta nicht abholen.«

Duncans geschmeidige, dunkle Brauen senkten sich. »Wie bitte?«

Kühl sah Seremela ihn an. »Camilla ist nicht konfliktfähig«, erklärte sie. »Deshalb werde ich Vetta allein holen gehen.«

Sein Blick wurde noch düsterer. »Verzeih bitte noch mal«, sagte er, »mir ist sehr bewusst, wie aufdringlich das wirken muss, aber das gefällt mir gar nicht.«

»Nun, es ist, wie es ist.« Sie zuckte die Schultern. »Aber ich weiß, wie irritierend diese Aussage auf viele wirkt. Im Moment ist es das Wichtigste, Vetta sicher nach Hause zu bringen, und das bedeutet, dass ich so schnell wie möglich handeln muss, nachdem ich jetzt weiß, wo sie ist. Um alles andere können wir uns später kümmern.«

Während sie sprach, hatte sich Duncan abgewandt und blickte durch die Balkontüren nach draußen. Seremela hatte nicht das Geringste dagegen einzuwenden, denn so bot sich ihr die Gelegenheit, sein Profil zu betrachten.

Zarte Fältchen zeichneten sich an seinen Augenwinkeln und zu beiden Seiten seines ausdrucksstarken, wohlgeformten Mundes ab. Als Carling ihn verwandelt hatte, musste er um die dreißig gewesen sein – zur Blütezeit des kalifornischen Goldrauschs Mitte des neunzehnten Jahrhunderts.

Auch wenn er für immer das Gesicht eines jungen Mannes tragen würde, gab es subtile Anzeichen, die etwas anderes verrieten. In seiner Gegenwart lag eine gewisse Tiefe, die jüngere Männer einfach nicht an sich hatten. Er schien das Gewicht der Jahre und der Erfahrung zu tragen, ohne dass es zu schwer für ihn wirkte.

Oh, sie mochte ihn, sehr sogar. Die Finger fest ineinander verschränkt, sagte sie: »Ich habe schon überlegt, ob ich den Detektiv bitten soll, mich zu begleiten, wenn ich sie abhole.«

Duncan schürzte die Lippen. Dieser nachdenkliche Ausdruck ließ seine ohnehin hageren Wangen hohl erscheinen und betonte die starken Wangenknochen. »Die meisten Detektive lassen sich nicht aktiv auf so etwas ein, besonders nicht, wenn es um Familienangelegenheiten geht«, sagte er. »Meistens sammeln sie Belegmaterial für Scheidungsfälle, führen Hintergrundrecherchen durch und so weiter.«

»Ich weiß«, sagte sie leise. Sie hatte auch schon daran gedacht, einen Spezialisten zu engagieren, der Leute aus Sekten, Drogenabhängigkeit und subversiven Kreisen befreite. Nur wusste sie nicht, ob sich ein professioneller Interventionsexperte mit etwas so Banalem wie Vettas verfluchtem Dickschädel abgeben würde.

Vetta war nicht drogensüchtig und hatte auch keine Gehirnwäsche durchlaufen. Sie war schlicht und einfach entsetzlich widerspenstig. Außerdem war sie zwanzig, was ziemlich bedauerlich war, denn damit galt sie in den meisten Gerichtsbezirken als volljährig. Medusen wuchsen sehr viel langsamer heran als Menschen, und Vettas emotionale Reife entsprach eher der eines jungen menschlichen Teenagers als der einer Erwachsenen.

»Wo ist deine Nichte jetzt?« Er warf ihr einen Blick zu.

Seufzend schloss sie die Augen. »Am Devil's Gate.«

»Devil's Gate?« Er fuhr auf dem Absatz herum und starrte sie an.

»Du kennst es also«, sagte sie mit matter Stimme.

»Natürlich kenne ich es«, sagte er. »Heilige Scheiße.«

2

Gesetz

Devil's Gate. Oh ja, Duncan kannte es.

Dieser Abschnitt seines Lebens hatte sich unauslöschlich in seine Erinnerung eingebrannt. Er hatte seine letzten Tage als Mensch und die ersten Nächte als Vampyr während des zügellosen Goldrauschs von San Francisco erlebt. Jeden Abend war er dürstend nach frischem Blut und der aktuellen Zeitung erwacht. Bei den Göttern, er hatte diese Zeit geliebt. Sie war wild und gierig und anarchisch gewesen. Sie alle waren Bildhauer gewesen und hatten ihre Zukunft und ihr Glück gemeißelt, so gut sie nur konnten.

Die ursprünglichen Nachrichten über Devil's Gate hatte er im *Pacific Courier* verfolgt. Im Juni 1850 hatte jemand am Devil's Gate, das nördlich von Silver City im Westen Nevadas lag, einen Goldklumpen gefunden. Daraufhin war die ganze Region zehn Jahre lang zum Schauplatz fieberhaften Schürfens geworden. Der Goldrausch von Nevada war noch wilder gewesen als der von Kalifornien, denn er wurde von einem Strang Landmagie befeuert, der sich wie flüssiges Quecksilber durch die Berge und Felsen der Wüste zog.

Mithilfe von Sprengungen hatte man das aus Lavagestein entstandene Devil's Gate verbreitert, um auf dem Weg nach Virginia City eine Mautstraße zu errichten. Bald wurde der schmale Durchgang als beliebtes Versteck für Wegelagerer berüchtigt, und wer die Strecke sicher passieren wollte, musste bewaffnet reisen.

Selbst nach hundertsechzig Jahren des Suchens und trotz moderner Vermessungstechnik konnte man auch heute noch auf magiereiches Metall stoßen. Der *Nirvana Silver Mining Company* im Osten Nevadas war genau das passiert, als das Unternehmen versehentlich eine Übergangspassage in eine kleine Anderlandnische aufgesprengt hatte, die magiereiche Silberadern enthielt.

Vor einigen Monaten, im März, hatte diese Nachricht einen riesigen Medienrummel verursacht. Die Gesetze über die Abbaurechte und Eigentumsverhältnisse in Anderländern waren eindeutig. Obwohl sich die Übergangspassage auf dem Firmengelände von *Nirvana* befand und es keine indigenen Bewohner in dem Anderland gab, war das Minenunternehmen nicht berechtigt gewesen, das Silber aus der neu entdeckten Ader abzubauen.

Der Firmeninhaber hatte seiner Gier nachgegeben und illegal Arbeiter importiert, sie gegen ihren Willen festgehalten und unter derart unmenschlichen Bedingungen zur Arbeit gezwungen, dass einige von ihnen gestorben waren. Ein Friedenswächter vom Tribunal der Alten Völker hatte die Verbrechen bei einer Routinemission aufgedeckt.

Die Magie, die durch die Felsen des Devil's Gate floss, hatte sich nie zu einer richtigen Übergangspassage ausgebildet – zumindest zu keiner, die je entdeckt oder dokumentiert worden wäre. Doch nach den Ereignissen in Nirvana hatte der schwache Funke Magie ausgereicht, um die Fantasie von sehr, sehr vielen Leuten zu beflügeln.

Wenn in Nirvana vor so kurzer Zeit eine Übergangspassage zu einer magiereichen Silberader entdeckt worden war, wie sollte man dann wissen, was man auf dem verhexten Land am

Devil's Gate noch alles finden konnte? Vielleicht gab es magiereiche Goldsplitter, weiteres Silber oder sogar noch mehr verschüttete Passagen in Anderländer.

Zu Tausenden sammelten sich die Leute an diesem Ort, Angehörige der Alten Völker ebenso wie Menschen. Sie waren auf der Jagd nach Gold und Silber, nach Magie und dem idiotischen Traum von plötzlichem Reichtum.

Beinahe über Nacht war im Gold Canyon eine weitläufige Stadt aus Zelten und Campingwagen aus dem Boden geschossen. Bis Mitte April hatten dort fast sechzigtausend Personen ihr Lager aufgeschlagen, und bis Ende Mai war die Zeltstadt auf die doppelte Größe angewachsen. Auf der verzweifelten Suche nach einer Chance und einem Neuanfang zog es zahllose illegale Einwanderer aus Mexico in Richtung Norden, während Scharlatane und Verschwörer, Touristen, Prostituierte, Drogendealer und Diebe aus aller Welt herbeiströmten und den Ort zu einem gefährlichen, lärmenden Chaos machten, das immer chaotischer und gewalttätiger wurde, je näher die Sommersonnwende rückte und je höher die Temperaturen in der Wüste stiegen.

Den Staat Nevada traf die Sache vollkommen unvorbereitet. Vergeblich suchten die Abgeordneten nach einem wirksamen Mittel, der Lage Herr zu werden, doch ihre Ressourcen waren nach der langen wirtschaftlichen Talfahrt erschöpft. Es fehlte der Polizei an Personal, um in einer ganz neuen, über Nacht entstandenen Stadt für Recht und Ordnung zu sorgen.

Duncans letzter Stand war, dass der Staat diverse Hilfsgesuche gestellt hatte – beim Reich der Nachtwesen in Kalifornien, dem Dämonenreich in Texas und auch bei der Bundesregierung der Menschen.

Eine Grundsatzfrage hatte den Prozess zum Stillstand gebracht: In wessen Zuständigkeitsbereich fiel dieses extrem teure Problem? Bestand die Bevölkerung der Zeltstadt zu mehr als fünfzig Prozent aus Angehörigen der Alten Völker, fiel die Zuständigkeit – und damit die Verantwortung für die öffentliche Sicherheit – den Reichen der Alten Völker zu. Aber diese Frage konnte niemand beantworten, weil niemand eine Volkszählung durchgeführt hatte. Dafür war keine Zeit gewesen.

Und Seremela wollte sich ganz allein in diesen Sumpf begeben?

Duncans Kiefermuskeln spannten sich, während er auf ihr Gesicht hinabblickte. »Das geht nicht, Seremela«, und dieses Mal verzichtete er darauf, sich für seine Aufdringlichkeit zu entschuldigen. Entschlossenheit verhärtete seine Züge und seine Körperhaltung. »Das geht ganz und gar nicht.«

In ihren farbenprächtigen Blick war ein Funke Belustigung getreten. »Wenn du mit ›das geht nicht‹ meinst, dass Vetta nicht ungehindert Chaos und Verwüstung unter den tausenden von ahnungslosen Leuten am Devil's Gate anrichten darf, dann hast du recht«, sagte sie. »Das Mädchen ist wie fließendes Wasser. Sie findet immer und überall den tiefsten Punkt.«

»Ich glaube, du weißt sehr gut, dass ich das nicht gemeint habe«, sagte er.

Vor Seremela hatte er noch keine Medusen kennengelernt. Diese Wesen waren selten, sie machten nur einen kleinen Teil der Bevölkerung des Dämonenreichs aus und neigten außerdem dazu, unter sich zu bleiben.

Seremela wirkte fremdartig auf ihn, und zugleich fand er sie wunderhübsch mit ihren zarten, femininen Zügen und den blaugrünen Augen mit senkrechten Pupillenschlitzen. Für eine Medusa schien sie recht klein zu sein, was der durchschnittlichen Größe einer Menschenfrau entsprach. Sie hatte eine straffe Taille, während ihre Brüste und Hüften wohlgerundet waren. Mit ihrem hellen, cremigen Grünton und dem schwachen, irisierenden Muster erinnerte ihre Haut an die einer

Schlange, trotzdem hatte sie sich warm und weich und vollkommen menschlich angefühlt, als er bei anderer Gelegenheit ihre Hand berührt hatte. Er liebte ihre exotische Schönheit. Die Schlangen waren unverhohlen schalkhaft, und er liebte sie ebenfalls.

Was ihn am meisten zu ihr hinzog, waren ihre Intelligenz und ihr sanftes Wesen. Sie war Medizinerin, Pathologin und Akademikerin. Ihre Schlangen waren giftig, was ihrer Schönheit eine gefährliche Note verlieh, aber viele Geschöpfe, wie er selbst auch, waren immun gegen ihr Gift.

Außerdem würden sich ihre Schlangen nur in sehr extremen Situationen so stark bedroht fühlen, dass sie zubissen. Selbst die am schnellsten wirkenden Gifte brauchten einige Augenblicke, um ihre Wirkung zu entfalten, und diese Augenblicke konnten in einer körperlichen Auseinandersetzung leicht den Unterschied zwischen Leben und Tod ausmachen.

Seremela konnte tödlich sein, aber zugleich war sie sehr verwundbar.

Er konnte nicht widerstehen, ihre Hand zu ergreifen, und sie ließ es geschehen. Er genoss das Gefühl, ihre schlanke, warme Hand in seiner zu spüren. Die sauberen, ovalen Fingernägel trug sie kurz geschnitten, die pragmatische Entscheidung einer Leichenbeschauerin, die sich jetzt der Forschung widmete. »Du kannst nicht ganz allein nach Devil's Gate fahren. Das ist zu gefährlich.«

Sie widersprach nicht und schien auch nicht über seine anmaßende Wortwahl verärgert. Stattdessen blickte sie starr auf ihre Hände, als sie sagte: »Meine Nichte ist dort, ganz auf sich gestellt.«

»Was, wie wir beide wissen, nicht hinnehmbar ist«, sagte er.

Das Lächeln in ihren Augen verschwand, und ihre Gesichts-

züge spannten sich. Sie blickte zu Boden. »Tja, eine andere
Möglichkeit gibt es nicht«, erklärte sie ihm. »Ich habe die halbe Nacht und den Großteil dieses Vormittags damit verbracht,
nach der besten Lösung zu suchen.«

»Es muss einen anderen Weg geben«, sagte er.

»Nein, den gibt es nicht.« Wieder klang ihre Stimme matt.
»Es gibt keinen ordentlichen Rechtsweg. Der Staat hat die Gegend nicht einmal unter polizeilicher Kontrolle. Ganz gewiss
haben sie nicht das nötige Personal, um jemanden zu suchen,
der unter Garantie nicht gefunden werden will. Und ehrlich
gesagt will ich meine Schwester nicht dazu drängen, mich zu
begleiten. Sie würde nur die Hände ringen und völlig aufgelöst
und nutzlos sein. Vertrau mir, das würde mehr schaden als nutzen.«

»Verstehe.« Er hob ihre Hand an und drückte die Lippen auf
ihre Finger. Sie erstarrte und sah überrascht zu ihm auf. »Aber
trotzdem darfst du nicht allein nach Devil's Gate gehen.«

Diesmal ging sie auf seine Wortwahl ein. »Ich darf nicht?«,
wiederholte sie, wobei sie sorgsam jede Betonung vermied.

Er wusste ganz genau, wie das klang, und es tat ihm überhaupt nicht leid. »Nicht allein, Seremela«, hob er hervor.

Sie ließ die Schultern sinken und versuchte ihre Hand aus
seiner zu ziehen. »Ich verstehe zwar, dass du es gut meinst, aber
ich habe keine Zeit, mit dir zu streiten«, sagte sie. »In nicht ganz
einer halben Stunde wird mein Taxi hier sein, und ich habe
noch nicht fertig gepackt.«

»Bestell es ab«, forderte er und schloss die Finger fester um
ihre.

»Duncan …«

Er zog sie näher an sich, bis sich ihre Zehen berührten, und
sah ihr tief in die ungewöhnlichen, wunderschönen Augen.
»Bestell es ab«, wiederholte er. »Und pack in aller Ruhe zu

Ende. Ich mache den schnellsten Flug nach Reno ausfindig und hole dich anschließend ab.«

Aus ihrem verwirrten Gesichtsausdruck konnte er lesen, dass sie es noch immer nicht kapiert hatte. »Ich weiß nicht, was ich sagen soll.«

Angesichts der zahlreichen Hinweise, die er hatte fallen lassen, erschien ihm ihre Verwirrung bemerkenswert unschuldig und absolut hinreißend. Er hob eine Braue. »Du brauchst gar nichts zu sagen«, sagte er. »Oder noch besser: Überleg es dir, während du deine Sachen packst, und sag es mir im Flugzeug. Ich komme nämlich mit.«

Ein wunderbar warmes Rosa huschte bezaubernd über ihre sahnig hellgrüne Haut. »Du kommst mit?«

»Ja. Und jetzt keine Widerrede«, sagte er, als sie hastig Luft holte. Allmählich fragte er sich, wie viel sie sich von ihm gefallen lassen würde. Während er sich ausmalte, wo ihre Grenzen liegen mochten, und was sie tun würde, falls er sie überschritt, fand er immer mehr Gefallen an ihr. »Tu einfach, was ich sage.«

Sie schloss den Mund mit einem hörbaren Klicken. »*Geht nicht, darfst nicht, keine Widerrede?* In der letzten Viertelstunde hast du eine ganze Menge archaisch klingender Verbote geäußert.«

Er sah ihr an, dass sie nicht wirklich verärgert war. Sie warnte ihn nur ganz freundlich, nicht zu weit zu gehen. Das gefiel ihm so sehr, dass er behutsam mit einer Fingerspitze über ihre Wange strich. »Wie dir vielleicht schon aufgefallen ist, meine Liebe«, raunte er, »bin ich ein Mann des neunzehnten Jahrhunderts.«

Er ließ sie stehen, stotternd und mit noch rosigeren Wangen als vorher, und malte sich während der Aufzugfahrt in den Keller aus, was sie ihm wohl zu sagen haben würde, wenn er sie abholte. Ein paar Minuten später rief er bei Carling und Rune zu Hause an. Rune nahm ab.

Carling war ein Vampyr, Rune allerdings nicht. Er war ein Wyr, und bis vor knapp einem Jahr, als er sich mit Carling gepaart hatte, war er in New York Erster Wächter von Dragos Cuelebre, dem Lord der Wyr, gewesen. Danach waren Rune und Carling nach Miami gezogen und hatten einige Monate lang zu wenig genutzte Talente aus verschiedenen Reichen aufgespürt und zu sich geholt.

Derzeit bauten die beiden eine internationale Beratungsagentur auf, um diese Talente zum Einsatz zu bringen. Einige Bereiche der Agentur, zum Beispiel Befragungen des Orakels, wurden über gestaffelte Gebühren finanziert, andere Bereiche sollten nur erfolgsabhängig bezahlt werden. Entweder hatte Carling Rune von Seremelas E-Mail erzählt, oder er hatte sie selbst gelesen.

»Seremela und ich müssen nach Reno fliegen«, teilte Duncan Carlings Gefährten mit.

»Ach nee«, sagte Rune. »Duncan, du alter Windhund.«

»War ja klar, dass du gleich an so was denkst«, sagte Duncan. Vor sich hinlächelnd fuhr er durch den Nachmittagsverkehr. Er mochte Rune. Dass sie gut zusammenarbeiten konnten, wussten sie, seit sie gemeinsam nach Adriyel gereist waren, ins Anderland der Dunklen Fae, um Niniane Lorelle zu ihrer Krönung als Königin der Dunklen Fae zu begleiten.

»Im Ernst, ist alles in Ordnung?«

»Das hoffe ich. Eine Nichte von Seremela ist von zu Hause weggelaufen und ausgerechnet am Devil's Gate gelandet.« Er machte eine kurze Pause, während Rune leise fluchte. »Wir werden sie da rausholen und nach Hause zu ihrer Mutter bringen.«

»Können wir irgendwie helfen?«

Eine der ersten Anschaffungen für die brandneue Beratungsagentur war ein Privatjet gewesen, der bis zu zwölf Personen Platz bot und für internationale Flüge eingesetzt werden konnte. Carling und Rune meinten es wirklich ernst mit der Agentur und stellten genug Geld zur Verfügung, um sie mit erstklassigen Mitteln auszustatten.

Natürlich wusste Duncan sehr gut, dass sich dieses Flugzeug auch hervorragend dafür eignen würde, komfortabel über das US-amerikanische Festland zu reisen.

»Es wäre schön«, sagte Duncan, »so schnell wie möglich nach Nevada zu kommen, bevor ihrer Nichte etwas zustoßen kann.«

»Ist es dringend genug, um einen Gefallen von einem Dschinn einzufordern?«

Über diesen Vorschlag dachte Duncan ernsthaft nach. Die meisten Leute waren noch nie einem Dschinn begegnet. Und nur sehr wenige waren in der Lage, die Aufmerksamkeit eines Dschinn lange genug auf sich zu ziehen, um mit ihm zu verhandeln. Duncan und Seremela waren mit Khalil bekannt und konnten mit ihm reden, aber für Khalils Dschinn-Logik sprach wahrscheinlich nichts dagegen, als Gegenleistung einen Gefallen von ihnen einzufordern. Und auch wenn die Lage am Devil's Gate unsicher und explosiv war, konnte es auf lange Sicht eine sehr kostspielige und noch gefährlichere Angelegenheit werden, einem Dschinn einen Gefallen schuldig zu sein.

Er sagte: »Ich glaube nicht. Allerdings sollten wir uns wirklich beeilen.«

»In einer Stunde ist das Flugzeug betankt und auf der Rollbahn«, erwiderte Rune.

»Danke. Ich weiß das sehr zu schätzen.«

»Ich wünschte, Seremela hätte genug Vertrauen zu uns gehabt, um uns selbst zu fragen.«

»Sich ein Flugzeug zu leihen, ist ein ziemlich großer Gefallen, Rune«, sagte Duncan. »Und sie ist neu in Miami und muss sich noch einleben. Zum Teufel, das geht uns allen so. Aber manche von uns kennen sich eben schon länger als andere. Lass ihr Zeit.«

»Gutes Argument. Lass uns wissen, wenn wir sonst noch etwas tun können.«

»Mach ich.« Duncan legte auf.

Nachdenklich legte er die Stirn in Falten, als er sein anderthalbtausend Quadratmeter großes Haus erreichte. Er würde zwei Taschen packen. Eine davon war ein Rucksack mit Waffen, Bargeld, einigen Toilettenartikeln und Mitteln, um sich vor der Sonne zu schützen. Das war die lebenswichtige Tasche.

In die andere würde er Luxusartikel wie Kleidung zum Wechseln packen sowie einen sicher verschlüsselten Laptop für den Fall, dass er Zeit fand, ein wenig zu arbeiten. Zwar wollte er auch ein Satellitenhandy einpacken, aber die Landmagie in der Nähe des Devil's Gate störte den Handyempfang, weshalb er sich darauf vorbereitete, ganz auf sich gestellt zurechtkommen zu müssen.

Von Reno aus würden sie mit dem Auto zum Devil's Gate fahren, wofür sie einen SUV mieten mussten. Duncan führte noch einige Telefonate, um einen Mietwagen samt Campingausrüstung, Nahrung und Wasser für Seremela sowie einigen Kisten Blutwein zu organisieren. Er versuchte, einen Campingwagen zu mieten, aber so kurzfristig waren im Umkreis von achthundert Kilometern um Devil's Gate keine zu bekommen.

Wenn sie länger als ein paar Tage brauchen würden, um Seremelas Nichte abzuholen, oder wenn seinen Nahrungsvorräten etwas zustieß, würde er auf die Jagd gehen müssen. Hoffentlich würde er bereitwillige Spender finden und bezahlen können. Wenn nicht, würde er tun, was er tun musste. Er dachte an das köstliche gesunde Rot, das auf Seremelas Wangen erblüht war, und zu seinem eigenen Entsetzen bekam er bei der Erinnerung daran einen Ständer.

Er war ein intelligenter, gebildeter und reifer Mann; er glaubte an das Gesetz, an Selbstbeherrschung und daran, seine Gefühle zu kontrollieren. Er vermischte seine Gelüste nicht und verwechselte den Hunger nach Nahrung nie mit sexuellem Verlangen. So rücksichtslos würde er sich weder seinen Spendern noch seinen Geliebten gegenüber verhalten. Nicht einmal, als eine chaotische, sexy Harpyie ihm ihr Blut im Austausch gegen Sex angeboten hatte, war er der Versuchung erlegen.

Doch er wusste auch, dass es Orte und Zeiten gab, in denen kein Gesetz galt, und Devil's Gate war ein solcher Ort und eine solche Zeit. Offenbar gab es auch Zeiten, in denen sich die Gelüste eines Mannes vermischten, ganz egal, wie viel Selbstbeherrschung er sich aufzuerlegen versuchte.

Auch wenn das letzte Mal schon eine Weile her war, fand sich Duncan auch in der Gesetzlosigkeit zurecht. Er freute sich sogar darauf, und obwohl er Seremela auch aus reinem Anstand geholfen hätte, schadete es ganz gewiss nicht im Geringsten, dass sie so schön war und er sich so stark zu ihr hingezogen fühlte.

Ohne jeden Zweifel würde sie ihm für alles, was er tat, dankbar sein. Vielleicht würde sie ihm sogar selbst anbieten, von ihr zu trinken.

Wenn sie das tat, würde er ihr Angebot all seinen gründlich durchdachten Prinzipien zum Trotz annehmen. Zum Teufel, er würde die Gelegenheit ergreifen, ohne eine Sekunde zu zögern. Als er sich vorstellte, wie sich ihr nackter, schlanker Hals einladend zur Seite bog, wurde sein Schwanz noch härter. Er stellte sich vor, seine Zähne in ihre weiche Haut zu schlagen, während ihre Brüste in seinen Händen lagen, und seine Erektion wurde so hart, dass es wehtat.

Oh, Duncan, dachte er. War ja klar, dass du auch an so was denkst. Du bist ein mieser, dreckiger Windhund.

3

Der Tanz

Während Seremela noch hin und her überlegte, was sie einpacken sollte, piepte ihr iPhone. Sie eilte ins Wohnzimmer und
hob es vom Couchtisch auf.

Eine SMS von Duncan. *Alles ist vorbereitet. Wir haben ein
Transportmittel nach Reno und einen SUV mit Ausrüstung und
Vorräten. Ich hole dich heute Mittag ab.*

Ein unsichtbares Gewicht wurde ihr von den Schultern genommen. Sie war intelligent und durchaus fähig, ihre Reise
nach Reno selbst zu organisieren. Sie hätte Vetta allein abholen
können. Aber dass sie es nicht zu tun brauchte, dass sie diese
emotionale Unterstützung bekam, die Duncan so großzügig angeboten hatte, war einfach unbeschreiblich wunderbar. Es war
ein Zeichen echter Fürsorge und Freundschaft.

Dass sie ihn auch noch atemberaubend sexy fand, sollte sie
in ihre Gedanken überhaupt nicht einbeziehen. Sie sollte sich
auf ihre Aufgabe konzentrieren, und die bestand darin, ihre
Nichte sicher nach Hause zu bringen – ob Vetta das nun wollte oder nicht.

Und wenn es wirklich darauf ankam, würde sich Seremela
auch darauf konzentrieren. Aber im Augenblick fühlte sie sich
jung, was mit fast vierhundert Jahren ein wirklich berauschendes
Gefühl war. Ihr Puls raste wie der eines albernen Schulmädchens.

Duncan und sie würden stundenlang miteinander allein sein.

Sie würde ihn heimlich beobachten können. Manchmal würde er sie auf diese schiefe, leicht selbstironische Art anlächeln, die er an sich hatte. Er würde mit ihr reden, und seine Intelligenz würde sich mit dem Klang seiner umwerfenden Stimme vermischen, was so verdammt verführerisch auf sie wirkte. Vielleicht würden sie ganze zwei oder drei Tage miteinander verbringen, und das erschien ihr wie ein unvorstellbarer Reichtum an gestohlener Zeit.

Zögerlich schrieb sie zurück: *Danke für alles.*

Seine Antwort kam prompt. *Gern geschehen. Bis gleich.*

Seremela überprüfte ihre E-Mails und fand eine Antwort von Carling, die diese abgeschickt haben musste, während Duncan vorhin auf dem Weg zu ihrer Wohnung gewesen war. Natürlich könne sich Seremela so viel Zeit nehmen, wie sie brauche, und solle es Carling und Rune umgehend wissen lassen, wenn die beiden ihr irgendwie helfen könnten.

Sie musste lächeln. Keine Minute lang hatte sie daran gezweifelt, dass Carling sehr genau gewusst hatte, was sie tat, als sie Duncan von ihrer E-Mail erzählt hatte. Carling hatte ihr bereits mehr geholfen, als sie zu hoffen gewagt hatte.

Im Laufe der nächsten Stunde änderte sich das Wetter drastisch. Die unheilvollen schwarzen Wolken wurden von sonnenhellem blauem Himmel durchbrochen. Auf dem Weg zum Flughafen würden sie vorsichtig sein müssen. Seremela hatte rechtzeitig fertig gepackt, geduscht und sich für die Reise eine Jeans und eine ärmellose gelbe Baumwollbluse angezogen.

Als Duncan diesmal an die Tür klopfte, war sie ruhig und optimistisch – aber ab der Sekunde war es damit natürlich vorbei. In einem heillosen Durcheinander wuselten die Schlangen um ihre Schultern. Wären sie Hunde gewesen, hätten sie wohl gebellt und wären wie wild durch die Gegend gerannt.

Zeit also, in den sauren Apfel zu beißen. Bei der extremen Hitze in der Wüste konnte sie die kleinen Racker nicht zwei oder drei Tage am Stück unter Verschluss halten, auch wenn sie es definitiv verdient hätten. Sie nahm die Schultern zurück, marschierte zur Tür und öffnete sie.

»Hallo Seremela«, sagte Duncan. »Hattest du genug Zeit, um …?«

Sie konnte nur einen kurzen Blick auf ihn erhaschen. Auch er hatte sich umgezogen und trug jetzt ähnliche Kleidung wie sie selbst, Jeans und ein graues T-Shirt, das sich an seinen schlanken Oberkörper und seine muskulösen Oberarme schmiegte. Bisher war er immer der Inbegriff kühler, männlicher Eleganz gewesen, wenn sie ihn gesehen hatte, und irgendwie war es schockierend, ihn so lässig gekleidet zu sehen.

Jedenfalls glaubte sie das. Sie konnte nicht genug erkennen, um sicher zu sein. Ihre Schlangen verdeckten ihr die Sicht, während sie um ihre Schultern und über ihren Kopf schwärmten, um auf jede mögliche Art in Duncans Nähe zu gelangen. Die Heftigkeit ihrer Reaktion überraschte Seremela und brachte sie aus dem Gleichgewicht. Sie stolperte einen Schritt nach vorn, und das war alles, was die Schlangen wollten.

Als sich die Schlangen um seinen Hals und seine Oberarme wanden, lachte Duncan. Er fing Seremela an den Ellbogen auf, und dann blieben sie so ineinander verschlungen stehen und sahen sich an. In seinen Augen blitzte ein elektrischer Funke auf. Obwohl sie nicht wusste, was es war, hatte es eine gewaltige Wirkung auf sie. Hitze breitete sich auf ihrer Haut aus.

»Tut mir leid«, murmelte sie. »Es ist nur … sie mögen dich einfach, das weißt du ja, und …«

»Du brauchst dich nicht zu entschuldigen«, sagte er sanft. Mit den Fingerspitzen berührte er ihre Wange. »Wie ich dir schon gesagt habe, ich mag sie.«

Für andere mochte das Krachen und Tosen stürmischer Leidenschaft der besondere Reiz sein, doch für Seremela war solche Sanftheit, ein Augenblick wie dieser, das größte Verhängnis. Sie standen so dicht voreinander, dass sie sehen konnte, wie sich die Pupillen seiner dunklen Augen geweitet hatten. Die Farbveränderung war so subtil, dass Seremela sie aus einem Meter Entfernung nicht mehr hätte erkennen können. Während er sie eindringlich ansah, zeichnete sich auf seinen Zügen der gleiche elektrisierte Ausdruck ab, von dem auch sein Blick durchdrungen war, und dabei berührte er ihre empfindliche Haut so leicht und zart wie eine Schneeflocke.

Jeden der vier kleinen Berührungspunkte nahm sie mit äußerster Intensität wahr, was noch durch den Umstand verstärkt wurde, dass sie kaum zu spüren waren und so vollkommen unbewegt blieben, während er ihr tief in die Augen sah. Diese eine, unschuldige Berührung war geradezu unglaublich erotisch. Der lange, leichte Körperkontakt hatte ihr etwas zu sagen, und dass Duncan ihn so lange aufrechterhielt, bedeutete, dass sie es unbedingt hören sollte.

Er sagte ihr, dass diese erlesene Zartheit kein Versehen war. Sagte ihr, dass er sich der Position und Haltung ihres Körpers bis ins kleinste Detail bewusst gewesen sein musste, um seine Berührung so zart wirken zu lassen wie die eines Schmetterlings. Er sagte ihr, dass er sie berührt hatte, weil er sie berühren *wollte*, dass er sanft und zärtlich sein konnte, dass er selbstbewusst war und vor einem eindringlich prüfenden Blick nicht zurückscheute, und dass er standhaft sein konnte, wenn es erforderlich war.

Außerdem sagte er ihr, dass Duncan sie für klug genug hielt, jeden Zwischenton seiner unausgesprochenen Botschaft zu verstehen.

Ihr Atem ging stockend. Ihre Lippen bebten, während ihre Schlangen ihn an Ort und Stelle festhielten und er sie anlächelte. Und dabei hatte er nichts weiter getan, als ihre Wange zu berühren.

»Bist du fertig?«, fragte er leise, seine wunderbare, berühmte Stimme diesmal nur für ihre Ohren bestimmt.

Und da geschah es – um ein Haar hätte sie auf der Stelle einen Orgasmus gehabt. Dass es nicht passierte, grenzte an ein Wunder. Sie sollte froh darüber sein, denn so blieb ihr die Hoffnung, wenigstens noch den Anschein von Würde zu wahren …

Sie warf einen Seitenblick auf die Schlangen, die sich fest um ihn gewickelt hatten. Eine hatte sich so weit um seinen Bizeps geschlungen, dass sie unter seinem Arm hervorlugte und auf sie herabblickte.

Na ja, vielleicht musste sie in Sachen Würde doch Abstriche machen.

LOSLASSEN!, befahl sie ihnen, und ihre mentale Stimme war so streng wie nie.

Sie musste die Tiere überrascht haben, denn sie lösten sich und glitten wieder auf ihren Rücken. Dankbar holte sie tief Luft und trat einen Schritt zurück. Laut – und etwas heiser – sagte sie: »Ja, ich bin fertig.«

Lächelnd neigte er den Kopf mit den glatten, dunklen Haaren, trat ein und hob ihren Koffer auf, während sie sich ein letztes Mal in der Wohnung umsah und überprüfte, ob sie ihr iPhone eingesteckt hatte. Dann zog sie die Tür hinter ihnen zu und schloss ab.

Innerlich blätterte sie durch die Rollkartei ihrer durcheinanderwirbelnden Gefühle. Wie sollte sie diese Empfindung bezeichnen? Verlegenheit war schon vor ein paar Minuten dran gewesen, also, nein, das war es nicht. Während sie schweigend mit dem Aufzug in die Tiefgarage fuhren, musste sich Seremela schließlich eingestehen, dass sie nicht wusste, was sie empfand.

Dieses Gefühl hatte sie noch nie zuvor gehabt, und deshalb befand es sich nicht in ihrer Rollkartei.

Was sie wusste, war, dass es zu großen Teilen aus Schreck und Aufregung bestand.

Er hatte nämlich *nichts weiter getan, als ihre Wange zu berühren.*

Und jetzt fragte sie sich unablässig, was er in dieser lautlosen, sinnlichen Sprache wohl noch alles sagen konnte.

Welche Gedichte seine Fingerspitzen flüstern konnten, wenn sie auf ihrer Haut tanzten.

Welche wortgewandte Prosa er mit seinem Körper ausdrücken konnte.

Sie war davon ausgegangen, dass sie vom Miami International Airport abfliegen würden, und war nun überrascht, als Duncan stattdessen zum Kendall-Tamiami Executive Airport fuhr, der zwanzig Kilometer südwestlich der Innenstadt von Miami lag.

»Ich wusste gar nicht, dass von diesem Flughafen Linienflüge starten.«

Er lächelte ihr kurz zu. »Tun sie auch nicht, von hier starten nur Firmenflüge. Wir nehmen keine Linienmaschine, sondern das Flugzeug der Agentur.«

»Ah. Verstehe.«

Diese Möglichkeit war ihr überhaupt nicht in den Sinn gekommen, und offen gesagt war sie entsetzt. Rune und Carling hatten schon so viel für sie getan. Carling hatte ihre eine Papyruszeichnung geschenkt, die sie im alten Ägypten angefertigt hatte. Die Zeichnung stellte ein längst verstorbenes Wesen dar, halb Schlange, halb Frau, das der Legende nach den Stamm der Medusen begründet haben sollte. Auch wenn der Wert der Zeichnung für Carling keine Rolle spielte, würde ein Museum ein kleines Vermögen dafür bezahlen, falls Seremela das Stück je verkaufen wollte. Dann war da ihre neue Arbeitsstelle, für die sie ein äußerst wettbewerbsfähiges Gehalt mit sagenhaften Zusatzleistungen bekam, und die beiden hatten sogar die Umzugskosten übernommen. Jetzt gaben sie ihr unbefristeten Urlaub und liehen ihr das Agenturflugzeug.

Nach ihrer Rückkehr würde sie sich persönlich angemessen bei den beiden bedanken. Das Mindeste, was sie tun konnte, war, sie zum Abendessen zu sich einzuladen. Carling könnte einen hervorragenden Wein genießen, und Rune würde gewiss genug herzhaften Appetit für mehrere ausgewachsene Männer mitbringen.

Ihr Blick glitt zur Seite, zu Duncan. Vielleicht würde er ihnen ja Gesellschaft leisten. Bei dem Gedanken musste sie lächeln und spürte eine innere Wärme.

Sie parkten den Wagen, und beim Aussteigen blickte Seremela wieder an den Himmel. Im Norden war er mittlerweile fast ganz blau. Sie konnte die Sonnenstrahlen sehen, die wie Laserstrahlen über den Rand der dunklen Wolken fielen. Bei diesem Anblick zog sich ihr der Magen zusammen, ängstlich wandte sie sich zu Duncan um.

Nachdem er einen Blick zum Himmel geworfen hatte, lächelte er sie seelenruhig an. »Alles in Ordnung. Wir haben noch ein paar Minuten. Genug Zeit, um an Bord zu kommen.«

»Wenn du es sagst.« Sie ließ sich ihren Koffer reichen, dann nahm er seine eigenen Taschen, schloss den Kofferraum, und sie gingen zum Flughafengebäude. Erst als sie drinnen waren, konnte Seremela wieder richtig durchatmen, aber um an Bord des Gulfstream-Jets zu gelangen, mussten sie noch einmal ins Freie.

Die ganze Zeit über blieb Duncan ruhig und zog auch keinen Umhang über, allerdings nahm er die Treppe zum Flugzeug im Laufschritt, als sich das Sonnenlicht gerade über das nordwestliche Ende der Landebahn ergoss.

»Gute Götter«, murmelte Seremela, als er im Flugzeug verschwand. Ein Blick auf die Fenster verriet ihr, dass die Sonnenblenden bereits heruntergelassen waren. So war sein ganzes Leben: ein unaufhörlicher Tanz, um das Sonnenlicht zu meiden. Als sie ihm langsamer die Treppen hinauf folgte, fühlte sie sich seltsam ausgelaugt.

Die Besatzung bestand nur aus der Pilotin und dem Copiloten. Beide begrüßten Duncan und Seremela gut gelaunt, während sie ihnen das Gepäck abnahmen und es verstauten. Eines seiner Gepäckstücke hielt Duncan lange genug fest, um einen Laptop und eine schmale Aktenmappe herauszuholen. Er lächelte Seremela an. »Ich hoffe, es macht dir nichts aus, wenn ich mich eine Weile auf meine Arbeit konzentriere?«

»Natürlich nicht«, sagte sie. »Wir fliegen schließlich nicht in den Urlaub. Ich hätte mir auch Arbeit mitgenommen, wenn ich nicht davon ausgegangen wäre, dass ich mich ohnehin nicht darauf konzentrieren kann. Na ja, und davon abgesehen besteht mein Job zur Hälfte darin, ekliges Zeug in Petrischalen zu züchten.«

Er lachte. »Danke, dass du keine Arbeit mitgebracht hast.«

Sie grinste. »Gern geschehen.«

Es gab eine Couch im Flugzeug, und als sich Duncan nach dem Start zum Arbeiten an einen Tisch setzte, gab Seremela der Versuchung nach und legte sich ein wenig hin. Die schlaflose Nacht holte sie ein. Nachdem der Copilot ihr ein Kissen und eine Decke gebracht hatte, rollte sie sich auf der Seite zusammen. Ihre Schlangen glitten an ihrem Körper hinab und schlängelten sich in die natürliche Mulde, die ihre angewinkelte Taille bildete.

Immer wenn sie Duncans Stimme hörte, wachte sie kurz aus ihrem leichten Dämmerschlaf auf. Größtenteils traf er Vorkehrungen für die nächsten Tage, in denen er nicht im Büro sein würde, aber einmal schreckte sie alarmiert aus ihrem Halbschlaf hoch.

Sie blieb reglos liegen. All ihre Muskeln waren angespannt, und sie wusste, dass ihre Schlangen ebenfalls wach waren und sich alarmiert wanden. Der Flugzeugmotor lief kraftvoll und reibungslos, alles wirkte normal. Was hatte sie geweckt?

Dann hörte sie es wieder. Duncan sprach in einem so kalten, scharfen Ton, dass seine Stimme die Stille in der Kabine durchschnitt wie ein Stilett. »… bleibt doch die Tatsache, Julian, dass sich Carlings Haus auf einer Insel in einem Anderland befindet. Darüber hinaus ist die Übergangspassage zu dieser Insel nur über das Meer zugänglich. Glaubst du, Carling hat irgendetwas davon dem Zufall überlassen? Die Insel liegt nicht im Reich der Nachtwesen, und damit fällt sie nicht in deinen rechtlichen Zuständigkeitsbereich. Wir haben uns jetzt schon ein Jahr lang in Geduld gefasst.«

Wow, er war wirklich wütend auf diesen Kerl namens Julian. Dann setzte scheppernd die Erkenntnis ein. Duncan sprach nicht mit irgendeinem Julian, sondern mit Julian Regillus, dem König der Nachtwesen und Carlings entfremdeten Zögling.

Duncan machte eine Pause, offenbar hörte er sich an, was am anderen Ende der Leitung gesagt wurde. Dann sagte er eisig: »Das ist nicht hinnehmbar. Carlings magische Bibliothek ist zu gefährlich. Es gibt niemanden, dem sie zutrauen würde, sie zu transportieren. Das muss sie selbst tun, und du darfst ihr nicht länger den Zugang zu ihrem eigenen Grund und Boden verwehren.« Noch eine Pause. »Dafür ist es zu spät. Sie hat lange genug gewartet. Wir haben bereits einen Antrag beim Tribunal der Alten Völker gestellt. Es ist nur eine Frage der Zeit, bis er vom Tribunal genehmigt wird.«

Dann folgte wieder Stille, und diesmal hielt sie an, bis Seremela begriff, dass Duncan nicht zuhörte, sondern der Anruf grußlos beendet worden war. Vorsichtig spähte sie um die Ecke der Couch.

Duncans Miene war von Wut gezeichnet, sein Gesicht wirkte fremd und hart. Wie schwarze Scherben funkelten die dunklen Augen in seinem blassen Gesicht. Von dem sanften, kultivierten Mann, den sie kannte und mochte, war nichts mehr zu erkennen, etwas viel Gefährlicheres war an seine Stelle getreten.

Dann entdeckte er, dass sie an der Sofalehne vorbeispähte, und die Härte in seinen Zügen ließ nach.

»Entschuldige. Ich habe einiges von dem Gespräch mit angehört«, sagte sie.

Er schüttelte den Kopf, seufzte und fuhr sich mit beiden Händen durch die Haare, bis er vollkommen zerzaust aussah. Sie zog die Brauen zusammen. Vielleicht hätte das nicht so hinreißend auf sie wirken dürfen, besonders nach dem, was sie gerade in seinem Gesicht gesehen hatte.

»Nein, ich bin es, der sich entschuldigen sollte – wieder einmal«, sagte er. »Ich habe dich geweckt, oder?«

Sie versuchte gar nicht erst, es zu leugnen, sondern sah ihn einfach nur an. »Sobald mir klar war, mit wem du gesprochen hast, hätte ich dir irgendwie signalisieren sollen, dass ich wach war. Ich hätte zum Beispiel in den Waschraum gehen können.«

Auch wenn er nicht zu atmen brauchte, hatte ihn die Menschlichkeit noch immer nicht ganz verlassen; Seremela sah, wie er die Luft ausblies. »Das hättest du definitiv nicht tun sollen«, sagte er. »Mir war nicht klar, dass ich mit Julian persönlich verbunden werden würde, sonst hätte ich das Telefonat gar nicht geführt. Und von diesem Punkt an war der Anruf ein einziger Griff ins Klo.«

»Nun, da es jetzt nicht mehr zu ändern ist«, sagte sie und setzte sich auf, »darf ich fragen, warum Julian Carling keinen

Zugang zu der Insel gewähren will? Weil er nicht will, dass sie ihre Bibliothek bekommt?«

»Das glaube ich nicht«, sagte Duncan. »Die Insel ist nur als Rückzugsort zu gebrauchen und ansonsten nutzlos. Da es sich um ein Anderland handelt, ist es für Bewohner der Erde illegal, mit Erträgen von dieser Insel finanziellen Gewinn zu erzielen. Außerdem kann Carling belegen, dass in den Redwoods eine intelligente geflügelte Spezies heimisch ist. Und Carlings Bibliothek ist Julian ohnehin völlig egal. Er besteht sogar darauf, dass Carling Bibliothekare auf die Insel schickt, um alles zusammenzupacken und umzusiedeln. Andererseits besteht Carling darauf – und da ist das Recht auf ihrer Seite –, dass sie freien Zugang zu ihrem eigenen Haus bekommt und den Transport der Bibliothek persönlich überwachen kann.«

»Aber das will er nicht zulassen«, sagte sie.

»Nein, das will er nicht«, sagte Duncan. »Nachdem er sich gegen sie behauptet und sie ins Exil geschickt hat, will er Carling nicht einmal mehr in die Nähe seiner Reichsgrenzen lassen – besonders nicht an der Übergangspassage zur Insel, wo sie so leicht unbemerkt ins Reich der Nachtwesen schlüpfen könnte. Und ganz gewiss will er ihr nicht das Recht zugestehen, zu kommen und zu gehen, wie es ihr gefällt.«

Seremela setzte sich auf und legte ihre Decke zusammen, und Duncan erhob sich von dem Tisch, auf dem er seine Arbeit ausgebreitet hatte. Er setzte sich neben sie auf die Couch. Drei ihrer Schlangen glitten über seine Schulter, um ihn zu betrachten.

Lächelnd hielt er ihnen die Hand hin, und sie wanden sich um seinen Unterarm. Seremela gestand ihm: »Ich habe mich immer gefragt, wie du zu dem Bruch zwischen den beiden stehst.«

»Um ganz offen zu sein: Ich kann beide Seiten verstehen«, sagte er. »Julian hat Fehler gemacht und der falschen Person vertraut, aber im letzten Jahr war es wirklich gefährlich, in Carlings Nähe zu sein. Ich glaube, die beiden könnten darüber hinwegkommen, wenn Julian bereit wäre, sich wieder Carlings Führung unterzuordnen. Aber ich glaube auch, dass etwas in ihm zerbrochen ist und er das jetzt nicht mehr kann. Und ich muss in dieser Angelegenheit Carlings Partei ergreifen.«

Das Gespräch hatte sich gänzlich auf vampyrisches Territorium verlagert, und Seremela runzelte die Stirn, unsicher, wie gut sie sich mit diesem Thema wirklich auskannte. Den Blick auf ihre Hände gerichtet, fragte sie vorsichtig: »Die Verbindung zwischen einem Vampyr-Erzeuger und seinem Zögling ist von außen etwas schwer zu begreifen. Ich nehme an, dir bleibt nichts anderes übrig, als Carlings Position zu vertreten?«

»Meinst du, ob Carling mir befohlen hat, für sie Partei zu ergreifen?«, fragte Duncan. Als er sie anlächelte, war jede Spur des harten, kantigen Fremden verschwunden. »Nein, hat sie nicht. Das würde sie nicht tun. Ich muss Carlings Seite vertreten, weil ich sie liebe und mit ihrem Standpunkt mehr übereinstimme als mit Julians. Aber das heißt nicht, dass ich nicht auch Julians Seite verstehen kann.«

Seine Fähigkeit, die Situation aus allen Blickwinkeln zu betrachten, musste zu den Faktoren gehören, die ihn zu einem großartigen Anwalt machten. Seremela musste lächeln. Es würde ihn auch zu einem großartigen Freund machen. Oder Feind. Ein Punkt mehr, den sie sehr an ihm mochte. Seine leise, präzise Intelligenz hatte einen gewissen Biss.

Unterdessen fuhr er fort: »Außerdem gibt es einen großen Unterschied zwischen mir und Julian.«

»Worin besteht dieser Unterschied?«, fragte sie. Trotz des leichten Unbehagens wuchs ihre Faszination.

Als Duncan ihre Hand nahm und mit ihren Fingern spielte, überlief ein Kribbeln ihre Nervenenden. »Tausende Jahre«, erklärte er ihr. »Wie du siehst, akzeptiere ich Carlings Herrschaft über mich. Sie hat mich erschaffen, und ich bin noch jung genug, um mich daran zu erinnern, was es für ein Gefühl war, sich darauf einzulassen. Ja, sie hat die Macht, mir ihren Willen aufzuzwingen, aber in den letzten hundertsiebzig Jahren hat sie es so gut wie nie getan, und nicht ein einziges Mal ohne zwingenden Grund. Aber Julian wurde zur Blütezeit des Römischen Reichs erschaffen. Er und Carling und auch Rune – die drei sind anders als wir.«

»Wir?«, wiederholte sie überrascht. »Du meinst dich und mich?«

»Ja, dich und mich«, sagte er.

Belustigt lächelnd sah sie ihn an. »Ist dir bewusst, dass ich wahrscheinlich fast zweihundert Jahre älter bin als du?«

Er grinste. »Bei meiner Verwandlung war ich dreißig, wenn du also über dreihundertfünfzig bist, hast du recht, ja. Aber der Altersunterschied zwischen dir und mir ist nur ein Tropfen im Meer, verglichen mit Jahrtausenden. Sie sind so viel älter als wir. Ich glaube, dass sie dadurch in grundlegender Weise anders sind. Und Julian ist sehr dominant. Da Carling nie jemanden gegen dessen Willen verwandelt hat, muss er sich einst, vor sehr, sehr langer Zeit, unter ihre Herrschaft gefügt haben. Allerdings glaube ich, dass er sich schon lange an ihrer Macht über ihn aufgerieben hat. Stell dir vor, was er empfunden haben muss, als es so aussah, als würde sie sterben.«

Sie zog die Brauen zusammen. »Ich schätze, obwohl sie ihm viel bedeutet, muss es eine Art Erleichterung für ihn gewesen sein.«

»So sehe ich es auch«, sagte Duncan. »Viele Jahre lang haben sie als Partner zusammengearbeitet und ihre jeweiligen Stärken sehr gut ausgespielt. Aber sie ist nicht gestorben, als sie hätte sterben sollen, und er wurde nicht befreit. Jetzt erträgt er die Vorstellung nicht, dass sie wieder Macht über ihn haben könnte. Und sollten sie sich je wieder persönlich begegnen, könnte sie ihm ihren Willen aufzwingen – schließlich ist er ihr Zögling. Ich glaube nicht, dass Julian Carling früher je gehasst hat, aber inzwischen kann ich mir vorstellen, dass er es tut.«

»So, wie du es beschreibst, klingt es, als befänden sich die beiden in einer Art Duell.«

»Das trifft es ganz gut«, sagte Duncan. »Nur dass die Austragung dieses Duells womöglich Jahrhunderte dauern kann.«

Sie erzitterte und schloss die Hand um seine. »Mich beunruhigt die Vorstellung, dass du in diesem …« Wie sollte sie es nennen? Zerwürfnis erschien ihr viel zu banal, »… in diesem Machtkampf zwischen die Fronten geraten könntest.«

»Tja nun«, sagte er trocken. »In jeder Familie gibt es Höhen und Tiefen.«

Ein freudiger Schreck durchfuhr Seremela. »Hast du gerade Katherine Hepburn als Eleanor von Aquitanien in *Der Löwe im Winter* zitiert, oder war das nur ein Zufall?«

Lächelnd sah er sie an. »Und wenn ich es getan hätte?«

Die überwältigende Wirkung der intensiven Nähe zwischen ihnen machte ihr das Atmen schwer. »Ich habe diesen Film geliebt.«

»Ich auch. Außerdem hatte ich in den letzten Jahren oft Anlass, ihn zu zitieren.« Er drückte ihr einen Kuss auf den Handrücken. »Wo wir gerade von Familien sprechen, ich glaube, wir sind im Landeanflug. Wenn wir den SUV, die Ausrüstung und Vorräte abgeholt haben, müssten wir in etwa einer Stunde am Devil's Gate sein. Dann können wir deine Nichte einsammeln und nach Hause bringen.«

Sie kicherte. »Bei dir klingt das so einfach.«

»Nach Carling und Julian? Und ob das einfach ist.«

Seremela schüttelte den Kopf und lächelte ihn mitleidig an. »Das sagst du nur, weil du Vetta noch nicht kennst.«

4

Tod

Als das Flugzeug am Flughafen Reno-Tahoe gelandet war, gingen sie von Bord, suchten die Reiseagentur auf, bei der Duncan den SUV gebucht hatte, und holten den Wagen ab. Nachdem sie Wasser, Nahrungsmittel und die Campingausrüstung inspiziert hatten, um sicherzugehen, dass sie alles dabei hatten, war der Großteil des Tageslichts bereits geschwunden. Duncan saß am Steuer, und sobald sie den US Highway 395 S erreicht hatten, lichtete sich der Verkehr, und sie kamen gut voran.

Wie bei vielen Städten in der Wüste hatte man auch bei Reno das Gefühl, von einem Moment auf den anderen bewohntes Gebiet zu verlassen. Als Duncan auf dem leeren Highway beschleunigte, fragte er Seremela: »Würde es dich stören, wenn ich die Fenster aufmache?«

»Überhaupt nicht«, sagte sie, aber er bemerkte, dass ihr Blick zum westlichen Himmel glitt.

Die Sonne war noch nicht ganz untergegangen, aber sie stand so tief am Horizont, dass sie zeitweise hinter den Hügeln im Westen verschwand. Die Farben des sommerlichen Wüstenabends bildeten große Flecken aus tiefem Sandbraun und Gold, durchschnitten von langen schwarzen Schatten, und der scheidende Tag überzog den Himmel mit feurigen Bahnen in Rosa, Lavendel und Purpur.

Duncan berührte die Tasten in der Fahrertür, und die Fenster senkten sich einige Zentimeter. Im Juni konnte es hier in Nevada am Tag über vierzig Grad heiß werden, aber abends kühlte es sich schnell ab, und die frische Luft war nur noch angenehm warm.

Nach einem Augenblick sagte er: »Viele Vampyre meiden das Tageslicht überaus strikt. Sie würden ihren Unterschlupf niemals verlassen, bevor die Sonne ganz untergegangen ist, und sind jeden Morgen bei Sonnenaufgang wieder in Deckung. Gerade bei älteren Vampyren kommt das oft vor. Manche bekommen Agoraphobie und verlassen ihren Unterschlupf überhaupt nicht mehr. Ich weiß nicht genau, warum. Vielleicht haben sie das Gefühl, dass mit fortschreitender Zeit die Wahrscheinlichkeit für einen tödlichen Unfall steigt.«

Sie bewegte sich in ihrem Sitz. Ein paar ihrer Schlangen hatten den Kopf an das offene Fenster gehoben und kosteten züngelnd die Wüstenluft. Zu seinem Vergnügen hatten sich einige andere an seine rechte Schulter geschmiegt. »Ich glaube, ich kann das verstehen«, sagte sie. »Sonnenlicht ist für euch tödlich.«

Er nickte. »Wir leben Seite an Seite mit dem Tod. Er ist immer da, ein paar Stunden vor oder hinter uns, hinter der nächsten Ecke oder wenige Schritte vor einem schützenden Dach. Aber als Carling mich verwandelt hat, habe ich mir vorgenommen, nicht wie diese anderen Vampyre zu werden. Ich wollte vernünftige Vorsichtsmaßnahmen treffen, aber niemals ein Leben in Angst führen.«

»Was für Vorsichtsmaßnahmen sind das?«, fragte sie.

»Nun, zum einen habe ich ein großes Haus«, sagte er. »Wenn ich Schutz vor der Sonne suchen muss, will ich mich dabei nicht eingeengt fühlen. Alle Fenster haben Metalljalousien, die über eine Zeitschaltuhr gesteuert werden. Sie schließen sich automatisch bei Sonnenaufgang und bleiben bis Sonnenuntergang verriegelt.« Um die Rollos bei Tag zu öffnen, musste das System manuell mit einem Code außer Kraft gesetzt werden. Ohne Duncans ausdrückliche Erlaubnis konnte niemand Sonnenlicht in sein Haus lassen.

»Von diesen Jalousien habe ich gehört«, sagte sie. »Haben Carling und Rune sie nicht auch in ihrem neuen Haus?«

»Ja.« Er warf ihr einen Seitenblick zu. »Und ich kann dir gar nicht sagen, wie toll es war, als Breitband-Spektrum-Sonnenschutzcreme auf den Markt kam. Ich habe mich von oben bis unten damit eingeschmiert und sie mir ins Haar gekämmt, bis dann dank Sonnenspray alles noch einfacher geworden ist. Eine Zeit lang habe ich ausgesehen wie ein Mafiaboss aus den 1940ern.«

Kichernd entspannte sie sich. »Es hilft also wirklich?«

»Ja«, sagte er. »Es schützt vor versehentlichem Kontakt mit direktem Sonnenlicht und verschafft einem Vampyr bis zu zehn Minuten Spielraum, um Schatten zu finden. Es hat seine Grenzen – kein Vampyr, der bei klarem Verstand ist, würde sein Leben allein wasserfestem Sonnenspray anvertrauen und bei Tageslicht schwimmen gehen. Aber besonders in der Morgen- und Abenddämmerung ist es sehr wirksam, wie zum Beispiel jetzt, wo das Sonnenlicht nur noch indirekt ist und schnell schwindet. Den Sonnenschutz trage ich immer, wenn ich bei Tag aus dem Haus gehe.«

»Gut zu wissen«, sagte sie. »Ich nehme an, du trägst auch Kleidung mit integriertem Sonnenschutz?«

»Natürlich«, sagte er. »Meine Kleidung ist ausnahmslos aus Stoffen mit USF 50+ gefertigt, die bis zu achtundneunzig Prozent der UV-Strahlen abhalten. Das allein würde nicht ausreichen, aber es ist eine zusätzliche Absicherung. Und wenn ich bei Tag ausgehe, habe ich immer einen Umhang dabei, der ebenfalls aus Stoff mit Sonnenschutz besteht.«

Während er ihr all das erzählte, konnte er deutlich erkennen, wie ihre angeborene wissenschaftliche Neugier die Oberhand gewann und ihre Nervosität nachließ. Die Stille, die sich danach zwischen ihnen ausbreitete, war nachdenklich und kameradschaftlich. Er lächelte vor sich hin.

Er hätte ein Lügner oder blind sein müssen, um zu behaupten, ihre Schönheit hätte keine Wirkung auf ihn, denn das stimmte nicht. Aber was wirklich sein Interesse weckte, war ihre schnelle Auffassungsgabe. Es machte so gottverdammt viel Spaß, eine intelligente Frau zu verführen.

Genau das hatte er nämlich vor. Sie zu verführen. Oh ja, der miese, dreckige Schweinehund in ihm war auf der Jagd. Er würde sie dazu bringen, ihm die Geheimnisse ihrer Wärme und Leidenschaft anzuvertrauen, während das unfassbar wundervolle Schillern ihrer Haut im Kerzenschein vergoldet wurde. Allein bei dem Gedanken daran traten seine Reißzähne hervor. Mit belebender Heftigkeit peitschte ihm die Nachtluft ins Gesicht, und seine Lendengegend wurde schmerzhaft hart.

Jedes Mal, wenn er an Seremela dachte oder seine Fantasie spielen ließ, gerieten sein Hunger und seine Gefühle in Aufruhr. So viel zu dem Vorsatz, seine Gelüste sauber zu trennen.

Vielleicht würde er sie beißen.

Vielleicht würde sie ihn beißen.

Er hielt den Mund geschlossen, die Kiefermuskeln angespannt, und war verdammt froh über die tiefen Schatten im Inneren des Wagens. Und darüber, dass er es irgendwie schaffte, den Wagen gerade in der Spur zu halten.

Vielleicht würde sie ihn am ganzen Körper beißen.

Gottverdammt.

Obwohl sie die Stadt hinter sich gelassen hatten und mitten durch die Wüste fuhren, wurde der Verkehr wieder dichter, als sie auf die State Road 342 kamen. Schon bald sahen sie vor der Dunkelheit des Nachthimmels ein kuppelförmiges Leuchten, was Duncan verriet, dass sie sich ihrem Ziel näherten. Er folgte dem Strom der Fahrzeuge, der immer langsamer wurde und auf dem zweispurigen Highway schließlich nur noch dahinkroch, bis sie zu einer dunklen Felswand gelangten, die sich zu beiden Seiten der Straße erhob.

»Das ist es«, flüsterte Seremela.

Ein flüchtiges Kribbeln von Landmagie strich über seine Sinne, außerdem nahm er in der Ferne einige weitere Magiefunken wahr.

Die Scheinwerfer ihres Wagens fielen auf eine Gedenktafel. Duncan konnte einen kurzen Blick auf den Text werfen, aber er war so klein und eng gedruckt, dass er ihn nicht entziffern konnte. Einige Meter hinter der Tafel war ein großes Stück Holzvertäfelung als Schild aufgestellt worden. Die Worte in neonoranger Sprühfarbe sprangen ihm förmlich entgegen. Darauf stand:

Devil's Gate
Bevölkerung: ~~28 993 Armleuchter~~
~~69 345~~
Über ~~100 000~~
Scheiß drauf, wer weiß das schon?

Er sah zu Seremela hinüber, die seinen Blick mit großen Augen erwiderte. Dann fingen beide an zu lachen. Seremela sagte: »Selbst wenn die Stadt haarsträubend aufgequollen ist, sind Medusen so selten, dass es nicht schwer sein wird, meine Nichte zu finden. Es fällt den Leuten normalerweise auf, wenn eine von uns in der Nähe ist.«

»Das glaube ich gern«, sagte Duncan. Er gab dem Impuls

nach, die Fingerspitzen über ihren warmen, schlanken Unterarm gleiten zu lassen, um dann ihre Hand zu fassen. Ihr stockte der Atem, ein leises, fast lautloses Geräusch, das für sein scharfes Vampyrgehör aber dennoch deutlich zu vernehmen war.

Sie zog die Hand nicht weg, sondern drehte sie so, dass sich ihre Handflächen berührten und sie die Finger um seine Hand schließen konnte. Er strich mit dem Daumen über die glatte Haut ihres Handrückens und frage sich, wie sie nur so ruhig dasitzen konnte. Er selbst nämlich – gütige Götter –, er stand hellauf in Flammen, aber sie schien das überhaupt nicht zu bemerken. Er wusste, dass sein Pokerface im Gerichtssaal gut war. Aber so gut?

Er lenkte einhändig, während er mit gemächlichen fünfzehn Stundenkilometern in einer langen Schlange auf die Zeltstadt zurollte. Einige Transporter scherten zur Seite aus und fuhren über das offene Gelände, aber da er die Gegend nicht kannte, hielt er es für das Beste, zunächst dem Hauptstrom der Fahrzeuge zu folgen.

Ein Stück weiter wurden sie von einem grobschlächtigen Troll angehalten. Er lotste sie nach rechts, wo sie in einer Reihe mit anderen Fahrzeugen warteten. Als sie an der Reihe waren, ließ Duncan Seremelas Hand los und fuhr das Fenster ein Stück weiter herunter.

Der SUV knarzte, als der Troll seine Hand aufs Dach legte und sich zu ihnen hinunterbeugte, um mit kleinen Augen und einem neugierigen Ausdruck in seinem grauen, felsigen Gesicht in den Wagen zu spähen. »Auf unserem Parkplatz kostet das Parken dreihundert pro Nacht«, rumpelte der Troll. »Nur Bares.«

Duncan hob die Brauen. »Ihr Parkplatz.« Wenn dieses Stück Land tatsächlich einem von denen gehörte, war er Pee-wee Herman.

»Dreihundert Dollar!«, rief Seremela aus und beugte sich vor. »Für eine Nacht?«

Der Troll warf ihr einen gleichgültigen Blick zu. »Sie wollen verhindern, dass Ihr Wagen gestohlen wird? Sie wollen Ihren ganzen Krempel und Ihre Reifen behalten? Das macht dreihundert Dollar. Im Voraus. Wenn's Ihnen nicht passt, Madame, parken sie doch irgendwo anders. Dann wünsch ich Ihnen viel Glück, weil Sie das verdammt noch mal brauchen werden.«

Für dreihundert Dollar pro Nacht hätte Duncan in San Francisco – einer der teuersten Städte der Welt – ein Zimmer in einem der besten Hotels bekommen. Er schüttelte den Kopf und verlagerte das Gewicht in seinem Sitz, um an sein Portemonnaie zu kommen.

Duncan!, rief Seremela telepathisch. *Das ist Halsabschneiderei!*

Natürlich ist es das, sagte er. *Wahrscheinlich überfällt der Troll mit seiner Bande alle Autos, die nicht auf ihrem Parkplatz parken, und beschädigt oder stiehlt sie. Aber wenn unsere Vorräte dafür unberührt bleiben und wir ohne Probleme davonkommen, ist es das Geld wert.*

Er nahm das Bargeld aus seinem Portemonnaie und hielt es dem Troll hin. Die mächtigen Finger schlossen sich um die Scheine und zogen daran, doch Duncan hielt sie noch fest, bis der Troll ihm entnervt in die Augen sah. Dann sagte er sanft: »Wenn irgendetwas passiert, werde ich dich persönlich zur Verantwortung ziehen. Niemand anderen, nur dich, Freundchen.«

Vielleicht sah der Troll ihn endlich genau genug an, um ihn zu erkennen. Auch Trolle waren Nachtwesen, und Duncan war schließlich sehr bekannt. Vielleicht war es auch etwas in Duncans Stimme. Was es auch war, der Troll bewegte seine gewaltigen Kiefer, als würde er auf etwas Saurem herumkauen, und murmelte: »Dem Wagen wird nix passieren.«

»Sehr gut«, sagte Duncan. Er ließ das Geld los und blätterte noch zwei Zwanzigdollarscheine aus seinem Portemonnaie. »Wenn wir den Wagen abgestellt haben, brauchen wir zuverlässige Informationen. Wo?«

»Die Hauptstraße runter, Nordseite«, sagte der Troll. »Suchen Sie den Apotheker. Heißt Wendell. Der Kerl würde Fotos von den Titten seiner Mutter an den Meistbietenden verkaufen. Aber es wären dann auch wirklich die Titten seiner Mutter.« Als Seremela den Troll anstarrte, hob er die felsigen Schultern. »Was soll ich sagen. Der Mann hat nen Ehrenkodex. Jedenfalls etwas in der Art.«

Duncan verkniff sich ein Lächeln. »Er ist dein Chef?«

»Jau.« Der Troll klopfte aufs Dach des SUV, richtete sich auf und trampelte einen Schritt zurück. »Und jetzt verzieht euch.«

Vorsichtig fuhr Duncan den SUV über den holprigen, löchrigen Boden ans Ende einer Fahrzeugreihe, wo ein Ghoul in oranger Reflektorweste ihnen mit einer Taschenlampe Zeichen gab.

»Ich habe auch Bargeld dabei«, sagte Seremela. »Ich gebe es dir zurück.«

»Machen wir uns darum jetzt keine Gedanken«, sagte Duncan. »Es ist nicht wichtig. Konzentrieren wir uns darauf, deine Nichte zu finden.«

»Okay.« Für einen kurzen Moment schwieg sie, während er den Wagen parkte. Dann sagte sie: »Wendell.«

»Der Porno-Apotheker«, sagte Duncan staubtrocken.

»Das ist nicht lustig.«

»Natürlich nicht«, sagte er.

Ihr entschlüpfte ein weiches, eigenartiges Geräusch. Es klang wie heiße Luft, die zischend aus einem Teekessel entweicht. Er blickte in ihr gerötetes Gesicht, sah, dass sie ihn ebenfalls ansah, und dann brachen beide wieder in Gelächter aus.

Er zog die Handbremse an und stellte den Motor ab. »Finden wir heraus, was uns Wendell selbst zu sagen hat.«

»Gut«, sagte Seremela, ihre Pupillen hüpften. »Aber wenn er mir ein Foto von den Titten seiner Mutter andrehen will, bin ich so was von raus aus der Nummer.«

Wieder lachte Duncan. »Glaub mir, dann folge ich dir auf dem Fuße.«

Als sie aus dem Wagen stiegen, wurden beide wieder ernst. Duncan sagte: »Der Troll hat die Wahrheit gesagt, aber für alle Fälle sollte jeder von uns eine leichte Tasche mit dem Nötigsten mitnehmen. Das hier ist kein schöner Ort, um mittellos und ohne Verpflegung zu stranden.«

Ihr Gesicht nahm einen grimmigen Ausdruck an, als sie nickte. Sie hatte eine große, weiche Tasche mit Schultergurt, deren Inhalt sie nun durchging. Außerdem packte sie einige Gegenstände aus ihrem Koffer um. Zuletzt steckte sie noch eine Flasche Wasser ein. Dann zog sie sich den Schultergurt über den Kopf, schob die Schlangen aus dem Weg und rückte den Gurt an ihrem Oberkörper zurecht.

Duncans Tasche mit dem Nötigsten, den Waffen, Geld und Sonnenschutz, war ein Lederrucksack. Aus dem nahm er eine 9mm-Beretta mit und ein zwölf Zentimeter langes Jagdmesser, das an einem Gürtel befestigt war. Nachdem er den Rucksack aufgesetzt hatte, schnallte er sich den Messergurt um und steckte die Pistole in den Bund seiner Jeans, wobei er darauf achtete, dass der Griff gut sichtbar war.

Als er sich zu Seremela umdrehte, blieb ihr Blick an seiner Taille hängen, doch sie verlor kein Wort über die Pistole. Sie selbst trug keine sichtbaren Waffen, aber ihm war aufgefallen, dass sie ihre Schlangen nicht zurückgebunden hatte. Normalerweise fasste sie sie im Nacken locker mit einem schlichten Schal zusammen, als wären es Dreadlocks. So konnten sich die

Tiere bewegen, hatten aber nur eine begrenzte Reichweite. Jetzt, da ihre Schlangen völlig ungebändigt waren, sah Seremela wilder und animalischer aus – und ungemein tödlich.

Das gefiel ihm sehr. »Okay?«, fragte er.

Wieder nickte sie. Ihr Gesicht war ruhig, ihr Blick scharf. Gute Götter, diese Frau war heißer als das Death Valley im Juli.

Weil er nicht widerstehen konnte, sie noch einmal zu berühren, legte er eine Hand an ihre Wange und strich mit dem Daumen sanft über den weichen, vollen Schwung ihrer Lippen. Ihre Züge wurden weicher, und sie sah ihn mit einem Blick voller Zärtlichkeit und Verblüffung an. Er wollte sie fragen, warum sie so überrascht aussah, wenn er sie liebevoll berührte. Er wollte sie küssen, langsam und behutsam, wollte diesen ersten, intimen Geschmack auskosten.

Zischend meldete sich das Verlangen in sämtlichen Nervenzellen, wurde aggressiv. Ihr Mund würde sich so weich anfühlen, das zarte Fleisch unter seiner Berührung nachgeben. Er wollte sie dazu verleiten, die Lippen zu öffnen, und dann mit seiner Zunge in sie eindringen. Allein die Vorstellung, diesen Kuss zu vertiefen, reichte aus, damit sich seine Lenden spannten.

Dann schrie jemand in der Nähe und machte den Augenblick zunichte. Stirnrunzelnd sah er sich auf dem staubigen Parkplatz um, dann streckte er Seremela eine Hand hin, und sie griff danach.

»Wenn das hier vorbei ist und wir wieder in Miami sind«, sagte er, »wohin gehen wir bei unserem ersten Date?«

Ein halbes Dutzend ihrer Schlangen erhob sich, um ihn anzustarren, und die Nickhäutchen über Seremelas Augen schnappten zu. Öffneten sich. Schnappten zu. Und öffneten sich wieder. Erst als sie schnell und kräftig blinzelte, hörte es auf. »Erstes Date?«

Er fragte sich, was das zu bedeuten hatte. Vielleicht hatte sie Sand in die Augen bekommen. »Möchtest du mit mir ausgehen, wenn wir zurück sind? Ich gehe gern in die Oper. Aber ich mag auch Rockkonzerte. Und ich habe eine Schwäche für gute Filme.«

Ihr erfreutes Lächeln gehörte wahrlich zu den wundervollsten Ausdrücken, die er bisher in ihrem Gesicht gesehen hatte. »Ja«, sagte sie. »Das alles mag ich auch, aber besonders gern gehe ich in die Oper.«

»Perfekt«, sagte er zufrieden. »Dann haben wir ja etwas, worauf wir uns freuen können.«

Zu diesem Zeitpunkt hatte er noch keine Ahnung, wie wichtig das werden würde.

Hand in Hand gingen sie zusammen nach Devil's Gate.

Es war all das, was er erwartet hatte, und noch mehr: schmutzig, stinkend, unberechenbar und überfüllt. Die Nacht war windstill, und der Rauch der Lagerfeuer hing in der nach Zigarettenrauch, gebratenem Fleisch und Zwiebeln riechenden Luft.

Die Szenerie rief eine Flut von Erinnerungen in ihm wach. Er erinnerte sich an das ungläubige Gefühl, als er erfahren hatte, dass Carling auf seine juristische Arbeit aufmerksam geworden war. Damals war sie noch Königin der Nachtwesen gewesen und hatte ihn mit der verschlagenen Geduld einer professionellen Politikerin und der gesammelten Weisheit einer erfahrenen Kurtisane umworben, bis sie zu einer Einigung gelangt waren – sowohl geschäftlich als auch in anderer Hinsicht.

Seine letzte Mahlzeit vor seiner Verwandlung war ein vierhundertfünfzig Gramm schweres Porterhouse-Steak gewesen, medium rare mit Bratkartoffeln, Apfelkuchen und Cheddarkäse. Und einem Guinness.

Er erinnerte sich an jedes Detail, als wäre es gestern gewesen. Das Fleisch war so saftig und zart gewesen, dass er es mit der Gabel teilen konnte, und die Kartoffeln knusprig und salzig und tief goldbraun. Der Apfelkuchen war süß und säuerlich zugleich, perfekt ergänzt durch die scharfe Note des Cheddars, und verflucht, der Schaum und die Hefe dieses Guinness' waren wie ein gutes Buch für die Geschmacksknospen; mit jedem Schluck erzählte es seine dunkle, vollmundige und wohltuende Geschichte. Er hatte gegessen, bis er glaubte, platzen zu müssen.

Obwohl er noch immer von dieser Mahlzeit träumte, würde sich ihm heute der Magen umdrehen, wenn er sie wirklich äße. Und auch wenn dieses Lager von heute lebhafte Erinnerungen wachrief, gab es doch zahlreiche Unterschiede.

Das höllisch rote Glühen der Flammen war vom kalten, blassen Schein von LED-Camping-Laternen durchsetzt. Verschiedene Musikstile prallten aufeinander, die meisten dröhnten aus Ghettoblastern, aber auch der Klang einiger Instrumente – Gitarre, Geige und Trommeln – trug die durchdringende, überraschende Anmut lebendiger Leidenschaft zu ihnen.

Grell geschminkte Prostituierte, Männer wie Frauen, bewegten sich durch die »Straßen« zwischen den Zelten, Campingwagen und einigen mobilen Bürocontainern. Menschen und Elfen, Helle Fae, Dämonen und Wyr und natürlich auch Nachtwesen waren in Massen vertreten.

Angezogen von der Gesetzlosigkeit und so viel lebendigem Blut auf so engem Raum, durchstreiften Vampyre die Gegend und lächelten ihr weißes Lächeln. Mit blitzenden Augen hielt Duncan sie auf Abstand, ohne ein Wort zu sagen. Sie warfen einen Blick auf seine harten Züge und verschwanden wieder in der Menge.

Die Zeltstadt war ein Schmelztiegel, der auf höchster Flamme kochte. Jeden Augenblick rechnete Duncan damit, dass ein Kampf ausbrechen könnte, und er wurde nicht enttäuscht. Sie mussten einen Bogen um zwei Handgemenge machen, während sie sich ihren Weg zur »Hauptstraße«, dem breitesten Pfad zwischen den Lagern, bahnten.

Er bildete sich nicht ein, dass er der einzige Grund war, aus dem sie unbehelligt blieben. Die Leute warfen einen Blick auf Seremela mit ihrer entschlossenen Miene, dem scharfen Blick und den Schlangen, die argwöhnisch die Köpfe in die Höhe reckten, und machten ihnen reichlich Platz. Als ein Betrunkener in ihren Weg stolperte, schnellten Seremelas Schlangen alle auf einmal in seine Richtung, zischten ihn an und jagten ihm damit eine solche Angst ein, dass er sich beim Davonlaufen in die Hose machte.

Duncan raunte Seremela zu: »Der kalifornische Goldrausch war sehr viel reizvoller. Ganz ehrlich.«

Sie warf ihm einen sarkastischen Blick zu. »Klar. Und du hast bestimmt auch ein Grundstück auf dem Mond, das du mir verkaufen möchtest.«

Er grinste, dann wandte er sich an eine müde aussehende, sonnenverbrannte Menschenfrau: »Wir suchen die Apotheke. Weißt du, wo sie ist?«

Der Blick der Frau glitt über ihn hinweg und blieb an Seremela hängen. »Fünf oder sechs Lager weiter«, sagte sie. »Es ist eins von diesen noblen Dingern. Kaum zu verfehlen.«

»Danke.«

»Ich möchte wissen, was sie mit ›nobel‹ meint«, murmelte Seremela.

Die Antwort darauf erhielten sie früh genug, als sie einige Lagerstellen weiter eines der wenigen mobilen Häuser entdeckten. Vor der Tür hing ein schlichtes Schild mit der Aufschrift »Wendell's«. In den Fenstern leuchtete das bleiche, kalte Licht von LED-Lampen, die Tür stand offen und ließ die Nachtluft herein. Wendell's hatte geöffnet.

Normalerweise ließ Duncan eine Dame stets zuerst durch eine Tür gehen, aber die Bezeichnung »normal« traf auf diesen Ort ganz und gar nicht zu. Also ging er voran und sah sich schnell um, eine Hand an seine Waffe gelegt. Der Innenraum des mobilen Hauses stand voller Metallregale mit Waren – von Konserven über Tampons, Zahncreme, Aspirin, sonstige Schmerzmittel und Verbandszeug bis hin zu härteren Sachen war alles vorhanden.

Mit scharfem Blick registrierte Duncan die Flaschen mit Oxycodon, Precocet und Demerol in einer verschlossenen Vitrine hinter der Theke. Der Schlüssel zu dieser Vitrine war sicher kein ärztliches Rezept, sondern der richtige Preis. Es gab auch ein Regalbrett mit Tütchen voller Marihuana, fertig gerollt oder lose, und einige Regale mit braunen Tinkturfläschchen, homöopathische Mittelchen, in denen Magiefunken glitzerten.

Außer ihnen befanden sich noch einige andere Personen in dem Gebäude, einige davon offenbar Kunden, die nach einem Blick auf Duncan und Seremela aus der offenen Tür schlüpften. Duncan behielt sie im Auge, bis auch der letzte gegangen war, aber der Großteil seiner Aufmerksamkeit galt den beiden Männern hinter der Theke.

Einer von ihnen war ein großer, gefährlich aussehender Heller Fae. Seine blonden Locken waren dicht über dem Schädel abrasiert, was die spitzen Ohren noch länger erscheinen ließ. Über einem Tank-Top, das viel von seiner goldbraunen Haut sehen ließ, trug er zwei Pistolen in Schulterholstern. Mit leerem, unfreundlichem Blick und einer Hand auf einer der Waffen beobachtete er Seremela.

Duncans Kiefermuskeln spannten sich. Der Anblick gefiel

ihm nicht. Dann sah er sich die andere Person hinter der Theke an, einen kleinen, schmächtigen Menschen mit scharfen Augen und einem eher unscheinbaren, hübschen Gesicht. Der Mann war mit Abstand die intelligenteste Person, die Duncan seit seiner Ankunft zu Gesicht bekommen hatte.

»Sie müssen Wendell sein«, sagte Duncan.

»Ganz schön fix im Kopf«, erwiderte Wendell. »Daher das Schild an meiner Tür.« Er packte ein Nicorette-Kaugummi aus der Folie und steckte es sich in den Mund, während er mit einem einzigen Blick Duncans gesamte Erscheinung erfasste. »Ich kenne Sie. Ich weiß, wer Sie sind.« Er wandte sich um und analysierte Seremelas Erscheinung. »Sie kommen gerade rechtzeitig zur Hinrichtung. Aber ich fürchte, dass Ihnen ein Anwalt, selbst ein so berühmter, nichts nützen wird.«

Als der andere Mann das Wort »Hinrichtung« aussprach, wurde alles in Duncan kalt und still.

Verständnislos blickte Seremela den Apotheker an. »Wie bitte?«

Wendells dünne Augenbrauen hoben sich. »Sie sind wegen der Kartenlegerin hier, oder? Wegen der Frau, die Thruvial kaltgemacht hat.«

Jetzt sah Seremela noch verwirrter und verstörter aus. »Ich habe keine Ahnung, wovon Sie reden.«

»Oh, mein Fehler«, sagte Wendell achselzuckend. »Ich dachte, weil Sie eine Medusa sind, wären Sie ihretwegen hier. Anscheinend bin auch ich nicht frei von rassistischen Denkmustern.«

Duncan trat einen Schritt näher, wobei der Helle-Fae-Muskelprotz jede seiner Bewegungen spiegelte. Ohne auf den anderen Mann zu achten, sagte Duncan zu dem Apotheker: »Wissen Sie, wie viele Medusen es in Devil's Gate gibt?«

Wendell kratzte sich im Nacken. »Außer Ihrer Begleitung

nur eine, von der ich wüsste – die Tarot-Leserin. Ein junges Mädchen, vielleicht zwanzig, mit Goth-Make-up und ziemlich derber Ausdrucksweise.«

»Goth-Make-up? Oh Götter, Duncan«, sagte Seremela. Ihre cremefarbene Haut wurde kalkweiß. »Er spricht von Vetta.«

Scheiße.

Scheiße.

»Ja, so heißt sie«, sagte Wendell. Sein scharfer Blick war neugierig und äußerst interessiert. »Diese Informationen bekommen Sie von mir gratis, weil es ohnehin allgemein bekannt ist. Sie soll vor ein paar Tagen einen Mann vergiftet haben. Jemanden, der hier sehr wichtig war. Im Morgengrauen soll sie gehängt werden.«

5

Die Tiefen

Panik und Verwirrung schlugen ihre Klauen in Seremela und ließen sie nicht mehr los.

Vetta sollte gehängt werden? Weil sie jemanden vergiftet hatte?

Sie bekam nicht genug Luft und rang nach Atem, während sie den Menschen und seinen Helle-Fae-Bodyguard anstarrte.

Der Helle-Fae-Schläger erwiderte ihren Blick, seine zynische Miene wurde argwöhnisch. Er wich einige Schritte zurück und zog seine Pistole.

»Leg deinen Hund an die Leine«, sagte Duncan scharf. »Er macht sonst Dummheiten.«

Was für ein Hund? Duncan bewegte sich so schnell, dass er vor ihren Augen verschwamm, und drängte sie rückwärts an die Wand. Seremela starrte ihn verständnislos an. Was zum Teufel tat er nur?

Als er stehen blieb, stand er zwischen ihr und dem Hellen Fae, und mit einiger Verspätung begriff Seremela, dass er sie mit seinem Körper schützte.

Im gleichen Augenblick schnauzte der sonderliche Mensch: »Steck sie weg, Dain.«

Schlanke, starke Finger legten sich unter ihr Kinn, als Duncan ihr Gesicht mit sanfter Gewalt zu sich drehte. »Sieh ihn nicht an«, sagte er mit leiser Stimme. »Sieh mich an.«

Sie versuchte, sich auf ihn zu konzentrieren, und in diesem Moment bemerkte sie, dass all ihre Schlangen den Hellen Fae anzischten. Durch Seremelas Panik waren sie tödlich geworden. Sie konnte spüren, wie aufgebracht die Tiere waren, wie sie danach gierten, zuzubeißen, und als sie über Duncans Schulter spähte, erkannte sie, dass auch der Helle Fae das wusste.

»Mich, Seremela«, flüsterte Duncan sanft.

Sie lenkte ihre Aufmerksamkeit wieder auf ihn. Mit einer Hand strich er über einige der Schlangen, die daraufhin zu zischen aufhörten und sich um seinen Unterarm wanden. Obwohl er einem Unbekannten mit gezogener Waffe den Rücken zukehrte, wirkte Duncan ganz ruhig, sein dunkler Blick ungerührt.

Sobald er sicher war, dass er Seremelas volle Aufmerksamkeit hatte, lächelte er sie an. *Sie wird nicht gehängt,* sagte er telepathisch. *Das lassen wir nicht zu.*

Sie beruhigte sich. Ein wenig. Sie waren nur zu zweit an einem überfüllten, gefährlichen, unbekannten Ort. Vielleicht war es lächerlich, ihm zu glauben. Mit Sicherheit war es weder vernünftig noch logisch. Und doch tat sie es.

Einem Impuls folgend legte sie eine Hand an seine hagere Wange, und als sich weitere Schlangen nach ihm ausstreckten, wurde sein Blick wärmer. *Duncan, ich weiß nicht, wovon er redet,* sagte sie. *Vetta ist keine Tarot-Kartenleserin, und sie mag zwar ein unendlich starrköpfiges Biest sein, aber sie ist keine* Mörderin. *Das ist schwachsinnig. Sollte sie tatsächlich jemanden umgebracht haben, dann hatte sie keine andere Wahl.*

Er runzelte die Stirn. *Wir müssen jetzt ein paar Fragen stellen. Egal, was er sagt, wir werden es in Ordnung bringen. Okay?*

Sie nickte ruckartig. *Okay.*

Er nahm ihre Hand und küsste sie auf die Fingerspitzen,

dann machte er sich vorsichtig von ihr los. Erst danach drehte er sich zu dem Apotheker und dessen Fae-Bewacher um, der seine Pistole inzwischen weggesteckt hatte.

Als sich Seremela beruhigt hatte, waren auch ihre Schlangen ruhiger geworden. Sie fasste sie zusammen und schob sie auf ihren Rücken, während Duncan freundlich sagte: »Vielleicht sollten wir dieses Gespräch noch einmal von vorn beginnen, was meinen Sie?«

Wendell betrachtete die beiden unter zusammengezogenen Brauen. »Also gut. Aber Sie verscheuchen mir die zahlende Kundschaft, deshalb ist der kostenlose Teil der Unterhaltung jetzt vorbei«, sagte er auf seinem Kaugummi kauend. »Wenn Sie mehr wissen wollen, müssen Sie dafür bezahlen. Der Standardtarif für Auskünfte ist zehn Dollar pro Minute. Zusätzliche Gebühren für Premium-Informationen nicht inklusive.«

Die Abgebrühtheit des Mannes ließ Wut in Seremela aufblitzen. Noch nie in ihrem Leben hatte sie einem anderen Wesen Schmerzen zufügen wollen, aber diesem Kerl, da war sie ziemlich sicher, könnte sie wehtun. *Nur ein Biss,* dachte sie, während sie ihn mit kaltem, ausdruckslosem Blick fixierte. *Ein einziger nur, und dein Herzschlag würde sich verlangsamen, deine Haut würde austrocknen und sich ablösen, und du hättest mindestens eine Woche lang mit Angstzuständen und Übelkeit zu kämpfen und würdest dich einfach nur beschissen fühlen. Ich glaube, das würde mir sehr gefallen.*

Während Seremela das dachte, schlüpfte eine einzelne Schlange über ihre Schulter, erhob sich auf die Höhe ihres Wangenknochens und starrte Wendell ebenfalls ohne zu blinzeln an, bis der Mensch auf seinem Stuhl hin und her rutschte und den Blick senkte.

Oh, er wand sich vor ihr. Yee-haw, Arschloch.

Duncan schob die Hände in die Hosentaschen und stand

ganz entspannt da. »Ihr Tarif ist nicht besonders einfallsreich, aber akzeptabel«, sagte er.

Die schmalen Lippen des Menschen verzogen sich säuerlich, wieder rutschte er auf seinem Stuhl herum. »Was zum Geier meinen Sie damit?«

»Dass es Wertvolleres gibt als Bargeld, Wendell«, sagte Duncan. »Bündnisse zum Beispiel, oder Schutz und Immunität.«

Wendells Augenbrauen hoben sich. »Sie glauben, Sie können mir Schutz oder Immunität anbieten? Sie haben kaum einen Fuß in diesen Ort gesetzt. Sie genießen hier keinerlei gesellschaftliche Anerkennung, Vampyr. Sie kennen die Machthaber nicht, und sie haben keine Verbündeten. Sie wissen nichts.«

»Die Welt ist viel größer als diese staubige Ansammlung von Zelten«, sagte Duncan. Er lächelte den Mann kalt an, und ein Anflug von Schärfe wie von einem Peitschenhieb trat in seine Stimme – präzise abgestimmt mit einer Spur Geringschätzung. »Aber keine Sorge, Wendell. Wenn Sie Geld wollen, sollen Sie Geld bekommen. Sagen Sie uns, was passiert ist. Mit Einzelheiten, Namen und Uhrzeiten.«

Wendell zögerte, während er Duncan zugleich gierig und vorsichtig beäugte. Seremela sah ihm an, dass er sich die vergangenen Minuten noch einmal durch den Kopf gehen ließ. Schließlich sagte der Apotheker: »Es gibt hier vielleicht kein Gesetz, aber ein Gleichgewicht der Kräfte. Jedenfalls gab es das, bis gestern einer der Machthaber umgebracht wurde. Im Augenblick ist die Lage etwas instabil.«

»Wer waren die Machthaber, und was hatten sie unter ihrer Kontrolle?«, fragte Duncan. »Sie selbst gehören nicht dazu.«

»Oh nein«, sagte Wendell mit einem Blick auf seine Uhr. »Mein Interesse ist Gewinn, nicht Macht. Ich beschränke mich streng auf Parkplätze und Arzneimittel, hin und wieder ein kleiner Nebenverdienst mit Informationen. Die echten Machthaber in Devil's Gate sind knallhart. Da ist eine Elfe mit einer Affinität zu Erde. Sie heißt Caerlovena und hat die meisten Schürfer unter ihrer Kontrolle. Dann ist da ein Dschinn namens Malphas, der alle Casinos kontrolliert, und ich meine wirklich alle. Und bis gestern gab es noch Cieran Thruvial, der die Prostituierten und Schutzgelder in der Hand hatte. Alle Geschäfte und Händler schuldeten ihm einen Anteil ihrer Einnahmen.«

»Cieran Thruvial«, sagte Duncan. Überraschung flackerte in seinem Blick. »Den Namen kenne ich.«

Seremela schüttelte den Kopf. In ihrem Inneren drehte sich alles. »Das kann nicht stimmen«, sagte sie. »Ich kann mir nicht vorstellen, dass sich Vetta prostituiert. Ich meine, es wäre nicht unmöglich, aber ich kann es mir einfach nicht vorstellen.«

Wendell zuckte mit den Schultern. »Tja, das Mädchen hat aus den Karten gelesen, das jedenfalls stand an ihrem Zelt. Sie rechnete viertel- und halbstündliche Sitzungen ab. Soviel ich gehört habe, liefen ihre Geschäfte gut. Ich weiß nicht, ob sie nebenbei noch anschaffen gegangen ist, aber wie viele Ladenbesitzer war sie Thruvial Schutzgeld schuldig. Zwischen den beiden ging es hoch her, und sie haben sich viel in der Öffentlichkeit gestritten. Schien ziemlich persönlich gewesen zu sein, muss ich sagen.«

»Wo ist sie jetzt?«, fragte Seremela. Die Worte kratzten in ihrer trockenen, zugeschnürten Kehle.

»Malphas hält sie bis zum Morgengrauen fest«, sagte Wendell, und zum ersten Mal, seit sie ihm begegnet war, schlich sich so etwas wie Mitgefühl in seinen Blick. »Unheimlicher Typ, dieser Dschinn. Keine Ahnung, woran dem etwas liegt – wenn es da überhaupt etwas gibt.«

»Thruvial ist ein Fae-Name«, sagte Duncan plötzlich. »War dieser Cieran Thruvial ein Dunkler Fae?«

Diesmal richteten sowohl Wendell als auch sein Wachmann ihre Aufmerksamkeit auf Duncan, ihre Mienen wurden wachsam. Zum ersten Mal ergriff der Wachmann das Wort. »Ja.«

Wendell fragte: »Kannten Sie ihn?«

Duncans Miene war ausdruckslos geworden. »Ich bin ihm mal begegnet«, sagte er.

»Wo?« Wieder sah der Apotheker äußerst interessiert aus.

Duncan lächelte sarkastisch. »Das ist nicht Teil unserer Vereinbarung, Wendell. Wo kann ich Malphas am ehesten antreffen?«

Wendell verzog das Gesicht, sagte aber: »Am ehesten hängt er wohl im Gehenna rum – so heißt sein größtes Kasino. Kapiert? Devil's Gate – Gehenna. Harr-harr-harr, was?«

Mit düsterem Blick sah Duncan zu Seremela, ehe er den Apotheker fragte: »Was sind wir Ihnen schuldig?«

»Sie wollen mich nicht fragen, wie Sie das Gehenna finden?«, fragte Wendell.

Duncan schüttelte den Kopf. »Wir brauchen Sie nicht mehr.«

»An Ihrer Stelle würde ich das nicht so leichtfertig behaupten«, sagte Wendell. »Nach Thruvials Tod ändern sich hier die Verhältnisse. Andere Leute wollen sich sein Territorium unter den Nagel reißen, und ein paar davon sind starke Magier. Sie wissen nicht, wonach Sie Ausschau halten oder wohin Sie sich wenden müssen. Sie wissen immer noch überhaupt nichts.«

»Jetzt überspannen Sie den Bogen«, sagte Duncan. Er zückte etwas Bargeld und legte es auf die Theke. »Wir sind knapp unter einer Viertelstunde geblieben. Behalten Sie den Rest.« Als er sich an Seremela wandte, nahm sein Gesicht weichere Züge an. »Gehen wir.«

Sie nickte und trat aus der Tür. Er folgte ihr.

Wendell rief ihnen nach: »Wenn Sie glauben, Sie brauchen mich nicht, machen Sie einen Fehler.«

Duncan schüttelte den Kopf. Sobald sie draußen waren, reichte er Seremela die Hand, und sie ergriff sie. Seine Hand war wie der Rest von ihm, sicher, ruhig und kühl. Sie griff fest zu und atmete tief durch. Die nach Rauch riechende Nachtluft wirkte so viel frischer als vor ihrem Besuch in Wendells Laden.

»So eine miese kleine Kakerlake«, sagte sie mit zusammengebissenen Zähnen.

»Ich weiß. Am liebsten würde ich ihn zerquetschen.«

Er drehte sie zu sich um, sodass sie ihm gegenüberstand, und hielt ihre Ellbogen in seinen Handflächen, während er die Menge hinter ihr beobachtete. Nach einem kurzen Blick in sein Gesicht tat sie das Gleiche und beobachtete, was hinter seinem Rücken geschah, betrachtete das schwache rötliche Licht der zahlreichen Lagerfeuer. Irgendwo in der Nähe lachte jemand, ein scharfes Geräusch, das abrupt abriss. In der Luft lag Magie, vermischt mit den irdischen Gerüchen nach verschüttetem Whiskey und anderen säuerlichen Noten.

Würdest du abreisen, wenn ich dich darum bäte?, fragte er telepathisch.

Sie warf einen kurzen Blick auf die dunklen Schatten in seinem Gesicht. Er sah so gelassen und gleichgültig aus, als unterhielten sie sich über das Wetter. Ihr fielen ein paar erstklassige Antworten ein, aber sie erkannte zu viele Gründe hinter seiner Frage.

Am Ende sagte sie nur schlicht: »Nein.«

Er wirkte nicht überrascht, sondern nickte und strich mit den Daumen über die empfindliche Haut an der Innenseite ihrer Ellbogen. Allerdings glaubte sie nicht, dass ihm bewusst war, was er tat.

Was mir Sorgen macht, ist der Dschinn, sagte er mit düsterem Blick. *Na ja, es gibt eine ganze Menge Dinge, die mir Sorgen machen.*

Wer war Thruvial?, fragte sie.

Er fing ihren Blick auf. *Weißt du noch, dass ich Carling letztes Jahr zu Niniane Lorelles Krönung nach Adriyel begleitet habe?*

Ja, sagte sie.

Das würde sie so schnell nicht vergessen.

Adriyel war das Anderland der Dunklen Fae, und das vergangene Jahr war für das Dunkle-Fae-Reich sehr ereignisreich gewesen. Dragos, der Lord der Wyr, hatte Urien, den König der Dunklen Fae, umgebracht, weil dieser Dragos' Gefährtin entführt hatte. Dann war die Thronerbin Niniane Lorelle, die bis dahin unter Dragos' Schutz gelebt hatte, nach Adriyel gereist, um ihr Geburtsrecht in Anspruch zu nehmen. Auf dem Weg dorthin hatte Niniane in Chicago zwei Mordanschläge überlebt, und Seremela hatte als Gerichtsmedizinerin die Autopsie an den Beinahe-Mördern durchgeführt.

Der Wyr-Wächter und Kriegsherr Tiago hatte seine Stellung im Wyr-Reich in New York aufgegeben, um Niniane zu begleiten und sie zu beschützen. Offiziell arbeitete er jetzt als Sicherheitschef für die neue Königin, aber wer die beiden privat kannte, wusste auch, dass er sich außerdem mit Niniane gepaart hatte.

Seither kamen Nachrichten aus Adriyel nur noch tröpfchenweise, unterbrochen von wochenlanger Stille. Wenige Monate nach ihrer Krönung hatte die neue Königin der Dunklen Fae einige Adlige festnehmen lassen und für ihre Verbrechen gegen die Krone vor Gericht gestellt – darunter Hochverrat, Verschwörung, der Königsmord an ihrem Vater sowie die Ermordung ihrer übrigen Familie. Kurze Zeit nach den Prozessen waren die Verschwörer hingerichtet worden.

Bald darauf, etwa im Januar, hatte Adriyel seine Grenzen offiziell für den Tourismus und freien Handel geöffnet. Doch auch jetzt noch, sechs Monate danach, sah man nur selten Dunkle Fae in der Öffentlichkeit.

Seremela fragte: *Bist du Thruvial in Adriyel begegnet?*

Ja, kurz, sagte Duncan. *Thruvial war ein Adliger, und ich war nur einer von Carlings Begleitern, daher hatten er und ich keinen Grund, ein Gespräch anzufangen. Aber ich habe ein gutes Gedächtnis für Namen und Gesichter und erinnere mich, ihn bei der Krönung und der anschließenden Feier gesehen zu haben. Was hat er ausgerechnet hier verloren?*

Jetzt runzelte auch Seremela die Stirn. Drängende Unruhe pochte in ihren Adern. Sie musste ihre Nichte finden. Vetta hatte es endlich geschafft, sich mehr einzubrocken, als sie auslöffeln konnte, und das arme kleine Biest musste fast besinnungslos sein vor Angst. Manchmal musste man einen absoluten Tiefpunkt erreichen, bevor man sich ändern konnte, und Seremela glaubte, dass Vetta unmöglich noch tiefer sinken konnte, als heute Nacht ganz allein im Dunkeln zu sitzen und auf ihre Hinrichtung zu warten.

Am liebsten wäre sie blindlings zum Gehenna gerannt, aber Duncan hatte recht, es war besser, innezuhalten und die Lage einzuschätzen. Sie brauchten einen klaren Kopf und mussten so umfassend wie möglich begreifen, was hier wirklich vor sich ging. Und dazu gehörte auch, sich ein Bild von dem Opfer zu machen und davon, warum es umgebracht worden war.

Seremela sagte: *Die Dunklen Fae sind berühmt für ihre Metallurgie. Vielleicht hat ihn die Chance hergelockt, eine Ader mit magiereichem Metall zu finden, besonders nachdem der Handel zwischen Adriyel und dem Rest der Welt jetzt erlaubt ist.*

Vielleicht, aber wenn das der Fall wäre, sagte Duncan, *warum hat Thruvial dann keine Diener oder Angestellten geschickt? Warum hätte er selbst herkommen sollen? Und als er dann hier war, warum hat er sich auf illegale Geschäfte eingelassen statt aufs Graben und Schürfen?*

Ich weiß es nicht, sagte sie. Entmutigung wallte in ihr auf.

Er packte ihre Arme fester. Dann wiederholte er: *Aber was mir wirklich Sorgen macht, ist, dass ein Dschinn hier ist und etwas mit dieser Sache zu tun hat. Seremela, wenn du jetzt losfährst, könntest du in einer Stunde in Reno sein. Du könntest versuchen, Handyempfang zu bekommen, mit Carling und Rune sprechen und ihnen sagen, was hier los ist, während ich mit diesem Malphas rede und sehe, was ich hier ausrichten kann.*

Ich werde nicht fahren, sagte sie.

Noch nie hatte sie ihn so aufgebracht erlebt wie jetzt, er wirkte sogar ein bisschen wütend. *Ich will nicht, dass du hier bleibst.*

So besorgt war er um sie?

Sanft sagte sie: *Duncan, denk einen Augenblick nach. Es wäre schön, wenn einer von uns losfahren und der Außenwelt berichten könnte, was hier vorgeht. Aber hier ist ein Dschinn im Spiel, und Informationen fließen in beide Richtungen. Was ist, wenn Wendell auf die Idee kommt, dass andere für das bezahlen würden, was er über uns erfahren hat? Was, wenn einer von diesen anderen der Dschinn ist? Niemand hier hat rechtliche Befugnisse oder das Recht, Vetta hinzurichten. Sie zu hängen ist* Mord. *Selbst wenn ich die halbe Strecke nach Reno schaffe – zum Teufel, selbst wenn wir beide fahren, könnte er uns aufhalten, wenn er will.* Sie machte eine Pause, damit dieser Teil zu ihm durchdringen konnte. *Wir haben es zu dem Zeitpunkt noch nicht gewusst, aber wir konnten schon nicht mehr zurück, seit wir Wendells Laden betreten hatten. Was uns hier auch erwartet, wir müssen dem die Stirn bieten. Zusammen. Jetzt.*

»Verfluchte Götter«, flüsterte er. Als er die Zähne bleckte, war der Ansatz seiner Reißzähne zu sehen. Dann lockerte er den Griff, mit dem er ihre Ellbogen umfasst hielt, und strich mit den Fingern sacht über ihre Unterarme, ehe er sie losließ. »Also gut. Suchen wir das Gehenna.«

Das Casino war leicht zu finden. Es befand sich am Rande der Siedlung und war so groß wie ein Zirkuszelt. Lärm quoll heraus, und vor dem Eingang trieben sich Betrunkene herum. Drinnen leuchtete grelles elektrisches Licht über einer Reihe von Spielautomaten. Malphas oder seine Casino-Manager hatten in den Import von Stromgeneratoren investiert. Der Dunst von Zigaretten, Zigarren und Haschisch hing in der Luft.

Seremela sah auf, als sie aus den Augenwinkeln eine Bewegung wahrnahm. Am Rand des Zeltes war ein umlaufender Holzsteg angebracht, auf dem einige große Goblins mit deutlich sichtbaren Waffen patrouillierten und die Menge unter sich beobachteten.

Sie verzog den Mund. Duncan und sie wechselten einen Blick und drangen dann tiefer ins Zelt vor, wo die Spieltische standen. Sobald jemand Seremela erblickte, wich er zurück, sodass schnell eine breite Schneise für sie und Duncan entstand.

Das war ihr nur recht. Einen Meter Abstand zwischen sich und jeder anderen Person in diesem Höllenloch konnte sie gut gebrauchen.

Kellner und Kellnerinnen, Menschen wie Angehörige der Alten Völker, boten Getränke und Tabletts mit Pommes frites zum Verkauf an. Bekleidet waren sie nur mit Bauchketten und Hundehalsbändern. Obwohl Seremela durchaus nicht prüde war, mochte sie es nicht, ohne Vorwarnung das Gehänge von Fremden präsentiert zu bekommen. Leise fluchend wandte sie den Blick ab.

Ein menschlicher Kellner kam mit einem breiten Lächeln auf sie zu, wobei Seremela auffiel, dass er sich Duncan von der anderen Seite näherte und sicheren Abstand zu ihr hielt. »Möchten Sie Pommes frites kaufen?«

»Wir wollen einen Manager sprechen«, sagte Duncan.

Unerschütterlich lächelnd sagte der Kellner: »Ja, klar. Viel Glück damit. Ist ziemlich viel los heute Nacht, aber das ist jede Nacht so. Tagsüber auch. Das Gehenna schließt nie, ganz egal, wie heiß es ist. Zu den Büros geht es gleich geradeaus.«

»Danke«, sagte Duncan.

Sie waren kaum drei Schritte weit gekommen, als sich eine von zwei Goblins flankierte Vampyrin einen Weg durch die Menge bahnte und auf sie zukam. Die Vampyrin hatte kurze, blonde Haare, trug eine schwarze Kampfhose und ein schwarzes Tank-Top, das ihren muskulösen Oberkörper betonte. Sie bewegte sich wie eine Kämpferin und trug eine halb automatische Waffe in einem Hüftholster. Außerdem machte sie einen intelligenten Eindruck. Direkt vor Duncan und Seremela blieb sie stehen.

Nachdem sie Duncan ausgiebig gemustert hatte, richtete die Vampyrin ihre Aufmerksamkeit auf Seremela. »Wenn Sie im Gehenna bleiben wollen, müssen Sie Ihre Schlangen bedecken. Sie verunsichern die Kunden.«

»Wir sind nicht zum Spielen hier und haben auch nicht die Absicht, uns unter die Kundschaft zu mischen«, sagte Seremela ruhig. »Wir wollen mit Malphas sprechen.«

Die Vampyrin rieb sich den Nacken und sah die beiden unter gesenkten Brauen prüfend an. »Sie sind wegen des Mädchens hier, richtig?«, fragte sie. Als keiner von beiden das bestätigte oder verneinte, schüttelte sie den Kopf. »Folgen Sie mir.«

Die Vampyrin schickte die beiden Goblins weg und führte Seremela und Duncan durch die Menge zur Rückseite des Zeltes und dann ohne anzuhalten durch eine weitere Öffnung wieder hinaus. Hinter dem Zelt waren einige Containergebäude aufgestellt, und der ganze Bereich war von einem zwei Meter siebzig hohen Stacheldrahtzaun umgeben. Seremela sah sich überall genau um. Tief in ihren Knochen spürte sie, dass Vetta ganz in der Nähe war. Wahrscheinlich in einem dieser Containerhäuser.

Sie ist hier, sagte Seremela zu Duncan. *Ich weiß es.*

Seine Bewegungen waren so ruhig wie eh und je, die Hände hingen locker an den Seiten herab, und doch merkte Seremela, wie scharf sein Blick war, der durch die Umgebung schweifte. *Das glaube ich dir,* sagte er. *Ich nehme auch an, dass sie hier ist.*

Ihre Vampyr-Eskorte hatte offenbar nicht viel für unnützes Geschwätz übrig, denn sie sagte kein einziges Wort, bis sie den letzten Container erreicht hatten. Dort angekommen öffnete sie die Tür und schaltete das Licht ein. Duncan warf einen Blick in den Innenraum, trat jedoch nicht ein. Auch Seremela sah hinein. Der Container war vollkommen leer und wurde nur von einer nackten Glühbirne erhellt.

Die Vampyrin sagte: »Wenn Sie mit Malphas sprechen wollen, gehen Sie rein und rufen ihn. Er kommt dann oder auch nicht, wie es ihm gerade passt. Wenn Sie Ihre Meinung geändert haben, gehen Sie. So oder so, die Hinrichtung findet im Morgengrauen statt.«

Seremela ballte die Fäuste und wollte auf die Vampyrin losgehen. Ihre Schlangen zischten. Doch sie prallte gegen eine Barriere, denn Duncans Arm war hervorgeschossen und versperrte ihr den Weg. »Ruhig, Liebes«, sagte er leise zu ihr. Telepathisch fügte er hinzu: *Verschwende deine Energie nicht an sie. Um sie geht es hier nicht. Wir müssen uns auf wichtigere Dinge konzentrieren.*

Seremela holte tief Luft und rang darum, ihre Wut unter Kontrolle zu bringen. Er hatte recht. Um diese Vampyrin ging es ganz und gar nicht. Sie nickte ihm knapp zu, woraufhin er den Arm sinken ließ und den Container betrat. Nachdem sie der Vampyrin einen letzten wütenden Blick zugeworfen hatte, folgte Seremela ihm.

Innen war das Gebäude genauso kahl und schmucklos, wie es auf den ersten Blick gewirkt hatte. Metallwände, Metallboden, Metalldecke. Keine Stühle, kein Teppich, keine Wandverkleidungen oder Tische.

Nachdem sich beide einmal im Kreis gedreht hatten, sah Duncan Seremela schulterzuckend an und sprach in den scheinbar leeren Raum: »Malphas.«

Zunächst passierte gar nichts. Rasende Verzweiflung drohte Seremela zu überwältigen. Er musste kommen. Das musste er einfach.

Dann strömte schwarzer Rauch durch die offene Tür, und die Luft verdichtete sich. Magische Energie baute sich auf und schwoll immer weiter an. Sie wurde richtig erdrückend, sodass Seremela kaum noch atmen konnte und schwer schlucken musste. Dies war ein sehr alter Dschinn, womöglich sogar aus der ersten Generation. Was hatte ein Dschinn der ersten Generation am Devil's Gate zu suchen?

Die magische Energie ballte sich zur Gestalt eines großen Mannes mit goldenen Haaren zusammen, der ein engelhaft schönes Gesicht und zwei Supernovä als Augen hatte. Die durchdringenden Zwillingssterne fixierten Duncan und sie, und dieser wunderschöne Mann schenkte ihnen ein gefährliches Lächeln.

»Willkommen im Gehenna«, sagte Malphas.

6

Liebe

»Was kann ich für euch tun?«, fragte der Dschinn.

Ein Hauch von Gefahr strich über Duncans Nacken. Nach einem Blick auf den Vampyr wandte sich Malphas an Seremela, die ihn mit ruhiger, aber angespannter Miene beobachtete. Ihre Schlangen hatten sich um ihre Arme und Schultern gewunden, und alle sahen ebenfalls den Dschinn an.

»Man hat uns gesagt, dass meine Nichte im Morgengrauen wegen Mordes gehängt werden soll«, sagte Seremela. »Sie ist unschuldig. Vetta würde nie einen Mord begehen.«

»Oh«, sagte Malphas und beschrieb eine Geste mit seiner langgliedrigen, weißen Hand. »Ich fürchte, die Wahrheit ist nur von begrenzter Relevanz, ganz besonders hier.«

Mit diesem schlichten Satz schoss das Gefahrenpotenzial im Raum in die Höhe.

Kein ehrenhafter Dschinn, dem Duncan je begegnet war oder von dem er gehört hatte, würde so etwas sagen, denn Dschinn legten sehr großen Wert auf die Wahrheit, ebenso wie auf alle anderen Arten von Informationen.

Sei vorsichtig, sagte Duncan zu Seremela. Sie warf ihm einen überraschten Blick zu, als er fragte: »Welchem Haus gehören Sie an, Malphas?«

Einen Moment lang sah ihn der Dschinn nachdenklich an. »Du glaubst, dass die Antwort auf diese Frage von Belang ist?«

»Bei den Dschinn«, sagte Duncan höflich, »ist die Antwort darauf immer von Belang.«

Malphas neigte zustimmend den Kopf. »Ich stamme aus dem Hause Shaytan.«

»Und gehören ihm gegenwärtig an?«, fragte Duncan.

Duncan, was ist hier los? Seremelas telepathische Stimme klang nervös.

Malphas' Lächeln wurde breiter. »Nein.«

Alle Muskeln in Duncans Körper verkrampften sich, während er die Aufmerksamkeit fest auf das todbringende Geschöpf gerichtet hielt. *Er ist ein Ausgestoßener, Seremela. Und er verfügt über große magische Macht.*

Ich weiß nicht viel über die Gesellschaft der Dschinn, sagte sie. Ihr Gesicht nahm einen verängstigten Ausdruck an, als sein Misstrauen sich auf sie übertrug. *Ich weiß nicht, was das bedeutet.*

Ich schon, erwiderte er grimmig.

Die fünf Häuser der Dschinn gründeten sich auf ihre Beziehungen, und diese Beziehungen beruhten auf ihrem Wort. Ein Dschinn, der sein Wort gebrochen hatte, galt bei anderen Dschinn als ehrlos und wurde ein Ausgestoßener. Er unterhielt keine Beziehung mehr zu einem der Häuser, war gesetzlos und skrupellos.

Seremela hatte gesagt, dass es für sie kein Zurück mehr gegeben hätte, seit sie Wendells Laden betreten hatten, aber mit dem Gehenna hatten sie einen Ort betreten, der noch viel schlimmer und unendlich viel gefährlicher war.

Unheimlicher Typ, hatte Wendell über den Dschinn gesagt. *Keine Ahnung, woran dem etwas liegt.*

Ein Stilett kalter, eisiger Gewissheit durchfuhr Duncan.

Was es auch sein mochte, woran Malphas etwas lag, Wahrheit oder Recht waren es nicht. Als Dschinn der ersten Generation musste er über genug magische Macht verfügen, um zu wissen, ob Vetta die Wahrheit sagte, wenn sie ihre Unschuld beteuerte. Da er sie in Gewahrsam hielt, schien ihm nichts daran zu liegen, Thruvials wahren Mörder zu finden. Es musste ihm irgendeinen Vorteil bringen, Vetta hinzurichten, aber jetzt waren Duncan und Seremela aufgetaucht und erhoben Einspruch.

Malphas hatte diesen leeren Container nicht aufgesucht, um mit ihnen zu reden. Er war gekommen, um herauszufinden, ob er sie ebenfalls umbringen sollte. Dass Duncan und Seremela noch am Leben waren, lag einzig und allein daran, dass der Dschinn noch nicht entschieden hatte, welches Vorgehen am ehesten in seinem Interesse lag.

»Als das Mädchen noch ein Niemand war, sah die Lage anders aus, nicht wahr?«, fragte Duncan. Malphas spazierte gemächlich um ihn herum, und Duncan drehte sich mit ihm, damit er den Dschinn stets vor sich hatte. »Dann hätte ihr Tod nämlich niemanden gekümmert. Aber ich verstehe nicht, warum Sie sie überhaupt hängen wollten.«

»Sie ist ein dummes Kind«, sagte Malphas. Sein Ton war beiläufig und abschätzig, als sprächen sie von einem unfolgsamen Hund. »Sie ist frech und unhöflich und hat sich aufgeführt, als wäre ihr jedermann etwas schuldig. Vor eurer Ankunft gab es hier am Devil's Gate niemanden, der sie vermisst hätte, dafür aber eine Reihe von Leuten, die sie zur Hölle gewünscht haben. Unterdessen ist jemand mit großen magischen Kräften umgebracht worden – jemand, der hier sehr viel Macht hatte –, und deswegen sind andere Wesen mit großer magischer Macht sehr aufgebracht. Sie wollen Vergeltung. Sie wollen wissen, dass ihnen nicht ungestraft dasselbe widerfahren kann. Sie hören das Wort ›vergiften‹, sie sehen eine Medusa …« Der Dschinn ließ den Satz verklingen und zuckte die Schultern.

»Die Rufe nach ihrer Hinrichtung wurden zu laut, um sie zu ignorieren. Irgendwo musste sie festgehalten werden, und darum habe ich mich gekümmert.«

»Dann geben Sie uns die Chance herauszufinden, wer ihn wirklich umgebracht hat«, sagte Seremela. In ihren Augen loderten unterdrückte Empfindungen, doch Duncan bemerkte erleichtert, dass ihr Gesicht und ihre Stimme ruhig blieben. »Ich bin … ich war Gerichtsmedizinerin. Ich könnte die Leiche untersuchen und feststellen, welche Art Gift benutzt wurde – und womöglich noch eine ganze Menge mehr. So viel kann ich Ihnen garantieren – selbst wenn Vettas Schlangen ihn mehrfach gebissen hätten, sind sie viel zu jung, um einen ausgewachsenen Dunklen Fae zu töten. Sie können unmöglich genug Gift in sich tragen.«

»Einen vergifteten, verwesenden Leichnam in dieser Hitze aufbewahren?«, fragte Malphas. Angewidert verzog er das schöne Gesicht. »Oh nein, Frau Doktor. Dein Angebot ist zwar von einem gewissen theoretischen Wert, aber es gibt keine Leiche, die du untersuchen könntest.«

»Was soll das heißen, es gibt keine Leiche?«, fragte Seremela angespannt. »Was ist damit passiert?«

»Thruvials Diener hatten nicht die erforderlichen Kräuter für die Konservierung eines Toten bei sich. Seine Überreste hatten so sehr zu stinken begonnen, dass wir sie gestern auf einem Scheiterhaufen verbrennen mussten.«

Duncans Gedanken rasten, während er zuhörte. Herauszufinden, woran dem Dschinn etwas lag, war der Schlüssel, der sie lebend aus diesem Container bringen würde.

Dem Dschinn lag nichts daran, Thruvials Mörder zu finden, und er war auch nicht darauf aus, Vetta als Sündenbock zu benutzen, sonst hätte er sie sofort hängen lassen, nachdem Thruvials Leiche entdeckt worden war.

Warum hatte sich der Dschinn überhaupt in diese Angelegenheit eingemischt? Welchen Vorteil hatte er davon?

Und dann wusste Duncan, woran Malphas etwas lag.

Den Ausdruck hatte Wendell vorhin geprägt. Malphas' Leben war abhängig vom Gleichgewicht der Kräfte. Als Dschinn der ersten Generation, der zugleich ein Ausgestoßener war, lebte er in der ständigen Gefahr, von anderen seiner Art gejagt zu werden.

Für die anderen Dschinn aber wäre es äußerst schwierig und aufwendig, ihn zu töten, weshalb sie es nach Möglichkeit vermeiden würden, es sei denn, man ließe ihnen keine andere Wahl.

Als die Einwohner von Devil's Gate Taten forderten, hatte Malphas Vetta in Gewahrsam genommen und ihre Hinrichtung einige Tage hinausgezögert, nicht etwa um der Gerechtigkeit willen, sondern aus Selbstschutz.

All das verriet Duncan so einiges. Erstens, dass Malphas selbst keine Konsequenzen wegen Thruvials Tod befürchtete, weil er nichts damit zu tun hatte.

Wenn Vetta allerdings gehängt würde, hätte er mit ihrem Tod durchaus etwas zu tun. Er musste sicher sein, dass ihr Tod niemanden kümmern würde.

Duncan sagte: »Das ist die Grenze, die Sie nicht überschreiten wollen.«

Der Dschinn richtete den Blick seiner Supernovä-Augen wieder auf Duncan. »Du hast meine Aufmerksamkeit, Vampyr. Erkläre, was du damit meinst.«

»Sie gehören vielleicht keinem bestimmten Haus mehr an, wir aber schon. Unserem Haus ist es nicht egal, was aus uns wird, die Mitglieder wissen, wo wir sind, und sie haben starke Beziehungen«, sagte Duncan. »Carling Severan ist meine Erschafferin, und auch wenn sie nicht mehr im Tribunal der Alten

Völker sitzt, unterhält sie noch immer Kontakte und Bündnisse mit den mächtigsten Dschinn. Zu ihren Beziehungen gehören Soren, das Oberhaupt des Tribunals höchstpersönlich, und auch Sorens Sohn, Khalil aus dem Hause Marid. Vielleicht haben Sie schon davon gehört, dass Carling und Khalil einst gemeinsam gegen eine ausgestoßene Dschinn der ersten Generation in den Krieg gezogen sind. Und sie haben gewonnen.«

»Verstehe«, sagte Malphas. Seine Lider senkten sich und verbargen den Ausdruck in den lodernden Sternenaugen.

Duncan sagte zu Malphas: »Was Thruvial zugestoßen ist, geht uns nichts an. Wir sind nicht hier, um einen Mord aufzuklären, uns einzumischen oder die Bewohner von Devil's Gate zu besänftigen, ganz egal, wie unabhängig sie sich hier fühlen und welche Ansprüche sie zu haben glauben. Wir brauchen uns nicht dafür zu rechtfertigen, dass wir ein unschuldiges Mädchen aus einer gefährlichen Lage retten. Sie, Malphas, werden nicht verhindern, dass wir sie mitnehmen, und Sie werden uns in keiner Weise bei der Abreise behelligen, denn wenn Sie das täten, würden auch Sie einen solchen Krieg auf sich ziehen, und mal ehrlich, Malphas, letzten Endes ist Ihnen das keiner von uns wert.«

Während Duncan sprach, erklang draußen das schnelle Trippeln von Schritten, und kurz darauf erschien die Vampyrin von vorhin in der offenen Tür. Sie trug einen Rucksack über der Schulter und hielt eine junge Medusa mit tränenüberströmtem Gesicht am Arm.

Die Medusa schrie: »Tante Serrie!«

»Lassen Sie meine Nichte los«, sagte Seremela. Die Vampyrin warf den Rucksack auf den Boden und ließ Vetta los, die auf ihre Tante zustürzte. Seremela riss das Mädchen an sich. »Da hast du ziemlich recht«, sagte der ausgestoßene Dschinn mit engelsgleichem Lächeln. »Keiner von euch ist das wert.«

Seremela drückte das Mädchen so fest an sich, dass ihre Armmuskeln zitterten, während Vetta das Gesicht schluchzend an ihrem Hals barg. Vor ihren Augen verwandelte sich der Dschinn in schwarzen Rauch und löste sich in Nichts auf. Duncan fuhr auf dem Absatz herum. Sein hageres Gesicht wirkte gefasst, doch in seinen Augen glitzerte es gefährlich.

»Wir sind hier fertig, oder?«, fragte sie scharf.

»Wir sind fertig«, sagte er. Er klang so ruhig wie immer, seine volle Stimme weich und tröstend, aber er zog seine Waffe, als er auf sie zukam.

Sie hielt die Luft an, zog Vetta enger an sich und brachte zwischen den Zähnen hervor: »Und jetzt?«

Vor Mitgefühl verdunkelte sich Duncans Blick, als er neben Seremela trat. Er fasste sie fest an der Schulter und sagte: »Malphas hat beschlossen, uns gehen zu lassen, aber das heißt nicht, dass das auch für die anderen Einwohner von Devil's Gate gilt.«

»Scheiße«, murmelte sie. Natürlich hatte er recht. Sie sah sich um, aber die Vampyrin war ebenfalls verschwunden.

Vetta hob den Kopf. Ihre Augen waren mit schwarzem Eyeliner verschmiert, und ihre kleinen, dünnen Kopfschlangen waren vollkommen eingeschüchtert und ringelten sich langsam. Im jungen, erschöpften Gesicht ihrer Nichte erblickte Seremela den Geist des fünfjährigen Mädchens, das Vetta einmal gewesen war.

»Ich will jetzt nach Hause, Tante Serrie«, flüsterte sie.

»Aber natürlich«, sagte diese sanft. Jetzt war nicht die Zeit für Beschuldigungen oder Vorträge. »Bist du verletzt?«

Vetta fuhr sich mit der Hand über das Gesicht. »Nur müde und hungrig.«

»Gut.« Seremelas Blick fiel auf den Rucksack, den die Vampyrin auf den Boden geworfen hatte. »Gehört der dir?«

Als Vetta nickte, sagte Duncan: »Wir werden nicht versuchen, deine übrigen Sachen mitzunehmen. Wir gehen direkt zum Wagen und fahren nach Hause.«

»Meinetwegen, ist mir egal«, sagte das Mädchen mit wackliger Stimme. »Verdammt, ich will nur noch hier raus.«

Als Seremela ihre Aufmerksamkeit ganz auf den Rucksack lenkte, den Malphas Wachvampyr auf den Boden geworfen hatte, spürte sie sofort das warme Glühen einer alten magischen Energie. Sie bückte sich und griff nach dem Rucksack, um ihn vorsichtig mit ihrem Magiesinn abzutasten.

In ihrer Zeit als Gerichtsmedizinerin waren die meisten Todesfälle, die sie untersucht hatte, mithilfe von Zaubern oder magischer Energie herbeigeführt worden, und ihr Sinn für Magie war sehr fein ausgeprägt.

Sie war den Umgang mit gefährlicher Restmagie gewohnt, und bei einer Abtastung konnte sie die entsprechende Energie normalerweise binnen Sekunden zuordnen. Ob es der Zauber einer menschlichen Hexe war oder ein Gegenstand, der die magische Energie der Dunklen Fae, Dämonen, Elfen, Dschinn oder Hellen Fae aufgenommen hatte – sie kannte die Duftnoten und Eigenschaften all dieser Magieformen, und meistens konnte sie die Zauber entweder aufheben oder eindämmen.

Aber das hier – das war anders als alles, womit sie bisher in Berührung gekommen war. Je stärker sie sich darauf konzentrierte, desto tiefgründiger kam ihr die Quelle der magischen Energie vor, die sich unter dem äußeren Anschein des weichen, sanften Glühens verbarg. Für einen Augenblick hatte sie das Gefühl, in etwas unfassbar Großes zu fallen, viel größer als alles, was sie bisher kannte.

Erstaunt und nicht wenig erschrocken fuhr sie zurück und hörte sich in scharfem Ton fragen: »Was hast du da drin?«

»Die verfluchten Tarot-Karten des Teufels«, sagte Vetta mit einem neuerlichen Schluchzen.

Sie drehte sich um und starrte das Mädchen an: »Was um alles in der Welt hast du getan, um an so etwas zu kommen?«

Auf Vettas Gesicht blitzte ihr altes rebellisches Ich auf, das jedoch schnell wieder in sich zusammenfiel. Sie heulte: »Ich habe es vor ein paar Monaten gestohlen. Ich bereue schon genug, dass ich es je zu Gesicht bekommen habe, also brauchst du mich deswegen nicht noch anzuschreien, okay?«

Seremela schob das Kinn vor. Mit freundlicher, gleichmäßiger Stimme sagte sie: »Allerdings konnte ich nicht verhindern, dass mir deine Wortwahl aufgefallen ist. Du bereust, dass du es zu Gesicht bekommen hast, aber nicht, dass du es gestohlen hast?«

Die geröteten Augen des Mädchens weiteten sich betroffen.

Leise sagte Duncan: »Dieses Gespräch kann bis später warten. Ist der Rucksack zu gefährlich, um ihn mitzunehmen, Seremela?«

Sie sah kurz zu ihm hinüber, ehe sie ihre Aufmerksamkeit wieder auf den Rucksack lenkte. Einen Augenblick später sagte sie: »Im Moment scheint es nicht aktiv zu sein, deshalb glaube ich das nicht. Außerdem ist es ein sehr altes magisches Objekt. Wir sollten es nicht einfach zurücklassen.«

»Dann nehmen wir es mit«, sagte er. »Wenn du bereit bist, darauf achtzugeben und wir sofort aufbrechen.«

Sie nickte, hob den Rucksack auf und hängte ihn sich über die Schulter. Duncan trat in die offene Tür des Containers und sah hinaus. Das Mondlicht beleuchtete seine angespannte Miene und seinen scharfen Blick.

Inzwischen hatte Seremela Übung darin, die feinen Veränderungen in seinem Gesicht zu lesen. Als sie sah, wie sich die Konturen seines Munds verhärteten, fragte sie: »Was ist?«

»Der einzige Weg aus diesem eingezäunten Bereich führt durch das Casino«, erklärte er. »Das ist mir auf dem Weg hierher aufgefallen.«

Als er es erwähnte, erinnerte sich auch Seremela an den durchgehenden Stacheldrahtzaun und sagte zu Vetta: »Du hältst den Kopf unten. Du klebst an mir wie Kaugummi, junge Dame, und vor allem bist du still. Es ist mir egal, ob du jemanden siehst, den du nicht magst, oder ob irgendjemand etwas sagt, das dir nicht passt. Du wirst dich mit niemandem anlegen. Hast du mich verstanden?«

Das Mädchen senkte den Kopf und nickte. Dann führte Duncan sie durch den abgezäunten Bereich zur Rückseite des Casinos, wo grellbuntes Licht aus der Zeltöffnung fiel. Mit Unbehagen dachte Seremela, dass es aussah, als wäre das Zelt aufgeschlitzt worden und würde Licht bluten.

Sie traten ein und folgten dem Hauptdurchgang.

Stille legte sich über die Menge, und Seremelas Magen zog sich zusammen, als die Leute sie anstarrten. Dann begann das Raunen. Wie sie es versprochen hatte, hielt Vetta den Kopf gesenkt und blieb so dicht neben Seremela, wie es möglich war, ohne ihr auf die Füße zu treten.

Seremela legte ihrer Nichte einen Arm um die Schultern, und auch einige ihrer Schlangen wanden sich um Vetta. Sie versuchte nach Kräften, sich etwas von Duncans ruhigem, konfliktvermeidendem Auftreten anzueignen, während ihr jeder Schritt und jeder Augenblick wie eine Stunde vorkam. Ganz anders als bei ihrer Ankunft war sie dankbar, die bewaffneten Goblins auf dem umlaufenden Holzsteg über sich zu sehen.

Dann lief eine wellenförmige Bewegung durch die Menge, und sie wusste, dass sie es nicht ganz ohne Konfrontation aus dem Casino schaffen würden.

Duncan wandte den Kopf, um sich die Reaktion anzusehen.

Noch immer sah er so ungerührt aus, als würde er den Müll raustragen, während ihr selbst das Herz in der Brust umhersprang wie eine Katze auf dem heißen Blechdach. Als sie seine hageren, mäßig interessiert wirkenden Züge im Profil sah, spürte sie einen so mächtigen Ansturm von Gefühlen, dass es sie beinahe umgehauen hätte.

Ich liebe dich, dachte sie. *Du hast so viele Mühen auf dich genommen, bist für mich quer durchs Land gereist. Du hast dich Kleinkriminellen und einem skrupellosen Dschinn entgegengestellt. Du hast mir ohne jede Frage geglaubt, als ich sagte, Vetta sei unschuldig, und all das hast du mit Humor und Freundlichkeit gemeistert. Und du bist bereit, das Gleiche für meine Nichte zu tun, der du noch nicht einmal vernünftig vorgestellt worden bist.*

Wie könnte ich dich nicht lieben?

Wie könnte ich nicht?

Die Menge teilte sich, und eine Dunkle Fae kam auf sie zu. Sie war groß und dünn und hatte die typischen kantigen Züge und übergroßen grauen Augen der Dunklen Fae. Ihr glänzend schwarzes Haar hatte sie zu einem Zopf zurückgebunden, und sie trug schlichte schwarze Leggings unter einer ärmellosen Tunika.

Außerdem trug sie ein Schwert in einer Scheide auf dem Rücken. Als sie sich ihnen in den Weg stellte, hingen die Hände leer und locker an ihren Seiten herab.

Vetta brach ihr Versprechen zu schweigen mit einem Flüstern. »Xanthe.«

Warnend legte Seremela den Arm fester um ihre Nichte.

Bis auf ein schwaches Lächeln und einige Fältchen um die Augen, beides fast schon wieder verschwunden, ehe Seremela es bemerkte, ließ die Dunkle Fae durch nichts erkennen, dass sie Vetta gehört hatte. Stattdessen wandte sie sich an Duncan und sagte: »Bitte erlauben Sie, dass ich Ihnen helfe und sie sicher aus diesem Haus eskortiere.«

»Warum sollten wir das tun?«, fragte Duncan.

»Weil ich ebenfalls weiß, dass das Mädchen unschuldig ist«, sagte die Dunkle Fae. Sie sprach perfektes Englisch mit dem Hauch eines Akzents, und hob bei diesen Worten die Stimme, womit sie abermals eine Bewegung in der neugierigen Menge auslöste.

»Dann unbedingt«, sagte Duncan und deutete vor sich in den Durchgang. »Nach Ihnen.«

Die Frau, die Vetta Xanthe genannt hatte, neigte den Kopf und übernahm die Führung, während sich Duncan zurückfallen ließ. Er gab Seremela und Vetta ein Zeichen, vorauszugehen, und blieb dicht hinter ihnen.

Misstrauisch folgte Seremela der Dunklen Fae. Sie überlegte, ob dieses Manöver möglichweise eine Falle war, aber sie konnte sich nicht vorstellen, wie – schließlich hatte die Frau sehr öffentlich Vettas Unschuld erklärt und ihnen Unterstützung zugesichert.

Sie gingen weiter durch das Casino. Mit der Dunklen Fae vor sich und Duncan, der hinter ihr auf sie aufpasste, fühlte sich Seremela ein klein wenig sicherer. Sie hoffte inständig, dass das keine Illusion war.

Telepathisch fragte sie Vetta: *Kennst du diese Frau?*

Nicht so richtig, sagte das Mädchen. *Ich weiß, wer sie ist – oder eher, wer sie war. Sie war eine von Thruvials Begleitern. Er hatte drei davon. Schätze, das ist was Traditionelles?*

Vetta hatte recht. Triaden waren bei den Dunklen Fae sehr traditionell und tauchten in ihrer Gesellschaft in unterschiedlichen Formen auf. Seremela fragte sich, wo die beiden anderen Begleiter von Thruvial sein mochten.

Sie sagte: *Ja, das ist es. Was weißt du über sie?*

Vetta zuckte mit den Achseln. Erschöpfung lag auf ihren Zügen und in ihrer mentalen Stimme. *Wie schon gesagt, nicht viel. Sie ist ruhig und bleibt meist für sich.*

Okay, sagte Seremela.

Sie verstummten. Später würde Seremela von diesem entsetzlichen Gang durch das Gehenna träumen. In diesen Träumen wurde sie von einem schleichenden Gefühl der Bedrohung verfolgt, eine riesige Menge starrte sie mit hungrigen Augen an und folgte ihr dicht auf den Fersen, jeden Augenblick bereit, zuzuschlagen und zu töten.

Dann endlich traten sie aus dem Zelt. Die kühlere Wüstenluft im Freien war unbeschreiblich herrlich. Seremela und Vetta atmeten tief durch und wären vor Erleichterung fast ins Stolpern geraten, als die Dunkle Fae anhielt und sich über die Schulter nach ihnen umsah.

»Nicht stehen bleiben«, raunte Duncan. »Wir müssen schnell weiter.«

Seremela nickte, und die kleine Gruppe nahm eine andere Formation an.

Diesmal ließ sich die Dunkle Fae zurückfallen und lief neben Seremela, während sich Duncan auf der anderen Seite neben Vetta positionierte.

Die Dunkle Fae sagte: »Wir sollten nicht durch die überfüllten Bereiche im Zentrum des Lagers gehen. In den Außenbezirken ist es ruhiger.«

Duncan und Seremela sahen Vetta an und warteten auf ihre Bestätigung. Das Mädchen sagte: »Xanthe hat recht. In den Randgebieten ist es ruhiger.«

»Zeig uns den Weg«, sagte Duncan.

Vetta und die Dunkle Fae gingen voraus, und in den ruhigen, dunklen Gebieten kamen sie nun schneller voran. Als sie den Lagerplatz umrundet und den Rand des riesigen Parkplatzes erreicht hatten, konnte sich Seremela nicht länger zurückhalten.

Sie blieb stehen und hielt Vettas Arm fest, sodass diese ebenfalls anhalten musste. Auch die beiden anderen blieben stehen.

Seremela sagte zu der Dunklen Fae: »Hey, Sie. Wie heißen Sie?«

»Xanthe Tenanye«, erwiderte die Dunkle Fae.

»Sie haben Sie einfach dort zurückgelassen«, sagte Seremela. »Sie wussten, dass Vetta unschuldig ist, und haben zugelassen, dass sie für – wie lange? Zwei Tage? – eingesperrt wurde. Sie war verängstigt und ganz allein.«

»Ich habe sie nicht zurückgelassen«, sagte Xanthe, ihre Hände hingen locker herab. »Ich bin die letzten beiden Tage im Gehenna geblieben, habe das Geschehen beobachtet und versucht herauszufinden, was ich für sie tun könnte. Ich hätte nicht zugelassen, dass sie gehängt wird.«

»Interessant«, sagte Duncan. Er stand jetzt sehr viel dichter vor der Dunklen Fae. »Woher haben Sie gewusst, dass Vetta unschuldig ist, und wie hätten Sie die Hinrichtung verhindert?«

»Indem ich gestanden hätte, wenn mir keine andere Wahl geblieben wäre«, sagte Xanthe Tenanye. »Ich wusste, dass Vetta Cieran Thruvial nicht umgebracht hat, weil ich es selbst war.«

»Sie sind eine Mörderin?« Vettas Stimme quiekte so überrascht, dass es in fast jeder anderen Situation komisch gewesen wäre.

»So kann man es nennen, wenn es sein muss«, sagte Xanthe.

»Was machen Sie noch hier?«, fragte Vetta. »Die Leute werden Sie hängen, wenn herauskommt, dass Sie es waren.«

»Das ist mir durchaus bewusst. Aber ich konnte nicht weg, solange du noch hier warst«, sagte Xanthe. Sie sah sich um. »Es ist gefährlich, hier stehen zu bleiben und dieses Gespräch zu führen. Sie müssen trotzdem unverzüglich von hier verschwinden.«

Seremela und Duncan sahen einander an. Er murmelte: »Wir sind nicht hier, um herauszufinden, was passiert ist, oder uns einzumischen.«

»Genau das dachte ich auch«, sagte Seremela grimmig. Sie rief sich in Erinnerung, wo sie den SUV abgestellt hatten, und zerrte Vetta in diese Richtung.

In diesem Moment beschloss Vetta, auf stur zu schalten, und stemmte die Füße in den Boden. Indem sie sich einfach keinen Zentimeter mehr bewegte, zwang sie auch Seremela zum Anhalten. »Warum?«, wollte Vetta stockend von Xanthe wissen. »Ich wurde ohne Wasser und Nahrung in einem Gebäude festgehalten, das ganz aus Metall war, und wusste, dass ich sterben würde. Und das alles, weil du jemanden umgebracht hast. Ich muss wissen, warum.«

Zum ersten Mal, seit Xanthe auf sie zugekommen war, zeigte die Frau Emotionen in ihrer Körpersprache, indem sie sich mit einer abrupten Handbewegung den Nacken rieb. Dann sagte sie plötzlich: »Ich arbeite für die Königin der Dunklen Fae. Genauer gesagt arbeite ich für ihren Sicherheitschef. Ich habe Thruvial nicht einfach nur umgebracht, ich hatte den Befehl, ihn für seine Verbrechen gegen die Krone hinzurichten. Ich wusste nicht, dass man dir die Schuld an seinem Tod geben würde. Wirst du jetzt gehen?«

Kaum hatte die Dunkle Fae die Königin erwähnt, blieben Seremela und Duncan ruckartig stehen. Beide starrten Xanthe an.

»Oh verflucht«, sagte Duncan. »Sie sagt die Wahrheit.«

Allmählich wurde Seremela schwindelig von den vielen Wendungen der letzten Stunden.

Mord. Illegale Drogen. Ein Ausgestoßener. Und jetzt reichsübergreifende Politik. Oh, und sie durfte nicht vergessen, den Diebstahl eines Objekts mit großen magischen Kräften auf die Liste zu setzen. Dessen latente, unergründliche magische

Energie sickerte langsam, aber sicher in ihr Schulterblatt. Es war ein angenehmes Gefühl, nährend und zugleich exotisch, und sie traute ihm kein Jota über den Weg.

Vetta hatte zu einer Erwiderung angesetzt, doch Seremela unterbrach sie. »Keine weitere Diskussion.« Noch nie hatte sie in so scharfem Ton mit ihrer Nichte gesprochen. Entsetzt klappte Vetta den Mund zu, und Seremela schob sie in Richtung des SUV, während sie zu Xanthe sagte: »Danke, dass Sie ein Auge auf meine Nichte hatten. Entweder kommen Sie jetzt mit uns, oder Sie bleiben hier – dann Leb wohl.«

Mit geschmeidiger Anmut trat Duncan an Seremelas Seite. Xanthe wich einige Schritte zurück. »Ich danke Ihnen, aber Sie sind sehr viel sicherer ohne …«

Eine fremde Stimme unterbrach sie. »Xanthe. Wir wollten es nicht glauben, als wir hörten, du hättest die Mörderin unseres Herrn verteidigt und aus dem Gehenna hierher eskortiert. Aber jetzt sehen wir deinen Verrat mit eigenen Augen.«

Zum zweiten Mal in dieser Nacht verschwamm Duncan vor Seremelas Augen. Als sie herumfuhr, stand er bereits vor den Neuankömmlingen und zielte mit seiner Pistole auf ihre Köpfe.

Es waren Dunkle Fae, ein Mann und eine Frau, die ebenso wie Xanthe schlichte Leggings und ärmellose Tuniken trugen und ein Schwert auf den Rücken geschnallt hatten. Sie starrten erst Xanthe, dann Vetta und Seremela an, ihre Blicke waren bitter vor Hass.

»Sie ist unschuldig«, sagte Xanthe und zog ihr Schwert. »Sie wird diesen Ort unversehrt verlassen.«

»Sie hat Gift«, spie der Mann aus. »Sie hat keinen Hehl daraus gemacht, wie sehr sie unseren Herrn gehasst hat, und jetzt hat sie noch eine von ihrer Sorte hergebracht, die noch mehr Gift besitzt.« Seine Begleiterin und er zogen die Schwerter. Das metallische Schaben lief Seremela kalt den Rücken hinunter.

Ist denen nicht klar, dass du mit einer Pistole auf sie zielst?, fragte Seremela ungläubig in Duncans Kopf.

Xanthe stürzte sich vorwärts, die beiden anderen kamen ihr entgegen, und schon ertönte das laute Klirren von Stahl auf Stahl.

Ich kann die Waffe nicht benutzen, und das wissen sie, sagte Duncan. *Mit dem Schuss würde ich zu viel Aufmerksamkeit auf uns ziehen. Der Lärm des Schwertkampfs ist schlimm genug.*

Er warf ihr die Pistole zu. Unter entsetzten, unzusammenhängenden Lauten ließ sie Vetta los, stolperte nach vorn und konnte die Waffe gerade noch auffangen.

»Hoffentlich kannst du schießen«, sagte Duncan. »Benutze sie nur im äußersten Notfall.«

Sie starrte ihn an und sah, wie das Mondlicht in der Dunkelheit auf die Konturen seines Lächelns fiel, dann stürzte er sich auf die drei kämpfenden Dunklen Fae.

Vetta flüsterte: »Oh Götter, ich möchte einfach nur aufwachen und in meinem eigenen Bett liegen.«

Mit zitternden Händen inspizierte Seremela die Neunmillimeter. Duncan hatte die Waffe gesichert, bevor er sie ihr zugeworfen hatte. Seremela entsicherte sie und stellte sich schussbereit auf, während sie den Kampf beobachtete. Sie war zwar definitiv keine Expertin, aber ja, sie konnte schießen.

»Stell dich hinter mich«, rief sie Vetta zu.

Das Mädchen gehorchte und drückte sich zitternd an den Rücken ihrer Tante. Seremelas Schlangen waren allesamt auf die Bedrohung vor ihr fokussiert, jeder Muskel in ihrem Körper war straff wie eine Klaviersaite, und ein Anflug von Übelkeit überkam sie, als sie versuchte, aus dem Kampf schlau zu werden.

Alle vier bewegten sich so schnell, dass Seremela ihnen kaum mit den Blicken folgen konnte, und die Gestalten der Dunklen Fae waren in den silbrigen Schatten so schwierig auseinanderzuhalten. Einer traf einen anderen – oh, es war ein übler

Schlag –, und dieser fiel grunzend auf die Knie, während Duncan den dritten Gegner in einen wilden Wirbel aus Hieben und Paraden verwickelte. Der Kampf war entsetzlich und unerträglich unfair, denn der Gegner hatte ein Schwert, während Duncan selbst nur mit dem Messer kämpfte.

An Seremelas Schläfe begann hektisch ein Muskel zu zucken, denn es war eine Sache, schießen zu können, und eine ganz andere, zu wissen, auf wen man schießen sollte. Und woran sollte sie überhaupt erkennen, wann der »äußerste Notfall« eingetreten war? Einen Handballen an ihre Schläfe gepresst, verfolgte sie Duncans Gegner mit dem Lauf der Pistole.

Duncan machte einen Satz nach vorn, ein schneller, brutaler Angriff. Sein Gegner wich zurück und sackte zusammen, bis er bäuchlings auf dem Boden lag. Es dauerte einige Herzschläge, bis Seremela begriff, was passiert war. Die Gewalt hörte so schnell und abrupt auf, wie sie begonnen hatte.

Zwei der Dunklen Fae lagen am Boden. Duncan und die dritte standen einander gegenüber, gingen aber nicht aufeinander los. Erst als die Dunkle Fae den Arm über den Kopf hob, um ihr Schwert in die Scheide zu stecken, konnte Seremela mit Gewissheit erkennen, dass es sich um Xanthe handelte.

Sie ließ die Pistole sinken und sicherte sie. Dann rannte sie auf Duncan zu und schlang die Arme um seinen Hals. Eine Hand in ihrem Nacken presste er sie fest an sich.

»Du bist nicht verletzt?«, flüsterte sie.

»Nein«, flüsterte er zurück. »Mir geht's gut.«

Oh Götter, ich danke euch. Mit aller Kraft hielt sie ihn fest.

Seine hagere Wange lag kühl an ihrer, sein Körper war hart und fest. Er sagte. »Lass uns nach Hause fahren.«

Sie nickte nur, denn sie traute ihrer Stimme nicht. In diesem Augenblick waren das die schönsten Worte in ihrer Sprache.

Lass uns nach Hause fahren.

7

Herd

Einige Stunden später, nach einer nervenaufreibenden, aber ereignislosen Rückfahrt zum Flughafen von Reno, saßen sie im Flugzeug und flogen Richtung Chicago, wo sie vor dem Weiterflug nach Miami nur kurz zwischenlanden wollten, um Xanthe von Bord gehen zu lassen.

Während der Autofahrt trank Vetta drei Flaschen Wasser, aß einige Proteinriegel und weinte sich heftig an Seremelas Schulter aus, als die Erleichterung einsetzte. Sobald sie Handyempfang hatten, riefen sie Seremelas Schwester Camilla an, und bei dem Telefonat mit ihrer Mutter weinte Vetta noch mehr. Sobald sie an Bord des Jets und in der Luft waren, verschwand das Mädchen im Waschraum, um einige Zeit später blass und erschöpft, aber um einiges sauberer wieder aufzutauchen.

Als Vetta fertig war, folgten ihr die anderen reihum. Als sie sich den Wüstenstaub von Gesicht, Armen und Hals wusch, seufzte Seremela erleichtert auf.

Der Sonnenaufgang kroch über den Horizont, und der Copilot schloss die Blenden an den Fenstern, um die Morgensonne auszusperren. Anschließend servierte er Xanthe, Vetta und Seremela Bistro-Frühstückstabletts mit frischem Obst, Brötchen, Käse, hart gekochten Eiern und Räucherlachs, heißem Kaffee mit Sahne und frisch gepresstem Orangensaft.

Duncan ließ sich ein Glas Blutwein reichen. Seremela runzelte die Stirn. Nach dieser schlaflosen, anstrengenden Nacht war sie völlig ausgehungert, und bei ihm hätte es ebenso sein müssen. Als Notlösung reichte Blutwein zwar aus, doch er war nicht annähernd so nahrhaft wie frisches Blut.

Ein wenig zögerlich sagte sie: *Wird dir Blutwein jetzt … ausreichen? Es wäre mir eine Ehre, dir mit frischem Blut auszuhelfen.*

Duncan lächelte sie an. Er sah unerklärlich süß und verschmitzt aus, und, wie sie glaubte, auch ein wenig verlegen. Auch wenn sie nicht genau wusste, was diesen Gesichtsausdruck ausgelöst hatte, konnte sie nicht anders, als das Lächeln zu erwidern.

Das ist sehr freundlich von dir, sagte er. *Für den Moment reicht mir der Blutwein, vielen Dank.*

Sie spürte, wie ihre Wangen warm wurden, und wich seinem Blick aus. Bisher hatte sie noch nie einen Vampyr direkt aus ihren Adern trinken lassen. Die Bisse waren dafür berühmt, bei den Spendern euphorische Gefühle auszulösen. Vielleicht wirkte er deshalb verlegen. Sie blickte zu Xanthe und Vetta. Aber wahrscheinlich war es genauso gut möglich, dass er im Augenblick einfach kein frisches Blut brauchte.

Obwohl die Müdigkeit sie zu übermannen drohte, aß sie eilig und trank drei Tassen Kaffee, denn sie wollte sich nicht entspannen, solange sich ein nicht näher untersuchtes Magieobjekt mit ihnen im Flugzeug befand.

Während des Essens hörte sie einem Gespräch zwischen Duncan und Xanthe zu. »Warum hast du Thruvial getötet, anstatt ihn zurückzuholen und vor Gericht zu stellen?«

»Er war der letzte Adlige unter den Verschwörern, die für den Mord an der Familie der Königin verantwortlich waren«, sagte Xanthe. »Bei einem Gerichtsverfahren hätten die Beweise, die wir ermitteln konnten, womöglich nicht für eine Ver-

urteilung gereicht. Daher hat Lord Black Eagle den Tötungsbefehl ausgegeben.«

Der ungewohnte Name ließ Seremela stutzen, bis ihr aufging, dass Xanthe von Tiago sprach, dem Wyr, der sich mit Niniane gepaart hatte. Sie hatte Tiago in ihrer Zeit als Gerichtsmedizinerin in Chicago kennengelernt und erschauerte, als sie
an dessen reizbares Wesen zurückdachte. Nachdem er sie damals in Angst und Schrecken versetzt hatte, konnte sie sich
ohne Weiteres vorstellen, dass er die Verantwortung für eine
Hinrichtung übernahm.

Die Dunkle Fae fuhr fort: »Den Großteil dieses Jahres habe
ich daran gearbeitet, mir einen Platz in Thruvials Haushalt zu
verschaffen. Er war aus Adriyel geflohen, sobald die Grenzen
offen waren. Die Prozesse seiner Mitverschwörer hatten ihn
schwer erschüttert, doch das hielt ihn nicht davon ab, am Devil's Gate weitere abscheuliche Verbrechen zu begehen – unter
anderem Zuhälterei und Schutzgelderpressung.«

»Er war ein furchtbarer Mann«, flüsterte Vetta mit gesenk-
tem Kopf.

Seremela murmelte sanft: »Hat er dir wehgetan?«

Vetta warf ihr einen Seitenblick zu, und Seremela konnte ihrer Nichte ansehen, dass diese die eigentliche Frage verstanden
hatte. Sie schüttelte den Kopf und sagte telepathisch: *Er fand
mich abstoßend, aber er wollte mich Kunden präsentieren, die
Interesse an exotischen Erfahrungen hatten. Als wir das letzte
Mal miteinander gesprochen – oder eher gestritten – haben, hat
er gedroht, mein Gesicht zu entstellen, wenn ich nicht tue, was
er sagt. Ich bin froh, dass er tot ist.*

Gleichmäßig ein- und ausatmend versuchte Seremela ihren
Zorn unter Kontrolle zu halten, während sie ihrer Nichte zuhörte. *Ich bin auch froh, dass er tot ist,* sagte sie.

Sie beendete ihr Frühstück, kippte ihre letzte Tasse Kaffee

hinunter und stellte dann das Tablett beiseite, um nach Vettas Rucksack zu greifen. »Entspann dich noch nicht zu sehr«, sagte sie zu ihrer Nichte, die in ihrem Sitz zusammengesunken war. »Du musst mir noch erzählen, was es mit den Tarot-Karten des Teufels auf sich hat. Wem hast du sie gestohlen?«

»Ich weiß es nicht«, sagte Vetta. »Irgendeiner Frau an einer Raststätte. Als sie in den Tank-Shop ging, habe ich es hinten aus ihrem Wagen gestohlen. Ich habe das Kribbeln von magischer Energie darin gespürt. Zuerst fand ich es cool. Aber dann tauchte jedes Mal der Tod auf, wenn ich mir die Karten legen wollte. Jedes Mal, Tante Serrie. Es wurde so schlimm, dass ich nicht mehr schlafen konnte. Immer wieder habe ich die Karten befragt. Dann fing ich an zu beten. Ich war so sicher, dass ich sterben würde.« Bei den letzten Worten brach ihre Stimme.

Mitfühlend nahm Seremela Vettas Hand. Dann durchsuchte sie unter den jämmerlichen Blicken ihrer Nichte deren Rucksack. Auch Duncan und Xanthe verstummten und sahen zu.

Der Rucksack enthielt nicht viel Wertvolles. Ein paar Schachteln Marlboro Red, ein Feuerzeug, einen nach Patschuli und Rauch riechenden Schal, ein paar Kosmetikartikel, ein Portemonnaie mit Vettas Ausweis und etwas Bargeld. Es war ungewöhnlich, dass niemand das Bargeld oder die Tarot-Karten an sich genommen hatte, aber Seremela vermutete, dass sich Malphas' Mitarbeiter sehr gut überlegten, was sie taten.

Auf dem Grund des Rucksacks lag ein Holzkästchen. Seremela nahm es heraus und legte es auf den Tisch. Es war eindeutig der Ursprung des magischen Glühens. Der Deckel des Kästchens zeigte ein handgemaltes stilisiertes Gesicht. Eine Hälfte war männlich, die andere weiblich. Es war Taliesin, die Gottheit des Tanzes.

Seremela öffnete das Kästchen, nahm die Karten heraus und drehte die oberste um. Es war eine Karte aus dem großen Arkanum. Eine goldene Frau in einem Streitwagen mit sieben Löwen blickte lächelnd zu ihr auf. Inanna, die Göttin der Liebe. Seremela drehte noch einige weitere Karten um, und jede war außergewöhnlich schön.

Dieser Kartensatz war nicht nur ein magisches Objekt, sondern auch ein Kunstwerk. *Oh, Vetta.* Seufzend rieb sie sich die Stirn, während sie die Karten genauer untersuchte.

Ihr erster Eindruck blieb unverändert. Unter dem äußeren Anschein einer schwachen magischen Energie verbarg sich eine unterschwellige, aber beachtliche Tiefe. Schließlich lehnte sich Seremela in ihrem Sitz zurück und schüttelte den Kopf, ihr Mund war angespannt.

»Ich habe keine Ahnung, wer das hier erschaffen hat«, sagte sie. »Es stammt weder von den Hellen oder Dunklen Fae noch von den Elfen, Wyr, Dämonen oder Menschen – oder von irgendetwas anderem, das mir schon einmal begegnet wäre. Es enthält mehr magische Energie, als es von außen den Anschein hat, und ich weiß nicht einmal mit Sicherheit, was diese Energie bewirkt. Vielleicht ist es nur als Medium für Prophezeiungen gedacht. Ich weiß es nicht.« Sie sah Duncan in die Augen, als sie fortfuhr: »Ich spüre nichts offenkundig Gefährliches in dieser Magie, aber es gefällt mir nicht, wenn ich Magie nicht begreife, und ich traue ihr nicht.«

Xanthe streckte die Hand aus, um eine der Karten zu berühren. Ihre grauen Augen waren geweitet. »Ich finde sie wunderschön.«

Als Xanthes lange Fingerspitzen die Karten berührten, spürte Seremela, wie die magische Energie der Karten von der anderen Frau angezogen wurde. »Spürt ihr das?«, fragte sie scharf.

Die drei anderen starrten sie an und schüttelten den Kopf. Vetta rückte so weit wie möglich von den Karten ab, die Hände unter den Armen verborgen. Duncan fragte: »Was hast du gespürt?«

»Sie ziehen in deine Richtung, als wollten sie zu dir«, sagte Seremela zu Xanthe.

»Oh bitte, nimm die Karten mit«, sagte Vetta flehend. »Bring sie bitte weit, weit weg.«

Seremela wollte die Verantwortung für die Tarot-Karten nicht übernehmen, und Vetta weigerte sich, sie anzufassen. Xanthe war bereit, die Karten nach Adriyel mitzunehmen, um herauszufinden, ob die Ältesten der Dunklen Fae etwas über ihren Ursprung und ihren Erschaffer herausfinden konnten, und deshalb einigten sie sich schließlich auf diese Lösung.

Leise bedankte sich die Dunkle Fae, als sie am O'Hare-Flughafen in Chicago von Bord ging. Als das Flugzeug wieder in der Luft war, streckte sich Vetta auf der Couch aus und war eingeschlafen, sobald sie in der Horizontalen war.

Duncan und Seremela zogen sich in den hinteren Bereich des Flugzeugs zurück, um das schlafende Mädchen nicht zu stören. Er setzte sich neben Seremela. Sie sah erschöpft aus und hatte dunkle Schatten unter den Augen, aber ihr Blick war klar und strahlend, als sie flüsterte: »Ich kann dir gar nicht genug danken.«

»Schhh«, sagte er ebenso leise. »Das ist nicht nötig.«

»Und ob das nötig ist.« Sie sprach ruhig, aber eindringlich. Er folgte der Bewegung ihrer Lippen, und ihr Gesichtsausdruck war so schön, so intensiv, dass Duncan nicht anders konnte, als sie in den Arm zu nehmen und sie zu küssen.

Ihre Lippen. Sie waren wie alles an ihr, empfindsam und überaus weich, und dennoch lagen Entschlossenheit und Charakter darin. Er liebte ihre Lippen, liebte sie einfach. Er hörte nicht auf, sie zu küssen, und sie schlang die Arme um seinen

Hals und erwiderte seinen Kuss. Erregt von ihrer zarten, innigen Reaktion lag seine wilde, sexuelle Begierde auf der Lauer, jeden Augenblick bereit zuzuschlagen. Er hielt sie strikt unter Kontrolle. Jetzt war nicht der richtige Zeitpunkt.

Widerstrebend löste er sich von ihr, und beinahe hätte er lachen müssen, als er merkte, dass sich wieder all ihre Schlagen um ihn gewunden hatten. Lächelnd sah er in ihre wundervollen Augen. »Warum siehst du immer so überrascht aus, wenn ich dich berühre?«

Sie wandte den Blick ab und zuckte mit der Schulter. »Viele ekeln sich davor, uns anzufassen, wie Thruvial bei Vetta.«

»Thruvial war ein Schwein«, sagte Duncan und lenkte ihre Aufmerksamkeit damit ruckartig wieder auf sich. Er sah ihr direkt in die Augen und sagte: »Du bist die schönste Frau, die ich je getroffen habe. Innerlich wie äußerlich.«

Freudiges Staunen hellte ihre femininen Züge auf. »Wirklich?«

»Wirklich. An diesem einen Tag habe ich viel über dich gelernt.«

»Es war ein langer Tag«, stellte sie fest.

Er lachte leise. »Ein sehr langer Tag. Du bist intelligent und neugierig, verständnisvoll, und abenteuerlustig, außerdem großzügig und fürsorglich. Obwohl du ein zutiefst sanftes Wesen hast, kannst du mit einer Pistole umgehen, und du bist so mutig, ganz besonders, wenn du Angst hast.« Sein Lächeln wurde schief. »Ich hoffe, es macht dir nichts aus, dass ich mich in dich verliebe.«

Da war er wieder, ihr Blick, starr vor Staunen, bebend am Rande der Freude. Sie hauchte: »Es macht mir ganz und gar nichts aus.«

»Dann ist es ja gut.« Jetzt entspannte er sich, nachdem sich seine Muskeln beim Warten auf ihre Antwort zusammengezogen hatten, und drückte ihr einen Kuss auf die Stirn. »Wusstest du, dass in dieser Spielzeit *Rigoletto* gegeben wird?«

Seufzend kuschelte sie sich an ihn. »Ich liebe Verdis Opern.«

»Ich besorge uns Karten«, versprach er und bettete seine Wange an ihre Schläfe.

Beide verstummten, und nach einer Weile glaubte Duncan, sie sei eingeschlafen. Er selbst konnte nicht schlafen. Zu erfüllt war er von dem sagenhaften Gefühl, ihren kurvenreichen, warmen Körper zu spüren, der sich an seine Seite schmiegte. Er schloss die Augen und ließ seine Gedanken und Fantasien schweifen.

Er wollte so vieles mit ihr tun. Er wollte sich über der Morgenzeitung mit ihr unterhalten, wollte im Kino mit ihr Händchen halten und in einer Vollmondnacht mit ihr am Strand spazieren gehen. Er wollte, dass sie ihn anrief und von der Arbeit ablenkte. Er wollte zusehen, wie sie ein gutes Essen genoss.

Er wollte sie mit seiner Zunge zum Höhepunkt bringen und in ihren zarten Körper eindringen, bis er selbst kam. Er wollte in ihren Armen einschlafen.

Er wollte sie beißen. Er war so verdammt wild darauf, sie zu beißen.

So tief war er in seine tiefrote, sinnliche Vorfreude versunken, dass sie ihm einen Mordsschreck einjagte, als sie an seinem Hals flüsterte: »Ich liebe dich auch.«

Gute Götter.

Er hatte in seinem Leben Leere kennengelernt und kam gut allein zurecht. Hin und wieder hatte er eine Geliebte gehabt und sich wieder von ihr getrennt. Er hatte seine menschlichen Freunde und seine Familie sterben sehen. Noch nie war ihm jemand begegnet, der ihn so vollkommen erfüllte, indem er vier der schönsten Worte jeder Sprache sagte.

Ich liebe dich auch.

Statt in tiefroter, stiller Dunkelheit versunken zu sein, fand er sich nun an einem Ort strahlenden Lichts wieder.

Seremelas Schwester Camilla war aus Atlanta eingeflogen und erwartete sie am Flughafen von Miami, wo sie am Nachmittag landeten. Schluchzend fielen sich Camilla und Vetta um den Hals, und kurz darauf zog Camilla auch Seremela in die Umarmung. Die Hände in den Taschen vergraben trat Duncan ein Stück zurück, um den Frauen etwas Raum zu lassen. Er musste grinsen, als er Seremelas Gesichtsausdruck sah, mit dem sie sich der klammernden Umarmung ihrer Schwester ergab.

Dann war er an der Reihe. »Danke«, sagte Camilla und ergriff seine Hände. »Ich bin Ihnen so dankbar. Ich … ich glaube, ich sollte noch so vieles sagen, aber mir fehlen einfach die Worte.«

»Wir werden uns ein andermal in Ruhe kennenlernen«, sagte Duncan zu Seremelas Schwester. »Bis dahin: sehr gern geschehen. Freuen Sie sich, Ihre Tochter gesund und munter wiederzuhaben.«

Seremela sagte zu ihrer Schwester: »Vetta wird dir alles erzählen. Ich bin zu müde zum Reden.«

»Ich rufe dich morgen an, okay?«, fragte Camilla.

»Ja, gern.« Seremela geriet ins Stolpern, als Vetta die Arme um sie schlang und sie innig drückte. Einen Augenblick standen sie in tiefem Schweigen da. Was sie einander zu sagen hatten, geschag telepathisch und war nur für sie beide bestimmt, was Duncan für angemessen hielt.

Als Camilla und Vetta fort waren und ein Bediensteter Duncans Wagen vorfuhr, wurde Seremela mit einem Mal verlegen und suchte nach Gründen, mit dem Taxi nach Hause zu fahren. Duncan hörte ihr geduldig zu und sagte dann: »Sei nicht albern. Natürlich bringe ich dich nach Hause.«

Sie sah ihn an wie ein Reh im Scheinwerferlicht. Dieser Blick erfreute und faszinierte ihn so sehr, dass er zwei Schritte auf sie zutrat, bis seine Brust ihren herrlichen Busen streifte, und in ihr emporgewandtes Gesicht knurrte: »Wir haben noch etwas zu erledigen.«

Mit zitternden Lippen formte sie lautlos die Worte: »Haben wir?«

Es war ein wundervolles Gefühl, sich in sie zu verlieben. Er lächelte und senkte den Kopf, bis sich ihre Münder berührten. Dann sagte er lautlos in ihre geöffneten Lippen hinein: »Oh ja.«

Die Fahrt zu ihrem Haus brachten sie in sengendem Schweigen hinter sich. Sie konnte nicht stillsitzen und rutschte die ganze Zeit hin und her, während ihre Schlangen rastlos umherstreiften.

Er wollte nicht, dass sie still saß. Sie sollte zappeln und sich winden, denn er wollte seiner Beute nachstellen, um dann endlich, endlich zuzuschlagen – sie an eine Tür zu drücken, an einen Schrank oder auf die Couch, wo auch immer, ganz egal. Alle Bilder, die ihm seine erregten Fantasien lieferten, waren einfach vollkommen, denn er würde sie kriegen, es war nur eine Frage der Zeit. Die rote Dunkelheit wollte ihn überwältigen, und er musste sich gewaltsam beherrschen, während er den Wagen mit tadelloser Vorsicht durch den dichten Freitagsverkehr in Miami lenkte.

Das Leben eines Vampyrs war immer irgendwie mit Angst und Gewalt verbunden. Ihm war nicht bewusst gewesen, wie sehr er sich daran gewöhnt hatte, bis er vor diesem gottverdammten ausgestoßenen Dschinn gestanden hatte und entsetzt gewesen war, Seremela einer solchen Gefahr und Gewalt ausgesetzt zu sehen. Sie war zu gut, zu zart dafür. Sie liebte die Oper und Filmklassiker, sie lebte in einer zivilisierten Welt, in der Recht und Gesetz herrschten. Niemals wieder sollte sie mit solcher Grausamkeit in Berührung kommen.

Verschwommen nahm er wahr, dass er eine emotionale Reaktion auf die Ereignisse zuließ, und das kostete ihn seine Selbstbeherrschung.

Als sie die Tiefgarage ihres Apartmenthauses erreichten, hatte sich die Atmosphäre im Wagen bis zur Unerträglichkeit aufgeladen. Er lenkte den Wagen auf einen Parkplatz, und das leise Schnurren des Motors erstarb. Seremela wollte etwas sagen, brachte jedoch nur ein verlegenes Stottern heraus.

Er blickte stur geradeaus, als er sagte: »Bitte mich herein.«

Sie schnappte nach Luft. Ihr Atem zitterte ein wenig, und dieses kleine, verräterische Zeichen ließ seinen Schwanz hart werden. Er drehte sich zu ihr um und sah, dass sie ihn mit diesem großen, staunenden Blick anstarrte. Drei ihrer Schlangen spähten seitlich an ihrem Kopf vorbei und starrten ihn ebenfalls an.

Dieser Anblick durchbrach die Anspannung und brachte ihn zum Lachen. Als er die Hand nach einer der Schlangen ausstreckte, ließ diese ihre Zunge hervorschnellen und berührte seine Fingerspitze. Mit bebender Stimme wiederholte er: »Bitte mich herein, Seremela. Bitte.«

»Ich würde mich sehr freuen, wenn du mit raufkommst«, flüsterte sie hastig.

Von diesem Punkt an war er zu keinem Wort und keinem zusammenhängenden Gedanken mehr fähig. Irgendwie gelangten sie aus dem Wagen und in den Aufzug, wo er sie in eine Ecke drängte. Er stemmte die Hände links und rechts neben ihrem Kopf gegen die Wand, sah ihr fest in die Augen und atmete den Duft ihrer Erregung. Ihr Atem ging stoßweise, und er konnte sehen, wie sich die Muskeln in ihrem schlanken Hals bewegten, als sie schluckte. Das schillernde Muster, das ihre Haut zeichnete, glänzte im Licht der Deckenlampen.

Ihre herrliche, schlanke Kehle.

Seine Reißzähne traten hervor. Mit verzerrtem Gesicht kämpfte er gegen sich selbst an. Das war zu unkontrolliert, er erkannte sich nicht wieder.

Ihre warmen, zitternden Hände strichen den Stoff seines T-Shirts über seiner Brust glatt. »Es ist okay«, flüsterte sie. »Ich will, dass du mich beißt.«

Ihm war nicht bewusst gewesen, dass er unnötigerweise nach Luft geschnappt hatte, bis ihm der Atem wieder entwich. Die Wucht seiner eigenen Reaktion zwang ihn in die Knie.

»Duncan«, sagte sie. Sie klang wie berauscht und sah auch so aus.

Langsam senkte er den Kopf, strich mit dem Mund über den jagenden Puls an ihrem Hals und fuhr mit der Zunge über das köstliche zarte Fleisch.

Dann schob sie ihn von sich und riss ihn damit aus seiner Versunkenheit. Mit einem rauen, benommenen Lachen deutete sie hinter ihn. Er sah sich um. Die Aufzugtüren standen offen. Oh ja, richtig.

Der lange Weg durch den Flur bis zu ihrer Wohnungstür war beinahe unerträglich. Heiser sagte er: »Wenn wir in der Oper waren, was machen wir dann als Nächstes?«

»Ich weiß nicht«, stöhnte sie. Die Schlüssel fielen ihr aus der Hand, und sie bückte sich, um sie wieder aufzuheben. »Wie wäre es mit einem Wochenende im Bett?«

Er verschwamm vor ihren Augen, schnappte ihr die Schlüssel unter den Fingern weg und hatte die Tür schon aufgeschlossen und für sie geöffnet, bevor sie überhaupt richtig reagieren konnte. »Rein mit dir.«

Als sie laut loslachte, sah er sie finster an. Dann lachte auch er. Es war verrückt, grotesk. Man hätte sagen können, er hätte sich nicht mehr so gefühlt, seit er ein Teenager gewesen war, nur dass er ziemlich sicher war, so etwas auch damals nicht empfunden zu haben.

Dann waren sie endlich allein in ihrem abgedunkelten Apartment. Sie warf ihre Handtasche auf die Couch – wobei ihm auffiel, dass sie ihren Koffer in seinem Wagen vergessen hatten – und dann entglitt ihm auch noch dieser Gedanke, als sie sich auf ihn stürzte. Er hob sie hoch, sie schlang Arme und Beine um seinen Körper, und er trug sie ins Schlafzimmer.

»Sag es noch einmal«, sagte er. »Was du mir im Flugzeug gesagt hast.«

Die strahlenden Farben ihrer Augen leuchteten voller Gefühl und Verlangen. »Ich dachte, du hättest es nicht gehört.«

Behutsam legte er sie aufs Bett und richtete sich auf. Er riss sich das T-Shirt vom Leib. »Ich habe dich gehört. Sag es noch mal.«

Sie stützte sich auf die Hände, kniete sich vor ihn aufs Bett und sah ihm in die Augen, als sie nach dem Verschluss seiner Jeans griff. »Ich liebe dich, Duncan.«

»Das war noch besser als beim letzten Mal«, flüsterte er lächelnd und umfasste ihre volle, weiche Brust. Sie öffnete seine Jeans und schob die Hände hinein, um den Stoff über seine schlanken Hüften zu schieben. Ein seltsames Gefühl überlief seinen Oberkörper und seine Arme, und als er den Blick senkte, sah er, dass ihre Schlangen über seine Haut glitten.

Seremela folgte seinem Blick und zog sich ein wenig zurück. Ein unsicherer Ausdruck legte sich auf ihr Gesicht. Sanft bot sie an: »Ich kann sie einwickeln, wenn dir das lieber ist.«

Mit fester Stimme sagte er: »Nein.«

Sie löste einige Schlangen von seiner Haut. »Bist du sicher, dass es dir nicht zu … tentakelig ist?«

Er packte sie an den Schultern und sah ihr tief in die Augen. »Hör mir zu. Ich habe nicht gesagt, ich würde mich in dich ver-

lieben, wenn du einen Teil von dir versteckst oder etwas an dir
veränderst, um mir zu gefallen. Ich habe gesagt, ich verliebe
mich in dich. In alles an dir. Ich will nicht, dass du dich zu-
rücknimmst, dich verleugnest, dein Gesicht, deinen Kopf oder
einen anderen Körperteil bedeckst. Ich will nicht, dass du ab-
oder zunimmst, deine Zunge hütest, deine Gefühle verleugnest
oder versuchst, jemand anderes zu sein, denn so wie du bist,
bist du für mich das schönste Wesen auf der Welt.«

Während sie ihm zuhörte, nahm ihr Gesicht einen verwundbaren, offenen Ausdruck an. Einerseits hoffte er natürlich, dass
er nicht die erste Person war, die ihr so etwas sagte, andererseits aber hoffte er selbstsüchtig, dass er der erste Mann war. Er
nahm eine ihrer Schlangen, küsste sie auf das Maul und sah ihr
ins Gesicht. »Ihr würdet mich nicht beißen, oder?«

»Sie würden dir niemals wehtun«, sagte Seremela. »Eher
würden sie sterben.«

»Nun ja«, sagte er und sah sie mit einem schiefen Grinsen an.
»So viel zu dieser Fantasie.«

Ihre Augen wurden sehr groß, und sie lachte ein freudiges,
überraschtes Lachen. Dann knöpfte sie ihr Oberteil auf, ließ
es von ihren Schultern gleiten und zog ihren BH aus, während
Duncan Jeans und Shorts abstreifte und nackt vor ihr stand.
Seine schwere Erektion ragte vor seinem Becken empor.

Ihre Brüste waren atemberaubend, voll und üppig, die weichen, prallen Brustwarzen ein paar Nuancen dunkler als das
cremig helle Grün ihrer Haut. Er beugte sich vor, nahm eine
Brustwarze in den Mund und saugte behutsam daran. Unterdrückte, unzusammenhängende Laute drangen aus ihrer Kehle. Mit beiden Händen umfasste sie seinen Kopf, fuhr mit den
Fingern durch seine Haare und streichelte seine Schultern.

Während er an ihrer Brust saugte, kitzelte eine federleichte
Berührung über die empfindliche Haut seiner Eichel und ver-

schaffte ihm ein scharfes, quälendes Lustgefühl. Als sich das Gefühl über seine straffen, prallen Hoden und seine unteren Bauchmuskeln fortsetzte, blickte er an sich hinunter.

Seremelas Schlangen ließen ihre schmalen Zungen über seine Haut schnellen.

Mit schief gelegtem Kopf folgte Seremela seinem Blick. »Sie probieren dich«, sagte sie und lächelte ihn von der Seite an. »Sie wissen, dass ich dich liebe, und sind neugierig.« Sie sah so wunderschön und wild aus und ganz und gar unbefangen.

Für einen Augenblick hatte der Geist des Menschen, der Duncan einmal gewesen war, mit diesem Bild zu kämpfen. Aber Seremelas Schlangen waren keine normalen Tiere, sie waren ein Teil von ihr. Und Duncan war nicht sehr lange ein Mensch gewesen.

Seine Reißzähne traten hervor. Als Seremela seinen Mund sah, wurden ihre Lider schwer, und in einer stummen Einladung bot sie ihm ihren Hals dar. Er zog ihren weichen, kurvigen Körper in seine Arme und grub behutsam die Zähne in den Pulsschlag an ihrem Hals.

Aus ihrer Kehle drang ein Stöhnen voller erotischer Hingabe. Das Geräusch vibrierte in seinen erhitzten Sinnen, während sich ihr Blut in seinen Mund ergoss, und es war so einzigartig, so unfassbar anders. Innerlich war er völlig durcheinander, sein Verlangen nach ihr gänzlich außer Kontrolle. Er stieß ein Knurren aus, während er von ihr trank, und sie bog sich ihm keuchend entgegen. Ihr Blut war stärker als Menschenblut. Es traf ihn wie ein Schlag, die Welt drehte sich um ihn.

Erst als er schwer atmend den Mund von ihr löste, merkte er, dass sie sich in seinen Armen wand. Einen entsetzlichen Augenblick lang fühlte er sich elend und verwirrt – bis er begriff, was sie wollte.

»Hilf mir aus dieser verdammten Jeans«, wimmerte sie.

Mit zitternden Fingern half er ihr, den Stoff bis zu den Knien hinunterzuschieben. Dann legte sie sich auf den Rücken und hob die Beine an, damit er ihr die Hose und den Slip ganz ausziehen konnte.

Vollkommen nackt streckte sie sich auf dem Bett aus. In ihren Augen glänzten die Nachwirkungen der Lust, die sein Biss ihr bereitet hatte, und mit einem Mal sah sie so schön und geheimnisvoll aus, ganz Frau und vollkommen unmenschlich. Er strich mit dem Finger an der Innenseite ihres Schenkels hinauf und ertastete die samtweiche Blüte ihres Geschlechts, die bereits feucht vor Lust war. Mit einer Hand umfasste sie seinen Schwanz und streichelte ihn, während sie die Beine spreizte und sagte: »Komm in mich.«

»Erst will ich dich zum Höhepunkt bringen«, flüsterte er. Er fand ihre kleine, steife Knospe, so zart und prall, und rieb mit dem Handballen darüber.

Unter unkontrollierten Zuckungen keuchte sie: »Das fühlt sich zu gut an, zu intensiv.«

»Zum Teil kommt das von dem Biss«, flüsterte er. »Alles ist jetzt intensiver.« Er schob zwei Finger in sie, und sie war weicher und feuchter als alles, was er je zuvor gespürt hatte, und zugleich so gottverdammt eng. Er wusste, wenn er endlich in sie eindrang, würde sie ihn fester packen als eine Faust. Zärtlich vögelte er sie mit seinen Fingern und massierte gleichzeitig ihre Klitoris.

»Ich kann nicht mehr«, schluchzte sie. Sie packte sein Handgelenk.

»Und ob du kannst«, sagte er. Während er sie massierte, beugte er sich über sie, um abermals ihre Brustwarze in den Mund zu nehmen und vorsichtig daran zu saugen, sehr vorsichtig, denn seine Reißzähne waren noch ausgefahren, und er wollte Seremela nicht verletzen. Er war so tief in ihrer Lust versunken, die immer weiter anschwoll, dass er in seinem eigenen Verlangen zu ertrinken drohte, als sie das Becken kreisen ließ.

Dann legte sie eine Hand auf seinen Hinterkopf und drückte ihn kraftvoll an ihre Brust. Seine Reißzähne ritzten die zarte Haut ihres Busens, und wieder füllte ihr magisches Blut seinen Mund. Überrascht saugte er sich an ihrem Fleisch fest, während er die Finger in sie stieß, und sie zuckte und wand sich in seinen Armen und kam schreiend zum Höhepunkt.

Er war so berauscht, dass er weder hören noch sehen konnte, und noch immer pulsierte das Begehren in ihm. Er verharrte regungslos, den Handballen fest auf ihre Klitoris gepresst, während sich ihre inneren Muskeln rhythmisch um seine Finger zusammenzogen. Er wollte sich nicht zurückziehen, wollte sie nicht verlassen, bis ihr Orgasmus vorüber war, aber dann versetzte sie ihn erneut in Erstaunen, indem sie seine Hand wegschob, sich aufrichtete und ihn rücklings aufs Bett drückte. Als er sich fügte, erhob sie sich über ihn und setzte sich auf ihn. Sie bot den unglaublichsten Anblick, den er je gesehen hatte. Tiefe Emotionen lagen auf ihren Zügen, als sie seine Erektion ergriff, sie zwischen ihre Beine führte und dann ihr Becken auf ihn herabsenkte.

»Jesus«, keuchte er. Sein Orgasmus kam wie ein Pistolenschuss. Fluchend packte er ihre Hüften und bäumte sich wild unter ihr auf.

Sie sank über ihm zusammen, und er umarmte sie mit seinem ganzen Körper. Nach einigen Minuten sagte sie: »Das werden wir sehr oft machen, oder?«

»Oh Gott, das hoffe ich doch«, sagte er.

Sie schliefen genauso ein, wie sie waren. Er noch immer in ihr und sie wie eine Stoffpuppe auf ihm zusammengesunken.

Er wachte zuerst wieder auf. Weil seine Erektion erschlafft war, wollte er sich nicht bewegen, weil er befürchtete, aus ihr herauszurutschen und sie aufzuwecken. Ihr warmes, weiches Gewicht ruhte auf ihm, und er liebte es. Liebte es.

Also döste er eine Weile und ließ seine Gedanken schweifen. Vielleicht mochte sie Schmuck. Vielleicht würde sie sich über einen Ring freuen.

Vielleicht würde sie sich ganz besonders darüber freuen, wenn er vor ihr auf die Knie ging, um ihn ihr zu überreichen.

Er hatte immer gedacht, dass er Gefallen an der Ehe finden könnte, und war sicher, dass er der richtigen Frau ein guter Ehemann sein würde. Nur hatte er nie die richtige Frau gefunden. Bis jetzt.

Aber er dachte schon wieder viel zu weit voraus. Sie hatten noch nicht einmal ihr erstes Date gehabt. Apropos, er musste Opernkarten kaufen.

Moment. Er gähnte und fragte: »Was für ein Tag ist heute?«

»Hm.« Als er schon glaubte, sie wäre wieder eingeschlafen, murmelte sie: »Ich glaub Freitag?«

»Ausgezeichnet. Ich finde, unser erstes Date sollte genau jetzt anfangen.«

Sie kratzte sich an der Nase. »Du hast noch keine Opernkarten.«

»Das wird wohl unser zweites Date werden müssen«, sagte er.

Sie öffnete die Augen und sah ihn blinzelnd an. »Was wird dann unser erstes Date?«

Er drehte sie auf den Rücken, sodass ihre Positionen vertauscht waren, und grinste auf sie herab. »Ich wäre für das Wochenende im Bett.«

Sie kicherte. »Oh, dafür wäre ich auch. Irgendwann sollten wir Carling und Rune anrufen, um ihnen zu sagen, dass wir wieder da sind.«

»Das können wir am Montag machen.« Mit einer Hand umfasste er ihre Brust, und sein Schwanz, der an ihrem Schenkel lag, versteifte sich. »Außerdem sollten wir bald unser drittes Date planen.«

»Hm, das sollten wir.« Ihre Lider wurden schwer, als sie sein Glied streichelte. »Ich bin so froh, wieder in meinem Bett zu sein.«

»Ich bin auch froh, in deinem Bett zu sein.« Gemächlich bewegte er die Hüften und drängte sich in ihre Hand.

Ihre Miene wurde weicher, als sich Lust und Zärtlichkeit auf ihre Züge schlichen. »Also hast du auch schon Ideen für das dritte Date?«

Duncan legte den Kopf schief und betrachtete sie. Er dachte daran, ihr zu erzählen, dass er ihr einen Ring kaufen und vor ihr auf die Knie gehen wollte, aber er wollte sie nicht verschrecken. Stattdessen sagte er sehr beiläufig: »Ich dachte, wir könnten einkaufen gehen.«

»Du gehst gern einkaufen?«, fragte sie mit schläfriger Überraschung.

»Ja, manchmal schon. Wenn ich nach etwas ganz Besonderem suche.« Er beugte sich hinunter, um seine Nase an ihrem Hals zu reiben.

Schnurrend streichelte sie seinen Rücken. »Das klingt, als hättest du für deinen Einkaufsbummel etwas Spezielles im Sinn.«

»Unseren Einkaufsbummel«, korrigierte er sie.

»Also gut, unseren Einkaufsbummel.«

»Und ja, ich habe etwas Spezielles im Sinn. Aber jetzt sollten wir uns auf unser erstes Date konzentrieren.«

Benommen vor Glück küsste er sie langsam und zärtlich. Sie lebten in einer überfüllten und gefährlichen Welt, aber in diesem Augenblick war sie die einzige Frau darin. Hier und jetzt gab es nur sie beide auf dieser Welt. Nur sie beide.

»Duncan, du spielst nicht zufällig Klavier?«, flüsterte sie.

Er kicherte. »Wie um alles in der Welt kommst du jetzt auf diese Frage?«

Sie streichelte sein Gesicht. »Du hast mich einfach auf eine bestimmte Art angesehen.«

Belustigt fragte er: »Ich habe dich angesehen, als würde ich Klavier spielen?«

Sie tippte ihm mit der Fingerspitze auf die Nase. »Sag mir, dass du einen Bogart-Anzug hast. Oder nein, vergiss es. Du hast jede Menge Anzüge, und jeder von ihnen ist schöner als alles, was ich zum Anziehen habe. Glaubst du zufällig an Vorahnungen?«

»Ich komme in dieser Unterhaltung nicht mehr mit«, stellte er fest.

»Dann sollten wir wohl aufhören zu reden«, flüsterte sie und ließ die Hüften kreisen.

»Damit bin ich einverstanden.«

Dann setzten sie ihr vortreffliches erstes Date fort, indem sie sich noch einmal liebten, und lange, lange sagten beide nichts Zusammenhängendes mehr.

Die Verlockung der Assassine

Anmerkung der Autorin

Liebe Leserinnen und Leser,

Die Verlockung der Assassine zu schreiben, war mir aus mehreren Gründen eine große Freude. In dieser Geschichte konnte ich den Handlungsbogen über die geheimnisvollen Tarot-Karten der Alten Völker zu Ende bringen. Ich durfte endlich, nach so langer Zeit, wieder nach Adriyel zurückkehren, ins Land der Dunklen Fae, um Tiago und Niniane wiederzusehen, den Held und die Heldin aus *Gebieter des Sturms*. Außerdem hatte ich hier die Gelegenheit, für Aubrey und Xanthe, zwei Figuren, die es wirklich verdient hatten, nach einer langen, schweren Reise ein »und sie lebten glücklich und zufrieden bis an ihr Lebensende« zu schreiben.

Ein weiteres »Glücklich und zufrieden« gibt es für eine Cameo-Figur, eine sechs Jahre alte Wyr-Hauskatze mit dem Spitznamen Maus, die ihre eigene schwere Reise hinter sich hat. Diese Figur stammt von der Gewinnerin des Wettbewerbs »Erschaffe eine Figur der Alten Völker«, bei dem viele von euch wunderbar kreative Beiträge eingereicht haben. Es hat mir großen Spaß gemacht, die Eigenschaften dieser kleinen Figur mit der Geschichte zu verweben, und ich hoffe, dass ihr beim Lesen der Geschichte mindestens ebenso viel Spaß haben werdet.

Für eure Begeisterung und euer anhaltendes Interesse möchte ich diese Geschichte euch widmen, meinen Lesern.

Vielen, vielen Dank.

Viele Stunden Lesespaß wünscht eure

Thea

1

Herd

Sobald Xanthe in Adriyel angekommen war, brachte sie ihr Pferd in die Stallungen des Palastes und sandte dem Sicherheitschef Ihrer Majestät die Nachricht: »Es ist vollbracht.«

Xanthe unterschrieb die Nachricht nicht. Er würde wissen, von wem sie kam. Auch rechnete sie nicht mit einer schnellen Antwort. Mit der Erledigung ihres Auftrags gab es keine Eile und keinen dringenden Handlungsbedarf mehr.

Da sie längere Zeit in Amerika verbracht hatte, machte sie am Marktplatz halt, um Lebensmittel einzukaufen: frisches Brot, Fleisch, Eier, Gemüse und Obst. Die Vertrautheit dieser Tätigkeit beruhigte ihre Nerven, die von der langen Zeit in der Fremde, umgeben von stetiger Gefahr, müde und angespannt waren.

Jetzt, mitten am Nachmittag, waren die besten Waren schon weggekauft, doch die Auswahl war noch groß genug, um ihren unmittelbaren Bedarf zu decken. An den Marktständen gab es Fleisch und Fisch, Gemüse, Obst und Getreide von den umliegenden Farmen, eine Vielzahl gekochter Gerichte, prächtige, aufwendig genähte Kleidung in leuchtenden Farben, Töpferwaren, Gewürze, Seife und Metallarbeiten sowie seit Neustem auch die schrillen Waren aus Amerika. Händler priesen ihre Waren an, und der Duft von warmem Essen zog durch die schmalen Kopfsteinpflasterstraßen.

Als sich das kleine Lebewesen in ihrer Reisetasche bewegte, hielt Xanthe inne. Ein so kleines Wesen hatte womöglich zu großen Hunger, um zu warten, bis sie das Abendessen gekocht hatte. Nach kurzem Überlegen ging sie noch einmal zum Bäckerstand zurück und kaufte eine Fleischpastete. Zuletzt erstand sie noch einen irdenen Krug frischer Milch und ein kleines Fässchen Frischkäse. Wenn sie Milch und Käse verbraucht hatte, würde sie dem Milchmann Krug und Fässchen zurückbringen.

Das Zappeln in ihrer Reisetasche wurde drängender.

»Hab Geduld«, sagte sie.

Dann verließ sie die Stadt zu Fuß auf einer schmalen Straße, die einige Kilometer lang dem Flusslauf folgte, bis sie zu dem überwucherten Pfad kam, der zu einer kleinen Steinhütte führte. Zwei Zimmer, die ihr ganzes Leben lang ihr Zuhause gewesen waren. Ohne auf das immer kräftigere Zappeln in ihrer Reisetasche zu achten, begutachtete sie beim Näherkommen das Haus. Es wirkte ein wenig vernachlässigt, was nur normal war, schließlich war sie mehr als vier Jahreszeiten lang fort gewesen. Aber immerhin schien das Dach dicht zu sein, was sie zu der Hoffnung verleitete, dass es drinnen trocken war.

Sie öffnete die Tür und sah sich im dunklen, staubigen Innenraum um. Im ersten Moment kam ihr alles zu bäuerlich, klein und fremd vor. Dann fiel die Fremdheit der letzten paar Monde – Monate, wie man in Amerika sagte – von ihrem Blick ab, und die Hütte war ihr wieder so vertraut wie ihre Westentasche. Sie war zu Hause.

Sie erinnerte sich an etwas, das sie einmal in der seltsamen Zeltstadt *Devil's Gate* im amerikanischen Staat Nevada gehört hatte. Ein sonnenverbrannter Mensch hatte mit zynischer Miene gesagt: »Du weißt ja, wie man sagt – es führt kein Weg zurück.«

Xanthe war noch nie zuvor in Amerika gewesen und kannte die Redewendung nicht. Sie wusste nicht genau, was der Mensch gemeint hatte.

Sie legte ihre Einkäufe auf den staubigen Tisch, setzte die Reisetasche ab und stellte sie vorsichtig auf den Boden. Dann nahm sie den Schultergurt mit ihrem Schwert ab und streckte die müden Schultern. Sie war den ganzen Tag gereist, und es gab noch so viel zu tun, bevor sie sich heute Abend ausruhen konnte.

Sie ließ die Tür offen stehen, um die frische, kühlende Abendluft hereinzulassen. Jetzt verkündete das kleine Lebewesen in ihrer Reisetasche mit schrillen Lauten seine Unzufriedenheit. Es klang wie ein schreiendes Baby. Sie öffnete die Tasche und zog ein dürres, strampelndes Kätzchen mit orange getigertem Fell heraus, das ihr aus den Händen auf den Tisch sprang und unter erbärmlichem Miauen die eingepackte Fleischpastete umkreiste.

»Ja, ich weiß«, sagte Xanthe zu dem Tier. »Aber einen oder zwei Augenblicke wirst du noch warten müssen.«

Unterwegs von der Übergangspassage nach Adriyel war es ihr zur Gewohnheit geworden, mit der kleinen Katze zu reden. An den Abenden der kurzen dreitägigen Reise hatte sich eine Art Ritual eingespielt – die Katze schlief schnurrend auf ihrem Schoß oder am Lagerfeuer ein, während Xanthe die zauberhaft handgemalten Tarot-Karten betrachtete, die sie von einem Vampyr und zwei Medusen bekommen hatte. Das war auf dem Weg nach Chicago gewesen, wo sich die Übergangspassage nach Adriyel befand.

Die Leute in Amerika hatten ein merkwürdiges Wort für Orte wie Adriyel. Sie nannten sie Anderländer, aber für Xanthe war Amerika das Anderland.

Meistens schien das Kätzchen den Klang ihrer Stimme zu

mögen, aber im Augenblick war es offenbar nicht an einer Unterhaltung interessiert. Es schlug mit der Tatze nach der Pastete und miaute wieder, wobei es scharfe, weiße Zähnchen und eine winzige rosa Zunge zeigte.

Xanthe inspizierte ihren Geschirrschrank. Wie auch alle anderen Möbel in der Hütte hatte ihr Vater den Schrank aus getrocknetem Holz selbst gebaut. Da sich keine kleinen Tierchen darin eingenistet hatten, wischte sie ein Schälchen mit dem Ärmel ihrer Tunika aus, goss etwas Milch hinein und stellte es auf den Boden.

Nachdem das Kätzchen schnurrend vom Tisch gesprungen war und anfing, die sahnige Flüssigkeit aufzuschlecken, wickelte sie die Fleischpastete aus und brach sie in der Mitte auf. Sie war noch heiß, und aus der Bruchstelle stieg duftender Dampf. Xanthe kratzte Fleisch und Soße auf einen Teller, blies darauf, bis es sich ein wenig abgekühlt hatte, und stellte es dann neben das Milchschälchen auf den Boden.

Während das Kätzchen sein Abendessen hinunterschlang, machte sich Xanthe an die Arbeit. Sie wischte Staub und beförderte Spinnen und einige Mäusenester nach draußen. Da sie jetzt die Katze als Mauser hatte, würden sie nicht wiederkommen. Dann holte sie einige Scheite halb verwittertes Holz von dem kleinen Stapel, der noch unter dem Vordach lag, zündete ein Feuer an, deckte den Brunnen auf und holte Wasser, schnitt das rohe Fleisch und das Gemüse klein, gab alles in einen Topf und hängte ihn zum Kochen übers Feuer. Sie wusch Tisch und Stühle ab, schleppte die Matratze aus dem spartanischen Schlafzimmer und klopfte sie aus, bis keine Staubwolken mehr aufstiegen, schleppte sie wieder ins Haus und packte die Laken und Decken aus, die sie mit duftenden Zedernspänen in einer Kommode aufbewahrt hatte.

Aus ihrer anfänglichen Müdigkeit wurde bald Erschöpfung.

Sie hätte in der Stadt übernachten können, um die vernachlässigte Hütte erst am nächsten Morgen in Angriff nehmen zu müssen, aber sie hatte es einfach nicht abwarten können, nach Hause zu kommen. Nachdem sie das Bett gemacht hatte, sah sie nach dem brodelnden Topf auf dem Feuer. Sie malte sich aus, wie herrlich es sein würde, eine Schüssel heißen Eintopf zu essen und anschließend ins Bett zu fallen – als der Eingang plötzlich von einem riesenhaften Schatten verdunkelt wurde.

Panisch sauste die Katze an ihr vorbei, das Fell stand ihr senkrecht vom Körper ab. Mit erhobenen Augenbrauen drehte sich Xanthe um und sah das Tier ins Schlafzimmer flitzen. Es verschwand unter dem Bett.

Dann wandte sie sich zur Eingangstür, wo ein gewaltiger, ganz in strenges Schwarz gekleideter Mann stand. Es war Lord Tiago Black Eagle, Sicherheitchef der Königin der Dunklen Fae. Er war ein Donnervogel-Wyr, für alle Zeit ein Fremder im Herzen des Dunkle-Fae-Landes.

Überrascht verbeugte sie sich vor ihrem Arbeitgeber. »Willkommen, Mylord. Kommen Sie doch bitte herein.«

Seine Züge waren so streng wie seine Kleidung. Für Augen, die an die schmale Statur, die großen grauen Augen und die blasse Haut der Dunklen Fae gewöhnt waren, wirkte er fremdartig, aber Xanthe hatte sich inzwischen an das schroffe Gesicht und die imposante Erscheinung gewöhnt.

Seine obsidianschwarzen Augen verengten sich, als auch er der Katze nachsah. »Tenanye«, begrüßte er sie auf jene abrupte Art, die nach ihrem Aufenthalt in Amerika nicht mehr ganz so befremdlich auf sie wirkte. »Ich habe Ihnen doch gesagt, Sie sollen mich nicht so nennen. Tiago reicht völlig. Was zum Teufel hat das hier verloren?«

Als er in Richtung Schlafzimmer deutete, hob sie erneut die Brauen. »Das Kätzchen?«, fragte sie. »Ich habe es gefunden. Es streunte in Chicago auf der anderen Seite der Übergangspassage durch die Gegend, da habe ich es mitgenommen.«

Die Übergangspassage zwischen Adriyel und Chicago lag auf einem dreißig Hektar großen Stück Land nordöstlich des Loops, des Stadtzentrums von Chicago. Das Grundstück mit einem großen Anwesen im gregorianischen Stil war von einer hohen Steinmauer mit Stacheldrahtrollen eingefasst, doch die schmiedeeisernen Eingangstore standen inzwischen offen, nachdem Adriyel seine Grenzen geöffnet hatte.

Vom Hauspersonal dieses Anwesens hätte niemand ein Haustier aufgenommen, aber da anderen Arten nun freier Zugang gewährt wurde, hatten auch die wild lebenden Tiere der Stadt ausreichend Gelegenheit, durch die offenen Türen auf das große bewaldete Gelände zu schlüpfen.

Tiago warf ihr einen merkwürdigen Blick zu, ehe er sich an ihr vorbeischob und mit großen Schritten ins Schlafzimmer marschierte. »Komm da raus«, sagte er mit Nachdruck.

Xanthe starrte ihn an, ihr müder Kopf war völlig leer vor Verblüffung.

Das Kätzchen kam unter dem Bett hervorgeschlichen. Wie es da vor den Füßen des Wyr-Lords kauerte, sah es noch winziger und zierlicher aus als vorher.

Hitze kribbelte auf Xanthes Haut, als ihr allmählich eine schreckliche Erkenntnis dämmerte.

Die Hände in die Hüften gestützt, blickte Tiago auf das kleine Geschöpf hinab, und das Tier blickte zu ihm herauf, die Augen vor Panik groß und rund, das Fell gesträubt.

»Verwandle dich«, befahl er.

Das Kätzchen verwandelte seine Gestalt und wurde zu einem schmutzigen, verwahrlosten Mädchen, das den gewaltig großen Mann vor sich wie hypnotisiert anstarrte. Tiago schob das Kinn vor und sah Xanthe mit schief gelegtem Kopf an.

Diese rieb sich die Stirn und ließ die Schultern hängen. »Gute Götter«, sagte sie. »Ich habe ein kleines Wyr-Mädchen entführt.«

»Sie hat sich bisher noch nie vor Ihnen verwandelt?«, fragte Tiago.

»Nein, Sir. Ich hatte keine Ahnung. Sie wissen, dass mein Magiesinn nur schwach ausgeprägt ist.« Xanthe besaß telepathische Kräfte und die Fähigkeit, Übergangspassagen zu durchqueren. Außerdem konnte sie starke magische Energie in Gegenständen und Personen wahrnehmen, aber ohne den Wyr-Geruchssinn hatte sie nicht erkennen können, dass das Kätzchen irgendetwas anderes war, als es den Anschein hatte. Sie hob die Schultern. »Ich dachte, ich hätte eine verwilderte Katze gerettet.«

»Also gut«, sagte Tiago nach einem kurzen Moment. »Ich nehme sie mit in den Palast. Niniane wird wissen, was hier zu tun ist.« Er warf Xanthe einen Blick zu. »Was dich angeht, werde ich mich melden. Ich will genau wissen, was passiert ist.«

»Verstanden, My… Sir«, sagte Xanthe.

Das kleine Mädchen riss den Blick von der hoch aufragenden Gestalt vor sich los und sah Xanthe an. Sie flüsterte: »Ich will hierbleiben.«

Sofort und einstimmig antworteten Xanthe und Tiago: »Das geht nicht.«

»Du hast mir den Namen Maus gegeben«, sagte das Mädchen und sah Xanthe dabei flehentlich an. »Ich sollte in deiner Hütte leben und Mäuse für dich fangen. Das hast du gesagt.«

Die Bitte rührte an Xanthes Herz. Sie dachte daran zurück, wie das Kätzchen schnurrend auf ihrem Schoß gelegen hatte, während sie gedankenlos mit ihm gesprochen hatte. Ehrlich gesagt konnte sie sich nicht an alles erinnern, was sie geredet hatte. Sie trat auf das Kind zu und ging vor ihm in die Hocke.

»Da dachte ich noch, du wärst nur eine Katze«, erklärte Xanthe ihr sanft. »Auch wenn ich dich liebend gern hierbehalten würde, kann ich unmöglich für ein Wyr-Kind sorgen.« Sie konnte unmöglich für irgendein Kind sorgen. Dafür war ihr Leben zu gefährlich.

»Aber es gefällt mir hier«, sagte das Mädchen in klagendem Ton. »Ich würde keine Schwierigkeiten machen. Ich kann die ganze Zeit eine Katze sein.«

»So leid es mir tut, nein«, sagte Xanthe so sanft sie konnte. Sie strich dem Mädchen über die verfilzten Haare. »Das Leben hier wäre nicht gut für dich, Liebes. Du verdienst ein viel besseres Zuhause, wo du eine Katze und auch ein kleines Mädchen sein kannst. Und wo du zur Schule gehen kannst.«

Tiago wartete keine weitere Widerrede ab. Er hob das Mädchen hoch und wandte sich zur Tür. Im Gehen sagte er über die Schulter zu Xanthe: »Entspannen Sie sich und nehmen Sie sich etwas Zeit für sich. Das haben Sie sich verdient. In den nächsten ein oder zwei Tagen werde ich nach Ihnen schicken. Halten Sie sich bereit.«

»Ja, Sir«, sagte Xanthe.

Dann schritt er aus der Tür. Das Letzte, was Xanthe von dem Mädchen sah, waren große, traurige Augen, die an der Schulter des Wyr-Lords vorbeispähten.

Xanthe setzte sich an den Tisch und rieb sich das Gesicht. Sie würde nicht tun, worum diese großen Augen sie gebeten hatten: es sich noch einmal zu überlegen. Das konnte sie nicht.

Stille machte sich in der Hütte breit. Auf einmal wirkte sie so viel leerer als vor Tiagos Besuch. Xanthe starrte auf die Gegenstände, die sie aus ihrer Reisetasche gepackt und auf den Tisch gelegt hatte. Da waren diverse Toilettenartikel, Waffen – ihr Schultergurt und das Schwert sowie einige Wurfmesser – und das alte, handbemalte Holzkästchen mit den Tarot-Karten.

Der letzte Rest ihrer Energie hatte sie verlassen. Diese Sachen würde sie morgen wegräumen. Jetzt griff sie nach dem Kästchen, öffnete es und nahm die Karten heraus. Eine warme, milde magische Energie umfing ihre Hände, als sie ehrfürchtig über die handgemalten Karten strich.

Sie mischte den Stapel und drehte die oberste Karte um. Es war eines der großen Arkana. Inanna, die Göttin der Liebe, deren Streitwagen von sieben Löwen gezogen wurde.

Bisher hatte sie jedes Mal Inannas Karte aufgedeckt, wenn sie die Karten gemischt hatte.

»Ich dachte, du hättest die Katze gemeint«, sagte sie zu der Karte.

Kämpferisch und geheimnisvoll lächelte das Gesicht der goldenen Frau sie an.

Sie seufzte. Liebe gab es in vielen Formen – die Liebe zu einem Freund oder Partner, die Liebe zwischen Eltern und Kindern. Die Hingabe eines Haustiers oder die Liebe zum Vaterland. Wirklich geeignet war Xanthe nur für eine dieser Formen, auch wenn sie eine Zeit lang geglaubt hatte, dass es mit dem Kätzchen funktionieren könnte.

Sie verstaute die Karten in dem Kästchen und legte es behutsam auf das Sims über dem Kamin. Dann aß sie etwas Eintopf und fiel ins Bett.

Der Ruf aus dem Palast ereilte sie früh am nächsten Morgen.

Alles war von zartem Tau benetzt, die ersten Sonnenstrahlen waren kaum über die Baumwipfel geklettert. Xanthe hatte sich eine Tasse Kaffee gekocht und nahm sie mit nach draußen, wo sie sich auf einen umgekippten Baumstamm setzte und die Einsamkeit und Stille genoss.

Es war friedlich vor der Hütte, Vögel zwitscherten hell, und der Wind strich durch die langen Grashalme. Sie hatte sich nie an den Lärm und die Gerüche des amerikanischen Verkehrs gewöhnt, und schon lange hatte sie sich nicht mehr viel Zeit für sich selbst nehmen können. Ständig war sie von anderen Personen umgeben gewesen, denen sie nicht vertrauen konnte. Es war ein exotisches, befreiendes Gefühl zu spüren, wie sich das feste Knäuel der inneren Anspannung endlich löste.

Sie hörte den Reiter auf dem Weg, noch bevor sie ihn sah. Sofort war das Knäuel wieder da, ihre Bauchmuskeln spannten sich. Sie stand auf und wartete, bis nach wenigen Augenblicken eine Palastwache in ihr Blickfeld trabte; der Wachmann führte ein weiteres Pferd mit sich, das einen Sattel, aber keinen Reiter trug. Er nahm sich nicht die Zeit abzusitzen, als er sie erreicht hatte. Stattdessen drückte er ihr eine versiegelte Nachricht und die Zügel des zweiten Pferdes in die Hand, machte kehrt und verschwand.

Die Nachricht bestand aus nur zwei Worten, geschrieben mit kraftvollen schwarzen Strichen: »Kommen Sie.«

Sie atmete tief aus. So viel zum Thema Entspannen und Zeit für sich haben.

Nachdem sie das Pferd angebunden hatte, wusch sie sich, zog sich ihre eigene schwarze Palastuniform an, flocht ihr seidiges Haar und überprüfte ihr Aussehen in dem ovalen Silberspiegel im Schlafzimmer.

Irgendwo in ferner Vergangenheit hatte sie einen Vorfahren gehabt, der kein Dunkler Fae gewesen war, was sich in Kleinigkeiten niederschlug. Sie hatte einen schmalen Körperbau und eine aufrechte Haltung, aber das Grau ihrer Augen war dunkler als das der meisten Dunklen Fae. Auf dem Nasenrücken und den Wangen hatte sie ein paar helle Sommersprossen, und ihre Gesichtszüge waren nicht ganz so kantig, die Lippen voll und geschwungen. Für jene Angehörigen des Adels, die Wert auf reine Blutlinien legten, waren diese kleinen Abweichungen unübersehbar.

Nicht dass sie vorgehabt hätte, sich in absehbarer Zeit als Adlige auszugeben. Sie drehte den Kopf, um sich zu vergewissern, dass ihr Zopf ordentlich saß, dann schlüpfte sie in den Schultergurt, mit dem sie sich das Schwert auf den Rücken schnallte, strich Frischkäse auf eine Scheibe Brot, um es unterwegs zu essen, und zog beim Verlassen der Hütte behutsam die Tür hinter sich zu.

Gemessen an amerikanischen Maßstäben war Adriyel keine große Stadt, aber es war wunderhübsch und voller Leben. Dank ihrer Uniform und dem Pferd hatte sie auf den Kopfsteinpflasterstraßen freie Bahn, da die Leute beiseite traten, um ihr den Weg frei zu machen. Häuser schmiegten sich harmonisch zwischen die Bäume, und in der Nähe der Wasserfälle gab es am Flussufer einen großen Park. Während Xanthe auf den Palast zuritt, musterte sie das Bauwerk mit kritischem Blick.

Alter und schlichte Eleganz bestimmten seine Architektur. Design und Proportionen des Gebäudes waren prächtig, dabei wirkten die Formen trügerisch schlicht. Doch wann immer Xanthe den Palast sah, spukten Phantome durch ihren Kopf, Echos von Blut und Kämpfen und nächtlichen Schreien. Längst war es ihr zur Gewohnheit geworden, diese Phantome fortzuwischen. Sie brachte ihr Pferd in die Stallungen und betrat den Palast durch die Dienstbotenetage.

Der Wyr-Lord befand sich in den Privatgemächern der Königin. Die beiden Wachen an der Tür nickten Xanthe respektvoll zu und traten beiseite. »Sie sollen direkt hineingehen, Ma'am«, sagte der rechte. Wenn sie sich richtig erinnerte, hieß er Rickart.

»Danke.« Sie legte ihren Schultergurt ab und reichte dem

Mann ihr Schwert. In Gegenwart der Königin trug man keine Waffen, es sei denn, man wurde ausdrücklich dazu aufgefordert.

Bisher war Xanthe nur einmal in den Privatgemächern der Königin gewesen, und das lag schon einige Jahreszeiten zurück – damals hatten die Königin und der Wyr-Lord die letzte Entscheidung über Xanthes Mission getroffen. Daher sah sie sich heute neugierig um, als sie eintrat. Überall sonst glich das Innere des Palastes seinem Äußeren: großzügig geschnitten und von täuschender Einfachheit, sparsam dekoriert mit Möbelstücken, Wandteppichen und Skulpturen aus der staatlichen Schatzkammer.

Die privaten Räumlichkeiten der Königin standen auf einem anderen Blatt. Das große Wohnzimmer war voller Farbtupfer. An den Wänden hingen traditionell bestickte Wandteppiche, und die dunklen, polierten Holzflächen wurden von Schalen und Vasen mit Blumen durchbrochen. Vor dem Kamin waren rote Samtsofas arrangiert, auf denen sich mit leuchtend goldenen Akzenten bestickte Kissen stapelten. In einer reich verzierten Schale aus durchscheinendem grünen Stein, den Xanthe nicht kannte, lagen kleine *Reese's Peanut Butter Cups*, und auf dem Tisch hatte jemand achtlos Bücher liegen gelassen. Xanthe betrachtete den unordentlichen Stapel. Bücher über Geschichte und Politik der Dunklen Fae lagen zwischen amerikanischen Taschenbüchern, die meisten davon Liebesromane.

Am anderen Ende des Raums ließen geöffnete Glastüren den sonnigen Morgen herein. Die Türen führten auf eine Terrasse hinaus und in den von Mauern eingefassten Privatgarten der Königin. Als sie draußen männliche Stimmen hörte, lief Xanthe zu den Türen und sah hinaus.

Der Wyr-Lord saß am Tisch und plauderte ungezwungen mit einem anderen hochgewachsenen Mann, der – allein schon durch das Gewicht seines Amtes – selbst ebenfalls äußerst imposant war. Kanzler Aubrey Riordan gehörte zu der Triade, aus der sich die Regierung der Dunklen Fae zusammensetzte, ebenso wie die Königin und der Kommandant der Dunkle-Fae-Armee, Fafnir Orin. Der Kanzler saß gemütlich auf seinem Stuhl, hatte das Gesicht in die Morgensonne gewandt und hielt eine dampfende Tasse Tee in den Händen.

Dass Riordan von reinem Dunkle-Fae-Blut war, stand vollkommen außer Frage. Er hatte markante, intelligente, patrizische Züge und hellgraue Augen, die wie klares Wasser im Sonnenlicht strahlten. Sein langes, tiefschwarzes Haar, das er zu einem schlichten Zopf zusammengebunden trug, schimmerte im hellen Sonnenlicht blauschwarz, und die spitz zulaufenden Ohren waren elegant geformt.

Im Kontrast zu seinem Haar war seine Haut hell wie Elfenbein. Auch wenn er nicht so riesenhaft gebaut war wie der Wyr-Lord, war sein hochgewachsener, schlanker Körper muskulös und besaß eine anmutige Kraft. Die Augen hatte er gegen das Sonnenlicht zusammengekniffen, wodurch die Krähenfüße in den Augenwinkeln sichtbar wurden, und an seinen Schläfen leuchteten einige weiße Haarsträhnen. Riordan war kein junger Fae mehr, sondern ein Mann auf dem Höhepunkt seiner Macht und seiner Kräfte.

Als Xanthe ihn erblickte, glitt ein süßer Schmerz wie ein in Honig getauchtes Stilett zwischen ihre Rippen und durchbohrte ihr Herz. Es war der gleiche Schmerz, den sie jedes Mal spürte, wenn sie den Kanzler sah. Wie ein einfältiges Kind seine Spielsachen, sammelte und hortete sie seit Jahren alle Informationsfetzen, die sie über sein Leben ergattern konnte.

Diener kannten stets die Wahrheit über den Charakter ihres Herrn. Was sämtliche Diener über Riordan sagten, war, dass er freundlich und gleichmütig war. Niemals drückte er seinen Unmut in Form von Schlägen oder harschen Worten aus. Als einer der mächtigsten Männer in Adriyel gebrauchte er diese Macht mit milder Hand und setzte sie mit Bedacht ein. Für jemanden wie Xanthe, die nur wenig Freundlichkeit erlebt hatte, klang er nicht weniger fremdartig und exotisch als der Wyr-Lord, dem er jetzt Gesellschaft leistete.

Die Ereignisse des vergangenen Jahres waren für die Dunklen Fae und auch für Riordan selbst desaströs gewesen. Dragos Cuelebre, der Lord der Wyr, hatte den despotischen Dunkle-Fae-König Urien umgebracht, und nach dessen Tod hatte es zunächst so ausgesehen, als gäbe es keinen Thronerben. Für einen kurzen Zeitraum war gemunkelt worden, dass Riordan, der entfernt mit der Lorelle-Linie verwandt war, zum König gekrönt werden sollte.

Dann war Niniane Lorelle, Uriens Nichte und die wahre Erbin, aus ihrem Versteck gekommen. Sie hatte die ganze Zeit in Amerika gelebt, nachdem Urien und eine Handvoll Adlige in einem blutigen Putsch ihren Vater König Rhian und den Rest ihrer Familie umgebracht hatten.

Damals war Riordan mit einer Adligen namens Naida verheiratet gewesen. Diese hatte Ninianes Anspruch auf den Thron nicht anerkannt und mehrere Mordanschläge auf sie verüben lassen. Am Ende flog ihr Plan allerdings auf, Naida wurde getötet, und ihre Mitverschwörer landeten im Kerker.

Seit diesen Ereignissen hatte sich etwas Helles in Riordan verdunkelt. Xanthe sah es jedes Mal, wenn sie ihm auf dem Palastgelände begegnete. Er sah angespannt und ausgezehrt aus, der Ausdruck in seinen Augen war leer und verbittert. Wenn Xanthe nur daran dachte, was seine Frau ihm angetan hatte, packte sie eine ohnmächtige Wut auf diese Person, eine Verräterin und Mörderin, die mit ihren Taten einen so anständigen Mann verletzt hatte.

Als Xanthe in die Tür trat, wandte erst Tiago den Kopf, dann auch Riordan. Sie senkte den Blick. »Mylords.«

»Da sind Sie ja«, sagte Tiago. »Sie müssen meine Nachricht gleich nach Sonnenaufgang bekommen haben.« Mit einem gestiefelten Fuß schob er einen freien Stuhl ein Stück in ihre Richtung. »Setzen Sie sich und essen Sie mit uns. Niniane wird bald dazukommen.«

Verwirrt senkte sie den Kopf. »Vielen Dank, Myl… Sir. Das ist sehr freundlich von Ihnen, aber das kann ich nicht.«

»Oh, ihr Fae und eure gesellschaftlichen Regeln«, sagte Tiago. Er klang genervt. »Springen Sie über Ihren Schatten, Soldat. Pflanzen Sie Ihren Hintern hierher und frühstücken Sie etwas. Das ist ein Befehl.«

Überrascht hob sie den Kopf. Ehe sie es verhindern konnte, sah sie zu Riordan.

Er lächelte sie an, ein warmer Ausdruck lag auf seinem Gesicht, und er deutete auf den Stuhl, den Tiago vom Tisch weggeschoben hatte. »Sie haben Ihren Chef gehört«, sagte der Kanzler. »Setzen Sie sich, und nehmen Sie sich etwas zu essen.«

Sie konnte nicht anders, als ihn anzustarren. Irgendwie sah er anders aus als vor ihrer Abreise, weniger verbittert. Vielleicht heilte die Zeit allmählich die Wunden, die ihm seine Frau zugefügt hatte.

Sie holte tief Luft und setzte sich dann zögerlich an den Tisch. Den Blick fest auf ihre Aufgabe gerichtet, tat sie wie befohlen und nahm sich etwas von den Speisen auf der Frühstückstafel. Es gab gekochte Eier, Gebäck mit Honig und Beeren, frisches Obst und gegrilltes Wild. Das Käsebrot, das sie vorhin gegessen hatte, schien sich in Luft aufgelöst zu haben, denn ihr knurrte der Magen. Sie spannte die Bauchmuskeln an und hoffte, dass es niemand bemerkt hatte.

Während sie zu essen anfing, nahmen die beiden Männer ihr Gespräch wieder auf, als wäre Xanthe gar nicht da.

»Du hättest schon früher etwas von der Klage erwähnen sollen«, sagte Tiago.

Nach kurzem Zögern antwortete Riordan: »Da bin ich anderer Ansicht. Es ist mein Problem, und ich muss es lösen. Wenigstens wird nichts übers Knie gebrochen. Der Prozess wird sich wahrscheinlich über Jahre hinziehen.«

Alles in Xanthe erstarrte. Riordan war in einen Rechtsstreit verwickelt? Das war ihr neu, also musste sich das während ihrer Abwesenheit ergeben haben. Da sie keine Reaktion auf etwas zeigen wollte, das sie offensichtlich nichts anging, musste sie sich bewusst zum Weiteressen zwingen, während sie zuhörte.

»Die Anschuldigungen sind haltlos«, sagte Tiago. »Du wusstest nicht, was Naida vorhatte, und du warst nicht daran beteiligt.«

In zynischem Ton erwiderte Riordan: »Es spielt kein Rolle, ob wir wissen, dass die Klage unbegründet ist. Der Kläger bekommt immer ausreichend Zeit, seinen Fall und die angeblichen Beweise darzulegen. So funktioniert nun mal das Rechtssystem der Dunklen Fae. Du und Niniane, ihr habt etwas äußerst Ungewöhnliches erreicht, als ihr die Verschwörer, die ihre Familie bei dem Putsch getötet haben, vor Gericht gestellt und hingerichtet habt. Das war nur möglich, weil es um die Königin selbst, um die Verhaftung hochrangiger Adliger und um Hochverrat ging.«

»Naidas Familie wirft dir Hochverrat vor«, sagte Tiago.

»Nicht direkt Hochverrat im juristischen Sinne«, sagte Riordan. »Niniane war damals noch nicht gekrönt. Im besten Fall können sie auf einen Prozess wegen Verschwörung hoffen. Da ich so viel älter war als Naida und sie bei unserer Hochzeit noch so jung, und da all ihre Verbrechen angeblich in meinem Interesse lagen, behaupten sie, dass ich ›ungebührlichen Einfluss‹ auf sie ausgeübt hätte. Aber wie du weißt, können Strafrechtsprozesse nur von der Regierung angestrengt werden. Da es sich hier um einen privaten Fall und nicht um eine Angelegenheit der Krone handelt, können sie bestenfalls auf eine finanzielle Entschädigung hoffen.«

»Also sind sie gierig«, sagte Tiago nach einem kurzen Moment.

»Ja«, sagte Riordan schlicht. »Und um ganz fair zu sein, sind sie außerdem wütend und haben einen großen Verlust erlitten, nicht nur familiärer Art, sondern auch in ihrem Ansehen.«

»Tja, die Person, auf die sie wütend sein sollten, ist tot, und es gibt keine Beweise, dass du irgendetwas damit zu tun hattest. Ich habe damals persönlich gegen dich ermitteln lassen.«

»Natürlich hast du das«, sagte Riordan. »Ich hätte selbst auch gegen mich ermittelt.«

Xanthe schluckte vorsichtig. Das Essen drohte ihr im Hals stecken zu bleiben. Da sie an keinerlei Ermittlungen mitgewirkt hatte, waren das ebenfalls Neuigkeiten für sie. Aber wenn sie darüber nachdachte, konnte sie nicht behaupten, dass es sie überrascht hätte.

Die Königin bedeutete dem Wyr-Lord die Welt, und er war einer der gefährlichsten Männer, denen sie je begegnet war. Bei seinen Ermittlungen gegen Riordan hatte er gewiss jeden Stein einzeln umgedreht. Selbst wenn er keine Beweise gefunden hatte, wäre Riordan unter Garantie ein toter Mann gewesen, hätte Tiago auch nur den leisesten Verdacht gehabt, dass der Kanzler in irgendetwas verwickelt war, das der Königin schaden könnte.

Und Xanthe wusste, wie sie zu dieser Annahme kam. Schließlich hatte sie selbst gerade erst einen Mann auf Befehl des Wyr-Lords getötet.

2

Gesetz

Zuerst hatte die schweigsame Frau in der Soldatenuniform Aubrey nicht weiter interessiert, ihm war nur aufgefallen, wie offen Tiago in ihrer Anwesenheit sprach.

Obwohl Tiago und Niniane es nie in der Öffentlichkeit zeigten, waren sie ein Liebespaar. Der Wyr war geradezu besessen von allem, was mit seiner Partnerin, deren Sicherheit und Wohlergehen zu tun hatte. Wenn sich Tiago vor dieser Soldatin entspannt gab und offen redete, konnte Riordan das auch.

Nach und nach jedoch erregte die Schweigsamkeit der Frau Aubreys Aufmerksamkeit. Von Zeit zu Zeit warf er ihr einen Blick zu und bemerkte verschiedene Details. Wie präzise und sauber sie das Essen auf ihrem Teller schnitt, die völlige Ausdruckslosigkeit in ihrem Gesicht oder dass sie nie von ihrem Teller aufblickte. Sie verkörperte höfliche Zurückhaltung und drückte mit ihrer ganzen Haltung aus, dass sie durch eine unsichtbare Mauer von den beiden Männern getrennt war.

Schnelle, leichte Schritte trappelten über die Terrassenfliesen, und Tiagos schroffe, abweisende Züge hellten sich auf. Die Frau sprang von ihrem Stuhl auf und nahm Haltung an. Aubrey und Tiago erhoben sich etwas gemächlicher, als Niniane Lorelle, die Königin der Dunklen Fae, herangerauscht kam und noch im Laufen zu plaudern begann.

»Tut mir leid, ich bin spät dran … Oh, gut, ihr habt nicht auf mich gewartet. Guten Morgen, Aubrey.«

»Guten Morgen, meine Liebe.« Er neigte den Kopf, um von Niniane einen Kuss auf die Wange zu empfangen.

Sie war eher bequem als repräsentativ angezogen, trug eine schlichte dunkle Tunika und dazu passende Leggings. Sie war in jeder Hinsicht bezaubernd, und obwohl sie nicht direkt schön war, besaß sie doch eine Herzlichkeit und ein überschäumendes Temperament, das zumindest vorübergehend die Dunkelheit aus Aubreys Seele vertreiben konnte. Niniane war das Kind seiner vor langer Zeit verstorbenen Freunde und die einzige überlebende Lorelle, und sie war ihm ans Herz gewachsen, als wäre sie seine eigene Tochter.

Während sie den Tisch umrundete und auf Tiago zuging, sprach sie weiter: »Hallo, mein Schatz.« Sie hob das Gesicht und ließ sich genüsslich von Tiago auf den Mund küssen. »Ich komme gerade von der Kinderschwester, weil ich nach dem Mädchen sehen wollte. Die Kleine ist ganz hinreißend, aber sie will immer noch nicht sagen, woher sie kommt oder wer sie in Wirklichkeit ist. Und sie beharrt darauf, dass sie Maus heißt.«

»Wenigstens spricht sie mit dir und der Schwester«, sagte Tiago. »Zu mir hat sie kein Wort gesagt. Ich habe sie zu sehr verängstigt.«

Niniane schnitt ihm eine Grimasse. »Soweit ich das einschätzen kann, muss sie so um die sechs Jahre alt sein. Danach zu urteilen, wie tief der Schmutz saß und wie verfilzt ihre Haare waren, lebt sie vielleicht schon seit einiger Zeit auf der Straße. Wenn das der Fall ist, nehme ich an, dass sie ihre Katzengestalt angenommen hat und darin geblieben ist, um überleben zu können. Ich habe heute Morgen jemanden nach Chicago geschickt, um ein paar Nachforschungen anzustellen. Womöglich sucht man dort schon mit Fotos auf Milchkartons nach ihr.« Ihr

Gesicht nahm einen besorgten Ausdruck an. »Ich nehme an, wir können sie nicht behalten, oder?«

Mit weicher Miene schüttelte Tiago den Kopf. »Nein, meine Fee. Es wäre einer jungen Wyr gegenüber nicht fair, sie unter Dunklen Fae aufwachsen zu lassen. Die Lebensspanne einer Hauskatzen-Wyr entspricht etwa der eines Menschen. Anfangs wäre das nicht weiter wichtig, aber irgendwann würde sie altern, während alle, die ihr etwas bedeuten, das nicht tun. Sie braucht ein gutes Zuhause bei ihresgleichen.«

Niniane ließ die Schultern sinken. »Ich wusste es«, sagte sie. »Aber ich musste es von dir hören.«

Während sich die beiden unterhielten, wanderte Aubreys Blick wieder zu der Soldatin. Die Hände auf dem Rücken betrachtete sie ihren halb leer gegessenen Teller, als würde sie nichts anderes auf der Welt interessieren. Aubreys Mundwinkel hob sich. Sie war wirklich ziemlich gut.

»Setz dich«, sagte Tiago. »Ich lasse dir frischen Tee und warmes Essen kommen.«

»Nein, mach dir keine Umstände«, sagte Niniane. »Es ist alles gut so.« Mit einem freundlichen Lächeln wandte sie sich an die schweigsame Frau. »Sie sind also diejenige, die das kleine Wyr-Mädchen entführt hat?«

Die Fassade der Soldatin zerbrach. Sie bewegte sich, sah auf und holte tief Luft. Farbe schoss ihr ins Gesicht. Nachdem sie so lange vollkommenes Desinteresse vorgespielt hatte, entlockte ihr betroffener Gesichtsausdruck Aubrey ein leises, überraschtes Kichern.

»Ja, Euer Gnaden«, sagte die Frau. »Es tut mir furchtbar leid.«

Sie sah aus, als würde es ihr mehr als nur leidtun, sie wirkte so beschämt, dass sogar Tiago grinsen musste.

»Das muss es nicht«, sagte Niniane. »Ihre ›Entführung‹ hat ihm vielleicht das Leben gerettet.« Sie setzte sich und bediente sich am Frühstück, während Tiago ihr eine Tasse Tee einschenkte. »Was habe ich verpasst?«

Auch Aubrey und Tiago setzten sich. Die Frau blieb stehen, bis ihr Tiago einen Blick unter zusammengezogenen Brauen zuwarf. Dann nahm auch sie Platz, rührte ihr Essen allerdings nicht mehr an. Tiago sagte: »Aubrey und ich haben über ein Gerichtsverfahren gesprochen, das Naidas Familie gegen ihn eingeleitet hat.«

»Ah ja. Ich habe heute Morgen davon erfahren, als mich mein Minister auf den neuesten Stand brachte«, sagte die Königin. Ihre Stimme wurde kalt. »Ich habe Richter Kellen bereits ein Schreiben gesandt, dass die Klage abgewiesen wird.«

Da die Reaktionen der Frau, beziehungsweise deren Ausbleiben, allmählich Aubreys Interesse weckten, beobachtete er sie, während Niniane sprach. Er bemerkte einen merkwürdigen, subtilen Ausdruck in ihren dunkelgrauen Augen. Seltsamerweise schien es Erleichterung zu sein, vermischt mit Befriedigung, aber da musste er sich irren. Dann erst drang die Bedeutung von Ninianes Worten zu ihm durch, und er setzte behutsam seine Tasse ab und wandte sich der Königin zu.

Die Krone hatte das Recht, Fälle abzuweisen und Begnadigungen auszustellen, aber tatsächlich kam das so selten vor, dass ein solcher Eingriff ungemein großes Gewicht hatte. Bevor der Tag vorüber war, würde die Zurückweisung der Klage in aller Munde sein, was für Naidas Familie eine große Demütigung bedeuten musste.

Er sagte: »Wenngleich mich dieses Zeichen deines Vertrauens sowohl rührt als auch ehrt, hatte ich doch geglaubt, dass sich der Zorn der Familie Naidas im Laufe dieses Verfahrens abkühlen würde.«

Weitaus direkter sagte Tiago: »Bist du sicher, dass du das tun willst, Fee?«

»Ja, ich bin ziemlich sicher«, sagte Niniane. Sie pickte einen delikaten Happen von ihrer Gabel und richtete diese dann auf Aubrey. »Ich war es, die dich zum Kanzler ernannt hat. Naidas Anschlag galt meinem Leben, und ich versichere dir, dass wir in dieser Sache sehr gründlich ermittelt haben. Monatelang war das außer den Ermittlungen gegen Uriens Mitverschwörer so ziemlich das Einzige, worüber Tiago und ich gesprochen haben.«

»Das kann ich bestätigen«, sagte Tiago.

Niniane stach mit der Gabel in die Luft, ihre Augen sprühten Funken vor Wut. »Im besten Fall wäre ihr Prozess gegen dich voller Unterstellungen und Verbitterung gewesen, im schlechtesten voller Lügen. Diese Klage war nicht nur für dich ein Schlag ins Gesicht, Aubrey, sondern auch für mich. Ich werde nicht zulassen, dass meine Leute schikaniert werden. Ich werde nicht zulassen, dass meine Entscheidungen derart infrage gestellt werden. Die Abweisung ist das Beste, was ihnen passieren konnte, denn wenn man sie gewähren ließe und sie so dumm wären, gefälschte Beweise vorzulegen, würde ich dafür sorgen, dass sie vor Gericht gestellt würden. Sie mögen glauben, ihr Leben wäre ruiniert, aber das ist nichts im Vergleich zu dem, was ihnen bevorstünde.«

Stille machte sich breit. In Tiagos Zügen lagen tatsächlich Erheiterung und Nachsicht, aber auch echte Bewunderung und Respekt. Die Frau, die seine Soldatin war, beobachtete die Königin mit blitzenden Augen, während Niniane die Brauen hochzog und ihre Gabel immer noch auf Aubrey richtete.

Aubrey räusperte sich. »Wenn du es so ausdrückst, vielen Dank für deinen Einsatz.«

Sie lächelte ihn an. »Gern geschehen. Jetzt zu etwas anderem.« Sie sah die Soldatin an, die ihr gegenübersaß. »Sie heißen Xanthe, ist das richtig? Tiago sagte, Sie hätten eine Geschichte zu erzählen.«

Aubrey beobachtete, wie die Frau erst ihn und dann Tiago ansah, der ihr zunickte. »Sie können offen sprechen«, sagte er.

Sie nickte und holte Luft. »Mein Auftrag ist erfüllt. Cieran Thruvial ist tot. Er starb in Nevada an einem Ort namens Devil's Gate, wohin wir nach dem Übergang nach Amerika gereist sind.«

Der Name des Ortes war Aubrey nicht bekannt, aber das überraschte ihn nicht. Er sah Niniane und Tiago abermals einen langen Blick wechseln.

Tiago sagte halblaut: »Endlich ist es erledigt. Der letzte von ihnen hat seine gerechte Strafe erhalten.«

»Jetzt können wir in die Zukunft sehen«, sagte Niniane. Sie lächelten einander innig an. Dann wandte sich Niniane wieder an Xanthe. »Von diesem Ort habe ich noch nie gehört.«

»Devil's Gate ist neu entstanden, seit Euer Gnaden in Adriyel sind«, sagte Xanthe. »Eine … eine Zeltstadt nennt man es dort, obwohl viele der Gebäude keine Zelte sind. Manche sind Fahrzeuge, genannt Camper. Andere Gebäude sind aus etwas, das sie Wellblech nennen, und es gibt behelfsmäßige Bürogebäude, ganz aus Metall. Fast zweitausend Personen, sowohl Menschen als auch Angehörige der Alten Völker, suchen dort nach magiesensitivem Silber und Gold.«

»Da gibt es einen modernen Goldrausch, und ich wusste nichts davon?« Niniane klang bestürzt.

»Du brauchst mehr Schlaf als ich«, sagte Tiago. »Ich habe die Nachrichten darüber in der Zeitung verfolgt.«

Niniane murmelte: »Nachdem wir jetzt die Grenzen geöffnet haben, sollte ich wohl anfangen, eine gewisse Zeit im Jahr in Chicago zu verbringen.«

»Einverstanden«, sagte Tiago. Zu Xanthe sagte er: »Fahre fort.«

Sie berichtete: »Der Ort ist … überfüllt und chaotisch. Lord

Thruvial glaubte, sich dort in relativer Anonymität sicher fühlen zu können. Er war weit entfernt von der Politik Adriyels und den Prozessen gegen die anderen Verschwörer. Er glaubte, Sie würden nicht genug Beweise für seine Beteiligung an dem Putsch und dem Mord an Ihrem Vater und Ihrer Familie finden, um ihn gerichtlich zu verfolgen.«

Aubrey blickte über den Tisch, direkt in das todbringende Gesicht des Mannes, der ihm gegenüber saß. Thruvial war nicht nur ein Schwein gewesen, sondern auch ein Idiot.

Xanthe sagte: »Da ich das jüngste Mitglied seiner Triade war, durfte ich lange Zeit keine Aufgaben in seinem Privatbereich übernehmen, wie ihm Essen und Getränke zu servieren oder ihm beim Ankleiden zu helfen.«

»Sie war mehrere Monate in seinem Haushalt«, erklärte Tiago Aubrey. »Es überrascht mich immer wieder, dass Arschlöcher wie Thruvial auf den Traditionen der Dunklen Fae beharren, zum Beispiel die Triaden von persönlichen Bediensteten, und auf der anderen Seite ohne mit der Wimper zu zucken ihren eigenen König ermorden.«

Triaden fanden sich bei den Dunklen Fae in allen Bereichen des täglichen Lebens, von den höchsten Ämtern der Regierung bis zu Kampfformationen und der Dienerschaft. Es kam oft vor, dass sich verheiratete Paare einen dritten Sexualpartner ins Ehebett holten, auch wenn Aubrey selbst nie das Verlangen danach verspürt hatte.

Er lächelte Tiago finster an. »Das ist nicht inkonsistent, meine Freund. Unsere Traditionen in Sachen Gewalt, Eifersucht, Rache sowie im Schmieden und Brechen politischer Bündnisse reichen weiter zurück als alle Triaden.«

Tiago schnaubte. »Punkt für dich.« Dann sagte er zu Xanthe: »Also hat Thruvial Ihnen endlich vertraut und Sie nahe genug an sich herangelassen.«

»Richtig. Trotzdem musste ich auf den richtigen Augenblick zum Handeln warten, damit man mir die Tat nicht nachweisen konnte. Als sich endlich die Gelegenheit bot, vergiftete ich seinen Wein.« Ihre Stimme war gefasst und gleichmäßig. »Er starb schnell. Leider war das noch nicht das Ende der Geschichte.«

Aubrey lehnte sich in seinem Stuhl zurück und studierte das Gesicht der Frau, während sie berichtete. Auf Nase und Wangen hatte sie seltsame, faszinierende Sprenkel, hell wie Goldspritzer. Auch ihre Augen waren ungewöhnlich, sie hatten eine tiefe, satte Farbe voller Schatten und Geheimnisse. Ihr Gesicht hatte weiche Formen, hohe Wangenknochen und einen schmalen, runden Kiefer. Jetzt, da er sie genau ansah, fiel ihm auf, dass sie einen schockierend sinnlichen Mund hatte. Sie würde nie als eine der großen Schönheiten der Dunklen Fae gelten, aber sie besaß eine eigene, ganz besondere Anziehungskraft.

»Es gab Schwierigkeiten?«

»Ja. In Devil's Gate gab es eine junge Medusa, die sich oft öffentlich mit Thruvial stritt. Als seine anderen Diener ihn vergiftet auffanden, hallte ihr Aufschrei durch das ganze Lager. Sie bestanden darauf, dass die Medusa ihn vergiftet hatte, und so wurde sie festgenommen und eingesperrt und sollte gehängt werden.« Xanthes Miene wurde bitter. »Das war ganz allein meine Schuld. Ich hatte nicht in allen Einzelheiten vorausgesehen, was geschehen könnte, wenn ich ihn auf diese Art tötete. Ich habe einfach nur meine Chance gesehen und sie genutzt.«

Niniane beugte sich vor. »Sie können nicht die Reaktion jedes Einzelnen voraussehen. Das ist zu viel verlangt.«

Nur kurz sah Aubrey die Königin an, bevor sein Blick zu Xanthes Gesicht zurückkehrte. Interessiert stellte er fest, dass sich an ihrer schuldbewussten Miene nichts geändert hatte, obwohl ihr die Königin persönlich Absolution erteilt hatte. Diese junge Soldatin hatte ganz ordentliche Gewissensbisse.

Mit ruhiger Stimme fragte er: »Geht es dem Medusen-Mädchen gut?«

Sie wandte sich schnell zu ihm um. »Ja, Mylord. Während ich noch abwartete und nach einer Gelegenheit suchte, ihr zu helfen, kamen ihre Tante und deren Freund. Gemeinsam konnten wir entkommen.« Sie sah Tiago und Niniane an. »Sie kennen die beiden sogar. Es waren Duncan Turner und Dr. Seremela Telemar.«

Aubrey kannte Duncan flüchtig, er hatte den jungen Vampyr kennengelernt, als Niniane anlässlich ihrer Krönung von Chicago nach Adriyel gereist war. Zu Ninianes Reisegesellschaft hatten neben einer Delegation aus Dunklen Fae auch die Vampyrin Carling Severan und deren Begleiter gehört. Severan war damals Mitglied im Tribunal der Alten Völker gewesen. Die Ärztin kannte Aubrey nicht, aber Tiagos und Ninianes große Überraschung verriet ihm, dass beide mit ihr bekannt sein mussten.

»Sie sagten bereits, dass alle wohlauf sind, aber wie geht es Duncan und Seremela?«, fragte Niniane. Sie klang sehnsüchtig. »Ich würde die beiden so gern wiedersehen.«

»Als ich mich verabschiedete, ging es ihnen ziemlich gut«, berichtete Xanthe. »Und Dr. Telemars Nichte ebenfalls. Sie haben mich beauftragt, Ihnen herzliche Grüße zu bestellen.«

Tiago nickte ihr zu. »Trotz Ihrer Bedenken scheint es ja gut ausgegangen zu sein.«

Sie zögerte. »Das ist noch nicht alles, Sir.«

Aubrey setzte seine Tasse ab, Tiagos Augen verengten sich. »Was ist passiert?«

Sie richtete Messer und Gabel perfekt parallel auf dem Tisch aus und hielt den Blick konzentriert auf ihre Finger gerichtet, während sie sagte: »Die beiden anderen Diener von Lord Thruvial haben uns eingeholt, bevor wir entkommen konnten.

Duncan Turner und ich mussten sie töten. Es war kein leiser Kampf, und es könnte Zeugen gegeben haben. Vorher hatte ich öffentlich bekundet, dass ich von der Unschuld der jungen Medusa überzeugt war.« Als sie diesmal den Blick hob, war ihre Miene resigniert. »Ich bin das einzige überlebende Mitglied von Thruvials Haushalt, und ich bin gleich nach dem Tod der anderen beiden Diener verschwunden. Jeder kluge Beobachter wird zwei und zwei zusammenzählen können, und in Devil's Gate gab es eine Menge kluger Leute. Und da die Informationen zwischen Amerika und Adriyel inzwischen ungehindert fließen …« Ihre Stimme verebbte.

Tiago verschränkte die Arme vor der Brust und betrachtete Xanthe. »Ihre Identität wurde enttarnt, ich kann Sie nicht mehr für Undercover-Aufträge einsetzen.«

Ihre Schultern sackten nach vorn. Obwohl sie das Thema selbst aufgebracht hatte, sah Aubrey ihr an, wie sehr Tiagos Worte sie enttäuschten. Etwas daran berührte ihn. Loyalität und Engagement waren kostbare Eigenschaften, und beides sah er hell wie eine Schwertklinge in ihrem Blick schimmern.

Er hörte sich sagen: »Machen Sie sich deswegen keine Sorgen, Ihre Dienste werden nicht unbelohnt bleiben. Sie sind eine zu große Bereicherung, um sie zu vergeuden.«

Als sie ihn diesmal ansah, wandte sie sich nicht sofort wieder ab. Stattdessen begegnete sie seinem Blick und hielt ihm stand. Er sah ihr tief in die Augen, wusste allerdings nicht genau, was er darin sah – Überraschung? Dankbarkeit? Er kannte sie nicht gut genug, um diese feinen Nuancen zu deuten.

»Ich mag sie«, sagte Niniane plötzlich. Ihre Stimme durchbrach die unerwartete Verbindung, die zwischen Aubrey und Xanthe entstanden war, und beide wandten sich zur Königin um. Sie hatte das Kinn in die Hand gestützt und studierte Xanthe. »Sie ist diskret, sie rettet kleine Katzen, und sie macht sich

Gedanken um die Konsequenzen ihres Handelns.« An Tiago gewandt sagte sie: »Ich will sie haben.«

Sein Gesicht nahm einen nachsichtigen Ausdruck an. »Wenn du sie willst, sollst du sie haben.«

»Nun, vielen Dank«, sagte Niniane, »aber ich glaube, wir sollten mit ihr selbst darüber sprechen.« Sie wandte sich wieder an Xanthe. »Was meinen Sie? Möchten Sie in meinem Gefolge arbeiten? Bitte antworten Sie ehrlich. Ich weiß, dass der Wachdienst nicht jedermanns Sache ist; außerdem ist es denen, die im letzten Jahr in meiner Nähe waren, nicht sehr gut ergangen.« Ein Schatten verdunkelte ihre Augen, und Aubrey musste an die Todesopfer des vergangenen Jahres denken, an eine intelligente junge Frau namens Cameron Rogers, die starb, als sie Niniane das Leben rettete, und an Arethusa, die verstorbene Kommandantin der Dunkle-Fae-Armee.

Beim Gedanken an sie wurde sein Herz schwer wie Stein und ebenso leblos. So viele Tode, so viel Trauer hatte Naida verursacht.

Niniane schüttelte sich sichtlich und fuhr fort: »Wenn Sie kein Interesse mehr am aktiven Dienst oder an dieser Position haben, bin ich nicht gekränkt, falls Sie ablehnen. Wir werden dafür sorgen, dass Sie in einer Position eingesetzt werden, die zu Ihnen passt und in der Sie sich wohlfühlen.«

Vor Freude hellte sich Xanthes Miene auf, und in diesem Moment war sie wirklich wunderschön. »Ich bin zutiefst geehrt und würde mit Freuden für Sie arbeiten.«

Die Schatten verschwanden aus Ninianes Blick, und sie klatschte in die Hände. »Oh prima.«

»Ich habe ihr zuerst Urlaub versprochen«, sagte Tiago. »Den hat sie sich verdient.«

»Natürlich hat sie das«, stimmte Niniane zu und fragte dann Xanthe: »Wie viel Zeit hätten Sie gern?«

»Könnte ich einen Siebentag bekommen?«, fragte die andere Frau zaghaft.

»Sie waren eine ganze Weile fort. Sie können auch einen Monat – ich meine einen Mond – lang freihaben, wenn Sie möchten«, erklärte ihr Niniane. »Sind Sie sicher, dass Ihnen sieben Tage reichen?«

Xanthe nickte.

»Also gut. Dann kommen Sie am Morgen des achten Tages zu mir.« Niniane deutete auf Xanthes halb leeren Teller. »Hatten Sie genug von allem?«

»Ja, Euer Gnaden.«

»Dann beginnt jetzt Ihr Urlaub. Vielen Dank für Ihren Bericht, und genießen Sie ihren freien Siebentag.«

Xanthe stand auf, verbeugte sich tief vor Niniane, neigte vor Tiago und Aubrey den Kopf und ging.

Schweigen legte sich über die drei verbliebenen Personen auf der Terrasse, als sich Niniane wieder ihrem Frühstück widmete und Tiago tief in Gedanken versank.

Während Aubrey seinen Tee austrank, verfinsterten sich seine eigenen Gedanken, wie sie es immer taten, wenn er sie nach innen richtete. Er hatte den Verdacht, dass sich der interessanteste Teil seines Tags gerade verabschiedet hatte.

Nachdem Niniane ihr Frühstück beendet hatte, fing sie an, Aubrey Fragen zu stellen. Er frühstückte alle paar Tage mit ihr, um sie über die jüngsten Ereignisse im Kongress und den Gerichtssälen auf dem Laufenden zu halten. Manchmal gesellte sich Tiago zu ihnen, manchmal nicht. Heute entschuldigte sich der Wyr, nachdem er ihnen einige Minuten lang zugehört hatte.

Davon abgesehen war Aubreys Zeitplan mit den unerschöpflichen administrativen Pflichten seines Amts als Kanzler ausgefüllt. Er ertappte sich bei der Frage, was die junge Soldatin Xanthe wohl an diesem ersten Tag ihres siebentägigen Urlaubs tun und wie sie ihre Freizeit genießen würde. Obwohl sie sich gewiss schon früher auf dem ausgedehnten Palastgelände bewegt hatte, war sie unter all den anderen Wachen in ihren schwarzen Uniformen anonym geblieben und ihm bisher nie aufgefallen.

Was würde diese ruhige, zurückhaltende Frau zu ihrem Vergnügen tun? Las sie, arbeitete sie mit Metall oder im Garten? Malte sie? Nachdem sie so lange fort gewesen war, dürfte der Kontakt zu ihren Freunden eingeschlafen sein, falls sie welche hatte. Es war nicht leicht, Freundschaften zu pflegen, wenn man als Agent für die Krone arbeitete.

Als der Nachmittag in den Abend überging, wanderten seine Gedanken zu Naidas Familie. Die Familie Ealdun war von niederem Adel und wesentlich ärmer als Aubrey. Naidas Hochzeit mit ihm war für ihre Familie in jeder Hinsicht von Vorteil gewesen, und jetzt hatten sie diese eheliche Verbindung eingebüßt, und zudem war ihre Tochter auch noch als Verräterin gebrandmarkt.

Aubrey hatten weder die gesellschaftlichen noch die finanziellen Unterschiede gestört und auch nicht der Altersunterschied – Naida war sehr viel jünger gewesen als er. Allerdings hatte er Naida nicht auf die Art geliebt, wie Tiago und Niniane einander liebten. Er konnte sich nicht mehr erinnern, ob er je gehofft hatte, selbst eine so wilde, leidenschaftliche Liebe zu finden. Falls ja, war diese Hoffnung in der fernen Vergangenheit seiner Jugend verloren gegangen.

Aber er hatte lange, liebevolle Beziehungen mit vielen Frauen geführt, und er hatte die Ehe mit Naida geschätzt, hatte ihre Partnerschaft geschätzt, tagsüber und auch im Bett. Sie war klug und willensstark gewesen und hatte eine schnelle Auffassungsgabe für politische und gesellschaftliche Feinheiten besessen. Außerdem war sie witzig gewesen, hatte einen trockenen, oft sarkastischen Humor gehabt. Er hatte sie geliebt und respektiert, und er hatte in ihr eine gute Partnerin und Freundin gesehen.

Er hatte ihr vertraut.

Was sie getan hatte, war ein schwerer Schlag für ihn gewesen. Die Mordanschläge auf Niniane waren nicht nur ein Verrat an der wahren Erbin, sondern, was noch wichtiger war, ein Verrat an ihm. Was sie getan hatte, widersprach allem, wofür Aubrey stand und woran er glaubte. Und er wusste, dass sie ihm nie ein Wort davon gesagt hätte, wenn es ihr gelungen wäre, Niniane zu töten.

Nach Naidas Tod hatte er an sich selbst und an seiner Urteilsfähigkeit gezweifelt. Vielleicht hatte er sie vermisst, aber als der Schreck und die Schuldgefühle nachließen und Raum für andere Gefühle freigaben, war er wegen ihrer Taten so furchtbar wütend auf sie gewesen. Er wollte sie anschreien und aus dem Haus werfen, und nichts davon konnte er tun, weil sie tot war.

Er hatte keine Ahnung, wie er jemals wieder irgendjemandem vertrauen sollte. Die ganze Zeit über war er wütend und verbittert. Er fühlte sich betrogen. Deshalb konnte er verstehen, dass die Ealduns vielleicht auch wütend waren und sich betrogen fühlten.

Wie würden sie auf die Abweisung der Klage reagieren? Er glaubte, dass sie es sehr schlecht aufnehmen würden, und machte sich darauf gefasst, zu Hause von hässlichen Briefen empfangen zu werden, rechnete mit einer öffentlichen Konfrontation oder einer anderen Art der Vergeltung.

Die Ealduns waren bereits von gesellschaftlichen Anlässen ausgeschlossen worden, und es würde Jahre dauern, bis sich ihr Ruf so weit erholt hatte, dass sie wieder Einladungen bekämen. Ihn zu verklagen war für sie unter anderem der Versuch gewesen, sich von dem Makel zu distanzieren, den Naidas Taten bedeuteten. Sie hätten ihr Entsetzen und ihre rechtschaffene Entrüstung geltend machen können und mussten gehofft haben, die Kritik von sich ablenken zu können, indem sie auf jemand anderen zeigten. Doch dieser Weg war ihnen jetzt verwehrt.

Er verstand auch Ninianes Wut und ihre Gründe, die Klage der Ealduns abzuweisen, wünschte sich aber dennoch, dieser Prozess hätte seinen Lauf nehmen dürfen.

Zum einen hätte es ihn sehr interessiert, mit welchen Beweisen die Ealduns seinen angeblichen ungebührlichen Einfluss auf Naida vor Gericht hätten belegen wollen.

Er hätte gern gewusst, wie weit sie für Geld und für ihren Stolz gegangen wären.

Vielleicht konnte er das trotzdem noch herausfinden. Er schickte nach einem seiner jüngeren Minister, einem ruhigen, diskreten Burschen namens Sebrin, der ein sehr heller Kopf war. Sobald Sebrin in sein Büro getreten war, bedeutete Aubrey dem jungen Mann mit einem Kopfnicken, die Tür zu schließen.

»Sie haben die Neuigkeiten wahrscheinlich schon gehört«, sagte er. »Die Königin hat die Klage der Ealduns gegen mich abgewiesen.«

»Oh, sehr gut, Sir«, sagte Sebrin, wobei er nicht weiter darauf einging, ob er bereits davon gehört hatte oder nicht.

Aubrey unterdrückte ein Lächeln. Diskret, in der Tat. Er war froh, Sebrin eingestellt zu haben. »Ich möchte, dass Sie sich unauffällig die Einzelheiten dieser Klage vornehmen. Versuchen Sie herauszufinden, welche Beweise sie angeblich haben. Ich gehe nicht davon aus, dass sie die Zeit hatten, ausführliche Unterlagen einzureichen, daher wird wahrscheinlich nicht alles in unseren Akten stehen. Vielleicht müssen Sie den Familiensitz der Ealduns aufsuchen.« Er machte eine Pause. »Ist Ihnen klar, worum ich Sie bitte?«

Der intelligente Gesichtsausdruck des anderen Mannes verriet Aubrey, dass er ihn sehr genau verstanden hatte. »Ja, Mylord.«

»Haben Sie ein Problem mit diesem Auftrag?«

»Ganz und gar nicht, Mylord.« Sebrin betonte jedes Wort, seine Augen funkelten. »Ich glaube, das wird ziemlich interessant.«

»Sehr gut. Seien Sie vorsichtig, und verhalten Sie sich unauffällig. Das wäre dann alles.« Er setzte sich wieder in seinen Stuhl, die Fingerspitzen aneinandergelegt, und sah zu, wie Sebrin sich verbeugte und ging.

Noch wusste er nicht genau, was er mit den Antworten anfangen würde, wenn er sie bekam, aber dennoch war es ein gutes Gefühl, überhaupt etwas zu tun. Obwohl er hoffte, dass er sich irrte, rechnete er fest damit, dass er über Sebrins Entdeckung äußerst erzürnt sein würde. Schließlich hätten die Ealduns keine Klage eingereicht, wenn sie nicht geglaubt hätten, etwas gegen ihn in der Hand zu haben.

Davon abgesehen brachte er an diesem Tag bei der Arbeit nicht mehr viel zustande. Als die Sonne hinter dem Horizont versank, schickte er seine Minister endlich nach Hause. Dann ging er zu Fuß, wie es seine Gewohnheit war, die kurze Strecke durch die von Fackeln erhellten Straßen bis zu dem schicken Wohnviertel in der Nähe des Palastes, wo sein Haus stand.

Es war ein altes, elegantes Haus, und obwohl ihm darin Triaden von Bediensteten jeden Wunsch von den Augen ablasen, war es dennoch ziemlich leer.

3

Tod

»Es ist die Königin, nicht wahr?«, fragte Xanthe Inanna an diesem Abend.

Die Liebe zum Vaterland ließ sich gewiss als Liebe zur Königin personifizieren. Diese Möglichkeit passte sogar noch besser als die mit der Katze.

Die Karte sagte natürlich nichts dazu. Das Tarot der Alten Völker machte seine Prophezeiungen auf anderem Wege als mit klaren Worten – je nachdem, in welcher Form man die Karten auslegte. Die großen Arkana waren die sieben Götter der Alten Völker, die Primärmächte, die das Universum antrieben und aufrechterhielten. Liebe, Tod, der Wille, die Tiefen, der Herd. Und der Gott, der über allen andern Göttern stand: der Tanz.

Die kleinen Arkana repräsentierten die verschiedenen Aspekte dieser Götter. Die Feinheiten lagen in den Kombinationen. Liebe und Tod konnten Trauer oder Verlust bedeuten, Liebe und Wille, den manche auch »die Gaben« nannten, konnten für ein Opfer stehen. Die genauesten und umfassendsten Botschaften fand man, wenn man ein komplexes Muster legte.

Zumindest galt das für normale Tarot-Karten.

Als sie mit Duncan Turner, Seremela Telemar und deren Nichte vom Devil's Gate nach Chicago zurückgeflogen war, hatte Xanthe geschwindelt.

Da Seremela Ärztin war und sehr gut geschulte magische Fähigkeiten besaß, hatten die anderen sie für die Expertin gehalten, als sie die geheimnisvollen Karten untersucht hatte. Und das war sie auch gewesen. Jedenfalls fast. Xanthe hatte nichts weiter tun müssen, als schweigend zuzusehen und zu lauschen. Dabei hatte sie bemerkt, dass Seremela trotz all ihrer Erfahrung nicht erkannte, mit welcher Art von magischer Energie diese Karten getränkt waren, was diese Energie bedeutete oder wie sie ihre Umgebung beeinflussen konnte.

Xanthe hatte ihnen nicht gesagt, dass sie Tarot-Karten legen konnte. Auch hatte sie nichts von dem winzigen Verdacht erwähnt, der ihr während Seremelas Überlegungen gekommen war. Als sich die Gelegenheit bot, in den Besitz der Karten zu kommen, hatte sie einfach zugegriffen.

Die anderen gingen davon aus, dass sie die Karten den Alten und Weisen der Dunklen Fae vorlegen würde.

Vielleicht würde sie das letztendlich sogar tun.

Über ganz Adriyel verteilt gab es alte Schreine, die jeweils einem Gott der Alten Völker gewidmet waren. Vielleicht würde sie die Karten in jeden dieser Schreine bringen, um zu sehen, ob etwas passierte. Das allerdings hatte sie noch nicht entschieden. Seremela hatte gesagt, die magische Energie in den Karten hätte in Xanthes Richtung gezogen, daher würdigte sie vorübergehend den Wunsch der Karten, indem sie sie behielt.

Die älteste Legende der Dunklen Fae handelte von Objekten mit großer magischer Energie, die von den Göttern in die Welt gesetzt worden waren, um ihren Willen geschehen zu lassen. Wenn dies ein so unglaublich seltenes Objekt war und Xanthe über das Wissen, die nötige magische Energie und die Fähigkeiten verfügte, es einzusetzen, könnte sie über das Reich der Dunklen Fae herrschen. Falls sie das wollte.

Wenn und falls. Trotz all ihrer unermesslichen Macht konnten die Götter einer Person nicht ihren freien Willen rauben, und Xanthe wollte gar nicht herrschen. Auch besaß sie weder das Wissen noch die magische Energie oder die Fähigkeiten dafür. Sie brachte nicht einmal den Mut auf, die Karten zu einem richtigen Bild auszulegen. Allerdings hatte sie vor, das bald zu tun.

Fürs Erste hielt sie die Karten einfach in der Hand und mischte sie. Sie genoss das Gefühl, wie die sanfte, milde magische Energie in ihre Hände drang, wenn sie mit den Karten spielte, und sie sah sich gern die hübschen, handgemalten Bilder an, während geflüsterte Worte und verschwommene Bilder den Rand ihrer Wahrnehmung streiften.

Und mit nüchternem Respekt stellte sie fest, dass sie immer und immer wieder Inannas Karte aufdeckte.

Dass sie nicht den Mut aufbrachte, ein komplettes Bild auszulegen, lag zum Teil daran, dass sie keine Prophezeiung über Opfer oder Trauer zu sehen bekommen wollte. Lieber wollte sie sich vorstellen, dass Inannas Karte etwas Gutes, Helles zu bedeuten hatte.

Ihre lange, weite Reise war dunkel und voller Gewalt gewesen. Sie hatte Thruvial und seine anderen Begleiter Dinge tun sehen, bei denen sich ihr der Magen umgedreht hatte und ihre Seele krank geworden war, und dabei hatte es nicht genügt, das alles mit ausdrucksloser Miene hinzunehmen. Wenn sie schon kein Vergnügen heucheln konnte, musste sie zumindest Unterstützung zeigen. Während der ganzen Reise hatte sie nie gewusst, ob sie den nächsten Tag noch erleben würde. Viele Nächte hatte sie wach gelegen und sich gefragt, ob sie ganz allein und ohne Freunde sterben würde.

Jetzt brauchte sie Gedanken an gute, helle Dinge, wenigstens für eine Weile.

»Das wirst du mir nicht verwehren, oder?«, fragte sie Inanna. Die Frau auf dieser Karte war stark. So stark.

Xanthe verbrachte ihre freien sieben Tage mit Arbeit im Haus und im Garten, sie beschnitt und rupfte die wuchernden, wirren Grünpflanzen, bestellte eine Lieferung Holz und spazierte den kurzen Weg entlang zum Fluss Adriyel, um an dessen Ufer zu sitzen und zu träumen. Manchmal angelte sie sich etwas zum Abendessen. Manchmal watete sie durch das seichte Wasser am Flussufer, in dem sie als Kind gespielt hatte.

Manchmal sah sie den Lastkähnen auf dem Fluss zu, bis die Sonne tief am Himmel stand und eine glitzernde Bahn auf die unruhige, geheimnisvolle Oberfläche warf – die unmögliche Einladung, über das Wasser ins Licht zu spazieren.

Sie sprach mit so wenigen Leuten wie möglich und ließ die Stille tief in ihre Seele dringen, wo sie einige der dunklen Flecken fortwusch. Nicht alle, aber genug, damit Xanthe in den Nächten nicht mehr wach lag und unablässig über ihren Tod grübelte.

Am Morgen des achten Tages stellte sie sich im Palast vor, um dem Wunsch der Königin zu entsprechen.

Und die Königin war über die Maßen erfreut.

»Juhu!«, sagte Niniane und strahlte über das ganze Gesicht, als Xanthe in ihre Gemächer trat. »Da sind Sie ja. Ich freue mich so, dass Sie da sind. Hatten Sie einen schönen Urlaub? Konnten Sie sich ausreichend erholen? Ich wäre tieftraurig, wenn Sie versuchen sollten, mir etwas vorzuflunkern, von dem Sie glauben, dass ich es hören will.«

»Ich habe mich sehr gut erholt, vielen Dank, Euer Gnaden. Ich freue mich und fühle mich sehr geehrt, hier sein zu dürfen.«

Xanthe blieb regungslos stehen, die Hände locker hinter dem Rücken umfasst, während sie die kleinere Frau mit leichtem Staunen betrachtete. Niniane hatte ein duftiges, blassrosa Wickelkleid an, dessen Ausschnitt und Saum mit winzigen flauschigen Federn besetzt waren. Dazu trug sie eigenartige amerikanische Schuhe in der gleichen Farbe, mit hohen Absätzen und einem einzigen Riemchen, das sie irgendwie an ihren Füßen hielt. Auch an diesem Riemchen waren winzige, flauschige Federn befestigt. Ihr dunkles Haar trug die Königin hochgesteckt, was irgendwie unordentlich und zugleich weich und feminin wirkte.

Als Niniane Xanthes Blick bemerkte, reckte sie ihren zierlichen Fuß in die Luft. »Dieses albern flauschige, fedrige Zeug sind Marabufedern, und ich liebe sie entgegen aller Vernunft.«

»Die sind definitiv eindrucksvoll«, sagte Xanthe vollkommen aufrichtig.

Die Königin kicherte. »Wie präzise formuliert. Da draußen bin ich eine ordentliche Dunkle-Fae-Königin.« Sie deutete vage in Richtung Tür. »Aber hier drinnen, in meinem Privatbereich, kann ich mich entspannen und genau die sein, die ich sein möchte. Das einzige Problem ist …«, sie sah sich traurig um, »… hier gibt es kein Kabel.«

Xanthe blinzelte. »Dann werde ich Ihnen sofort eines holen. Es wäre hilfreich zu wissen, welche Art von Kabel Sie benötigen.«

Niniane kicherte lauter. »Oh nein, diese Art Kabel brauche ich nicht. ›Kabel‹ sagt man umgangssprachlich zum Kabelfernsehen. In Thruvials Haushalt gab es wahrscheinlich kein Fernsehen, als Sie in Amerika waren, oder?«

»Oh nein«, sagte Xanthe. »Aber in einem der Motels auf dem Weg nach Nevada hatte ich Gelegenheit, mir einen Fernseher anzusehen.« Sie machte eine Pause, ehe sie zögerlich hinzufügte: »In dieses Gerät zu starren, scheint mir ein seltsamer Zeitvertreib zu sein.«

384

»Oh, das ist es«, versicherte ihr Niniane. »Aber es macht auch Spaß, wenn eine gute Geschichte gezeigt wird. Theoretisch. Im Cuelebre Tower in New York war die Kabelfirma furchtbar und hat alles falsch installiert. Sie schafften es einfach nicht, die Fehler zu beheben, bis Dragos selbst ein Wörtchen mit dem Chef der Firma sprach. Danach waren alle Probleme innerhalb einer Woche behoben. In allen achtzig Stockwerken.« Sie seufzte schwer. »Es muss schön sein, ein Drache zu sein.«

»Das kann ich mir vorstellen«, sagte Xanthe höflich.

Sie gewöhnte sich schnell an ihre neuen Aufgaben und Pflichten, die manchmal so gar nicht dem entsprachen, was sie erwartet hatte. Die Königin hatte zweihundert Jahre in New York gelebt, und während sie in der Öffentlichkeit die Form wahrte, wie sie gesagt hatte, frönte sie privat ihrer seltsamen, ungezwungenen amerikanischen Lebensweise. Oft aßen sie und Tiago allein in ihren Gemächern zu Abend. An einem der Abende, an denen die Königin keine Verpflichtungen hatte, Tiago aber dienstlich unterwegs war, lernte Xanthe Kartenspiele mit Namen wie *Schummeln* oder *Hearts*, und einmal musste sie ein unerträglich langes Brettspiel namens *Monopoly* über sich ergehen lassen. Sie war nicht scharf darauf, diese Erfahrung zu wiederholen.

Während Xanthes Urlaub hatten Ermittler herausgefunden, dass die Mutter des kleinen Wyr-Mädchens drogenabhängig war und so tief in den Fängen ihrer Sucht steckte, dass sie das Verschwinden ihrer Tochter gar nicht bemerkt hatte. Man hatte Verwandte des Mädchens kontaktiert, die, entsetzt über die Nachricht, sofort einen Härtefallantrag auf das Sorgerecht gestellt hatten. Sobald sie es einrichten konnten, würden sie nach Adriyel reisen, um das Mädchen abzuholen. Niniane hatte finanzielle Unterstützung in Aussicht gestellt, damit sich die beiden für die Reise freinehmen konnten. Mit Bedauern hörte

Xanthe, dass das Kind von seiner Mutter vernachlässigt worden war, aber es freute sie, dass es nun ein Zuhause bekommen würde, wo es gut versorgt war und bleiben konnte.

An den Tagen, an denen sie Frühschicht hatte, ritt sie abends nach Hause zu ihrer Hütte, nach dem Spätdienst blieb sie über Nacht in der Palastkaserne. Jeden Siebentag erhielt sie ihren Lohn und nicht einen, sondern zwei Tage frei. Diese neue Regelung, eingeführt von der amerikanisierten Königin, war für Xanthe der pure Luxus. Außerdem bekam sie nachträglich den Lohn mehrerer Monde für den Auftrag, sich in Thruvials Haushalt einzuschleichen und Tiagos Tötungsbefehl auszuführen. Zum ersten Mal seit sehr langer Zeit hatte sie einen hübschen Notgroschen, den sie auf die hohe Kante legen und unangetastet lassen konnte.

Einerseits war es ein schönes Gefühl, die schwarze Palastuniform zu tragen und ihre Identität nicht verschleiern oder eine Maske tragen zu müssen. Andererseits gab es Zeiten, in denen ihr der Wachdienst zu passiv war. Glücklicherweise war die Königin ziemlich aktiv. Dank ihrer Diensterfahrung hätte Xanthe Captain der königlichen Leibwache werden können, aber das hätte weitere langweilige Pflichten wie das Erstellen von Dienstplänen mit sich gebracht. Davon abgesehen war Rickart ein fähiger Mann und hatte es nicht verdient, aus seinem Posten gedrängt zu werden.

Sie sah Kanzler Riordan recht häufig, meist mehrmals pro Woche. Mal gingen er und die Königin auf dem Palastgelände spazieren, während sie ein Thema besprachen, oder sie frühstückten zusammen. Oft nahmen sie an den gleichen offiziellen Veranstaltungen teil, sei es ein Staatsbankett oder eine Galaveranstaltung wie die jährliche Regatta, bei der Schiffe und Lastkähne in allen Formen und Größen auf dem Fluss trieben. Dabei wurden sie von bunten Laternen beleuchtet, deren Schein sich auf dem funkelnden schwarzen Wasser spiegelte und die Nacht im Lichterglanz erstrahlen ließ. Bei solchen Anlässen sah Xanthe Riordan meistens aus der Ferne, außer wenn er gerade Niniane begrüßte. Dann sah er Xanthe an und lächelte.

Sie hortete sein Lächeln wie einen Schatz. Stets war es flüchtig, und natürlich hatte es nichts zu bedeuten. Es war reine Höflichkeit, kaum mehr, als wenn man ein Pferd tätschelte. Aber er sah ihr dabei direkt in die Augen, und für einen winzigen Moment fühlte sie sich aus ihrem Leben gerissen und an einen anderen Ort versetzt.

Schon als sie anfing, für Tiago zu arbeiten, war sie der Königin treu ergeben gewesen. Es war leicht, Niniane zu mögen, denn sie war witzig und charmant und nett zu jedermann, einschließlich ihrer Bediensteten. Aber Xanthe hätte die Stelle als königliche Dienerin auch allein für ein solch seltenes Lächeln von Riordan angenommen.

Eines Abends, nicht lange nach der Regatta, hatte Niniane gerade ein Dinner mit bedeutenden amerikanischen Geschäftsleuten und einem Verband von Kunsthandwerkern und Metallarbeitern der Dunklen Fae beendet. Weder Riordan noch Tiago hatten daran teilgenommen. Der Palast lag auf einem Hügel, und die Große Halle befand sich im Erdgeschoss, von wo aus riesige Fenster einen spektakulären Blick auf den Fluss und den nahe gelegenen Wasserfall boten.

Die Amerikaner waren angemessen beeindruckt und die Kunsthandwerker der Dunklen Fae offensichtlich erfreut. Die Gespräche hatten im Hinblick auf das Handelswachstum äußerst vielversprechende Ergebnisse gebracht, doch die Angelegenheit hatte sich in die Länge gezogen, und Xanthe war müde und hungrig. Kurz vor dem Dinner hatte sie einen kleinen Imbiss eingenommen, und in der Küche wartete ein richtiges Abendessen auf sie, aber am liebsten hätte sie sich einfach ein Stück Fleisch zwischen zwei Brotscheiben gelegt, sich in ihr Bett in der Kaserne fallen lassen und den Tag für beendet erklärt.

Niniane sah nicht weniger müde aus, als Xanthe sich fühlte. Sie winkte einen der Diener zu sich, der augenblicklich auf sie zueilte. »Bitte teilen Sie Lord Black Eagle mit, dass das Dinner vorüber ist und ich mich für die Nacht zurückziehe.«

»Ja, Euer Gnaden.« Der Diener trabte davon.

Niniane warf Xanthe einen Blick zu und kicherte lautlos. »Mir machen diese Dinner Spaß, aber der arme Tiago erträgt nur eine begrenzte Anzahl solcher Veranstaltungen, deshalb versuche ich ihm nicht zu viel abzuverlangen.«

Xanthe neigte den Kopf. Außerdem, dachte sie, war der Risikofaktor bei diesem Dinner nicht hoch gewesen. Das Verhalten des Lords folgte einem bestimmten Muster. Bei allem, was mit dem Adel der Dunklen Fae zu tun hatte oder im Freien stattfand, wie die Regatta, war Tiago garantiert mit von der Partie. Darüber hinaus war er bei allem dabei, was Niniane ganz besonders liebte, zum Beispiel, wenn sie in ein Theaterhaus ging, um sich eines der zahlreichen Stücke anzusehen – düstere, verworrene Geschichten voller Schwertkämpfe, Intrigen, Verrat und verbotener Liebe. »Dämliche Seifenopern«, nannte er sie, doch er sagte das in dieser unbekümmerten, nachsichtigen Art, die allein für Niniane reserviert war, und davon abgesehen hatte Xanthe den Verdacht, dass er die Stücke selbst ebenfalls mochte.

Niniane und Xanthe kehrten zu den königlichen Gemächern zurück. Gerade waren sie über die Haupttreppe in den Flur im ersten Stock gelangt, als sie hinter sich rennende Schritte hörten. Hämmernd pulsierte das Blut in Xanthes Körper, als sie Niniane vor sich schob, ihr Schwert zog und herumwirbelte, um den Ankommenden zu empfangen. Wenn jemand im Palast so eilig rannte, hatte das nie etwas Gutes zu bedeuten.

Sofort erkannte sie die Palastbotin und richtete sich wieder aus ihrer Angriffsposition auf, steckte ihr Schwert jedoch nicht zurück in die Scheide. Die Botin, ein unbewaffnetes junges Mädchen namens Drinde, blieb einige Stufen unter Xanthe stehen und hielt sich nach Atem ringend am Geländer fest. »Entschuldigen Sie, Ma'am. Eure Hoheit. Sie müssen schnell kommen!«

Niniane war neben Xanthe getreten, ihr Gesicht war bleich geworden. Mit schroffer Stimme, die so gar nicht nach ihr klang, fragte sie: »Was ist passiert?«

»Kanzler Riordan, Euer Gnaden«, stammelte Drinde. »Er wurde angegriffen. Seine Diener … seine Diener sagen, es stehe schlimm um ihn.«

Xanthes Welt machte einen hässlichen, Übelkeit erregenden Ruck. Neben ihr streifte Niniane ihre steife, aufwendig gearbeitete Jacke ab, die sie zum Dinner getragen hatte. Die Jacke war ein Kunstwerk und sehr einengend. Niniane warf sie zu Boden. Darunter trug sie ein dünnes Hemd aus zarter Baumwolle, Leggings und glänzende Stiefeletten.

»Gehen wir«, sagte sie.

Abrupt schaltete Xanthes Denken auf eiskalte Logik um, die nur knapp die Oberhand über die brennende, galoppierende Panik in ihrem Körper gewonnen hatte. »Wir wissen nicht, ob das wahr ist. Es könnte eine Falle sein.« Sie wandte sich an Drinde. »Bist du sicher, dass es die Diener des Kanzlers waren?«

Das Mädchen sah ihr in die Augen. »Ja, Ma'am.«

Das musste nichts heißen. Eine Falle konnte es trotzdem sein. Alles in ihr schrie danach, zu Riordans Haus zu rennen, doch stattdessen zwang sie sich, zu Niniane zu sagen: »Ich muss Ihnen empfehlen zu warten, bis man Tiago gefunden hat.«

»Zur Kenntnis genommen«, sagte die Königin knapp. »Wir

warten nicht. Auf dem Weg nach draußen nehmen wir weitere Wachen mit.« Die Königin sah Drinde an. »Finde Lord Black Eagle. Sag ihm, was passiert ist und wohin wir gehen.«

Niniane wartete die Antwort des Mädchens nicht ab, sondern machte auf dem Absatz kehrt und rannte hinunter in die Halle, Xanthe lief neben ihr. Unten angekommen stürmten sie aus dem Palast in eine warme, feuchte Nacht. Xanthe schrie nach Wachen, und einige kamen angelaufen. Dann fragte sie Niniane: »Eine Kutsche?«

»Zu Fuß sind wir schneller«, sagte Niniane. Ihr Blick war verängstigt und düster.

Xanthe erteilte scharfe Befehle. Die Wachen bildeten einen Kreis um Niniane, und gemeinsam rannten sie los, liefen durch die Allee uralter Ahornbäume, vorbei an den stattlichen Häusern der *Ambassador's Row*, kürzten den Weg durch einen kleinen Park ab und eilten dann bis zum Ende der Straße, wo das Haus des Kanzlers im hellen Fackelschein lag. Die ganze Zeit bewegte sich Xanthe auf Messers Schneide, kurz davor, gewalttätig zu werden, während ihr Blick in sämtliche dunklen Ecken und dann zu den anderen Wachen huschte, die sie und die Königin umringten. Wieder und wieder kreisten Drindes schreckliche Worte in ihrem Kopf.

»Er wurde angegriffen.«

Riordan war stark und konnte gewiss die fähigsten Ärzte mit der größten magischen Energie in ganz Adriyel bekommen.

Wenn die Ärzte rechtzeitig bei ihm waren.

»Seine Diener sagen, es stehe schlimm um ihn.«

Eine der Wachen hob gerade die Faust, um an die Tür zum Haus des Kanzlers zu klopfen, als ihnen schon geöffnet wurde. Ein verstörter Diener blickte ihnen entgegen. Als sein Blick auf Niniane fiel, verzog sich sein Gesicht. »Eure Majestät, es ist so entsetzlich …«

Mit weißen Lippen sagte Niniane: »Ist er tot?«

»Nein, noch … nein.« Der Mann trat zurück und hielt ihnen die Tür weit auf, und Niniane wollte hineinlaufen, doch Xanthe hielt sie am Arm fest.

»Sie und Sie«, sagte Xanthe, auf zwei der Wachen deutend. »Sie kommen mit uns. Die übrigen überprüfen die direkte Umgebung des Hauses. Bewachen Sie alle Ausgänge, Türen und Fenster.« Dann ließ sie Ninianes Arm los und rannte mit ihr ins Haus. Zwei Wachen folgten ihnen.

Im Inneren des Hauses nahm sie verschwommen kostbare Holzmöbel und golden leuchtende Lampen wahr. Der Hofmeister des Kanzlers führte sie die Treppen hinauf, wo weinend einige Bedienstete standen. Xanthes Magen hatte sich vor Nervosität zusammengezogen, als sie und Niniane durch die offen stehenden Türen in ein Schlafgemach blickten.

Es war ein weitläufiges, auf elegante Weise maskulines Schlafzimmer. Die Vorhänge des großen Betts waren zurückgezogen, und zwei Fae, ein Mann und eine Frau, standen über einen schlaffen, blutverschmierten Körper gebeugt. Im Umkreis dieser drei Personen wallte magische Energie auf und verdichtete sich zu Wirbeln. Xanthe biss die Zähne zusammen, um die aufkommende Übelkeit zu unterdrücken. Ihr Körper rebellierte gegen diesen Anblick. So schnell, wie sie gekommen war, verging die Übelkeit wieder und hinterließ einen kalten Schweißfilm auf Xanthes Gesicht und Händen.

»Wenn Sie zum Gaffen gekommen sind, dann gehen Sie wieder«, sagte der Mann, ohne aufzusehen. »Ich werde nicht zulassen, dass seine Lordschaft das erdulden muss.«

»Ich bin nicht zum Gaffen hier«, sagte Niniane knapp.

Der Kopf des Mannes fuhr herum. »Eure Majestät … ich bitte vielmals um Verzeihung …«

»Vergessen Sie es. Konzentrieren Sie sich auf Ihren Patienten. Ist er ... wird er ...?« Niniane brach abrupt ab, mit einer Hand krallte sie sich in Xanthes Uniformärmel.

Der Arzt wandte sich wieder seinem Patienten zu. Mit angespannter Stimme sagte er: »Ich weiß es nicht. Bei allem Respekt, lassen Sie uns jetzt bitte arbeiten.«

»Ja, natürlich«, flüsterte Niniane.

Xanthe legte einen Arm um Ninianes Schultern und zog die kleinere Frau fest an ihre Seite. Dabei hätte sie nicht sagen können, ob sie das mehr für Niniane oder für sich selbst tat. Sie konnte den Blick nicht von dem Mann auf dem Bett abwenden. Seine nackte, wohlgeformte Brust war mit Wunden von Schwerthieben übersät. Unter einem dunklen Bluterguss hatte sich eine Hälfte seines reglosen Gesichtes völlig verformt, und o ihr Götter, so viel Blut.

Xanthe hatte schon ähnlich schlimme Wunden gesehen, und meistens waren diejenigen, die sie erlitten hatten, daran gestorben. Riordan verschwand hinter einem feuchten Schleier, als ihr die Tränen in die Augen stiegen. Sie räusperte sich und sagte heiser: »Kommen Sie, suchen wir uns einen Platz im Wohnzimmer.«

»Ja, natürlich«, flüsterte Niniane wieder.

Als Riordans Hofmeister sie gerade in ein Wohnzimmer geführt hatte, platzte Tiago ins Haus. Wenn der Wyr-Lord vor Wut tobte, war seine Gegenwart etwas anstrengend zu ertragen. Xanthe zog sich zurück, während Tiago Niniane in die Arme schloss und ihr mit leiser Eindringlichkeit Fragen stellte.

Xanthe ging in den Flur und suchte nach dem Hofmeister. Als sie ihn fand, fragte sie: »Wie ist es passiert?«

Mit rotgeränderten Augen sah er sie an. »Wir wissen es nicht, Ma'am. Der Kanzler hatte sich verspätet. Nun, in letzter Zeit arbeitete er immer bis in die Abendstunden, aber heute wurde es später als gewöhnlich. Er gibt uns immer Bescheid, wenn er eine Verpflichtung hat oder aufgehalten wird. Er ist ein umsichtiger Herr, ein guter Herr.«

»Das weiß ich«, flüsterte sie.

»Aber er kam nicht und sandte auch keine Nachricht. Schließlich schickte ich zwei Diener, um ihn zu suchen. Sie fanden ihn so im Park vor. Offenbar hatte er sich gewehrt, überall war Blut. Dann rief ich die Ärzte in den Palast.«

Brennend wie der Schlag einer neunschwänzigen Katze peitschte Zorn durch Xanthes Körper. »Warum hatte er keine Wachen bei sich?«

Der Hofmeister blinzelte schnell. »Das war nicht seine Art. Er sagte, der Weg vom Palastgelände bis zu seiner Haustür sei so kurz, dass er sich albern vorkäme, jedes Mal nach einer Wache zu rufen.«

Sie riss sich zusammen. Nicht der Hofmeister hatte ihren Zorn verdient, sondern diejenigen, die Riordan überfallen hatten. Sie nickte ihm zu und verabschiedete sich mit einem leisen Dank, um dann zu Niniane und Tiago ins Wohnzimmer zurückzukehren und dort mit ihnen zu warten. Die beiden schienen nichts gegen ihre Anwesenheit zu haben, dennoch stellte sich Xanthe ans Fenster und tat so, als würde sie dort Wache stehen.

Die dunklen Stunden waren verronnen und dem trostlosen Grau kurz vor Sonnenaufgang gewichen, als der Hofmeister in die offene Tür trat. »Die Ärzte bitten Sie zu sich«, sagte er.

Niniane und Tiago rauschten aus dem Zimmer und rannten die Treppen hinauf, Xanthe dicht hinter ihnen. Sie folgte den beiden ins Schlafgemach und schloss die Tür hinter sich – vor all den ängstlichen Gesichtern, die im Flur warteten. Ihre Hände zitterten. Jeden Augenblick würde man sie hinausschicken, um bei den anderen zu warten.

Doch niemand schien sie zu bemerken oder sich daran zu stören, dass sie im Zimmer war. Die Ärzte wussten nicht, wer sie war, und Niniane und Tiago achteten nicht darauf, was sie tat. Beide richteten ihre ganze Aufmerksamkeit auf den Mann und die Frau, die sich müde an zwei Waschschüsseln auf einem Sideboard wuschen.

»Er wird überleben«, sagte die Frau. »Aber es war sehr knapp. Sein Geist hat seinen Körper sicher mehr als einmal verlassen.« Sie sah die beiden an. »Er hatte viele schwere Verletzungen. Wir haben getan, was wir konnten, aber wir haben unsere Grenzen. Bis er wieder bei Bewusstsein ist, kann es mehrere Stunden oder sogar einen ganzen Tag dauern, und er wird Frieden und Ruhe brauchen, um sich zu erholen. Keine Arbeit, kein Stress für mehrere Siebentage. Er ist ein starker Mann, aber er hat einen Großteil dieser Stärke verbraucht, um zu überleben. Jetzt muss er sie wieder aufbauen.«

Nach den ersten drei Worten hörte Xanthe nicht mehr richtig zu. Während Tiago und Niniane Fragen stellten und die Ärzte darauf antworteten, schlüpfte sie wie ein Geist an den anderen vorbei und trat zu dem bewusstlosen Mann, der auf dem Bett lag.

Sie war Expertin in Sachen Mord, und das war die Art, wie man einen Mord beging: indem man das Vertrauen der Personen im Umfeld des Opfers erwarb, damit man zu etwas Alltäglichem wurde, zu etwas Normalem wie ein Sessel oder ein Beistelltisch. Dann stellte niemand Fragen, wenn man in der Nähe war, und niemand sah hin, wenn man dem Opfer ein Stilett zwischen die Rippen stieß oder ihm Gift in den Wein schüttete.

Oder einen Mann in einem kleinen Park in einem Wohnviertel angriff.

Sie blickte auf das vornehme Gesicht des Mannes hinab, der so reglos dalag. Sein schwarzes Haar fiel über das Kissen. Er sah nicht friedlich aus, sondern erschöpft und schwer krank, die geschlossenen Augen von dunklen Blutergüssen umschattet. Die

Bettdecke war bis zu seinen nackten Schultern hochgezogen. Manchmal waren Verletzungen so schwer, dass der Arzt die Heilung abbrechen musste, weil der misshandelte Körper nur eine begrenzte Menge strömender Magie verkraften konnte. Das musste bei Riordan der Fall gewesen sein, denn Xanthe konnte sehen, wie sich unter der Decke Verbände abzeichneten.

Niemand beobachtete sie, und letztlich war das, was sie zu tun hatte, ganz leicht. Sie legte die Hand an seine Schläfe und spürte seinen Pulsschlag unter ihren Fingerspitzen. Dann strich sie ihm zärtlich das seidig schwarze Haar aus der Stirn. Sich diesen Augenblick zu stehlen, war das Verwegenste, was sie je getan hatte.

Ein zusätzlicher Sinn ließ sie den Kopf wenden. Nur wenige Schritte von ihr entfernt stand Niniane und starrte sie an. Die Königin machte große Augen, ihr überraschter Blick viel zu scharfsichtig. Hastig zog Xanthe die Hand zurück und räusperte sich. Drehte sich weg. Drehte sich wieder um. Sie wand sich vor Scham.

Niniane bremste sie, indem sie einfach eine Hand auf ihren Arm legte.

Inzwischen begleitete Tiago die Ärzte aus der Tür und schloss sie wieder fest vor den anderen. Dann kehrte er zu Niniane und Xanthe zurück und blickte auf Riordan hinab.

»Wir müssen gegen jeden ermitteln«, sagte er. »Natürlich gegen seinen gesamten Haushalt und seine Angestellten im Palast. Die Nachbarn müssen überprüft werden.«

»Ich weiß, wer das getan hat«, sagte Niniane zwischen zusammengepressten Zähnen.

»Du glaubst zu wissen, wer es in Auftrag gegeben hat«, korrigierte Tiago sie mit finsterem Blick. »Ausgeführt haben kann es so gut wie jeder.«

Xanthe sagte: »Auf dem Weg hierher sind wir durch den Park

gekommen, in dem seine Diener ihn gefunden haben. Es ist eine kleine Grünfläche in einer Wohngegend mit nur wenigen Bäumen und Bänken und kaum Gebüsch an den Rändern. Man kann sich so gut wie nirgendwo verstecken. Wenn ihm dort jemand aufgelauert hat, hätte das auffallen müssen. Und es muss Kampfgeräusche gegeben haben. Da ihn niemand gehört hat oder ihm zur Hilfe gekommen ist, waren vermutlich alle Bewohner der umliegenden Häuser bei irgendeiner Feierlichkeit. Wahrscheinlich haben seine Angreifer genau auf einen solchen Moment gewartet.«

Tiago und Niniane betrachteten sie mit nachdenklichen, angespannten Zügen. »Heute Abend gab es eine ganze Reihe Dinner und Partys«, sagte Niniane.

»Ich finde heraus, wer welche Einladungen bekommen und an welchen Veranstaltungen teilgenommen hat«, sagte Tiago.

»Sir, Euer Gnaden, ich bitte um Beurlaubung, um diese Ermittlungen durchzuführen«, brachte Xanthe zwischen den Zähnen hervor.

»Nein«, sagte Tiago. »Das ist meine Jagd.« Er sah auf Niniane herab und rieb ihr den Rücken. »Er kann nicht hierbleiben, solange ich die Ermittlung führe. Wir müssen ihn in den Palast bringen, wo wir für seine Sicherheit garantieren können. Wenigstens bis seine Diener außer Verdacht sind.«

Niniane blieb weiterhin so intensiv auf Xanthe fokussiert, dass diese sich zusammenreißen musste, um nicht zu zucken. Es war unmöglich zu sagen, was die Königin dachte. Würde sie sich zu Xanthes unangemessenem Verhalten äußern? Oder sie sogar entlassen? Xanthe machte sich auf alles gefasst.

Niniane sagte zu ihr: »Sie haben ein kleines Häuschen auf dem Land, etwa eine Stunde Fußweg von der Stadt entfernt.«

Was Xanthe auch erwartet hatte, das war es nicht. Sie blinzelte und sagte dann: »Ja, Euer Gnaden.«

»Ist es dort ruhig? Keine Hauptverkehrswege in der Nähe?«
Als sie nickte, sah Niniane zu Tiago auf. »Was ist mit Nachbarn?«

Er legte den Kopf schief und betrachtete sie. »Als ich dorthin geflogen bin, habe ich einen guten Überblick über die Gegend bekommen. Es gibt keine Nachbarn in Sichtweite der Hütte. Das nächste Haus ist eine Farm in einiger Entfernung.«

»Ich finde, wir sollten Aubrey dorthin bringen«, sagte Niniane. »Die Hütte ist ruhig und abgelegen. Bis du die Ermittlungen gegen seine Palastangestellten und sein Hauspersonal abgeschlossen hast, wird er dort am sichersten sein. Xanthe kann ihn versorgen und beschützen, und niemand wird auf die Idee kommen, dort nach ihm zu suchen.«

Vor Verblüffung war Xanthe wie erstarrt. Sie konnte weder blinzeln noch atmen.

Tiago raunte Niniane zu: »Und wieder folgst du nicht dem logischen Weg von A über B nach C. Du springst immer zu einem Teil des Alphabets, der mich vollkommen überrascht, und trotzdem ist es absolut logisch.«

Ein schwaches Funkeln trat in die erschöpften Augen der Königin, als sie fragte: »Es ist eine gute Idee, oder?«

»Eine ausgezeichnete Idee. Ich kann ihn aufs Dach bringen, mich verwandeln und mit ihm zu der Hütte fliegen. Dabei werde ich mich verhüllen, damit niemand etwas mitbekommt. Er wird sich einfach in Luft auflösen und verschwinden.« Dann sah er Xanthe an. »Sie werden das doch tun, oder? Ihn beschützen, bis wir die Verantwortlichen gefunden haben?«

Xanthes Hände zitterten, als sie sich umdrehte und in Riordans regloses Gesicht starrte. Er würde in ihrem Haus sein, wohin so gut wie niemals jemand kam. Er würde sich in ihrem Bett erholen. Sie konnte dafür sorgen, dass er in Sicherheit war.

»Oh, Mylord«, flüsterte sie. »Ja.«

4

Die Tiefen

Er wachte auf.

Vor Schmerzen und Erschöpfung konnte er sich nicht rühren. Er lag in einem fremden Bett in einem fremden Zimmer. Der Tag war ungewöhnlich ruhig, er hörte keine Geräusche von Fuhrwerken, keine Stimmen in der Ferne, nur hin und wieder den Ruf eines Vogels. Durch ein teilweise abgedunkeltes, geöffnetes Fenster fielen schräge Sonnenstrahlen herein. Sanfter Wind wehte ins Zimmer. Eine Tür führte in ein anderes Zimmer, durch das er hinter einer weiteren geöffneten Tür Terrassenfliesen und ein Stück grünes Gras erkennen konnte.

Eine fremde Decke, die ihm jemand bis über Brust und Arme gezogen hatte, lastete schwer auf ihm. Er versuchte sich zu bewegen und schaffte es nicht, und während er sich weiter bemühte, schlief er wieder ein.

Als er das nächste Mal erwachte, war das Tageslicht fast völlig geschwunden. Es war viel kühler geworden, und der Raum lag im Schatten. Bis auf die Schmerzen erkannte er nichts um sich herum wieder. Ihm taten die Knochen weh, ein tiefes, beharrliches Pochen, und noch immer fühlte er sich erschöpft.

Das Echo von klirrenden Schwertern trieb durch seine Erinnerung. Wahrscheinlich hatte ihn jemand entführt. Im Augenblick fiel es ihm schwer, sich darüber Sorgen zu machen; wenn er allerdings nicht tot war, würde sich diese Angelegenheit zu einer weiteren endlosen und öden Geschichte ausweiten.

Er schloss die Augen und ließ seine Gedanken treiben.

Die Erinnerung an den Schwertkampf kehrte zurück, diesmal klarer. Der Park am späten Abend. Eine Triade von Angreifern. Er hatte sich heftig gewehrt und hätte vielleicht sogar eine Chance gehabt, wäre da nicht dieser erste, vernichtende Schlag gewesen, der ihn von hinten getroffen hatte.

Hätte Aubrey nicht etwas hinter sich gespürt und sich bereits halb umgedreht gehabt, hätte ihn dieser Hieb umgebracht. So hatte er aber immer noch einige Hauptmuskelstränge in seinem Rücken durchtrennt. Trotzdem hatte er alles versucht, hatte erbarmungslos zugestoßen und pariert, während ihm die rote, warme Flut seiner Niederlage über die Rückseite seiner Beine strömte und er wusste, dass er sterben würde. Und in gewisser Weise war diese Erkenntnis sogar eine Erleichterung gewesen.

Eine leise Stimme drang in seine Erinnerungen. Im Nebenzimmer ging jemand umher, und plötzlich schlug er die Augen auf. Natürlich war er nicht allein.

Eine schmale, aufrechte Gestalt erschien in der Tür und betrat den Raum. Das schwindende Tageslicht fiel auf die Züge der neuen königlichen Dienerin, Xanthe Tenanye.

Bittere Enttäuschung durchfuhr ihn, begleitet von einem entsetzlich vertrauten Gefühl des Verrats. Wild brachte er hervor: »Lieber mich als die Königin! Oder hast du sie auch entführt?«

Gerade hatte sich ein Lächeln auf ihrem Gesicht ausbreiten wollen, und etwas hatte ihren Blick aufgehellt. Doch dann erstarrte sie, Lächeln und Licht erstarben. Ausdruckslos und mit vollendeter Höflichkeit sagte sie: »Sie waren seit dem Angriff gestern Abend bewusstlos. Ich werde bald nach Ihren Verbänden sehen müssen, Mylord. Aber das kann bis zum Morgen warten. Ich habe klare Suppe und Brot für Sie. Auch wenn Sie sich noch nicht stark genug fühlen, etwas zu essen, sollten Sie etwas Suppe trinken. Sie wären fast gest… Sie haben viel Flüssigkeit verloren.«

Fast gestorben. Das kam der Sache sehr nahe.

Er richtete den Blick auf die Dachsparren. Da er nicht wirklich lebensmüde war und da er schon überlebt hatte, sollte er wohl besser etwas Nahrung zu sich nehmen. Für die bevorstehenden Qualen würde er Kraft brauchen. »Also gut«, brachte er hervor.

Sie schien zu zögern. Dann sah er aus dem Augenwinkel, wie sie den Kopf neigte und den Raum verließ.

Warum hatte sie gelächelt? Dieser Ausdruck in ihren Augen. Sie hatte ausgesehen, als hätte er ihr ins Gesicht geschlagen, bevor sie diese Mauer aus vollendeter Höflichkeit errichtet hatte.

Und übrigens, warum waren seine Wunden verbunden?

Die Angreifer hatten nicht versucht, ihn zu überwältigen. Sie hatten ihn töten wollen.

Wie ein Stich traf ihn die Erkenntnis. »Xanthe«, sagte er.

Obwohl er nicht viel Kraft in seine Stimme legen konnte, hörte sie ihn und erschien wieder in der Schlafzimmertür. Diesmal blieb sie im Schatten, sodass er ihr Gesicht nicht sehen konnte. Aber er wusste, wie sie aussehen würde: vollkommen ausdruckslos.

»Ich bin ein alter Narr, der sich von Bitterkeit und Enttäuschung leiten ließ«, sagte er müde. Seine wenigen Kräfte schwanden schnell wieder. »Ich möchte mich für diesen voreiligen Schluss entschuldigen, den ich fälschlicherweise gezogen habe. Das haben Sie nicht verdient.«

Sie trat aus dem Schatten auf ihn zu, und da war er wieder, dieser Ausdruck auf ihrem Gesicht und der Glanz in ihren Augen. »Bitte, quälen Sie sich nicht, Mylord. Sie sind schwer

verletzt und ohne jede Erklärung an einem fremden Ort aufgewacht.«

Er schloss die Augen. »Ja.«

Sanft legte sie die Hand an seine Stirn und Wange. Um seine
Temperatur zu fühlen, nahm er an. Ihre Hand fühlte sich warm
an, deshalb glaubte er nicht, dass er Fieber hatte.

»Wo bin ich?«, flüsterte er. Es war zu anstrengend, weiterhin
laut zu sprechen.

»Sie sind in meiner Hütte«, antwortete Xanthe mit weicher
Stimme. Ihre leise, ruhige Art war tröstlich. »Ihre Gnaden und
Tiago haben beschlossen, dass Sie Adriyel verlassen sollten,
während sie nach denjenigen fahnden, die Ihnen das ange-
tan haben. Tiago hat Sie heimlich hierher gebracht. Außer der
Königin, Tiago und mir weiß niemand, wo Sie sind. Sie sind in
Sicherheit.«

Nie hätte er an der Treue dieser aufrechten, strahlenden
Frau zweifeln dürfen. Die verfluchte Bettdecke kam ihm immer noch so schwer vor wie eine Tonne Ziegelsteine und ver-
hinderte jede Handbewegung. Er spürte den Wunsch, sein Gesicht an ihre warme, sanfte Hand zu schmiegen, und einen
kurzen Augenblick später stellte er erschrocken fest, dass er es
getan hatte. »Danke.«

Sie legte die Hand flach an seine Wange. »Ich bin so ... so
froh, dass ich Ihnen irgendwie helfen konnte.«

»Was wissen wir?« Unweigerlich musste er an die Ealduns
denken. Waren sie dahintergekommen, dass Sebrin Nachforschungen über den Prozess angestellt hatte, den sie gegen ihn
anstrengen wollten? Sie hätten sich doch nicht zur Gewalt verleiten lassen, weil sie fürchteten, dass etwas darüber bekannt
werden könnte? Schließlich wäre, wenn man ihre Klage zugelassen hätte, ohnehin alles ans Licht gekommen.

Er hatte nichts mehr von seinem jungen Minister gehört,

seit der Mann Adriyel verlassen hatte und zum Familiensitz der Ealduns aufgebrochen war. Aber das hatte er auch nicht anders erwartet, da das Anwesen mehrere Tagesreisen von der Stadt entfernt lag. Ging es Sebrin gut?

Xanthe brauchte nicht nachzufragen, was er meinte. »Noch nichts«, sagte sie. »Wir haben Sie hergebracht, sobald die Ärzte die Behandlung beendet hatten. In ein paar Tagen wird Tiago mit neuen Vorräten wiederkommen. Dann erfahren wir hoffentlich mehr. Ich hole Ihnen jetzt Brot und Suppe.«

»Machen Sie sich keine Umstände«, nuschelte er. Sein Mund fühlte sich an, als wäre er voller Watte. »Ich fürchte, das wird bis morgen warten müssen.«

»Dann erholen Sie sich gut, Mylord.«

Ihre Stimme schien aus weiter Ferne zu kommen. Alle weiteren Gedanken und Spekulationen verloren sich in den kühlen Schatten des Abends.

In den nächsten drei Tagen schlief er, wachte auf und schlief wieder, bis er nicht mehr unterscheiden konnte, ob seine Schmerzen von der Wundheilung kamen oder daher, dass er so lange im Bett gelegen hatte. Wenn er wach war, beobachtete er mit müdem, leerem Kopf, wie der Lichtstreifen, den die Sonne durch das Fenster warf, über den Rand der Steppdecke wanderte. Sobald er das leiseste Geräusch machte und oft auch, wenn er keines machte, war Xanthe da und flößte ihm geduldig mit einem Löffel Suppe oder Wasser ein. Ein paarmal wechselte sie seine Verbände, und das war eine solche Qual, dass er sich auf die Lippe beißen musste, um nicht laut aufzustöhnen.

Am Morgen des vierten Tages erwachte er früh vom Gesang der Vögel. Er machte eine unachtsame Bewegung und fluchte. Plötzlich beugte sich Xanthe über ihn und sah ihn mit ihren dunklen Augen besorgt an. »Alles in Ordnung«, sagte er. »Ich hatte es nur vergessen.« Sein Mund und seine Kehle glichen einer sengenden Wüste. »Ich brauche etwas zu trinken, bitte.«

»Natürlich. Ich habe hier etwas Wasser.« Sie drehte sich kurz um, und als sie sich ihm wieder zuwandte, hielt sie eine Tasse in der Hand. »Ich werde Ihren Kopf anheben.«

Darin hatten sie inzwischen Routine. Als er nickte, schob sie einen Arm unter seine Schultern und stützte ihn, während sie ihn behutsam anhob und ihm die Tasse an die Lippen hielt.

Er trank langsam und genoss das Gefühl, wie die kühle Flüssigkeit durch seine Kehle rann. Xanthe hielt ihn in den Armen. Nachdem er genug getrunken hatte, ließ er den Kopf an ihre Brust sinken und genoss die warme Berührung ihres Körpers noch mehr als die Flüssigkeit.

Wenn Künstlichkeit einen Geruch hätte, würde sie riechen wie Naidas Parfums. Er hatte alles aus ihrem Schlafzimmer weggeworfen, hatte Boden und Decke schrubben lassen, und doch hätte er schwören können, dass ihm dann und wann noch der Hauch ihres moschusartigen Parfums in die Nase stieg. Ihm wurde übel davon.

An Xanthe roch nichts künstlich. Sie hatte einen sauberen, einfachen Duft nach Sonnenlicht und Seife.

Sie fragte: »Mehr?«

Er spürte das leise Vibrieren ihrer Stimme an seiner Schläfe und Wange. Widerstrebend sagte er: »Nein, danke.«

Sie ließ ihn in die Kissen zurücksinken und sah ihn ernst und eindringlich an. »Ich sollte noch einmal nach Ihren Verbänden sehen.«

»Sicher«, sagte er und nahm seine Kräfte zusammen.

Er rechnete es ihr hoch an, dass sie diese unangenehme Aufgabe so schmerzlos wie nur möglich erledigte. Während sie behutsam die Verbände löste und nach seinen Wunden sah, trug sie wieder ihre vollkommen ausdruckslose Miene, die vorgab, dass zwischen ihnen eine unsichtbare Mauer stünde.

Leidenschaftslos blickte er an seinem nackten Körper hinab, während sie arbeitete. Er schämte sich seiner Nacktheit nicht und hielt sich für einigermaßen gut gebaut, aber die langen Schnittwunden waren hässlich gerötet, und die Wunde auf seinem Rücken schmerzte und pochte heftig. Er würde aufpassen müssen, um sich den heilenden Muskel nicht wieder aufzureißen.

»Das sieht gut aus«, murmelte sie. »Ich denke, wir können sie jetzt weglassen.«

»Hipp, hipp hurra«, sagte er. Er lächelte sie schief an. »Das meine ich wirklich.«

Sie grinste. »Möchten Sie noch etwas Suppe?«

»Gute Götter, nein«, sagte er, und sie lachte. Überrascht stellte er fest: »Ich habe richtigen Hunger.«

»Hervorragend. Gestern Abend habe ich ein paar Wachteleier gefunden. Ich bringe Ihnen gleich ein Frühstück.«

Sie sammelte die Verbände ein und verließ das Zimmer, um kurz darauf mit Rühreiern und goldbraunen, in der Pfanne gebackenen Brötchen zurückzukommen. Sie setzte sich neben ihn aufs Bett. »Bitte entschuldigen Sie die schlichte Kost. Im Laufe des Tages wird Tiago vorbeikommen, und das ist auch gut so, da unsere Nahrungsvorräte stark geschrumpft sind. Wir haben noch Tee, Öl und trockene Haferflocken. Wenn er aus irgendeinem Grund aufgehalten wird, werde ich jagen und sammeln gehen müssen.«

»Es ist wunderbar«, sagte er vollkommen ehrlich. Die dampfenden Eier waren perfekt gegart und die Brötchen köstlich. Er aß alle Eier auf und dazu ein Brötchen, um dann von einem Moment auf den anderen in den tiefen Schlaf der Genesenden zu fallen.

Stimmen weckten ihn. Tiago und Niniane sprachen im Nebenzimmer mit Xanthe. »Ein wunderschönes Haus«, sagte Niniane.

»Es ist sehr klein«, sagte Xanthe. »Mein Vater hat es nach dem Tod meiner Mutter für uns gebaut.«

»Ihr Vater verstand sein Handwerk. Es ist sehr schön gearbeitet. Die Möbel sind bezaubernd und der Fußboden ebenfalls.«

Über den Rand des Bettes hinweg blickte Aubrey auf den gehobelten Holzboden, dem das Alter eine matt glänzende Patina verliehen hatte. »Wir haben den halben Markt mitgebracht«, sagte Tiago.

»Und diese Tasche ist voll mit Büchern«, sagte Niniane. »In dieser hier ist Kleidung für Aubrey. Und in dieser sind Spiele. So haben Sie jede Menge Möglichkeiten, sich zu beschäftigen, sobald sich Aubrey gesund genug fühlt.«

»Ja, das haben wir bestimmt«, sagte Xanthe. »Das ist so viel mehr, als ich erwartet hatte.«

Niniane sagte: »Wir wollten sichergehen, dass Sie alles haben, was Sie brauchen, falls wir nicht so schnell wiederkommen können.«

»Gibt es Probleme?«, fragte Xanthe eilig.

»Es gibt Komplikationen.« Tiago betonte das letzte Wort. »Nichts, was wir nicht in den Griff bekommen könnten, aber wir haben zu tun. Niniane und ich sind uns einig, dass niemand von Aubreys Aufenthalt hier erfahren soll. Sie werden auf sich allein gestellt sein, bis wir wiederkommen können.«

»Ja, Sir.«

Aubrey ballte die Fäuste und überlegte, ob er aufstehen sollte. Er fühlte sich so viel besser als noch vorhin und wusste, dass er über den Berg war. Unbeholfen setzte er sich auf. Bei jeder unachtsamen Bewegung loderte feuriger Schmerz in seinem Rücken auf. Tief atmend schob er die Beine über die Bettkante.

»Wie geht es Aubrey?«, fragte Niniane.

Heiser sagte er: »Ich bin wach.«

Er lauschte einer Sinfonie von Schritten, ein schnelles, leichtes Trappeln, ebenfalls leichte, aber längere Schritte und dazu ein tieferer, schwererer Gang. Während er sich noch vergewisserte, dass das Laken um seine Hüfte geschlungen war, stürmte Niniane ins Schlafzimmer. Sie stürzte auf ihn zu und bremste erst in letzter Sekunde ab, um dann vorsichtig die Arme um ihn zu legen.

»Ich kann dir gar nicht sagen, was für eine Angst ich um dich hatte«, flüsterte sie.

Er umarmte sie und blickte dabei über ihren Kopf hinweg zu Tiago und Xanthe. »Jetzt ist die Angst ausgestanden«, sagte er sanft. Er blickte in Tiagos schwarze Augen. »Was ist seit dem Angriff passiert?«

»Wir sind nicht hier, um über die Einzelheiten der Ermittlungen zu sprechen«, sagte Tiago. »Deine Angreifer werden nicht ungestraft davonkommen. Mehr brauchst du nicht zu wissen, bis wir wiederkommen und dir sagen, dass du nach Hause kommen kannst.«

Aubreys Züge verhärteten sich. Als er den Mund öffnete, um zu widersprechen, legte Niniane eine Hand an seine Wange und drehte sein Gesicht zu sich. Ihre Miene war ernst, ihre Augen noch feucht. »Aubrey, du wärst fast gestorben.«

»Das weiß ich«, fuhr er sie an.

»Dann hör mir zu, denn ich meine es ernst, und zwar jedes Wort«, erklärte sie ihm. »Deine Aufgabe ist es, dich zu erholen. Du brauchst Ruhe, gutes Essen, Sonne und Zeit zum Heilen. Das ist alles. Du kannst nicht arbeiten. Du wirst diesen Ort nicht verlassen. Hier bist du im Moment sicher. In einer Woche kommt Tiago wieder, um euch frische Lebensmittel zu bringen. In der Zwischenzeit werden wir nicht ruhen, bis wir die Verantwortlichen für den Überfall eingesperrt haben. Du wirst früh genug wieder nach Hause kommen, und dann bekommst du deine Antworten.«

Er biss die Zähne zusammen, Wut strömte durch seinen Körper. Wut, die nicht Niniane galt, sondern denjenigen, die ihn angegriffen hatten. Es war schwer, sich davon freizumachen. Einen Augenblick später sagte er: »Ich werde bleiben, bis ich vollständig geheilt bin. Dann kann ich selbst für meine Sicherheit sorgen.«

»Nein, Aubrey.« Der Blick der Königin war unerbittlich. »Ich befehle dir zu bleiben, bis ich dir sage, dass du zurückkommen kannst.«

»Niniane«, sagte er.

»Oh, ich weiß, dass du jetzt sauer auf mich bist. Komm damit klar.« Wieder umarmte sie ihn.

Er schob das Kinn vor, legte aber einen Arm um sie. Den Blick zu Tiago gewandt, sagte er: »Tu mir wenigstens einen Gefallen und sieh nach einem meiner Mitarbeiter. Ich hatte ihm aufgetragen, alles über die Klage der Ealduns herauszufinden, und seitdem habe ich nichts mehr von ihm gehört.«

Tiago und Niniane wechselten einen langen, unergründlichen Blick, ehe Tiago versprach: »Ich werde dem nachgehen.«

Niniane stand auf. »Es tut mir leid, dass unser Besuch so kurz war, aber wir können nicht länger bleiben.« Sie sah Xanthe an. »Passen Sie gut auf ihn auf.«

»Das werde ich«, versprach Xanthe.

Sie folgte Tiago und Niniane aus dem Zimmer. Ruhig und gleichmäßig atmend starrte Aubrey aus dem offenen Fenster und hörte ihre Stimmen verklingen, als sie sich von der Hütte entfernten. Hätte er sich auf den Beinen halten können, wäre er ihnen gefolgt, um sich mit ihnen anzulegen.

Wenige Minuten später kehrte Xanthe zurück. Sie lief im

Nebenraum umher und tauchte dann wieder in seiner Tür auf, zwei große Segeltuchtaschen über den Schultern. Er warf ihr einen finsteren Blick zu, was ein absolut nutzloser Ausdruck seiner Gereiztheit war, da sie ihn nicht direkt ansah. Sie hatte wieder ihr vollkommen ausdrucksloses Gesicht aufgesetzt.

Bisher hatte ihn diese glatte Fassade amüsiert, jetzt jedoch fing sie an, ihn zu zermürben. Im Zimmer herrschte Stille, während sie die erste Tasche öffnete und einen Stapel gefalteter Kleidung und ein Paar Stiefel herausnahm. Sie legte alles neben ihn aufs Bett, ehe sie die zweite Tasche öffnete, aus der sie zwanzig Bücher holte. Darunter waren ein paar amerikanische Taschenbücher, andere stammten von den Dunklen Fae. Er betrachtete die Titel, während sie die Bücher ordentlich auf dem kleinen, schlichten Nachttisch stapelte. Kein einziges Sachbuch war dabei.

Xanthe widmete sich wieder dem Kleiderstapel auf dem Bett und brach das Schweigen. »Möchten Sie ein Hemd und eine Hose anziehen?«

Er ließ die Hand hervorschnellen und packte sie am Handgelenk. »Sobald ich mich besser fühle, bringen Sie mich nach Adriyel.«

Sie hob den Blick und sah ihn aus ihren dunklen Augen an. »Nein, Mylord.«

Schneidende Schärfe lag in seiner Stimme, als er sagte: »Ich habe Sie nicht darum gebeten. Ich habe es Ihnen befohlen.«

Eine ihrer seidigen Augenbrauen hob sich, die leise Andeutung einer Reaktion. »Sie können so viele Befehle erteilen, wie Sie wollen, aber ich bin Ihnen nicht zum Gehorsam verpflichtet«, sagte sie. »Ich bin nicht Ihre Dienerin, sondern die der Königin. Auch wenn Sie sich Ninianes Befehlen widersetzen wollen, ich werde ihr nicht den Respekt oder den Gehorsam verweigern.«

Das war ihre Loyalität. Aufrecht und unerschütterlich. Er dachte an das Gefühl von Enttäuschung und Verrat zurück, als er für einen kurzen Augenblick geglaubt hatte, sie hätte ihn entführt, und sein widerspenstiger Zorn legte sich.

Weitaus milder bemerkte er: »Ich führe mich auf wie ein Esel, oder?«

Ihre Haltung wurde weicher. »Sie sind wütend. Und das ist auch verständlich. Es ist nicht leicht, wenn man in seiner Bewegungsfreiheit beschnitten wird, ganz besonders, wenn man glaubt, dringend handeln zu müssen.«

»Ihnen widerfährt das Gleiche«, sagte er. »Sie müssen mit mir hierbleiben.«

Ihr Mundwinkel hob sich. »Das ist wirklich nicht schlimm. Ich mache das gern. Aber bevor Ihre Gnaden diesen Vorschlag gemacht hat, hatte ich um Erlaubnis gebeten, selbst Jagd auf Ihre Angreifer machen zu dürfen. Tiago hat es abgelehnt, und das war schwer für mich. Jetzt sucht er persönlich nach den Verantwortlichen.«

Sie hatte seine Angreifer aufspüren wollen? Er blinzelte, sein Griff lockerte sich.

In den vergangenen Tagen hatte er sie auf einer elementaren, natürlichen Ebene kennengelernt, die Klangfarbe ihrer Stimme, ihren Duft, die sanfte Berührung ihrer Hände auf seinem Körper. Er folgte dem Impuls, durch Berührungen mehr über sie zu erfahren, und strich, als er ihr Handgelenk losließ, langsam mit den Fingerspitzen über ihren Unterarm. Ihre Haut war seidig und warm.

Sie holte schnell und fast lautlos Luft, und als er in ihre Augen blickte, sah er, wie sich ihre Pupillen weiteten.

Sie zeigte eine Reaktion auf seine Berührung.

Was tat er da? Stirnrunzelnd ließ er sie ganz los.

Das Gesicht von ihm abgewandt hob sie den Kleiderstapel

auf. »Bitte lassen Sie mir ein Hemd und eine Hose da«, sagte er.

Sie nickte und tat, worum er sie gebeten hatte. Die restliche Kleidung legte sie auf die Kommode. Dann wandte sie sich zu ihm um, allerdings ohne ihn direkt anzusehen. »Brauchen Sie Hilfe bei Anziehen?«

Er zögerte und rang mit seinem Stolz. Nicht nur sein Zorn, all seine Gefühle waren widerspenstig. Er, der normalerweise so ausgeglichen war, erkannte sich selbst kaum wieder. Schließlich gab er zu: »Ich weiß es nicht.«

Sie warf einen kurzen Blick auf sein Gesicht und nickte. »Rufen Sie mich, wenn Sie mich brauchen.«

»Danke.«

Sie verließ das Zimmer, und er schüttelte die Hose auf. Damit wurde er fertig, ein Bein nach dem anderen, auch wenn seine Muskeln zitterten, als er aufstand, um den Stoff über die Hüften zu ziehen. Mit dem Hemd aber war es eine ganz andere Sache. Er konnte einen Arm in den Ärmel führen, aber seine Rückenmuskeln waren nicht beweglich genug, um es ganz anzuziehen.

Anstatt nach Xanthe zu rufen, stand er wieder auf und zwang sich, die Knie durchzudrücken und sein ganzes Gewicht darauf zu verlagern. Dann durchquerte er mit vorsichtigen Schritten das Zimmer. Seine nackten Füße verursachten kein Geräusch auf den glatten Bodendielen. Als er die Tür erreicht hatte, lehnte er sich mit einer Schulter in den stützenden Rahmen und spähte neugierig um die Ecke in das andere Zimmer.

Es war geräumiger als das Schlafzimmer. An einer Wand standen ein großer Küchenschrank und Regale, davor ein Tisch mit zwei Stühlen sowie zwei Lehnstühle vor einer Feuerstelle. Auf einem Sideboard standen eine Schüssel und ein Wasserkübel, um Geschirr zu spülen und Mahlzeiten zuzubereiten. Neben der offen stehenden Tür, durch die die Morgensonne hereinfiel, hing an einem schlichten Haken ein Schwert in einem Ledergeschirr.

Die gesamte Einrichtung war aus schlichter, massiver Eiche gefertigt und zu einem warmen Goldton poliert. In den Lehnstühlen lagen Sitzkissen, die abgenutzt und bequem aussahen. Wie in vielen Landhäusern der Dunklen Fae bildete der große Kamin das Herz des Hauses: eine große, begehbare Feuerstelle zum Kochen mit einer schwenkbaren Eisenstange, an der ein Kochtopf hing.

Neben der Feuerstelle befand sich eine dunkle Nische, abgetrennt durch einen Vorhang, der im Augenblick beiseite gezogen war. Aubrey sah dahinter den Rand einer Kupferwanne, und auf dem Boden lag eine einfache Pritsche. Das ließ ihn nachdenklich innehalten und einen Blick zurück in »sein« Zimmer werfen. In dieser Hütte gab es nur ein einziges Bett, und das belegte er.

Xanthe war damit beschäftigt, zwei weitere große Segeltuchtaschen auszupacken. Jedes Paket, Behältnis und Glas betrachtete sie interessiert und murmelte etwas vor sich hin, während sie die Sachen auf den Tisch legte, auf dem sich bereits frisches Obst und Gemüse häufte.

Er hatte schon den Mund geöffnet, um sie um Hilfe zu bitten, doch dann zögerte er. Stattdessen gehorchte er einem undefinierbaren Impuls und sah ihr mit leicht zur Seite geneigtem Kopf bei der Arbeit zu. Sie wirkte ruhig und friedlich und sah zufrieden aus, so, als würde sie sich in ihrer eigenen Gesellschaft wohlfühlen. Zum ersten Mal fiel ihm auf, dass sie nicht die schwarze Palastuniform trug, sondern eine etwas abgetragene, weich aussehende Tunika und eine Hose. Ihr Haar war geflochten, aber nicht so streng wie üblich, und der Streifen Sonnenlicht, der ihr auf Rücken und Schultern fiel, ließ in dem dunklen Zopf kastanienbraune Strähnchen funkeln.

Sein Blick blieb an der sanft geschwungenen Kontur ihrer Wange hängen, um dann zur Wölbung ihres Busens zu gleiten, an den er vorhin seinen Kopf gebettet hatte. Ihre Hüften waren schmal und straff, und doch eindeutig feminin. Sie war nicht so groß wie er, hatte aber lange, schlanke Beine.

Als sie den Blick hob, zur Tür sah und entdeckte, dass er sie beobachtete, glitt ein zarter Hauch von Farbe über ihr Gesicht. Nach einem Blick auf sein Hemd, das ihm von einer Schulter herabhing, legte sie einen Käselaib in Wachs beiseite und kam eilig auf ihn zu.

»Sie hätten etwas sagen sollen«, sagte sie.

Er hob die Brauen. »Haben Sie gerade mit mir geschimpft?«

Ruckartig blieb sie stehen. Die Farbe auf ihren Wangen vertiefte sich. »Es … es tut mir leid, Mylord.«

Sie sah so verlegen aus, dass er lächeln musste. Sanft fragte er: »Xanthe, würde es Ihnen etwas ausmachen, mir in dieses verflixte Hemd zu helfen?«

Sie hob den Kopf und sah ihm in die Augen, dann fiel ihr Blick auf seinen nackten Oberkörper, und sie hob ihn eilig wieder. »Ganz und gar nicht.« Sie klang atemlos.

Er konnte sich kaum auf den Beinen halten, und sein Körper pochte noch immer vor Schmerzen. Und doch regte sich in diesem Moment etwas anderes in ihm, etwas, das lange Zeit unter Trauer und Wut begraben gewesen war und tief geschlummert hatte.

Xanthe trat näher und half ihm vorsichtig in sein Hemd. Da sie das Gewicht seines Arms stützte, protestierten seine Rückenmuskeln nur ganz leise.

Er war einen halben Kopf größer als sie. Er senkte den Kopf auf eine Höhe mit ihrem und atmete ihren frischen, sauberen Duft ein. »Danke.«

Sie neigte das Gesicht leicht zur Seite, bis sich ihre Wangen beinahe berührten. Wenn sie den Kopf ein wenig weiter anhob, und wenn er seinen senkte …

»Gern geschehen«, flüsterte sie.

Das war zu intim. Er richtete sich auf. »Wie ich sehe, hat Tiago keine Witze gemacht, als er sagte, sie hätten den halben Markt mitgebracht.«

Ihre Augen weiteten sich. »Es sind sogar Brötchen und ein Topf Schlagsahne dabei. Und ich bin noch nicht mal am Boden der Taschen angelangt. Wenn ich hin und wieder etwas zum Abendessen angle und Sonnenkartoffeln und frisches Gemüse suchen gehe, haben wir für Wochen genug zu essen.« Sie machte eine Pause, ehe sie zögerlich fragte: »Möchten Sie sich an den Tisch setzen, während ich die Sachen einräume?«

Für einen Augenblick kam er in Versuchung, doch dann wurde er von einem Schwindelanfall überrollt. Er biss die Zähne zusammen. Er hasste seine Schwäche. »Später vielleicht«, sagte er. »Jetzt muss ich mich erst wieder hinlegen.«

»Natürlich.« Sie trat dicht an ihn heran, legte den Arm um seine Taille und half ihm in sein Bett.

An den Rändern seines Blickfelds tanzte Dunkelheit. »Ich habe Ihr einziges Bett in Beschlag genommen, und Sie müssen auf dem Boden schlafen.«

»Das macht nichts.«

Er ließ sich in die Kissen sinken. »Mir macht es etwas.«

Die Dunkelheit kam näher und hüllte seinen Geist ein. Wie aus weiter Ferne spürte er, dass sie die Decke um ihn herum feststeckte. Er glaubte sie sagen zu hören: »Deshalb bedeuten sie anderen so viel.«

Dann gaben seine widerspenstigen Gefühle und sein eigensinniger Geist Ruhe, während die Dunkelheit ihn vollends verschlang.

5

Der Tanz

Die verderblichen Waren wie Eier und Schlagsahne lud Xanthe vorsichtig in den Brunnenkorb aus Draht und ließ sie ins kühle, tiefe Wasser des Brunnens hinab. Ein paar Eier behielt sie draußen, um sie zu kochen. Unterdessen verstaute sie die übrigen Lebensmittel.

Es gab Brötchen, frisches Brot, Marmeladen und Gelees, Käse, frisches und gepökeltes Fleisch, Nüsse, drei Sorten Tee, Butter, Mehl, Gerste, Zucker, Obst und Gemüse, auch Süßkartoffeln. Außerdem fand sie drei Stück Seife, die nach Honig und Mandeln dufteten und so reichhaltig waren, dass selbst feine Damen sie nicht verschmäht hätten. Derart hochwertige Waren hatte diese Hütte noch nie gesehen.

Xanthe war keine extravagante Köchin, aber sie konnte gute, einfache Gerichte zubereiten, und die Luxusartikel vom Markt würden alles aufwerten, was sie anzubieten hatte. Als Aubrey wieder erwachte, hatte sie aus dem restlichen Hühnchen, sautiertem Stielmus, gekochten Eiern sowie Brot, Butter und Marmelade ein nahrhaftes Mittagessen zubereitet. Dazu gab es kleine Schälchen mit gezuckerten Beeren.

Sie wollte gerade die Sahne aus dem Brunnen holen, da hörte sie seine leisen Schritte und drehte sich um, als er ins Zimmer trat. Mit beiden Händen fuhr er sich durch die tiefschwarzen Haare. Seine Kleidung war zerknittert, seine Füße immer noch nackt. Es war erschreckend, ihn anders als perfekt gepflegt und formell gekleidet zu sehen. An seiner Haltung und den kantigen Zügen las sie erfreut ab, dass er bereits viel sicherer auf den Beinen war.

»Wie ich sehe, waren Sie fleißig«, sagte er.

»Haben Sie Hunger?«

Beim Anblick des gedeckten Tisches hellte sich sein Gesicht auf. »Oh ja.«

Sie war sich nicht sicher gewesen, wie sie die Mahlzeit anrichten sollte, ob er noch im Bett bleiben musste oder lieber nicht gemeinsam mit ihr essen wollte. Aber letzten Endes war das hier ihr Zuhause. Es gab nur einen Platz, an dem man sitzen und essen konnte, und davon abgesehen schien er nicht das Geringste dagegen gehabt zu haben, als sie mit ihm und Tiago gefrühstückt hatte. Also hatte sie für zwei gedeckt.

Mit sicheren, vielleicht etwas steifen Schritten durchquerte er das Zimmer und setzte sich vorsichtig auf einen der Stühle. Nach und nach wurde Xanthe bewusst, dass sie ihm gleich tatsächlich gegenübersitzen und mit ihm essen würde.

Die Sahne fiel ihr wieder ein. Unbeholfen sagte sie: »Fast hätte ich etwas vergessen. Ich bin gleich wieder da.«

Er griff nach ihrer Hand und hielt sie fest, als sie hinausgehen wollte. Seine warme Berührung wirbelte alles in ihr durcheinander. So viel sie auch darum gegeben hätte, dass er nicht so schwer verwundet wäre, hatte ihr dieses Ereignis schon jetzt so viele Augenblicke beschert, die sie im Nachhinein wie einen Schatz in Ehren halten würde. Allen voran jede seiner Berührungen.

Er sah zu ihr auf. Das goldene Licht der Sonne glitzerte in seinen hellgrauen Augen. »Vielen Dank, Xanthe. Danke für alles.«

Sie wendete ihre Hand und drückte kurz seine schlanken

Finger. Vollkommen aufrichtig sagte sie: »Es ist mir wirklich ein Vergnügen, Mylord.«

»Ich möchte, dass du mich von jetzt an Aubrey nennst«, sagte er, als er den Druck ihrer Finger erwiderte und dann ihre Hand losließ. »Schließlich bist du, wie du es so treffend formuliert hast, nicht meine Dienerin.«

Er war ein Adliger, sie eine Bürgerliche. Mühsam setzte sie ihre Lippen in Bewegung. »Das wäre nicht angemessen.«

Er zwinkerte ihr zu. »Wie Tiago es ausdrücken würde: Scheiß auf angemessen.«

Er hatte ihr zugezwinkert.

Wahrscheinlich hätte sie irgendetwas antworten sollen, aber ihr Kopf streikte, und so gab sie auf und floh aus der Hütte.

Als sie den Drahtkorb aus dem Brunnen gezogen hatte, um den Sahnetopf herauszuholen, spritzte sie sich kaltes Wasser ins Gesicht und blieb, den Kopf über den Brunnen gebeugt, einen Augenblick stehen. Wasser troff ihr von Nase und Kinn.

»Aubrey«, flüsterte sie. Der süße Schmerz, das in Honig getauchte Stilett, durchdrang sie von Neuem.

Als sie wieder hineinging, beobachtete er die erlöschenden Flammen des Küchenfeuers, sein Essen war noch unberührt. Er hatte auf sie gewartet. Aus irgendeinem Grund brachte sie das in Verlegenheit. Sie öffnete den Topf und stellte ihn auf den Tisch, ehe sie auf ihren Platz rutschte. »Zu den Beeren«, sagte sie leise.

Aubrey griff nach Messer und Gabel. »Niniane weiß, dass ich einen süßen Zahn habe. Es war nett von ihr, das zu berücksichtigen.«

»Heute Abend gibt es Steak«, teilte Xanthe ihm mit. »Und morgen einen Braten. Danach wird es Fisch und Pökelfleisch geben. Wenn Sie möchten, kann ich aus dem Braten einen

Feld-Eintopf machen.« Feld-Eintopf war ein traditionelles Jägergericht, das oft süße und herzhafte Aromen vereinte.

»Ich liebe Feld-Eintopf. Es ist das Einzige, was ich kochen kann, auch wenn meine letzte richtige Jagd inzwischen einige Zeit zurückliegt.« Er schenkte ihr noch ein Lächeln, das sie zu ihrem Erinnerungsschatz hinzufügen konnte. »Niniane hatte recht. Diese Hütte ist wirklich bezaubernd. Dein Vater hat wundervolle Arbeit geleistet.«

»Danke.« Sie blickte sich um und sah mit einem Mal alles mit anderen Augen. Auf jemanden von Aubreys Format und Wohlstand musste dieser Ort sehr bescheiden wirken.

»Wo ist dein Vater jetzt?«

Der Bissen, den sie im Mund hatte, verwandelte sich auf ihrer Zunge zu Staub. Sie zwang sich zu schlucken. »Er war eine der Palastwachen, die in der Nacht ums Leben kamen, als Urien nach der Macht griff.«

Auch Aubrey hörte auf zu essen. »Das tut mir sehr leid.«

»Es ist lange her.« Sie lächelte ihm kurz zu. »Damals war ich gerade eine junge Rekrutin in der Armee und deshalb in jener Nacht nicht in der Nähe des Palastes.«

Er musterte sie. »Trotz allem, was passiert ist, bist du Soldatin geblieben?«

Ihre Schultern versteiften sich. »Ja. Ich habe hart gearbeitet, bis ich endlich Palastwache wurde. Ich träumte davon, Urien eines Tages zu überrumpeln und ihm mein Messer in den Rücken zu rammen. Die Gelegenheit ergab sich nie. Als Tiago mich einstellte, habe ich ihm im Vorstellungsgespräch davon erzählt. Ihm gefiel, dass ich so geduldig auf eine Gelegenheit warten konnte. Er bezeichnete die letzten zweihundert Jahre als meine Jagdzeit.« Sie hob den Blick und sah Aubrey ins Gesicht. Würde er sich von dem abgestoßen fühlen, was sie gerade zugegeben hatte?

Er sah nicht im Mindesten so aus. Sein Gesichtsausdruck wirkte offen und zugewandt. Nach dem Hauptgang nahm er den Topf mit der Sahne und gab etwas davon auf Xanthes Beeren, bevor er sich selbst bediente. Diese kleine Geste der Höflichkeit wärmte ihr das Herz.

Er sagte: »Das Schwerste in meinem ganzen Leben war es, Kanzler zu bleiben, als Urien mich nach dem Mord an Rhian und Shaylee im Amt bestätigte. Die beiden waren meine Freunde gewesen. Einige meiner anderen Freunde konnten diese Entscheidung nicht akzeptieren und brachen den Kontakt zu mir ab. Ein paar von ihnen sprechen inzwischen wieder mit mir, aber deren Achtung bedeutet mir nichts mehr.«

Sie sagte: »Sie haben Urien ebenfalls gehasst.«

»Natürlich.« Seine Züge hatten sich verhärtet, und die eleganten Knochen seines Gesichts zeichneten sich unter der blassen Haut ab. »Von ganzem Herzen. Es ließ mich nachts nicht schlafen. Es vergällte den Geschmack meines Essens. Aber die Dunklen Fae und das Wohlergehen Adriyels waren mir wichtiger als mein eigener Groll. Ich milderte Uriens Entscheidungen, wo immer es mir möglich war, handelte hinter seinem Rücken, wenn ich glaubte, damit durchzukommen, und tat alles, was in meiner Macht stand, um den Kongress und die Gerichte in solide Bahnen zu lenken.«

Xanthe legte ihren Löffel beiseite. Vorsichtig sagte sie: »Ich respektiere Niniane als meine Königin und habe sie schon nach kurzer Zeit in mein Herz geschlossen, deshalb verstehen Sie bitte nicht falsch, was ich jetzt sage. Was Sie getan haben, ist nicht unbemerkt geblieben. Wie alle anderen, die ich kenne, habe auch ich gehofft, dass Sie König werden würden. Was Ihre sogenannten Freunde angeht: Auch wenn ihre erste Reaktion verständlich ist, war es äußerst kurzsichtig, voreingenommen und grausam, die ganze Zeit nicht mit Ihnen zu reden.«

Während er ihr zuhörte, wich nach und nach die Härte aus seinem Gesicht. Er lächelte schwach, kaum mehr als ein paar kleine Fältchen um seine Augenwinkel. »Danke.« Er kratzte seine Schüssel aus. »Das war ein köstliches Mahl, und die Gesellschaft war sogar noch erfreulicher. Ich weigere mich standhaft, wieder schlafen zu gehen.«

Sie lachte. »Im Schlaf erholt sich Ihr Körper am besten. Aber wenn es Ihnen lieber ist, kann ich unter einem Baum eine Decke für Sie ausbreiten, dann können Sie sich mit dem Bücherstapel befassen, den Tiago und Niniane hiergelassen haben.«

»Das klingt perfekt.« Er sah ihr dabei zu, wie sie den Tisch abräumte und das Geschirr in der Waschschüssel stapelte. Dann gähnte er herzhaft, zuckte zusammen und hielt sich die Seite.

Sie hatte den Verdacht, dass sein Kampf gegen den Schlaf nicht allzu lange währen würde. Nicht nur die Verletzungen hatten von seinen Ressourcen gezehrt, sondern auch die Heilung. Nicht ohne Grund hatte der Arzt mindestens zwei Siebentage Erholung angeordnet.

Sie trug eine Decke für ihn nach draußen und breitete sie im Schatten eines großen Baumes in der Nähe der Eingangstür aus. Kurz darauf folgte Aubrey ihr; er hatte drei Bücher mitgebracht und kniete sich mühsam auf die Decke. Xanthe stand direkt neben ihm und hätte ihm zu gern geholfen, doch sein grimmiger Gesichtsausdruck hielt sie zurück.

Als er auf dem Boden saß, ließ er sich zurücksinken, bis er flach auf dem Rücken lag. Xanthe ging ins Haus und kehrte mit einem Kissen zurück.

»Danke«, sagte er. Die Haut um seinen Mund war weiß geworden.

»Gern geschehen.« Einen Moment lang beobachtete sie, wie

er eines der Bücher auswählte und zu lesen begann. Dann ging sie Wasser holen, um das Geschirr zu spülen.

Als sie damit fertig war, sah sie hinaus. Aubrey hatte die Augen geschlossen, das Buch lag auf seiner Brust. Sie lächelte. Jedes Mal, wenn er schlief, wachte er danach gestärkter auf. Dieses Mal würde er vielleicht auch mürrischer aufwachen.

Nachdem sie abgespült und das Geschirr weggeräumt hatte, werkelte sie noch eine Weile herum. Sie machte das Bett und kochte die Verbände aus, die Aubrey getragen hatte. Als sie gründlich gereinigt waren, hängte sie sie in die Sonne. Nach dem Trocknen würde sie sie aufrollen und verstauen.

Der Rest der Hütte war bereits sauber. Sie hatten mehr als genug zu essen. In einigen Tagen würde sie Wäsche waschen müssen, aber im Augenblick gab es nichts, das ihre Aufmerksamkeit erforderte, bis es Zeit war, das Abendessen zu kochen.

Ein unsichtbares Band zog sie zu dem schlafenden Mann unter dem schattenspendenden Baum. Leise setzte sie sich auf eine Ecke der Decke. Sie fühlte sich schuldig, fast, als würde sie etwas stehlen, aber trotzdem konnte sie nicht anders. Ihn in aller Ruhe betrachten zu können, ohne die Angst, entdeckt zu werden, war ein beinahe unvorstellbarer Luxus.

Er sah nicht mehr ganz so krank aus, aber immer noch erschöpft. Die Schatten unter seinen Augen waren noch zu sehen, und auch die Linien, die der Schmerz um seine Mundwinkel gezeichnet hatte. Sie spürte ein zärtliches Ziehen in ihrem Inneren.

Es war eine Sache, ihn für all das Edle, das er verkörperte, aus der Ferne zu bewundern, aber etwas vollkommen anderes, ihn kennenzulernen und den echten Mann hinter seinem Ruf zu sehen. Er kämpfte mit seinem Temperament, rieb sich an Krankheit und Verletzung auf und trug Schatten der Einsamkeit in seinem freundlichen Blick.

Statt ihr vor Augen zu führen, dass ihr Idol auf tönernen Füßen stand, hoben all diese Dinge nur umso mehr hervor, was für eine außergewöhnliche Leistung der lange Dienst an seinem Land gewesen war. Wie oft musste er sich von Urien bedroht gefühlt haben? Wahrscheinlich zu oft, um es noch zählen zu können. Hatte auch er sich gefragt, ob er allein und ohne Freunde sterben würde, wenn er nachts wach lag?

Wenn ihm seine Frau etwas bedeutet hatte – und daran glaubte Xanthe, denn er war ein liebevoller Mann –, dann hatte er sich gewiss auf ihre Kameradschaft verlassen und in ihrer Unterstützung Trost gefunden, was ihre Verbrechen für ihn doppelt entsetzlich gemacht haben musste.

Schweigend beobachtete sie ihn, während die Sonne über den Himmel und der fleckige Schatten des Baumes über seinen langen, entspannten Körper wanderte. Als er anfing, sich zu regen, sprang sie auf und floh ins Haus. Sie hatte ihre Waffen auf dem Tisch ausgebreitet, ihr Schwert aus der Scheide gezogen und war damit beschäftigt, die Klingen zu polieren und zu schleifen, als sein langer Schatten ins Zimmer fiel. Sie hielt den Kopf tief gesenkt, den Blick konzentriert auf ihre Aufgabe gerichtet.

Schweigend blieb er stehen und sah ihr zu. Der Augenblick drehte sich auf einer verzauberten Spindel, zog sich immer weiter in die Länge und schimmerte wie ein goldener Flachsfaden, der sich zwischen ihnen spannte. Sie würde nicht aufsehen. Sie würde es einfach nicht tun. Sie hatte das Gefühl, sich nicht unter Kontrolle zu haben, und fürchtete sich davor, was in ihren Augen zu lesen sein könnte.

Schließlich ging Aubrey mit schnellen Schritten ins Schlafzimmer.

Ihre Hände zitterten, und sie schnitt sich an einer der Klingen, die sie gerade geschärft hatte, in den Finger. *Ich bin eine Närrin,* dachte sie, als sie den verletzten Finger in den Mund steckte und daran saugte.

Nachdem sie ihre Arbeit beendet hatte, schob sie die Waffen in die Scheiden und hängte sie an ihren gewohnten Platz neben der Hüttentür. Irgendwie war der Tag verflogen, und es war an der Zeit, das Abendessen zu kochen. In die Kohlen des Feuers vom Mittagessen hatte sie Süßkartoffeln zum Garen gelegt, sodass sie jetzt nur noch die Steaks grillen und einen frischen Salat zubereiten musste.

Sie ging hinaus, um einen Armvoll Holz zu holen. Als sie zurückkam, erschien Aubrey im Zimmer. Er ging noch immer barfuß und hatte das Hemd aufgeknöpft, sodass es ihm offen über die Schultern hing. Die Wunden an seinem langen, schlanken Oberkörper verblassten bereits. Als er sich diesmal durch die offenen Haare fuhr, band er sie sich mit einem Lederband zurück, wobei er vor Schmerz zusammenzuckte. Unter der Bewegung spannten und bewegten sich die Brustmuskeln unter seiner Haut.

Sie blickte auf das Profil seiner flachen Bauchmuskeln, und der Atem stockte ihr. Mit Gewalt musste sie genügend Luft in ihre Lungen pressen, um hervorzubringen: »Wenn das Feuer brennt, dauert es nicht mehr lange bis zum Abendessen.«

Er trug eine angespannte, säuerliche Miene zur Schau. »Es gefällt mir nicht, wenn ich zusehen muss, wie du Essen machst und herumwirbelst.«

Den Blick fest auf das Holz gerichtet, das sie auf dem Arm trug, blinzelte sie. »Habe ich gewirbelt? Das tut mir leid. Aber essen müssen wir.«

Er machte eine ruckartige Bewegung. »Das habe ich nicht gemeint. Ich bin derjenige, dem es leidtut. Du hast nicht gewirbelt. Du hast nichts getan, außer mir Geduld und Freundlichkeit entgegenzubringen, obwohl ich taktlos war und es nicht verdient habe. Ich will nicht, dass du die ganze Arbeit machst. Es gefällt mir nicht, dir bei deinen Mühen zuzusehen, während ich selbst nichts tue.« Er stieß einen kräftigen Seufzer aus. »Ich bin es nicht gewohnt, nichts zu tun.«

Das konnte sie verstehen. Auch sie war es nicht gewohnt, nichts zu tun. Mit einem listigen Lächeln sah sie ihn von der Seite an. »Das klingt, als würden Sie sich besser fühlen.«

Er kicherte. »Sieht so aus, wenn ich so schlechte Laune habe. Wie kann ich dir helfen?«

Erschrocken riss sie die Augen auf. »Gar nicht!«

Mit einer entschlossenen Miene auf dem Gesicht kam er auf sie zu, und sie wich zurück, bis sie mit den Schultern gegen die Wand hinter sich stieß. »Diese Antwort akzeptiere ich nicht.«

»Sie sind schwer verletzt worden, und ich bin vollkommen gesund. Es ist meine Aufgabe, mich um Sie zu kümmern und die Arbeit zu erledigen.« Sie presste den Armvoll Holz an ihre Brust, als er versuchte, ihr die obersten Scheite abzunehmen. »Hören Sie auf damit. Ihre Wunden heilen noch, Sie könnten sie überlasten.«

»Ich bin mir sehr wohl darüber im Klaren, wozu mein Körper in der Lage ist und wozu nicht.« Er zog an den Holzscheiten, und sie hielt dagegen, bis er schließlich mit klagender Stimme erklärte: »Dieses Gezerre kann nicht gut für mich sein.«

Sie starrte ihn an, erstaunt und getroffen. Oh, das war wirklich unfair. Augenblicklich gab sie auf und lockerte den Griff. Als er die obersten Holzscheite aus ihren Armen nahm, funkelte sie ihn wütend an, den Mund vor Missbilligung fest zusammengepresst.

Er blieb stehen, und sein Mundwinkel hob sich, während er sie musterte. »Du solltest dich jetzt sehen«, sagte er.

»Ich habe keine Ahnung, wovon Sie reden«, murmelte sie,

während sie die restlichen Holzscheite in ihren Armen höher schob.

Er presste die Lippen aufeinander und funkelte sie finster an. Vollkommen aus dem Gleichgewicht gebracht, starrte sie zurück. Ihr Mund klappte auf. »So schlimm sehe ich nicht aus.«

»Nein«, stimmte er zu. Der Gesichtsausdruck schwand. »Du bist viel hübscher als ich.«

»Seien Sie nicht albern!« Sie schob sich seitwärts an ihm vorbei und eilte dann zum Kamin, um das Holz hineinzuwerfen. Späne wurden durch den Raum geschleudert; sie würde den Boden noch einmal fegen müssen, aber das war ihr egal. Dann purzelte ihr der nächste Gedanke einfach so über die Lippen. »Sie sind der attraktivste Mann, den ich kenne.«

Sobald die Worte ihren Mund verlassen hatten, hätte sie sie am liebsten wieder zurückgeholt. Ihr Gesicht brannte.

Er kam auf sie zu und ging in die Hocke, um die entwendeten Holzscheite zu den anderen in den Kamin zu legen.

Mit großen Augen und ohne zu blinzeln, beobachtete sie, wie er sich aufrichtete und sich zu ihr umdrehte.

Er findet mich hübsch?

Er lächelte. Es sah befriedigt und sehr männlich aus. »Du findest mich also attraktiv.«

Sie versuchte irgendwie zurückzurudern. Der Himmel wusste, wo ihr Stolz abgeblieben war. Vermutlich war er in der Nachmittagssonne geschmolzen. »Natürlich sehen Sie … vornehm aus«, warf sie ihm vor. »Und das wissen Sie selbst sehr genau.«

Etwas Lächerlicheres hätte sie wohl kaum sagen können. Sie brachte sich vom Regen in die Traufe. Sie machte auf dem Absatz kehrt, zog sich hinter den Tisch zurück, um Abstand zu gewinnen, und fing an, Lebensmittel aus den Regalen zu räumen, ohne richtig hinzusehen.

Gemächlich folgte er ihr durchs Zimmer, fast als würde er sich an sie heranpirschen.

Dann kam er um den Tisch herum.

Er … was hatte er vor?

»Vorhin hast du nicht vornehm gesagt«, hob er hervor. »Du sagtest attraktiv. Daran erinnere ich mich ziemlich gut.«

»Habichdas? Warmirgarnichtaufgefallen«, nuschelte sie hastig. Sie hatte vergessen, was sie gerade tun wollte. Wenn sie es überhaupt je gewusst hatte.

»Xanthe, bist du etwa schüchtern?«, fragte er halblaut. »Ich wusste nicht, dass Assassinen schüchtern sein können. Das ist eine bemerkenswerte Erkenntnis.«

»Seien Sie nicht albern. Ich bin nie schüchtern«, platzte sie heraus. Schon unzählige Male hatte sie sich vor Dutzenden von anderen Soldaten ausgezogen. Sie hatte Sex mit dem bisschen Privatsphäre gehabt, das eine einfache Decke bot, und wahrscheinlich schon jeden derben Witz und Schimpfnamen gehört, den die Armee zu bieten hatte. »Außerdem bin ich keine Assassine mehr, ich bin eine Wache.«

»Reine Semantik, meine Liebe.« Seine hageren, kantigen Züge hatten sich vor Freude aufgehellt. Alle Schatten und Spuren der Schmerzen waren verschwunden. Er sah vollkommen anders aus als der kranke, bewusstlose Mann, den Tiago in ihre Hütte gebracht hatte. Nach einem Blick auf die Lebensmittel, die sie willkürlich auf den Tisch gestellt hatte, hob er die Brauen. »Es gibt also Honig, Käse, Zwiebeln und Tee zum Abendessen?«

»Natürlich nicht!« Ihre Wangen wurden heiß. Fieberhaft suchte sie nach einer Ausrede für ihr fahriges Verhalten. »Ich wollte nur die Regale abstauben.«

Er hob das Honigglas auf. »Wolltest du das vor oder nach dem Kochen tun?«

Sie hob die Hände. »Sie lenken mich von meinen Aufgaben ab.«

Dann lachte er, unverhohlene Freude zeigte sich auf seinem Gesicht. »Das tue ich also? Dich ablenken? Ich dachte, ich necke dich.«

Ihn in dieser unberechenbaren, verspielten Laune zu erleben, setzte ihrer Fassung noch mehr zu als das Zwinkern von vorhin. Sie rauschte auf ihn zu und riss ihm das Glas aus den Händen. »Gehen Sie aus meiner Küche, damit ich die Chance habe, etwas Essbares zu kochen.«

»Deine Küche nimmt das halbe Haus ein.«

Sie zog den Kopf ein. »Sie könnten nach draußen gehen.«

»Draußen habe ich schon einen großen Teil des Tages verbracht.«

»Dann gehen Sie ins Bett.«

»Da habe ich einen weiteren großen Teil des Tages verbracht«, sagte er milde. »Außerdem habe ich jedes Mal enorme Schuldgefühle, wenn ich in diesem weichen Bett liege. Dann muss ich unausweichlich an dich und diese harte Pritsche auf dem Boden denken, die sehr unbequem sein muss.«

Wieder stockte ihr der Atem. Sie nahm den Käse vom Tisch und wandte sich ab, um die Lebensmittel wieder ins Regal zu räumen. »Wie ich schon sagte, macht mir das nicht das Geringste aus. Glauben Sie mir, ich habe schon oft genug unter viel schlimmeren Bedingungen kampiert.«

»Das macht es für mich nicht besser.« Er reichte ihr die Zwiebeln, damit sie sie an ihren Platz legen konnte, und als sie sich wieder umdrehte, reichte er ihr die Teedose. »Ich schlage vor, dass ich anfange, dir bei der Hausarbeit zu helfen.« Als sie den Mund öffnete, um zu widersprechen, kam er ihr zuvor. »Ich werde nur das tun, wozu ich mich in der Lage fühle, und werde meine Aktivität Tag für Tag steigern. Dadurch werde ich viel schneller wieder zu Kräften kommen. Ich kann einfach nicht den ganzen Tag lang faulenzen und dir dabei zusehen, wie du die ganze Last trägst und alles allein machst. Das bringe ich nicht fertig.«

Sie seufzte. Seine Aktivitäten Tag für Tag zu steigern würde die Heilung unterstützen. Außerdem kannte sie ein paar Dehnübungen, die helfen würden, seinen Körper geschmeidig zu halten. Er würde Narben davontragen, und die konnten steif werden, wenn er nicht aufpasste. »Das klingt vernünftig.«

»Und sobald meine Rückenmuskeln ausreichend verheilt sind, werden wir abwechselnd auf der Pritsche schlafen.«

»Nein, das werden wir nicht.«

»Doch«, sagte er unerbittlich. »Das werden wir.«

»In diesem Punkt werde ich nicht nachgeben«, warnte sie ihn.

Seine Lippen zuckten. »So ein Zufall. Ich auch nicht.«

Wenn sie in dieser Sache stur blieben, würden sie am Ende noch beide auf dem Boden schlafen. Sie schlug sich eine Hand vor Mund und Nase, weil ihr ein schnaubendes Lachen herausgerutscht war.

Wenn ihr vor sieben Tagen jemand erzählt hätte, dass sie mit dem barfüßigen Kanzler der Dunklen Fae streiten würde, hätte sie denjenigen für geistesgestört erklärt. Kopfschüttelnd wandte sie sich wieder von ihm ab, um den Tee ins Regal zu stellen.

Dann, sie spürte es mehr, als sie es hörte, trat er ganz dicht an sie heran. Wie erstarrt blieb sie stehen, und die Haut in ihrem Nacken kribbelte, als sie seine Körperwärme auf ihrem Rücken und den Schenkeln spürte. Er war ihr ganz nah, vielleicht einen knappen Fingerbreit entfernt. Sie drehte den Kopf ein kleines Stück zur Seite, ihre Aufmerksamkeit ganz von seiner Nähe eingenommen.

Aus den Augenwinkeln konnte sie ihn gerade noch sehen. Er

stand da wie der Schatten ihrer geheimsten Träume. Er neigte den Kopf zur Seite und brachte seine Lippen ganz dicht an ihr Ohr, berührte sie jedoch noch immer an keiner Stelle.

Er flüsterte: »Bin ich wirklich der attraktivste Mann, den du kennst?«

Sein warmer Atem strich über die empfindliche Stelle direkt hinter ihrem Kiefer. Zitternd schlang sie die Arme um ihre Taille. Eine tollkühne Fremde ergriff Besitz von ihrer Stimme. Sie schloss die Augen und hörte sich flüstern: »Finden Sie mich wirklich hübsch?«

Hübsch. Das Wort passte zu Dunkle-Fae-Damen mit ihren eleganten Kleidern, langgliedrigen, blassen, weichen Händen und großen, glänzenden Augen. Zu ihr passte es nicht. Ihre Hände waren schwielig, ihre Haut leicht sommersprossig. Auch ihre Füße waren schwielig. Sie konnte einen Mann mit einem einzigen wohlplatzierten Tritt mit dem bloßen Fuß töten.

Der zarteste Hauch einer Berührung glitt über ihre Haare, zeichnete die Linie von ihrer Schläfe bis zum Ansatz ihres Zopfes nach. War das sein Finger? Seine Nasenspitze? Es war so zart, dass sie fast glauben konnte, sie hätte es sich eingebildet, und doch jagte es ihr einen heftigen Schauer über die Haut. Es war … fast so, als hätte er ihren Duft in sich aufgesogen. Der Gedanke ließ alle Kraft aus ihren Knien weichen.

Er hauchte in ihren Nacken: »Ich finde, du wirst jedes Mal schöner, wenn ich dich ansehe. Es ist jedes Mal passiert, wenn ich aufgewacht bin und sah, dass du da warst und mir irgendwie geholfen hast. Am liebsten würde ich dich nur noch ansehen, um es noch einmal zu erleben.«

Sie spürte die feuchte Hitze seiner Worte wie ein Brandmal auf ihrer Haut. Tief in ihrem Bauch nistete sich ein Zittern ein, und flüssige Hitze breitete sich zwischen ihren Schenkeln aus. Sicher würde er es nicht bemerken, wenn sie die Hand heimlich an ihrem Körper hinunterwandern ließe, um sie auf diesen scharfen, leeren Schmerz zu pressen.

»Spielen Sie nicht mit mir, nur weil Ihnen langweilig ist.« Die Worte sollten Abstand zwischen ihnen schaffen und Raum für ein wenig Vernunft, sie sollten die irrationale Hitze abkühlen, die sich immer weiter steigerte und dafür sorgte, dass sich Xanthe alle Kleider vom Leib reißen wollte. Stattdessen klang es wie ein Flehen.

»Nicht einmal im Traum würde ich dich so selbstsüchtig und hochmütig behandeln.« Er strich ihr über den Rücken, wieder eine federleichte Berührung, mit der er die Kontur ihres Schulterblatts und die Mulde direkt darunter erkundete, wo die Wölbung ihrer Rippen auf das Rückgrat traf. »Xanthe, ich habe dich noch nicht ein einziges Mal meinen Namen sagen hören.«

Das gleiche Flehen, das sie in ihrer Stimme gehört hatte, lag nun auch in seiner.

Es war ihm wichtig, wie sie ihn sah.

Ihre Knie wurden noch weicher, und ihre Lippen zitterten.

»Aubrey«, flüsterte sie.

Er schwieg. Sie konnte seinen Atem hören. Dann spürte sie wieder den Hauch einer Berührung an ihrem Hals. Seine Lippen. Er hatte sie geküsst.

»Danke, meine Liebe«, erwiderte er flüsternd und zog sich zurück.

6

Opfer

Aubreys Empfindungen zeigten sich widerspenstiger als je zuvor, während er sich von Xanthe entfernte. Mächtiger noch als die restlichen Schmerzen strömte Erregung durch seinen Körper. Er war hart geworden, und sein geschwollenes Glied, das nach einem Jahr voller Unlust und Desinteresse so überraschend zum Leben erwacht war, verlangte nach sofortiger Aufmerksamkeit.

Noch immer konnte er ihre warme, weiche Haut auf seinen Lippen spüren. Er leckte sich die Lippen.

Er wollte sie überall lecken.

Rastlosigkeit, Gereiztheit und der Umstand, dass er sie immer mehr als attraktive Frau wahrnahm – das alles hatte sich zu einem allzu gefährlichen Cocktail vermischt. Sie zu necken war ein Impuls gewesen, ihr nachzustellen, als sie sich zurückzog, Instinkt. Nichts davon hatte er sich vorher zurechtgelegt; es war einfach passiert, und das war untypisch für ihn, da er normalerweise in jeder Hinsicht überlegt und absichtsvoll handelte.

Sein Verstand rang mit seinen Instinkten, die sich widerspenstig aufbäumten. Es war ein harter Kampf, aber schließlich gewann – um Haaresbreite – der Verstand.

Er wandte sich ab und murmelte heiser: »Dann fange ich mal an, dir zu helfen, und mache Feuer.«

»Das wäre nett.«

Ihre Stimme zitterte. Ein verräterisches, verletzliches Geräusch von einer so starken, klugen Frau. Heiß und beharrlich loderte in ihm der Drang auf, zum Angriff überzugehen. Seine Instinkte würden sich nicht kampflos ergeben.

Vor der Feuerstelle zwang er sich, in die Knie zu gehen, und stocherte in der Asche des letzten Feuers herum, um zu sehen, ob er noch glühende Kohlen fand. Er brachte einige verkohlte Süßkartoffeln zum Vorschein, die er zur Seite rollte, ehe er zügig das Holz aufschichtete. Ein paar Kohlen glühten noch, und bald darauf brannte das Feuer.

Anschließend richtete er sich aus der Hocke auf und setzte sich in einen Lehnstuhl nahe der Feuerstelle, um das Feuer unnötigerweise zu bewachen. Die leisen Bewegungsgeräusche hinter ihm kamen ihm ungemein laut vor, sprachen sie doch von Xanthes naher und lebendiger Gegenwart.

Fast hätte er gelacht, als er einen Blick über die Schulter warf. Diese verrückte Frau hatte schon wieder Lebensmittel auf den Tisch gestellt. Aber diesmal sah er, dass alles irgendwie zusammenpasste: Obst und Gemüse. Also war es sicher Absicht. Sie schnitt Salat.

Ihre Miene war ruhig, unbewegt und vollkommen ausdruckslos.

Eine heftige Reaktion brandete in ihm auf. Er bebte unter dem Drang, sich an sie heranzuschleichen, ihr das Messer aus der Hand zu nehmen und sie an die Wand zu drücken. Ihre Lippen mit seinen zu bedecken. Seine Zunge in ihren Mund zu stoßen. Alles zu tun, um diese Fassade aufzubrechen und zu erkunden, was sich dahinter verbarg.

Ihr Atem war unregelmäßig gewesen. Sie hatte ihn gebeten, nicht mit ihr zu spielen. Ihre Stimme hatte gezittert, als sie seinen Namen flüsterte.

Es war ihr nicht egal gewesen, gottverdammt.

Er rieb sich das Gesicht. Vielleicht war er bei dem Angriff wirklich gestorben und ein geisteskranker Dämon hatte von seinem Körper Besitz ergriffen. Eine solche Impulsivität passte absolut nicht zu seinem normalen Verhalten und war zutiefst beunruhigend.

Auch sein vermaledeiter Schwanz wollte ihm noch immer nicht gehorchen. Die Luft in der Hütte war dick und erstickend geworden, daher stand er auf und ging hinaus.

Draußen war die Luft des frühen Abends deutlich kühler. Nach kurzer Suche fand er den abgedeckten Brunnen und zog einen Eimer eiskaltes Wasser herauf.

Zuerst trank er gierig. Dann kippte er sich den Rest über den Kopf und rang zitternd nach Luft, als es über seinen Körper strömte. *Heilige Scheiße.* Die Kälte war scharf wie ein Messer und ebenso schmerzhaft und genau richtig, um ihn zu zwingen, über das Ausmaß seiner eigenen Torheit nachzudenken.

Mit beiden Händen stützte er sich auf dem Brunnenrand ab, während das Wasser von ihm herabtroff.

Die Sache war, dass er sich nicht erinnern konnte, sich je so sehr zu einer Frau hingezogen gefühlt zu haben. Geschehen war es ganz sicher schon, schließlich lebte er seit sehr langer Zeit.

Aber das musste ein jüngeres Ich in einer anderen Zeit gewesen sein. Ein unreiferes, weniger müdes Ich.

Nicht hier und jetzt, da er die Gesamtheit all seiner Erfahrungen verkörperte.

Da ihm die Schönheit des Geists so viel mehr bedeutete als die Schönheit des Körpers.

Da er so zahlreiche Sorgen hatte und so viel Gründe, misstrauisch zu sein. Und dennoch spürte er, wie sich der Schwelbrand des Verlangens in ihm ausbreitete.

Naida hatte ihn nur deshalb so grausam verletzen können,

weil er sie geliebt hatte, aber was er für sie empfunden hatte, reichte nicht einmal annähernd an das heran, was Xanthe gerade in ihm entfachte. Naida und er hatten eine wohldurchdachte Werbungsphase durchlaufen, hatten gemeinsam die Vorteile einer Partnerschaft besprochen und waren zu einem beiderseitigen Einverständnis gekommen. Alles hatte sehr gut zusammengepasst, war geplant und vorhersehbar gewesen.

Damals hatte er das für äußerst kultiviert gehalten; eine Beziehung auf der soliden Basis einer Freundschaft. Nichts, absolut gar nichts ist vergleichbar mit dem Schock, den ein kultivierter Mann erlebt, wenn er auf einmal dem Barbaren in sich gegenübersteht.

Als der Duft des garenden Steaks aus der Hütte zog, begann sein Magen zu knurren. Überraschend heftig war seine Lust aufs Essen zurückgekehrt, und auch die Lust auf andere Dinge kam jetzt wieder zum Vorschein. Er hatte zwei schwere Verletzungen erlitten, eine seelische und eine körperliche, und jetzt sah es so aus, als würde er sie letztendlich beide überleben.

Was die ruhige, zurückhaltende Xanthe anging, wusste er jetzt, was er wollte. Und nichts konnte ihn daran hindern, es sich zu holen. Er war an keine älteren Verpflichtungen mehr gebunden, er konnte tun und lassen, was immer er wünschte.

Jetzt war seine eigene Jagdzeit gekommen.

Als sie ihn mit dem Wassereimer in die Hütte kommen sah, eilte sie ihm schimpfend entgegen. »Sie sollen noch nicht so schwer tragen!«

Lächelnd neigte er den Eimer, um ihr den Inhalt zu zeigen. »Du bist so eine Glucke. Er ist doch nur halb voll. Ich habe gesagt, ich würde dir helfen, und das war mein Ernst. Ich werde das Wasser für den abendlichen Abwasch holen. Dafür werde ich zwar doppelt so lange brauchen, aber das ist in Ordnung, schließlich haben wir heute Abend keine dringenden Termine.«

Nach einem Blick in den Eimer sah sie recht betreten zu ihm auf. »Ich wollte nur nicht, dass Sie sich wehtun.«

»Das weiß ich zu schätzen«, sagte er. Dass sie sich so offen um ihn sorgte, wärmte ihm das Herz. Mit voller Absicht beugte er sich vor und drückte seine Lippen auf ihre, ein richtiger, fester, wenn auch kurzer Kuss. Viel zu schnell zog er sich wieder zurück. Die Berührung ihrer vor Überraschung ganz weichen Lippen hatte sich auf seinen eingebrannt.

Vollkommen reglos stand sie da, ihre herrlichen dunklen Augen waren geweitet.

Er lächelte nicht. Das hätte zu viel Triumph offenbart. Er schritt knapp an ihr vorbei und goss das Wasser in die Waschschüssel. Dann ging er wieder nach draußen. Als er zurückkam, stand sie über die bratenden Steaks gebeugt und sah nicht auf.

Noch dreimal ging er zum Brunnen, bevor sie die dampfenden Steaks auf den Tisch gestellt hatte, und betrachtete anschließend zufrieden das Ergebnis seiner Mühen. Er hatte reichlich Wasser für den Abwasch geholt. Dann wandte er sich zum Tisch. Zu den dampfenden Süßkartoffeln und Steaks hatte sie einen gemischten Salat mit frischem Gemüse, Äpfeln und Beeren hergerichtet, leicht angemacht mit Öl und Kräutern.

Außerdem sah sie zutiefst erschrocken aus.

Bei dieser Jagd würde er behutsam zu Werke gehen müssen, sonst würde seine Beute noch Reißaus nehmen.

Als er sich an den Tisch setzte, sagte er ernst: »Danke für eine weitere wunderbare Mahlzeit.«

Unerklärlicherweise errötete sie, als sie ebenfalls Platz nahm. »Ich weiß nicht, wie man die aufwendigen Delikatessen zubereitet, die Sie sicher normalerweise essen.«

Sein Blick ruhte auf seinem Teller. »Du darfst dir meinen persönlichen Lebensstil nicht so vorstellen, wie du es im Palast erlebst. Für jeden Tag sind mir Gerichte wie dieses sehr viel lieber.« Er konnte spüren, dass ihre Anspannung ein wenig nachließ. Sie aßen schweigend. Jetzt, da er über den Berg war, konnte er beinahe spüren, wie jeder Bissen dieser gesunden Kost seine Kraft und Energie zurückbrachte. Als er fertig war, sagte er: »Heute Abend würde ich gern die Badenische benutzen, wenn ich darf.«

Eilig erwiderte sie: »Natürlich. Ich werde Wasser holen und es aufs Feuer stellen, während ich den Abwasch mache.« Sie sah ihn an und dann eilig wieder weg, ihr Blick huschte davon wie eine verängstigte Maus. »Von Ihren Wunden werden Narben zurückbleiben. Es würde Ihnen guttun, Ihre Haut in der heißen Wanne mit etwas Öl einzuweichen.«

Er nickte. Wenn er gekonnt hätte, hätte er sich sein Badewasser selbst geholt, aber er war bereits bis an seine Grenzen gegangen. »Wenn du so freundlich wärst, das Wasser zu holen, werde ich den Abwasch machen – nein, ich will es nicht hören, Xanthe.« Das Letzte fügte er mit strenger, nüchterner Stimme hinzu, als sie etwas einwenden wollte. »Wir waren uns darüber einig.«

Ihre Zähne klickten hörbar aufeinander, als sie den Mund schloss. Nach einem Augenblick murmelte sie: »Sich in der Theorie einig zu sein und es in der Praxis mit anzusehen, sind zwei Paar Schuhe.«

Mit sehr sanfter Stimme sagte er: »Aber du würdest mir nichts verwehren, das mir guttäte, oder?«

»Natürlich nicht«, gab sie zurück. Ein ersticktes Flüstern, während sie ihn gereizt ansah. Er verbiss sich ein Lächeln.

Nachdem er das Geschirr abgewaschen und eingeräumt hatte, war sein Badewasser auf eine angenehme Temperatur erhitzt, und er lag im seidigen, leicht öligen Bad, bis das Wasser abkühlte. Dann wusch er sich und genoss das luxuriöse Gefühl von Sauberkeit.

In dem Stapel Kleidung, den Niniane und Tiago ihm gebracht hatten, befand sich ein langes, warmes Gewand, das er anschließend überzog. Mit fortschreitender Heilung ließen seine Schmerzen zum Glück nach, doch nach dem Abendessen und der leichten körperlichen Anstrengung hatte ihn das Bad völlig erledigt.

Als er den Vorhang zur Seite schob, sah er, dass Xanthe sich an der Waschschüssel ebenfalls gewaschen haben musste, denn die Haare klebten ihr nass am Kopf, und sie hatte ein weiches, dunkelviolettes Hemd und eine passende Hose angezogen. Der Abend war hereingebrochen, und die Wärme des Feuers vermischte sich angenehm mit der kühlen Luft, die durch die immer noch offen stehende Tür hereinwehte.

Sie saß in einem der Lehnstühle und blickte nachdenklich ins Feuer, das sein goldenes Licht auf ihr Profil warf. Tief in ihm glühte das Verlangen, eingesperrt in seinem eigenen Kamin, und wartete nur auf den richtigen Zeitpunkt, um ein gewaltiges Flammenmeer zu entfachen.

Schon seit einer Weile hatte er ein leichtes Kribbeln in seinen Sinnen bemerkt, aber erst jetzt schenkte er ihm richtige Beachtung. Er runzelte die Stirn. »In diesem Raum befindet sich ein magischer Gegenstand.«

»Ja«, sagte sie. Ihr Blick ging zum Kamin. »Wenn Sie möchten, zeige ich es Ihnen.«

Sah sie schuldbewusst aus? Er fragte sich nach dem Grund.

Er ging zum Kamin und betrachtete neugierig die Gegenstände auf dem Sims. Eine Pfeife auf einem Keramikteller, ein hübsches Stück Kristall, eine kleine, polierte Kupferschale und ein Holzkästchen.

»Rauchst du?«, fragte er überrascht. Er hatte noch nie Tabak an ihr gerochen.

»Nein. Die Pfeife gehörte meinem Vater.«

Das Holzkästchen strahlte magische Energie ab. Er sah kurz zu Xanthe, die dicht an ihn herangetreten war und ihn genau beobachtete. »Darf ich?«

Die Finger ineinander verschränkt holte sie tief Luft, dann nickte sie.

Vorsichtig hob er das Kästchen auf und betrachtete es von allen Seiten, ehe er es öffnete und sich das Kartenspiel darin ansah. »Das hat eine Geschichte zu erzählen.«

»Ich habe es von Duncan und Seremela bekommen«, berichtete sie. »Seremelas Nichte hat es gestohlen, und sie wollten die Verantwortung dafür nicht tragen. Da habe ich gesagt … ich habe gesagt, ich würde mich darum kümmern.«

»Tatsächlich?« Er drehte die erste exquisit gearbeitete Karte um und blickte in das kämpferische goldene Gesicht der Liebe. Dann drehte er die zweite Karte um, und blickte in das spitze, unbarmherzige Gesicht des Gesetzes. »Diese Karten sind wirklich außergewöhnlich. Und du hast keinen Anhaltspunkt über ihre Herkunft?«

Sie schüttelte den Kopf. »Ich schätze … ich schätze, am besten wäre es wohl, sie zu einem der Götterschreine zu bringen«, sagte sie leise.

Er hob die Brauen. Etwas Vielschichtiges lag in ihrer Stimme, aber er konnte nicht entschlüsseln, was es war. Vorsichtig legte er die Karten wieder in das Kästchen, schloss den Deckel und stellte es respektvoll auf den Kaminsims zurück.

»Ich bin kein Fachmann für magische Objekte, aber wenn du dir bei diesen Karten unsicher bist, wäre es angebracht, sie als Opfergabe in den Schrein eines Gottes zu legen.« Er drehte sich um und legte eine Hand auf ihre Schulter, umfasste die elegante Rundung mit den Fingern und streichelte sie sanft durch den weichen Stoff ihrer Tunika. Er gab der Versuchung nach und sagte leise: »Ich habe den sehr egoistischen Wunsch, beim Klang deiner Stimme einzuschlafen. Kann ich dich dazu überreden, mir ein wenig vorzulesen?«

Sie schluckte, ehe sie mit rauer Stimme sagte: »Es wäre mir eine Freude.«

Murrend regte sich sein Gewissen. Sie hatte schon so viel für ihn getan. Doch er kämpfte es nieder und entschied sich für die selbstsüchtige Tat, entschied sich dafür, so viel wie irgend möglich mit ihr zu erleben. Er wollte ihre Stimme hören, und sie hatte eingewilligt. Seine Erfahrung sagte ihm, dass sie definitiv in der Lage war, Nein zu sagen. Er konnte nicht Jagd auf sie machen und sie gleichzeitig vor ihm beschützen.

Er ging ins Schlafzimmer, zog sein Gewand aus und legte es ans Fußende des Bettes, ehe er nackt zwischen die Laken schlüpfte. Als das kühle Leinen über seine Haut glitt, sah er plötzlich Xanthe vor sich, wie sie unter ihm lag, das Gesicht in lustvoller Qual zu ihm emporgewandt, und obwohl er so müde war, wurde sein Glied wieder steif und pochte vor drängendem Verlangen.

Er ignorierte es. Jetzt war nicht der richtige Zeitpunkt zum Handeln. So betroffen, wie sich Xanthe über die wachsende Anziehungskraft zwischen ihnen gezeigt hatte, nahm er an, dass es noch zu früh für sie war. Er wollte nichts überstürzen, denn sie hatten beide etwas Besseres verdient.

Ein Stuhl schabte über den Boden. Er rief: »Lass ihn doch stehen. Auf dem Bett ist reichlich Platz zum Sitzen.«

Eine Pause. Dann sagte sie: »Also gut.«

Er entzündete die Laterne auf dem Nachttisch, während sie die Tür zur Hütte schloss und verriegelte. Als sie ins Schlafzimmer kam, lag er in den Kissen und hatte sich die Decke bis zur Brust hochgezogen. Unter halb geschlossenen Lidern beobachtete er, wie sie auf den Bücherstapel zuging. Ihr langgliedriger Körper bewegte sich mit einer Anmut, bei deren Anblick sich ihm die Kehle zuschnürte. Er sehnte sich danach, sie voller Ehrfurcht zu berühren und ihr zu sagen, wie viel er für sie empfand.

»Aus welchem Buch soll ich Ihnen vorlesen?«, fragte sie.

»Das ist mir egal«, sagte er. »Such doch eines aus, das dich interessiert.«

»Gut.« Nach kurzem Zögern wählte sie eine Dunkle-Fae-Geschichte aus und setzte sich auf eine Ecke des Bettes. Sie hatte sich mit dem Rücken an die Kopfstütze gelehnt und ein Bein unter sich gezogen.

Als sie zu lesen begann, schloss er die Augen. Die fließenden Klänge ihrer Stimme erfüllten den Raum, formten Worte, aus denen eine Geschichte wuchs, doch das interessierte ihn nicht. Er hörte nur auf den Klang ihrer Stimme, auf die Betonung, den Tonfall und die Melodie, die sie jedem Satz verlieh, so, als würde er einem Solisten lauschen. Es war unglaublich beruhigend.

Sie stockte und verfiel in Schweigen, als er sich auf die Seite drehte, sein Gesicht an ihren Schenkel schmiegte und eine Hand locker auf ihr Knie legte. Er zog sich nicht wieder zurück und bereute die Bewegung nicht, und nach einer kurzen Pause las sie mit viel weicherer Stimme weiter.

Einige Augenblicke später spürte er ein leichtes, zartes Gewicht auf seinem Hinterkopf. Sie hatte beim Lesen die Hand auf sein Haar gelegt.

So zärtlich war Naida nie gewesen. Sie hatten getrennte Schlafzimmer gehabt, waren zwar zum Sex zusammengekommen, hatten aber nie im selben Bett geschlafen. Er hatte das bei ihr akzeptiert. Manche waren einfach nicht so.

Er selbst war zärtlich.

Lächelnd döste er ein.

Einige Zeit später wachte er auf, als sich die Matratze bewegte und sich Xanthe langsam entfernte. Ohne richtig darüber nachzudenken, hielt er ihr Knie fest und murmelte: »Bleib.«

Sie holte kurz Luft, der leiseste Hauch eines Geräuschs, der in der Stille des Schlafzimmers trotzdem laut klang. Sanft sagte sie: »Ich dachte, du wärst eingeschlafen.«

»Das war ich auch. Du hast dich bewegt.« Seine Stimme war heiser.

»Tut mir leid, dass ich dich geweckt habe.«

Gähnend rollte er sich auf den Rücken, dann öffnete er die Augen und sah sie an. In ihrem Gesicht lag ein unsicherer, verwundbarer Ausdruck, bei dem sich seine Brust zusammenzog. Sie würde sich nie auf eine der zynischen Tändeleien einlassen, mit denen sich der Adel vergnügte. Er streckte die Hand nach ihr aus, und Xanthe ergriff und drückte sie.

Leise sagte er: »Das Bett ist groß und bietet mehr als genug Platz für zwei. Wir können zum Schlafen die Decken zwischen uns legen, wenn du möchtest. Ganz egal, was du von früher gewohnt bist, es wäre mir angenehmer, dich nicht auf dem kalten, harten Boden zu wissen. Aber es liegt ganz bei dir. Ich möchte nicht, dass du dich irgendwie unwohl fühlst.«

Sie schwieg so lange. Während er wartete, drängte er sie in Gedanken: *Tu es. Entscheide dich für das, was du wirklich willst.*

Endlich flüsterte sie: »Ich bleibe.«

Die Spannung, die sich während des Wartens auf ihre Entscheidung in seinen Gliedern aufgebaut hatte, schwand und hinterließ Leichtigkeit und Freude. Er rutschte zur Seite, während sie ihre Hose abstreifte und die langen, herrlich hellen Beine enthüllte. Ohne ihn anzusehen, hob sie die oberste Decke an und schlüpfte ins Bett. Das Laken und eine Baumwoll-decke trennten sie und schufen ein wenig Privatsphäre. Zu-letzt blies Xanthe das Licht aus, ehe sie sich mit einem Seufzen hinlegte.

Er hielt seine Atmung sanft und gleichmäßig, obwohl sein Körper von Verlangen überflutet wurde.

Dann sagte sie vollkommen nüchtern und verärgert: »Mist. Wir hätten zum Abendessen die restliche Sahne essen sollen, das habe ich völlig vergessen.«

Einen Augenblick lag er wie erstarrt da und konnte keinen klaren Gedanken fassen. Dann musste er lachen, und auch sie kicherte.

Er drehte sich auf die Seite und zog sie trotz der Barriere zwischen ihnen fest in seine Arme. Sie ließ es bereitwillig ge-schehen, schmiegte sich an ihn und schob einen Arm unter sei-nen Körper, als er ihren Kopf an seine Schulter zog. Er drückte die Lippen auf ihre Stirn und ließ sie dort, während er ihr über das noch feuchte Haar strich. Sie legte das Gesicht an seine nackte Schulter, und ihr Atem ging tief und gleichmäßig, wäh-rend sie sich Muskel für Muskel entspannte.

Sie im Arm zu halten gab ihm ein unglaubliches Gefühl von Richtigkeit, Trost und Erleichterung. Beim Einschlafen hatte er zum ersten Mal seit langer Zeit keine Schmerzen.

Als er die Augen wieder aufschlug, war es mitten am Vormit-tag, und er war allein. Enttäuscht tastete er nach dem Kissen, auf dem sie gelegen hatte. Es war noch warm. Sie war gerade erst aufgestanden.

Sein Körper erinnerte sich daran, Xanthe die ganze Nacht im Arm gehalten zu haben. Irgendwann hatte sie sich auf der Seite zusammengerollt, und er hatte sich von hinten an sie ge-schmiegt, die Nase in ihr seidig weiches Haar gesteckt und einen Arm um ihre Taille gelegt. Sie hatte ihre Finger mit seinen verschränkt.

Jetzt konnte er sie im Nebenraum hören. Die leisen Geräusche waren ihm inzwischen schon angenehm vertraut. Vorsichtig versuchte er sich zu strecken. Seine Rückenmuskeln zwickten noch, aber diese Warnung schien keine ernsten Folgen mehr anzukündigen. Heute sollte er mit den ersten Übungen beginnen.

Er stand auf, genoss das Gefühl, wie seine Kräfte zurückkehrten, und zog eine frische Hose an. Dann verließ er das Schlafzimmer, um der Frau nachzustellen, die er zu seiner Geliebten machen wollte.

Sie kniete vor der Feuerstelle und schichtete Holz für das morgendliche Feuer auf. Ihr Haar war offen und zerzaust, und auf ihrer Wange zeichneten sich Linien vom Kopfkissen ab – und da geschah es schon wieder: Sie war in seinen Augen noch schöner geworden.

Ich verliebe mich in dich, dachte er. *Wie ich mich noch nie verliebt habe.*

Sich in sie zu verlieben war keine aktive Entscheidung, sondern ein Erlebnis, dass ihn an Leib und Seele veränderte. Sich zurückzuziehen und die Wahl zu treffen, diese Gelegenheit nicht zu ergreifen – das wäre eine Entscheidung gewesen. Aber er hatte nicht vor, sich irgendetwas davon entgehen zu lassen. Dafür war es zu außergewöhnlich, zu bereichernd. Dieser Schatz war zu kostbar, um ihn zu verschmähen.

Außerdem verzehrte er sich nach ihr, nach allem, was sie war. Nach ihrer Hingabe, ihrer Loyalität, der Sinnlichkeit ihres langen, geschmeidigen Körpers, nach der Fülle von Emotionen, die in ihren Augen schimmerte, wenn sie ihn ansah.

Als er auf sie zukam, richtete sie sich auf und strich sich mit einer verunsicherten Bewegung die Haare aus dem Gesicht. Er zog sie in die Arme, hob ihr Gesicht an und küsste sie. Diesmal war es kein kurzer Kuss, sondern eine langsam tastende, erkundende Zärtlichkeit.

Sein Mund hatte sich die Form ihrer Lippen eingeprägt und war begierig, sich wieder an sie zu schmiegen, während sein Herz hämmerte und er am ganzen Körper hart und fest wurde. Es war, als würde er in ihr versinken wie in einem reißenden Fluss der Gefühle. Schwer atmend vergrub er die Hand in ihren Haaren, er wollte den Kuss vertiefen, wartete aber noch auf ein Zeichen von ihr, irgendein Zeichen.

Küss mich. Küss mich zurück.

Sie legte die Arme um ihn, presste die flachen Hände fest auf seinen Rücken, zog aber zugleich den Kopf weg. »Wir dürfen das nicht«, flüsterte sie.

Grimmig funkelte er sie an. »Scheiß drauf!«

Er fluchte nie. Der Schreck darüber zuckte wie ein Blitz über ihr Gesicht. Dann bemerkte er, wie fest er ihre Hare gepackt hatte, und zwang sich gewaltsam, die Finger zu lösen und ihr sacht übers Haar zu streicheln. Seine Hand zitterte leicht.

Sie starrte ihn an, und ihre Augen ließen ihn bis auf den Grund ihrer Seele blicken.

»Xanthe«, brachte er zwischen den Zähnen hervor, als ihm ein schrecklicher Gedanke kam. »Bist du einem anderen versprochen?«

Ihre Miene wurde noch erschrockener. »Nein!«

»Wenn du dann noch ein Wort darüber verlierst, dass ich der Kanzler bin und du eine Wache, werde ich dich womöglich einfach erwürgen. Dafür ist hier, zwischen uns, kein Platz. Ich bin nur ein Mann, der dich küssen will. Willst du mich auch küssen? Das ist die einzige Frage, die im Moment irgendeine Bedeutung hat. Wenn du es nicht willst, sag es einfach, dann tut es mir leid, dass ich die Situation falsch eingeschätzt …«

Sie reckte sich auf die Zehenspitzen, schlang die Arme um seinen Hals und küsste ihn fest.

Das war es, worauf er gewartet hatte – dass sie mit vollem Körpereinsatz und von ganzem Herzen dabei war. Er schloss die Augen und versank in ihrem Mund, drang so tief er konnte in sie vor.

Zwischen ihnen brauste ein wilder Sturm der Gefühle. Als sich Xanthe von ihm löste, zitterte sie am ganzen Leib.

Das gefiel ihm sehr.

»Okay«, flüsterte sie. »Okay.«

Weil er noch nicht dazu bereit war, sie vom Haken zu lassen, legte er eine Hand in ihren Nacken und hielt sie fest, lehnte seine Stirn an ihre. Mit leiser, tiefer Stimme sagte er: »Heute Nacht wirst du wieder bei mir im Bett schlafen.«

Sie fuhr sich mit der Zunge über die Lippen. »Ja.«

Er zog sie fester an sich und packte mit einer Hand ihre Hüfte. »Und es wird keine Decke und kein Laken zwischen uns sein.«

Sie suchte seinen Blick. Ihre Augen hatten eine so wundervolle, satte Farbe, voller Klarheit, Intelligenz und Tiefe. »Keine Decke, Aubrey.« Mit den Fingerspitzen strich sie über seine Lippen. »Bis auf die, die wir über uns beide ziehen.«

Er ließ einen lange angehaltenen Atemzug entweichen und küsste ihre Fingerspitzen.

»Und schon wieder kann ich deinetwegen keinen klaren Gedanken fassen«, sagte sie kopfschüttelnd. »Ich glaube, ich wollte gerade Frühstück machen.«

Er schnurrte: »Wir können auch direkt wieder ins Bett gehen.«

Fast hätte sie wieder die Fassung verloren. »Ich … du … ist das dein Ernst?«

Er lachte; ein kehliges, fröhliches Lachen. Der Gedanke

schien sie fast in Panik zu versetzen. »Vergessen wir für den Moment das Frühstück und auch das Bett. Warum gehen wir nicht nach draußen und schnappen etwas frische Luft? Wir könnten spazieren gehen. Der Fluss ist ganz in der Nähe, oder?«

Sie trat einen Schritt zurück, um ihn skeptisch und prüfend zu betrachten. Dann lächelte sie. »Es geht dir wirklich besser.«

Er nickte. »Ich bin noch etwas steif, vor allem im Nacken. Aber es ist schon viel besser.«

»Eine Ölmassage würde gut gegen die Steifheit helfen.«

Dieser geisteskranke Dämon ergriff wieder Besitz von seiner Zunge. Staubtrocken sagte er: »Ich glaube, eine Ölmassage würde bei jeder Art von Steifheit guttun.«

Warmes Rot breitete sich auf ihren Wangen aus. Mit erstickter Stimme fügte sie hinzu: »Sicher, also, wenn du … ich dachte besonders an die Wunde auf deinem Rücken, um die Muskeln dort zu lockern.«

Er lachte lauthals. »Bei allen Göttern, gute Frau, wie hast du nur so lange in der Armee überlebt?«

Ihre Verlegenheit wich einem funkelnden Blick. »Bei anderen bin ich nicht so.«

Sein Lachen verklang. Innerlich gewärmt legte er die Hand an ihre Wange und strich mit dem Daumen über ihre weichen, ungewöhnlich vollen Lippen. »Wirklich?«

Sie nickte stumm.

»Ich finde es wundervoll«, flüsterte er.

Offensichtlich war sie nicht an Komplimente gewöhnt, denn sie wies es nicht auf so geschliffene Weise zurück, wie es so viele seiner Bekannten zu tun pflegten. Jedes Wort, das er sprach, traf sie tief, das konnte er in ihren Augen lesen.

Sie war eine Assassine und hatte nicht nur jahrzehntelang in Uriens Palast, sondern auch in Thruvials Haushalt überlebt. Aber vor ihm schirmte sie ihre Gefühle nicht ab, benutzte keine der Techniken, die sie in ihrem Repertoire haben musste. Stattdessen offenbarte sie ihm ein Herz aus Glas, das zerbrechlich war, zahllose Facetten hatte und vor Licht strahlte.

Er konnte sich nicht erinnern, jemals so gerührt gewesen zu sein oder sich so geehrt gefühlt zu haben.

»Komm mit«, sagte sie. »Ich zeige dir meinen Lieblingsplatz am Fluss. Wenn du möchtest, können wir auch angeln. Ich esse gern Fisch zum Frühstück.«

»Ich auch«, sagte er.

Er zog sich an, einschließlich Hemd und Stiefel. Wieder war das Wetter so schön, dass er keine Jacke brauchte. Er band seine Haare mit dem Lederband zusammen und wusch sich das Gesicht an der Waschschüssel.

Sie hatte sich die Haare zu einem Zopf geflochten und einen Korb mit Angelutensilien von einem der unteren Regalbretter geholt. Als er ihr zunickte, nahm sie ihr Schwert mit den Schultergurten vom Haken neben der Tür, legte es jedoch nicht an.

Er nahm ihr den Korb ab, damit sie eine Hand frei hatte, dann ergriff er sie und schob seine Finger zwischen ihre. Strahlend lächelnd führte sie ihn auf einen wohltuenden Spaziergang zum Fluss.

Unterwegs kreuzten sie einen breiteren Weg, fast schon eine kleine Straße, die dem Flussverlauf folgte. Da Aubrey jetzt wusste, wo der Fluss war, wusste er auch, dass dieser Weg nach Adriyel führte, aber er hatte nicht mehr das Bedürfnis, ihm zu folgen. Sie ließen sich im Schatten einer gewaltigen Eiche nieder.

Der Adryiel war der größte Fluss im Land der Dunklen Fae; über Hunderte von Reisestunden zog er sich durch das Herz des Landes. Das Ufer auf der anderen Seite war zwar zu erkennen, doch die Einzelheiten verloren sich in der Ferne. Es war tückisch, die weite Strecke von einem Ufer zum anderen

zu schwimmen, aber jedes Jahr gab es wieder ein paar Dumm-
köpfe, die es versuchten. Viele wurden stromabwärts getrieben
und ertranken.

Hier, unterhalb der steilen Böschung unweit der Eiche, gab
es eine kleine Bucht mit relativ seichtem Wasser. Lächelnd
deutete Xanthe auf diese Stelle. »Das war mein Lieblingsplatz,
wenn es im Sommer heiß war. Obwohl mein Vater mich keinen Moment aus den Augen ließ, weil er fürchtete, ich könnte
die Gefahr vergessen und der Strömung des Flusses zu nahe
kommen.«

»Für ein Kind muss das ein herrlicher Ort zum Spielen gewesen sein«, sagte er.

»Das war es. Wir waren sehr glücklich.« Sie hob eine Schulter. »Jedenfalls waren wir das in meiner Erinnerung. Ich bin
sicher, dass er meine Mutter vermisst hat, aber sie ist bei meiner Geburt gestorben, daher habe ich sie nicht gekannt. Er war
mein einziger Elternteil, als ich aufwuchs.«

Das musste es besonders schwer für sie gemacht haben, ihn
zu verlieren. Dunkle Fae konnten sehr alt werden, aber trotzdem gab es Unfälle, Kriege und bestimmte Krankheiten, die
Leben fordern konnten. Vor langer, langer Zeit waren Aubreys
Eltern von einer schlimmen Epidemie dahingerafft worden,
die sich auf ihrem Familiensitz auf dem Land ausgebreitet
hatte.

Xanthe lag lang ausgestreckt auf dem Boden, die langen Beine an den Knöcheln gekreuzt. Er stützte sich am Stamm der
Eiche ab, um seine Dehnübungen zu machen, wobei sie ihn
genau beobachtete und einige Anregungen gab. Anschließend
lag er neben ihr im dichten Ufergras, die Hände im Nacken
verschränkt, und sie unterhielten sich.

Keiner von ihnen griff zum Angelkorb. Sie waren zu sehr
aufeinander fixiert, um sich darum zu kümmern. Das Sonnen-

licht färbte die grünen Eichenblätter golden, und vom Fluss her wehte eine kühle Brise. Sexuelle Erregung und zärtliche Zuneigung umhüllten sie mit Wärme und Behaglichkeit und erfüllten ihn mit Wohlbefinden.

Beide hörten sie Stimmen im selben Moment.

Männerstimmen, die in ihre Richtung kamen.

»Es muss hier irgendwo sein«, sagte der eine. »Das ist die richtige Gegend, haben sie gesagt. Nur noch ein Stückchen weiter, vielleicht hinter dieser Biegung.«

»Tja, uns bleibt nichts anderes übrig als weiterzugehen«, sagte der andere. »Zurück können wir nicht mehr.«

Als sich Aubrey aufsetzte, warf sich Xanthe auf ihn und schlug ihm eine Hand auf den Mund. Mit festem, scharfem Blick starrte sie ihm in die Augen.

Mach keinen Laut, sagte sie telepathisch.

Er nickte und ergriff ihr Handgelenk. *Verstanden.*

Ich werde nachsehen, wo sie sind. Lautlos und geschmeidig rollte sie sich von ihm herunter und kam auf die Füße. Im Aufstehen griff sie nach ihrem Schwert. Schnell schlüpfte sie in die Schultergurte, ihr Blick so scharf wie die Klinge zwischen ihren Schulterblättern. Sie sah zu ihm hinab und legte einen Finger an die Lippen. Wieder nickte er, woraufhin sie im hüfthohen Gras am Wegesrand verschwand.

Nicht annähernd so elegant wie sie stand auch er auf. Seine geschwächten Rückenmuskeln drohten sich zu verkrampfen. Nach kurzer Überlegung schnappte er sich den Angelkorb – nicht, weil dessen Inhalt so wichtig gewesen wäre, sondern weil er ihren Aufenthalt hier verraten hätte, wenn er ihn am Ufer zurückgelassen hätte. Dann sah er das niedergedrückte Gras an der Stelle, wo sie gelegen hatten, und fuhr mehrfach mit seinem Stiefel darüber, bis die Abdrücke verschwunden waren.

Inzwischen war Xanthe zurückgekehrt. Sie hatte ihr Schwert

gezogen und gab ihm mit der freien Hand ein Zeichen. *Komm, wir müssen hier entlang.*

Sie führte ihn auf einem anderen, komplizierteren Weg als vorhin ein Stück stromaufwärts, bevor sie den Weg überquerten und schließlich über einen schmalen, überwucherten Pfad zurück zur Hütte gelangten.

Sobald sie im Haus waren, griff sie nach ihren Handgelenkschützern mit den Wurfmessern und schnallte sie um.

»Ich muss sie verfolgen und herausfinden, was sie vorhaben.« Sie sprach schnell und leise. »Gut möglich, dass ihre Anwesenheit nichts mit uns zu tun hat, aber wir müssen wissen, ob sie hinter dir her sind. Sobald ich draußen bin, musst du Tür und Fenster verriegeln. Zeig keine Reaktion, wenn jemand klopft. Wenn du Waffen brauchst, nimm die Küchenmesser. Ich bin zurück, so schnell ich kann.«

»Tu das nicht.« Er packte sie an den Schultern.

Sie starrte ihn an, als wäre er verrückt geworden. »Ich muss.«

»Dann komme ich mit dir.« Mit finsterem Blick sah er sich in der Hütte um. »Verdammte Götter, es ist nur ein Schwert da.«

»Natürlich ist hier nur ein Schwert. Du bist noch nicht gesund genug, um schon wieder zu kämpfen.«

»Niemand wird darauf verzichten, mich anzugreifen, weil ich noch nicht gesund genug bin, um mich zu wehren«, fuhr er sie an. »Ich kann mich verteidigen, wenn es sein muss.«

»Aubrey, hör mir zu.« Ihre Miene war kämpferisch. »In diesem einen Punkt sind wir nicht ebenbürtig. Es gibt auf der Welt nur eine Person wie dich, aber Dutzende wie mich. Du bist der Kanzler. Ich bin deine Wache. Ich schwöre dir, ich komme wieder.«

Jedes ihrer Worte traf ihn wie ein Schlag. Er packte sie und drehte sie zu sich um, seine Finger gruben sich in ihre Schultern.

»Nein, jetzt hörst du mir zu«, sagte er mit zusammengepressten Zähnen. »Ich werde dich nicht allein dort hinausgehen lassen. Ich werde nicht brav in dieser Hütte auf dich warten, ohne zu wissen, ob es dir gut geht oder ob du vielleicht umgebracht wurdest. Es gibt auf dieser Welt niemanden wie dich, und ich werde nicht das Risiko eingehen, dich zu verlieren, nachdem ich dich gerade erst gefunden habe. Entweder wir gehen zusammen, oder wir bleiben hier. Zusammen. Entweder, oder. Du hast die Wahl, aber das ist die einzige, die du hast.«

7

Liebe

Starr blickte sie zu ihm auf, wie hypnotisiert von der Anspannung, unter der sich seine Züge verwandelten und sich sein langgliedriger Körper verkrampfte. Hart wie Eisen gruben sich seine Finger in ihre Schultern, aber sie achtete nicht auf den Schmerz. Sie nahm nichts anderes wahr als das Echo seiner Worte, das in ihrem Kopf widerhallte.

Es gibt auf dieser Welt niemanden wie dich.

Ich werde nicht das Risiko eingehen, dich zu verlieren, nachdem ich dich gerade erst gefunden habe.

Er klang ... er klang, als würde er ...

Unter Aufbietung all ihrer Willenskraft richtete sie ihre Gedanken wieder auf das Einzige, was wichtig war. Sie zischte: »Ich werde nicht zulassen, dass dir jemals wieder jemand wehtut.«

Er sagte: »Du hast selbst gesagt, dass die Anwesenheit der Männer wahrscheinlich gar nichts mit uns zu tun hat. Und wenn sie es doch auf uns abgesehen haben, werden sie die Hütte schon bald finden.«

»Nicht, wenn ich sie zuerst finde.« Sie versuchte seinen Griff abzuschütteln, wollte jedoch nicht zu grob werden, und er wollte sie nicht loslassen. »Wenn sie hinter dir her sind und die Hütte finden, können sie uns hier festsetzen.«

Er schüttelte sie. Nicht fest, aber fest genug, um ihre Aufmerksamkeit wieder auf sein Gesicht zu lenken. »Hör auf, nur zu reagieren, und denk nach«, sagte er mit schroffer Stimme. »Niemand weiß, dass ich hier bin. Nur Tiago und Niniane, und die würden niemandem einen Ton davon verraten, oder?«

Sie konnte kaum atmen. Nach einem Moment sagte sie: »Nein.«

Seine Gesichtszüge hatten sich zwar etwas beruhigt, die Anspannung aber war nicht aus seinem Körper gewichen. Er schob sie rückwärts vor sich her, bis sie gegen die Wand stieß. Mit sanfter Stimme sagte er: »Es könnte also nur jemand auf die Idee kommen, hier nachzusuchen, wenn entweder Tiago oder Niniane eine sehr konkrete Information herausgerutscht wäre, was sehr unwahrscheinlich ist. Richtig?«

Sie wusste nicht, worauf er hinauswollte, war aber ziemlich sicher, dass es ihr nicht gefallen würde. »Ja«, schnappte sie.

Er drängte sich gegen sie und stützte die Unterarme rechts und links neben ihrem Kopf an die Wand, damit sie nicht wegkonnte. Dann legte er seine Stirn auf ihre.

Wäre er ein feindlicher Angreifer gewesen, hätte Xanthe genau gewusst, wie sie hätte entkommen können. Ein Knie in die Leiste, ein harter Schlag mit verschränkten Händen auf seinen Kopf. Das würde ihr genug Zeit und Raum verschaffen, um ihr Schwert zu ziehen.

Aber er war nicht ihr Feind. Er war ihr das Liebste auf der Welt. Allein von dem Gedanken daran, ihm Gewalt anzutun, wurde ihr leicht übel.

»Ich bin bereit, das kleine Risiko einzugehen und mit dir zusammen hierzubleiben«, sagte er. »Ich bin nicht bereit, dieses kleine Risiko einzugehen und zuzulassen, dass du allein in eine womöglich lebensgefährliche Lage geraten könntest.«

Irgendwie landeten ihre Arme schließlich auf seiner Taille,

und sie hielt ihn umklammert. »Ich kann nicht gleichzeitig in Sicherheit bleiben und dich beschützen.«

»Du bist gefeuert«, sagte er augenblicklich. Er senkte den Kopf und rieb seine Nase an ihrer.

Ihr war, als müsste sie jeden Augenblick aus der Haut fahren, so viele widerstreitende Impulse rangen in ihr miteinander. »Du kannst mich nicht feuern.« Ihre Stimme klang völlig verwirrt und äußerst wackelig. »Ich arbeite nicht für dich.«

»Ich bin eng mit deinen Arbeitgebern befreundet. Du bist gefeuert, sobald sie wieder hier sind.« Seine Lippen streiften ihre Wange. »Xanthe, bleib bei mir.«

Sie grub die Hände in sein Hemd, spürte die harten Muskeln darunter. »In Bezug auf deine Sicherheit und dein Wohlergehen will ich nicht das kleinste Risiko eingehen.«

»Ich weiß, mein Schatz.« Er küsste die kleine Vertiefung an ihrem Mundwinkel. »Seit Tagen hast du alles nur zu meinem Besten getan.« Er hob den Kopf ein winziges Stück. Sein Gesicht hatte einen zärtlichen Ausdruck angenommen. »Niemand hat sich je so um mich gesorgt wie du.«

»Und das wird auch niemals jemand.« Die Worte waren ihr einfach herausgerutscht. Obwohl sie kaum zu hören waren, offenbarten sie ihm ihre ganze Seele.

Er neigte den Kopf zur Seite und drückte seine Lippen fest auf ihre. Kraftvoll und selbstsicher drängte er sie gegen die Wand. Ihre Beine zitterten, und vor sinnlichem Erschrecken wurde sie feucht, als er sie inniger küsste und seine Zunge tief in ihren Mund schob. Sie konnte kaum atmen und nicht mehr denken. Ihre Instinkte übernahmen die Führung, wild und leidenschaftlich erwiderte sie seinen Kuss.

Feucht glitten seine harten Lippen über ihre. Ihr Herz hämmerte so heftig, dass sie glaubte, es müsse ihr aus der Brust springen. Beinahe war es um sie geschehen, beinahe …

Aber nein. Das jahrzehntelange Training setzte sich durch.

Sie riss ihren Mund von seinem los und keuchte: »Ich muss wissen, wohin diese Männer gegangen sind.«

Er atmete ebenso schwer wie sie, und ein leises Beben ließ seinen ganzen Körper erzittern. Mit sinnlichem, triebhaftem Blick starrte er auf ihre Lippen. Für einen Augenblick glaubte sie, er würde sich weigern, sein Gewicht von ihr zu nehmen. Doch dann zog er sich mit verzerrtem Gesicht zurück. »Also gut. Wir gehen beide.«

Sie versuchte nicht mehr zu widersprechen. Mit ihrem letzten, leidenschaftlichen Wortwechsel hatten sie sich auf neues, unbekanntes Terrain katapultiert, dessen Regeln sie nicht kannte. Stattdessen setzte sie die Schultergurte ab und wollte ihm ihr Schwert geben. »Nimm du es. Ich nehme die Messer.«

Er starrte auf das Schwert in ihrer Hand, machte aber keine Anstalten, danach zu greifen. Dann zuckte ein Lächeln über seine Lippen. »Bei vollen Kräften bin ich ein wirklich guter Schwertkämpfer. Aber ich bin nicht in Topform, und du musst in der Armee eine der Besten gewesen sein, wenn Tiago zugelassen hat, dass du Ninianes Wache wirst. Du behältst das Schwert. Ich nehme die Messer.«

Sie zog ein finsteres Gesicht, weil ihr keine der beiden Möglichkeiten, die Waffen aufzuteilen, gefiel. Aber sie setzte sich den Schultergurt wieder auf und schnallte ihn fest, während er die Handgelenkschützer mit den Messern anlegte. Lautlos schlüpften die beiden aus der Hütte in die zunehmende Hitze des Tages.

Die Sonne brannte vom Himmel, nur der gelegentliche Schrei eines Vogels und das schwere Brummen der Insekten unterbrachen die Stille. Aubrey gab ihr ein Zeichen voranzugehen, und Xanthe führte ihn in einem großen Kreis um die Hütte herum. Als sie keine Spur von den Männern fanden, weiteten sie ihren Radius aus, bis sie den Weg erreichten, auf dem die Männer vorhin gegangen waren. Dann endlich kamen sie ans Flussufer. Xanthe war gerade dabei, das Ufer nach Fußabdrücken abzusuchen, als Aubrey sie sacht anstieß und flussabwärts deutete.

Sie sah in die Richtung, in die er zeigte. In einiger Entfernung ragte das Ufer als kleine Landzunge in den Fluss, kaum mehr als ein wirrer Haufen aus Baumstümpfen und Treibgut, das den Fluss hinuntergeschwemmt worden war. Ein kleiner Kahn hatte sich im Treibgut verfangen, und zwei Männer, die über und über mit Schlamm bedeckt waren, mühten sich ab, ihn zu erreichen.

Die Anspannung in Xanthes Schultern löste sich.

Aubrey legte ihr von hinten einen Arm um die Schultern, sodass sein Unterarm über ihrem Schlüsselbein lag. Er zog sie rückwärts an sich und flüsterte in ihr Ohr: »Sieht aus, als hätte sich da die Existenzgrundlage von jemandem von ihrem Ankerplatz losgerissen und wäre den Fluss hinuntergetrieben. Zufrieden?«

Sie nickte und ließ den Kopf an seine Schulter fallen. Nach einem Moment sagte sie: »Es tut mir nicht leid, dass ich so paranoid war. Du wärst wirklich fast gestorben.«

Er seufzte schwer. »Ich weiß.«

Sein Körper fühlte sich heiß und angespannt an. Und sie konnte einfach nicht fassen, was für ein hoch aufloderndes Feuer sich zwischen ihnen entzündet hatte.

Es gibt auf dieser Welt niemanden wie dich, und ich werde nicht das Risiko eingehen, dich zu verlieren, nachdem ich dich gerade erst gefunden habe.

Er legte eine Hand in ihren Nacken, küsste ihre empfindliche Ohrmuschel und flüsterte: »Lass uns nach Hause gehen.«

Nach Hause? Der Klang dieser Worte aus seinem Mund jagten ihr einen neuerlichen Schrecken ein. Unfähig, ein Wort über die Lippen zu bringen, nickte sie nur. Sein Arm löste sich, er ließ sie los.

Sie gingen auf dem kürzesten Weg zur Hütte zurück. Dort angekommen legte sie den Schultergurt ab und hängte ihr Schwert an den Haken. Aubrey sah sie unverwandt an, während er die Verschlüsse der Handgelenkschützer aufriss. Ihre Gedanken waren vor erotischer Hitze wie vernebelt. Das Verlangen nach diesem Mann war der süßeste Schmerz, den sie je erlebt hatte. Dass er eines Tages auch Interesse an ihr haben könnte, überstieg ihre kühnsten Träume.

Es war wirklich kaum zu glauben.

Der Gedanke trieb sie von ihm fort und auf die andere Seite des Zimmers. Sie schlang die Arme um die Taille und kaute auf ihrer Unterlippe herum, während sie schuldbewusst das Kästchen auf dem Kaminsims anstarrte. Von hinten näherten sich seine langsamen, gemessenen Schritte. Sie war so empfindsam für seine Gegenwart, dass sie genau wusste, in welcher Sekunde sie seine Hände auf ihren Schultern spüren würde.

»Was ist los?«, fragte er leise.

Die Frage platzte aus ihr heraus. »Glaubst du, die Götter können uns dazu bringen, Dinge zu tun, die wir sonst nicht tun würden?«

Beruhigend strichen seine Daumen über ihre Schulterblätter. »Warum fragst du das?«

Ihr Körper bebte unter dem drängenden Wunsch, einfach zu schweigen, einfach anzunehmen, was sein Mund und seine Hände ihr geben wollten. Aber das konnte sie nicht.

Sie flüsterte: »Als Dr. Telemar – die Medusa – nicht erkennen konnte, welche Art von magischer Energie in diesen Ta-rot-Karten steckte, musste ich an die alten Legenden denken, die besagen, dass die Götter Objekte in die Welt gesetzt haben, um ihren Willen geschehen zu lassen. Immer wieder habe ich

Inannas Karte aufgedeckt. Wenn es ihre Karten sind – könnten sie uns dann dazu bringen, etwas zu tun, das wir normalerweise nicht tun würden?«

Für einen langen Augenblick schwieg er nachdenklich. Dann strich er ihren Zopf beiseite und drückte ihr einen Kuss auf den Nacken. »Die Wahrscheinlichkeit dafür wäre verschwindend gering, weißt du«, sagte er sanft. »Und auch wenn die gute Frau Dr. Telemar zweifelsfrei sehr kompetent in ihrem Job ist, so ist sie doch nur eine Ärztin, und die Welt ist voll von Magie der unterschiedlichsten Arten.«

»Ich weiß«, flüsterte sie.

Er zog sie in seine Arme. »Selbst wenn wir das Glück hätten, ein von Inanna erschaffenes Objekt in unserem Leben zu haben, glaube ich nicht, dass die Götter uns dazu bringen könnten oder wollten, entgegen unserem Wesen oder unseren Neigungen zu handeln. Schließlich ist unser freier Wille eine der Primärmächte. Inanna kann uns die Chance schenken zu lieben, aber es ist unsere Entscheidung, ob wir diese Chance wahrnehmen. Und Liebe ist das, was wir daraus machen.«

Leise sagte sie: »Ich kann nur so schwer glauben, dass du mich … dass du mich wollen könntest.«

Er drehte sie zu sich herum und sah ihr fest in die Augen. »Xanthe, du bist die schönste Überraschung in meinem Leben. Zuerst habe ich dich kaum wahrgenommen. Du bist wie ein stilles Wasser mit tiefem Grund. Je genauer ich dich ansah, desto mehr sah ich in dir – und je mehr ich von dir entdecke, umso schöner wirst du für mich, und umso mehr will ich dich.« Er hielt inne, ehe er mit tiefer Stimme hinzufügte: »Noch nie habe ich jemanden so sehr gewollt wie dich.«

Ihr Zittern wurde stärker. Überwältigt legte sie eine Hand an seine hagere Wange. »Ich auch nicht.«

Er lächelte sie ruhig und innig an, während seine Hände

langsam, ganz langsam zur Vorderseite ihres Hemdes wanderten. Er ließ ihr jede Menge Zeit, etwas zu sagen, Einwände zu erheben oder sich zurückzuziehen, während er den obersten Knopf öffnete. Und dann den nächsten. Ihr Atem beschleunigte sich, während sie zusah, wie seine schlanken, geschickten Finger die Verschlüsse lösten. Als sie zu ihm aufsah, merkte sie, dass auch er schneller atmete.

Als alle Knöpfe offen waren, schob er den Stoff beiseite und blickte staunend auf ihre Brüste. Sie war schmal gebaut, und unter ihrer glatten, hellen Haut lagen schlanke, starke Muskeln. Ihre Brüste waren klein und straff, und die hellrosa Brustwarzen richteten sich an der Luft auf.

Mit zitternden Händen berührte er behutsam die gewölbte, samtweiche Haut ihrer Brust und strich mit der Rückseite seiner Finger über die extrem empfindliche Spitze ihrer Brustwarze. Empfindungen durchströmten sie, und der zarte Reiz wurde ins Unermessliche gesteigert, weil es Aubrey war, der sie mit solcher Zartheit berührte.

Sie blickte in sein geliebtes Gesicht, das vornehm und zugleich freundlich war, und bemerkte überrascht einen verwundbaren Ausdruck darin.

Sehr leise sagte er: »Seit dem Tod meiner Frau war ich mit niemandem mehr zusammen. Lange Zeit habe ich mich innerlich tot gefühlt.«

Mitgefühl zerrte an ihr. Behutsam umfasste sie seine Handgelenke. »Wir müssen das nicht tun, wenn du dafür noch nicht bereit bist, Aubrey.«

»Oh doch.« Feuer loderte in seinen Augen. »Sie hat mir so viel genommen, und ich will nicht noch mehr von meinem Leben an sie verlieren. Lange konnte ich mir nicht vorstellen, wie ich jemals wieder Vertrauen zu jemandem aufbauen sollte. Bis ich dich traf.«

Tränen brannten hinter ihren Augen. »Ich würde dir niemals wehtun. Nie. Ich würde jeden umbringen, der das versucht.«

Seine angespannte Miene wurde weicher. Zärtlich lächelnd legte er die Hand an ihre Wange und sagte: »Ich glaube dir.«

Sie löste seine Haare aus dem Band, mit dem er sie zurückgebunden hatte. Die langen, tiefschwarzen Strähnen fielen in sein hageres Gesicht, als er sich vorbeugte, um sie zu küssen. Zunächst leicht und zart, steigerte sich der Kuss immer weiter, bis Aubrey ihren Hinterkopf packte und stöhnend immer tiefer in ihren einladend geöffneten Mund vordrang.

Tief in ihrem Körper pulsierte das Verlangen nach ihm. Sie zerrte an seinem Hemd, bis die Knöpfe über den Boden sprangen, und ließ dann begierig die Hände über seine feste, schlanke Brust gleiten. Er schlang den Arm um sie und zog sie fest an sich, bis sich ihre Hüften berührten. Als sie die volle Größe seiner Erektion an ihrem Becken spürte, stieß sie einen animalischen Laut aus und rieb sich an ihm.

Er hörte nicht auf, sie zu küssen, während er sie immer weiter rückwärts schob und sie ihm blind gehorchte, bis sie gegen den Tisch stieß. Er hob sie hoch, setzte sie auf die Tischplatte und zerrte ihr die übrige Kleidung vom Leib, während sie den Verschluss seiner Hose aufriss und gierig nach seinem Schwanz griff. Er war hart und dick und wunderschön, seidige Haut spannte sich über dem festen Fleisch. Sie sah ihm fest ins Gesicht, während sie die Finger über seinen Schwanz gleiten ließ und ihn streichelte. Er schloss die Augen und schluckte schwer, drängte sich ihr entgegen, und sie rieb ihn langsam und verlor sich ganz und gar darin, ihm Lust zu bereiten.

Seine Stimme klang kehlig, als er sagte: »Hör auf.«

Sie murmelte etwas Protestierendes, als er sich aus ihrem Griff wand, und versuchte, ihn erneut zu fassen zu bekommen. Doch er schob ihre suchenden Hände beiseite und drückte

Xanthe rückwärts auf den Tisch. Als sie begriff, was er wollte, ließ sie sich zurücksinken und bog den Rücken durch, ihre Beine hingen über die Tischkante.

Eine Hand neben ihrer Taille auf die Tischplatte gestützt verharrte er reglos und sah sie schwer atmend an. Wilde Gefühle umspielten seine Züge. Besorgt streckte sie die Hand nach seiner Hüfte aus. »Was ist?«

Seine Stimme kam tief aus seiner Kehle. »Es ist schon wieder passiert. Du bist noch schöner als je zuvor.«

Sie wusste, dass es jetzt keine Barrieren mehr in ihm gab. Er sah sie vollkommen offen und unverstellt an, und sie wusste, was das bedeutete, denn auch er war für sie noch nie so schön gewesen. Sie flüsterte: »Komm in mich.«

Er schüttelte den Kopf. »Noch nicht. Gleich.«

Das Gewicht auf die Ellbogen gestützt beugte er sich über sie und fuhr mit der Zunge die Kontur ihres Schlüsselbeins nach. Schnell und hart hämmerte sein Herzschlag an ihrer Brust. Sie hakte die Fersen unter die Tischkante, umfing ihn mit ihren Schenkeln und murmelte unzusammenhängende Worte, während sie sein Haar streichelte. Es war unmöglich, diesen Mann noch mehr zu lieben, als sie es jetzt tat. Tränen traten aus ihren Augenwinkeln und rannen in ihr Haar, während er sich zu ihren Brüsten vorarbeitete. Die Augen geschlossen saugte er erst an einer Brustwarze, dann an der anderen, spielte zart mit der empfindlichen Haut, um dann fest daran zu saugen, bis ihre Klitoris in lustvoller Qual pochte und sie laut aufschrie, sich in wortlosem, drängendem Verlangen an seine Schultern klammerte.

Er saugte und leckte weiter, während er eine Hand zwischen ihre Körper gleiten ließ, die weichen Hautfalten ihres Geschlechts ertastete und sein Glied an ihr rieb, bis sie vor Erregung so feucht war, dass sie spüren konnte, wie sie ihn mit ihrer Nässe benetzte.

Sanft und gleichmäßig drang er weiter vor, bis seine breite Eichel in sie hineinglitt. Dann hielt er gerade so lange inne, bis sie an seinen Haaren zerrte und schluchzte: »Spiel jetzt nicht mit mir!«

Bei diesen Worten warf er den Kopf zurück. Sein Gesicht war verzerrt, er sah verändert aus, als wäre er außer sich. Ein Knurren drang aus seiner Brust, und mit einer einzigen, krampfartigen Bewegung schob er sich in sie.

Tiefer und tiefer. Er war ganz in ihr. Sie schrie auf, packte ihn fest mit ihren inneren Muskeln, hob die Beine an und schlang sie um seinen Oberkörper.

Wie einen Blasebalg hörte sie seinen heiser keuchenden Atem an ihrem Ohr, die langen Haare fielen ihr ins Gesicht. Er zitterte am ganzen Leib. Innig umarmte sie ihn mit Körper und Seele, streichelte mit einer Hand seinen Hinterkopf und mit der anderen seinen Rücken.

»Sag mir, dass es dir gut geht«, flüsterte sie, besorgt, weil er so bewegungslos blieb.

Sag mir, dass du das nicht bereuen wirst.

Er sah auf sie herab und lächelte, sein Gesicht leuchtete vor Zärtlichkeit und wilder Leidenschaft. »Es ging mir nie besser. Du fühlst dich an wie eine feuchte, seidige Faust. Oh Götter. Xanthe …«

Sie zog die Muskeln fester um ihn zusammen, als er aus ihr herausglitt und heftig bebend wieder in sie eindrang. Dann zog er sich quälend langsam wieder heraus. Sie konnte nicht länger warten und stieß ihm ihre Hüften entgegen, um ihn tief in sich zu spüren. Sein großer Körper zuckte, er rang nach Luft. Wieder schob er eine Hand zwischen sie und ertastete ihre Klitoris, während er sie vögelte. Ein unkontrollierter Wortstrom drang aus ihrem Mund. Sie hatte keine Ahnung, was sie da sagte. Am ganzen Körper stand sie in Flammen, und das Zentrum des Feuers war der Punkt, an dem er in sie eindrang, und der unerträglich wundervolle Druck seiner Finger an genau der richtigen Stelle.

»Oh verdammt«, sagte er.

Er wand sich in ihren Armen, und sie spürte, wie er in ihr zu pulsieren begann und die Beherrschung verlor. Und dann erreichte dieses Sehnen, dieser süßeste Schmerz, den sie einzig und allein für ihn empfand, seinen Höhepunkt und explodierte in einem Strahlenkranz. Sie schrie auf, als der Orgasmus durch ihren Körper rollte. Bebend rieb er sich an ihr.

Stille. Die Leidenschaft verebbte. Sie wiegte ihn in ihren Armen, während er die Stirn auf ihre Schulter legte. Der Tisch unter ihrer Wirbelsäule war unangenehm hart, aber um nichts in der Welt hätte sie sich bewegt. Mit den Fingerspitzen umkreiste sie den leicht hervorstehenden Knochen an seinem Halsansatz und strich, soweit sie reichen konnte, über die lange Narbe an seinem Rücken, sog jeden sinnlichen Beweis für seine Gegenwart in sich auf.

Diesen Augenblick werde ich niemals vergessen, dachte sie. *Nicht einmal, wenn ich sehr, sehr alt werden sollte.*

Schließlich zwang ihn die unbequeme Haltung, sich zu bewegen. Er stützte sich auf einer Hand ab und zuckte zusammen, als sich seine Rückenmuskeln protestierend verkrampften und sein erschlafftes Glied aus ihr herausglitt.

»Das war jetzt unelegant«, sagte er mit zusammengebissenen Zähnen.

Der herrlich verschleierte Ausdruck schwand aus ihren Augen, als sie lachte und ihn mitfühlend ansah. »Es ist die blöde Wunde an deinem Rücken, oder?«

Er nickte. Gelenkiger und anmutiger als er glitt sie unter ihm hinweg und stand vom Tisch auf. Sie duckte sich unter seinen Arm und stützte sein Gewicht, um ihm beim Aufrichten zu helfen. Er zwang sich, tief einzuatmen. Dann küsste er sie.

Sie murmelte etwas, und er zog sie fest an sich, genoss das Gefühl, ihre nackte Haut auf seiner zu spüren. Schließlich machte sie sich mit offensichtlichem Widerwillen von ihm los. »Lass mich das Fläschchen mit dem Öl holen«, sagte sie. »Du brauchst eine Rückenmassage, um deine Muskeln zu lockern, gerade nach den Dehnübungen von vorhin und … du weißt schon.« Überraschenderweise färbte sich ihr Gesicht dunkelrot.

»Dazu sage ich nicht Nein«, sagte er. Er streichelte ihre Wange, deren Erröten ihn unaussprechlich froh machte. Alles an ihr machte ihn froh. »Xanthe, ich liebe dich.«

Sie verharrte reglos und sah ihn unverwandt an, in ihren Augen sah er ihr ganzes großes, leuchtendes Herz aus Glas. Als sie Anstalten machte, etwas zu sagen, legte er sacht zwei Finger an ihre Lippen und schüttelte lächelnd den Kopf. Nur weil er das Bedürfnis verspürt hatte, ihr seine Gefühle mitzuteilen, hieß das nicht, dass sie das gleiche Bedürfnis haben musste.

Er ging ins andere Zimmer und ließ sich aufs Bett sinken, legte sich mit einem unterdrückten Stöhnen auf den schmerzenden Rücken. Kurz darauf folgte sie ihm.

Er liebte es, sie nackt durchs Zimmer gehen zu sehen. Ihre Brüste waren von seiner Zuwendung gerötet, und das seidig schwarze Dreieck zwischen ihren Beinen glänzte feucht. Ihr Körper war geschmeidig und kraftvoll wie der eines Panthers, und trotz aller Schüchternheit, die sie in anderen Bereichen gezeigt hatte, war sie wegen ihres nackten Körpers überhaupt nicht befangen, sondern bewegte sich mit einem vollkommenen athletischen Selbstvertrauen, das er unfassbar sexy fand. Sein Schwanz rührte sich, während er sie beobachtete; er hatte ein solches Verlangen nach ihr, dass er schon langsam wieder hart wurde.

Sie hatte ihre Kleidung aufgelesen und legte sie jetzt neben dem Bett auf den Boden. Dann nahm sie ein kleines Fläschchen Öl und goss sich etwas davon auf die Handfläche. Unwillkürlich fiel ihr Blick auf seine Leistengegend, und wieder musste er mit zusammengebissenen Zähnen lachen, als sie über und über errötete.

»Oh ja, bitte«, knurrte er.

Sie schimpfte: »Du brauchst eine Rückenmassage.«

Er liebte es, wenn sie mit ihm schimpfte. Sanft griff er nach ihrem Knie. »Meinem Rücken geht es prächtig, solange ich liege. Der kann warten. Alles andere ist im Augenblick sehr viel drängender.«

Sie sah ihn an, ein erstauntes Lachen im Blick, und er konnte sehen, dass sie in Versuchung kam.

»Nachdem wir deine Muskeln ein bissen bearbeitet haben.«

Er sah sie mit einem trägen, schiefen, listigen Lächeln an. »Also gut. Aber ich drehe mich nicht um, bevor du mir einen Kuss gibst.«

Er sah, wie ihre Lider schwer wurden, und sein Schwanz wurde noch härter.

Sie beugte sich über ihn, und er hob den Kopf, bis sich ihre Lippen berührten. Er küsste sie innig und spürte dabei, wie sein Verlangen nach ihr gewaltig anschwoll. Als sie den Kopf wegziehen wollte, packte er sie und zog sie wieder nach unten, sodass sie das Gleichgewicht verlor und auf ihn fiel.

Instinktiv fing sie sich mit der Hand, in die sie das Öl gegossen hatte, auf seiner Brust ab. Die warme Flüssigkeit spritze über seinen Oberkörper, ihre glitschige Hand rutschte auf seiner Haut ab, und schon lag sie auf ihm.

Er stieß ein tiefes Knurren aus, schlang einen Arm um ihren Hals und stieß seine Zunge fieberhaft zwischen ihre Lippen. Während er ihren Mund mit seiner Zunge vögelte, fuhr er sich mit einer Hand über die Brust, bis sie ganz vom Öl benetzt war, und umfasste dann den straffen, festen Hügel ihrer Brust. Sie stöhnte auf, das bebende Geräusch vibrierte auf seinen Lippen.

Die vom Öl glitschige Reibung ihrer Körper brachte ihn um den Verstand. Er biss ihr in den Hals, saugte an ihrem Ohrläppchen, grub beide Hände in ihre Haare und raunte: »Steig auf mich.«

In ihren Augen lag wieder dieser verschleierte Ausdruck, und ihre Haut verströmte Wellen der Erregung. Er hielt sie an den Haaren fest, während sie sich auf ihn setzte. Blind griff sie nach seinem Schwanz, und als sie ihn zu fassen bekam, führte sie ihn an ihren Eingang und senkte ihr Becken ganz auf ihn hinab, um ihn wieder in ihrer engen, feuchten Faust zu umfangen.

Sie saß tief vornübergebeugt, das Gewicht auf die Ellbogen gestützt, aber er brachte es nicht fertig, die Hände aus ihren Haaren zu lösen. Es war unkultiviert, extrem besitzergreifend. Entweder war das untypisch für ihn, oder es war die wahrhaftigste Manifestation dessen, wer er bei ihr war.

Er zischte an ihren Lippen: »Fick mich. Genau so.«

Stöhnend gehorchte sie und bewegte ihre Hüften in einem primitiven Rhythmus, dem er mit Aufwärtsstößen begegnete. Er stieß mit seinem Schwanz und seiner Zunge in sie, nahm nichts auf der Welt wahr als das unbändige Verlangen, in sie einzudringen. Schluchzend rang sie nach Luft, und ihr Atem in seinem Gesicht war so erotisch wie alles andere, das sie gemeinsam erlebten.

Ihr Gesicht war gerötet, Tränen rannen über ihre Wangen. Haarsträhnen klebten in ihrem feuchten Gesicht und an ihrem Hals. »Wundervoll«, sagte er an ihren Lippen. »Du wundervolle Frau.«

Bei diesen Worten stieß sie einen spitzen Schrei aus, ihr ganzer Körper spannte sich wie eine Bogensehne, und tief in ihrem Inneren konnte er die Wellen ihres Orgasmus' spüren, als sie sich über ihm zusammenkrümmte. Das gab ihm den Rest. Er ließ die Hand auf ihren Po gleiten und presste sie fest auf sich, als er sich tief in sie ergoss. Eine Befriedigung für alles Primitive in ihm.

Die Welt pulsierte im Rhythmus ihres Herzschlags, ihre schweißnassen Körper vollkommen vereint. Sie lag auf ihm, den Kopf an seine Brust gebettet. Endlich konnte er die Hand aus ihrem Haar lösen, strich ihr die wirren Strähnen aus dem Gesicht und versuchte sie zu glätten.

»Ich habe dich schon sehr lange geliebt«, sagte sie. Ihre Stimme klang sehr weich, fast unhörbar. Er verharrte regungslos, lauschte angestrengt auf jedes Wort. »Natürlich war das größtenteils Heldenverehrung und nicht sehr realistisch.«

»Ich bin kein Held«, sagte er.

Sie schnaubte leise. »Für alle bist du ein Held, Aubrey. Nur für dich nicht.« Er runzelte die Stirn, doch sie fuhr fort: »Dann habe ich dich besser kennengelernt. Dein wahres Ich. Dein echtes, verrücktes, freundliches, lustiges Ich. Die Götter mögen mir beistehen.«

Er umfasste ihr Gesicht mit den Händen. »Warum sollen dir die Götter beistehen, mein Schatz?«

Mit geschlossenen Augen flüsterte sie: »Schon bald wird jeder von uns in sein eigenes Leben zurückkehren.«

Die Falten auf seiner Stirn vertieften sich. »Xanthe«, sagte er fest. »Ich weiß nicht, was das hier für dich ist, aber für mich ist es kein Intermezzo. Ja, unsere Zeit in dieser Hütte spielt sich außerhalb der Grenzen der Normalität ab, und ja, in der Stadt erwarten uns unsere Arbeit und Pflichten. Aber ich führe ein authentisches Leben – wer ich hier bin, der werde ich auch dort sein. Ich habe gesagt, dass ich dich liebe. Das habe ich nicht gesagt, weil wir gerade Sex hatten. Ich habe es gesagt, weil ich dich liebe. Wenn du mich nach unserer Rückkehr nicht mehr sehen möchtest, solltest du mir das sagen – und selbst dann werde ich versuchen, dich vom Gegenteil zu überzeugen …«

Sie setzte sich auf und gab ihm einen schnellen Kuss. »Nein, das habe ich nicht gemeint. Ich … ich wollte mir nur nichts anmaßen, nur weil wir gerade … du weißt schon.« Sie machte eine Geste, die sie beide und das Bett einschloss.

Seine Anspannung löste sich. Er lächelte sie an. »Maß dir bitte so viel Du-weißt-schon an, wie du willst. Ich befürworte jede Anmaßung von dir nach Kräften.«

Das entlockte ihr ein überraschtes Lächeln. Als sie den Mund öffnete, um etwas zu sagen …

… hörten sie Stimmen, die sich der Hütte näherten. Die Stimmen von Niniane und Tiago.

Panik flackerte auf Xanthes Gesicht auf. Sie stieg aus dem Bett und spähte aus dem Fenster. »Wir haben die Tür nicht zugemacht«, raunte sie. Dann stürzte sie sich auf ihre Kleidung.

Während sie hastig in ihr Hemd und ihre Hose sprang, stieg auch Aubrey aus dem Bett. Er ging zur Schlafzimmertür und schloss sie mit Nachdruck.

Direkt vor der Hütte rief Niniane: »Hallo Aubrey, Xanthe? Seid ihr da?«

Er rief: »Wir sind hier, aber wir sind nicht angezogen. Gib uns eine Minute, wir kommen gleich raus.«

Stille. Dann: »Okay.«

Er wandte sich an Xanthe. »Keine Panik, mein Schatz«, flüsterte er. »Lass dir Zeit.«

»Es ist ja nur die Königin«, zischte Xanthe. Fieberhaft fuhr sie sich mit den Fingern durch die Haare und flocht sie zu einem Zopf. Offenbar war er ihr nicht sauber genug geraten, denn sie löste ihn mit hastigen Bewegungen wieder und flocht ihn erneut. »Und meine Arbeitgeberin. Oh heilige Götter, Tiago ist da draußen.«

Lachend zog er sich an. Er zog sein Hemd über, konnte aber keine Knöpfe daran finden und ließ es einfach offen. Als er die Tür öffnete und hinaustrat, versuchte Xanthe noch immer, ihre Haare zu einem Zopf zu flechten.

Tiago stand in der Tür, den Blick nach draußen gewandt. Er hatte die Arme vor der Brust verschränkt, und seine schroffen Züge waren ausdruckslos. Vor dem Tisch stand Niniane und packte Vorräte aus einer Segeltuchtasche. Sie sah nicht ausdruckslos aus. Ihr kleines, spitzes Gesicht war von unterdrückter Fröhlichkeit erfüllt.

»Hallo«, sagte Aubrey. »Wie geht es euch?«

»Ziemlich gut«, sagte Niniane. Ihre Pupillen tanzten. »Du siehst so viel besser aus, Aubrey.«

»Ich fühle mich so gut wie schon sehr lange nicht mehr«, sagte er und gab ihr einen Kuss auf die Wange. Er flüsterte: »Xanthe ist panisch. Sag Tiago, er soll nett sein, sonst muss ich ihm wehtun.«

»Oh, er wird nett sein«, flüsterte Niniane zurück. »Und wenn er ›nett‹ nicht hinkriegt, wird er zumindest schweigen, wenn er weiß, was gut für ihn ist.«

»Ich weiß, was gut für mich ist«, sagte Tiago zu der Welt vor der Tür.

Mit stocksteifem Rücken kam Xanthe herein. Ihre Kleidung war so ordentlich, wie es ihr nur möglich gewesen war, und ihr Zopf war zwar nicht ganz makellos, aber unter diesen Umständen wirklich gut gelungen. Sie murmelte: »Euer Gnaden, Sir.«

Sie war fast, aber nur fast, vollkommen ausdruckslos. Aubrey hielt es nicht länger aus. Er trat auf sie zu und nahm sie in den Arm. Schweigend sah sie ihn an, ihre Lippen waren weiß. Er konnte nicht mit Sicherheit sagen, ob sie wirklich atmete.

Wir müssen diesen Verband jetzt sofort abreißen, dachte er. Laut sagte er: »Xanthe und ich haben gerade beschlossen, dass wir uns weiterhin sehen wollen, wenn wir wieder in der Stadt sind. Wir brauchen euren Segen nicht, aber er würde uns viel bedeuten.«

»Natürlich habt ihr den«, sagte Niniane sofort. Sie lächelte Xanthe herzlich an. »Meine Freude könnte nicht größer sein. Das ist mein Ernst, Xanthe.«

Aubrey spürte, wie die Anspannung in Xanthes Schultern nachließ, aber ihr Blick wanderte wieder zu Tiago. Aubrey folgte ihrem Blick. Der Wyr hatte die Augenbrauen hochgezogen, aber davon abgesehen schien er nichts weiter zu tun, als Vögel zu beobachten.

»Wie laufen die Ermittlungen?«, fragte Aubrey.

Über seine gewaltige Schulter hinweg sah Tiago Niniane an, die ihm zunickte. Der Wyr-Lord sagte: »Die Ermittlungen waren bereits vierundzwanzig Stunden nach dem Angriff abgeschlossen und die Verantwortlichen hinter Gittern.«

Zuerst konnte sich Aubrey keinen Reim auf diese Worte machen. Er ließ den Arm von Xanthes Schulter fallen und fuhr sich mit den Fingern durch die Haare. »Einen Moment«, sagte er – oder knurrte es eher. »Das würde ja heißen, dass alles schon vorbei war, als ihr uns das erste Mal Vorräte gebracht habt.«

»Das ist richtig«, sagte Tiago.

Eilig trat Xanthe vor. »Wer war es?«

»Naidas Vater, Grove Ealdun, steckte dahinter«, sagte Tiago. »Die Leute, die er angeheuert hat, haben wir ebenfalls.« Er fing Aubreys Blick auf. »Dein Minister Sebrin ist ein bisschen angeschlagen, aber es geht ihm gut. Sebrin hatte sich bei seinen Nachforschungen verraten, und Ealdun hatte ihn gefangen genommen, aber noch nicht getötet. Als er dahinterkam, dass du Sebrin geschickt hattest, wollte er dich umbringen lassen. Zum Teil aus Rache, zum Teil aber auch, weil er glaubte, du würdest ihn wegen der gefälschten Beweise verklagen. Die Ironie daran ist, dass sich wohl kaum jemand von uns die Mühe gemacht hätte, wegen der falschen Beweise einen Prozess anzustrengen. Aber jetzt geht es um versuchten Mord. Die ganze Sache war ziemlich schlicht und gradlinig – für Dunkle-Fae-Verhältnisse.«

»Ihr habt gesagt, es hätte Komplikationen gegeben«, rief Aubrey. Er funkelte Niniane böse an. »Du hast mir befohlen, hierzubleiben.«

Niniane biss sich auf den Daumennagel. Mit besorgter Miene erwiderte sie: »Keiner von uns hat behauptet, es hätte Komplikationen bei den Ermittlungen gegeben, Aubrey. Wir sagten nur, es gäbe Komplikationen.«

»Was soll das heißen?«, brauste er auf, die Fäuste in die Hüften gestemmt.

Tiago warf ihm einen warnenden Blick zu, den Aubrey allerdings ignorierte.

Nach einem entschuldigenden Blick in Xanthes Richtung sagte Niniane: »In der Nacht, als du fast umgebracht worden wärst, habe ich … etwas gesehen, Aubrey. Ich habe gesehen, wie viel du Xanthe bedeutest. Und als Tiago dann in Rekordzeit durch die Ermittlungen gerauscht ist und alle im Gefängnis saßen, na ja … Du warst ohnehin schon hier in der Hütte, also haben wir dich einfach hiergelassen. Das letzte Jahr war für euch beide schwer, aus verschiedenen Gründen. Ich wollte einfach, dass ihr ein bisschen Zeit in Ruhe und Frieden miteinander verbringen könnt. Ich dachte – ich habe gehofft, ihr hättet euch vielleicht etwas zu sagen. Und ich wusste auch, dass ihr in jeder anderen Umgebung niemals etwas anderes als Höflichkeiten ausgetauscht hättet.«

Ungläubig sagte Xanthe: »Sie haben uns verkuppelt?«

»Vielleicht«, sagte Niniane. Sie lächelte. »Ein bisschen. Außerdem kenne ich dich, Aubrey Riordan.« Sie richtete den erhobenen Zeigefinger auf ihn. »Zu Hause hättest du entgegen den Anweisungen des Arztes viel zu früh wieder zu arbeiten angefangen. Also habe ich dafür gesorgt, dass du hierbleibst, bei viel frischer Luft, gutem Essen und nichts Anstrengenderem als ein paar Spielen und guten Büchern.«

Aubrey rieb sich mit beiden Händen das Gesicht. Kurz darauf fing er an zu lachen. »Okay«, sagte er. »Okay.«

»Bist du mir böse?«, fragte Niniane. »Ich bin mir nicht sicher.«

»Ich weiß es nicht«, sagte er. Er ließ die Hände sinken und sah Xanthe an, die sich genauso unsicher zu fühlen schien wie er selbst. »Ich glaube nicht. Vor allem bin ich dankbar. Solange es dir nichts ausmacht«, fügte er an Xanthe gewandt hinzu.

Sie schüttelte den Kopf. »Ich bin ebenfalls dankbar.«

»Siehst du? Ich hab dir doch gesagt, dass alles gut ausgehen würde«, sagte Niniane zu Tiago.

»Du hast wie immer vollkommen recht«, erwiderte er.

Tiago und Niniane blieben zum Abendessen. Es gab gegrillte Steaks, Backkartoffeln, grünen Salat, frisches Gebäck und Rotwein. »Wenn ihr wollt, könnt ihr jetzt wieder nach Hause kommen«, sagte Niniane. An Aubrey gewandt fügte sie hinzu: »Aber du darfst noch mindestens sieben Tage nicht wieder arbeiten.«

Er sah Xanthe an. »Wenn ich hierbleibe, darf ich dann meine Krankenschwester behalten?«

Sprudelnde Freude zeigte sich auf Ninianes Gesicht. »Natürlich. Das heißt, wenn sie selbst auch bleiben möchte.«

»Ja, Ma'am«, sagte Xanthe und sah Aubrey aus ihren herrlichen Augen lächelnd an. »Das würde ich sehr gern.«

Niniane nickte. »Dann ist das geklärt.«

»Wie geht es übrigens Maus?«, fragte Xanthe.

Ein Schatten glitt über Ninianes Gesicht, und Aubrey machte sich auf schlechte Nachrichten gefasst. »Es geht ihr wirklich gut. Ihr richtiger Name ist Rachel. Ihre Tante und ihr Onkel sind gekommen, um sie abzuholen, und gestern haben sie sich auf den Heimweg gemacht.«

»Warum siehst du so traurig aus?«, fragte er vorsichtig.

Niniane biss sich auf die Unterlippe und starrte auf ihren Teller. »Sie wird mir fehlen.«

Stille machte sich am Tisch breit. Kinder waren bei den Alten Völkern ein äußerst seltenes Geschenk, und solange Niniane Königin war, gab es für sie und Tiago keine Möglichkeit, selbst Kinder zu bekommen.

Aubrey legte Messer und Gabel weg und sah sich am Tisch um. Noch vor kurzer Zeit hatte er sich zutiefst verraten gefühlt, und sein Leben war so freudlos und einsam gewesen, dass er den Tod willkommen geheißen hätte. Und jetzt saß er an diesem kleinen Tisch mit den drei Personen zusammen, die ihm auf der Welt am meisten bedeuteten. Wunder konnten in den unterschiedlichsten Formen geschehen, dachte er, aber sie kamen immer überraschend.

Er hob sein Weinglas. »Auf Neuanfänge«, sagte er mit einem Blick auf Xanthe. Ihr Blick hellte sich auf, bis er zu strahlen schien. »Und auf den Frieden.«

Die anderen erhoben ihre Gläser und stießen mit ihm an.

»Zumindest auf vorübergehenden Frieden«, sagte Tiago.

Epilog

Die Schreine der sieben Götter waren über ganz Adriyel verstreut. Inannas Schrein lag vier Tagesritte von der Stadt entfernt.

Xanthe und Aubrey traten die Reise einige Monde später an, als sich die Blätter an den Bäumen allmählich herbstlich verfärbten. An den kühlen, ruhigen Tagen war das Reisen angenehm, und die Nächte waren noch nicht zu kalt.

Sie stritten die ganze Zeit, während sie sich ihrem Ziel näherten.

»Wenn du mir doch nur zuhören würdest, wenn ich dir sage, dass ich zufrieden bin«, sagte Xanthe.

»Du bist vielleicht zufrieden, aber ich bin es nicht«, sagte er. »Ich verstehe nicht, warum du mich nicht heiraten willst.«

»Es passt einfach nicht«, sagte sie stur.

»Xanthe, du bist der größte Snob, der mir je begegnet ist.« Seine Miene war grimmig, und er wirkte abweisend, was sie geradezu unerträglich sexy fand.

Sie funkelte ihn an. »Das ist unfair! Du weißt sehr gut, dass dich die traditioneller eingestellten Adligen meiden würden, wenn du eine Bürgerliche heiratest.« Sie verzog das Gesicht. »Die sind mindestens genauso versnobt wie ich.«

»Scheiß auf die«, sagte er.

Sie schlug sich die Hand vor den Mund, um nicht zu lachen. Es war immer so erschreckend, wenn er fluchte, weil er es so selten tat.

»Ernsthaft«, fuhr er fort. »Es ist mir egal, ob ich dadurch zu einem Ausgestoßenen werde. Wenn uns jemand danach beurteilt, ob wir miteinander verheiratet sind, möchte ich mit demjenigen ohnehin nichts zu tun haben.«

»Das ist ein Argument«, gab sie widerwillig zu und stieß entnervt die Luft aus. »Aber ich habe nichts anderes gelernt, als eine Wache oder Assassine zu sein.«

Mit glühendem Blick sah er sie an. »Und jetzt meine Geliebte.«

Sie konnte sich kaum aufrecht auf ihrem Pferd halten, wenn sie ihn nur ansah. Er ritt mit einer so makellosen, selbstbewussten Anmut.

Nach ihrer Rückkehr nach Adriyel hatte sie ihren Dienst als Ninianes Dienerin wieder aufgenommen und er seine Pflichten als Kanzler, aber sie verbrachten jede Nacht gemeinsam in seinem Haus, und an Xanthes beiden freien Tagen wohnten sie in ihrer Hütte. Die Nächte waren zu einer goldenen Zeit des Zaubers und der Intimität geworden. An manchen Tagen konnte sie es kaum erwarten, dass die Sonne unterging.

Sie flüsterte: »Das auch.«

Schweigend ritten sie weiter. Dann sagte er: »Du würdest die perfekte schimpfende Ehefrau abgeben.«

Sie riss die Augen auf. »Ich weiß! Ich könnte nie aufhören, dich zu beschützen. Ich wäre eine gesellschaftliche Katastrophe.«

»Bist du noch nie auf die Idee gekommen«, brachte er zwischen den Zähnen hervor, »dass ich vielleicht genau diese perfekte schimpfende Ehefrau und gesellschaftliche Katastrophe wollen und brauchen könnte? Das ist doch der Grund, warum ich dir immer wieder Anträge mache.«

Sie rieb sich die Stirn. »Du wirst nicht aufgeben, oder?«

»Das Einzige, was ich aufgeben werde, sind meine Wachleute.«

Ungläubig starrte sie ihn an und brachte ihr Pferd zum Stehen. »Das kannst du nicht tun.«

»Und ob ich das kann.« Auch er hielt sein Pferd an. Seine Miene war hart und unerbittlich geworden, und verflucht, er sah so sexy aus wie noch nie zuvor. »Meine Wachen tun nichts weiter, als mir hinterherzulaufen und in den Fluren zu dösen, während ich arbeite. Der Angriff auf mich war eine absolute Ausnahme, und er liegt jetzt schon einige Monde zurück. Außerdem muss ich ja irgendeinen Weg finden, dich zu erpressen.«

»Wovon redest du?«, rief sie.

Er zog die Brauen in die Höhe. In diesem Augenblick sah er tatsächlich hochmütig aus. »Wenn du mich nicht heiratest, werde ich meine Wachen nicht behalten. Ende der Diskussion.«

Sie explodierte. »Das ist das Dümmste, was ich je gehört habe.«

Ein Lächeln umspielte seine Mundwinkel, während er sein Pferd antrieb. »Es ist ein so befriedigendes Gefühl, deine ruhige Fassade aufzubrechen. Ich glaube, das ist mein zweitliebster Zeitvertreib geworden. Der liebste ist mir natürlich, mit dir zu schlafen.«

Er trieb sein Pferd zu einem leichten Galopp an, und sie folgte ihm. »Komm wieder her!«

»Schatz, es hat keinen Zweck, weiter darüber zu diskutieren«, rief er ihr über die Schulter zu. »Du weißt, dass ich genau das tun werde, was ich angekündigt habe. Und Niniane wird dermaßen böse auf dich sein, wenn ich meine Wachen entlasse.«

»Aubrey!« Auch sie trieb ihr Pferd zum Galopp und holte ihn spielend ein. »Lass Niniane aus dem Spiel.«

Er sah absolut unerbittlich aus. »Gleich nach unserer Rückkehr werde ich ihr berichten, wie unglücklich mich deine Weigerung macht. In diesem Punkt wird sie nicht auf deiner Seite sein, Xanthe. Schließlich steht es dir frei, mich zu heiraten, wenn du es nur wolltest.«

Das brachte sie zum Schweigen, wie er es beabsichtigt hatte. Solange Niniane nämlich Königin der Dunklen Fae war, konnten sie und Tiago zwar ein Paar sein, aber niemals heiraten. Während Xanthe schäumte und vor sich hinbrütete, ritten sie in ein kleines Tal, in dem vereinzelte Wäldchen in feurigen Herbstfarben leuchteten.

Sie fanden den Schrein an einer Wegkreuzung. Er war sehr schlicht, eine Grotte aus uraltem Stein neben einer sprudelnden Quelle. Nachdem sie ihre Pferde angebunden hatten, holte Xanthe aus einer ihrer Taschen die Tarot-Karten, die sie zum Schutz in ein Seidentuch gewickelt hatte. Aubrey reichte ihr die Hand, und sie ergriff sie. Gemeinsam schritten sie auf den Schrein zu.

Es war ein friedlicher Ort, und das einzige Geräusch war das beständige Plätschern von Wasser über Stein. Trotz des nahenden Winters herrschte hier ein tiefes Gefühl von erblühendem Leben. Vor ihnen hatten schon andere ihre Opfergaben dargebracht: ein vertrockneter Blumenstrauß, Obst, an dem wilde Tiere genagt hatten, und ein Paar gestrickte Babyschuhe auf dem Boden. Der Anblick berührte Xanthe, und sie musste ein paar plötzliche Tränen wegblinzeln, während sie ein stummes Gebet für ein unbekanntes Baby zum Himmel schickte.

»Ich möchte glauben, dass diese Schuhe aus Dankbarkeit für die Geburt eines Kindes hierher gebracht wurden«, sagte sie heiser. »Und nicht, weil ein Kind gestorben ist.«

Aubrey strich ihr über den Rücken und sagte sanft: »Dann werden wir das glauben.«

Als sie ihn ansah, nickte er ihr ermutigend zu. Sie trat vor und legte das Kästchen in die Grotte. Ein letztes Mal umhüllte die milde magische Energie der Karten ihre Hände, dann ließ sie sie los. *Danke,* sagte sie stumm zu der Göttin. Ihr Herz war wie ein Kelch, der bis zum Rand gefüllt war. Sie hatte nicht gewusst, dass sie so viel Gefühl in sich tragen konnte.

An diesem stillen, ewigen Ort kamen ihr alle Argumente gegen eine Heirat gegenstandslos vor, besonders da sie gegen ihren eigenen Wunsch argumentierte. Sie wandte sich an Aubrey: »Ja, ich will dich heiraten.«

Triumph und Freude hellten sein Gesicht auf. »Ich wusste es«, sagte er und zog sie in seine Arme.

»Dass du mir deswegen nicht unausstehlich wirst«, warnte sie ihn lächelnd und legte den Kopf an seine Schulter.

Er hielt sie fest und schmiegte sein Gesicht an ihr Haar. »Du bist die Liebe meines Lebens«, flüsterte er. »Das heißt, ich kann so unausstehlich werden, wie ich will.«

»Ach, das heißt es also?« Sie lachte, und auch er musste kichern. Sie barg das Gesicht an seinem Hals und schlang die Arme um seine Taille.

Eine Weile standen sie so zusammen da, während Frieden tief in ihre Knochen drang. Dann küsste Aubrey sie auf die Schläfe. »Bist du bereit für den Rückweg?«

»Ja.« Sie trat zurück und betrachtete den Schrein – und erstarrte, als ihre Welt ins Wanken geriet.

Das in Seide gehüllte Kästchen war verschwunden.

»Aubrey«, brachte sie flüsternd hervor.

»Was?« Er folgte ihrem Blick und blieb dann reglos stehen, sein Gesicht starr vor Staunen. »Verdammich, es hat ihr gehört.«

»Also doch. Ich meine, nicht dass ich wirklich daran geglaubt hätte. Wie du gesagt hast, war die Wahrscheinlichkeit verschwindend gering.« Sie merkte, dass sie anfing zu plappern, konnte aber dennoch nicht aufhören. »Was glaubst du, wird jetzt damit geschehen?«

»Sie wird es an anderer Stelle wieder in die Welt setzen«, sagte Aubrey. »Nur sie allein weiß, wo und wann.«

Xanthe lächelte. »Wie wunderschön.«